westermann

ANNO

5/6 Geschichte Gymnasium

Sachsen-Anhalt

Herausgegeben von
Prof. Dr. Ulrich Baumgärtner

Erarbeitet und mit Beiträgen von
Prof. Dr. Ulrich Baumgärtner, Dr. Matthias Bode,
Francis Borowski, Rainer Brieske, Dr. Ewa Dutkiewicz,
Dr. Verena Espach, Klaus Fieberg, Anna Katharina Frings,
Klaus-Michael Guse, Lydia Hanke, Alexander Heim,
Dr. Johanna Kant, Utz Klöppelt, Dr. Susanne Krauß,
Dr. Uwe Lagatz, Gregor Meilchen, Gregor Mundt, Jochen Pahl,
Dr. Gregor Pelger, Dr. Jelko Peters, Dr. Herbert Rogger,
Ina Schenk, Prof. Dr. Klaus Scherberich, Dr. Frank Schweppenstette,
Dr. Frank Skorsetz, Sabine Steinig, Dr. Andreas Urban,
Kai Erich Wahle, Dr. Wolf Weigand, Prof. Dr. Wolfgang Woelk

Auf manchen Seiten im Buch befinden sich Webcodes, zum Beispiel: WES-115948-203. Um Webcodes zu nutzen, muss im Internet auf der Seite des Verlages (www.westermann.de/webcode) der entsprechende Mediencode in das Suchfenster eingegeben werden (z. B. WES-115948-203) oder der zugehörige QR-Code mit dem Tablet gescannt werden. Auf diese Weise gelangt man zu interessanten Angeboten wie zum Beispiel Filmclips, Hörszenen, Erklärvideos oder Links im Netz.

Druck A[1] / Jahr 2025
Alle Drucke der Serie A sind im Unterricht parallel verwendbar.

Redaktion: Christoph Meyer
Druck und Bindung: Westermann Druck GmbH, Georg-Westermann-Allee 66, 38104 Braunschweig

ISBN 978-3-14-**115948**-6

01 GESCHICHTE IST ÜBERALL! 6

Ein Ausflug – so viele Fragen ... 8
Ein Besuch bei den Großeltern – so viele Quellen! ... 11
Training: Umgang mit gegenständlichen Quellen ... 12
Die Einteilung der Zeit ... 14

02 DAS LEBEN DER MENSCHEN IN DER FRÜHGESCHICHTE 16

Orientierung: Das Leben der Menschen in der Frühgeschichte 18
Die Entwicklung zum Menschen ... 20
Leben in der Altsteinzeit ... 24
Kunst und Religion der Steinzeit ... 28
Leben in der Jungsteinzeit ... 30
Training: Einen Schulbuchtext erschließen ... 33
Der „Ötzi“ – Ein Sensationsfund ... 34
Training: Ein Erklärvideo auswerten ... 35
Bronze, Eisen und Salz ... 36
Geschichte live entdecken? Einen Museumsbesuch in das Landesmuseum für Vorgeschichte in Halle planen ... 40
Training: Einen Museumsbesuch planen ... 40
Die Himmelsscheibe von Nebra ... 42
Zusammenfassung ... 45

03 DAS LEBEN IN DER ÄGYPTISCHEN HOCHKULTUR 46

Orientierung: Ägypten – Das Reich der Pharaonen ... 48
Die Bedeutung des Nils für Ägypten ... 50
Training: Eine Geschichtskarte untersuchen ... 52
Ägypten – Ein Staat entsteht ... 54
Herrschaft im alten Ägypten ... 56
Training: Ein Cluster erstellen ... 56
Training: WebQuests durchführen ... 59
Die Schrift der alten Ägypter ... 60
Die Gesellschaft im alten Ägypten ... 62
Die Religion der alten Ägypter ... 66
Jenseitsvorstellungen im alten Ägypten ... 70
Die Pyramiden – Grabstätten der Pharaonen ... 74
Ägypten – Eine frühe Hochkultur ... 78
Training: Einen Podcast anfertigen ... 79
Quellenkunde: Woher wissen wir etwas über die alten Ägypter? 80
Zusammenfassung ... 83

04 ANTIKES GRIECHENLAND – LEBEN IN DER POLIS 84

Orientierung: Warum ist Griechenland so bedeutsam? 86
Geografie und Klima im antiken Griechenland 88
Die griechische Kolonisation 90
Training: Eine schriftliche Quelle erschließen 93
Die Olympischen Spiele 94
Die Religion der antiken Griechen 98
Die Wirtschaft im antiken Athen 100
Training: Umgang mit bildlichen Quellen: Vasenbilder 103
Vertiefung: Die Griechen im Krieg – vereint gegen die Perser .. 104
Demokratie in der Antike: Wer herrschte in Athen? 106
Training: Ein Flussdiagramm anfertigen 108
Training: Umgang mit Schaubildern 109
Das Leben in Athen 112
Training: Hinweise zur Erstellung eines Schaubildes 114
Zusammenfassung 117

05 LEBEN IM RÖMISCHEN WELTREICH 118

Orientierung: Das Imperium Romanum –
das Römische Reich in der Geschichte 120
Die Gründung Roms 122
Vom Dorf zur Weltmacht 126
Herrschaft in Rom zur Zeit der Republik 130
Vertiefung: Die Ermordung Caesars 134
Vertiefung: Das Zeitalter des Augustus 138
Die römische Religion 142
Die Gesellschaft im Römischen Reich 144
Training: Eine „Concept Map" erstellen 144
Sklaverei in Rom 148
Leben in der Weltstadt Rom 150
Arbeit und Freizeit 153
Handel und Wirtschaft im Römischen Reich 156
Training: Zum Umgang mit historischen Romanen 161
Das Leben in den Provinzen 162
Handel und Kulturkontakte am Limes 166
Die Germanen 170
Die Römer werden Christen 174
Quellenkunde: Woher wissen wir etwas über die Römer? 177
Was bleibt? Das Erbe Roms 180
Zusammenfassung 181

06 DIE DREITEILUNG DER MITTELMEERWELT 182

Orientierung: Die Dreiteilung der Mittelmeerwelt ... 184
Das Oströmische Reich besteht fort ... 186
Vertiefung: Drei Weltreligionen im Überblick:
Judentum – Christentum – Islam ... 188
Das Frankenreich entsteht ... 192
Ein neues Kaiserreich ... 194
Die Ausbreitung des Christentums ... 198
Die Ausbreitung des Islam – Konflikte und Kontakte ... 202
Vertiefung: Die Kreuzzüge ... 206
Zusammenfassung ... 209

07 LEBEN IM MITTELALTER ... 210

Orientierung: Das Mittelalter ... 212
Die Ständegesellschaft ... 214
Die Grundherrschaft auf dem Land ... 216
Das Lehnswesen ... 220
Königsherrschaft im Mittelalter ... 224
Training: Eine szenische Darstellung durchführen ... 224
Otto I. „der Große“ – Kaiser und „Werbestar“ ... 230
König und Reich im Spätmittelalter ... 234
Die Lebenswelt der mittelalterlichen Bauern ... 238
Unsere Städte – Ein Erbe aus dem Mittelalter ... 242
Training: Einen Schulbuchtext in eine Grafik umwandeln ... 245
Menschen in einer mittelalterlichen Stadt ... 246
Ritter werden und Ritter sein ... 250
Das Leben auf einer Burg ... 254
„Bete und arbeite!“ – Das Leben im Kloster ... 256
„Überall ist Mittelalter“ ... 260
Quellenkunde: Woher wissen wir etwas über das Mittelalter? ... 262
Zusammenfassung ... 265

08 MITTELALTERLICHE GESCHICHTE SACHSEN-ANHALTS DARSTELLEN 266

Orientierung: Wegweiser durch das Fachpraktikum ... 267
Einen Stadtführer für Kinder erstellen –
Bestandteile eines Stadtführers ... 268
Einen Überblick erarbeiten:
Die mittelalterliche Geschichte Tangermündes ... 269
Stadterkundung ... 274
Training: Eine Stadterkundung durchführen ... 274
Training: Einen Stadtführer für Kinder erstellen ... 277

Fachbegriffe ... 278
Register ... 286
Bildnachweis ... 288

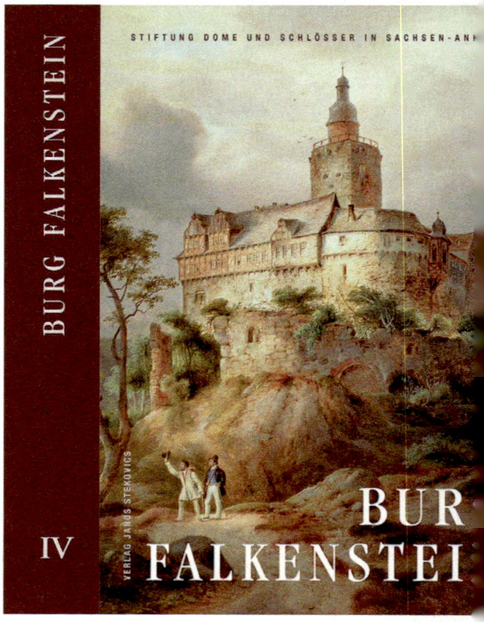
BURG FALKENSTEIN
STIFTUNG DOME UND SCHLÖSSER IN SACHSEN-ANH
IV
VERLAG JANOS STEKOVICS
BUR
FALKENSTEI

01

GESCHICHTE IST ÜBERALL!

Gegenständliche Quellen aus der eigenen Lebenswelt untersuchen

- **M 1** **Burg Falkenstein,** aktuelle Fotografie
- **M 2** **Burg Falkenstein,** eine Darstellung zur Geschichte der Burg
- **M 3** **Rennrad aus den 1970er-Jahren,** aktuelle Fotografie
- **M 4** **Naumburger Dom St. Peter und Paul,** aktuelle Fotografie
- **M 5** **Der Magdeburger Reiter,** aktuelle Fotografie
- **M 6** **Burgfest in Tangermünde,** Fotografie, 2024
- **M 7** **Neandertaler im Museum,** Rekonstruktion
- **M 8** **Die Grabkammer des Pharaos Tutanchamun,** Fotografie, 1994
- **M 9** **Bauhaus in Dessau,** undatierte Fotografie

BURGGASTSTÄTTE
KRUMMES TOR
Burg Falkenstein
06543 Falkenstein/Harz OT Pansfelde

M 1 **Erinnerungsstücke aus der „Kiste der schönen Dinge"**
Oktober 2024

Ein Ausflug – so viele Fragen

Nora und Paul erinnern sich

Nora und Paul diskutieren häufig miteinander. Besonders gerne streiten sie darüber, wer das Spannendste oder Schönste erlebt hat. Dabei gehen ihre Vorstellungen oft auseinander, was sie als spannend oder schön empfinden. Und es gibt ein Problem: Sie haben nur eine gemeinsame „Kiste der schönen Dinge", in die sie alles hineinlegen, woran sie sich später gerne erinnern möchten.

Einig sind sich beide in ihrer Faszination für Ritter (Paul) und Prinzessinnen (Nora) und allgemein für das „Mittelalter", auch wenn sie mit dem Begriff selbst noch nicht so viel anfangen können. Der Besuch von Burgen steht jedenfalls immer ganz oben auf ihren Wunschlisten. In ihrer „Kiste der schönen Dinge" befindet sich unter anderem eine Eintrittskarte zur Burg „Falkenstein". Und schon fragen sich die Kinder: „Warum heißt die Burg ‚Falkenstein'? Kannst du dich noch daran erinnern, waren wir wirklich da?" – „Ja, da gab es doch diesen tollen Turm mit dem Verlies!" – „Hab ich nicht gesehen! Wann waren wir denn da?" – „Es war für die Jahreszeit recht warm, wir haben noch kurz in der Sonne gesessen und hinterher Pommes gegessen." – „Ach, das war doch diese komische Burg, auf der es noch nicht einmal eine Prinzessin gegeben hat! Außer der der Eintrittskarte zur Burg finden die Kinder auch einige Andenken und einen Parkschein vom „Gartenhaus". „Warum haben wir denn da geparkt? Liegt das ‚Gartenhaus' neben der Burg?" – „Nein, das war weit weg, schließlich mussten wir doch vom Auto zur Burg noch lange durch den Wald laufen." – „Wirklich?" …

Die Vorstellungen der beiden Kinder über den vergangenen Ausflug gehen weit auseinander. Sie versuchen sich zu erinnern und fragen ihre Eltern nach Fotos. Im Internet finden sie die Homepage der Burg und lesen, dass es dort wirklich einen Falkenhof gab. Außerdem erfahren sie, dass der Parkplatz etwa zwei Kilometer von der Burg entfernt liegt. Viele Fragen bleiben trotzdem offen. Also geht es noch einmal zu den Eltern: „Wisst ihr noch etwas über unseren Ausflug zur Burg ‚Falkenstein'?" Doch auch hier zeigt sich, wie unterschiedlich Erinnerungen sein können: Während sich der Vater vor allem für die geschichtlichen Details und die alte Burgküche mit dem riesigen Kamin interessiert hat, erzählt die Mutter über den herrlichen Ausblick vom großen Bergfried. Daraufhin fällt den Kindern wieder ein, dass sie vom Burghof aus in die alten Keller hinabgestiegen waren.

Nora und Paul als Historikerin und Historiker?

Nachforschungen wie diese unternehmen wir beinahe täglich – wir denken an etwas zurück und versuchen, unsere Erinnerungen zu ordnen. Wenn uns das eigene Gedächtnis nicht weiterhilft, fragen wir Familienmitglieder und Freunde, oder wir greifen zu Erinnerungsstücken. Nichts anderes tun Historikerinnen und Historiker, aber als Geschichtswissenschaftlerinnen und -wissenschaftler gehen sie dabei so gründlich und systematisch wie möglich vor:

1. Ausgangspunkt ist immer eine Frage. Paul fragt z. B.: „Wann waren wir auf der Burg ‚Falkenstein'?" Historikerinnen und Historiker fragen etwa: „Wann war der Zweite Weltkrieg? Warum brach er aus? Wer war schuld?"
2. Nun werden Hinterlassenschaften aus der betreffenden Zeit gesucht, die Aufschluss über die Vergangenheit geben können. Bei Nora und Paul sind dies zunächst Dinge, die sie aufgehoben oder fotografiert haben. Historikerinnen und Historiker gehen dafür meist in Archive, in denen Schriftstücke, aber auch

Info

Quelle

Eine Quelle ist eine Hinterlassenschaft aus einer früheren Zeit, aus der Informationen über die damalige Zeit entnommen werden können.

Quellengattungen

Historikerinnen und Historiker unterscheiden verschiedene Arten von Quellen:

- Schriftliche Quellen sind alle Texte wie Urkunden, Briefe, Inschriften usw.
- Bildliche Quellen können Höhlenzeichnungen, Gemälde, Plakate oder Fotos sein.
- Gegenständliche Quellen sind alle greifbaren Dinge wie Münzen, Waffen, Werkzeuge usw.

Hinzu kommt die mündliche Überlieferung, d. h. die von Generation zu Generation weitererzählten Erinnerungen.

Info

Die Bedeutung von Museen in der Region

Die Burg Falkenstein ist heute ein Museum und gehört zur „Kulturstiftung Sachsen-Anhalt“. In Museen kann man viel über die Geschichte unserer Region erfahren. Oft werden auf den jeweiligen Internetseiten die Sammlungen vorgestellt und zahleiche weitere nützliche Informationen gegeben.

Gegenstände, Karten oder Fotos aus früherer Zeit aufbewahrt werden. Die „Kiste der schönen Dinge“ ist sozusagen das „Privatarchiv“ der Kinder.

3. In einem nächsten Schritt werden die Quellen ausgewertet. Nora und Paul wissen, an welchem Datum sie auf dem ‚Falkenstein‘ gewesen sind, und sie schlagen in einem Kalender nach, was dies für ein Wochentag war. Sie versuchen, sich ihre Erinnerungen über den Besuch wieder ins Gedächtnis zu rufen. Historikerinnen und Historiker sagen: Sie rekonstruieren das Ereignis. Dabei entstehen oft neue Fragen, etwa nach dem Burgverlies. Als Nora und Paul nicht mehr weiterkommen, suchen sie im Internet und befragen ihre Eltern. Das bedeutet, sie erschließen sich neue Quellen.
4. Wenn alle verfügbaren Quellen gesichtet und alle Fragen geklärt sind, schreiben Historikerinnen oder Historiker die Erkenntnisse auf, meist in einem Aufsatz oder in einem Buch. Dies wird als Darstellung bezeichnet. Nora und Paul belassen es bei der mündlichen Erzählung. Sie wissen nun, dass ihr Burgbesuch am 26. Oktober 2024 stattgefunden hat und dass sie dabei auch die Burgküche gesehen haben. Die konkreten Bilder, die die beiden von diesem Tag noch in Erinnerung haben, sind allerdings unterschiedlich.

Digital+
WES-115948-101
Offizielle Internetseite der Burg Falkenstein

Geschichte und Vergangenheit sind zweierlei. Manches Vergangene lässt sich nicht mehr erschließen, anderes verliert an Bedeutung. Ob Nora damals wirklich auf dem sonderbaren mittelalterlichen Klo gesessen hat oder nicht, kann z. B. niemand mehr klären. Und es ist auch nicht so wichtig.

Allerdings stoßen Nora und Paul auch auf Ungereimtheiten: Dass sie an einem Samstag auf der Burg gewesen sein sollen, kommt ihnen eigenartig vor, da ihre Familienausflüge doch eigentlich immer sonntags stattfinden. Bei den Fachleuten ist es oft nicht anders: Werden neue Quellen erschlossen oder neu ausgewertet, muss die bisherige Sichtweise nicht selten ergänzt oder gar korrigiert werden. Manchmal bleiben auch Meinungsverschiedenheiten zurück – ganz wie bei Nora und Paul. Die beiden sind sich darüber einig, was sie gesehen haben und wie das Gesehene zu bewerten ist. Während Paul jedoch gerne an den Ausflug auf die Burg und an den Turm zurückdenkt, erinnert sich seine Schwester fast nur noch an das Verlies.

Aufgaben

1. **Quellen und Quellengattungen**
   a) Ordne die Erinnerungsstücke von Nora und Paul den einzelnen Quellengattungen zu.
   b) Erkläre mit eigenen Worten den Begriff „Quelle“.
   → M1 (Seite 8)
2. **Quelle und Darstellung**
   a) Erläutere den Unterschied zwischen Quelle und Darstellung.
   b) Erkläre den Unterschied zwischen Vergangenheit und Geschichte. Verwende dafür auch das Lexikon der Grundbegriffe in diesem Schulbuch.
   → Text auf den Seiten 9 – 10
3. **Nora und Paul – Historikerin und Historiker?**
   a) Beantworte die Fragen, auf die die Kinder stoßen:
   1. War der 26.10.2024 ein Samstag?
   2. Gibt es auf der Burg Falkenstein ein Restaurant?
   3. Wo liegt der Parkplatz für Besucher der Burg?

   b) Prüfe die Überreste der Ausflüge darauf, inwiefern sie den Kindern bei der Rekonstruktion des Tages weiterhelfen. Begründe.
   → Text auf den Seiten 9 – 10, M1 (Seite 8)
4. **Das Museum auf Burg Falkenstein**
   a) Besuche die offizielle Internetseite der Burg (siehe Webcode auf dieser Seite).
   b) Beschreibe mithilfe der Seite die Ausstellungen, die sich im Museum befinden.
   c) Erläutere die Aufgaben des Museums, die „Hinterm Vorhang“ erwähnt werden.
   → WES-115948-101

Ein Besuch bei den Großeltern – so viele Quellen!

Nora und Paul stöbern im Keller

Die Geschwister besuchen gern ihre Großeltern in der Nachbarstadt. In deren altem Haus auf dem Berg gibt es viel zu entdecken – vor allem im Keller. Hier bewahren Oma und Opa nämlich Gegenstände auf, die sie nur selten oder sogar überhaupt nicht mehr brauchen. Alle diese Hinterlassenschaften, das wissen Nora und Paul bereits, sind Quellen. Sie selbst besitzen in ihrer „Kiste der schönen Dinge" ja auch schon einige davon. Aber im Keller der Großeltern gibt es sehr viel mehr zu entdecken. Hier finden sich Gegenstände, die ihre Eltern als Kinder besessen haben, zum Beispiel Spielzeug, aber auch alte Werkzeuge und manch andere Sachen, die Oma und Opa aus verschiedenen Gründen aufgehoben haben. Einige davon scheinen sogar schon sehr alt zu sein, jedoch sind sich Nora und Paul dabei nicht ganz sicher. Sie wissen einfach noch zu wenig über die einzelnen Gegenstände und deren Geschichten. Vielleicht können ihnen ja die Großeltern helfen?

Nora und Paul bringen gegenständliche Quellen „zum Sprechen"

In einem der Pappkartons findet Nora gleich mehrere interessante Gegenstände: eine komische Maske, eine Kette mit einem hölzernen Anhänger und eine Münze. ‚Bestimmt gehören diese Dinge zusammen, sonst wären sie ja nicht gemeinsam in einem Karton', denkt sie. Sie ruft Paul. Der schaut sich zuerst das Geldstück genauer an und stellt fest, dass auf der einen Seite das Wort „Ghana" steht und auf der anderen Seite die Zahl 1997 zu finden ist. Er schlussfolgert, dass die Münze 1997 geprägt wurde. Aber was ist „Ghana", und was hat die Münze mit den anderen Gegenständen zu tun?

Glücklicherweise kommt der Großvater gerade in den Keller, sodass die Kinder ihn befragen können. Dabei erfahren Nora und Paul, dass ihre Mutter vor dem Studium für ein Jahr als freiwillige Helferin in einem afrikanischen Waisenhaus gearbeitet hat. Die Maske und die Kette hat sie damals von der Leiterin als Geschenk bekommen. Wie die Münze in den Karton gekommen ist, weiß der Opa auch nicht mehr, aber sie stammt aus Ghana, dem Land also, aus dem auch die Gegenstände kommen. „Wo liegt denn Ghana?", will Nora wissen, und Paul fragt: „In welchem Jahr war Mama dort?" „Das kannst Du sie doch selbst fragen", antwortet der Großvater. „Und wo Ghana liegt, könnt ihr im Atlas nachschlagen."

Mithilfe einer Karte von Afrika finden die Kinder schnell heraus, dass Ghana ein recht kleines Land an der Küste des großen afrikanischen Kontinents ist. Sie sind ganz schön stolz, dass ihre Mama dort schon gearbeitet hat. Und sie beschließen, zu Hause gleich zu fragen, wann sie in Afrika war und was sie dort alles erlebt hat.

Wie richtige Historikerinnen und Historiker haben Nora und Paul damit verschiedene Gegenstände „zum Sprechen gebracht". Dabei haben sie erfahren, dass man einzelne Quellen sehr genau anschauen muss, um kein Detail zu übersehen. Um mehr Informationen zu bekommen, haben sie den Großvater befragt, einen „Experten" der Familiengeschichte, und in den Atlas geschaut. Bei ihrer Recherche sind ihnen natürlich noch weitere Fragen gekommen, die sie ihrer Mutter stellen werden. Sie sind sehr gespannt auf das, was die Mutter ihnen über die Maske, die Kette und ihr Leben in Afrika erzählen wird, aus einer Zeit also, als Nora und Paul noch nicht auf der Welt waren.

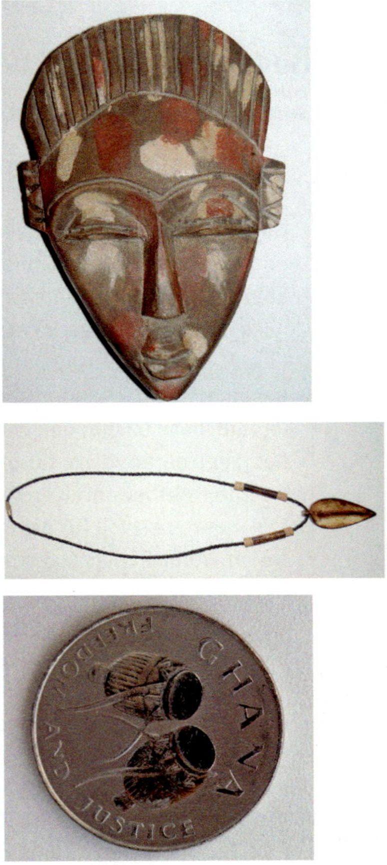

M 1 Fundgegenstände der Kinder

Info

Gegenständliche Quellen

auch Sachquellen genannt, sind Gegenstände oder Überreste, mit deren Hilfe Aussagen über die Vergangenheit getroffen werden können. Sie müssen wie alle anderen Quellen interpretiert, also zum Sprechen gebracht werden. Es gibt mobile (bewegliche) und immobile (unbewegliche) gegenständliche Quellen.

Mobile gegenständliche Quellen: Möbel, Kleidung, Werkzeuge oder die Reste davon.

Immobile gegenständliche Quellen: Häuser, Burgen, Denkmäler oder die Reste davon.

Gegenständliche Quellen in unserer Lebenswelt

Training

Umgang mit gegenständlichen Quellen

Gegenständliche Quellen werden hauptsächlich in Museen gesammelt, erhalten und ausgestellt. Sie finden sich aber auch in jedem Haushalt und können zum Beispiel Auskunft über die Geschichte der eigenen Familie geben.

Besonders häufig sind gegenständliche Quellen im Keller, auf dem Dachboden oder im Schuppen zu finden. Das liegt daran, dass sie oft nicht mehr benutzt, aber trotzdem aufbewahrt werden. Sind diese Quellen jedoch besonders wertvoll für die Familie, so kann es sein, dass sie im Wohnzimmer fast wie in einem Museum präsentiert werden.

Die auf dieser Seite abgebildeten gegenständlichen Quellen befinden sich im Besitz einer Familie und werden in ihrem Haushalt an unterschiedlichen Orten aufbewahrt.

Schritte zur Interpretation gegenständlicher Quellen

1. Beschreibung des Gegenstandes (zum Beispiel: Größe, Gestalt, Gewicht, Material, Alter)

2. Erkundung der früheren Bedeutung und Funktion des Gegenstandes (zum Beispiel: Werkzeug, Kleidung, Denkmal)

3. Einschätzung des Aussagewertes
Bei der Interpretation gegenständlicher Quellen kommt es darauf an, den Gegenstand möglichst genau zu untersuchen und kein Detail zu übersehen. Zusätzliche Informationen können oft die Besitzer oder Fachleute in Museen liefern. Auch im Internet lassen sich Hinweise zu vielen Sachquellen aufspüren.

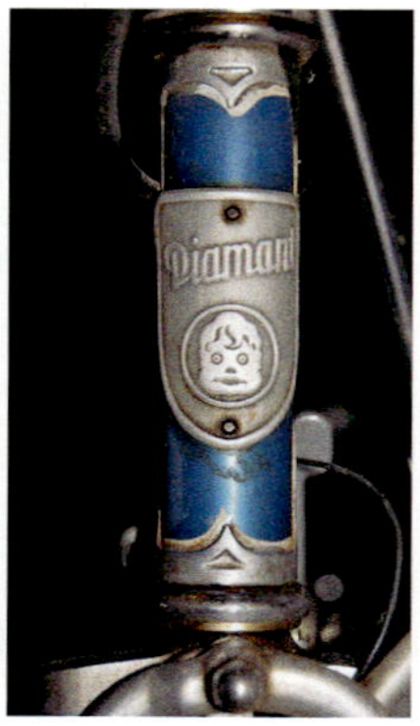

M 2 Dieses Rennrad gehörte dem Urgroßvater. Die Marke ist noch gut zu erkennen.

M 3 Der Rucksack befindet sich auf dem Boden. Auf der Vorderseite hat er besondere Aufnäher.

M 4 Das Hirschgeweih hängt im Flur. Auf ihm gibt es eine interessante kleine Inschrift.

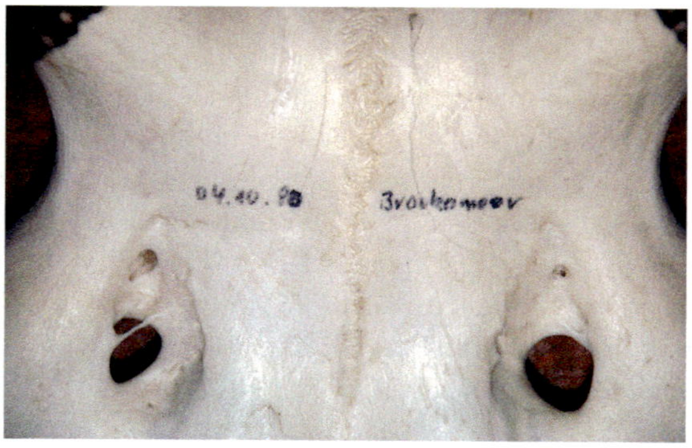

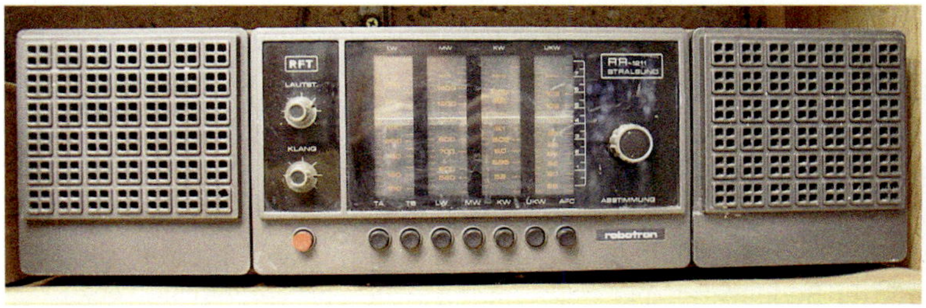

M 5 Das alte Radio steht im Keller. Es funktioniert noch, wird aber nur selten angestellt.

M 6 Dieses Hemd soll Opa getragen haben, als er noch jung war.

M 7 Das Gemälde aus dem Jahr 1933 zeigt das Haus, in dem sich alle diese Gegenstände befinden.

M 8 Bei Bauarbeiten im Keller des Hauses wurde diese Flaschenpost gefunden. Der Deckel der Flasche ist beschriftet.

Aufgaben

1. **Ein Besuch bei den Großeltern – so viele Quellen!**
   a) Beschreibe die abgebildeten gegenständlichen Quellen.
   b) Ordne die einzelnen Gegenstände den mobilen bzw. immobilen Sachquellen zu.
   c) Suche Ghana in einem Atlas und ermittle die Entfernung zwischen diesem Land und deinem Heimatort.
   d) Erzähle aus der Sicht Noras oder Pauls, was du anhand der gegenständlichen Quellen im Karton über die Familiengeschichte erfahren hast.
   → Text auf Seite 11, M1 (Seite 11)
2. **Gegenständliche Quellen in unserer Lebenswelt**
   a) Alle abgebildeten Sachquellen auf dieser Doppelseite befinden sich in dem Haus, das auch zu sehen ist. Beschreibe alle Gegenstände mit ihren Details möglichst genau.
   b) Recherchiere im Internet nach Zusatzinformationen zu einzelnen Sachquellen.
   c) Erkläre die Bedeutung und Funktion der Gegenstände.
   d) Bestimme das Alter der verschiedenen Quellen möglichst genau.
   e) Ordne die Gegenstände auf einem Zeitstrahl nacheinander an.
   f) Erläutere, was die verschiedenen gegenständlichen Quellen über die Geschichte des Hauses und seiner Bewohner verraten.
   g) Nenne mindestens drei mobile und drei immobile gegenständliche Quelle aus deiner Umgebung.
   h) Interpretiere jeweils eine Sachquelle davon. Verwende dafür den Trainingskasten auf Seite 12.
   → Text auf Seite 11, M1 – M8

Die Einteilung der Zeit

M 1 Uhr mit Zifferblatt
20. Jahrhundert

Die Zeit als Grunderfahrung des Menschen

„Kommt Zeit, kommt Rat!", „Die Zeit heilt alle Wunden!" – Viele Redensarten beschäftigen sich mit der Zeit, denn die Auseinandersetzung mit ihr ist für uns Menschen von größter Bedeutung. Die Tatsache, dass die Zeit vergeht und dass wir älter werden, beschäftigt uns unser ganzes Leben. Und beständig begleiten uns Erinnerungen – schöne und traurige: ein Zoobesuch, ein fröhliches Fest, aber auch eine Krankheit oder gar der Tod eines nahen Angehörigen.

Zeitmessung

„Die Zeit verging wie im Flug!", „Die Zeit wollte einfach nicht vergehen!" – An Sätzen wie diesen wird deutlich, dass die persönliche Empfindung eine sehr unsichere Methode ist, um den Verlauf der Zeit einzuschätzen. Deshalb haben die Menschen schon sehr früh damit begonnen, die Zeit zu messen. Heute stehen uns Uhren und Kalender zur Verfügung, um uns zeitlich zu orientieren. Diese Werkzeuge entwickelten sich jedoch erst nach und nach in sehr langen Prozessen. Zuerst hielten sich die Menschen an den Wechsel von Tag und Nacht. Da die Dauer eines Tages im Jahresverlauf aber schwankt, bot dies nur eine grobe Orientierung. Außerdem musste der Tagesablauf selbst auch wieder unterteilt werden. Zu diesem Zweck entwickelten die Menschen, ausgehend von der Sonnenuhr, immer feinere Instrumente der Zeitmessung. Heute können Zeitdifferenzen weit jenseits der menschlichen Wahrnehmung gemessen werden.

Unser Kalender

Über längere geschichtliche Zeitabschnitte hinweg waren vor allem die Mondphasen das wichtigste Hilfsmittel der Zeiteinteilung: Von Vollmond zu Vollmond dauert es etwa 29,5 Tage. Aus dieser Zeitspanne entstanden, wie schon am Begriff zu erkennen ist, die Monate. Das Mondjahr umfasst zwölf solcher Monate, also insgesamt 354 Tage. Diese Einteilung stimmt allerdings nicht mit den Jahreszeiten überein, die durch den Umlauf der Erde um die Sonne entstehen; ein Sonnenjahr dauert nämlich etwa 365 Tage. Weil aber auch dies nicht ganz exakt ist, gibt es alle vier Jahre ein sogenanntes Schaltjahr mit 366 Tagen.

Aus den Beobachtungen der Mondphasen, der Wiederkehr der Jahreszeiten und der Sonnenbahn entstanden verschiedene Kalendersysteme. Dabei war der

M 2 Sanduhr
19. Jahrhundert

M 3 Mechanische Wanduhr
Deutschland, um 1400

M 4 Griechische Sonnenuhr
3. Jahrhundert v. Chr.

Kalendersysteme

Kalender	christlich	muslimisch	jüdisch
Datum (Beispiel)	1. Januar 2000	24. Ramadan 1420	23. Tewet 5760
	1. Januar 2010	15. Muharram 1431	15. Tewet 5770
Beginn der Zeitrechnung	Geburt Christi	Auszug Mohammeds 622 n. Chr.	Erschaffung der Welt 3761 v. Chr.
Kalendertyp	Sonnenkalender	Mondkalender	kombinierter Sonnen-/ Mondkalender

M 5 **Kalendersysteme**

Zeitpunkt entscheidend, zu dem mit der Zählung begonnen wurde. Der Ausgangspunkt unserer Zeitrechnung ist die Geburt Christi („Jahr 0"), wobei die Jahre davor rückwärts gezählt und mit der Abkürzung „v. Chr." gekennzeichnet werden. Alternativ zur Berufung auf Christi Geburt werden auch die Abkürzungen „v. u. Z." und „n. u. Z." verwendet: „vor (dem Beginn) unserer Zeitrechnung" bzw. „nach (dem Beginn) unserer Zeitrechnung". Mit einem Zeitstrahl lässt sich dies gut veranschaulichen. Dabei ist Folgendes zu beachten: Das erste Jahrhundert umfasst die Jahreszahlen unter 100. Das 13. Jahrhundert umfasst demzufolge also alle Jahre nach der ersten Jahrtausendwende, die mit „12" beginnen etc.

M 6 **Ein einfacher Zeitstrahl**

Andere Kalender

In anderen Kulturen wurden und werden andere Kalendersysteme benutzt. Dabei werden nicht immer Sonnenjahre verwendet, und die Zeitrechnungen beginnen mit anderen Ereignissen. Das vorrangige Ordnungselement für Geschehnisse ist aber immer die Chronologie:

- Die Römer orientierten sich z. B. an der sagenhaften Gründung ihrer Stadt im Jahr 753 v. u. Z. und zählten die Jahre „ab urbe condita", d. h. „ab Gründung der Stadt".
- In der jüdischen Welt gilt das aus der Bibel errechnete Jahr der Erschaffung der Welt als Startpunkt der Zählung.
- Die arabische Welt nimmt das Jahr 622 n. u. Z., in dem der Prophet Mohammed seine Heimat Mekka verlassen musste, als Ausgangsjahr.

Aufgaben

1. Der Zeitstrahl

a) Zeichne einen Zeitstrahl für die Zeit von 100 v. Chr. bis 50 n. Chr. (10 Jahre entsprechen 1 cm).

b) Trage folgende Jahre und Zeiträume ein: die zweite Hälfte des 1. vorchristlichen Jahrhunderts, das Todesjahr von Julius Caesar (44 v. Chr.), das 4. Jahrzehnt des 1. Jahrhunderts n. Chr.

→ Text auf den Seiten 14–15

2. Zeitmessung und Kalender

a) Erkläre die Funktionsweise einer Sanduhr und einer Sonnenuhr.

b) Stelle mit einfachen Mitteln selbst ein Gerät zur Zeitmessung her.

c) Nenne Gelegenheiten, bei denen es heute wichtig bzw. nicht so wichtig ist, sich genau nach der Uhrzeit zu richten. Erkläre den Unterschied.

→ M1–M4, Text auf den Seiten 14–15

3. Kalender

a) Erkläre den Unterschied zwischen Sonnen- und Mondkalender.

b) Gib das Jahr an, in dem wir uns heute nach dem jüdischen Kalender befinden.

→ M5–M6, Text auf den Seiten 14–15

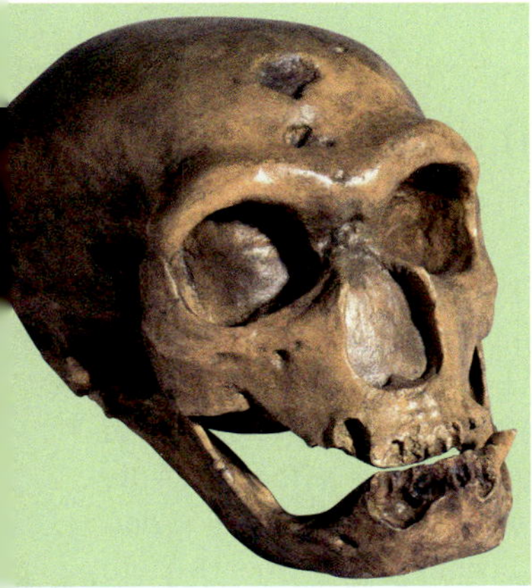

02

DAS LEBEN DER MENSCHEN IN DER FRÜHGESCHICHTE

M 1 **Felsbilder in der Höhle von Lascaux/Südfrankreich,** um 14500 v. Chr.
M 2 **Ein jungsteinzeitliches Dorf,** Rekonstruktionszeichnung
M 3 **Schädel eines Neandertalers,** La Chapelle-aux-Saints/Frankreich, ca. 60000 v. Chr.
M 4 **Ötzi,** Rekonstruktion, 2011
M 5 **Keltischer Eisenhelm aus Agris/Frankreich,** 4. Jahrhundert v. Chr.
M 6 **Gletschermumie „Ötzi“ am Fundort Ötztaler Alpen um 3300–3100 v. Chr.,** Foto, 1991

Das Leben der Menschen in der Frühgeschichte

Früheste Spuren

Wie hat alles angefangen? Die Frage nach der Entwicklung der ersten Menschen hat die Wissenschaftler immer wieder dazu angetrieben, die Frühgeschichte der Menschheit zu erforschen. Doch wie erhält man gesicherte Kenntnisse über eine Vergangenheit, die Jahrtausende zurückliegt? Können Spuren überhaupt so lange überdauern? Die Antwort ist: Ja! Immer wieder finden Archäologen Überreste, die Aufschlüsse und Hinweise über das Leben der frühen Menschen geben. Zu den ältesten Funden gehören Höhlenmalereien und von Frühmenschen bearbeitete Steine, was zum Begriff der „Altsteinzeit“ geführt hat. Die Steinzeit war die Epoche, in der die frühen Menschen als Jäger und Sammler über die Erde wanderten.

Aber auch Skelette von frühen Menschen sind bis heute erhalten geblieben. Zu den berühmtesten Funden zählt die etwa 5300 Jahre Eismumie „Ötzi“, die erst vor wenigen Jahren in einem Gletscher in den Ötztaler Alpen entdeckt worden ist. Trotz des Alters der Mumie konnten die Forscher sehr genau feststellen, wie dieser Mensch gelebt haben muss, wie groß und wie schwer er war und sogar woran er gestorben ist: Er wurde nämlich ermordet.

Der bedeutendste frühgeschichtliche Fund aus Sachsen-Anhalt wäre fast in einem Wohnzimmer oder in einem privaten Tresor verschwunden: Die sogenannte Himmelsscheibe von Nebra wurde nämlich bei einer illegalen Raubgrabung entdeckt. Bevor die Finder die Bronzescheibe jedoch verkaufen konnten, gelang es der Polizei, den Fund sicherzustellen. Heute kann die Scheibe im Landesmuseum für Vorgeschichte in Halle besichtigt werden. In der Nähe des Fundortes gibt es überdies das Ausstellungszentrum „Arche Nebra“, das eine Dauerausstellung zur Scheibe präsentiert.

Manche Fragen über das Leben und die Vorstellungswelt der frühen Menschen können auch heute noch nicht beantwortet werden. Durch die Forschungen zur Frühgeschichte wissen wir jedoch schon vieles über den Alltag und die Nöte der Steinzeitmenschen. Um noch mehr zu erfahren, gehen experimentelle Archäologen heute auch ungewöhnliche Wege: Sie versuchen so zu leben, wie es die frühen Menschen getan haben.

Die Menschen besiedeln die Erde

Vor über sieben Millionen Jahren entstanden auf der Erde die ersten „Urmenschen“. Sie entwickelten sich in Äthiopien zum modernen „Homo sapiens“ (der „vernünftige Mensch“), der vor etwa 40 000 Jahren auch Europa besiedelte. In der

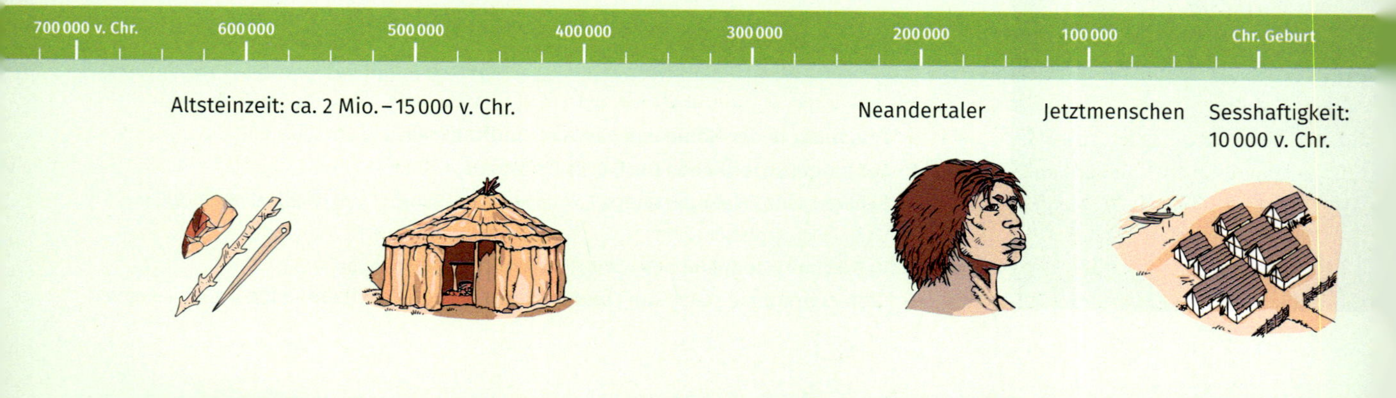

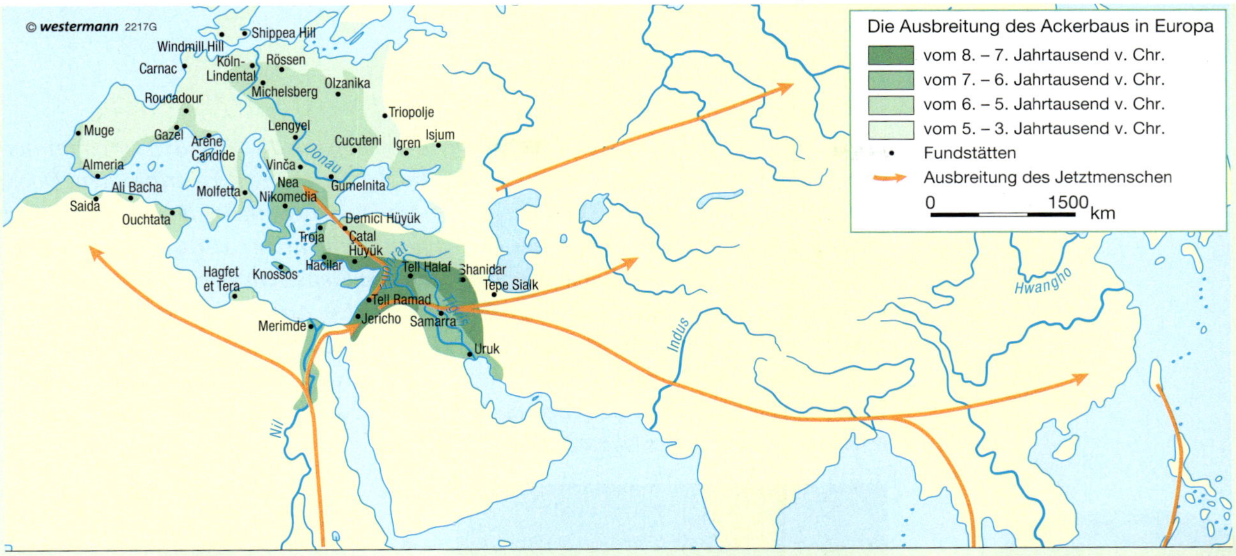

M 1

Altsteinzeit nutzte der Homo sapiens Steine und Knochen als Werkzeuge. Er ging auf die Jagd und sammelte Früchte und Beeren. Auch Kunst und Religion gehörten schon zum Leben, wie Höhlenbilder und Grabbeigaben beweisen. Das Leben der frühen Menschen veränderte sich grundlegend, als es ihnen gelang, zuvor wilde Tiere zu Haustieren zu machen und Felder zu bestellen. In der Jungsteinzeit wurden die Menschen sesshaft. Sie waren nun nicht mehr nur Jäger und Sammler, sondern auch Ackerbauern und Viehzüchter.

Mit der Sesshaftwerdung entstanden Dörfer und bald auch Städte. Die Menschen wurden immer geschickter und teilten ihre Arbeit untereinander auf – sie spezialisierten sich. Die Gemeinschaften stellten eine Vielzahl von Dingen her: Kleidung, Gefäße, Werkzeuge und Waffen. Als vor etwa 5000 Jahren aus Kupfer und Zinn Bronze erzeugt werden konnte, begann damit die sogenannte Metallzeit. Fortan entwickelte sich der Mensch immer weiter, er produzierte immer vielfältigere Werkzeuge, machte Erfindungen, gründete Staaten und brachte Kulturen hervor, deren Spuren bis in unsere Gegenwart reichen.

Was kannst du in diesem Kapitel lernen?

- Du kannst die zeitliche und räumliche Ausbreitung des modernen Menschen beschreiben.
- Du kannst Tätigkeiten, Werkzeuge und Lebensverhältnisse der Frühmenschen, in der Steinzeit und Metallzeit erläutern.
- Du stellst dein Wissen über die Frühmenschen, das Leben in der Steinzeit und Metallzeit in kurzen Texten oder in einer Zeitleiste dar.
- Du vergleichst unterschiedliche Darstellungen über das Leben der frühen Menschen und beschreibst Probleme bei der Erforschung ihrer Vergangenheit.
- Du beurteilst den Wert experimenteller Archäologie für das Verständnis des Lebens der frühen Menschen.
- Du informierst dich über Ötzi und die Himmelsscheibe von Nebra, zum Beispiel im Internet.
- Du vergleichst verschiedene Darstellungen über das Leben der Frühmenschen, in der Steinzeit und Metallzeit, zum Beispiel (Schulbuch-)Texte, Fotos und Rekonstruktionszeichnungen, und bewertest ihre Aussagekraft über die Vergangenheit.
- Du achtest bei deinen Texten und Darstellungen auf die korrekte zeitliche Reihung (vorher – nachher – zeitgleich).
- Im Training: Du erschließt Schulbuchtexte, wertest ein Erklärvideo aus und planst einen Museumsbesuch.

Die Entwicklung zum Menschen

Die Frage nach der Entwicklung der ersten Menschen hat die Wissenschaftler immer wieder dazu angetrieben, die Frühgeschichte der Menschheit zu erforschen. Doch wie erhält man gesicherte Kenntnisse über eine Vergangenheit, die viele Tausende oder Hunderttausende von Jahren zurückliegt? Schriftliche Hinterlassenschaften gibt es nicht, da die Schrift erst viel später von den Menschen entwickelt worden ist. Können Spuren überhaupt so lange überdauern? Die Antwort ist: Ja! Archäologinnen und Archäologen fanden und finden immer wieder Überreste, die Aufschlüsse und Hinweise über das Leben der frühen Menschen geben. Dass es bei der Untersuchung von Funden in der Vergangenheit auch zu Fehldeutungen gekommen ist, macht das Beispiel des Neandertalers deutlich.

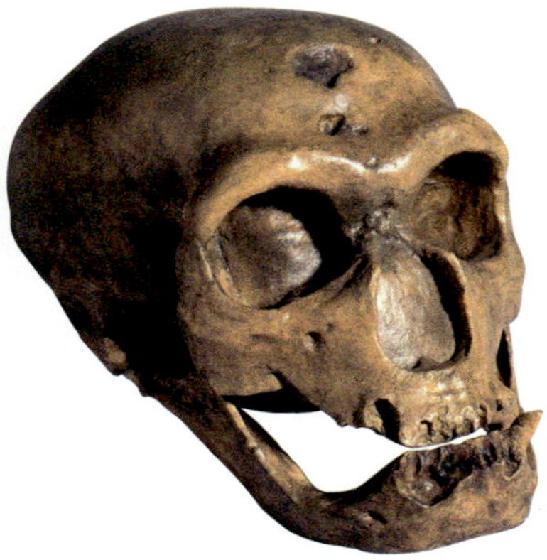

M 1 Schädel eines Neandertalers
Gefunden in der Grotte von La Chapelle-aux-Saints, Südfrankreich, ca. 60 000 Jahre alt. Dieses Individuum weist starke alters- und krankheitsbedingte Knochenveränderungen auf und war die Vorlage für die Rekonstruktion von 1909.

M 2 Neandertaler
Modell nach neuesten wissenschaftlichen Erkenntnissen

M 3 Neandertaler
Rekonstruktion von 1909

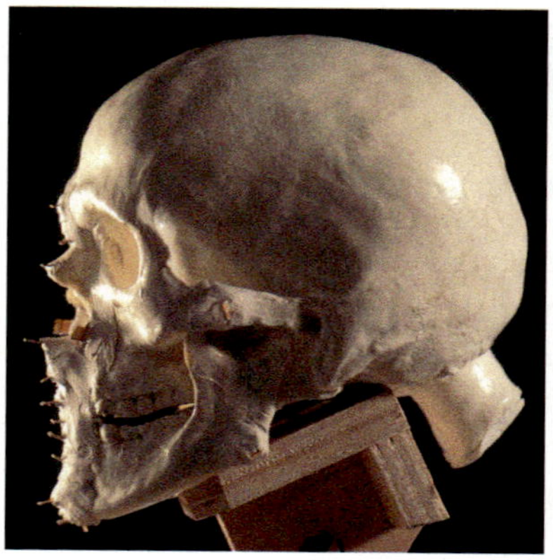

M 4 Vom Schädel zum Gesicht
Mithilfe von modernen wissenschaftlichen Rekonstruktionstechniken kann aus einem Schädel ein Modell angefertigt werden, Fotos von 1996.

Aufgaben

1. **Fund und Rekonstruktion vergleichen**
   a) Vergleiche die Rekonstruktion des Neandertalers von 1909 (M3) mit dem modernen Neandertalerbild.
   b) Erkläre mögliche Gründe für die Unterschiede.
   → M1–M4

2. **Unterschiede zwischen Mensch und Tier**
   a) Nenne mithilfe des Schulbuchtextes auf den Seiten 21/22 die Unterschiede zwischen Mensch und Tier.
   b) Erkläre die im Text genannten Eigenschaften des Menschen.
   → Text auf den Seiten 21–22

Die Sonderstellung des Menschen

Gewaltige Klimaveränderungen bereiteten den Sauriern schon lange vor dem gewaltigen Meteoriteneinschlag vor 65 Millionen Jahren das Ende. Nun gehörte kleinen, spitzmausartigen Säugetieren die Zukunft. Teil dieser Zukunft ist der Mensch, den Wissenschaftler „Homo sapiens" – auf Deutsch der „weise Mensch" – nennen. Was aber macht uns „weise" und unterscheidet uns damit vom Tier? Es ist die einmalige Kombination von verschiedenen, in Millionen von Jahren erworbenen Eigenschaften:

- aufrechter Gang,
- Fertigung von Werkzeugen und deren ständiges Mitführen,
- kontrollierte Feuernutzung,
- Sprachvermögen und systematisches, planendes Verhalten,
- enge Gruppenbindung des Einzelnen,
- Entwicklung von Technik, Kunst und Religion.

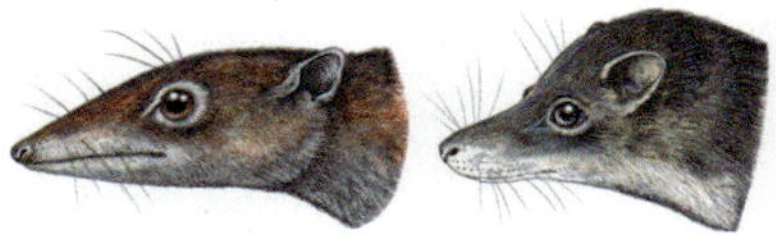

M 5 Spitzmausartige Säugetiere
Rekonstruktionszeichnung nach Fossilienfunden

Vom Tier zum Menschen

Die Entwicklung zum Menschen vollzog sich über einen langen Zeitraum. Im Folgenden sind die wichtigsten Etappen zusammengefasst:

- Vor 25 Millionen Jahren besetzten in verhältnismäßig kurzer Zeit die Säugetiere die Lebensräume zu Lande, zu Wasser und in der Luft. Im Gebiet des heutigen Ägypten lebte ein unscheinbares, etwa einen Meter großes Tier, das Wissenschaftler „Propliopithecus" nennen. Seine gleich langen Vorder- und Hintergliedmaßen ermöglichten ihm – im Gegensatz zu den langarmigen Baumhanglern – den vierfüßigen Gang in den Bäumen und auf dem Boden.
- Vor 20 bis 15 Millionen Jahren ließ ein Klima mit hohen Niederschlägen üppige Wälder gedeihen. In solchen Gebieten lebte ein Affe, der sogenannte Proconsul. Noch weit mehr als sein Vorfahre aus Ägypten war er imstande, auch ein Bodenleben zu führen. Darum steht er dem Menschen ein Stück näher.
- Vor 15 bis 8 Millionen Jahren wurde es in Afrika kühler und trockener. Die Waldgebiete lockerten auf und es entstanden offene Landschaften, die auch von Raubtieren bevölkert waren. Die Vorfahren des Menschen überlebten durch engen Zusammenschluss in Gruppen und durch den aufrechten Gang. Dieser ermöglichte eine bessere Übersicht. Viele Funde beweisen, dass in den vielfältigen Landschaften damals eine Reihe von Affenarten lebte. Diese waren aber nicht allein auf den afrikanischen Kontinent beschränkt. Von dem 2019 im Oberallgäu entdeckten „Danuvius guggenmosi" sind Beingelenke erhalten, die belegen, dass sich diese Art vor 11 Millionen Jahren sowohl zweibeinig als auch kletternd fortbewegt hat.
- Für die Zeit ab etwa 7 Millionen Jahren sind schließlich verschiedene Vor- und Frühmenschenformen nachweisbar, die für die Entwicklung zum Menschen von Bedeutung waren. Zu den ältesten Vormenschenformen gehören der über 7 Millionen Jahre alte „Graecopithecus freybergi", der im heutigen Griechenland gefunden wurde, und der rund 6 bis 7 Millionen Jahre alte „Sahelanthropus" aus Zentralafrika. Weitere Vertreter gehören zu der Gattung „Australopithecus" (südlicher Affe) und lebten vor ca. 4 bis 2 Millionen Jahren in Afrika.

M 6 Proconsul
Rekonstruktionszeichnung

Die frühesten Menschen – Die Urmenschen

Zwei Formen, die schon vor etwa 2,5 Millionen Jahren lebten, rechnet man heute der Gattung Mensch zu: den „Homo habilis", der „begabte Mensch", und den

„Homo rudolfensis". Beide haben gezielt und regelhaft Werkzeuge aus Stein hergestellt. Selbst der begabteste Schimpanse – heute unser nächster Verwandter – verwendet Werkzeug nur nach dem Zufallsprinzip und lässt es dann liegen.

Noch während diese Frühmenschen existierten, entstand in den Steppen und Savannen Ostafrikas vor etwa zwei Millionen Jahren eine weitere Menschenform: der „Homo erectus", der „aufgerichtete Mensch". Die frühesten Vertreter des Homo erectus waren so groß wie heutige Menschen. So war der sogenannte Junge von Turkana mit elf Jahren 1,58 m groß, ausgewachsen hätte er eine Größe von ca. 1,70 m erreicht. Homo erectus war die erste Menschenform, die den afrikanischen Kontinent verließ. Diese Menschen breiteten sich über weite Teile der Alten Welt aus. Sie erreichten die Inseln des heutigen Indonesiens in Südostasien und bevölkerten auch Europa. Mit bis zu zwei Meter langen Speeren, wie sie in der Fundstelle Schöningen in Niedersachsen gefunden wurden, jagten sie Tiere wie Pferde und Hirsche, aber auch Nashorn, Waldelefant und Ur.

M 7 Schöninger Speere

Im Braunkohletagebau von Schöningen (Niedersachsen) wurden ab 1994 die ältesten vollständig erhaltenen Holzwaffen der Menschheit entdeckt. Zu den etwa 300 000 Jahre alten Waffen gehören einige Speere und der in Fundlage abgebildete, beidendig angespitzte Stab, der vermutlich als Wurfholz diente.

Der Neandertaler

Einer der berühmtesten Urmenschen ist der „Homo sapiens neandertalensis". Er ist Nachfahre des Homo erectus und entwickelte sich in Europa. Die besonderen klimatischen Bedingungen im eiszeitlichen Europa haben diese Menschenform geprägt. Er war gedrungen und kräftig gebaut und hatte eine große Nase, die vermutlich zum Erwärmen der kalten Atemluft diente. Sein Körperbau, der an einen Schwerathleten erinnert, war für seine äußerst gefährliche Lebensweise gut geeignet. Er war zum Nahrungserwerb ständig unterwegs und nutzte Felsüberhänge und Höhleneingänge als vorübergehenden Aufenthalt.

Bei der Jagd auf Großwild wurden Neandertaler häufig schwer verletzt, aber die Gemeinschaft versorgte ihre Kranken. Sie bestatteten ihre Toten und es gibt Hinweise darauf, dass sie sich schmückten. Sehr wahrscheinlich konnten Neandertaler auch sprechen. Wissenschaftler haben herausgefunden, dass das für die Sprache wichtige Zungenbein von dem heutiger Menschen nicht zu unterscheiden ist. Ihre großen Gehirne verfügten über die zum Sprechen benötigten Regionen und auch die Gene, die für die Sprachfähigkeit heutiger Menschen zuständig sind, fand man im Erbgut der Neandertaler.

M 8 Neandertaler

Leben der Neandertaler, nachgestellte Szene im Neanderthal Museum Mettmann (Nordrhein-Westfalen)

Homo sapiens sapiens – Der Jetztmensch

Vor etwa 300 000 Jahren erschien schließlich der „Homo sapiens sapiens". Er stammte aus Afrika und verbreitete sich über fast alle Teile der Welt. Vor etwa 45 000 Jahren erreichte er auch Europa. Eine weiterentwickelte Werkzeugtechnik, größere und besser organisierte Gruppen und die Fähigkeit, vorausschauend zu handeln, garantierten seinen Erfolg.

Info

Der Blick in unser Erbgut

Wissenschaftlerinnen und Wissenschaftler entwickeln ständig neue Methoden, um Erkenntnisse über die Vergangenheit zu gewinnen. Mittlerweile ist es möglich, das Erbgut oder die DNA/DNS (Desoxyribonukleinsäure) ausgestorbener Menschen und Tiere zu „lesen". Die in einem aufwändigen Verfahren aus Knochen und anderen Überresten gewonnene DNA kann mit lebenden Menschen und Tieren vergleichen werden. So gewinnt man Informationen über die Entwicklung, die biologischen Verwandtschaftsverhältnisse, die Merkmale und die Herkunft der untersuchten Menschen und Tiere. Über die aDNA (ancient DNA) konnte beispielsweise herausgefunden werden, dass Neandertaler vermutlich sprechen konnten, rote Haare hatten und sich mit unseren Vorfahren vermischt haben. Etwa 2,5 % unseres Erbguts stammt von unseren europäischen Vorfahren.

Die Ausbreitung des Jetztmenschen

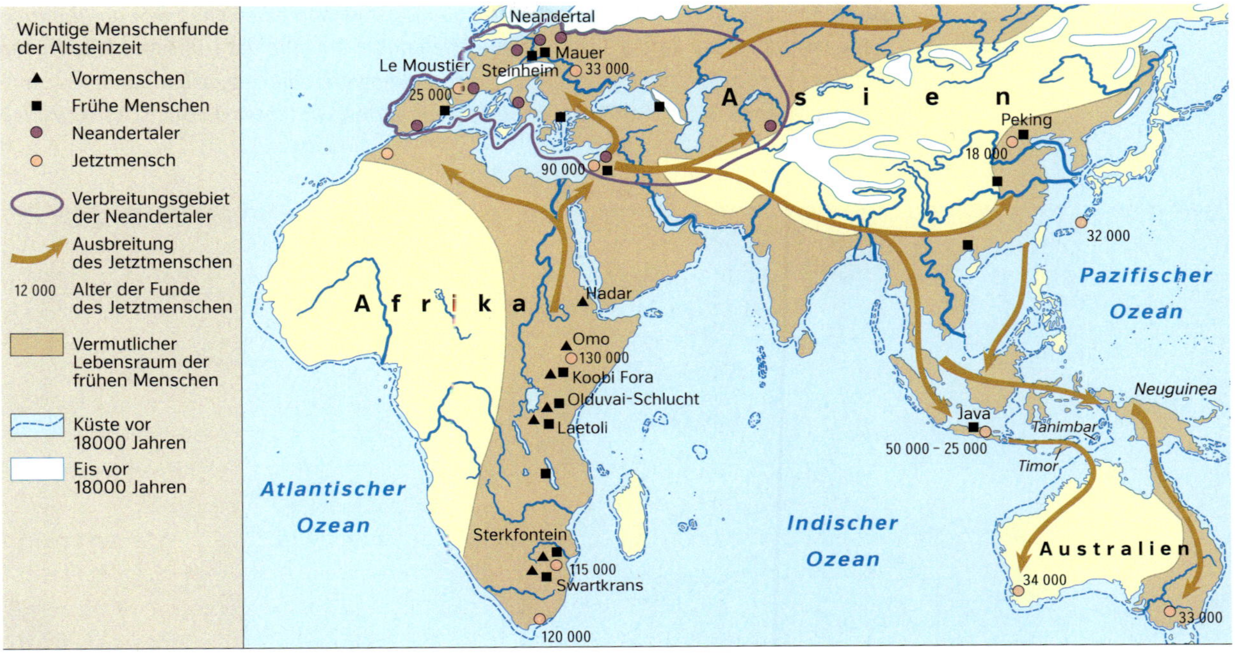

M 9 **Fundorte und Lebensräume früher Menschen**

M 10 Die Besiedlung Australiens

Der amerikanische Wissenschaftler Jared Diamond hat sich ausführlich mit der Besiedlungsgeschichte der Erde befasst. In seinem Buch „Arm und Reich" schreibt er über die Besiedlung von Australien und Neuguinea Folgendes:

Um vom asiatischen Festland nach Australien/Neuguinea zu gelangen, mussten mindestens acht Tiefseerinnen überquert werden, von denen die breiteste wohl über 80 Kilometer maß. Während die meisten dieser Rinnen zwischen Inseln lagen, die sich in Sichtweite voneinander befanden, war Australien selbst von den nächstgelegenen indonesischen Inseln Timor und Tanimbar aus niemals sichtbar. [...]
Deshalb ist die Besiedlung von Australien/Neuguinea insofern besonders bedeutsam, als dafür Wasserfahrzeuge erforderlich waren und somit der älteste Beweis für den Gebrauch solcher Fahrzeuge durch den Menschen erbracht war. [...] Anfangs hielten es die Archäologen für möglich, dass die Besiedlung von Australien/Neuguinea zufällig durch eine Handvoll Menschen erfolgte, die beim Fischen auf einem Floß nahe der indonesischen Inseln aufs Meer getrieben wurden. Im Extremfall hätte es sich bei den ersten Siedlern um eine einzige schwangere Frau mit einem männlichen Fötus (Kind ab dem dritten Schwangerschaftsmonat) im Leib handeln können. Die Verfechter dieser Zufallstheorie mussten sich jedoch von neueren Entdeckungen überraschen lassen, die ergaben, dass kurz nach der Besiedlung Neuguineas noch andere, weiter östlich gelegene Inseln [...] in Besitz genommen wurden. Daraus folgt, dass die ersten Australier und Neuguineer wahrscheinlich in der Lage waren, gezielte Reisen über das Wasser zu unternehmen, um in Sichtweite gelegene Inseln zu erreichen.
Außerdem dürften sie häufig genug mit Flößen oder einfachen Booten hinaus aufs Meer gefahren sein, um wiederholt auch außer Sichtweite liegende Inseln durch Zufall zu entdecken und zu besiedeln.

Jared Diamond, Arm und Reich. Die Schicksale menschlicher Gesellschaften (übers. v. Volker Englisch), Frankfurt a. M.: S. Fischer 1998, S. 53 ff.

Aufgaben

1. Ausbreitung des Jetztmenschen

a) Fasse die Aussagen der Karte M9 zusammen.
b) Suche die in der Darstellung von Jared Diamond (M10) genannten Länder und Inseln auf der Karte.
c) Stelle die Besiedlungsgeschichte von Australien/Neuguinea mit eigenen Worten dar.
d) Jared Diamond benutzt in seiner Darstellung die Begriffe „möglich" und „wahrscheinlich". Erläutere die Gründe dafür.

Text auf den Seiten 21–22, M9, M10

Leben in der Altsteinzeit

Steinzeit – Bei diesem Begriff denkt man an längst vergangene Zeiten und an primitive Lebensverhältnisse. In der Tat handelt es sich dabei um eine der frühesten Phasen der Menschheitsgeschichte und im Vergleich zu heute waren die Lebensbedingungen ganz andere. Aber die Menschen leisteten Bemerkenswertes. Wie lebten die Menschen damals?

M 1 Leben in der Altsteinzeit in Europa
Rekonstruktionszeichnung nach archäologischen Funden

M 2 „Haus-Zelte“
Rekonstruktionen von altsteinzeitlichen Haus-Zelten nach archäologischen Funden im Archäopark Vogelherd, Baden-Württemberg, Foto, 2019

Werkzeuge aus der Steinzeit untersuchen

M 3 Werkzeuge und Waffen der Altsteinzeit
links: Landesamt für Archäologie (Aufnahme: U. Wohmann), Dresden

M 4 Arbeiten mit Werkzeugen

Aufgaben

1. Eine Rekonstruktion untersuchen

a) Beschreibe anhand der Zeichnung M1 die Lebensweise der Menschen in der Altsteinzeit. Erstelle eine Liste mit den einzelnen Tätigkeiten und notiere daneben den Zweck, den diese hatten, z. B. Beobachtung der Landschaft – Suche nach Beute.

b) Erläutere die Elemente auf der Zeichnung M1, die durch Funde belegt sein dürften.

c) Erkläre den Begriff „Rekonstruktionszeichnung". Entscheide dabei, ob es sich um eine Quelle oder um eine Darstellung handelt.

d) Beurteile den Satz: „Eine Rekonstruktionszeichnung kann nicht historisch korrekt sein."

→ M1 – M2

2. Werkzeuge aus der Steinzeit untersuchen

a) Beschreibe die Werkzeuge der Altsteinzeit (M3 – M4) und erkläre ihre jeweiligen Funktionen.

b) Auch Tiere verwenden Werkzeuge. Erläutere die Unterschiede im Gebrauch von Werkzeugen zwischen Tieren und Menschen.

c) Projektvorschlag: Behaut selbst Steine und gebt die Zeitdauer an, die benötigt wird, bis ein Ergebnis entstanden ist, das auch gut als Werkzeug funktioniert.

→ M3 – M4

Das Klima der Eiszeit – Ein stetiger Wandel

Klima und Umwelt beeinflussen das Leben aller Pflanzen, Tiere und Menschen. Während der Altsteinzeit gab es mehrere Wechsel von kalten und warmen Perioden. In der letzten Kaltphase, der Würm-Eiszeit, die ca. 100 000 Jahre dauerte, lebten sowohl Neandertaler als auch moderne Menschen in Europa. Während einer Eiszeit sanken die Durchschnittstemperaturen weltweit und schwankten zugleich stark. So wechselten sich kurze, etwas wärmere Phasen mit sehr kalten Perioden ab. Durch die Kälte dehnten sich die Gletscher sehr weit aus. Zur größten Ausdehnung der letzten Eiszeit war sogar die Region Berlin vollständig von Eis bedeckt. In den Gletschern war sehr viel Wasser gebunden. Die Meeresspiegel sanken ab und es gab nur sehr wenig Niederschläge.

Durch die Kälte und vor allem die Trockenheit konnten in Mitteleuropa keine Wälder bestehen. Stattdessen breiteten sich weite, offene Steppenlandschaften aus. Kräuter, Gräser und niedrige Büsche wuchsen in den Flächen, in geschützten Lagen gab es an Kälte angepasste Bäume wie Birken, Weiden und Fichten. In dieser Landschaft fanden zahlreiche große Pflanzenfresser ihre Nahrung. Sie waren an die harten Lebensumstände gewöhnt und kamen mit der Kälte gut zurecht. Mammuts, Wollnashörner, Steppenbisons und Höhlenbären waren die Giganten der Eiszeit. Riesige Herden von Rentieren und Wildpferden durchzogen die Landschaft. Doch wo es so viele Pflanzenfresser gab, waren auch die Raubtiere nicht weit: Höhlenlöwen, Wölfe und Höhlenhyänen waren eine stete Bedrohung für die Tierherden – und nicht zuletzt auch der eiszeitliche Mensch.

Werkzeuge und Geräte

Das erste dauerhafte Material, aus dem die Menschen Werkzeuge herstellten, war Stein. Die früheste Phase der Menschheitsentwicklung wird deshalb auch als „Steinzeit" bezeichnet. Da die Kunst der Steinbearbeitung stetig weiterentwickelt und verbessert wurde, unterteilt man die Steinzeit in Altsteinzeit (Paläolithikum), Mittelsteinzeit (Mesolithikum) und Jungsteinzeit (Neolithikum).

Schon vor ca. zwei Millionen Jahren wurden einfache Steinwerkzeuge benutzt. So genügte zunächst ein aus Geröll gefertigter Faustkeil, um an das Fleisch und das nahrhafte Knochenmark von Beutetieren zu gelangen. Der Neandertaler nutzte neben Faustkeilen auch Schaber, Klingen, Spitzen und einschneidige Messer aus Stein. Der Mensch verwendete neben Feuerstein auch Knochen, Geweih und Elfenbein zur Herstellung von Werkzeugen, Messern, Harpunen, Speeren und Speerschleudern. Vor etwa 40 000 Jahren gab es schon Musikinstrumente und vor etwa 24 000 Jahren Nähnadeln.

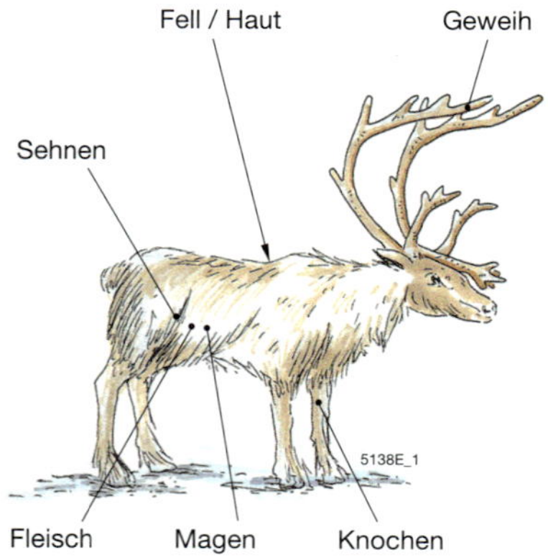

M 5 Ein „Nutz-Tier"
Schemazeichnung

Lebensgrundlage: Jagen und Sammeln

Die Existenzgrundlage der Menschen in der Altsteinzeit bildete die Jagd auf Großwild, insbesondere auf Ren, Pferd, Bison und Wollnashorn. In seltenen Fällen hat man auch das Mammut erlegt. Die Jagd war äußerst gefährlich, wenn nicht gar tödlich. Verletzungen der Jäger waren keine Seltenheit. Entweder trieb eine Gruppe von Jägern ein Tier in eine Engstelle oder in sumpfiges Gebiet, wo man es anschließend mit Lanzen erlegte, oder man jagte aus der Distanz, indem man Speere, Schleudern, Pfeil und Bogen sowie Bumerangs (die keine australische Erfindung sind) benutzte. Von den Beutetieren wurden nahezu alle Bestandteile verwertet. Überdies wurde mit Harpunen und später auch mit Reusen und Angelhaken Fischfang betrieben.

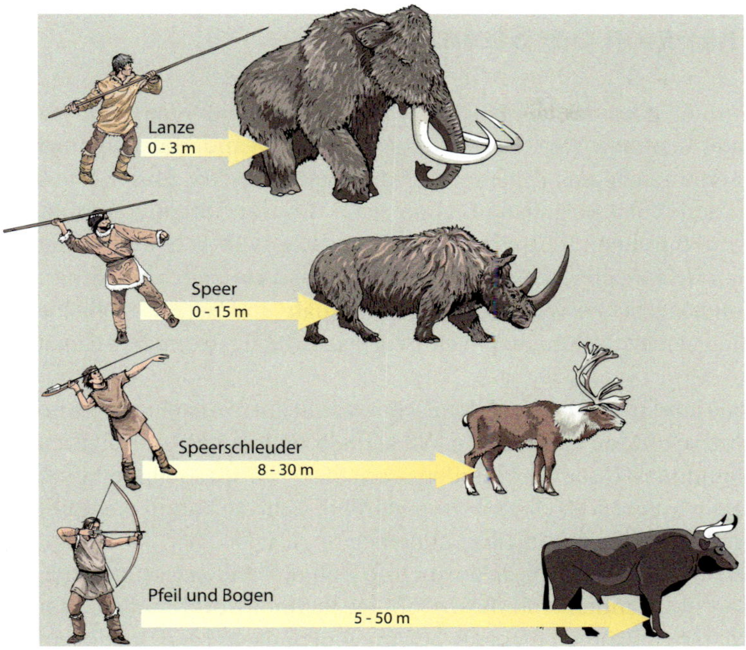

M 6 Entwicklung und Nutzung der Waffen in der Steinzeit

Digital+
WES-115948-201
Hörszene über die Mammutjagd

Neben Nahrungspflanzen, Früchten, Beeren, Pilzen, Nüssen, Wildgetreide und Wurzeln sammelten die Steinzeitmenschen auch schon Heilpflanzen wie Thymian, Malve, Kornblume und Rosmarin. Zentral war das Feuer, das mittels Zunderschwamm, Feuerstein und Pyrit (Katzengold) entfacht wurde. Aus Norditalien stammender Pyrit, der in Polen, Deutschland und in der Schweiz gefunden wurde, zeigt, dass schon über große Distanzen hinweg gehandelt wurde. So sind auch Schnecken- und Muschelgehäuse aus dem Mittelmeergebiet, die als Schmuck gedient haben, im heutigen Andernach in Rheinland-Pfalz gefunden worden.

Abhängigkeit von der Natur

Der Mensch war damals in weit stärkerem Ausmaß als heute den Launen und Gefahren der Natur ausgeliefert. Klimaschwankungen, Katastrophen wie Erdbeben, das Ausbleiben von Jagdwild oder ein zu geringer Ertrag beim Sammeln von Nahrungspflanzen konnten für die steinzeitlichen Gruppen lebensbedrohlich werden. Die Menschen dieser Zeit zogen mit ihren Zelten umher und wechselten ja nach Jahreszeit und Nahrungsangebot ihre Lagerplätze. Sie folgten den Wanderbewegungen ihrer Beutetiere Wildpferd, Rentier und Mammut. Die eiszeitlichen Jäger und Sammler waren aber auch schon in der Lage, Fleisch zu konservieren und in Depots aufzubewahren.

Aufgaben

1. Waffen aus der Steinzeit untersuchen

a) Erläutere die einzelnen Elemente der Abbildung M6.
b) Erkläre die Veränderung der Bewaffnung der Menschen und die damit verbundene Jagdtechnik.
c) Überprüfe, ob diese Entwicklung als Fortschritt bezeichnet werden kann.

→ M6

2. Jäger und Sammler der Altsteinzeit

a) Erstelle auf Basis dieses Teilkapitels eine Tabelle mit den Überschriften der Schulbuchabschnitte (Seite 26 – 27) und trage mit eigenen Worten die wichtigsten Informationen ein.
b) Erkläre das Vorgehen der Menschen bei der Mammutjagd. Verwende dafür die Hörszene über die Mammutjagd im Webcode auf dieser Seite.

→ M1 – M6, Text auf Seite 26 – 27, WES-115948-201

Kunst und Religion der Steinzeit

M 1 Frau von Brassempouy
um 20 000 v. Chr., aus Elfenbein (Mammut), Höhe 3 cm

Wir können nur mutmaßen, wie die religiösen Vorstellungen der Steinzeitmenschen im Einzelnen aussahen. Wir wissen, dass sowohl der Neandertaler als auch der Jetztmensch (Homo sapiens sapiens) Verstorbene bereits vor über 100 000 Jahren bestattete und ihnen Beigaben ins Grab legte. Unwetter, Steppenbrände, Erdbeben oder Überflutungen führte man damals auf das Wirken überirdischer Kräfte zurück. Man wollte sich vielleicht auch des Jagdglücks oder der Fruchtbarkeit von Tieren und Menschen versichern. Durch Rituale und religiöse Objekte versuchten die Menschen, die höheren Mächte zu beschwichtigen und ihre Gunst zu erlangen.

Vor rund 40 000 Jahren begannen die Menschen damit, ihre Vorstellungen und Geschichten in Kunstobjekten darzustellen. Wir kennen zahlreiche kleine Figuren von Tieren wie Mammuts, Löwen oder Pferden. Auch Menschendarstellungen, vor allem Frauen, sind häufig. Diese Objekte trug man bei sich, sie hatten vielleicht eine magische Funktion oder dienten als Amulette.

Die Menschen der Steinzeit haben aber auch an Höhlenwänden faszinierende Bilder hinterlassen. Entstanden sind diese wohl im Rahmen von Ritualen oder Zeremonien, da derartige Höhlen nicht als Wohnung genutzt wurden. Im Schein von Fackeln oder Fettlampen haben sich die steinzeitlichen Menschen in dunkle Unterwelten gewagt, um hier Tierbilder oder Handabdrücke zu hinterlassen. Wie wir aus im Lehm erhaltenen Fußspuren wissen, waren dabei auch Kinder und Jugendliche zugegen.

Besonders eindrücklich sind die Darstellungen von Mischwesen aus Tier und Mensch. Man stellte vielleicht Tiergeister dar oder als Tiere verkleidete Menschen. Zu den ältesten Beispielen gehört die 40 000 Jahre alte Figur des „Löwenmenschen" aus der Hohlenstein-Stadel-Höhle bei Ulm. Aus der Mittelsteinzeit sind sogar Masken überliefert. Sie wurden aus Schädeln von Hirschen gefertigt und von besonderen Personen bei Zeremonien getragen. Solche Masken wurden an mehreren Fundorten im heutigen England und im Norden Deutschlands gefunden. Ein besonders eindrückliches Exemplar stammt aus Berlin-Biesdorf und wurde rund 8600 v. Chr. angefertigt.

Digital+
WES-115948-202
Virtueller Besuch in der Höhle von Lascaux (auch in deutscher Sprache)

M 2 Maske
um 8600 v. Chr., gefunden in Berlin-Biesdorf. Diese Maske wurde aus dem Schädel eines Hirsches hergestellt. Das ganze Geweih ist der Länge nach halbiert worden, um das Gewicht zu reduzieren. So konnte man es auf dem Kopf tragen.

M 3 In der Höhle von Lascaux

Die Untersuchung der Felsbilder ergab, dass diese in der Zeit zwischen 15000 und 14000 v. Chr. entstanden sind, vermutlich um 14500 v. Chr. Eine in der Höhle gefundene Fett-Lampe belegt, dass das Innere erleuchtet wurde. Das vorliegende Bild befindet sich im sogenannten Schacht, einer tiefen, schwer zugänglichen Stelle in der Höhle. Bei der Herstellung wurde nur schwarze Farbe verwendet. Die Umrisse der Figuren wurden eingeritzt, bevor die Farbe aufgeblasen und dann mit Fingern verstrichen wurde.

M 4 Das Rätsel von Lascaux

Der Wissenschaftler Michael Rappenglück stellt in seinem Buch über Lascaux verschiedene Deutungen des oben abgedruckten Bildes vor:

a) Die meisten Forscher erkennen in der Bildfolge die „älteste Darstellung" einer Jagd mit allem, was so dazugehören solle: Jäger (Vogelmensch), Jagdbeute (verwundeter Bison), Jagdwaffen (Pfeil, Speer), Tarnmaske (Vogelkopf des Vogelmenschen). Für einen oder mehrere der Beteiligten (Vogelmensch, Bison) endete die Begegnung sicher gesundheitsschädigend, wenn nicht gar tödlich: Ein „Jagdunfall" sei dargestellt, eine Szene, in der es um Leben und Tod ging. […]

b) Wenn in dieser Szene ein menschenähnliches Wesen zu Tode kommt, dann lag es für viele Interpreten nahe, hier ein „Begräbnis" in einer unterirdischen „Gruft" und in der ganzen Szene ein „Totenritual" gewissermaßen zum „Gedenken" dargestellt zu sehen. Dieser Deutung zufolge ist der Vogel auf dem Stab schlicht ein Grabpfosten und der Vogelmensch der „Geist des Jägers". Für manchen Forscher verbirgt sich hinter der seltsamen Gestalt gar noch pompöser der „Höhlengeist". Nur sollte dann im weiteren Gedankenschluss auch das „Grab eines Jägers" im Boden des Schachtes auszugraben sein. Allerdings wurden Nachgrabungen, die im Jahre 1949 erfolgten, nicht fündig. […]

c) Immer wieder beziehen die Forscher die „Szene" auf „magische" Handlungen und Vorstellungen. Dabei sind sie sich nicht nur untereinander, sondern sogar in ein und derselben Person uneinig. In diesen Interpretationen ist der Vogelmensch ein Magier oder Zauberer bzw. wird selbst behext. […]

d) Die Szene gebe einen Opferritus wieder. Sie zeige, wie nach erfolgreicher Jagd das erste erbeutete Tier, ein Bison, dem Sonnengott geschlachtet werde.

Michael A. Rappenglück, Eine Himmelskarte aus der Eiszeit? Ein Beitrag z. Urgeschichte d. Himmelskunde, Frankfurt a. M.: Peter Lang 1999, S. 19ff.

Aufgaben

1. Ein Höhlenbild untersuchen

a) Fasse die Informationen über die Entstehung der Höhlenmalerei M3 zusammen

b) Erläutere die im Bild M3 enthaltenen Informationen über die Vergangenheit.

c) Wähle aus der Darstellung M4 die Deutung aus, die dir am überzeugendsten erscheint. Begründe deine Meinung.

d) Projektvorschlag: Male selbst Bilder auf Steine im Stil der Höhlenmalerei.

M3, M4, Text auf Seite 28

Leben in der Jungsteinzeit

Mit dem Beginn der heutigen Warmzeit am Ende der Altsteinzeit vor rund 10000 Jahren begannen die Menschen ihre Lebensweise grundlegend zu ändern. Die Neuerungen, die in der Jungsteinzeit einsetzten, prägen unser Leben bis heute.

M 1 Leben in der Jungsteinzeit in Europa
Rekonstruktionszeichnung nach archäologischen Funden

M 2 Werkzeuge aus der Jungsteinzeit
Webstuhl (Rekonstruktionszeichnung nach einer Felszeichnung) sowie Mahlstein und Reibstein, 4./3. Jahrtausend v. Chr.

	Altsteinzeit	Jungsteinzeit
Nahrungserwerb		
Nahrung		
wichtige Erfindungen		
Aufenthaltsorte		
besondere Gefahren		
Bekleidung		
Lebensweise		

M 3

Aufgaben

1. Leben in der Jungsteinzeit
Beschreibe mithilfe der Zeichnung M1 das Leben der Menschen in der Jungsteinzeit. Erstelle eine Liste mit den einzelnen Tätigkeiten und notiere daneben den Zweck, den diese hatten, z. B.: Hüten von Tieren – Verhinderung des Verlustes von Tieren.
→ M1

2. Erfindungen der Jungsteinzeit
Nenne Erfindungen der Jungsteinzeit und erkläre deren Bedeutung für das Leben der Menschen.
→ M1–M2

3. Ein Rollenspiel
Eine Gruppe Jäger und Sammler trifft zum ersten Mal auf eine jungsteinzeitliche Siedlung. Spielt diese Szene. Überlegt euch Fragen, die an die andere Gruppe gestellt werden könnten, und formuliert die entsprechenden Antworten. Stellt Vermutungen zum Ergebnis eines solchen Treffens auf.
→ M1–M6, Text auf den Seiten 32–33

4. Lebensweisen vergleichen
a) Übertrage die Tabelle M3 in dein Heft und fülle sie aus. Bearbeite dafür auch den Schulbuchtext auf der nächsten Doppelseite.
b) Erläutere in einem Vortrag die Veränderung der Lebensumstände während der Steinzeit. Verwende dabei auch die Begriffe „Quelle", „Altsteinzeit" und „Jungsteinzeit".
c) Diskutiert die Auswirkungen der Lebensweise der Jungsteinzeit auf unser heutiges Leben.
→ M1–M6, Text auf den Seiten 32–33

M 4 **Beile und Tongefäß aus der Jungsteinzeit**

Die „Neolithische Revolution“

Vor etwa 11 000 Jahren setzte ein grundlegender Wandel in der Lebensweise der Menschen ein. Diese Veränderung war eine der bedeutendsten in der Weltgeschichte. Sie begann in einer oft als „fruchtbarer Halbmond“ bezeichneten Region. Sie liegt zwischen Mittelmeer und Persischem Golf, in den heutigen Ländern Syrien, Irak und Iran. Hier wurde die Landwirtschaft „erfunden“: Um 9000 v. Chr. begannen die Menschen, die ersten Getreidesorten und Hülsenfrüchte anzubauen. Sie wandten sich vom ausschließlichen Jagen und Sammeln ab und betrieben zunehmend Ackerbau. Etwa tausend Jahre später züchteten die ersten Bauern aus den Wildformen von Schaf und Ziege die ersten Haustiere, zuerst vor allem als Nahrungsreserve. Die neue Lebensweise mit Ackerbau und Viehzucht vertrug sich auf die Dauer nicht mit der alten Lebensweise der umherziehenden Jäger und Sammler. Zu Beginn der Jungsteinzeit (Neolithikum) wurde der überwiegende Teil der Menschen zu Bauern, die dauerhafte Behausungen errichteten. Diese Veränderung war so einschneidend, dass man sie als „Revolution“ bezeichnet. Revolution bezeichnet nämlich einen grundlegenden Wandel der Verhältnisse.

Die Veränderung vollzog sich allerdings nicht plötzlich, sondern schrittweise. Dabei entstanden Zentren, von denen aus sich neues Wissen verbreitete: Die Verwendung eines Pfluges, der zunächst aus Holz bestand, ist in Mitteleuropa seit 4500 v. Chr. bekannt. Durch diese technische Neuerung konnte der Getreideanbau wesentlich verbessert werden, sodass Getreide fortan das Grundnahrungsmittel der jungsteinzeitlichen Bauern bildete.

Lebensbedingungen in der Jungsteinzeit

Veränderungen im Klima begünstigten die Ausbreitung der neuen Lebensweise nach Norden: Die Eiszeit ging zu Ende und mit dem Beginn der bis in die Gegenwart reichenden Warmzeit verschwanden viele der großen Säugetiere aus Europa. Die Menschen waren daher gezwungen, sich neue Nahrungsgrundlagen zu schaffen. Eine gute Möglichkeit bot der aus dem vorderen Orient eingeführte Ackerbau.

M 5 **Die Ausbreitung des Ackerbaus**

Zunächst bauten Menschen wilde Pflanzen an und domestizierten wilde Tiere. Das heißt: Sie wurden gefangen, gezähmt und nutzbar gemacht. Bald begannen sie mit Züchtungen, also der gezielten Auswahl und Förderung von Pflanzen und Tieren mit gewünschten Eigenschaften. Nach der Domestikation des Hundes vor ca. 14 000 Jahren folgten Schaf, Ziege, Rind, Schwein und Pferd. Aus den Getreidearten Emmer, Einkorn und Gerste wurden Brote und Breie hergestellt, die Pflanze Lein lieferte Öl und Fasern zum Spinnen, Mohn diente als Gewürz und Heilmittel. Pilze, Nüsse, Obst, Beeren und Wurzeln rundeten den Speiseplan ab.

Infolge des intensivierten Ackerbaus konnten Nahrungsvorräte angelegt werden, durch die die Menschen von den Umweltbedingungen deutlich unabhängiger wurden. Aber nicht nur die Herstellung der Nahrung wurde revolutioniert: Seit 7000 v. Chr. produzierte der Mensch auch Keramik aus Ton: Töpfe, Becher und Näpfe als Essgeschirr und zur Aufbewahrung von Nahrungsmitteln. Ebenso schritt die Entwicklung bei Werkzeugen und Waffen voran: Äxte und Beile aus Stein wurden nun nicht mehr einfach zurechtgeschlagen sondern geschliffen. Zudem erfolgte die Befestigung der Steine an den Werkzeugschäften nun bereits durch Bohrungen.

Die technischen Neuerungen machten eine Spezialisierung in Handwerk und Landwirtschaft nötig – es kam zu einer Arbeitsteilung in der Gesellschaft.

M 6 Fällen eines Baumes
Rekonstruktionszeichnungen

Training

Einen Schulbuchtext erschließen

1. Einen ersten Überblick erhalten

- Lies den Titel des Schulbuchtextes, die vielleicht vorhandene Themenfrage und die Zwischenüberschriften der Textabschnitte. Registriere Wörter, die im Text häufig verwendet oder grafisch besonders hervorgehoben werden. Achte auch auf zum Text zugehörige Bilder, Skizzen, Tabellen etc. Bestimme nun das Grobthema des Schulbuchtextes.
- Notiere, was du bereits über das Thema des Schulbuchtextes bzw. die Themenfrage weißt und was du bezüglich des Inhalts des Textes erwartest (z. B. in einer Mind Map).
- Formuliere Fragen an den Text bzw. das Thema. Verwende dazu die W-Fragen: Wer? Was? Wie? Wo? Wann? Warum? Wozu? Welche Folgen/Auswirkungen?

2. Den Schulbuchtext gründlich lesen

- Markiere unbekannte Begriffe und erkläre ihre Bedeutung in eigenen Worten. Notiere deine Begriffserklärung am Rand oder lege ein Glossar zum Schulbuchtext an. Beachte, dass manche Begriffe im Text selbst erklärt werden, andere wiederum nicht.
  Nutze ein Wörterbuch für Begriffe, die nicht im Text erklärt werden. Formuliere anschließend eine Erklärung in deinen eigenen Worten.
- Markiere Textstellen, die du nicht verstehst, mit einem Fragezeichen. Überprüfe, ob in diesem Abschnitt alle unbekannten Begriffe von dir geklärt worden sind. Lies schwierige Abschnitte mehrmals. Sprich gegebenenfalls mit einem Lernpartner oder einer Lernpartnerin darüber.
- Überprüfe, auf welche deiner Fragen der Text eine Antwort gibt. Dies hilft dir dabei, das Thema bzw. die Hauptaussage bestimmter Abschnitte zu bestimmen und in einem Satz zu formulieren.
- Formuliere zu jedem Abschnitt einen Satz zum Thema bzw. der Hauptaussage des Abschnittes: Der Abschnitt hat das Thema ... Der Abschnitt thematisiert ... Der Abschnitt handelt von ... In dem Abschnitt geht es darum, dass ... Der Abschnitt informiert darüber, dass ...

3. Mit dem Inhalt des Schulbuchtextes (weiter-)arbeiten

- Formuliere deine Erkenntnisse, die du aus dem Schulbuchtext gewonnen hast. Dabei helfen dir die folgenden Fragen: Was habe ich durch den Text Neues erfahren? Was habe ich gelernt? Was möchte ich mir merken? Welche Fragen bleiben offen? Was ist noch ungeklärt? Was möchte ich außerdem noch wissen?
- Deine Erkenntnisse kannst du in Form von stichpunktartigen Notizen, Skizzen, Tabellen, Schaubildern etc. festhalten – das hilft dir dabei, mit den Inhalten des Textes weiterzuarbeiten. Beispielsweise kannst du nun anderen die Inhalte des Textes nachvollziehbar wiedergeben und deine Erkenntnisse in eigenen Worten erklären.

Der „Ötzi" – Ein Sensationsfund

Im Herbst 1991 unternahm ein deutsches Ehepaar eine Bergtour in den Ötztaler Alpen. Beim Abstieg wählte es eine Abkürzung – und stieß in 3210 Metern Höhe auf einen mumifizierten Leichnam. Die erste Vermutung, dass es sich um einen verunglückten Bergsteiger handle, erwies sich schnell als falsch: Die durch das zurückweichende Gletschereis freigegebene sogenannte Feuchtmumie, deren Körperzellen noch Feuchtigkeit gespeichert hatten, war etwa 5300 Jahre alt! Was war passiert? Der folgende Bericht gibt erste Auskünfte.

M 1 Eine Darstellung

Der italienische Arzt und Wissenschaftler Eduard Egarter-Vigl beschreibt die letzten Minuten im Leben von Ötzi (2011). Grundlage seiner Ergebnisse bilden auch zahlreiche Experimente:

Der drahtige Mann mittleren Alters [...] ist müde vom Aufstieg aus dem Tal bis über die Baumgrenze. Unterwegs hat er Wasser von den umliegenden Bächen getrunken. In seinen Lungen und im Darminhalt konnten Pollen von Pfanzen nachgewiesen werden, die nur im Frühling und Frühsommer blühen. Hatte also zur Zeit seines Aufstiegs auf der Höhe noch Schnee gelegen? Die Ereignisse der vergangenen Tage müssen ihn gezwungen haben, seine Waffenausrüstung zu erneuern. Der halbfertige Bogen und die Rohlinge der Pfeilschäfte zeugen davon. [...] Die rechte Hand ist schwer verletzt. An der Brücke zwischen Daumen und Zeigefinger zieht sich eine tiefe Fleischwunde bis auf den Knochen. [...] Die Untersuchungen der Wundränder im Mikroskop erlauben eine Rückdatierung der Verletzung auf ein bis drei Tage. Nach den Erfahrungen aus der forensischen Pathologie kann es sich durchaus um eine Kampf- oder eine Verteidigungsverletzung handeln. Weniger plausibel erscheint eine Zufallsverletzung.

Der Mann sucht nach einer einigermaßen sicheren, nicht gleich einsehbaren Stelle zwischen den Felstrümmern, um sich auszuruhen. An die Felsränder der Mulde lehnt er seine Ausrüstung; sie wird Jahrtausende später unregelmäßig verstreut, teils im Schmelzwasser schwimmend, teils im Eis festgefroren, geborgen werden. Dann setzt er sich nieder, um sich zu stärken. Computertomografische Aufnahmen des Magens zeigen einen erweiterten, gut gefüllten Magen mit einem noch kaum angedauten Inhalt. Aufgrund der grob zerkauten Speisen kann die letzte Mahlzeit nicht lange zurückliegen, höchstens bis zu einer Stunde. [...]

Ob sich der Pfeilschütze heimlich im Schutz der mannshohen Felsblöcke angeschlichen hat oder sein Opfer am Joch schon erwartet hat, wird sich wohl nie klären lassen. [...]

Der Pfeil trifft das Opfer wie ein Blitzschlag, unvorbereitet und mit enormer Wucht. Man kennt die verheerende Wirkung ähnlicher Pfeilgeschosse von der Jagd und von Beschreibungen der Kämpfe zwischen nordamerikanischen Indianern und Siedlern. Der Mann verliert das Gleichgewicht, fällt bei den unregelmäßigen Bodenverhältnissen nieder, der Schmerz ist brennend und lähmend zugleich, raubt ihm die Sinne.

Eduard Egarter-Vigl: „Kriminalfall Ötzi"; in: Angelika Fleckinger (Hg.), Ötzi 2.0. Eine Mumie zwischen Wissenschaft, Kult und Mythos, Stuttgart: Theiss 2011, S. 70–77.

Aufgaben

1. **„Kriminalfall Ötzi" – Experimentelle Archäologie**
   a) Lies die Beschreibung des Arztes genau (M1) und kläre zunächst unbekannte Begriffe.
   b) Fertige anhand der Beschreibung eine Tabelle zum Ablauf der Ereignisse vor Ötzis Tod an.
   c) Der Autor erläutert oft die Herkunft seiner Erkenntnisse. Arbeite seine Ausführungen heraus und ergänze die Tabelle.
   d) Prüfe, ob die Ereignisse ausreichend belegt sind.
   e) Verfasse mit deinen eigenen Worten einen Bericht für eine Schülerzeitung über die letzten Stunden Ötzis. Greife dafür auf dein bisheriges Wissen zurück und beachte insbesondere die zeitliche Reihenfolge der Ereignisse. Verwende die Begriffe „vorher", „nachher" und „zeitgleich".
   → Text, M1, Internet
2. **„Ötzi" – Ein Erklärvideo auswerten**
   Wertet das Erklärvideo über Ötzi aus (Webcode auf Seite 35). Verwendet dafür den Trainingskasten auf Seite 35.
   → WES-115948-203, Trainingskasten auf Seite 35

Der „Ötzi“ – Wanderer zwischen den Zeiten

Der nach seinem Fundort „Ötzi“ genannte Körper stellte eine Sensation dar. Ötzi wurde mit modernsten wissenschaftlichen Methoden untersucht: Er hatte blaue Augen, dunkelbraunes oder schwarzes Haar, war ca. 1,60 Meter groß, wog etwa 50 Kilogramm und war ca. 46 Jahre alt – ein hohes Alter für die damalige Zeit. Seine Gelenke waren abgenutzt, seine Blutgefäße verkalkt. Das zwölfte Rippenpaar fehlte, doch machte ihm diese Besonderheit wohl in keiner Weise zu schaffen. Zu Lebzeiten hatte sich Ötzi Rippenbrüche und einen Nasenbeinbruch zugezogen, die jedoch gut verheilt waren. Der kleine Zeh des linken Fußes wies Erfrierungen auf. Ötzis Gebiss war kariesfrei, aber stark abgenutzt, da er es vermutlich auch zum Festhalten bei der Bearbeitung von Holz Knochen und Leder nutzte. Auch litt er unter Parasitenbefall, der zu Durchfall geführt hatte. Am Körper Ötzis fanden sich über 50 Tätowierungen in Form von Strichbündeln und Kreuzen. Da sie sich an den bekannten Akupunkturpunkten befinden, scheint es sich um eine frühe Form der Schmerztherapie gehandelt zu haben.

Ötzis Ausrüstung bestand aus wintertauglicher Fellkleidung. Auch war er mit zahlreichen Werkzeugen und Geräten ausgestattet, zu denen ein Bogen, ein Pfeilköcher und ein Transportgefäß für Glut gehörten. Neben einem Silexdolch führte er ein Bronzebeil mit einem Schaft aus Eibenholz mit sich – es ist das einzige vollständig erhaltene vorgeschichtliche Beil weltweit. Nach dem Ergebnis von Pollenanalysen musste Ötzi seinen Weg über die Alpen im Frühjahr angetreten haben. Der „Mann aus dem Eis“ gewährt uns heute einen einzigartigen Einblick in das Alltagsleben und das Erscheinungsbild eines steinzeitlichen Alpenbewohners, der zwischen 3300 und 3100 v. Chr. lebte.

M 2 Der Fund
Die Leiche im Eis, Foto von 1991. Sie ist heute im Südtiroler Archäologiemuseum in Bozen/Italien in einem eigens konstruierten Kühlraum ausgestellt.

Digital+ WES-115948-203
Erklärvideo zu Ötzi

Digital+ WES-115948-204
Auswertungsbogen zum Erklärvideo

Training

Ein Erklärvideo auswerten

Zu verschiedenen Kapiteln deines Schulbuchs findest du Erklärvideos. Mit den Erklärvideos kannst du erstes Wissen zu einem historischen Thema erwerben, du kannst aber auch schon vorhandenes Wissen weiter vertiefen. Um ein Erklärvideo allein oder in deiner Lerngruppe gründlich auszuwerten, findest du hier einige wichtige Arbeitsschritte.

1. Sichtung
Schau dir das Erklärvideo ein erstes Mal an und halte deine Beobachtungen und Fragen in Stichworten fest.

2. Klärung
Besprich und kläre in deiner Lerngruppe eventuell aufgetretene Verständnisprobleme.

3. Analyse
Betrachte das Erklärvideo danach ein weiteres Mal. Wenn es dir hilft, kannst du das Video auch unterbrechen oder einzelne Abschnitte mehrfach abspielen.

Bei der Auswertung des Erklärvideos solltest du deine Ergebnisse schriftlich festhalten. Achte dabei besonders auf folgende Aspekte:

- Thema des Erklärvideos.
- Thematische Abschnitte, in die das Video gegliedert ist.
- Informationen, die das Erklärvideo in den einzelnen Abschnitten enthält.
- Gestaltungsmittel, mit denen im Video gearbeitet wird, z. B. Zwischentitel, Überschriften, wechselnde Sprecher, Bilder oder Grafiken.

4. Austausch
Tausche dich in deiner Lerngruppe über die Ergebnisse aus. Vergleiche und vervollständige deine Ergebnisse.

5. Diskussion
Diskutiere in deiner Lerngruppe darüber, ob das Erklärvideo ...

a) ... dir gefallen hat. Begründe deine Meinung.
b) ... für dich verständlich war.
c) ... deine Fragen zum Thema beantwortet hat.

Bronze, Eisen und Salz

Die meisten Werkzeuge, die heute verwendet werden, sind nicht mehr aus Stein, sondern aus Metall. Die ältesten gefundenen Steinwerkzeuge wurden vor etwa 2,6 Millionen Jahren in Äthiopien/Afrika genutzt. Stein blieb bis zur Bearbeitung der ersten Metalle der wichtigste Werkstoff. Ab ca. 3000 v. Chr. wurde aus Zinn und dem weichen Metall Kupfer der Werkstoff Bronze hergestellt. Mit der Verbreitung der Metallbearbeitung erfolgte der Übergang von der Stein- zur Bronzezeit. Ötzi, der sowohl Stein- als auch Metallwerkzeuge mit sich führte, gewährt uns einen Einblick in diese Übergangszeit. Metalle boten gegenüber Stein die großen Vorteile, dass sie sowohl wesentlich leichter formbar waren als auch bei Bedarf eingeschmolzen und neu gegossen werden konnten.

M 1 **Erzbergbau in der Metallzeit**

M 2 **Kupferschmelzen**

Der Ofen wird mit Kupfererz und Holzkohle gefüllt, das Feuer mit einem Blasebalg angefacht. Schlacke und Kupfer werden entnommen. Flüssiges Kupfer (ca. 1100 °C) setzt sich ab. Abstechen der Schlacke.

Aufgaben

1. Die Bedeutung neuer Werkstoffe

a) Erkläre anhand der Grafiken M1 und M2 die Herstellung von Kupfer.

b) Erläutere in einem Text die Veränderungen im Leben der Menschen, die sich durch den Einsatz von Metall für Werkzeuge ergaben. Werte dafür den Schulbuchtext aus

→ M1, M2, Text auf den Seiten 37–38

Metall statt Stein: Bronze und Eisen

Bronze besteht zu 90 % aus Kupfer und zu 10 % aus Zinn. Es setzte sich in Kleinasien, Ägypten und dem Zweistromland seit etwa 3000 v. Chr., in Mitteleuropa um ca. 2000 v. Chr. durch. Bis 800 v. Chr. blieb Bronze der wichtigste Werkstoff, weshalb der Zeitraum seiner dominanten Nutzung auch „Bronzezeit“ genannt wird.

Ab etwa 2000 v. Chr. trat an die Stelle von Kupfer und Bronze allmählich das Eisen. Eisenerz kommt fast überall auf der Welt vor; es kann im Bergbau abgebaut und mit Holzkohle verhüttet werden. Das neue Material war härter und widerstandsfähiger als Bronze, es revolutionierte sowohl die Waffentechnik als auch das Alltagsleben. Schnell setzten sich Eisenwaffen durch. Mit dem Eisenpflug war es nun auch möglich, härtere Böden zu bearbeiten. Verschleißteile wurden fortan aus Eisen gefertigt. Dem mit der Eisenbearbeitung befassten Schmied kam eine wichtige gesellschaftliche Stellung zu.

Die Kelten, eine europäische Kultur

Die Volksstämme, die Europa von Spanien bis an den nordwestlichen Alpenrand zwischen ca. 1300 bis 500 v. Chr. besiedelten, wurden von den Griechen zusammenfassend als „Kelten“, von den Römern als „Gallier“ bezeichnet.

M 3 Die Ausbreitung der Kelten

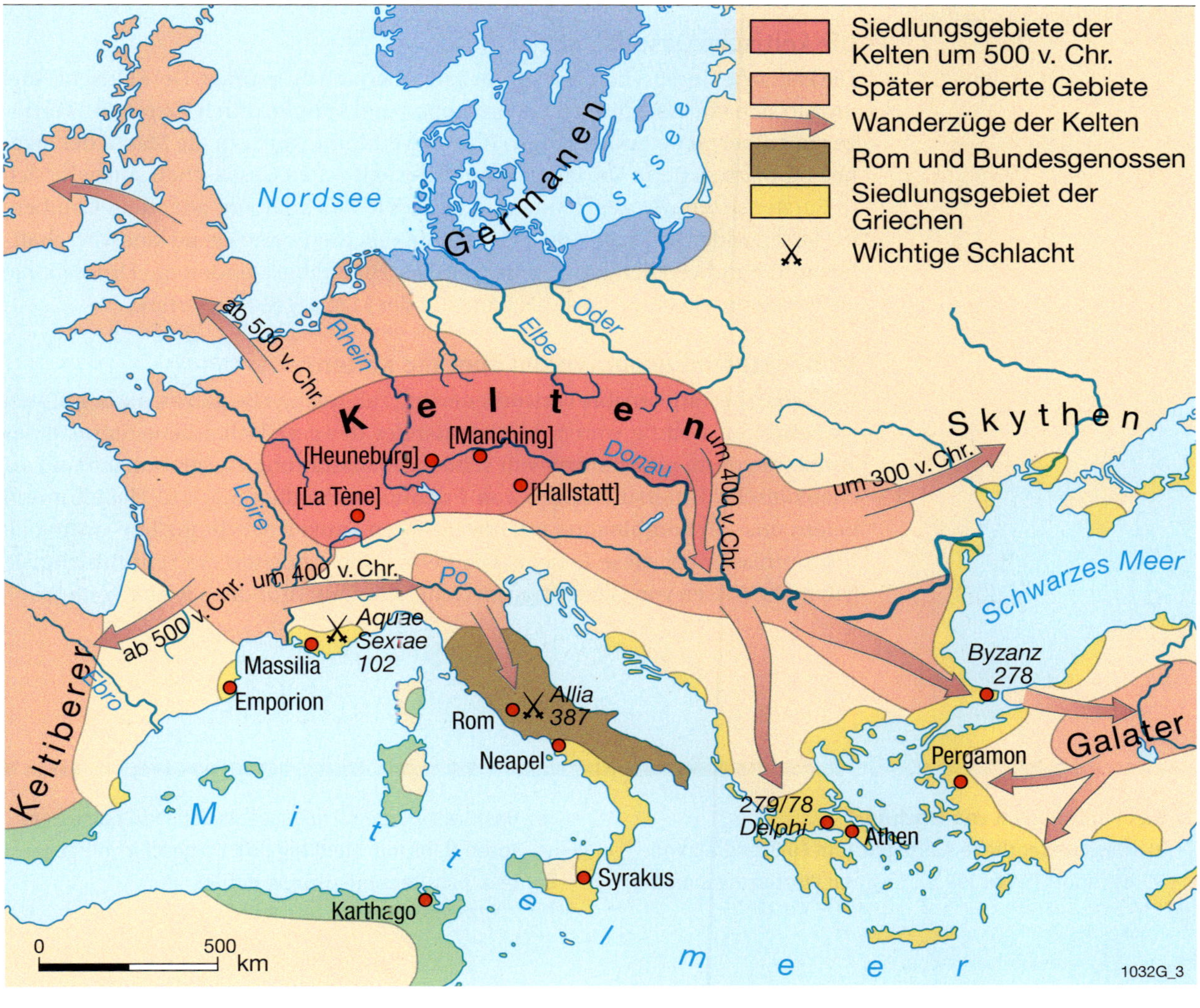

M 4 Keltischer Helm
Helm aus dem 4. Jahrhundert v. Chr., bestehend aus Eisen, Bronze, Gold, Silber und Korallen, Fundort: Agris (Charente), heute im Musée d'Angoulême/Südfrankreich

Hallstatt im heutigen Österreich war ein wichtiges Zentrum der keltischen Kultur. Aufgrund der Bedeutung dieses Ortes steht der Name Hallstatt heute oft stellvertretend für einen bestimmten Zeitraum der keltischen Kultur. In Hallstatt wurde 1846 ein Bestattungsplatz mit über 1000 Gräbern entdeckt, die als Beigaben vierrädrige Wagen, Waffen, Schmuck sowie Ton- und Bronzegefäße enthielten. Zentrales Element der Hallstattkultur war das vor Ort abgebaute Salz. Durch den bis an die Meeresküsten reichenden Handel mit dem Mineral gelangten Gold, Bernstein, Elfenbein, Glas und Bronzegefäße aus dem Mittelmeerraum zu den Kelten.

Mit dem Aufkommen des neuen Werkstoffs Eisen veränderte sich auch die keltische Gesellschaft: Handelsrouten wurden verlegt, Machtkämpfe entbrannten und an die Stelle der hallstattzeitlichen Großsiedlungen traten Burgen und befestigte Gutshöfe, in denen kleinere Gruppen zusammenlebten. Wissenschaftler bezeichnen diesen Zeitabschnitt als Latènezeit (5. – 1. Jh. v. Chr.), benannt nach dem Fundort La Tène in der Schweiz. An diesem Ort wurden mehr als 2500 Objekte, darunter Lanzen, Fibeln (Gewandnadeln), Werkzeuge und Wagenteile gefunden, die uns Aufschluss über das damalige Leben geben. Die Kelten der Latènezeit ließen sich von der Kunst des Mittelmeerraums inspirieren und stellten verzierte Gefäße sowie kostbaren Schmuck aus Bronze und Gold mit Tier- und Pflanzenmotiven her.

Die keltische Gesellschaft

Die keltische Gesellschaft war von strikten Hierarchien geprägt. Der keltische Adel umgab sich mit bewaffneten Reitertruppen und knüpfte durch Heirat und Verträge auch über weite Entfernungen hinweg Verbindungen, um die Macht der eigenen Sippe zu sichern. Die Rangordnung der keltischen Gesellschaft spiegelte sich in Fürstensitzen wie der Heuneburg in Baden-Württemberg oder dem Glauberg in Hessen wider. Das vom Adel beherrschte Volk war überwiegend landwirtschaftlich und handwerklich tätig. Außerhalb der Hierarchie standen die Druiden, die als Priester und Lehrer sowie als Ratgeber der Mächtigen fungierten.

Woher stammt unser Wissen über die Kelten?

Die Kelten bestatteten ihre Verstorbenen mit zahlreichen Beigaben, die dem Toten zu Lebzeiten wichtig waren. Je bedeutender der gesellschaftliche Status eines Toten war, desto reichhaltiger war seine Grabausstattung. Ausgrabungen und archäologische Untersuchungen von Friedhöfen, Siedlungen und Heiligtümern liefern uns – in Kombination mit überlieferten antiken Schriftquellen – wertvolle Erkenntnisse über diese Epoche. Die Kelten selbst nutzten die Schrift nicht; sie gaben ihr Wissen von Generation zu Generation nur mündlich weiter.

Aufgaben

1. Das Fürstengrab von Hochdorf

a) Fasse wesentliche Aussagen zum Fürstengrab von Hochdorf (Seite 39) mit eigenen Worten zusammen.

b) Das Grab wurde reich ausgestattet: Man hatte dem Toten Nahrung, Kleidung und Essgeschirr mitgegeben. Erläutere die Gründe dafür.
↝ M5 – M7, Text auf den Seiten 37 – 38

Das Fürstengrab von Hochdorf – Ein keltisches Grab untersuchen

M 5 Das Fürstengrab von Hochdorf

a) Bei Hochdorf in der Nähe von Ludwigsburg wurde 1978/79 ein keltisches Grab aus der Zeit um 500 v. Chr. untersucht. Dabei gewannen die Wissenschaftler eine Reihe von Erkenntnissen:

Der Schutz von Grabkammern durch Steine, sei es durch Überschüttung der Kammer oder durch Füllen des Grabschachts, ist bei Fürstengräbern häufiger beobachtet worden und kommt auch bei einfacheren Grabanlagen vor. Schutz der Grabkammer vor Beraubung dürfte der Grund für die aufwendige Hochdorfer Konstruktion gewesen sein. Vom Versuch einer Beraubung fanden sich hier keinerlei Anzeichen.

b) Die Grabbeigaben ließen sich in verschiedene Gruppen einteilen:

Es ist zum einen die ganz persönliche Habe des Toten, zu der seine Kleidung, zwei Schlangenfiguren aus Bronze, ein Dolch, ein Hut aus Birkenrinde, fünf Bernsteinperlen, ein Täschchen mit einem Nagelschneider und drei eiserne Angelhaken, ein Rasiermesser, ein Kamm sowie ein Köcher mit Pfeilen gehören. Auch der Halsring aus Gold muss hier miteinbezogen werden.
Für die Totenlege und für die Präsentation des Toten war weiterer Goldschmuck hergestellt worden: zwei goldenen Schlangenfibeln, eine Armstulpe am rechten Arm des Toten, der Goldbelag des Dolchs, das Gürtelblech, sowie goldene Schuhbeschläge. Das umfangreiche Trinkgeschirr des Grabes besteht aus neun Trinkhörnern, die für die Grablege mit Goldbändern geschmückt worden sind, einem zweifellos importierten Bronzekessel und einer goldenen Trink- und Schöpfschale. [...] Eine weitere Ausstattungseinheit ist der vierrädrige Wagen, der fast vollständig mit verziertem Eisenblech überzogen ist, dazu gehört auch das Schirrzeug für zwei Pferde [...].
Zu diesen mit Ausnahme des Goldschmucks recht traditionellen Beigabenkomplexen kommt nun als völliges Novum [Neuheit] eine Bronzekline [Bronzeliege], auf der der Tote aufgebahrt und beigesetzt war. Das 2,75 Meter lange Möbelstück war mit Textilien und Fellen gepolstert, der Kopf des Toten ruhte auf einem aus Grashalmen geflochtenen Kissen.

Landesdenkmalamt Baden-Württemberg und Planck, Dieter (Hg.), Der Keltenfürst von Hochdorf. Methoden und Ergebnisse der Landesarchäologie (Katalog), Stuttgart: Theiss 1985, S. 80 ff.

M 7 Rekonstruktion des Grabhügels

M 6 Rekonstruktion des Grabes im Keltenmuseum Hochdorf/Enz

M 1 Landesmuseum für Vorgeschichte in Halle (Saale)
Foto, 2024

Geschichte live entdecken? Einen Museumsbesuch in das Landesmuseum für Vorgeschichte in Halle planen

In Halle (Saale) steht das älteste archäologische Museum Deutschlands, das Landesmuseum für Vorgeschichte. Tausende Besucher kommen nicht nur wegen der weltbekannte Himmelsscheibe von Nebra hierher, sondern auch aufgrund einer der größten archäologischen Sammlungen Deutschlands. Deshalb zählt das Museum zu den wichtigsten Zentren für Archäologie in Mitteleuropa.
Das umfangreiche Museumsangebot kann bei einem einmaligen Besuch kaum vollständig erforscht werden. Aus diesem Grund ist es wichtig, einen Museumsbesuch gut vorzubereiten.

Training

Einen Museumsbesuch planen

Auch außerhalb der Schule kann man viel über Geschichte erfahren. So könnt ihr beispielsweise historische Orte, an denen vor langer Zeit etwas Interessantes passiert ist, besuchen oder in Museen gehen, in denen Fundstücke und Rekonstruktionen gezeigt werden, um Geschichte zu erleben.

1. Entscheidung und erste Schritte

Bevor ihr ins Museum fahrt, solltet ihr euch informieren, was euch dort erwartet. Findet mithilfe der Internet-Seite des Museums (siehe Webcode auf Seite 41) heraus:

- wann das Museum geöffnet hat,
- wie ihr zu dem Museum anreisen könnt,
- was im Museum gezeigt wird,
- welche Zusatzangebote das Museum für Besucher bereithält (z. B. Sonderausstellung, Führung),
- welche Kosten für den Eintritt und Führungen/Workshops entstehen würden.

Diskutiert in der Klasse, ob ein Besuch des Museums für euch infrage kommt. Bedenkt dabei auch den Zeit- und Reiseaufwand. Solltet ihr euch gegen einen Besuch entscheiden, findet ihr bei den Aufgaben auf Seite 41 eine mögliche Alternative.

2. Vorbereitung

- Für eine erfolgreiche Exkursion ist immer eine Aufgabenverteilung sinnvoll. So sollte sich euer Lehrer oder eure Lehrerin um einen Elternbrief und die Kontaktaufnahme zum Museum kümmern. Auch um das Organisieren der Fahrmöglichkeit sollte sich die Lehrkraft kümmern.
- Für euch kommt es vor allem darauf an, inhaltliche Vorüberlegungen anzustellen. Dazu gehört z. B. das Bilden von Arbeitsgruppen, die sich zeitlich (z. B. „Altsteinzeit“, „Jungsteinzeit“) oder inhaltlich (z. B. „Kunst“, „Waffen“) organisieren sollten. Auf der Internet-Seite des Museum findet ihr Informationen dazu. Formuliert anschließend Fragen zu euren Themen, die durch den Museumsbesuch geklärt werden sollen.

3. Durchführung des Museumsbesuches

Findet Antworten auf eure Fragen. Nehmt dafür eure zuvor formulierten Fragen mit und macht euch vor Ort Notizen zu deren Beantwortung.

4. Die Exkursion auswerten

Präsentiert eure Ergebnisse in der Klasse. Wertet im Anschluss die Exkursion aus. Folgende Fragen können dabei diskutiert werden:

- Hat euch der Besuch des Museums Spaß gemacht?
- Habt ihr neue Dinge über die Frühgeschichte der Menschheit erfahren?
- Welche Erkenntnisse waren nur vor Ort und nicht im Klassenraum möglich?
- Würdet ihr das Museum weiterempfehlen?
- Wenn ihr die Exkursion nochmal planen würdet: Was würdet ihr beibehalten und was würdet ihr anpassen?

Schreibt gemeinsam einen Bericht über eure Exkursion für die Internet-Seite eurer Schule. Nutzt dafür die neuen Erkenntnisse und eure Ergebnisse aus der Auswertung.

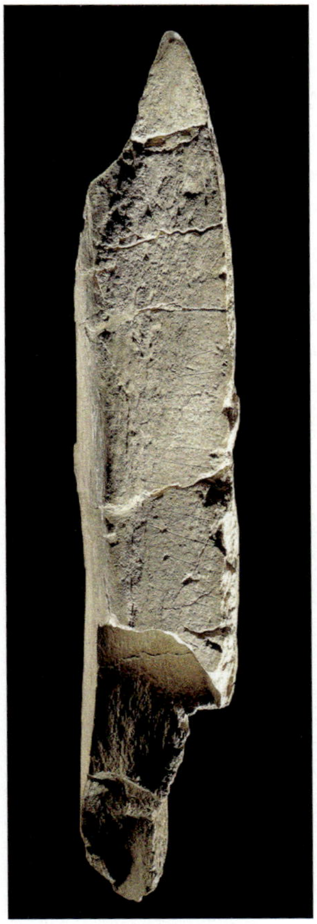

M 2 Hiebgerät eines Homo erectus im Landesmuseum für Vorgeschichte Halle (Saale), etwa 400 000 v. Chr.

Dieses Hiebgerät aus dem Schienbein eines Elefanten diente zum Klopfen von weichem Material wie Leder, Fell, Obst oder Nüssen. Bei genauer Betrachtung des Objektes fällt auf, dass hier einheitliche Striche zu sehen sind. Diese Strichfolge gilt als erste nachgewiesene Zeichnung der Gattung Homo; dieses Hiebgerät gilt daher als Beweis für die fortschreitende geistige Entwicklung des Homo erectus.

M 3 Das Familiengrab von Eulau im Landesmuseum für Vorgeschichte Halle (Saale), etwa 2600 v. Chr.

Mit der Sesshaftwerdung entstanden auch neue Formen des Zusammenlebens. Das Familiengrab von Eulau zeigt weltweit den ersten Nachweis einer Kleinfamilie als neue Form des Zusammenlebens. Nach Testung des Erbmaterials der Überreste ließ sich eine Verwandtschaft nachweisen.

Digital+
WES-115948-205
Internet-Seite des Landesmuseum für Vorgeschichte in Halle

Aufgaben

1. Einen Museumsbesuch planen
Plant einen Besuch in das „Landesmuseum für Vorgeschichte" in Halle (Saale). Verwendet dafür den Trainingskasten auf Seite 40 und den Webcode.
Webcode: WES-115948-205, Trainingskasten
Mögliche Alternative zu einem Besuch:
1. In einem 20-minütigen Video habt ihr die Gelegenheit, wichtige Sammlungsstücke trotzdem sehen zu können. Schaut dafür gemeinsam folgendes Video des Landesmuseums für Vorgeschichte an: https://mediathek.landesmuseum-vorgeschichte.de/landesmuseum-fuer-vorgeschichte-schatzkammer/
2. Notiere während des Films für dich spannende Fundstücke.

3. Ordne die Abbildungen M2 und M3 in deren Entstehungszeit ein und erkläre an ihnen die für diese Zeit typische Lebensweise (Jäger und Sammler bzw. Sesshaftigkeit).
4. Begründe die Bezeichnung „Schatzkammer der Archäologie" für das Landesmuseum für Vorgeschichte in Halle mit deinem neuen Wissen aus dem Video.
5. Wählt in der Klasse die für euch spannendsten Fundstücke aus und bereitet in Gruppenarbeit mithilfe von Internetrecherchen Kurzvorträge über diese Objekte vor. Präsentiert im Anschluss in der Klasse eure Ergebnisse.
Webcode: WES-115948-205, M2, M3

Die Himmelsscheibe von Nebra

Zwei Männer fanden 1999 bei Raubgrabungen eine dreckverkrustete Bronzescheibe, zwei Schwerter, zwei Beile, Meißel und Reste von Armringen. Sie säuberten ihre Beute grob mit Wasser und Bürste, bis die Goldplättchen an den Bronzeteilen wieder glänzten, beschädigten aber die Scheibe. Später verkauften sie alles auf dem Schwarzmarkt.

Im Jahre 2002 erhielt die Polizei den Tipp, dass die Funde erneut angeboten wurden. In einem Schweizer Hotel stellten Kriminalbeamte eine Falle: Sie gaben sich als Antiquitätensammler aus und nahmen die Verkäufer fest. Die Gegenstände übergaben sie dem Landesmuseum für Vorgeschichte in Halle an der Saale. Nach einer Echtheitsprüfung, die unter anderem Wissenschaftler der Bergakademie Freiberg vornahmen, ist die restaurierte Scheibe jetzt im Museum ausgestellt..

M 1 Himmelsscheibe von Nebra

Bronzescheibe, Durchmesser 32 cm, gefunden in der Nähe der Stadt Nebra. Inzwischen wurde die Scheibe fachkundig restauriert.

Ort des Sensationellen Fundes

Ursprünglich lag die Himmelsscheibe in einer Steinkammer innerhalb eines ringförmigen Walls auf dem Mittelberg (252 m) in der Nähe von Nebra (Sachsen-Anhalt). Der Wall hat einen Durchmesser von rund 160 m und ist von einem Graben umgeben. Die wertvollen Schwerter deuten darauf hin, dass die Kammer ein Fürstengrab gewesen sein könnte.

Im näheren Umkreis der Fundstelle zählten sie etwa 1000 Hügelgräber. Seit der Steinzeit leben Menschen in diesem Gebiet. Vor etwa 7500 Jahren begannen die ersten Bauern, die fruchtbaren Schwarzerdeböden zu bearbeiten. Sie töpferten Tongefäße, webten Stoffe und wohnten in Langhäusern, in denen sie zugleich das Vieh unterbrachten. Später lernten sie auch die Bronzeherstellung. Besonders die Metallscheibe aus Nebra zeigt, welche Kunstfertigkeit sie darin erlangten. Sie ist vor etwa 3600 Jahren entstanden und gilt bislang als einzige Darstellung des Kosmos im vorgeschichtlichen Europa.

M 2 Die Fundstelle
Foto, 2010

Aussehen und Bedeutung der Scheibe

Die Bronzescheibe misst im Durchmesser 32 cm, ist 2–4 mm dick und wiegt etwa 2 kg. Jeder erkennt auf ihr sofort zwei große goldene Himmelskörper. Ob es sich dabei aber um Sonne und Mond oder zwei Mondphasen (zunehmender Mond und Vollmond) oder gar um zwei Phasen einer Sonnenfinsternis handelt, können die Forscher noch nicht sagen.

Die kleinen Kreise sind vermutlich Sterne. Sechs davon bilden einen Ring um einen weiteren. Sie ähneln dem Sternbild der Plejaden (Siebengestirn). Am linken und rechten Rand der Scheibe war ursprünglich ein goldener Bogen angebracht; davon ist nur der rechte erhalten. Diesen Bogen deuten Wissenschaftler als Darstellung der damaligen Horizontlinie, in der die Sonne im Lauf des Jahres aufging. Der fehlende linke Bogen beschrieb die Horizontlinie, in der die Sonne unterging. Die beiden unteren Enden der Linien markierten somit den Sonnenauf- und Sonnenuntergang für den 21. Dezember, die oberen Enden für den 21. Juni.

Ein dritter Bogen unten ist stärker gekrümmt und zeigt an der Ober- und Unterseite viele kleine Striche. Einige Forscher vermuten, dass es sich vielleicht um ein „Sonnenschiff" handelt: Ein Schiff, auf dem tagsüber der Sonnengott über den Himmel fuhr. Solche Vorstellungen kennen wir auch aus dem alten Ägypten und aus Babylonien.

Die exakte Deutung bleibt ungewiss

Viele Einzelheiten der Himmelsscheibe von Nebra bleiben ungewiss und auch die Wissenschaftler sind bei ihrer Deutung auf Vermutungen angewiesen. Wie die Vorstellungswelt der Menschen vor über 3000 Jahren wirklich aussah, wird man wohl nie endgültig erschließen können.

Aufgaben

1. **Die Himmelsscheibe von Nebra**
   a) Ermittle auf einer Karte die Entfernung zwischen deinem Heimatort und der Stadt Nebra.
   b) Erkläre den richtigen Umgang mit sehr alten Fundgegenständen.
   c) Skizziere die Himmelsscheibe von Nebra in deinem Heft und beschrifte ihre einzelnen Teile.
   d) Begründe, warum sich die Bedeutung vieler Details der Himmelsscheibe von Nebra nicht endgültig klären lässt.
   → M1, Text auf Seite 43

Digital+
WES-115948-206
Webpräsenz des Besucherzentrums zur Himmelsscheibe von Nebra am Fundort

Die Ausstellung zur Himmelsscheibe

Zahlreiche Touristen besuchen den Fundort der Himmelsscheibe in Wangen in der Nähe der Stadt Nebra an der Unstrut. Auf dem Weg dorthin befindet sich das Informations- und Erlebniszentrum „Arche Nebra“. Das Gebäude greift in seiner architektonischen Gestaltung das Motiv der Himmelsscheibe auf. Dabei ist es so konstruiert, dass es über dem Unstruttal zu schweben scheint. Das 60 Meter lange Besucherzentrum am Fuße des Mittelberges besitzt zudem ein großes Panoramafenster, das einen Blick auf den 30 Meter hohen Aussichtsturm am Fundort der Himmelsscheibe ermöglicht. Die originale Himmelsscheibe ist seit 2008 im Landesmuseum für Vorgeschichte in Halle zu besichtigen; die Besucher der „Arche Nebra“ können sich jedoch in einer Dauerausstellung und in einem Planetarium über die Entstehung, Nutzung, Wiederentdeckung und Deutung dieses einzigartigen Fundstücks informieren. Der Museumsshop bietet zudem Artikel rund um die Himmelsscheibe an, z. B. Bücher, Postkarten und Souvenirs.

Nach der Besichtigung der „Arche Nebra“ kann man zum etwa drei Kilometer entfernten Fundort der Scheibe wandern. Die Stelle ist durch ein „Himmelsauge“ gekennzeichnet – eine in den Boden eingelassene, leicht gekrümmte Scheibe aus Edelstahl. Betrachtet der Besucher das spiegelnde Metall auf dem Boden, so blickt er dabei zugleich in den Himmel. Somit verbindet das „Himmelsauge“ Himmel und Erde exakt an der Stelle, wo die Himmelsscheibe 3600 Jahre lang verborgen lag.

Ein Aussichtsturm auf dem Mittelberg bildet für seine Standfläche zugleich den „Zeiger“ einer riesigen Sonnenuhr. In den Boden eingelassene Inschriften helfen dabei, die bronzezeitlichen Himmelsbeobachtungen nachzuvollziehen.

M 3 Aussichtsturm auf dem Mittelberg
Foto, 2016

Aufgaben

1. Die Ausstellung zur Himmelsscheibe
   a) Beschreibe die verschiedene Präsentationsformen zum Thema Himmelsscheibe und bewerte diese.
   b) Stelle Vermutungen über die Nachfrage an Produkten mit dem Motiv der Himmelsscheibe an.
   → Text auf Seite 44, M3, Webcode: WES-114948-206

2. Der Ort der Ausstellung – Eine Diskussion
   a) Diskutiert über den Ausstellungsort der Himmelsscheibe. Ist der Fundort in der Nähe von Nebra oder das Landesmuseum in Halle besser geeignet?
   b) Notiere dir in einer Tabelle Pro- und Kontra-Argumente.
   c) Positioniert euch auf einer gedachten oder durch einen Klebestreifen auf dem Boden markierten Linie. Die Enden dieser Linie stellen „Nebra“ und „Halle“ dar, der Abstand dazwischen ist für abgestufte Positionen („eher Halle“, „eher Nebra“). Begründet eure Positionen mithilfe von Argumenten. Formuliert ein Fazit zur Meinung der Klasse über den besten Ausstellungsort.
   d) Schreibt einen Zeitungsartikel für eine Schülerzeitung, in dem ihr über eure Diskussion über einen geeigneten Ausstellungsort berichtet.
   → Text auf Seite 44, M3, Internet

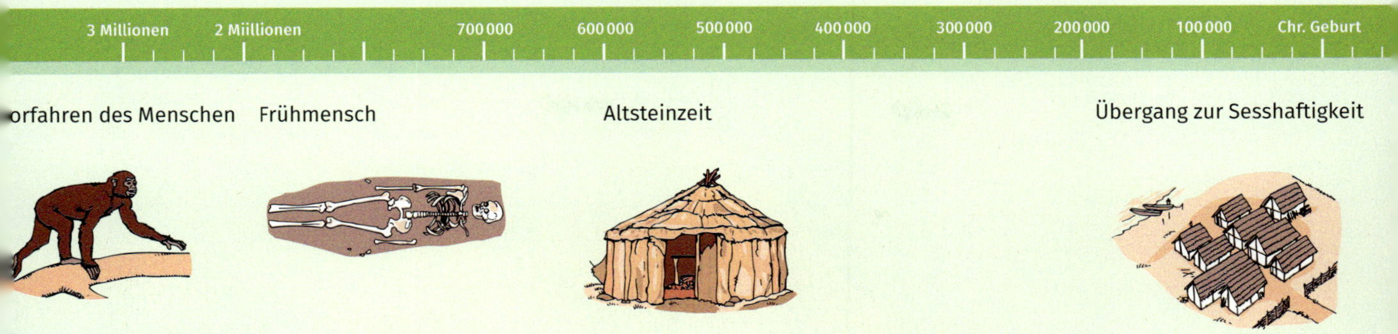

Die Frühgeschichte der Menschheit

Die Entwicklung zum Menschen und die Entwicklung des Menschen war ein außerordentlich langer Prozess der sich über Millionen von Jahren erstreckte. Dabei bildeten sich nach und nach besondere Eigenschaften heraus, die den Menschen vom Tier unterscheiden: der aufrechte Gang, die Benutzung von Werkzeugen, die Beherrschung des Feuers, ein ausgeprägtes Sozialverhalten und die ausgiebige sprachliche Kommunikation sowie die Fähigkeit zu planen.

Altsteinzeit

Da die ersten Menschen Werkzeuge aus Stein benutzten, bezeichnet man die menschliche Frühzeit als Steinzeit. Daneben nutzten die Menschen aber auch weitere Stoffe aus der Natur wie Holz oder Knochen, Horn und das Fell von Tieren. Das Jagen von Tieren und das Sammeln von Pflanzen bildete die Lebensgrundlage der frühen Menschen, die bereits das Feuer nutzten. Überdies mussten sie sich gegen vielfältige Gefahren behaupten.

Aus der Steinzeit sind nur wenige Überreste, sogenannte Quellen, erhalten geblieben, vor allem solche aus haltbarem Material wie Stein. Die frühen Menschen konnten noch nicht schreiben, sie hinterließen jedoch kleine Figuren und Bilderhöhlen, die uns etwas über ihre Vorstellungen verraten.

Jungsteinzeit

Je nachdem, wie sorgfältig und kunstvoll die Werkzeuge der frühen Menschen gearbeitet sind, kann man eine Alt- und eine Jungsteinzeit unterscheiden. Entscheidend ist jedoch, dass sich die Lebensweise der Menschen zu Beginn der Jungsteinzeit grundlegend veränderte: Aus umherziehenden Jägern und Sammlern wurden sesshafte Bauern, die Ackerbau und Viehzucht betrieben. Dieser Übergang war ein einschneidender Vorgang innerhalb der Geschichte der Menschheit.

Metallzeiten

Die Menschen lernten in der Folge, auch Metall zu gewinnen und zu bearbeiten, nämlich Kupfer, Bronze und Eisen. In dieser Zeit ist schon die Gewinnung von Salz nachweisbar und es bestand ein lebhafter Handel durch ganz Europa. Eine wichtige Kultur in der damaligen Zeit war die der Kelten.

DATEN

Vor etwa 2 Millionen Jahren:
Auftreten des Frühmenschen

Seit etwa 10 000 Jahren:
Übergang zur Sesshaftigkeit

BEGRIFFE

Archäologie
Homo sapiens
Neandertaler
Altsteinzeit
Jungsteinzeit
Neolithische Revolution
Bronzezeit
Kelten

Digital+
WES-115948-207
Seiten zur Selbstüberprüfung

03

DAS LEBEN IN DER ÄGYPTISCHEN HOCHKULTUR

M 1 **Die Pyramiden von Gize,** aktuelle Fotografie

M 2 **Statue des Gottes Horus in Edfu,** aktuelle Fotografie

M 3 **Fruchtland und Wüste auf dem Westufer des Nils bei Luxor,** Luftbild, 2015

M 4 **Nil und Nildelta heute,** aktuelle Satellitenaufnahme aus einer Höhe von 915 km

M 5 **Mumie Ramses' II.,** aktuelle Fotografie

M 6 **Die Grabkammer des Pharaos Tutanchamun,** Fotografie, 1994

Info

Sensation im Tal der Könige

Unzählige Touristen haben das Grab des Königs Tutanchamun seit seiner Entdeckung vor fast 100 Jahren im Tal der Könige besucht oder seine unermesslichen Schätze im Museum in Kairo bewundert. Was niemand ahnte: Hinter den Wänden der Sargkammer liegen weitere Räume! Die Zugänge waren geschickt verborgen und der Ägyptologe Nicholas Reeves entdeckte sie erst im Sommer 2015.

Ägypten – Das Reich der Pharaonen

Welche Bedeutung hat das alte Ägypten für uns heute?

Obwohl seit dem Ende der Herrschaft der ägyptischen Könige, der Pharaonen, fast 2000 Jahre vergangen sind, sind bis heute zahllose Überreste der Kultur des alten Ägyptens erhalten geblieben.

Viele Bauwerke haben die Zeit überdauert, sodass sie auch heute noch bewundert werden können. Farbenprächtige Malereien in den Gräbern ägyptischer Adliger und Beamter erzählen vom damaligen Alltag; Überreste riesiger Tempelanlagen zeugen vom religiösen Leben vor Jahrtausenden. Im Wüstensand stehen noch immer die größten Bauten, die je von Hand geschaffen wurden: die Pyramiden. „Alles fürchtet sich vor der Zeit, aber die Zeit fürchtet sich vor den Pyramiden“, lautet ein arabisches Sprichwort. Das trocken-heiße Klima Ägyptens sorgte aber auch dafür, dass nicht nur Steinbauwerke erhalten blieben; selbst Gegenstände aus Holz, die anderswo längst zerfallen wären, sehen hier so aus, als hätte sie gerade noch jemand verwendet. Als äußerst widerstandsfähig erwiesen sich außerdem die zahlreichen Schriftstücke aus Papyrus, dem wichtigsten Schreibmaterial der Antike, das in Ägypten erfunden worden ist. Erhalten gebliebene Papyri geben heute ein vielfältiges Zeugnis des Lebens im alten Ägypten – von der Zusammensetzung von Medikamenten gegen Augenkrankheiten bis hin zu Akten, die von einem Mordanschlag auf den König berichten.

Doch das alte Ägypten hat uns noch weit mehr hinterlassen, so basieren beispielsweise die wesentlichen Grundlagen unseres Kalenders auf Erkenntnissen altägyptischer Priester, die von den Dächern der Tempel die Sterne beobachtet und das Jahr in 365 Tage sowie zwölf Monate unterteilt haben. Auch die Anfänge der Mathematik gehen auf das alte Ägypten zurück, denn ohne fundierte mathematische Kenntnisse wäre der Bau der Pyramiden unmöglich gewesen. Außerdem war es jedes Jahr nötig, die Größe der Felder neu zu berechnen, wodurch die Geometrie als Flächenmessung entstand. Ebenfalls aus dem Pharaonenreich stammt eine Reihe von Vorstellungen des späteren Christentums, so z. B. die Unsterblichkeit der Seele oder das Konzept eines Gerichts nach dem Tode, um das ewige Leben zu erlangen.

3500 v. Chr. | 3000 | 2500 | 2000 | 1500 | 1000 | 500 | Chr. Geburt

ab 3000 v. Chr.
Entstehung der ägyptischen Hochkultur

1500 v. Chr.
Höhepunkt der ägyptischen Kultur

30 v. Chr.
Ägypten wird römische Provin

Zu den Besonderheiten der ägyptischen Geschichte zählt auch die Tatsache, dass hier mit der Königin Hatschepsut über zwanzig Jahre hinweg eine Frau regierte. Damit stellt Ägypten auf dem Gebiet der Herrschaftsausübung eine Ausnahme unter den Kulturen des Altertums dar.

Wie lange herrschten die Pharaonen?

Die Geschichte Altägyptens umfasst einen Zeitraum von ungefähr 3000 Jahren. Längeren Bestand hatte keine andere Kultur der Menschheitsgeschichte.

Ursprünglich bestand Ägypten aus zwei getrennten Königreichen: Oberägypten im Süden und Unterägypten im Norden. Ab ungefähr 3200 v. Chr. kam es zwischen beiden Gebieten immer wieder zu Kämpfen um die Vorherrschaft. Als Sieger gingen schließlich um 3100 v. Chr. die Oberägypter hervor, denen es gelang, ein einheitliches Königreich zu errichten. Diesen Vorgang bezeichnet man als Reichseinigung.

Im Laufe der Zeit zerbrach die Einheit allerdings immer wieder. Gründe hierfür waren z. B. Hungersnöte oder der Einfall von Fremdherrschern. Diese Zeiten, in denen es keinen Gesamtherrscher über Ägypten gab, bezeichnen die Ägyptologen als Zwischenzeiten. Im Jahr 332 v. Chr. eroberte Alexander der Große Ägypten und ließ sich zum Pharao krönen. Nach seinem Tod übernahm einer seiner Generäle, Ptolemäus, das Reich am Nil. Da dessen Nachfolger auch Ptolemäus hießen, nennt man die folgenden etwa 300 Jahre die Ptolemäerzeit.

Nachdem die letzte ägyptische Königin, Kleopatra, nach einer Niederlage gegen die Römer Selbstmord begangen hatte, wurde Ägypten im Jahr 30 v. Chr. schließlich Teil des Römischen Reiches.

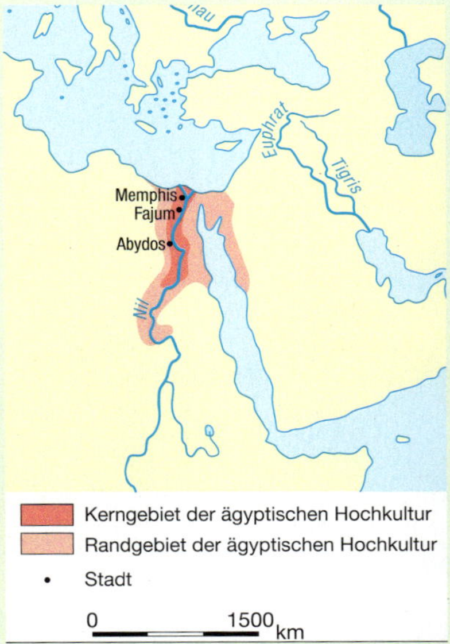

M 1 Das alte Ägypten

Was kannst du in diesem Kapitel lernen?

- Du kannst wichtige gesellschaftliche, wirtschaftliche, politische und religiöse Merkmale der ägyptischen Hochkultur erklären.
- Du kannst die Bedeutung des Nils für das alte Ägypten beschreiben.
- Du beschreibst Tätigkeiten, Handlungen und Errungenschaften der Ägypter wie den Bau der Pyramiden und den Umgang mit Hieroglyphen.
- Du arbeitest aus schriftlichen Quellen Informationen über den Alltag und die Gesellschaft der Ägypter heraus und setzt dich mit dem Informationswert der Quellen kritisch auseinander.
- Im Training: Du untersuchst eine Geschichtskarte, erstellst ein Cluster, führst ein WebQuest durch und fertigst einen Podcast an.

Die Bedeutung des Nils für Ägypten

„Der Nil ist Ägypten."

Ein arabisches Sprichwort lautet: „Der Nil ist Ägypten." Und in einem altägyptischen Text heißt es: „Gepriesen seist du, o Nil!" Warum ist der Nil für das Land so bedeutsam?

M 1 Nillandschaften (links)
Fotografien, 2010

M 2 Nildelta heute (oben)
Satellitenaufnahme aus einer Höhe von 915 km

Aufgaben

1. **Die Bedeutung des Nils**
   a) Beschreibe die Fotos (M1) und erläutere die Bedeutung des Nils für Ägypten.
   b) Suche die Erklärungen für die Veränderungen des Wasserstandes des Nils im Schulbuchtext auf Seite 51 und fasse sie mit eigenen Worten zusammen.
   M1, M2, Text auf Seite 51

Das Leben am Fluss

Wasser bedeutet Leben – an kaum einem anderen Ort der Welt wird dies so deutlich wie in Ägypten, denn ohne den Nil wäre das gesamte Land eine unbewohnbare Wüste. Durch den mit rund 6800 Kilometern längsten Strom der Erde entstand inmitten der Sahara eine Flussoase, in der sich eine der ältesten Hochkulturen der Menschheit entwickeln konnte. Noch heute bewohnen die Menschen in Ägypten fast ausschließlich die fruchtbaren Gebiete in unmittelbarer Nähe des Nils; die restlichen 95 Prozent der Gesamtfläche des Landes sind hingegen Wüste.

Mehr als Wasser

Dass es Ägypten ohne den Nil nicht geben würde, erkannte bereits der griechische Schriftsteller Herodot, als er das Land um 450 v. Chr. bereiste und es als „Geschenk des Nils" beschrieb. Dabei schenkt der Fluss den Ägyptern aber weit mehr als nur Wasser: Die Fische des Flusses stellen seit jeher einen wichtigen Bestandteil der Ernährung dar. Selbst vornehme Ägypter gingen gerne mit langen Speeren auf Fischfang. Meterhohe Papyruspflanzen überall am Flussufer lieferten den Grundstoff für die Herstellung des Schreibmaterials der alten Ägypter, aber auch Sandalen und Boote wurden aus Papyrus gefertigt. Da es in Ägypten nur wenige Straßen gab, fand der Großteil des Transports von Waren, Baumaterialien und Menschen mithilfe von Booten auf dem Nil statt.

Die Nilüberschwemmung

Das bedeutendste Geschenk des Flusses brachte aber die alljährliche Überschwemmung mit sich: Es war der fruchtbare Schlamm, der ertragreiche Ernten garantierte. Dieser wurde den Bauern – so die Vorstellung der Ägypter – vom Nilgott Hapi als kostenloser Dünger zur Verfügung gestellt.

Der Nil speist sich aus zwei Flüssen, aus dem Blauen Nil, der im Hochland von Äthiopien entspringt, und dem Weißen Nil, der aus dem Viktoriasee im Inneren Afrikas kommt. Bei Khartum im Sudan fließen beide Teile zusammen. Durch starke Regenfälle in den Quellgebieten schwillt der Nil stark an. Von Juli bis Oktober überschwemmte er im alten Ägypten praktisch das gesamte Ackerland. Nur höher gelegene Gebiete, in denen man oft Dörfer und Städte baute, bildeten eine Ausnahme. Nach dem Rückgang des Wassers blieb ein vom Blauen Nil mitgebrachter, überaus fruchtbarer schwarzer Schlamm auf den Feldern zurück. Aus diesem Grund nannten die Ägypter ihr Land auch Kemet, „Schwarzes Land", im Gegensatz zur Wüste, dem „Roten Land". Die ägyptischen Bauern mussten nach dem Rückgang der Flut nur noch das Saatgut ausbringen, den Rest erledigte die Natur. Allerdings gab es immer wieder auch Jahre, in denen der Nil zu wenig oder zu viel Wasser führte. Beides war eine Katastrophe, denn entweder verdörrte die Ernte oder die Nilflut riss das Ackerland oder sogar ganze Dörfer und Städte mit sich.

Der Staudamm in Assuan

Um nicht mehr so stark von den Launen der Natur abhängig zu sein, baute die ägyptische Regierung in den 1960er-Jahren bei Assuan einen großen Staudamm. Der riesige See, der dadurch entstand, dient seither als Wasserspeicher. Aufgrund des Staudamms werden heute zwar keine Dörfer und Städte mehr überflutet, jedoch bleibt der fruchtbare Schlamm nun im Stausee zurück und die ägyptischen Bauern müssen teuren Kunstdünger verwenden.

Digital+
WES-115948-301
Film über den Nil

M 3 Bewässerungssystem
Aquarell nach einer inzwischen zerstörten Malerei aus dem Grab des Ipui in Deir el-Medine, um 1270 v. Chr.

Info

Der Kalender

Das für die Menschen im alten Ägypten wichtigste Ereignis des Jahres war die Nilüberschwemmung, da von ihr abhing, ob man eine ausreichende Ernte und damit genügend Nahrung zu erwarten hatte. Um Hab und Gut rechtzeitig vor der meterhohen Flut in Sicherheit bringen zu können, war die genaue Kenntnis des Termins der jährlichen Überschwemmung überlebenswichtig. Als man die Tage zu zählen begann, stellte man fest, dass die Überschwemmung immer im gleichen zeitlichen Abstand eintrat. Auf diese Weise entstand ein Kalender, dessen Grundzüge wir bis heute verwenden.

M 4 **Ägypten zur Pharaonenzeit – Eine Geschichtskarte**

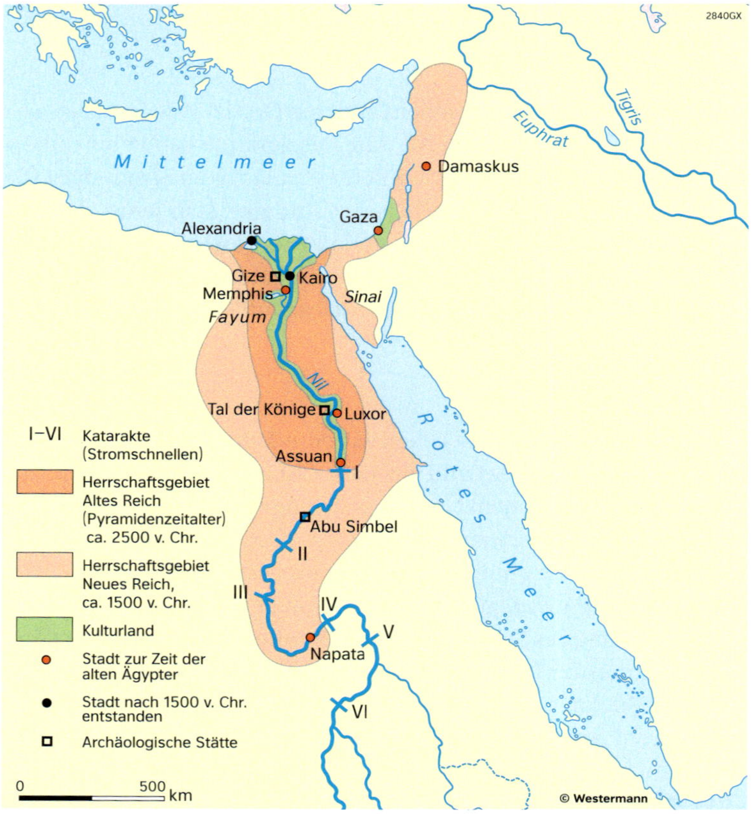

Training

Eine Geschichtskarte untersuchen

Geschichtskarten stellen Räume dar. Diese werden verkleinert abgebildet, worüber die Maßstabsleiste Aufschluss gibt. Sie zeigt das Verhältnis zwischen den Entfernungen in der Realität und der Darstellung auf der Karte. Aus Geschichtskarten lassen sich, je nach Gestaltung, verschiedene Informationen entnehmen, z. B. politische, wirtschaftliche, soziale oder kulturelle.

Eine Karte besteht aus verschiedenen Elementen:

- dem Kartenausschnitt, der den Raum darstellt,
- dem Titel, der das Thema der Karte nennt,
- der Legende, die die Symbole erklärt und Angaben zum Maßstab enthält.

Bei der Erschließung von Karten kann man so vorgehen:

Schritt 1: Das Thema der Karte erschließen
Erkläre mithilfe des Titels den inhaltlichen Schwerpunkt der Karte.

Schritt 2: Die auf der Karte dargestellten Räume beschreiben
Nenne die Gebiete, die auf der Karte dargestellt sind (Orte, Flüsse, Gebirge usw.).

Schritt 3: Die Legende der Karte entschlüsseln
Erkläre die in der Legende verwendeten Symbole, Linien und Farben.

Schritt 4: Die in der Karte dargestellte Situation bzw. die Situationen zeitlich einordnen
Nenne die Zeitpunkte bzw. Zeiträume, die auf der Karte dargestellt sind.

Schritt 5: Die Informationen der Karte zusammenfassen

Aufgaben

1. Eine Geschichtskarte erschließen

a) Untersuche die Karte M4 mithilfe des Trainingskastens.

b) Erkläre mithilfe der Karte M4 die Bedeutung des Nils für das alte Ägypten.

c) Formuliere eine Frage zur Bedeutung des Nils, die mithilfe der Karte M4 nicht zu beantworten ist.

→ M4 und Trainingkasten auf dieser Seite

Der Kalender im alten Ägypten

M5 Ein Bericht über Ägypten

Der Grieche Herodot sammelte im 5. Jahrhundert v. Chr. alles Wissenswerte seiner Zeit über Ägypten. In seinem Bericht heißt es unter anderem:

Die Ägypter waren die Ersten, die die Länge des Jahres feststellten und es in seine zwölf Zeiten einteilten. Die Sterne, sagten sie, hätten sie darauf gebracht. Ihre Berechnungsweise ist klüger als die der Hellenen, scheint mir, weil die Hellenen in jedem dritten Jahr einen Schaltmonat einschieben, um mit dem natürlichen Jahr in Übereinstimmung zu bleiben, während die Ägypter zwölf Monate zu je dreißig Tagen zählen und in jedem Jahr noch fünf Tage hinzutun. So treffen das Kalenderjahr und das natürliche Jahr immer zusammen.

Hans Wilhelm Haussig (Hg.), Herodot. Historien (übers. v. August Horneffer), Stuttgart: Kröner 1971, S. 100.

M6 Eine Inschrift

Im Grab des Königs Thutmosis IV. im Tal der Könige befindet sich eine Inschrift, die aus späterer Zeit stammt:

Jahr 8, 3. Monat der Achet-Jahreszeit, Tag 1 unter der Majestät des Königs von Ober- und Unterägypten [...] Haremhab. Seine Majestät, er lebe, sei heil und gesund, befahl, den Fächerträger zur rechten Hand des Königs, den königlichen Schreiber, Aufseher über die Schätze, Aufseher der Arbeiten am Platz der Ewigkeit [= das Tal der Könige] und Leiter der Festlichkeiten Amuns in Karnak [= Tempel], Maja, Sohn des Vornehmen Iawy, geboren von der Dame des Hauses, Weret, zu beauftragen, die Bestattung des Königs Thutmosis [...] [im Tal der Könige] zu erneuern.

Inschrift aus dem Grab Thutmosis' IV./Tal der Könige: Inspektion zur Zeit Haremhabs, übers. von Alexander Heim, München.

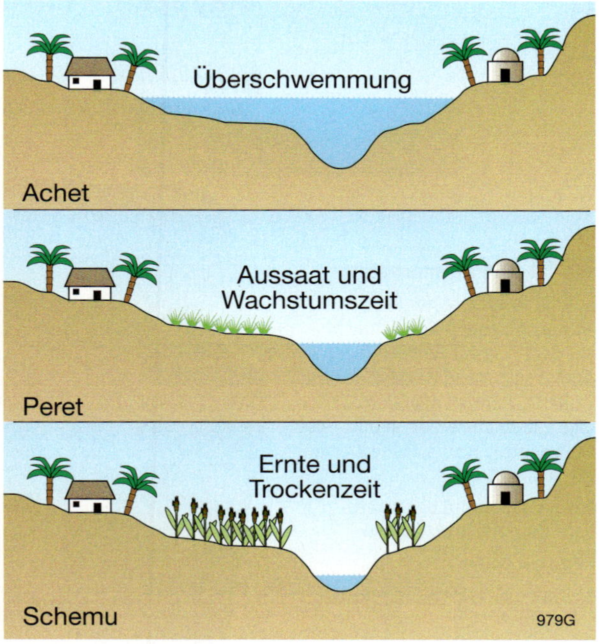

M7 Die „Jahreszeiten" Ägyptens

Schemazeichnung

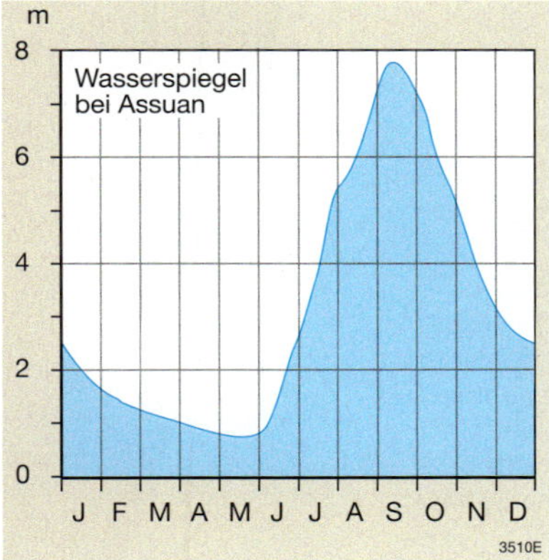

M8 Wasserstand des Nils

Eingetragen sind die Pegelstände des Nils im Jahresverlauf beim Ort Assuan in Oberägypten vor dem Staudammbau, Diagramm.

Aufgaben

1. Der Kalender im alten Ägypten

a) Erkläre die Grundprinzipien des ägyptischen Kalenders und vergleiche ihn mit unserem heutigen Kalender.

b) Benenne die Probleme, die wir heute mit der Datumsangabe der Inschrift im Grab von Thutmosis IV. (M6) haben.

c) Fasse die Informationen über Maja aus M6 zusammen und berichte über seinen Auftrag.

d) Stelle Vermutungen über mögliche Gründe für den Auftrag an.

M5–M8, Infokasten zum „Kalender" auf Seite 51

2. Umgang mit der Zeit

Beurteile die Veränderung des Umgangs mit der Zeit durch die Benutzung eines Kalenders. Ziehe zum Vergleich das Leben in der Alt- und Jungsteinzeit heran.

M5–M8, Teilkapitel zur Alt- und Jungsteinzeit

Ägypten – Ein Staat entsteht

Das Leben in der Flussoase des Nils führte dazu, dass die Menschen eine neue Form des Gemeinschaftslebens entwickelten. Wie sah diese Ordnung aus?

M 1 Die Narmerpalette

Auf der Rückseite der Palette ist die entscheidende Schlacht auf dem Weg zur Reichseinigung dargestellt. Im Zentrum zu sehen ist König Narmer. Ägyptische Könige galten als Wiedergeburt des Falkengottes Horus, Höhe 64 cm, um 3000 v. Chr.

Auf der Rückseite der Palette befinden sich drei Register.

Register oben

- Name des Königs in Hieroglyphen;
- zwei Kuhköpfe; sie stellen die Göttin Bat dar.

Register in der Mitte

- Narmer mit oberägyptischer Krone und typischem Königsornat: einem kurzen Schurz und einem Zeremonialbart;
- Hieroglyphen weisen den Mann (rechts) als Bewohner des „Harpunenlandes“ oder „Harpunengaus“ im nordwestlichen Nildelta aus;
- Falke, der auf einem Mann sitzt, aus dessen Rücken Papyruspflanzen wachsen (Papyrus ist die Wappenpflanze Unterägyptens). Der Mann wird von dem Falken mit einem Strick gefesselt, der durch seine Nase geht;
- Bei dem Falken handelt es sich um eine Darstellung des Königsgottes Horus;
- hinter dem König schreitet (links) ein Sandalenträger, ein hoher Beamter;
- Das Erschlagen des Feindes wird im Laufe der Zeit zu einem Symbol für eine der wichtigsten Aufgaben des Pharao: Er ist dafür verantwortlich, das Chaos zu beseitigen. Dies wird dargestellt, indem der Herrscher einen Feind (= Chaos) mit der Keule erschlägt.

Register unten

- Zwei Gefallene sowie weitere Hieroglyphen mit deren Namen.

Die bedeutendste Residenz zu Narmers Zeit war Hierakonpolis, das nördlich des oberägyptischen Edfu liegt. Dort wurde 1897 im Horustempel die abgebildete Prunkschminkpalette aus Siltstein gefunden, die auf beiden Seiten mit Reliefs dekoriert ist. Auf der Vorderseite (hier ist die Rückseite abgebildet) sind u. a. zwei Fabeltiere zu erkennen, deren lange Hälse ineinander verschlugen sind, wodurch sich eine vertiefte runde Fläche ergibt, die zum Anrühren von Schminke verwendet werden konnte. Allerdings handelt es sich bei der Palette wohl eher um eine Weihegabe für den Tempel als um einen Gegenstand mit vorrangig kosmetischer Funktion.

M 2 Doppelkrone des Reiches (rechts)

Die ägyptischen Könige trugen viele unterschiedliche Kronen; die wichtigste aber war die sogenannte Doppelkrone, die die weiße oberägyptische (links) mit der roten unterägyptischen Krone (Mitte) vereinigte. Den beiden Landesteilen waren auch jeweils eine Wappenpflanze (Lotus bzw. Papyrus) sowie eine Schutzgöttin zugeordnet.

Überleben ist nur in der Gemeinschaft möglich

Schon sehr früh erkannten die Ägypter, dass man als Einzelner den Herausforderungen des oft recht launischen Flusses Nil nicht gewachsen war. Nur mehreren Menschen zusammen war es möglich, zum Schutz von Dörfern Deiche zu bauen oder Dämme zu errichten, um Wasser aufzustauen. Eine Gemeinschaftsaufgabe war auch das Ausheben von Kanälen, um Wasser in entferntere Gebiete zu leiten, die von der Überschwemmung nicht erreicht wurden. Es war also kein Wunder, dass sich die Dörfer für größere Projekte bald zu Gemeinschaften zusammentaten, welche sich wiederum zu noch größeren Bündnissen vereinigten, die ganze Landstriche umfassen konnten. Irgendwann war es dann so weit, dass am Nil zwei große Gebiete existierten, die jeweils einen Herrscher oder König hatten: Oberägypten (Flussgebiet der Flussoase) und Unterägypten (Mündungsdelta).

Die Reichseinigung von Ober- und Unterägypten

Ab etwa 3200 v. Chr. scheint es zwischen Ober- und Unterägypten immer wieder kriegerische Auseinandersetzungen um die Vorherrschaft am Nil gegeben zu haben. Die Oberägypter zeigten sich als sehr ehrgeizig, gewaltbereit und im Kampf überlegen. In einer großen Entscheidungsschlacht gelang es dem oberägyptischen Herrscher Narmer um 3100 v. Chr. schließlich, die Unterägypter zu besiegen und zum ersten König von ganz Ägypten zu werden. Diesen Vorgang bezeichnet man als Reichseinigung.

Dass Ägypten ursprünglich einmal aus zwei Ländern bestand, vergaß man allerdings nie: Der offizielle Titel des ägyptischen Herrschers lautete „König von Ober- und Unterägypten“. Jeder König musste die Vereinigung der beiden Länder rituell wiederholen.

Aufgaben

1. **Die Narmerpalette – Ein Kunstwerk aus dem alten Ägypten**
   a) Erschließe die Narmerpalette. Verwende dafür den Trainingskasten „Umgang mit bildlichen Quellen“ auf Seite 103.
   b) Gib die Informationen über die Gesellschaft, die Kultur und die Religion wieder, die aus der Narmerpalette entnommen werden können.
   → M1
2. **Eine neue Form von Gemeinschaft**
   Erläutere mithilfe des Textes auf dieser Seite die neue Form von Gemeinschaft, die in Ägypten entstand.
   → Text auf dieser Seite
3. **Ein Rollenspiel**
   Spielt eine Szene, in der sich Menschen im Niltal über Baumaßnahmen unterhalten. Überlegt euch dabei mögliche Formen der Zusammenarbeit.
   → Text auf den Seiten 50–51 und 55

Herrschaft im alten Ägypten

Untersuchungen an der Mumie Ramses' II. haben ergeben, dass dieser König im Alter von fast neunzig Jahren gestorben ist. Seine Untertanen müssen den Eindruck gehabt haben, dass ihr König ein Gott sei, schien er doch unsterblich. Was bedeutet es, dass die Pharaonen als Gottkönige verehrt wurden? Wie sah ihre Herrschaft aus? Welche Bevölkerungsgruppen gab es und wie wurde Ägypten verwaltet?

M 1 Innerer Sarg aus dem Grab des Pharaos Tutanchamun (Regierungszeit 1347 – 1337 v. Chr.)

Um die Mumie des Königs so gut wie möglich zu schützen, umgaben sie mehrere Schutzhüllen. Im Grab von Tutanchamun fand man zunächst vier ineinander gestellte große Schreine aus vergoldetem Holz. Darin verbarg sich ein Sarkophag aus Quarzit (Gestein), in dem sich drei mumienförmige Särge befanden, die ineinander geschachtelt waren. Die beiden äußeren bestehen aus vergoldetem Holz, der innerste aus purem Gold. Er ist 187 cm lang und wiegt 110 kg, um 1320 v. Chr.

Die zentralen Herrschaftszeichen eines Pharaos sind zu erkennen:

- Nemes – Kopftuch,
- Krummstab (Hirtenstab): Zeichen der Herrschaft,
- Geißel (Wedel): ursprünglich möglicherweise ein Fliegenwedel, ein Dreschflegel oder eine Hirtenpeitsche, Zeichen der Herrschaft,
- Uräus-Schlange (aufgebäumte Kobra; soll den Feinden Feuer und Gift entgegenspeien; auch Wappentier von Unterägypten),
- Geierkopf (Nechbet; Schutzgöttin von Oberägypten),
- künstlicher Bart (vorne eingerollt: Gott oder toter König = Gott; trapezförmiger Bart: lebender König).

Training

Ein Cluster erstellen

In einem Cluster hältst du zu einem Begriff auf übersichtliche Weise wichtige Informationen fest. Notiere dazu den Begriff in einem Kreis. Auf Linien notierst du dann in Stichworten zentrale Informationen zu dem Begriff.

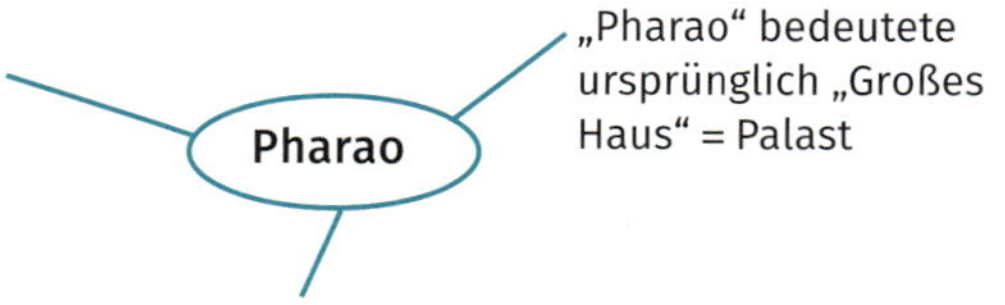

Aufgaben

1. Eine Gegenstandsquelle analysieren

Es gibt eine Reihe von Hinweisen, die es ermöglichen, eine Statue als Königsstatue zu erkennen. Fertige eine Skizze vom inneren Sarg aus dem Grab Tutanchamuns (M1) an. Gestalte dann eine Legende mit den in der Bildunterschrift zu M1 genannten Herrschaftszeichen und verorte diese auf deiner Skizze.

→ M1

2. Die Herrschaft des Pharao

a) Erstelle mithilfe des Schulbuchtextes ein Cluster, in dem sich die wesentlichen Informationen zum Pharao finden. Achte besonders auf den Titel und den Namen (Überschrift 1) sowie seine Aufgaben (Überschrift 3).

b) Bewerte die Herrschaftsform im alten Ägypten. Begründe deine Einschätzung.

→ Text auf den Seiten 57 – 58

M 2 Tempel von Abu Simbel

Der Felsentempel wurde um 1200 v. Chr. erbaut. Die vier 20 m hohen Statuen stellen Pharao Ramses II. dar. Um das Versinken des Tempels im Bett des Assuan-Stausees zu verhindern, wurde er zwischen 1964 und 1968 stückweise abgetragen und 65 m oberhalb des Stausees wieder aufgebaut, Foto, 2016.

Titel und Namen der Pharaonen

Wenn wir heute von den ägyptischen Königen sprechen, verwenden wir oft die Bezeichnung Pharao. Allerdings kam dieser Königstitel erst spät in der ägyptischen Geschichte auf: „Pharao" geht auf den ägyptischen Begriff „Per aa" zurück und bedeutet „großes Haus". Damit war der Palast gemeint, in dem der König lebte. Aus der Bezeichnung des Königspalastes wurde also ein Königstitel.

Könnten wir mit einer Zeitmaschine ins alte Ägypten reisen und uns auf Altägyptisch nach dem Weg zum Palast des Königs Tutanchamun erkundigen, so wüsste vermutlich niemand, von wem wir sprechen – „Tutanchamun" war nämlich nur der Geburtsname des Königs. Sobald ein König den Thron bestieg, nahm er einen neuen Namen an, den sogenannten Thron-Namen, unter dem er dann seinen Untertanen und der Welt bekannt war. Tutanchamuns Thronname lautete „Neb-cheperu-Re".

War der Pharao ein Gott?

In Filmen über das alte Ägypten werden die Pharaonen oft als Gottkönige bezeichnet. Dies trifft jedoch nur bedingt zu, denn nur das Königsamt war göttlich und der König übernahm mit der Krönung nur die Rolle eines Gottes, blieb dabei aber nach wie vor ein Mensch. Welchen Gott der Pharao jeweils darstellte, war durchaus unterschiedlich: So galt ein König als Wiedergeburt des Falkengottes Horus, ein anderer hingegen als Sohn des Sonnengottes Re oder als Sohn des Gottes Amun.

Die einfachen Leute im alten Ägypten bekamen den König normalerweise nie zu Gesicht. War dies dennoch einmal der Fall, z. B. zu einem Götterfest, bei dem der Pharao goldgeschmückt auf seinem Streitwagen unterwegs war, so muss sein Auftritt beeindruckend gewesen sein. Viele Menschen hielten ihn deswegen wohl tatsächlich für einen Gott.

Die Aufgaben der Pharaonen

Ein Pharao herrschte unumschränkt. Er erließ alle Gesetze und sorgte mithilfe seiner Beamten dafür, dass die Gesetze auch eingehalten wurden. Zudem entschied der Pharao als Oberbefehlshaber der Armee über Krieg und Frieden. Der gesamte Grund und Boden in Ägypten gehörte ihm. Sein Machtanspruch ging jedoch weit über Ägypten hinaus: Der Pharao sah sich als Beherrscher der Welt.

In seiner göttlichen Rolle war er für die Vermittlung zwischen Menschen und Göttern zuständig. Da der Pharao aber nicht ständig und in jedem Tempel präsent sein konnte, wirkten die Oberpriester der Tempel als seine Stellvertreter. Die vielleicht wichtigste Aufgabe des Königs war es, den gesellschaftlichen Zustand der „Maat" zu garantieren. Der Begriff bedeutet „Ordnung" und „Gerechtigkeit". „Maat" wird oft als Göttin mit einer Feder auf dem Kopf dargestellt. Der König war dafür verantwortlich, alles Chaotische in der Gesellschaft zu beseitigen, Ordnung herzustellen und zu erhalten.

Wenn die Herrschaft in einem Staat von einem König ausgeübt wird, so handelt es sich um eine Monarchie. Der Begriff stammt aus dem Griechischen und bedeutet Alleinherrschaft. Die Herrschaft wurde in Ägypten in der Regel innerhalb der Familie weitergegeben.

M 3 Ein hoher Beamter

Sennefer, der hier mit seiner Frau Senai und der Tochter Mutnofret dargestellt ist, war Bürgermeister von Theben, Granit, Höhe 120 cm, um 1410 v. Chr. Die Statue befindet sich heute im Ägyptischen Museum in Kairo.

Beamte verwalten das Land

Da der Pharao sein Reich nicht alleine verwalten konnte, waren im ganzen Land Beamte für ihn tätig. Schreiben, Lesen und Rechnen waren die wichtigsten Qualifikationen eines Beamten. Weil die meisten Ägypter Analphabeten waren, war Schreiber ein eigener Beruf. Der Begriff „Schreiber" wurde oft auch gleichbedeutend mit „Beamter" gebraucht. Die Beamten trieben Steuern ein und verwalteten die Einnahmen des Staates. Alle wichtigen Projekte, z. B. die Anlage neuer Bewässerungskanäle, der Bau von Tempeln oder auch die Errichtung von Pyramiden, wurden vom Staat durchgeführt und von Beamten überwacht.

Da im Laufe der Zeit immer mehr Aufgabenbereiche hinzukamen, gab es schließlich Tausende von Ämtern und Titeln. Fleißige Beamte produzierten Berge von Akten und Dokumenten, was für uns heute ein Glücksfall ist, denn so haben wir zahlreiche Quellen zur Verfügung.

M 4 Statue

Um 2500 v. Chr.

Ein strukturiertes Staatswesen

Wie bei uns heute gab es auch schon im alten Ägypten Beamte, die aufgrund ihrer Position mehr Macht und Einfluss hatten als andere. Eine solche Rangordnung, die die Gesellschaft strukturiert, bezeichnet man als Hierarchie. Der wichtigste Mann nach dem König war der Wesir, eine Art Regierungschef. Anfangs gab es in Ägypten nur einen Wesir, später jedoch zwei – für jeden der beiden Landesteile einen.

Wie in den meisten Berufsgruppen war es auch bei den Beamten üblich, dass der Sohn den Beruf des Vaters ergriff. Erhaltene Grabinschriften streichen häufig die persönliche Leistung und Tüchtigkeit der höheren Beamten als Gründe für deren Karrieren heraus. Entlohnt wurden die ägyptischen Beamten mit Naturalien, hauptsächlich mit Getreide, das dann gegen andere Produkte eingetauscht werden konnte. Viele Beamte erhielten auch Ländereien vom König, aus deren Erträgen sie ihren Lebensunterhalt bestritten. Da das alte Ägypten die bei uns heute übliche Trennung zwischen Staat und Kirche nicht kannte, waren die Tempel auch mit Aufgaben des Staates betraut, indem sie z. B. Steuern eintrieben. Viele Priester waren deswegen zugleich auch Beamte.

Die Familie des Tutanchamun – Ein WebQuest

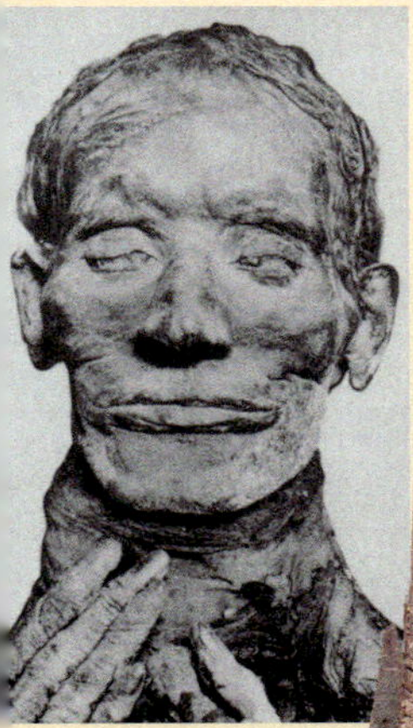

M 5 Mumie eines Mannes

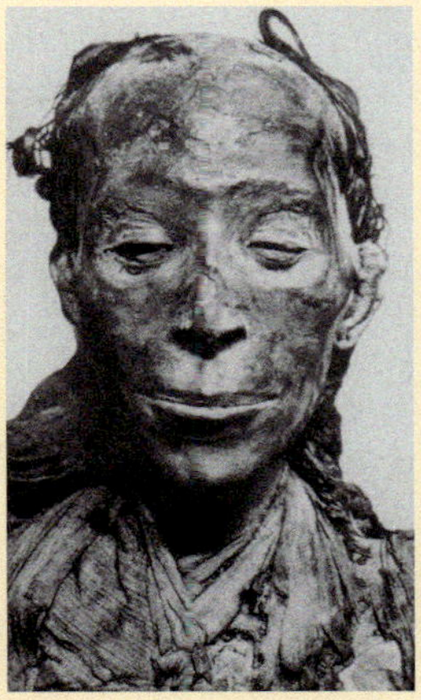

M 6 Mumie einer Frau

M 7 Eine Skulptur

M 8 Zwei Statuen

Training

WebQuests durchführen

Bei einem WebQuest geht es darum, im Internet gezielt und planvoll nach Informationen zu suchen. Man recherchiert, um vorher festgelegte Fragen zu beantworten oder konkrete Suchaufträge zu bearbeiten. So erklärt sich auch der Name WebQuest: Web = Internet, Quest = Suche. Ein WebQuest hat folgenden Ablauf:

1. Mache dir bewusst, wonach du suchen willst:
Formuliere deinen Auftrag genau.

2. Überlege dir geeignete Begriffe, nach denen du suchen kannst, um die WebQuest-Aufgaben beantworten zu können.

3. Suche im Internet nach diesen Begriffen:
Notiere die Titel derjenigen Internetseiten, denen du Informationen entnimmst.

4. Vergleicht eure Lösungen.

5. Tauscht euch über den WebQuest aus:
Mögliche Kriterien können sein: Vorgehensweise, Lösungsweg, Qualität der Internetseiten, Schwierigkeiten und Problemlösung.

Aufgaben

1. **Eine gegenständliche Quelle analysieren**
   Bei Ausgrabungen wurde eine Statue zutage gefördert (M4). Analysiere die Statue genau und ordne sie einer gesellschaftlichen Gruppe im alten Ägypten zu. Verwende dazu den Schulbuchtext. Fertige Notizen an und präsentiere deine Ergebnisse vor der Klasse.
   → M4, Text auf den Seiten 57–58
2. **Herrschaft in Ägypten – Einen Schulbuchtext auswerten**
   Erkläre die Zwischenüberschrift im Text auf Seite 58 „Ein strukturiertes Staatswesen".
   → Text auf den Seiten 57–58
3. **Die Familie des Tutanchamun – Ein WebQuest**
   a) Führe einen WebQuest zur Familie des Tutanchamun durch. Finde die Personen, die auf den Abbildungen zu sehen sind. Folgende Namen können dir dabei helfen: Tuja, Juja, Teje, Amenophis III.
   b) Ermittle das verwandtschaftliche Verhältnis, in dem sich die abgebildeten Personen zu Tutanchamun befanden, und fertige einen kleinen Stammbaum an.
   → M5–M8, Internet

Die Schrift der alten Ägypter

Heute können fast alle Menschen in Deutschland lesen und schreiben. Diese Fähigkeiten, die auch als Kulturtechniken bezeichnet werden, haben ihren Ursprung im alten Ägypten. Wie sah die damalige Schrift aus und welche historische Bedeutung hat die Entstehung von Schriftlichkeit?

M 1 Der Stein von Rosette (Ausschnitt)

1799 wurde in der Ortschaft Rosette im Nildelta eine große Steintafel (Breite etwa 75 cm) gefunden, auf der ein Text in drei verschiedenen Sprachen eingraviert war: in Hieroglyphen, in Demotisch (Schreibschrift) und in Griechisch. Da der griechische Inschriftenteil ohne Probleme übersetzt werden konnte, stellte der „Stein von Rosette" die Grundlage für die Entschlüsselung der Hieroglyphen dar. Der Begriff „Hieroglyphe" stammt aus dem Griechischen und bedeutet „heiliges eingeritztes Zeichen". Dass die Namen von ägyptischen Königen immer in sogenannten Kartuschen („Zierrahmen") eingefasst waren, war schon einige Zeit zuvor entdeckt worden. Da im griechischen Teil des Steins von Rosette der Name des Pharaos Ptolemäus auftauchte, gelang es dem französischen Wissenschaftler Jean-François Champollion, diesen Königsnamen sowie andere wichtige Wörter wie „Gott" oder „König" in der Hieroglypheninschrift zu finden und damit die ersten Schriftzeichen zu entziffern. Champollions Leistung ermöglichte den Zugang zu einer Sprache, die fast 1500 Jahre lang verstummt war.

M 2 Tabelle für Hieroglyphen und ihre Bedeutung

Hieroglyphe	vermutete Aussprache	Dargestelltes Objekt
	a (kurz)	ägyptischer Geier
	i (kurz) oder j	Blütenrispe des Schilfrohrs
	a (lang)	Vorderarm
	u (kurz oder lang) oder w	Wachtelküken
	b	Fuß (mit Unterschenkel)
	p	Sitz, Untersatz
	f	Hornviper
	m	Eule
	n	Wasserlinie
	r	Mund
	h	Hof, Gehege
	scharf gehauchtes h	gewundener Flachs, Docht
	dsch	Kobra

Hieroglyphe	vermutete Aussprache	Dargestelltes Objekt
	wie ch in „ach"	Placenta? (oder: Korb von oben gesehen?)
	wie ch in „ich"	Tierbauch mit Zitzen und Schwanz
	stimmhaftes s wie in „so"	Riegel
	stimmloses s wie in „das"	gefaltetes Stück Stoff
	wie sch in „schon"	Teich
	wie arabisch q	Hügel
	k	Korb mit Henkel
	g	Kruguntersatz
	t	Brotlaib
	tsch	Stück Schnur zum Festbinden von Tieren
	d	Hand
	m n	Brettspiel
	anch	Henkelkreuz

7829EX_2

Das Schriftsystem der Ägypter

Der Begriff „Hieroglyphe" stammt aus dem Griechischen und bedeutet „heiliges eingeritztes Zeichen". Hieroglyphen muss man sich als eine Art Druckschrift vorstellen, die für Inschriften z. B. in Tempeln oder Gräbern verwendet wurde. Im Alltag wurde hingegen in einer Schreibschrift auf Papyrusblättern geschrieben. Das Schriftsystem der Ägypter war äußerst kompliziert, denn es existierten mehr als 700 verschiedene Hieroglyphen. Dabei lassen sich verschiedene Zeichentypen unterscheiden:

Bildzeichen: Es ist unschwer zu erkennen, dass die Ursprünge der Hieroglyphenschrift Bilder waren. Nachdem sich die Bilderschrift zu einer Lautschrift entwickelt hatte, setzte man einen kleinen Strich hinter eine Hieroglyphe, wenn diese tatsächlich ihren Bildinhalt bedeuten sollte.

Lautzeichen: Geschrieben wurden nur die Konsonanten, wie das auch heute noch im Arabischen der Fall ist. Die Vokale wurden beim Lesen eingefügt.

Deutzeichen: Es ist nicht leicht, eine Schrift zu lesen, die nur aus Konsonanten besteht. Erschwerend kommt hinzu, dass es nicht üblich war, die einzelnen Wörter voneinander zu trennen. Deutzeichen halfen beim Lesen, z. B. wurde hinter einen Männernamen ein „Mann"-Zeichen gesetzt, hinter einen Frauennamen ein „Frau"-Zeichen. Zudem verwendete man Deutzeichen bei Wörtern, die völlig gleich aussahen, aber unterschiedliche Bedeutungen hatten. Ein Beispiel: Im Deutschen könnte die Konsonantenkombination „LB" u. a. „Lob", „Liebe", „Leib", „Elbe" usw. bedeuten. Zur Klärung des tatsächlich gemeinten Begriffes wäre z. B. das Wort „Wasser" als Deutzeichen hinter dem „LB" ein Hinweis darauf, dass mit „LB" der Begriff „Elbe" gemeint ist.

Besonderheiten: Nur aus Konsonanten bestehende Wörter sind kaum auszusprechen. Um dies zu ermöglichen, fügen die Ägyptologen e-Vokale zwischen die Konsonanten ein. Dies war im Altertum natürlich nicht der Fall. Wir können heute daher nicht mehr sagen, wie die altägyptische Sprache tatsächlich geklungen hat. Der Name der berühmten Königin Nofretete wurde ursprünglich vermutlich wohl „Nafteta" ausgesprochen.

Hieroglyphen können sowohl von links nach rechts als auch von rechts nach links geschrieben sein, ebenso von oben nach unten oder umgekehrt. Allerdings ist es nicht schwer, die jeweils korrekte Leserichtung herauszufinden: Der Zeilenanfang wird immer durch die Richtung markiert, in die die dargestellten Tiere oder Menschen blicken.

Verbindliche Rechtschreibregeln gab es keine. Wichtig war aber die Devise „richtig ist, was gut aussieht", d. h. die Hieroglyphen mussten zu optisch ansprechenden Gruppen zusammengefügt werden.

M 3 Herstellung von Papyrus
Schaubild

Aufgaben

1. Hieroglyphenschrift und Papyrus

a) Nenne die Besonderheiten der altägyptischen Schrift.

b) Schreibe deinen eigenen Namen mithilfe von Hieroglyphen.

c) Erläutere die Herstellung des Schreibmaterials aus der Papyruspflanze.

→ M1–M3, Text auf Seite 61

2. Die Bedeutung der Schrift

a) Stelle die Vorteile zusammen, die die Schrift für die alten Ägypter hatte.

b) Erkläre Möglichkeiten der Informationsbewahrung ohne Verwendung der Schriftsprache.

c) Beurteile die Bedeutung der Schrift für die Geschichte der Menschheit.

→ Text auf Seite 61

Die Gesellschaft im alten Ägypten

In einem Brief kündigte der hohe ägyptische Beamte Sennefer dem Bauern Baki einen Kontrollbesuch an. Das sehr unfreundlich abgefasste Schreiben endete mit den Worten: „Ich weiß, dass du ein gefräßiger Faulpelz bist." – Wie sah der Lebensalltag der ägyptischen Bauern tatsächlich aus? Welche weiteren Bevölkerungsgruppen gab es?

M 1 Getreideernte

Wandmalerei aus dem Grab des Menna, Schreiber unter Thutmosis IV., um 1390 v. Chr.; jemand scheint einen tiefen Groll gegen Menna gehegt zu haben, denn die Darstellungen des Grabherrn sind an vielen Stellen absichtlich zerstört worden (z. B. ausgehackte Gesichter).

- Vermessung des Feldes
- Abtransport des Getreides
- Worfeln (das gedroschene Getreide mit einer Schaufel gegen den Wind werfen, sodass sich die leichte Spreu von den schwereren Körnern trennt)
- Vorbereitung zum Dreschen
- Aufzeichnung der Erntemenge
- Sicheln des Getreides
- Dreschen

M 2 Die Arbeit der Bauern

a) Auf einem Papyrus aus der Zeit um 1200 v. Chr. wurde folgender Text gefunden:

Denkst du nicht, wie es dem Ackersmann geht, wenn man die Steuer von seiner Ernte fordert? Der Wurm hat die Hälfte des Kornes geholt, und das Nilpferd hat das andere gefressen, der Mäuse sind viel auf dem Feld, und die Heuschrecke ist eingefallen, das Vieh frisst, und die Sperlinge stehlen – wehe über die Bauern!
Dem Überrest, der auf der Tenne liegt, dem machen die Diebe ein Ende. Das Gespann stirbt beim Dreschen und Pflügen. Der Schreiber landet am Damm und will die Ernte aufschreiben, seine Wächter haben Stöcke [...]. Sie sagen: „Gib Korn her!" „Es ist keines da!" Sie schlagen den Bauern lang ausgestreckt, er wird gebunden und in den Graben geworfen.

b) Bericht eines Beamten an seinen Chef:

Ich bin ein tüchtiger Beamter meines Herrn beim Erfüllen der Getreideablieferungen und beim Erfüllen der Steuern. Mein Überschuss an Getreideablieferungen und Steuern: 3632 Krüge Wein waren mein Soll [...], ich ließ [meine Leute] 25 368 (Krüge) bringen. 70 Krüge Honig waren mein Soll, der Honig, den ich brachte, war 700 Krüge, also 630 mehr, 70 000 Sack Getreide waren mein Jahressoll, ich brachte 140 000, also einen Überschuss von 70 000 Sack.

Zit. nach: Arne Eggebrecht/Joachim Boessneck (Hg.), Das Alte Ägypten. 3000 Jahre Geschichte und Kultur des Pharaonenreiches (übers. v. Friedrich Wilhelm von Bissing), München: Bertelsmann 1984, S. 204.

Aufgaben

1. Die Bauern im alten Ägypten

a) Ordne den Szenen von der Getreideernte (M1) die richtigen Begriffe zu. Beschreibe den jeweiligen Vorgang und bringe die Bilder dann in die richtige Reihenfolge.

b) Nenne die Probleme, mit denen ein Bauer zu kämpfen hatte (M2).

c) Gib die in der Textquelle M2 angesprochenen Probleme an, die auch im Grab des Menna (M1) dargestellt sind.

d) Für das Eintreiben von Abgaben und Steuern waren Beamte zuständig. Fasse kurz den Bericht des Beamten (M2b) zusammen. Überlege die Gründe für sein Vorgehen. Lege die Auswirkungen für die betroffenen Bauern dar.

e) Beurteile die Lebensumstände der ägyptischen Bauern. Begründe deine Einschätzung.
↷ M1, M2

Die Bauern

Der mit Abstand größte Teil der ägyptischen Bevölkerung bewirtschaftete die Felder. Selbstständige Bauern gab es nur sehr wenige: Die meisten Bauern hatten das Land vom König, von einem Tempel oder von hohen Beamten gepachtet und mussten dafür Abgaben leisten und Steuern zahlen.

Trotz der Fruchtbarkeit des Landes war das Leben der Bauern nicht leicht. Sie mussten sehr harte körperliche Arbeit verrichten, und wer das Abgabesoll nicht erfüllte, wurde mit Stockschlägen bestraft. Da die Bauern weder lesen noch schreiben konnten, haben wir kaum Quellen, die ihr Leben aus ihrer eigenen Perspektive beschreiben. Manche der Geräte, die heute auf den Äckern eingesetzt werden, ähneln vermutlich denen, die auch schon die altägyptischen Bauern verwendet haben, und der Esel ist nach wie vor ein wichtiges Lastentier.

Während der Zeit der Nilüberschwemmung, wenn die Felder monatelang unter Wasser standen, waren die Bauern mehr oder minder arbeitslos. Dann wurden sie häufig auf staatlichen Großbaustellen beschäftigt, zum Tempelbau oder zur Errichtung von Pyramiden. Obwohl zahlreiche Filme und Bücher entsprechende Geschichten verbreiten, gab es in Ägypten kaum Sklaven.

Handwerker und Soldaten

Fast alle Handwerker und Künstler waren in Werkstätten beschäftigt, die von den Tempeln oder direkt vom König betrieben wurden. Sie hatten aber häufig die Möglichkeit, nach Feierabend zusätzliche Aufträge anzunehmen und sich so noch etwas hinzuzuverdienen. Als es ab ca. 1500 v. Chr. eine Armee aus Berufssoldaten gab, stellte auch eine Laufbahn als Offizier eine Möglichkeit dar, Karriere zu machen. Gelegentlich konnte man so bis in höchste Ämter aufsteigen – die Generäle Ramses und Haremhab wurden sogar Könige. Harte körperliche Arbeiten wie z. B. in Steinbrüchen oder Minen wurden in der Regel von Kriegsgefangenen oder verurteilten Verbrechern verrichtet.

M 3 Statue der Hatschepsut

Nach dem Tod ihres Ehemanns übernahm Hatschepsut zunächst die Regentschaft für ihren Neffen Thutmosis III., da dieser noch ein Kleinkind war. Nach einigen Jahren griff sie jedoch selbst nach dem Pharaonenamt. Da nur ein Mann Pharao sein konnte, ließ sich Hatschepsut männlich darstellen.

Frauen im alten Ägypten

Frauen waren den Männern zwar nicht völlig gleichgestellt, aber im Vergleich zu anderen Ländern der damaligen Zeit genossen altägyptische Frauen viele Rechte und Freiheiten. So konnten sie sich in der Öffentlichkeit auch ohne männliche Begleitung frei bewegen. Zudem durften sie eigenen Besitz haben und Grund und Boden ohne Unterstützung eines Mannes verwalten. Sie waren erbberechtigt und durften ihren Besitz nach eigenen Vorstellungen weitervererben. Alles, was eine Frau mit in die Ehe brachte, blieb ihr Eigentum, selbst nach einer Scheidung. Auch das Vermieten von Grundbesitz gegen Pacht war Frauen erlaubt. Eine Frau konnte gegen einen Mann auch das Gericht anrufen.

Altägyptische Frauen gingen unterschiedlichen beruflichen Tätigkeiten nach. In Bauernfamilien war es üblich, dass auch die Frauen Feldarbeit leisteten. In den Werkstätten der Tempel oder des königlichen Palastes stellten Frauen Leinenstoffe aus Flachs her. Die Tätigkeit als Hebamme war ausschließlich Frauen vorbehalten. Neben der Königsfamilie beschäftigten auch die vornehmen Familien Ägyptens Ammen für die Betreuung ihrer Babys und Kleinkinder. In Privathäusern waren Frauen gelegentlich auch als Hausverwalterinnen angestellt. Priesterinnen waren in altägyptischen Tempeln eine Selbstverständlichkeit, lediglich eine Beamtenkarriere blieb fast ausschließlich den Männern vorbehalten.

Berufe im alten Ägypten – Eine Textquelle

M 4 Aus der Lehre des Cheti

Im Alter von neun Jahren mussten sich ägyptische Jungen in der Regel entscheiden, welchen Beruf sie später ergreifen wollten. Im folgenden Text aus der Zeit um 1800 v. Chr. fasste ein Vater für seinen Sohn zusammen, warum dieser Schreiber werden sollte:

Ich lasse dich die Schriften mehr lieben als deine Mutter. Ich führe dir ihre Schönheit vor Augen; sie ist größer als die aller anderen Berufe, und im ganzen Land gibt es nichts, was ihnen gliche. [...]

Ich habe den Erzarbeiter über seiner Arbeit beobachtet, an der Öffnung seines Schmelzofens. Seine Finger sind krokodilartig, er stinkt mehr als Fischlaich.

Jeder Holzarbeiter, der den Meißel führt, ist müder als ein Ackersmann; [...] in der Nacht fühlt er sich zerschlagen, da er über seine Kräfte geleistet hat. [...]

Der Steinmetz graviert mit dem Meißel in allerlei harten Steinen. Hat er die Arbeit vollendet, so versagen ihm die Arme, und er ist müde; wenn er sich abends niedersetzt, sind seine Knie und sein Rücken gebrochen.

Der Töpfer steckt in seinem Lehm; der beschmiert ihn mehr als ein Schwein, bis er seine Töpfe gebrannt hat. Die Luft bläst ihm ins Gesicht, wie sie aus dem Ofen kommt. [...]

Der Maurer baut; er ist immer draußen im Winde und baut im Arbeitsschurz; seine Arme stecken im Lehm, alle seine Gewänder sind beschmiert. Er muss sein Brot mit ungewaschenen Fingern essen.

Der Weber ist innen in der Werkstatt, er hat es schlechter als eine Frau, die gebiert, seine Knie drücken auf seinen Magen, und er bekommt keine Luft. Wenn er den Tag verbracht hat, ohne zu weben, wird er mit fünfzig Peitschenhieben bestraft. [...]

Siehe, es gibt keinen Beruf, in dem einem nicht befohlen wird, außer dem des Beamten; da ist er es, der befiehlt. Wenn du schreiben kannst, wird dir das mehr Nutzen bringen als alle anderen Berufe. Nützlich ist schon ein Tag in der Schule, und eine Ewigkeit hält die in ihr geleistete Arbeit vor, wie Berge.

Zit. nach: Arne Eggebrecht/Joachim Boessneck (Hg.), Das Alte Ägypten. 3000 Jahre Geschichte und Kultur des Pharaonenreiches (übers. v. Friedrich Wilhelm von Bissing), München: Bertelsmann 1984, S. 367. [bearbeitet]

M 5 Handwerker

Holzschnitzer und Zimmerleute, Wandmalerei aus dem Grab des Rechmire, um 1450 v. Chr.

Aufgaben

1. Die Gesellschaft im alten Ägypten

a) Arbeite die Informationen zur Gesellschaftsordnung im alten Ägypten heraus, die in den Wandmalereien M1 und M5 enthalten sind.

b) Zeichne eine Pyramide und trage an der Spitze den Pharao ein. Suche nun passende Stellen in der Pyramide für die verschiedenen sozialen Gruppen: Handwerker, Soldaten, Beamte, Priester.

→ M1, M5, Text auf Seite 64

2. Berufe im alten Ägypten – Eine Textquelle

a) Erstelle eine Tabelle, in der du die Vor- und Nachteile der in der Quelle M4 genannten Berufe auflistest.

b) Nenne die Absicht, die der Vater mit diesem Text vermutlich verfolgte.

c) Der Vater spricht zum Teil sehr negativ über verschiedene Berufe. Überprüfe die Glaubwürdigkeit seiner Behauptungen.

→ M4

Die Religion der alten Ägypter

Heute gibt es in Deutschland eine Vielfalt von Religionen. Dies war im alten Ägypten anders. Woran glaubten damals die Menschen?

M 1 Eine Auswahl wichtiger ägyptischer Götter
Rekonstruktionszeichnungen

Re
- falken- oder widderköpfig, oft auch noch mit Sonnenscheibe dargestellt
- Sonnengott
- die morgendliche Sonne wird gern als Skarabäuskäfer dargestellt; Skarabäus = Symbol der Wiedergeburt

Hathor
- als Frau mit Kuhhörnern oder Kuh dargestellt
- Muttergottheit
- Göttin der Fruchtbarkeit, Liebe und Trunkenheit
- Totengöttin

Anubis
- schakalsköpfig
- zuständig für die Mumifizierung

Osiris
- dargestellt als Mumie, die Krummstab und Wedel hält;
- Herrscher des Totenreichs, Richter beim Totengericht
- Bruder und Ehemann der Isis, Sohn: Horus

Horus
- falkenköpfig oder als Falke dargestellt
- „der Ferne“
- Himmels- und Königsgott; der Pharao galt als seine Wiedergeburt
- Sohn von Osiris und Isis

Maat
- Frau mit Straußenfeder auf dem Kopf
- Tochter des Re
- verkörpert Ordnung und Gerechtigkeit

Amun
- Mann mit hoher Federkrone
- „der Verborgene“; König der Götter
- Haupttempel in Karnak
- verheiratet mit Mut, Sohn: Chons

Thot
- ibisköpfig
- oft mit Schreibpalette dargestellt
- Gott der Schreibkunst und Weisheit
- Sekretär der Götter

Isis
- dargestellt als Frau mit Thronhieroglyphe auf dem Kopf
- mächtige Zauberin
- Schwester und Frau des Osiris, Sohn: Horus

Aufgaben

1. Ägyptische Götter – Who is Who?

a) Ordne den dargestellten Gottheiten (M1) die passenden Kärtchen zu. Verwende dafür auch den Lehrbuchtext (Seite 67/68).

b) Zu Osiris gab es im alten Ägypten eine berühmte Legende. Recherchiere im Internet und fasse die wesentlichen Punkte der Legende zusammen.
→ M1, Text auf den Seiten 67 – 68, Internet

Die Götter – Polytheismus und Monotheismus

Im alten Ägypten gab es Hunderte von Gottheiten – einige waren Tiere, andere hatten einen Tierkopf auf einem Menschenkörper, wieder andere waren vollkommen menschengestaltig. Man darf allerdings nicht annehmen, dass die alten Ägypter sich z. B. die Göttin Hathor tatsächlich als Frau mit Kuhkopf vorgestellt haben: Da die meisten Menschen nicht lesen konnten, war es vielmehr wichtig, die zahllosen Gottheiten anhand ihrer bildlichen Darstellung zu erkennen, z. B. auf einer Tempelwand. Für die alten Ägypter spielte die Familie eine wichtige Rolle. Dies wurde auch auf die Götter übertragen, welche man sich als Familien aus Vater, Mutter und Kind vorstellte.

Eine Religion, die viele verschiedene Götter verehrt, bezeichnet man als Polytheismus (griech. „poly“ = „viel“; Theismus = Gottesglaube). Viele antike Hochkulturen waren polytheistische Religionen. Dem Polytheismus steht der Monotheismus (griech. „monos“ = „allein“) gegenüber. Das Judentum, das Christentum und der Islam sind monotheistische Religionen.

M 2 Bemaltes Relief aus dem Tempel von Sethos I. in Abydos

Die linke Person hält ein Räuchergefäß, in dem Weihrauchkügelchen verbrannt werden können, um 1270 v. Chr.

Info

Tempel in Karnak

Der riesige Tempel für den Gott Amun in Karnak ist die größte religiöse Anlage der Welt. Da der Tempel über 2000 Jahre lang verändert und vergrößert wurde, handelt es sich zudem auch um die am längsten bestehende Baustelle der Geschichte.

Die Tempel

Kirchen, Moscheen und Synagogen sind heute Orte, wo Menschen zusammenkommen, um zu beten. Ein altägyptischer Tempel hatte eine ganz andere Funktion: Er galt als das Wohnhaus der jeweiligen Gottheit und war der Öffentlichkeit versperrt. Zutritt hatten nur die Bediensteten der Gottheit, also die Priester.

Obwohl sich die altägyptischen Tempel in ihrem Aussehen deutlich voneinander unterschieden, gab es doch eine Grundstruktur aller Tempelanlagen: Der Eingang wurde immer von einem Torbau gebildet, der Pylon genannt wird. Dahinter öffnete sich ein großer Hof, an den sich das eigentliche Tempelhaus anschloss. Im Innersten des Tempels lag das Allerheiligste, ein im Vergleich zum restlichen Tempel recht kleiner Raum, der – in einem Schrein aus Holz oder Stein – die Götterstatue beherbergte. Ebenfalls im Allerheiligsten oder in einem Nebenraum stand die Barke der Gottheit, ein Schiff aus Holz, auf dem die Götterstatue den Tempel für Prozessionen verlassen konnte. Die einfachen Menschen im alten Ägypten bekamen die Götterstatuen nie zu Gesicht, da diese auch bei Prozessionen immer verhüllt waren.

In einem ägyptischen Tempel wurde es nach innen hin immer dunkler. Das Allerheiligste, das „Wohnzimmer" der Gottheit, war ein fast ganz dunkler Raum, zu dem nur der König und die höchsten Priester Zutritt hatten. Hier wurde die Götterstatue gewaschen, gesalbt und bekleidet und es wurden ihr unter Gebeten und Beschwörungsformeln Opfergaben dargebracht.

Die Priester

Die Tätigkeiten der altägyptischen Priester waren mit den Aufgaben heutiger Priester nicht zu vergleichen. Die ägyptischen Priester kümmerten sich als Diener eines Gottes um die Verehrung der Götterstatue sowie um die Pflege des Tempels. Kontakt mit den Gläubigen gab es praktisch keinen. Manche Priester übten ihre Tätigkeit hauptberuflich aus, andere waren nur alle paar Monate für einige Wochen im Tempel anwesend. Ägyptische Priester konnten auch verheiratet sein.

Im Laufe der Zeit wurden einige ägyptische Tempel sehr reich und mächtig. So überließen viele Pharaonen nach erfolgreichen Feldzügen dem Amun-Tempel in Karnak einen Großteil der Kriegsbeute. Auf diese Weise wurde der Tempel mit der Zeit zu einer Wirtschaftsmacht, die mindestens ebenso reich war wie der König selbst. Die obersten Priester verfügten über einen sehr hohen Lebensstandard. Viele Priester waren zugleich auch Beamte mit einem beträchtlichen Einfluss auf den König und seine Politik.

M 3 Der Tempel von Luxor

Ein Tempel für den Gott Amun. Errichtet wurde er im 14. und 13. Jahrhundert v. Chr., hauptsächlich von den Königen Amenophis III. und Ramses II., aktuelles Foto.

Der Tempel im alten Ägypten – Mit einer Rekonstruktionszeichnung arbeiten

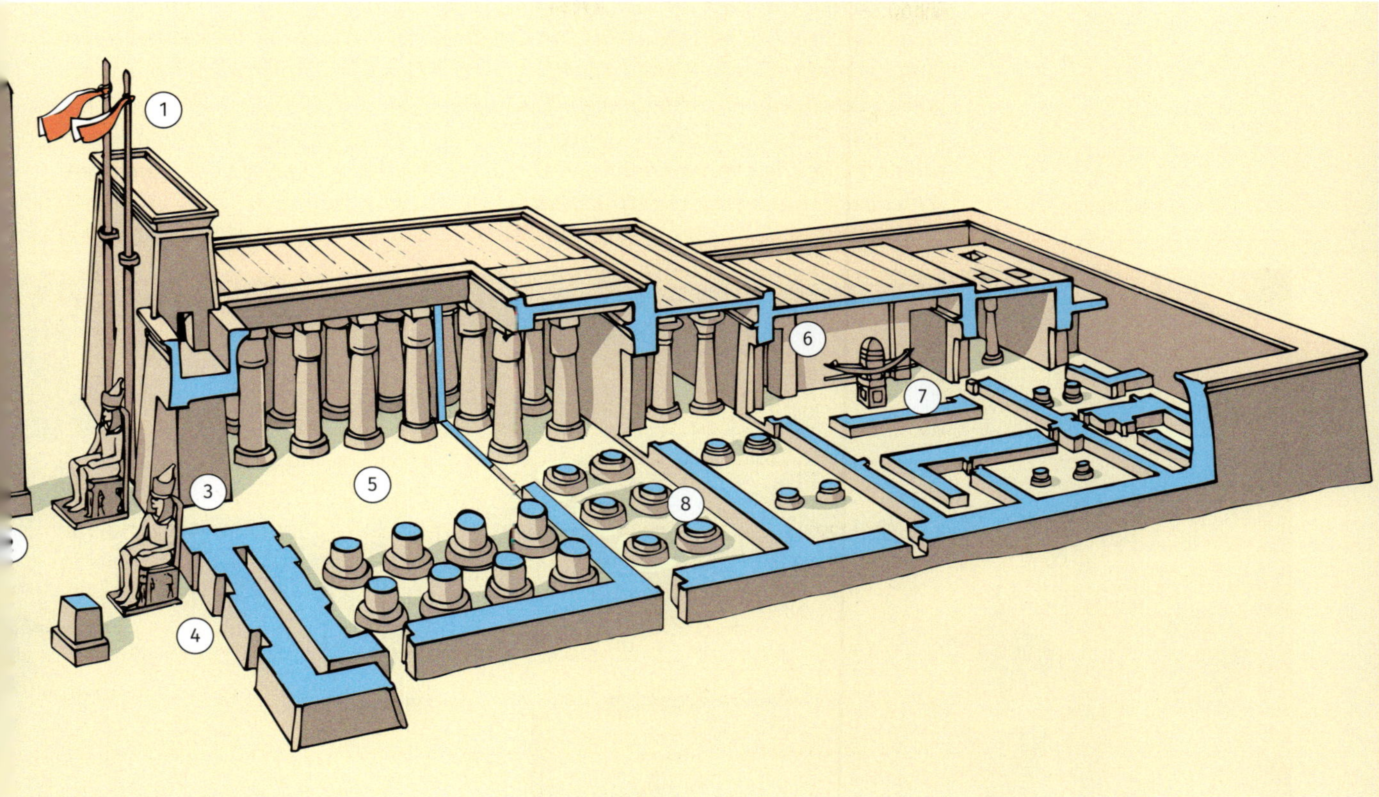

M 4 **Ägyptischer Tempel**

Auf dieser Rekonstruktionszeichnung sind folgende typischen Bestandteile eines ägyptischen Tempels enthalten: Obelisk, Kolossalfiguren des Königs, Pylon, Fahnenmasten, Allerheiligstes, Götterschrein, Innenhof, Säulensaal.

Aufgaben

1. Der Tempel im alten Ägypten

a) Ordne die unter der Rekonstruktionszeichnung M4 aufgeführten Bestandteile den Nummern der Zeichnung zu.

b) Suche im Internet Informationen über den Tempel des Gottes Amun in Karnak. Stelle deine Ergebnisse in einem etwa dreiminütigen Vortrag der Klasse vor.
→ M4, Internet

2. Dem Ägyptologen über die Schulter geschaut

a) Beschreibe den Aufbau des bemalten Reliefs aus dem Tempel von Sethos I. in Abydos (M2).

b) Identifiziere die abgebildeten Personen und erläutere den dargestellten Vorgang.
→ M2, Text auf den Seiten 67–68

Jenseitsvorstellungen im alten Ägypten

Seit Urzeiten glaubten die Menschen am Nil fest daran, nach dem Tod im Jenseits weiterzuleben. Das Jenseits wurde von den Ägyptern in Richtung des Sonnenuntergangs verortet, also im Westen. Darüber, wie das Leben im Westen aussehen würde, gab es verschiedene Vorstellungen. Eine davon sah die „Gefilde der Seligen" als bruchlose Fortsetzung des diesseitigen Lebens an, jedoch in einer Art Paradies, wo alles im Überfluss vorhanden wäre. Um dort weiterleben zu dürfen, mussten verschiedene Voraussetzungen erfüllt sein.

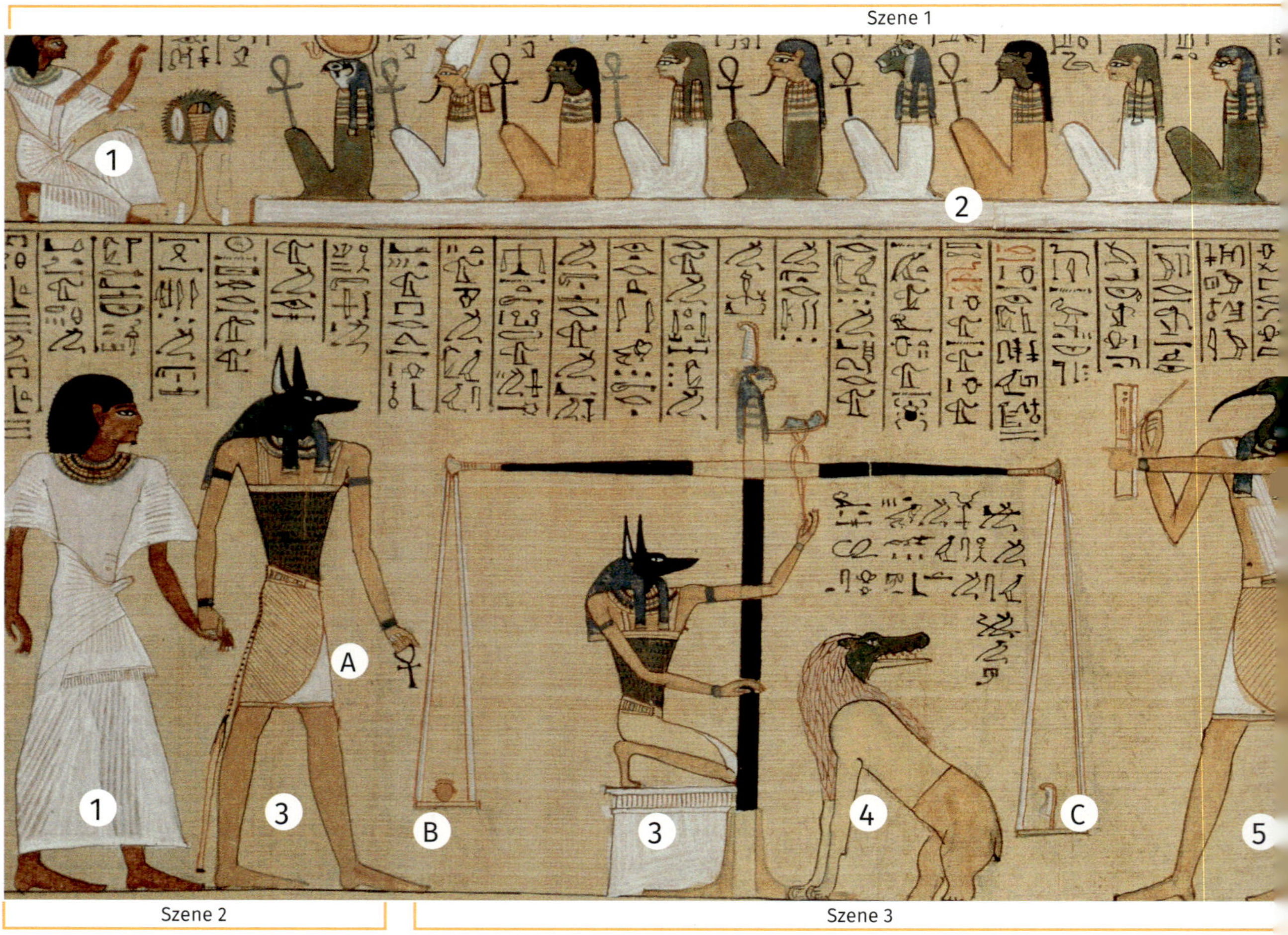

M 1 Das Totengericht des Schreibers Hunefer

In den Totenbüchern der Ägypter kann man erfahren, wie sich die Ägypter den Weg ins Jenseits vorgestellt haben. Dieses Bild aus dem Grab des königlichen Schreibers Hunefer, das man wie einen Comic „lesen" kann, stellt das Totengericht dar. Es zeigt insgesamt vier große Szenen. Die Ziffern und Buchstaben geben Auskunft darüber, um welche Personen oder Gegenstände es sich handelt.

Legende

① = Hunefer, königlicher Schreiber unter Pharao Sethos I.
② = 14 Gottheiten
③ = Anubis, der Totengott
④ = Ammit, Fresserin der Sünder
⑤ = Thot, der Schreibergott
⑥ = Horus, Sohn des Osiris
⑦ = Osiris, der Herrscher des Jenseits
⑧ = Isis und Nephthys, Schwestern des Osiris
Ⓐ = Anch (Henkelkreuz; Zeichen des Lebens)
Ⓑ = Gefäß mit Hunefers Herz
Ⓒ = Feder der Maat; Maat ist die Göttin der Gerechtigkeit

M 2 Ein Toter spricht

In den Totenbüchern finden sich auch Sprüche zu den einzelnen abgebildeten Ereignissen. Im Grab des Schreibers Hunefer wurde folgender Papyrus gefunden:

Ich habe kein Unrecht gegen Menschen begangen, und ich habe keine Tiere misshandelt. Ich habe nichts Krummes an Stelle von Recht getan. [...] Ich habe keinen Gott beleidigt. Ich habe kein Waisenkind an seinem Eigentum geschädigt. Ich habe nicht getan, was die Götter verabscheuen. Ich habe keinen Diener bei seinem Vorgesetzten verleumdet. Ich habe nicht Schmerz zugefügt und [niemand] hungern lassen. Ich habe keine Tränen verursacht. Ich habe nicht getötet, und ich habe nicht zu töten befohlen.

Zit. nach: Erik Hornung (Hg./Übers.), Das Totenbuch der Ägypter (Nachdr. Bibliothek der Alten Welt 1979), Zürich/München: Artemis-Verlag 1990, S. 234.

Szene 4

Aufgaben

1. **Das Totengericht – Eine Bildquelle auswerten**
   a) Beschreibe die Szenen des Totengerichts (M1).
   b) Der Spruch M2 bezieht sich auf die erste Szene im Bild M1. Fasse den Inhalt des Spruches zusammen und erläutere die Absicht, die Hunefer damit verfolgte.
   c) Nenne das Ergebnis des Totengerichts.
   ⤳ M1, M2

2. **Jenseitsvorstellungen im alten Ägypten**
   a) Erarbeite aus dem Schulbuchtext (nächste Doppelseite) die zentralen Merkmale der Jenseitsvorstellung der Ägypter.
   b) Nenne die Merkmale, die sich im Totengericht des Schreibers Hunefer wiederfinden.
   ⤳ Text auf den Seiten 72–73, M1

M 3 Eine Mumie

Der Pharao Ramses II. starb 1213 v. Chr., heutiger Zustand.

Auf dem Weg zum Totengericht

Für die alten Ägypter war jeder Mensch aus sechs Bestandteilen zusammengesetzt, die, solange man am Leben war, eine Einheit bildeten. Zu diesen Bestandteilen gehörten z. B. der „Ka" (eine Art Lebenskraft), der oft als Vogel mit Menschenkopf dargestellte „Ba" (die Persönlichkeit oder Seele des Menschen) und der Körper. Starb ein Mensch, dann trennten sich die Einzelteile voneinander. Nach altägyptischen Vorstellungen war ein ewiges Leben nur möglich, wenn sich alle sechs Elemente wieder vereinigten. Daher war es ungemein wichtig, den Körper zu erhalten und vor der Verwesung zu schützen.

Die Mumifizierung

Zu diesem Zweck entwickelte man in Ägypten die Kunst der Mumifizierung. Dafür gab es unterschiedliche Verfahren – je vermögender ein Ägypter war, desto luxuriöser war auch seine Mumifizierung. Dabei wurde als Erstes das Gehirn mit einem Haken durch die Nase entfernt. Das Gehirn galt bei den Ägyptern als unbedeutendes Organ – ihrer Ansicht nach steuerte das Herz das Denken und Fühlen. Ein Schnitt mit einem scharfen Steinmesser öffnete die linke Bauchdecke, worauf-

M 4 Der Totengott Anubis bei einer Mumifizierung

um 1250 v. Chr.

hin die Eingeweide entnommen wurden. Diese wurden jeweils für sich weiterbehandelt und dann in vier Gefäßen, den sogenannten Kanopen, beigesetzt. Das Herz verblieb als wichtigstes Organ in der Mumie. Die Einbalsamierer bedeckten den Leichnam anschließend für 40 Tage mit einer Art Salz, wodurch dem Körper jegliche Flüssigkeit entzogen wurde, was eine Verwesung verhinderte. Nachdem man dann den eingefallenen Körper dort, wo es nötig war, mit Leinenkissen oder Sägespänen ausgestopft hatte, um ein möglichst natürliches Aussehen herzustellen, wurde der Körper abschließend in Leinenbinden eingewickelt. Die gesamte Prozedur dauerte in der Regel 70 Tage.

Grab und Grabausstattung

Dem Toten sollten in seinem Grab, dem „Haus für die Ewigkeit", all die Dinge zur Verfügung stehen, die auch schon sein diesseitiges Leben bereichert hatten. Je höher der Verstorbene gesellschaftlich stand, desto aufwendiger war seine Grabausstattung. An den Grabwänden finden sich oft Darstellungen aus dem Alltagsleben der Menschen. Mit dem Bau des Grabes und der Zusammenstellung der Grabausstattung begann man bereits in jungen Jahren, damit im Falle des Todes alles bereit war. Wurde ein Grab dennoch nicht rechtzeitig fertig, so musste die Bestattung in einem Provisorium stattfinden. Die meisten Menschen im alten Ägypten konnten sich allerdings weder eine teure Mumifizierung noch ein großes Grab mit entsprechender Ausstattung leisten. Sie wurden in Schächten in der Wüste beigesetzt.

Das Totengericht

Als letzte Schwelle vor dem ewigen Leben musste der „Ba" in der großen Halle des Osiris, des Herrschers über die Unterwelt, eine Gerichtsverhandlung bestehen: das Totengericht. Erst wenn diese Prüfung positiv ausgefallen war, durfte der „Ba" den Sonnengott Re auf seiner nächtlichen Fahrt durch die Unterwelt begleiten und erhielt die Erlaubnis, sich tagsüber wieder mit seinem Körper zu vereinigen. Das Herz des Verstorbenen wurde beim Totengericht gegen die „Maat" (Ordnung und Gerechtigkeit) aufgewogen, die von einer Feder symbolisiert wurde. Nur wenn das Herz im Gleichgewicht mit der „Maat" war, galt das Totengericht als bestanden. War das Herz schwerer, so wartete bereits ein Untier namens Ammit („die Fresserin") darauf, den Verstorbenen zu verschlingen und ihn so einen zweiten, nun endgültigen Tod sterben zu lassen. Diese Vorstellung stellte für die Ägypter im wahrsten Sinne des Wortes die Hölle dar.

M 5 Uschebtis

In vielen Gräbern fand man sogenannte Uschebtis, kleine Statuen, die für den Verstorbenen im Totenreich arbeiten sollten.

Links: Uschebti aus Kalkstein, um 1250 v. Chr.; Mitte: Uschebti aus Stein, um 1200 v. Chr.; rechts: Uschebti aus Holz, um 1200 v. Chr.

Der Text auf den Uschebtis lautet: „O mein Uschebti! Wenn ich verpflichtet werde, irgendwelche Arbeiten im Totenreich zu leisten – ‚Hier bin ich, ich will es tun!' sollst du sagen."

Digital+
WES-115948-302
Mumien: Ungelöste Fälle der Archäologie – ZDF-Doku

Aufgaben

1. **Die Mumifizierung**
   a) Erläutere mithilfe der Abbildungen (M3, M4) den Vorgang der Mumifizierung. Ziehe dazu auch den Schulbuchtext heran.
   b) Beurteile die Wichtigkeit der Mumifizierung für die alten Ägypter.
   → M3, M4, Text auf den Seiten 72–73

2. **Die Vorstellungen der alten Ägypter vom Jenseits – Zusammenfassung**
   a) Erläutere die Jenseitsvorstellungen im alten Ägypten mithilfe des Schulbuchtextes.
   b) Gib die Gründe für die zum Teil reiche Ausstattung und Verzierung der Gräber an.
   → Text auf den Seiten 72–73, M5

Die Pyramiden – Grabstätten der Pharaonen

Keine Hinterlassenschaft der alten Ägypter hat die Fantasie der Menschen in den nachfolgenden Jahrhunderten mehr angeregt als die Pyramiden. Die Pyramiden sind aber nicht nur als Bauwerke faszinierend, sie offenbaren auch viele Informationen über die Gesellschaft, die Kultur und die Religion im alten Ägypten. Was können wir bei einer näheren Beschäftigung mit den Pyramiden erfahren?

M 1 Die Cheopspyramide in Gize
Foto, 2016

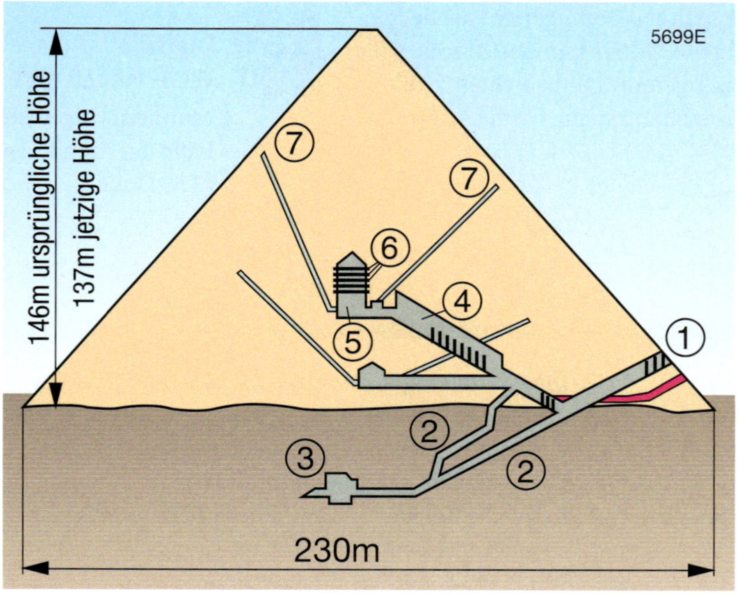

M 2 Die Cheopspyramide
Schaubild

Legende

① = Eingang (mit Steinblöcken zum Schutz gegen Grabräuber)
② = Gang
③ = unvollendete Grabkammer
④ = große Halle
⑤ = Grabkammer
⑥ = Steindecken
⑦ = sogenannter Luftschacht
(rote Linie) = Schacht der Grabräuber

M 3 Der Bau der Pyramiden – Ein Interview

Aus einem Interview mit dem deutschen Ägyptologen Rainer Stadelmann (2000):

War [die] Oberschicht auch für die Organisation der Bauarbeiten zuständig?
Gewiss. Solch ein Bauwerk konnte nur von gut trainierten und hoch angesehenen Spezialisten erstellt werden, keineswegs etwa von Sklaven. [...]

Woher stammten die gewaltigen Mengen Baumaterial [für die Cheops-Pyramide]?
Aus einem Steinbruch in der Nähe – für das Kernmaterial. Den besseren Kalkstein für Außenmauerwerk und Verkleidung baute man in den Hügeln von Mokkatam auf der anderen Nilseite ab.

Und wie brachten die Leute die Brocken hoch?
Über Rampen. Aber ganz sicher nicht mit einer Einzelrampe, wie manche Wissenschaftler meinen. Man hat sogar eine mehrere Kilometer lange Riesenrampe angenommen – die mehr Masse benötigt hätte als die Pyramide selbst. Ich glaube auch nicht, dass eine allmählich ansteigende umlaufende Rampe genutzt worden ist. Das hätten die Ägypter mit ihren beschränkten messtechnischen Möglichkeiten gar nicht schaffen können. Eine umlaufende Rampe hätte es unmöglich gemacht, die Ecken der Pyramide präzise anzupeilen und so das Bauwerk auszumessen. Meiner Einschätzung nach haben sie zunächst mit vielen kleinen Rampen gebaut.

Wie viele waren es bei der Cheops-Pyramide?
Mindestens sechs auf jeder Seite. Über die konnte man laufend das Baumaterial mit Ochsenschlitten hochbringen – auch große Blöcke. Jeweils über eine andere Rampe ging es wieder runter. [...]

Wie viele Menschen haben mit dem Bau der Cheops-Pyramide zu tun gehabt?
Rund 25 000 – etwa ein Prozent der damaligen ägyptischen Bevölkerung.

Die arbeiteten alle am Bau?
Nein. Mit dem Bau selbst waren ungefähr 15 000 Mann beschäftigt – und zwar jeweils zu einem Drittel direkt auf der Baustelle und in den Steinbrüchen von Giseh und Mokkatam. Wobei sich etwa 1000 Mann ausschließlich um [die Werkzeuge] gekümmert haben. Für die Transporte [der Steinblöcke] waren schätzungsweise weitere 5000 Mann zuständig.
Zwar wurden die meisten Steine von Ochsen herbei- und heraufgeschleppt, aber manche auch von Menschen. Wir haben nachgewiesen, dass 18 Mann einen solchen Steinklotz eine Böschung mit zwölf Prozent Steigung hochbringen können. Und noch einmal rund 5000 Leuten – etwa Bäckern und Köchen – oblag die Versorgung.

Wie lange dauerte der Bau?
Das ist nirgendwo dokumentiert. Immerhin gibt es ein paar Daten, aus denen Rückschlüsse erlaubt sind. Danach würde ich sagen, etwa 30 Jahre [...].

Interview mit Rainer Stadelmann, in: Geo Epoche Nr. 3/2000, Das Reich der Pharaonen, Hamburg: Gruner + Jahr 2000, S. 62 ff.

Aufgaben

1. **Der Bau der Pyramiden**
   In dem Interview (M3) gibt der Ägyptologe Rainer Stadelmann Informationen zum Bau der Pyramiden. Fasse seine wesentlichen Ausführungen zum Bau der Pyramiden zusammen.
   → M3
2. **Die Cheops-Pyramide erschließen**
   a) Beschreibe die Cheops-Pyramide. Achte vor allem auf Standort, Größe, Form und Materialien.
   b) Erkläre den Verwendungszweck des Bauwerkes.
   c) Der Bau einer Pyramide dauerte Jahrzehnte. Nenne wichtige Erkenntnisse, die wir aus der Beschäftigung mit den Pyramiden gewinnen können.
   d) Überprüfe und ergänze deine Ergebnisse mithilfe des Schulbuchtextes auf der folgenden Seite.
   → M1, M2, Text auf Seite 76

M 4 Der Sphinx sowie die Chephrenpyramide in Gize
Foto, 2016

Auf der Suche nach der perfekten Form

Die ersten Pharaonen wurden in großen Gruben im Wüstenboden beigesetzt. Zur Markierung der Grabstellen schüttete man Sandhaufen auf, die wiederum mit Ziegelmauern umgeben wurden. Aus diesen Hügeln entstanden mit der Zeit rechteckige Ziegelbauten, die mehrere Meter hoch sein konnten und Mastaba genannt werden.

Um etwa 2700 v. Chr. entstand dann jedoch etwas vollständig Neues: Pharao Djoser ließ die Mastaba über seinem künftigen Grab vergrößern und auf ihr weitere Mastabas errichten. Das Endresultat war eine 60 Meter hohe, sechsstufige Pyramide, die als erstes Steinbauwerk der Menschheitsgeschichte gilt. Unterstützt wurde Djoser von seinem genialen Architekten Imhotep, dem man später nachsagte, auch die Schrift und die Medizin erfunden zu haben, wofür er sogar als Gott verehrt wurde. Ein Nachfolger Djosers baute schließlich die erste Pyramide mit glatten Außenflächen.

Die aufwärts strebende Pyramidenform sollte dem verstorbenen König als „Himmelsleiter" dienen, da man glaubte, dass verstorbene Könige zu Sternen würden. Neben den Königspyramiden gab es zahlreiche kleinere Pyramiden für die Verwandten der Pharaonen. Außerdem gehörten zu jeder Pyramide große Tempelanlagen, die der Verehrung des verstorbenen Pharaos gewidmet waren.

Die Cheopspyramide

Die Pyramiden der Pharaonen Cheops, Chephren und Mykerinos, die sich in Gize am Stadtrand von Kairo befinden, wurden bereits in der Antike zu den sieben Weltwundern gezählt.

Die Cheopspyramide ist die größte jemals errichtete Pyramide und stellt eine einzigartige Meisterleistung dar. Sie hatte ursprünglich eine Grundfläche von etwa 230 Metern im Quadrat, was mehr als sieben Fußballfelder ausmacht. Mit einer ursprünglichen Höhe von 146 Metern war sie für fast 40 Jahrhunderte das höchste Bauwerk der Welt. Da die Spitze heute fehlt, beträgt ihre Höhe nun 138 Meter.

Zum Bau der Cheopspyramide wurden weit über zwei Millionen Kalksteinblöcke mit einem durchschnittlichen Gewicht von jeweils 2,5 Tonnen verwendet. Die gigantischen Granit-Deckenbalken der Grabkammer wiegen sogar jeweils etwa 80 Tonnen, was ungefähr dem Gewicht von 16 afrikanischen Elefantenbullen entspricht.

Über die genauen Abläufe beim Bau der Pyramide können wir heute nur Vermutungen anstellen, da es keinerlei Quellen dazu gibt. Weil die Ägypter damals das Rad noch nicht kannten, wurden die Steinblöcke zum Transport gezogen, möglicherweise auf großen Holzschlitten. Das Aufeinanderschichten der einzelnen Steine erfolgte wahrscheinlich mithilfe von Rampen.

Neben technischen Problemen hatte der Bauleiter der Cheopspyramide, Hemiunu, auch mit vielen organisatorischen Herausforderungen zu kämpfen, denn die vielen Tausend Arbeiter mussten natürlich auch untergebracht und verpflegt werden. Die meisten Bauarbeiten, vor allem die schweren Transporte, fanden wohl in Zeiten der Überschwemmung statt, in denen die ägyptischen Bauern arbeitslos waren. Die Eingänge sowie die Gänge und Kammern im Inneren der Pyramide wurden nach der Bestattung des Königs mit Steinplatten verschlossen, um die Mumie und die Grabbeigaben vor Räubern zu schützen. Genützt haben diese Sicherungsmaßnahmen jedoch nichts: Im Laufe der Zeit sind alle Pyramiden ausgeraubt worden und sämtliche Königsmumien, auch die des Cheops, sind verschwunden.

Digital+
WES-115948-303
Info-Seite von „Planet Wissen" zum Pyramidenbau

Die Entstehung der Pyramidenform

M 5 Pyramide von Sakkara

Etwa 100 Jahre vor den Pyramiden von Gize entstand dieses Bauwerk für den Pharao Djoser. Es gilt als die älteste Pyramide Ägyptens, Foto, 2015.

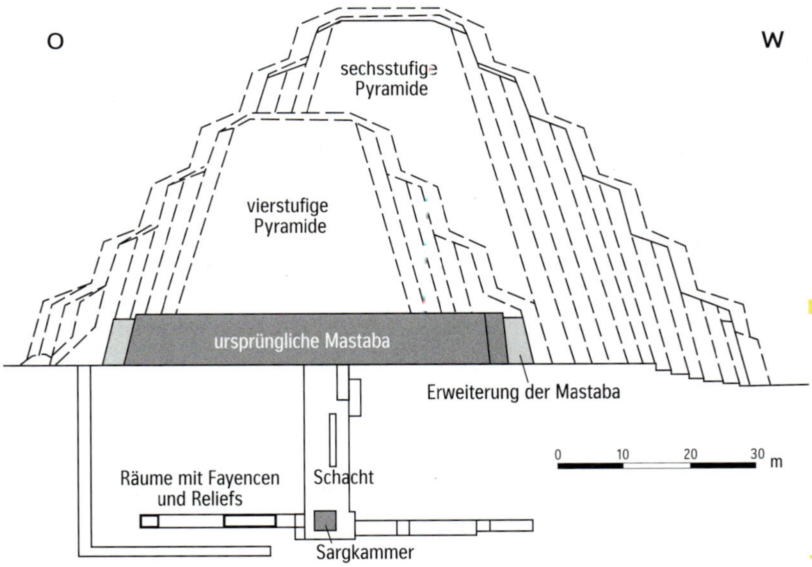

M 6 Aufriss der Stufenpyramide

Info

Hell wie die Sonne

An manchen Stellen sind auch heute noch Reste der ursprünglichen Verkleidung aus Kalkstein zu sehen. Frisch gebrochener Kalkstein ist gleißend weiß, sodass die Pyramide einst hell wie die Sonne strahlte.

Aufgaben

1. Die Entstehung der Pyramidenform

In Sakkara, ungefähr 20 Kilometer südlich von Kairo, entstand die erste ägyptische Pyramide für König Djoser.

a) Beschreibe anhand der Grafik M6 den Aufbau der Pyramide von Sakkara (M5).

b) Erläutere die Entwicklungsschritte, die nötig waren, bis aus der Mastaba über dem Grab des Djoser die Pyramide wurde, die man heute noch in Sakkara besichtigen kann (Text).

Die berühmten Pyramiden von Gize stehen am Stadtrand von Kairo. Hinweis: Google Earth (unter „Pyramiden Gize") gibt einen ausgezeichneten Überblick über das Pyramidenfeld.

c) Fertige eine Skizze an, die die Lage der drei Pyramiden sowie des Sphinx zeigt.

d) Fahre mithilfe von Street View vom Sphinx an der Cheops- und Chephrenpyramide bis hinauf zur Pyramide des Mykerinos und notiere interessante Beobachtungen.

e) Vergleiche den Aufriss der Pyramide des Djoser (M6) mit dem der Cheopspyramide (M2) und erläutere Unterschiede.

→ M1, M2, Text auf Seite 76, M5–M6, Internet

Ägypten – Eine frühe Hochkultur

Das alte Ägypten gilt als eine der frühesten Hochkulturen. Dies stellte einen gewaltigen Schritt in der Menschheitsentwicklung dar. Was sind die wichtigsten Merkmale dieser neuen Kultur?

M 1 Ägypten – Eine frühe Hochkultur

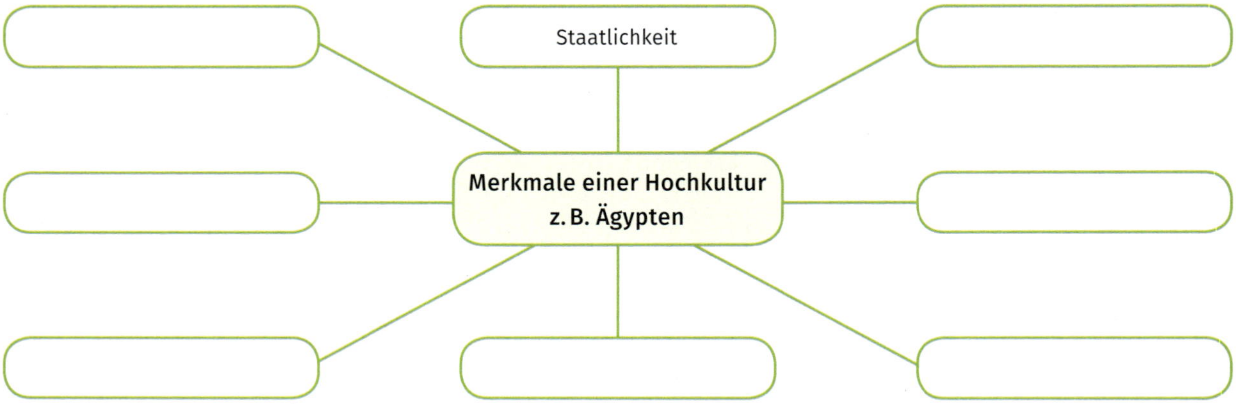

Merkmale der ägyptischen Hochkultur

Da Ägypten in vielen Bereichen fortschrittlicher war als andere Kulturen, bezeichnet man die Zeit ab 3000 v. Chr. als Hochkultur in Ägypten. Diese brachte zahlreiche bedeutende Leistungen hervor:

- Großprojekte wie z. B. der **Bau der Pyramiden** erforderten sehr viel Planung und waren nur möglich, weil der ägyptische Staat zentral organisiert war. Der Pharao herrschte von seinem Palast aus über ganz Ägypten, wobei die praktische Durchsetzung dieser Herrschaft über Verwaltungsbeamte und eine schlagkräftige Armee erfolgte. Sowohl in der Beamtenschaft als auch bei den Soldaten gab es eine strenge Rangordnung.
- Die **Nilüberschwemmung** war für die Menschen im alten Ägypten das wichtigste Ereignis des Jahres. Da die genaue Kenntnis des Termins der jährlichen Überschwemmung sehr wichtig war, entwickelten die Ägypter einen **Kalender**, dessen Grundzüge wir bis heute verwenden.
- Die Ägypter interessierten sich für den Lauf der Gestirne, wobei ihnen wichtige Beobachtungen gelangen. So stellten sie fest, dass der Aufgang des Sterns Sirius stets mit einem Ansteigen des Nils einherging. Dieser Tag war für die Ägypter der Neujahrstag. Wenn das Wasser dann wieder abgeflossen war, verschwanden mit ihm zugleich auch die vorhandenen Grenzsteine, und die Äcker mussten neu vermessen werden. Dabei wurde **eine neue Wissenschaft** entwickelt, **die Flächenmessung oder Geometrie**.
- Als das Zusammenleben der Menschen in der sich entwickelnden ägyptischen Gesellschaft zunehmend komplexer wurde, entstand das Bedürfnis nach einem System zur Übermittlung und Aufbewahrung von Wissen. Dabei ging es wohl in erster Linie um Aufzeichnungen zu wirtschaftlichen und rechtlichen Fragen, z. B. zur Steuerzahlung oder über das Recht, Wasser aus einem Kanal auf sein Feld zu leiten. So entstand die **Hieroglyphenschrift**,

M 2 Der Pharao und sein Nachfolger

Pharao Sethos I. uns sein Sohn (Ramses II.) vor der Königsliste im Tempel von Abydos, Foto, 2015

mit der man alles Wichtige aufschreiben und organisieren konnte.

- Durch die Fruchtbarkeit des Landes und die planvoll und organisiert betriebene Landwirtschaft wurde es möglich, Vorräte für Notzeiten anzulegen. Außerdem stiegen die Ernteerträge, sodass nicht mehr alle Menschen für die Feldarbeit benötigt wurden. Nach dem **Prinzip der Arbeitsteilung** wurden zahlreiche Arbeitskräfte zur Errichtung von Tempeln, Palästen und Grabanlagen für die Könige eingesetzt. Auf diese Weise entstanden in Ägypten die **ersten großen Steinbauwerke der Menschheit**.
- Wenn heute jemand sagt, er sei am 18. Januar 2008 geboren, so kann man dieses Datum exakt einordnen, denn unsere Zeitrechnung ist eine sogenannte absolute Chronologie. Dieser Begriff bedeutet, dass sich der Fixpunkt, ab dem gezählt wird (Christi Geburt), niemals ändert. Ganz anders war dies im alten Ägypten: Hier verwendete man eine sogenannte **relative Chronologie**, d. h. der Fixpunkt änderte sich beständig. Immer dann, wenn ein neuer König den Thron bestieg, begann auch ein neues „Jahr 1". Die Ägypter zählten dann die Regierungsjahre bis zum Tod des Herrschers, woraufhin mit dem nächsten Pharao wieder ein neues „Jahr 1" anfing.

Digital+
WES-115948-304
Vorlage für ein Podcast-Drehbuch

Training

Einen Podcast anfertigen

Podcasts sind Mediendateien, meistens im Audioformat, aber auch Videos, die im Internet veröffentlicht werden. Podcasts werden in Serie produziert, das heißt, es gibt mehrere Folgen. Sie können abonniert werden.

So erstellst du einen Podcast:

Schritt 1: Das Thema und den Inhalt festlegen
Lege das Thema des Podcasts fest und fertige Notizen über die Inhalte des Podcasts an.

Schritt 2: Den Podcast schreiben
Verfasse den Podcast. Beachte, dass der Podcast gehört wird. Die Sätze sollten daher kurz und nicht verschachtelt sein. Hinweise an die Zuhörer, wie Zwischenüberschriften, erleichtern das Verständnis. Nenne die Begriffe und Zusammenhänge, die erklärt werden sollten. Nutze die Vorlage für ein Podcast-Drehbuch im Webcode auf dieser Seite.

Schritt 3: Den Podcast sprechen
Teste die Verständlichkeit des Podcasts, indem du ihn laut vorliest und dir Rückmeldungen einholst.

Schritt 4: Den Podcast aufnehmen
Nimm den Podcast auf. Überlege vorher, wie viele Sprecherinnen oder Sprecher den Text vorlesen und ob Musik oder andere Geräusche zu hören sein sollen.

Aufgaben

1. Ägypten – Eine frühe Hochkultur

a) Vervollständige die Übersicht M1 mit dem Titel „Ägypten – Eine frühe Hochkultur". Berücksichtige dabei die Bedeutung der technischen und kulturellen Leistungen. Verwende auch den Schulbuchtext.

b) Vergleiche unsere heutige Kultur mit der Hochkultur der alten Ägypter.

↝ M1, M2, Text auf den Seiten 78–79

2. Das alte Ägypten – Einen Podcast anfertigen

Erstellt in Arbeitsgruppen jeweils einen etwa 5-minütigen Podcast zum alten Ägypten. Geht dabei wie folgt vor:

1. Legt gemeinsam die Themen für euren Podcast zur ägyptischen Hochkultur fest. Tipp: Es sollten etwa 5–6 Themen sein.
2. Erstellt mithilfe des Trainingskastens einen Podcast. Ihr könnt auch die Vorlage für ein Drehbuch im Webcode auf dieser Seite verwenden.

↝ Text auf den Seiten 78–79, WES-115948-304

M 1 Das Grab des Pharaos Tutanchamun wird geöffnet

Howard Carter (rechts) und ein Mitarbeiter öffnen die Türvermauerung zur Sargkammer, 17. Februar 1923.

M 2 Die Grabkammer des Pharaos Tutanchamun

Nur die Wände der Sargkammer sind bemalt; die Szenen zeigen Tut vor verschiedenen Göttern. Im Vordergrund der Quarzitsarkophag, in dem sich der äußere mumienförmige Sarg befindet, Fotografie von 1994.

Woher wissen wir etwas über die alten Ägypter?

Ägyptologie – Erstens war es anders und zweitens als man denkt

Als Howard Carter das Grab des Tutanchamun 1922 im Tal der Könige bei Luxor entdeckte, war der Name des Königs nur Experten bekannt. Heute kennt ihn die ganze Welt. „Das lebende Bild des Gottes Amun“, so die wörtliche Übersetzung seines Namens, ist der berühmteste Ägypter aller Zeiten. Doch was wissen wir eigentlich über den jungen König, der bereits mit etwa 20 Jahren starb? Im Prinzip so gut wie nichts! Bis vor ein paar Jahren, als Forscher das Erbgut (DNA-Material) verschiedener Mumien mit dem Tutanchamuns verglichen, war nicht einmal klar, wer seine Eltern waren. Heute scheint es ziemlich sicher, dass Tuts Vater König Echnaton war. Seine Mutter war allerdings nicht die berühmte Nofretete, sondern eine Schwester Echnatons. Ihr Name? – Nicht bekannt!

Mittlerweile sind jedoch einige Ägyptologen der Ansicht, dass diese Ergebnisse alle falsch sind. Aufgrund dieses Durcheinanders drängen sich dem Nichtägyptologen zwei Fragen auf: Woher wissen wir eigentlich, was damals im alten Ägypten war, und warum wissen wir vieles nicht oder nur ganz ungenau?

Digital+
WES-115948-305
Erklärvideo zum Pharao Tutanchamun

Ein Priester erzählt

Eine wichtige Quelle der Ägyptologen stellen die Schriften des Priesters Manetho dar, der im dritten vorchristlichen Jahrhundert alles aufschrieb, was über die Vergangenheit des Landes am Nil bekannt war. Zu diesem Zeitpunkt reichte die ägyptische Geschichte aber bereits fast 3000 Jahre zurück. Obwohl er vermutlich auf uralte Aufzeichnungen in ägyptischen Tempeln zurückgreifen konnte, war wohl vieles schon so in Vergessenheit geraten, dass Manetho manches aufgeschrieben hat, was wir heute nicht mehr nachvollziehen können oder was sich durch weitere Untersuchungen als falsch herausgestellt hat. Zudem sind Manethos Bücher nicht im Original erhalten. Übrig sind nur Abschriften von späteren Autoren und auch die sind nicht alle vollständig. Im Prinzip handelt es sich um ein Puzzle, mit vielen fehlenden Puzzlestücken und Teilen, die von Anfang an nicht zusammenpassten. Eine also fast unlösbare Aufgabe! Eine Idee Manethos verwendet die Ägyptologie allerdings bis heute: seine Einteilung der langen Geschichte Ägyptens in 30 Dynastien (Königsfamilien).

Spurensuche der Archäologinnen und Archäologen

Wenn man heute Genaueres darüber wissen möchte, wie und wo z. B. Tutanchamun wohnte, muss man Archäologinnen oder Archäologen um Rat fragen. Im Gegensatz zu den Tempeln der Götter, die für die Ewigkeit und daher aus unvergänglichem Stein erbaut wurden, verwendete man nämlich für Häuser und auch Paläste ungebrannte Nilschlammziegel. Dieses Baumaterial ist nicht unendlich lange haltbar und wenn man nicht ständig renoviert, fällt das Gebäude bald zusammen. Archäologen führen heute Ausgrabungen durch, fördern die Reste zutage und rekonstruieren, wie das ursprüngliche Gebäude aussah. Wir wissen deswegen einiges über die Palastanlagen, in denen Tutanchamun sein Leben verbrachte, aber längst nicht alles. Nicht immer ist klar, welchem Zweck viele Räume oder Gebäudeteile dienten und die Mauerreste sagen meist nicht viel über die Bewohner selbst aus. Immerhin wissen wir, dass Tuts Familie Zimmer liebte, deren Wände und Fußböden bunt mit Darstellungen von Pflanzen und Tieren bemalt waren.

Einige Fundstücke müssen übrigens genau unter die Lupe genommen werden. Manches ist z. B. nur auf den ersten Blick alt und stellt sich auf den zweiten als das Werk eines sehr geschickten modernen Fälschers heraus. Fälschungen gab es aber auch bereits im Altertum: Viele Könige griffen gerne auf Bauten oder Statuen ihrer Vorgänger zurück und ließen deren Namen ausmeißeln und durch ihren eigenen ersetzen. Damit war mit wenig Aufwand ein maximales Ergebnis möglich. Auch Tutanchamun wurde Opfer seiner Nachfolger. Im Luxor-Tempel beispielsweise nahm einige Jahre nach seinem Tod Pharao Haremhab eine riesige Tempelwand, auf der Tut ein Fest des Gottes Amun hatte darstellen lassen, in Beschlag und gab die Reliefs als seine eigenen aus. Clevere Ägyptologen kamen ihm aber auf die Schliche.

Aufzeichnungen der alten Ägypter

Seitdem die Ägypter über die Schrift verfügten, gab es praktisch nichts, was man nicht aufschrieb: auf Papyrus, auf Tempel- oder Grabwänden oder den „Schreibblöcken“ des alten Ägyptens, großen Kalksteinsplittern, die man nur vom Boden aufheben musste und dann für Notizen oder Skizzen verwenden konnte. Vieles davon hat die Jahrtausende überdauert und kann von Ägyptologen gelesen und ausgewertet werden. Da gibt es Steuerlisten, Expeditionsberichte (z. B. die abenteuerliche Reise der Königin Hatschepsut in das sagenhafte Weihrauchland Punt), religiöse Texte, Prozessakten (besonders spektakulär der Prozess gegen die Verschwörer, die versuchten, Ramses III. umzubringen) und vieles mehr. Sehr häufig erzählen Adelige oder Könige von wichtigen Ereignissen, an denen sie beteiligt waren. Dabei hatten die Ägypter allerdings eine vollkommen andere Vorstellung von Geschichte als wir. Wer heute ein Geschichtsbuch liest, erwartet, dass alles so dargestellt wird, wie es sich wirklich zutrug. Nicht so die alten Ägypter. Alles, was schriftlich oder bildlich festgehalten wurde, war für sie für immer vorhanden. Für die Ewigkeit wünschte man sich allerdings, einen Idealzustand festzuhalten.

M 3 „Brief aus Stein“
Brief eines Mannes an eine Seherin, die er zum plötzlichen Tod seiner Kinder sowie zu seinem eigenen Schicksal und dem der Mutter der Kinder befragt, Kalkstein, 18,3 x 13,3 cm, um 1200 v. Chr.

M 4 Ramses II. – Ein Sieger?
Das Relief stellt den Sieg Ramses II. über seine Feinde dar, bemalter Sandstein, 13. Jh. v. Chr.

Kriege, die ganz oder beinahe verloren gingen, wurden auf den Wänden der Tempel dennoch als große Siege gefeiert. Ramses II. konnte in der berühmten Schlacht von Kadesch gegen die Hethiter mit Mühe und Not gerade noch eine totale Niederlage vermeiden. Die Reliefs seiner Tempel aber erzählen von einem großartigen Triumph. Dass die Ägypter einfach immer siegreich sein mussten, so stellte man sich am Nil eine geordnete Welt vor. Wenn das einmal nicht so war, dann wurde der Wahrheit eben ein wenig nachgeholfen.

Ähnliches gilt auch für Statuen. Königsstatuen zeigen den Pharao immer idealisiert, d.h. als strahlend jungen und gutaussehenden Mann, auch wenn der König niemals so aussah. Wenn man also die Totenmaske Tutanchamuns betrachtet, dann kann man das tatsächliche Aussehen allenfalls erahnen. Um herauszufinden, wie die Könige wirklich aussahen, muss man schon einen Blick auf ihre Mumien werfen.

Immer wieder verfassten Priester Listen der Könige, die schon über Ägypten geherrscht hatten. Dabei „vergaß“ man allerdings diejenigen, die nicht der Vorstellung von einer geordneten Welt entsprachen. Sethos I. beispielsweise ließ in seinem Tempel eine Königliste mit den Namen all seiner Vorgänger in die Wand meißeln. Den Namen Tutanchamuns jedoch sucht man vergeblich. Als Sohn Echnatons, der Unerhörtes getan und die Götter abgeschafft hatte, war er in den Augen Sethos' niemand, der als Pharao gelten sollte.

Der Tod des Pharaos Tutanchamun

Tutanchamun starb ungefähr im Jahr 1324 v. Chr. Während wir genau wissen, dass er im Frühling beigesetzt wurde, weil auf einem seiner Särge Blumen gefunden wurden, die nur zu dieser Jahreszeit blühen, liegt seine Todesursache nach wie vor im Dunkeln. In den letzten Jahrzehnten gab es dazu ganz unterschiedliche Meinungen. Während manche Ägyptologen behaupteten, er sei nach einem Sturz vom Streitwagen während der Jagd an mehreren Beinbrüchen oder einer Kopfverletzung gestorben, sprachen andere von Mord. Neueste Untersuchungen haben angeblich ergeben, dass der König an Malaria litt und davon geschwächt sehr jung starb.

M 5 Das wirkliche Gesicht des Pharaos Tutanchamun
Rekonstruktion des Gesichts von Tutanchamun, die 2005 anhand der Mumie mithilfe einer Computertomografie hergestellt wurde.

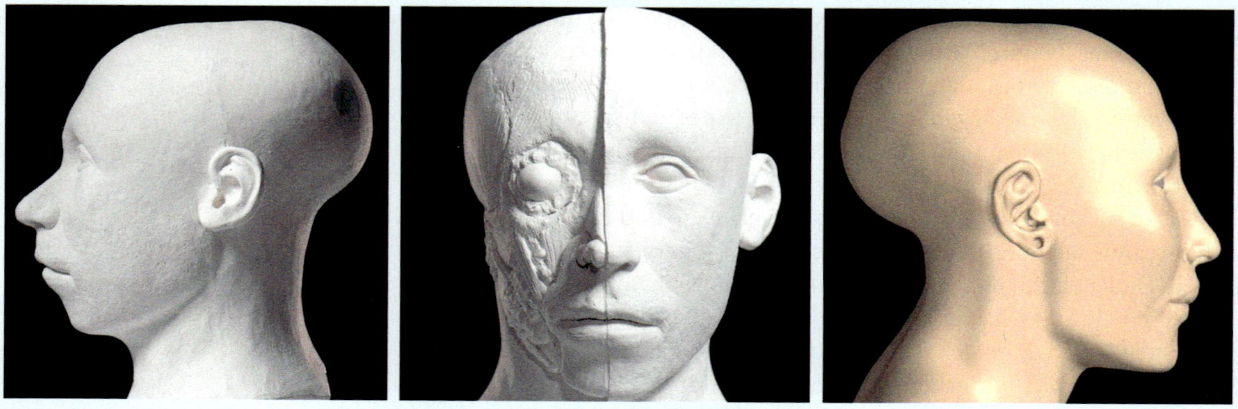

3000 v. Chr | 2700 | 2400 | 2100 | 1800 | 1500 | 1200 | 900 | 600 | 300 | Chr. Geburt

ab 3000 v. Chr.
Entstehung der ägyptischen Hochkultur

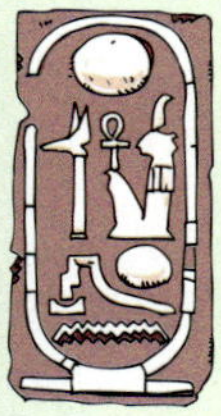

um 3400 v. Chr.
Erste Schriftzeichen

um 2700 v. Chr.
Erste Pyramiden entstehen

1500 v. Chr.
Höhepunkt der ägyptischen Kultur

um 1300 v. Chr.
Tutanchamun

30 v. Chr.
Ägypten wird römische Provinz

Eine Hochkultur

Ägypten wird durch die Flussoase des Nils bestimmt. Die regelmäßig wiederkehrende Überschwemmung regelte das Zusammenleben der Menschen im alten Ägypten und führten zugleich zu grundlegend neuen technischen und kulturellen Leistungen in der Geschichte der Menschheit. Ab 3000 v. Chr. entwickelte sich hier eine Hochkultur: Astronomische Beobachtungen waren die Basis des ägyptischen Kalenders. Mithilfe der Geometrie konnte das Land vermessen werden. Die Hieroglyphenschrift und die Herstellung von Papyrus ermöglichten Aufzeichnungen verschiedenster Art. Damit entstand in Ägypten eine zuvor nicht gekannte Form von Staatlichkeit.

Herrschaft und Gesellschaft im alten Ägypten

Im alten Ägypten bildete sich eine nach Rang streng gegliederte Gesellschaft heraus. An ihrer Spitze stand der Pharao, der als unumschränkter Herrscher galt. Diese Form der Alleinherrschaft wird auch als Monarchie bezeichnet. Beamte und Priester sowie Handwerker und Bauern bildeten verschiedene soziale Gruppen. Kunst- und Bauwerke spiegeln diese soziale Ordnung wider.

Die Religion

Der Glaube im alten Ägypten kannte eine Vielzahl verschiedener Götter, er war also polytheistisch. Zentral war die Vorstellung von einem Weiterleben nach dem Tod. Die Pyramiden waren prächtige Grabanlagen für die Pharaonen.

Das Ende des ägyptischen Reiches

Das alte ägyptische Reich hatte eine erstaunlich lange Lebensdauer: Rund 3000 Jahre lang regierten die Pharaonen das Land am Nil. Erst im Jahr 30 v. Chr. gelang es den Römern, Ägypten in ihr Imperium einzugliedern.

DATEN

ab 3000 v. Chr.:
Entstehung der ägyptischen Hochkultur

BEGRIFFE

Pharao
Pyramide
Hochkultur
Monarchie
Mumie

Digital+
WES-115948-306
Seiten zur Selbstüberprüfung

03

ANTIKES GRIECHENLAND – LEBEN IN DER POLIS

M 1 **Volksversammlung im antiken Athen,** Rekonstruktionszeichnung
M 2 **Im Deutschen Bundestag in Berlin,** aktuelles Foto
M 3 **1928 – IX. Olympiade Amsterdam,** Werbeplakat von 1928
M 4 **Siegerehrung der Triathletinnen,** Olympische Spiele, Rio de Janeiro, Foto, 2016
M 5 **100-Meter-Lauf,** Olympische Spiele, London, Foto, 2012
M 6 **Wettkampf im antiken Olympia,** antike Darstellung auf einer Vase, 5. Jh. v. Chr.

Warum ist Griechenland so bedeutsam?

M 1 Opel Olympia
Auto von 1936, im Technikmuseum Speyer, aktuelles Foto

Viele Produkte, die man heute erwerben kann, schmücken sich mit griechischen Namen. Am bekanntesten dürfte wohl eine amerikanische Firma für Sportschuhe sein, die sich nach der griechischen Siegesgöttin „Nike“ benannt hat. Man verwendete jedoch auch früher schon griechische Namen, um die Vorzüge einer Ware bereits durch den Namen zu verdeutlichen – Fahrräder hießen beispielsweise nach der griechischen Sagengestalt „Herkules“ oder Autos nach „Olympia“. Warum sind Namen aus dem antiken Griechenland bis heute werbewirksam? Die Antwort findet sich in der griechischen Kultur, die für die europäische Geschichte von herausragender Bedeutung war.

Das antike Griechenland und wir

Das antike Griechenland bildet den Anfang der europäischen Geschichte, Kunst und Kultur. Auch unsere Wissenschaften und unsere Auffassungen über die Welt und den Menschen gründen wesentlich in antiken griechischen Vorstellungen. Damit sind – über die Ruinen von griechischen Bauwerken hinaus – Spuren des antiken Griechenlands auch heute noch allgegenwärtig.

Zu diesen Spuren gehören insbesondere die Hinterlassenschaften und kaum zu überschätzenden griechischen Einflüsse auf den Gebieten Wissenschaft, Philosophie und Kunst, vor allem der Literatur, des Theaters, der Skulptur und der Architektur. Da in den griechischen Mythen und im griechischen Theater erstmals grundlegende und überzeitliche menschliche Konflikte dargestellt wurden, nehmen Dichter bis heute immer wieder Bezug auf die antiken Stoffe. Griechische Statuen und Bauwerke wurden schon in der Antike kopiert, weil sie als vorbildhaft empfunden wurden. Überdies haben antike griechische Denker, die Philosophen („Liebhaber der Weisheit“), zahlreiche Begriffe und Vorstellungen entwickelt, die unser Welt- und Selbstverständnis bis heute prägen. Die Grundlagen des wissenschaftlichen Denkens stammen aus Griechenland.

Nicht zuletzt fand in der griechischen Antike auch ein systematisches Nachdenken über Formen des gesellschaftlichen Zusammenlebens der Menschen statt. Die früheste Form der Demokratie entwickelte sich in Athen.

Wie lange dauerte die griechische Antike?

In diesem Kapitel beschäftigen wir uns vor allem mit dem 5. Jahrhundert v. Chr.; insgesamt überspannt die griechische Antike jedoch etwa 1300 Jahre.

1200 v.Chr. | 1000 | 800 | 600 | 400 | 200 | Chr. Geburt

ab 1200 v. Chr.
Beginn der griechischen Antike

Dunkle Jahrhunderte

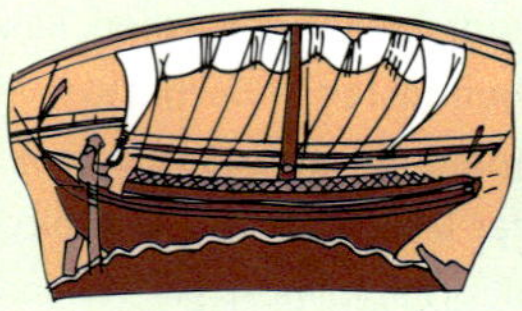

Blütezeit Athens

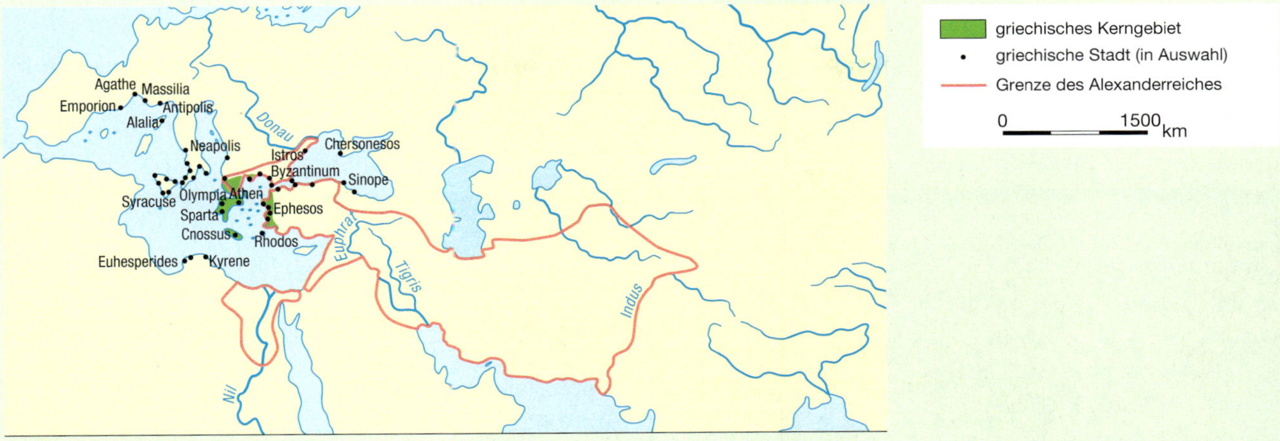

M 2 Antikes Griechenland

Dabei lassen sich fünf Entwicklungsphasen unterscheiden:

- Bis zum Jahr 1200 v. Chr. wurden die Grundlagen der griechischen Kultur geschaffen. Viele verschiedene Völker und Kulturen vereinigten sich dabei zu „den Griechen" oder „den Hellenen", wie diese sich selbst nannten.
- Bis 500 v. Chr. herrschte der Adel und es bildeten sich verschiedene griechische Stadtstaaten heraus. Diese Periode wird – im Verhältnis zu den nachfolgenden Epochen – als „archaisch" bezeichnet.
- Das 4. und 5. vorchristliche Jahrhundert gilt als der Höhepunkt griechischer Geschichte und Kultur. Diese Zeit wird deshalb als „klassische" Epoche bezeichnet.
- An die klassische Epoche schloss sich das sogenannte Zeitalter des „Hellenismus" an, in dem die griechische Kultur zur wichtigsten europäischen Kultur aufstieg. Dabei wurden viele Einflüsse aus östlich gelegenen Ländern aufgenommen und integriert.
- Mit der Ausweitung des Römischen Reiches nach Griechenland im ersten vorchristlichen Jahrhundert wurden schließlich die Grundlagen für das Weiterwirken der griechischen Kultur bis in die Spätantike und ins Mittelalter gelegt.

Was kannst du in diesem Kapitel lernen?

- → Du kannst am Beispiel Athens wesentliche Merkmale einer griechischen Polis erklären und die Regeln für das Zusammenleben beschreiben.
- → Du beschreibst, wie die Griechen im Mittelmeerraum Handel betrieben und Kolonien gründeten.
- → Du erläuterst die Bedeutung der griechischen Götter.
- → Du kannst Bestandteile der griechischen Kultur benennen, wie zum Beispiel die Olympischen Spiele.
- → Du erschließt Kennzeichen und Merkmale der Demokratie in Athen und beurteilst ihre Grenzen sowie ihre geschichtliche Bedeutung.
- → Im Training: Du interpretierst schriftliche Quellen und Bildquellen, du fertigst ein Flussdiagramm an und lernst den Umgang mit Schaubildern.

Geografie und Klima im antiken Griechenland

Die griechische Landschaft ist von hohen Gebirgen, tief eingeschnittenen Flusstälern und einer Vielzahl von Inseln geprägt. Welchen Einfluss hatten die Landschaft und das Klima auf das Leben der Griechen?

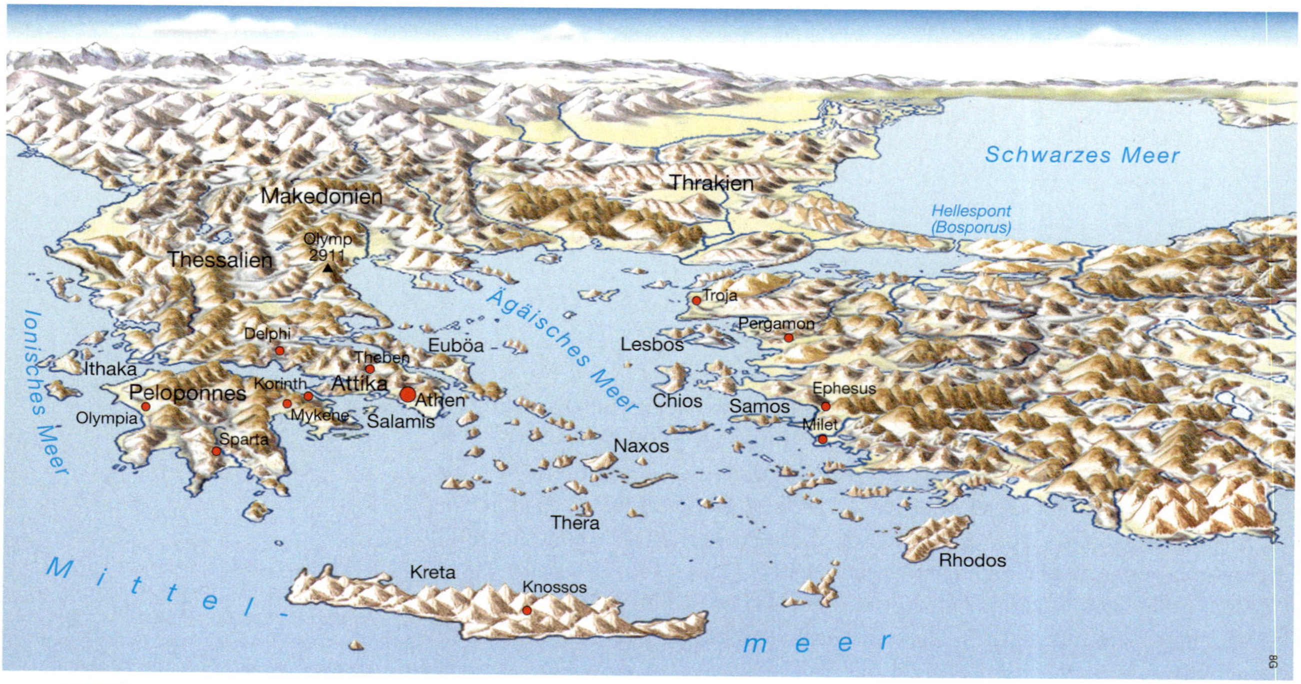

M 1 **Das antike Griechenland – eine physisch-geografische Karte**

M 2 **Blick auf die heutige Gebirgslandschaft der griechischen Insel Naxos**
Naxos gehört zu den mittleren Inseln der Kykladen, Foto von 2001.

Geografische und klimatische Bedingungen

Die Griechen bewohnten bevorzugt Orte mit einem gemäßigten Mittelmeer-Klima. In einem solchen sind die Sommer heiß und die Winter frostfrei, die Temperaturen sind also im Durchschnitt angenehm. Es ist trocken, aber auch nicht zu trocken, sodass Landwirtschaft möglich ist.

Da Griechenland zum größten Teil von Gebirgen geprägt ist, lebten die meisten Griechen in geringen Höhenlagen, in denen es leichter möglich war, Landwirtschaft zu betreiben.

Die griechische Polis

Die Griechen lebten in Stadtstaaten, den sogenannten Poleis. Zu einer Polis gehörte eine städtische Siedlung mitsamt dem Umland, in dem Ackerbau und Viehzucht betrieben wurden. Die Bewohner einer Polis bildeten eine politische, wirtschaftliche und religiöse Gemeinschaft. Die Bürger achteten auf die politische Selbstständigkeit ihrer Polis und waren stolz auf ihre Freiheit und ihr eigenes Recht. Die größte Polis Griechenlands war Athen mit über 200 000 Einwohnern. Die meisten Poleis hatten ca. 3500 Einwohner, insgesamt sind etwa 1100 Poleis bekannt.

M 3 Eine griechische Polis mit Agora (Markt- und Versammlungsplatz) und Burgberg
Rekonstruktionszeichnung

Vor- und Nachteile der Gebirge

Fast jede Polis hatte einen Zugang zum Meer, der zugleich ein „Tor zur Welt“ darstellte, denn aufgrund der Gebirge waren viele Poleis auf dem Landweg nur schwer zu erreichen. Die Gebirge boten einen gewissen Schutz vor berittenen feindlichen Eroberern, jedoch stellte die geringe landwirtschaftlich nutzbare Fläche oft ein Problem dar. Zumeist war der Raum für Landwirtschaft auf Buchten an der Küste begrenzt. Auch waren nicht überall in gleicher Menge Rohstoffe vorhanden. All diese Gründe führten dazu, dass die Griechen zur See fuhren, um Handel zu betreiben.

Handel

Die meisten Griechen lebten von der Landwirtschaft. Die besondere Lage der griechischen Stadtstaaten führte allerdings dazu, dass die Griechen sich auch als Seehändler betätigten. Über die Seefahrt kamen die Griechen mit dem an der östlichen Mittelmeerküste beheimateten Volk der Phöniker in Kontakt, von denen sie das Alphabet übernahmen. Die Schrift ermöglichte ihnen Aufzeichnungen sowohl für den Handel als auch in den Bereichen Wissenschaft und Kunst. Des Weiteren betrieben die griechischen Poleis Handel mit den Großreichen Karthago und Persien.

Aufgaben

1. **Eine physisch-geografische Karte und ein Foto von Griechenland**
   a) Beschreibe auf der Grundlage der Karte und des Fotos die Besonderheiten der griechischen Landschaft.
   b) Erläutere Vor- und Nachteile einer solchen Landschaft für das Leben der Menschen.
   → M1, M2

2. **Geografie und Klima des antiken Griechenlands**
   a) Erkläre in eigenen Worten den Begriff „Polis“.
   b) Erläutere die Vorteile der griechischen Landschaft für das Leben in einer Polis.
   c) Nenne die Vor- und Nachteile der Entscheidung der Griechen, im Gebirge in der Nähe des Meeres zu wohnen.
   → Text auf Seite 89

Die griechische Kolonisation

Digital+
WES-115948-401
Podcast zur Griechischen Kolonisation

„Wie Frösche um einen Teich herum“

Die meisten Poleis befanden sich auf dem griechischen Festland, in der Ägäis (dem Meer zwischen Griechenland und der heutigen Türkei) und an der kleinasiatischen Westküste. Aber auch in der Adria (dem Meer nordöstlich von Italien), in Süditalien, in Sizilien, in Spanien, am Schwarzen Meer und in Afrika siedelten Griechen. Der griechische Philosoph Platon schrieb, die Griechen lebten „wie Ameisen oder Frösche um einen Sumpf, um einen Teich herum“. Wie kam es dazu, dass die Griechen sich im gesamten Mittelmeerraum ansiedelten?

Phönikische Kolonisation (11.–7. Jahrh. v. Chr.)
- Herrschaftsgebiet
- Mutterstadt
- Tochter- oder Enkelstadt (Auswahl)

Griechische Kolonisation (8.–6. Jahrh. v. Chr.)
- Herrschaftsgebiet
- Mutterstadt
- Tochter- oder Enkelstadt (Auswahl)

Handelswege
- Phöniker
- Griechen

Kelten Stammesgebiet

sonstige Siedlung

861GX_

M 1 Die griechische Kolonisation – Eine Geschichtskarte

Aufgaben

1. **„Wie Frösche um einen Teich herum“**
   a) Nenne die Siedlungsorte der Griechen im Mittelmeerraum. Notiere die nördlichste, die östlichste, die südlichste und die westlichste griechische Stadt.
   b) Erkläre die Aussage Platons, die Griechen lebten wie Frösche um einen Teich herum. Nimm Stellung zu dieser Aussage.
   → M1

M 2 Zeitgenössische Schiffsdarstellung
Nachzeichnung einer Abbildung eines Frachtschiffes auf einer Keramikschale aus Athen um 500 v. Chr.

Die griechische Kolonisation

Ab dem 11. Jahrhundert v. Chr. gründeten die Phöniker, ein Seefahrervolk, ausgehend von den Städten Tyros und Sidon im Mittelmeerraum zahlreiche Städte, um Handel zu betreiben. Die Vorherrschaft der Phöniker hielt bis ins 8. Jahrhundert v. Chr. an. Zu dieser Zeit begannen die Griechen, Gebiete im Mittelmeerraum und im Bereich des Schwarzen Meeres zu kolonisieren. Kolonisation bedeutet, dass die Griechen ihre Heimat verließen und an einem entfernten Ort eine neue Polis gründeten. Sie besiedelten das Land, erschlossen es landwirtschaftlich und nutzten es wirtschaftlich. Die Griechen wählten dazu Plätze, die möglichst frei und unbewohnt waren und weniger als 25 Kilometer in Luftlinie von der Küste entfernt lagen.

Kriege führten die Griechen um das unbewohnte Land in der Regel nicht. Natürlich kamen die siedelnden Griechen in Kontakt mit ihren Nachbarn und damit mit anderen Völkern. Auch wenn dies gelegentlich zu Konflikten führte, überwogen friedliche Handelsbeziehungen und ein kultureller Austausch.

Die Kolonien trugen zur Festigung des griechischen Selbstverständnisses bei: Auch fern ihrer alten Heimat hielten die Griechen an ihrer griechischen Lebensweise, Sprache, Schrift und Kultur fest. Die Herkunftspolis galt als Mutterstadt, die neue Polis als Tochterstadt, eine weitere Gründung der Tochterstadt als Enkelstadt. Mutter- und Tochterstadt blieben unter anderem durch Handel miteinander verbunden – Waren aus der Mutterstadt wurden in die Tochterstadt geliefert, aus der Tochterstadt wurden Waren in die Mutterstadt gebracht.

Gründe für die griechische Kolonisation

Warum haben einige Griechen ihre Heimatpolis verlassen und neue Poleis gegründet? Die Kolonisation hatte mehrere, durchaus unterschiedliche Ursachen. So konnten Bevölkerungswachstum und Ernährungskrisen dazu führen, dass Griechen, meistens junge Männer, ihre heimatliche Polis verließen. Auch spielten Handelsinteressen oder der Wunsch nach einem verbesserten Zugang zu Getreideanbaugebieten, Metallvorkommen oder Holz für den Schiffsbau eine wichtige Rolle. In einigen Poleis entwickelten sich auch Konflikte zwischen den politisch führenden Gruppen. Wenn zwei Gruppen sich um die Vorherrschaft in einer Polis stritten, kam es oft dazu, dass eine Gruppe die Polis verließ und auswanderte.

Aufgaben

2. Die griechische Kolonisation

a) Beschreibe mithilfe des Textes und der Karte M1 die griechische Kolonisation. Nenne dafür auch die Gründe für das Verlassen der Heimat.

b) Nenne die Vor- und Nachteile für die Griechen in der Mutterstadt, für die Griechen in der Tochterstadt und für die Nachbarvölker, die sich aus der Kolonisation ergaben.

Text auf Seite 91, M1

Die griechische Kolonisation – Ein Fallbeispiel: Die Gründung einer Kolonie

M 3 Herodot

Griechischer Geschichtsschreiber, römische Kopie einer griechischen Büste aus dem 2. Jahrhundert v. Chr.

M 4 Die Gründung einer Kolonie

Herodot (etwa 484–430 v. Chr.) gilt als Begründer der Geschichtsschreibung. Sein Werk „Historien" stellt die erste Geschichtserzählung der Menschheit dar. Herodot hat seine „Historien" für interessierte Griechen geschrieben. In ihnen berichtet er unter anderem über die Gründung von Kyrene in Nordafrika im 7. Jahrhundert vor Chr.:

Nun aber blieb sieben Jahre lang der Regen in Thera aus, und während dieser Jahre verdorrten alle Bäume auf der Insel mit Ausnahme eines einzigen. Die Theraier befragten das Orakel in Delphi[1], und die Pythia erinnerte sie an das Gebot des Gottes, eine Kolonie in Libyen zu gründen [bereits sieben Jahre zuvor hatte die Pythia den Theraiern aufgetragen, eine Kolonie in Libyen zu gründen]. Da sie sich nicht anders zu helfen wussten, schickten sie Boten nach Kreta, um nachzuforschen, ob vielleicht ein Kreter oder ein Fremder, der sich in Kreta aufhielt, einmal nach Libyen gekommen sei. Die Boten zogen auf der Insel umher und kamen endlich auch in die Stadt Itanos [auf Kreta]. Dort fanden sie einen Fischer namens Korobios, der sagte, er sei einmal von den Stürmen nach Libyen verschlagen worden und sei zu der Insel Platea an der libyschen Küste gelangt. Diesem Manne gaben sie Geld und brachten ihn mit nach Thera, und es fuhren nun zuerst wenige Männer aus, um das libysche Land auszukundschaften. Korobios führte sie nach jener Insel Platea, und sie ließen ihn dort zurück, gaben ihm auch Nahrungsmittel für einige Monate und segelten eiligst nach Thera zurück, um die Kunde von jener Insel ihren Landsleuten zu überbringen. [...]

Als die Theraier, die den Korobios in Platea zurückgelassen hatten, nach Thera heimkamen, meldeten sie, sie hätten eine Insel an der Küste Libyens für die Ansiedlung besetzt. Die Theraier beschlossen, dass aus allen sieben Gemeinden der Insel immer je einer von zwei Brüdern auswandern sollte. Führer und König der Auswanderer sollte Battos sein. So gingen denn zwei Fünfzigruderer[2] nach Platea ab.

1 Orakel von Delphi: Um Hilfe bei wichtigen Entscheidungen zu erhalten, befragten die Griechen den Gott Apollon im Orakel von Delphi. Im Tempel des Apollon verkündete die Pythia, die Priesterin, den oft mehrdeutigen Orakelspruch des Gottes.

2 Fünfzigruderer = griechischer Schiffstyp, bei dem auf jeder Seite 25 Ruderer saßen.

Hans Wilhelm Haussig (Hg.), Herodot. Historien (übers. v. August Horneffer), Stuttgart: Kröner 1971, S. 305 ff.

Aufgaben

1. **Ein Fallbeispiel: Die Gründung einer Kolonie**
   a) Erschließe den Bericht Herodots. Nutze dazu die Hinweise im Trainingskasten und die Hinweise zur Erschließung der Quelle auf Seite 93.
   b) Vergleiche die Gründe, die Herodot für die Auswanderung nennt, mit den im Schulbuch auf Seite 91 angeführten Gründen.
   c) Erläutere die Schwierigkeiten, die die Auswanderer zu bewältigen hatten.
   d) Herodot verfasste seinen Bericht fast 200 Jahre nach der Gründung Kyrenes. Erläutere Herodots Methode, seinen Bericht glaubwürdig erscheinen zu lassen.
   → M4, Text auf Seite 91

Training

Eine schriftliche Quelle erschließen

Schriftliche Quellen wie Briefe, Reden und Berichte geben uns Auskunft über frühere Geschehnisse und Zusammenhänge. Beim Umgang mit diesen Quellen kommt es darauf an, ihren Inhalt genau zu erschließen. Denn nur, wenn man den Inhalt einer Quelle kennt, kann man auch die Informationen der Quelle deuten.

So erschließt du den Inhalt einer Quelle:

Schritt 1: Die Quelle lesen
Lies die Quelle genau durch und kläre dir unbekannte Wörter.

Schritt 2: Die Quelle in Abschnitte einteilen
Teile die Quelle in Abschnitte ein. Fasse den Inhalt eines Abschnitts dann jeweils in einem Satz zusammen.

Schritt 3: Die Quelle vorstellen
Nenne, wenn möglich, den Autor der Quelle und den Zeitpunkt ihrer Entstehung.
Benenne die Textart (Brief, Rede, Geschichtserzählung usw.).
Bestimme den Adressaten und nenne kurz das inhaltliche Thema.

Schritt 4: Den Inhalt der Quelle wiedergeben
Gib den Inhalt der Quelle in eigenen Worten wieder.

Schritt 5: Die Haltung des Autors untersuchen
Untersuche die Absicht, die der Verfasser mit seinem Text verfolgt. Erkläre den Standpunkt, den der Autor bezieht. Erläutere die Wertungen des Autors oder kennzeichne die Stellen, an denen sich der Autor um Neutralität bemüht.

Training

Hinweise zur Erschließung der Quelle M4 auf Seite 92

Nutze jeweils die Formulierungshilfen oder setze den Anfang fort.

Zu Schritt 3: Die Quelle vorstellen

Bei dem Autor des Textes handelt es sich um ...
Herodot lebte ...
Die „Historien“ richten sich wohl an ...
Bei dem Text handelt es sich um ...
Die „Historien“ gehören zur Gattung der ...
In dem Text geht es um ...
Das Thema der Quelle ist ...

Der Bericht über die Gründung der griechischen Kolonie Kyrene in Nordafrika wurde von Herodot verfasst. Herodot lebte etwa von 484–430 v. Chr. Der Bericht stammt aus seinem Werk „Historien“. Wann genau Herodot seine „Historien“ verfasst hat, ist nicht bekannt. Er richtete sich mit seinem Werk wohl vor allem an diejenigen Griechen, die sich für ihre Vergangenheit interessierten. Die „Historien“ gehören zur Gattung der Geschichtserzählungen ...

Zu Schritt 4: Den Inhalt der Quelle wiedergeben

Herodot berichtet zuerst, wie ...
Dann geht er darauf ein ...
... er beschreibt, wie ...
Darauf schildert er, dass ...

Herodot berichtet zuerst, dass die Insel Thera von einer siebenjährigen Trockenheit betroffen war. Deshalb verdorrten dort fast alle Bäume. Einige Theraier reisten daraufhin nach Delphi, um dort das Orakel zu befragen. Das Orakel erinnerte die Theraier an das Gebot, eine Stadt in Libyen zu gründen ...

Zu Schritt 5: Die Haltung des Autors untersuchen

Herodot kommentiert die Ereignisse nicht. Ihm ist wohl vor allem wichtig, das Geschehen glaubhaft darzustellen. Das kann man daran erkennen, dass Herodot ...

Die Olympischen Spiele

Rekorde, Medaillen, spektakuläre Siege und dramatische Niederlagen von Athletinnen und Athleten prägen das Erscheinungsbild der modernen Olympischen Spiele. Alle vier Jahre stehen diese sportlichen Großereignisse im Mittelpunkt der Nachrichten. Ihr Vorbild waren die Wettkämpfe im antiken Griechenland. Doch warum haben die Griechen damals die Olympischen Spiele gefeiert? Was unterscheidet die antiken Olympischen Spiele von den heutigen?

M 1 Das Heiligtum von Olympia

Olympia liegt in der griechischen Landschaft Elis auf der Halbinsel Peloponnes, Rekonstruktionszeichnung

① Zeustempel ② Aschenaltar (erhöhter Platz, wo die Asche verbrannter Opfer aufgehäuft wurde)
③ Stadion ④ Schatzhäuser für Opfergaben an Zeus ⑤ Brunnenanlage ⑥ Tempel für Hera ⑦ Sitz der Spielleitung
⑧ Übungsplatz ⑨ Palästra, wo die Ringkämpfe stattfanden ⑩ Bäder ⑪ Gästehaus ⑫ Ratsgebäude

Aufgaben

1. Olympische Spiele – Antike Bauten untersuchen

a) Stelle als Reiseführer einem Besucher die Gebäude in Olympia vor. Beginne den Rundgang am Zeustempel. Erkläre kurz die Funktion der Gebäude.

b) Erarbeite mithilfe des Grundrisses M1 und des Schulbuchtextes die Aufgaben der Olympischen Spiele.

↝ M1, Text auf den Seiten 95–96

Die antiken Olympischen Spiele

Die antiken Olympischen Spiele fanden ausschließlich in Olympia statt, an dem heute noch Reste der damaligen Anlagen zu besichtigen sind. Archäologische Funde, bildliche Darstellungen auf Vasen und Schalen sowie überlieferte schriftliche Quellen geben uns wichtige Informationen über die damaligen Wettkämpfe. Erhaltene Siegerlisten deuten darauf hin, dass die Spiele seit mindestens 776 v. Chr. veranstaltet wurden. Den vierjährigen Abstand zwischen den Spielen bezeichneten die Griechen als „Olympiade“, wobei die Olympiaden auch zur Datierung von Ereignissen genutzt wurden. Ihren größten Glanz hatten die Olympischen Spiele im 5. Jahrhundert v. Chr.

Die in den Spielen zum Ausdruck kommende Freude an Wettbewerben gilt als typisches Kennzeichen der griechischen Kultur. Neben den Olympischen Spielen gab es an zahlreichen Orten auch regelmäßige Theater- und Gesangswettbewerbe.

M 2 Olympia in Griechenland

Ein religiöses Fest

Die antiken Olympischen Spiele waren mehr als nur sportliche Auseinandersetzungen – sie waren eines der wichtigsten religiösen Feste in ganz Griechenland. Das Großereignis war dem Göttervater Zeus gewidmet. Ein Opferfest zu seinen Ehren bildete sogar den wichtigsten Teil der Spiele. Im zentralen Tempel im Heiligtum von Olympia befand sich ein Zeus-Standbild aus Gold und Elfenbein, das der Bildhauer Phidias um 430 v. Chr. gefertigt hatte. Es wurde zu den sieben Weltwundern der Antike gezählt.

Für das Zusammengehörigkeitsgefühl der Griechen waren die Olympischen Spiele von zentraler Bedeutung, da die Teilnehmer und Zuschauer aus dem gesamten Mittelmeerraum zusammenkamen.

M 3 Ringkampf

Vasenbild, um 520 v. Chr.

Der Ablauf der Olympischen Spiele

An den Wettkämpfen in Olympia durften nur freie griechische Männer teilnehmen. Für junge Frauen fand jedoch außerhalb der Spiele alle vier Jahre ein Wettlauf über 160 Meter zu Ehren der Göttin Hera statt, die als Gemahlin von Zeus ebenfalls in Olympia verehrt wurde.

Ein Start bei den Olympischen Spielen war nur aussichtsreich, wenn zuvor langfristig und intensiv trainiert wurde. Dies setzte eine finanzielle Unabhängigkeit der Athleten voraus, die in der frühen Zeit der Spiele nur bei Adligen gegeben war. In späteren Zeiten unterstützten dann die Poleis ihre Sportler.

Um eine gefahrlose Anreise zu ermöglichen, wurde schon im Frühjahr ein für ganz Griechenland geltender Friede verkündet, der allerdings nicht immer eingehalten wurde. Der Andrang zu den Spielen war so stark, dass eine große Anzahl der Teilnehmer, Zuschauer und Händler im Freien oder in Zeltstädten übernachten musste. Die Spiele hatten immer auch den Charakter eines Volksfestes, das mehrere Tage andauerte. Es begann mit Opferungen und der Vereidigung der Teilnehmer vor dem Standbild des Zeus im Ratsgebäude, dem Bouleuterion. Die Wettkämpfe für Männer und Jungen fanden an den folgenden Tagen statt. Höhepunkt war das Opferfest für Zeus, das mit dem Vollmond zusammenfiel. Dabei wurden Ochsen geschlachtet und teilweise auf einem meterhohen Altar verbrannt.

Die Olympischen Spiele endeten mit der Siegerehrung. Die Namen der Sieger wurden verkündet und in Listen festgehalten. Als Siegespreis winkte in Olympia lediglich ein Lorbeerkranz, in ihren Heimatstädten wurden die Sieger jedoch bei der Heimkehr glänzend empfangen, reich beschenkt und mit vielen Vorrechten versehen, sodass sich ein Sieg auch finanziell lohnte. Manche Athleten ließen Siegerstatuen aufstellen, einige bekleideten später auch wichtige Ämter in ihrer Polis.

Das Ende der Olympischen Spiele in der Antike

Die Olympischen Spiele fanden auch dann noch statt, als Griechenland unter römische Herrschaft kam. Erst die allgemeine Ausbreitung des Christentums führte zu ihrem Verbot. Die letzten Wettkämpfe wurden 395 n. Chr. ausgetragen – bis sie 1894 wiederbelebt wurden.

Info

Wettkämpfe im antiken Olympia:

Laufdisziplinen

Kurzstreckenlauf (192,25 m, Mittelstreckenlauf (346,56 m), Langstreckenlauf (3845 m), Waffenlauf (384,5 m, ursprünglich wurden Waffen, Helm, Schild und Beinschienen getragen)

Fünfkampf

Diskuswurf, Speerwurf, Weitsprung (aus dem Stand), Kurzstreckenlauf, Ringkampf

Schwerathletik

Ringkampf, Faustkampf, Pankration (eine Mischung aus Faust- und Ringkampf)

Wagen- und Pferderennen

Sie bildeten den Höhepunkt der olympischen Disziplinen.

M 4 Ein Sieger wird mit dem Preisband und dem Zweig eines Ölbaumes ausgezeichnet
Vase, 6. Jh. v. Chr.

Info

Olympische Spiele der Neuzeit

Erst Ende des 19. Jahrhunderts setzte sich der französische Pädagoge und Historiker Pierre de Coubertin (1863 – 1937) für die Wiederbelebung des olympischen Gedankens ein. Das 1894 gegründete Internationale Olympische Komitee richtete 1896 in Athen die ersten Spiele der Neuzeit aus, die seitdem in der Regel alle vier Jahre veranstaltet werden.

Aufgaben

1. Olympische Spiele

a) Erkläre die Bedeutung der Olympischen Spiele für das Zusammengehörigkeitsgefühl der Griechen.

b) Nenne die Elemente, bei denen der religiöse Charakter der Olympischen Spiele deutlich wird.

c) Erstelle aus dem Text ein Schaubild, in dem die einzelnen Informationen möglichst anschaulich miteinander verbunden sind.

Text auf den Seiten 95/96

Antike Sportarten rekonstruieren – Der Weitsprung

M 5 Weitsprung-Darstellung

Vase aus Athen, um 500 v. Chr.

M 6 Sprunggewicht aus Stein

Fund aus Olympia, 300 v. Chr.

Aufgaben

1. Antike Sportarten rekonstruieren – Der Weitsprung

a) Beschreibe die Disziplin „Weitsprung" im antiken Olympia.

b) Vergleiche die antike Disziplin „Weitsprung" mit dem heute üblichen „Weitsprung".

c) Stellt in der Klasse Sprunggewichte her (z. B. aus mit Sand gefüllten Wasserflaschen) und führt auf dem Sportplatz den antiken Weitsprung durch. Stellt die Ergebnisse in einer Tabelle den Weitsprungergebnissen aus dem Sportunterricht gegenüber.

→ M5–M6, Infokasten auf Seite 96

Die Religion der antiken Griechen

Woher wissen wir eigentlich etwas Genaueres über die Religion der antiken Griechen? Zwar gab es bei ihnen keine allgemein verbindliche heilige Schrift, jedoch existieren bis heute Ruinen von Tempeln, Abbildungen auf Gefäßen und sogar schriftliche Zeugnisse. Aus all diesen Quellen verfügen wir über ein recht umfangreiches Bild der antiken griechischen Religion.

M 1 Gebet des Aias vor seinem Selbstmord

Nach dem Tod des Helden Achill in einer Schlacht kommt es zwischen Aias und Odysseus zum Streit um die Waffen Achills. Obwohl Aias die Leiche Achills aus der Schlacht gerettet hat, kann er sich gegen Odysseus nicht durchsetzen. Aias gerät in rasende Wut und tötet in seinem Wahn Schafherden. Wieder bei Sinnen kann er die Schmach nicht ertragen und stürzt sich von allen verlassen in sein Schwert. Diese attische Vase entstand um 460/50 v. Chr.

M 2 Opfer für Dionysos

Griechisches Relief, 4. Jahrhundert v. Chr.

M 3 Ein Orakel

König Ägeus befragt die Priesterin Pythia in Delphi.
In der Hand hält sie den Lorbeerzweig Apollons, Trinkschale um 440 v. Chr.

Info

Delphi

Delphi war eine griechische Stadt, in der das berühmte Orakel ansässig war. Heute gehören die Ausgrabungen der antiken Stätte zum Weltkulturerbe der UNESCO.

Götter beherrschen die Welt

Der oft wolkenverhangene Berg Olymp wurde von den antiken Griechen als Wohnort der Götter angesehen, wobei man sich die Götter sowohl vom Aussehen als auch vom Verhalten her wie Menschen vorstellte – abgesehen von ihrer ewigen Jugend und ihrer Macht. Daher gab es unter den griechischen Göttern sowohl Freundschaft und Liebe als auch Betrug und Feindschaft.

An der Spitze der Götterfamilie stand Zeus. War Zeus ursprünglich nur ein Gott, der für Himmelserscheinungen wie Blitz und Donner zuständig war, so wurde er im Laufe der Zeit zum Wächter der Gerechtigkeit. In dieser Funktion durchschaute er alles Tun und Handeln der Menschen und bestrafte deren Vergehen.

Die Religion der Griechen war polytheistisch – es wurden viele Götter verehrt. Der Glaube an eine Göttervielfalt erlaubte es den Menschen, unverständliche und widersprüchliche Ereignisse leichter durch unterschiedliche Akteure zu erklären: So glaubten die Griechen bei Gewitter, Zeus wäre zornig, und die Liebe war für sie ein Werk der Göttin Aphrodite. Überhaupt erschien den Griechen die gesamte Welt voller Götter und Fabelwesen – in Quellen wohnten Nymphen, Bäume wurden von Satyrn oder Faunen bevölkert und Flüsse von Flussgöttern, deren Wohlwollen man mit Gebeten oder Opfern zu erlangen suchte.

Formen religiöser Verehrung

Die Griechen kannten keinen eigenen Priesterstand, wie er zum Beispiel in Ägypten üblich war. Offizielle religiöse Handlungen wurden von Priestern vollzogen, die man jährlich neu wählte. Im Zentrum der religiösen Kulte stand das Opfer: Um die Götter gnädig zu stimmen, schlachteten die Priester Tiere und verbrannten ausgewählte Stücke davon auf einem Opferaltar. Die größten und besten Stücke der Opfertiere wurden anschließend in einem Festmahl verzehrt. Das Opfern war jedoch nicht allein Priestern vorbehalten; auch der einzelne Gläubige konnte opfern.

Eine wesentliche Rolle in der griechischen Lebenswelt spielten religiöse Zentren und Kultstätten wie Olympia, die allen Hellenen heilig waren. Die Griechen glaubten, dass an diesen Orten eine Gottheit mit den Gläubigen direkt in Verbindung treten und Auskünfte über die Zukunft geben könnte. Das berühmte Heiligtum in Delphi wurde von Gesandtschaften aus ganz Griechenland besucht; hier äußerte sich nach der Vorstellung der Griechen der Gott Apollon. Die Pythia, eine Priesterin, saß in ihrer „Cella“, dem Innenraum, auf einem dreifüßigen hohen Stuhl aus Bronze und wurde unter der Einwirkung von Dämpfen in eine Art Rauschzustand versetzt. Die Griechen glaubten, dass die Pythia in diesem Zustand göttliche Botschaften verkünden würde. In ihrer Vorstellung antwortete Apollon durch das Orakel auf Fragen und zeigte in schwierigen politischen und privaten Situationen Lösungen auf. Als Dank für günstige Antworten oder eingetroffene Prophezeiungen wurden aus ganz Griechenland Weihgeschenke und Beuteanteile nach Delphi gesandt, die man dort in Schatzhäusern verwahrte.

M 4 Thronender Zeus

Griechische Bronzestatuette, Höhe 12 cm, 6. Jahrhundert v. Chr.

Aufgaben

1. Die Menschen und die Götter

a) Erkläre mithilfe der Abbildungen die Kontaktaufnahme der Griechen mit den Göttern.

b) Beurteile, ob die Abbildungen auf Vasen und Reliefs wichtige Quellen sind.

→ M1 – M3

2. Die griechischen Götter

a) Erstelle eine Übersicht über wichtige griechische Götter (Merkmale, Zuständigkeiten, Verwandtschaftsverhältnisse).

b) Nenne Besonderheiten der griechischen Religion.

→ Text auf der Seite 99, Internet

Die Wirtschaft im antiken Athen

M 1 **Aktuelle griechische Euromünze**

Auf der griechischen Euromünze ist heute eine Eule abgebildet. Schon in der Antike war auf vielen Münzen diese Eule zu finden. Sie war damals das Symbol der Schutzgöttin Athens, der Athene. Zugleich stand die Eule auch für Klugheit und Reichtum der Stadt. Damals gab es die Redewendung „Eulen nach Athen tragen“, worunter man bis heute „etwas Überflüssiges tun“ versteht: Das antike Athen war so reich, dass man keine Eulen-Münzen hintragen musste. Doch woher kam der Reichtum Athens?

M 2 **Die Polis der Athener** (im 5. Jahrhundert v. Chr.)

Die Karte zeigt die Halbinsel Attika, das Gebiet der Polis Athen.

Die Landwirtschaft in der größten Polis Griechenlands

Die Landschaft Attikas ist wie in ganz Griechenland geprägt durch waldreiche Berge und landwirtschaftlich genutzte Täler. Der Boden ist besonders geeignet für den Anbau von Wein, Feigen und Oliven, aber auch Gemüse und Getreide wurden angepflanzt.

In Gebieten, die zum Ackerbau nicht geeignet waren, wurde Weidewirtschaft betrieben. Das Frühjahr und den Sommer verbrachte das Vieh in den Bergen, die Wintermonate dagegen in tiefer gelegenen, wärmeren Regionen. Schafe und Ziegen lieferten Wolle und Milch, aus der auch Käse hergestellt wurde. Die Ernährung der Griechen war überwiegend pflanzlich, nur in Notzeiten diente das Fleisch der Tiere als Nahrungsergänzung. Gelegentlich wurde die Speisekarte auch durch Fischfang bereichert.

M 3 Tetradrachme

Rückseite: Eule der Athena und Ölzweig, 5. Jh. v. Chr., Silber

Antiker Bergbau

Schon seit dem ausgehenden siebten Jahrhundert v. Chr. war Athen auf Getreideeinfuhren angewiesen, um die stark wachsende Bevölkerung ausreichend ernähren zu können. Finanziert wurde die Einfuhr durch den Silberbergbau im Lauriongebirge sowie durch die Ausfuhr handwerklicher Produkte. Im Verlauf des fünften vorchristlichen Jahrhunderts verwandelte sich das Gebiet nördlich von Kap Sunion in eine für damalige Zeiten riesige Bergwerkslandschaft mit mehr als 2000 Schächten und 200 Anlagen zur Aufbereitung und Verhüttung von Erz. Die Minen gehörten nicht einzelnen Bürgern, sie waren Eigentum der gesamten Polis.

Info

Goldlegierung

Legierungen sind Verbindungen von mindestens zwei Metallen (durch Zusammenschmelzen). Gold wurde also mit einem anderen Metall vermischt.

Handwerk und Handel

Töpferwaren der Handwerker aus Attika waren im gesamten Mittelmeerraum begehrt. Hergestellt wurde vor allem Geschirr, insbesondere Trink- und Lagergefäße, andere Gefäße dienten als Grabschmuck. Ein besonders gefragter Exportartikel waren attische Vasen. Archäologen haben attische Produkte im gesamten Mittelmeerraum gefunden, aber auch im Schwarzmeerraum und auf gesunkenen Schiffen. Die Funde bestätigen die große Bedeutung, die der Handel damals schon besaß. Im sechsten vorchristlichen Jahrhundert hatte sich Athen zu einem Handelszentrum entwickelt. Mit dem Warenhandel verbreitete sich auch das Münzwesen. Das aus Goldlegierungen und später auch aus Silber geprägte Metallgeld war in Kleinasien seit Beginn des 6. vorchristlichen Jahrhunderts im Gebrauch.

M 4 Ein Gefäß aus dem 5. Jahrhundert v. Chr.

Ein Maler bemalt ein Mischgefäß für Wein und Wasser, um 450 v. Chr.

Info

Griechische Keramik

Die Bandbreite der gefundenen griechischen Keramik – Scherben oder auch vollständig erhaltene Stücke – reicht von einfacher Gebrauchskeramik, die in günstiger Massenproduktion hergestellt wurde, bis hin zu sehr aufwändig gestalteten und bemalten Einzelstücken. Die darauf gezeigten Bilder leisten heute einen wesentlichen Beitrag zur Erforschung z. B. des griechischen Kultur- und Alltagslebens oder der Mythologie.

Aufgaben

1. Wirtschaft im antiken Athen

a) Untersuche die Karte. Verwende dazu den Trainingskasten auf Seite 52 in diesem Buch.

b) Notiere drei wichtige Gründe für den Reichtum der Polis Athen.

c) Ergänze deine Aufzeichnungen zum Reichtum Athens mithilfe des Schulbuchtextes.

d) Nenne den wichtigsten Grund für den Reichtum der Polis Athen. Begründe deine Antwort.

M2, Trainingskasten auf Seite 52, Text auf Seite 101

Bildquellen untersuchen – Eine attische Vase

M 5 **Attische Schale (Erzgießerei-Schale)**

Material: Ton,

Art: rotfigurig,

Höhe: 12 cm, Durchmesser: 30,5 cm,

Motive:

Außen (oben): Erzgießerei (Herstellung zweier Bronzestatuen).

Innen (unten): Hephaistos übergibt Thetis die Waffen des Achilles,

Fundort: Vulci (Italien),

Datum der Herstellung: Anfang des 5. Jhs. v. Chr.,

Hephaistos: griechischer Gott des Feuers, der Schmiede und der Handwerker,

Thetis: Meeresnymphe, die schönste der Nereiden, wie die Töchter der Meeresgötter Doris und Nereus genannt wurden,

Achilles: griechischer Held vor Troja, Hauptfigur der Ilias, Sohn des Königs Peleus und der Meeresnymphe Thetis.

Training

Umgang mit bildlichen Quellen: Vasenbilder

Vasen zählen zu den gegenständlichen Quellen, da sie dreidimensionale Objekte sind. Sie lassen sich daher auch wie andere gegenständliche Quellen erschließen.

Wenn sie bemalt sind, sind sie aber zugleich auch bildliche Quellen. Insbesondere die hochwertige attische Keramik war mit Abbildungen sowohl aus dem Alltagsleben als auch aus der Welt der Sagen und Mythen versehen. Diese Keramik ist heute für uns eine wichtige Quelle.

Die attischen Töpfer und Vasenmaler waren sehr stolz auf ihr handwerkliches Können. Sie signierten ihre Erzeugnisse sogar mit ihren Namen.

Bei der Erschließung von bildlichen Quellen kann man so vorgehen:

Schritt 1: Das Bild genau beschreiben
Benenne die einzelnen Bildelemente. Gehe dabei systematisch vor (z. B. von links nach rechts, von vorne nach hinten, von der Mitte an den Rand).

Schritt 2: Die einzelnen Teile des Bildes erklären
Bestimme die Bedeutung der einzelnen Elemente. So kann z. B. eine Krone darauf hindeuten, dass ein König dargestellt ist.

Schritt 3: Schöpfer und Adressaten des Bildes bestimmen
Nenne den Schöpfer, den Zweck und die Adressaten des Bildes.

Schritt 4: Die Bedeutung des Bildes zusammenfassend erklären
Benenne die Frage, die du mithilfe des Bildes beantworten willst. Formuliere dann eine Antwort.

Training

Hinweise zur Erschließung der Bildquelle (hier auf einer Vase) M5 auf Seite 102

Nutze jeweils die Formulierungshilfen oder setze den Anfang fort.

Zu Schritt 1: Das Bild genau beschreiben

Außen auf der Schale ...
In der Bildmitte sieht man ...
Seine Hand stützt er ...
Rechts davon befinden sich ...
Eine der Personen hält in der rechten Hand ...
Links der Bildmitte ...
Daneben befindet sich ...
Über den Personen ...
In der Schale sieht man ...

Zu Schritt 2: Die einzelnen Teile des Bildes entschlüsseln

Bei den über den Personen abgebildeten Gegenständen handelt es sich um ...
Die meisten Personen haben Werkzeuge in der Hand, mit denen sie ...
Der große Gegenstand links ist vermutlich ...
An der Öffnung unten erkennt man ...

Aufgaben

1. **Bildquellen untersuchen – Eine attische Vase**
   a) Erschließe die Vasenbilder M5 mithilfe des Trainingskastens auf dieser Seite.
   b) Erkläre die Abbildungen auf der Innenseite und der Außenseite der Schale.
   c) Erläutere den inhaltlichen Bezug zwischen beiden Abbildungen.
   d) Beurteile, ob der Name „Erzgießerei-Schale“ gut gewählt ist. Begründe deine Meinung und schlage gegebenenfalls eine treffendere Bezeichnung vor.
   → M5, Trainingskästen auf dieser Seite
2. **Griechische Keramik**
   Zeige anhand der Vase M5 die Bedeutung von Keramik für das antike Griechenland auf. Verwende dafür auch den Infokasten auf Seite 101.
   → M5, Infokasten auf Seite 101

Die Griechen im Krieg – vereint gegen die Perser

Das Persische Reich war im 6. Jahrhundert v. Chr. ein großes und mächtiges Imperium. Seine Grenzen reichten von Ägypten im Süden bis ans Schwarze Meer im Norden und von Libyen im Westen über die Levante und den Iran bis nach Indien im Osten. Auch griechische Küstenregionen gehörten zur persischen Herrschaft, jedoch kam es hier zu einem Aufstand. Was waren die Folgen?

M 1 Das Perserreich

M 2 Eine Aussage des persischen Großkönigs Xerxes

Der griechische Geschichtsschreiber Herodot, der nicht dabei war, schreibt, der persische Großkönig Xerxes habe Folgendes über das griechische Heer gesagt:

Wie sollen tausend oder zehntausend oder fünfzigtausend Menschen [gemeint ist das griechische Heer], die darüber hinaus alle gleichermaßen frei sind und nicht dem Befehl eines Einzigen gehorchen, diesem gewaltigen Heere [gemeint ist das persische Heer] standhalten können! Es kommen ja, wenn sie fünftausend Mann stark sind, mehr als tausend auf einen Einzigen. Ja, wenn sie wie bei uns in Persien einen einzigen Herrn hätten, würden sie vielleicht aus Furcht vor ihm sich tapferer zeigen, als sie sind, und unter Geißelhieben auch einen überlegenen Feind angreifen. Aber wenn alles in ihrem Belieben steht, tun sie ganz gewiss nichts dergleichen.

Hans Wilhelm Haussig (Hg.), Herodot. Historien (übers. v. August Horneffer), Stuttgart: Kröner 1955, S. 472.

Aufgaben

1. Griechen und Perser – Mit einer Karte arbeiten

a) Beschreibe anhand der Karte M1 die Größenverhältnisse zwischen den griechischen Poleis und dem Perserreich.

b) Stelle Vermutungen über die Sichtweise auf den jeweils anderen an.

→ M1

2. Griechen und Perser – Mit einer Textquelle arbeiten

a) Gib die Gründe dafür an, dass Xerxes an die persische Überlegenheit glaubte.

b) Prüfe die Aussagen des Großkönigs. Berücksichtige dabei den Ausgang der Auseinandersetzung zwischen den Persern und Griechen. Hinweise findest du im Text auf Seite 105.

→ M2, Text auf Seite 105

Die Perserkriege

Vom Mittelmeer bis Indien lebten zahlreiche Völker unter der Herrschaft der persischen Großkönige, denen sie Steuern zahlen mussten, welche nicht zuletzt auch ein ständig einsatzbereites Heer finanzierten. Die unterworfenen Völker, zu denen auch griechische Poleis am Ostufer der Ägäis gehörten, durften ihre Kulturen, Sprachen und Religionen behalten, jedoch erwartete der persische Großkönig Dareios I. unbedingten Gehorsam. Damit wollten sich die griechischen Poleis nicht abfinden.

Im Jahr 500 v. Chr. begannen die griechischen Städte am Ostufer der Ägäis einen Aufstand. Obwohl Athen sie unterstützte, wurde der Aufstand von den Persern niedergeschlagen. In Reaktion auf den Aufstand schickte Dareios 490 v. Chr. ein persisches Heer, um die Unterwerfung ganz Griechenlands zu verlangen. Zahlreiche kleinere Poleis gaben nach; die Athener schlugen die Perser jedoch in der Schlacht bei Marathon etwa 42 km vor Athen im Jahr 490 v. Chr.

Nachdem dieser erste persische Angriff gescheitert war, unternahm Dareios' Sohn Xerxes I. zehn Jahre später den Versuch einer Invasion Griechenlands. Die gewaltige persische Landstreitmacht war zunächst siegreich – die Spartaner wurden 480 v. Chr. an den Thermopylen geschlagen, das zuvor evakuierte Athen wurde verwüstet. Das Blatt wendete sich jedoch, als die griechische Flotte unter athenischer Führung die Perser kurz darauf in der Seeschlacht von Salamis besiegte. Die Reste des persischen Heeres wurden dann von den Spartanern 479 v. Chr. bei Plataiai geschlagen. Der Erfolg der Athener im Jahr 480 v. Chr. war vor allem der Flotte zu verdanken. Zum Schutz gegen die persische Großmacht hatte der athenische Staatsmann Themistokles (um 525–459 v. Chr.) eine große Anzahl von Kriegsschiffen, sogenannte Trieren, bauen lassen. Für deren Besatzung benötigten die Athener eine Vielzahl von Ruderern. Hierfür kamen die bislang an politischen Entscheidungen nicht beteiligten Besitzlosen, die Theten, infrage.

M 3 Nachbau einer Triere

Foto, 2016

Info

Triere

Die Triere war ein besonders wendiges, nur 5,5 m breites und 37 m langes Schiff, das mit einem großen Rammsporn gegnerische Schiffe angreifen und versenken konnte. Um die dafür notwendige Geschwindigkeit und Schlagkraft zu erreichen, wurden auf einer Triere besonders viele Ruderer benötigt. Insgesamt setzte man pro Schiff 170 Ruderer ein, dazu kamen noch einmal etwa 30 Mann an sonstiger Besatzung. Bei 200 Schiffen wurden also 40 000 Mann allein für die Flotte nötig.

M 4 Griechenland zur Zeit der Perserkriege 500–478 v. Chr.

Digital+
WES-115948-403
Erklärvideo zu Perikles

Digital+
WES-115948-404
Auswertungsbogen zum Erklärvideo

Demokratie in der Antike: Wer herrschte in Athen?

Die Bundesrepublik Deutschland ist ein demokratischer Staat. Der Begriff „Demokratie“ stammt aus dem Griechischen und bedeutet wörtlich „Volks-Herrschaft“. Er setzt sich zusammen aus dem Substantiv „Demos“ = Volk und dem Verb „kratein“ = herrschen.

Im 6. Jahrhundert entwickelte sich in Athen zum ersten Mal eine Staatsform, die heute die Grundlage unseres Staatswesens darstellt: die Demokratie. Auch wenn sich unsere heutigen Demokratien in vielem von der damaligen unterscheiden, in einem sind alle Demokratien gleich: Die wichtigsten politischen Entscheidungen werden von der Mehrheit des Volkes getroffen.

Aber warum wollten die Athener eine Demokratie als Staatsform? Was war ihrer Meinung nach der Vorteil einer Volksherrschaft?

M 1 Eine Rede

Von Perikles sind leider keine Schriften überliefert. Der Geschichtsschreiber Thukydides (454–ca. 396 v. Chr.) stellte sich etwa 30 Jahre nach Perikles Tod vor, dass Perikles folgende Rede über die Vorteile der Demokratie gehalten hat:

Die Staatsverfassung, die wir haben, eifert nicht den Gesetzen unserer Nachbarn nach. Vielmehr sind wir selbst ein Vorbild für manche, als dass wir andere nachahmten. Mit Namen heißt diese Staatsverfassung Demokratie, weil sie sich nicht auf wenige, sondern auf die Mehrheit stützt.
Nach den Gesetzen haben alle in den persönlichen Streitigkeiten das gleiche Recht. Was aber das Ansehen betrifft, wird jemand [...] nicht aufgrund seiner Stellung, sondern aufgrund seiner Tüchtigkeit geehrt. Und ebensowenig wird jemand, wenn er arm ist, aber trotzdem etwas Gutes für den Staat tun kann, durch seine geringe Stellung daran gehindert. [...]
Einzig bei uns halten wir jemanden, der [an den gemeinschaftlichen Staatsangelegenheiten] keinen Anteil nimmt, nicht nur für untätig, sondern für nutzlos.

Thukydides, Der Peloponnesische Krieg 2,37–40, übers. v. Frank Schweppenstette, Köln.

M 2 Porträt des Perikles (ca. 495–429 v. Chr.)
Büste aus römischer Zeit. Der Helm weist auf das Amt des Strategen hin.

Aufgaben

1. **Demokratie in Athen – Ein Erklärvideo**
   Wertet das Erklärvideo über „Perikles“ aus (Webcode auf dieser Seite). Verwendet dafür den Trainingskasten auf Seite 35 und den Auswertungsbogen im zweiten Webcode auf dieser Seite.
   → WES-115948-403 und WES-115948-404, Trainingskasten auf Seite 35

2. **Demokratie in Athen – Eine Textquelle**
   a) Lies den Redeauszug M1 genau durch und nenne die dort aufgeführten Besonderheiten der Demokratie.
   b) Perikles spricht davon, dass die Verfassung ein Vorbild für andere Staaten sei. Fasse die Vorteile der Volksherrschaft zusammen, die Perikles nennt.
   c) Nimm Stellung zu dieser Rede.
   → M1

Von der Monarchie zur Aristokratie

In Athen wie auch in vielen anderen griechischen Poleis scheint zunächst ein König geherrscht zu haben. Diese Herrschaft eines Einzelnen wird als Monarchie bezeichnet. An die Monarchie schloss sich vielfach die Herrschaftsform der Aristokratie an, die wörtlich übersetzt „Herrschaft der Besten" bedeutet. Tatsächlich handelte es sich dabei aber um eine Oberschicht, die aus einer Gruppe reicher Familien bestand. Die Aristokraten waren Großgrundbesitzer und verfügten daher über die Mittel, Pferde und Waffen zur Verteidigung der Polis zu unterhalten.

Ab dem 7. Jahrhundert v. Chr. wurden zur Verteidigung der Polis zunehmend schwer bewaffnete Kämpfer eingesetzt, die zu Fuß in einer Schlachtreihe kämpften, der „Phalanx". Die „Hopliten" genannten Soldaten waren hauptsächlich Bauern, Handwerker und Händler, die ihre Ausrüstung selbst bezahlen konnten. Weil die Hopliten neben den Aristokraten immer wichtiger für den Kriegsdienst wurden, forderten sie bald auch politischen Einfluss. Nach und nach hatten sie mit ihren Forderungen Erfolg.

M 3 Griechische Hoplitenphalanx im Kampf

Abbildung einer korinthischen Kanne, um 650 v. Chr.

Digital+ WES-115948-405

Hörszene zur Verschuldung der Bauern

Die Krise der Aristokratie

Die Entwicklung zur Demokratie verlief nicht gradlinig. Die ersten großen Reformen führte der Politiker Solon 594 v. Chr. durch. Zu seiner Zeit waren viele Bauern bei den Aristokraten verschuldet. Das führte nicht nur zu Unmut in der Bevölkerung, es gefährdete auch die Verteidigung Athens, denn den Bauern fehlten die Mittel für die eigene Bewaffnung. Mit seinen Reformen erließ Solon den Bauern die Schulden. Er verbot es, attische Bürger als Ausgleich für ihre Schulden zu Sklaven zu machen. Andererseits lehnte er es aber auch ab, das Land neu zu verteilen. So konnte er zwar kurzfristig den inneren Frieden wieder herstellen, aber die großen Unterschiede zwischen arm und reich blieben bestehen und sorgten in der Folge für weitere Konflikte.

Die Auseinandersetzungen führten zwischenzeitlich zu einer Tyrannis – einer gewaltsamen Aneignung der Alleinherrschaft. Der Adlige Peisistratos (um 560–527 v. Chr.) war als Tyrann zunächst erfolgreich, weil es ihm gelang, die wirtschaftliche Lage der Bauern und Handwerker zu verbessern. Als jedoch nach seinem Tod zwei seiner Söhne die Tyrannis gewaltsam fortsetzen wollten, hatten die Athener genug: Ein Sohn wurde ermordet, der andere musste fliehen.

M 4 Solon (ca. 640–560 v. Chr.)

Kolorierter Holzstich nach antiker, nicht zeitgenössischer Porträtbüste

M 5 **Tonscherbe (Ostrakon)**
Sie ist mit dem Namen des Aristeides beschriftet, 5. Jahrhundert v. Chr.

Info

Prytanie

Die Prytanie war eine staatliche Einrichtung in Athen, zu der 50 Personen aus dem „Rat der 500" gehörten. Die Prytanie bereitete die Sitzungen der Volksversamlungen vor.

Info

Diäten

Diäten sind Zahlungen an Bürger, die eine politische Aufgabe übernehmen. Durch die Zahlung der Diäten wurden Verdienstausfälle ausgeglichen.

Demokratische Reformen

Die Erfahrungen der Alleinherrschaft führten 508/507 v. Chr. zu den entscheidenden Reformen, die Athen zu einer Demokratie machten. Sie sind mit dem Namen des Kleisthenes verbunden. Die Reformen ordneten zunächst die Bevölkerung Attikas neu: Kleisthenes teilte Attika in drei Gebiete – Stadt, Binnenland und Küstenregion – mit jeweils zehn Zonen ein. Dann fasste er immer drei Zonen, und zwar eine aus der Stadt, eine aus dem Binnenland und eine aus der Küstenregion, zu einer Verwaltungsregion zusammen, die „Phyle" genannt wurde. Insgesamt schuf Kleisthenes so zehn Phylen, die eine neue Grundlage für das Militärwesen und für die politische Ordnung bildeten.

Aus jeder Phyle wurden 50 Ratsherren bestimmt, die im „Rat der 500" zusammenkamen. Dieser Rat bereitete die Sitzungen der Volksversammlung vor. Da der „Rat der 500" nicht jeden Tag zusammentrat, gab es eine sogenannte Prytanie, die jeweils 36 Tage amtierte. Die wichtigste politische Einrichtung war jedoch die Volksversammlung. Sie fällte alle politischen Entscheidungen. Die Beamten, die die Beschlüsse der Volksversammlung durchführen sollten, wurden entweder gewählt oder ausgelost. Ein politisches und militärisches Amt, in das man länger und mehrfach gewählt werden konnte, war das Amt des Feldherrn, der „Stratege" genannt wurde. Es gab zehn solcher Strategen, jeweils einen pro Phyle. Die Strategen waren einflussreiche Politiker.

Damit ein Politiker nicht zu viel Macht an sich riss, gab es das sogenannte Scherbengericht: Falls mindestens 6000 Bürger den Namen eines Politikers, den sie für zu machtgierig hielten, auf eine Tonscherbe schrieben, musste dieser Athen für zehn Jahre verlassen. Nach der griechischen Bezeichnung für Scherbe, „Ostrakon", wurde dieses Verfahren „Ostrakismos" genannt.

Im Laufe der Jahre wurde die Mitbestimmung noch ausgeweitet. Im 5. Jahrhundert erhielt vor allem die Schicht der Besitzlosen, der Theten, durch den Zugang zu den Ämtern mehr politische Rechte. Wieder war die militärische Bedeutung dafür ausschlaggebend: Die Theten wurden als Ruderer auf der Flotte benötigt, die gebaut wurde, um sich gegen den Angriff der persischen Großmacht zu verteidigen. Zusätzlich erleichtete die Einführung von Diäten auch ärmeren Bürgern die poltische Teilnahme.

Training

Ein Flussdiagramm anfertigen

Mit einem Flussdiagramm kann man u.a. zeitliche Abläufe vereinfacht darstellen. Dazu wird ein Startpunkt festgesetzt. Er enthält das Thema oder das Ausgangsereignis. Dies wird in einem Kasten notiert. Von diesem Kasten geht ein Pfeil aus zu den nächsten Kästen, in denen die folgenden Ereignisse notiert werden.

Aufbau eines einfachen Flussdiagramms:

Aufgaben

1. Antike Demokratie

a) Erkläre die Begriffe „Monarchie", „Aristokratie", „Tyrannis" und „Demokratie".

b) Fertige ein Flussdiagramm an, in dem du die wichtigsten Stationen auf dem Weg Athens zur Demokratie einzeichnest.

c) Arbeite mithilfe deines Flussdiagramms die gesellschaftlichen Gruppen heraus, die mehr Macht forderten. Begründe deine Meinung.

→ Text, M3 – M5, Trainingskasten auf dieser Seite

Die attische Demokratie – Ein Schaubild erschließen

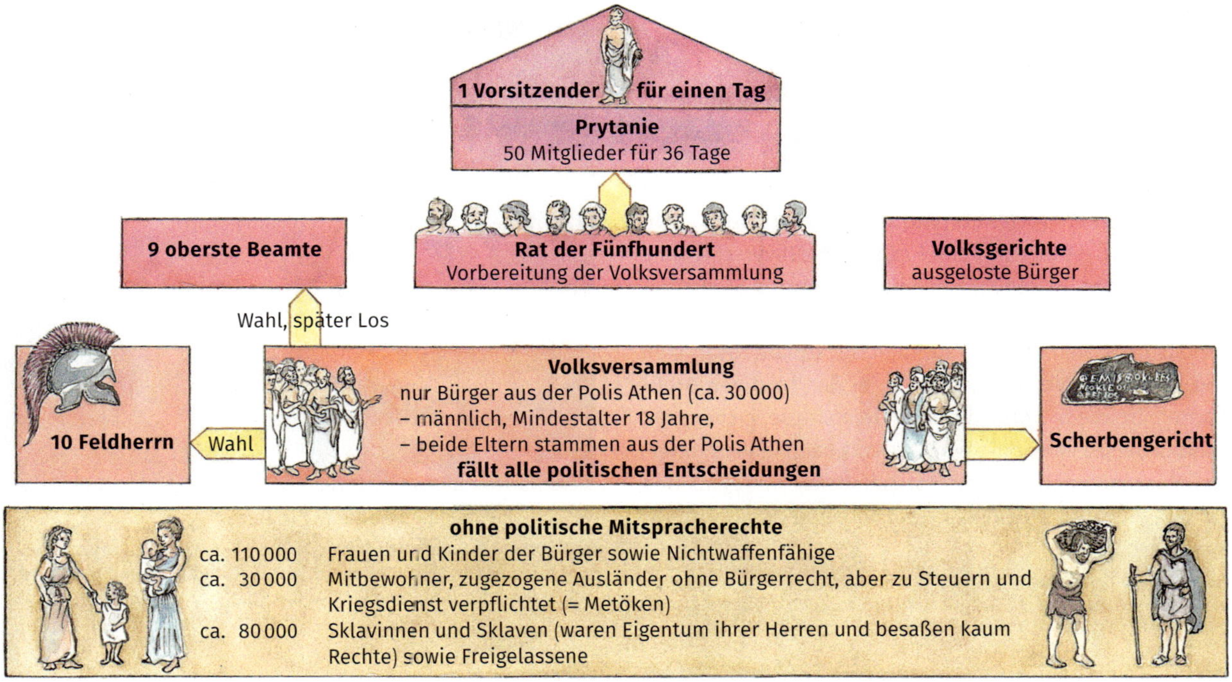

M 6 Die attische Demokratie – Ein Schaubild

Training

Umgang mit Schaubildern

Schaubilder geben Sachverhalte in bildlicher Form wieder. Sie verwenden Schrift und Symbole (z.B. Pfeile). Die Anordnung der einzelnen Teile verdeutlicht Zusammenhänge.

Schritte zur Erschließung von Schaubildern:

Schritt 1: Das Thema des Schaubilds bestimmen
Benenne den Inhalt des Schaubilds.

Schritt 2: Die Elemente des Schaubilds erläutern
Beschreibe die einzelnen Teile. Achte dabei auf Farben, Symbole und Schriftgestaltung.

Schritt 3: Die Beziehungen zwischen den einzelnen Elementen erklären
Lege die Zusammenhänge zwischen den einzelnen Teilen dar. Wichtig sind dabei Linien und Pfeile, aber auch andere Gestaltungselemente.

Schritt 4: Die Informationen, die das Schaubild enthält, zusammenfassend erläutern
Stelle die zentralen Aussagen möglichst knapp dar.
Du kannst auch darauf eingehen, ob das Schaubild deiner Meinung nach gelungen ist.

Aufgaben

1. Die attische Demokratie – Ein Schaubild erschließen
a) Erschließe das Schaubild „Die attische Demokratie“. Verwende dafür den Trainingskasten auf dieser Seite.
b) Demokratie wird auch beschrieben als Herrschaft durch das Volk. Prüfe mithilfe des Schaubildes, ob „das Volk“ auch alle Einwohner umfasste.
M6, Trainingskasten auf dieser Seite

Demokratie damals und heute

M 7 „Was ist eigentlich Demokratie?"

Die Bundeszentrale für politische Bildung schreibt über „Demokratie" Folgendes (2018):

Was ist eigentlich Demokratie? Die deutsche Wiedergabe des griechischen Wortes als „Volksherrschaft" ist nicht sehr aussagekräftig. Das Volk kann Herrschaft auf verschiedene Weise ausüben. In den kleinen überschaubaren Stadtstaaten des antiken Griechenlands kam das Volk, das waren damals die freien Männer, auf dem Marktplatz zusammen und stimmte über die Gesetze ab. In den heutigen Großstaaten ist diese Form direkter Demokratie nicht mehr praktikabel [zu verwirklichen]. Das Volk kann in der modernen Massendemokratie die Herrschaft nur mittelbar und indirekt ausüben, indem es sie auf Vertreter (Repräsentanten) überträgt.

Horst Pötzsch, Die Deutsche Demokratie, Bonn: Bundeszentrale für politische Bildung 2009 (5. Aufl.), S. 9–12. www.bpb.de/politik/grundfragen/deutsche-demokratie/39287/demokratie [letzter Zugriff: 22.08.2024].

M 8 Deutscher Bundestag in Berlin

Im Deutschen Bundestag in Berlin. Die Abgeordneten des Bundestags werden alle vier Jahre gewählt. Sie diskutieren und treffen politische Entscheidungen, aktuelles Foto.

M 9 Antike und moderne Demokratie

	Demos/Volk	Form
Antike Demokratie in Athen		
Moderne Demokratie in Deutschland	politische Rechte für alle Bürger über 18 Jahre	Entscheidung politischer Fragen durch gewählte Abgeordnete

Aufgaben

1. Demokratie damals und heute

a) Nenne die Unterschiede, die in M7 aufgezählt werden.

b) Übertrage die Tabelle M9 in dein Heft und ergänze die Zeile für die antike Demokratie in Athen.

c) Bei der Beschäftigung mit der Demokratie im alten Athen stößt man auf zwei Meinungen: „Die Demokratie in Athen ist auch für uns vorbildlich." – „Die Demokratie in Athen kann für uns kein Vorbild sein." Erläutere deine Position und begründe sie.

d) Veranstaltet zu der Streitfrage aus Aufgabe 1c) eine Diskussion in der Klasse.

→ M7–M9

2. Demokratie in der Schule

a) Ihr wollt euch auf ein Ziel für den Wandertag einigen. Erläutere den Weg der Entscheidungsfindung.

b) Beurteile, ob euer Verfahren deiner Meinung nach demokratisch verläuft.

c) Wäge ab, ob euer Verfahren eher zur antiken oder zur modernen Demokratie passt.

d) Im Schulgesetz von Sachsen-Anhalt (§§ 46 – 49) heißt es: „Die Schülerinnen und Schüler jeder Klasse (Klassenverband) ab dem 5. Schuljahrgang wählen die Klassensprecherin oder den Klassensprecher ... Die Sprecherin oder der Sprecher ... scheiden aus ihrem Amt aus, ...wenn sie mit einer Mehrheit von zwei Dritteln der Wahlberechtigten abberufen werden ... Die Schülersprecherin oder der Schülersprecher vertritt die Schülerinnen und Schüler gegenüber Lehrerinnen und Lehrern und Konferenzen, Schulleiterinnen und Schulleitern sowie Schulbehörden."
Diskutiert, ob diese Regelungen eher zur antiken oder zur modernen Demokratie passen.

→ Text auf den Seiten 107–108

Die attische Demokratie – Anregung zu einem Rollenspiel

M 10 Anleitung zu einem Rollenspiel

Stellt euch folgende Situation vor: Wir befinden uns im Jahre 445 v. Chr. in Athen. Gerade ist ein Handelsschiff im Hafen von Athen angekommen. Einer der Passagiere, der Kaufmann Gorgyros aus Kreta, trifft sich mit dem attischen Kaufmann Sosias. Zufällig ist es der Tag, an dem die Volksversammlung getagt hat. Gorgyros will hierüber mehr erfahren, und er lässt sich genau erklären, wie und von wem Athen denn eigentlich regiert wird. Dazu stellt er Sosias eine Menge Fragen. Aber er fragt nicht nur seinen Geschäftsfreund Sosias. Im Hause des Kaufmannes trifft Gorgyros noch weitere Personen:

- Aspasia, die Ehefrau des Kaufmannes Sosias,
- Dromon, einen der Sklaven des Sosias, der im Haushalt arbeiten muss, und
- Melesios, einen Metöken, der gelegentlich bei Sosias Einkäufe macht.

Das Rollenspiel
Bildet fünf Gruppen. Überlegt zunächst, welche Fragen Gorgyros dem Kaufmann Sosias stellen könnte, um etwas über die Demokratie in Athen zu erfahren. Einige Beispiele:

- Wer regiert Athen?
- Was ist die Volksversammlung?
- Warum soll jeder Bürger an der Versammlung teilnehmen?
- Ist es nicht schlecht für das Geschäft, wenn die Bürger einen ganzen Tag auf der Volksversammlung zubringen?
- Gibt es überhaupt eine Möglichkeit, den Ablauf einer Volksversammlung zu beeinflussen?
- Kann man die Themen, die einen interessieren, überhaupt zur Sprache bringen?
- Ist überhaupt jeder Bürger fähig, vor so vielen Leuten seine Meinung zu formulieren?

An Aspasia, die Frau des Sosias, an den Sklaven Dromon, aber auch an den Metöken Melesios stellt Gorgyros zusätzlich andere Fragen. Formuliert auch diese und vergesst nicht, euch hierzu Antworten zu überlegen.

Info

Die Volksversammlung von Athen

Die Volksversammlung fand viermal im Monat statt. Dabei konnten alle Männer über zwanzig, deren Väter und Mütter freie Athener waren, auf der Pnyx, einem Hügel in der Stadt, zusammenkommen, um über Gesetze abzustimmen. Die Pnyx bot Raum für etwa 8000 Menschen. Lediglich für die Regierungsmitglieder, die Prytanen, waren Holzbänke aufgestellt. Die Bürger setzten sich wohl auf den blanken Stein oder sie standen.
Die Tagesordnung, die fünf Tage vor der Versammlung bekannt gemacht wurde, wurde zwar von den Prytanen erstellt, jedoch konnten zu den Tagesordnungspunkten Änderungs- und Zusatzanträge eingereicht werden. Viele Punkte der Tagesordnung wurden im Rat vorberaten und ohne große Diskussionen verabschiedet. Jeder unbescholtene Bürger hatte das Recht, Vorschläge zu machen, die der „Rat der 500" der Volksversammlung vorlegen musste. Tatsächlich ergriffen sowohl einfache Handwerker, Kleinbauern oder Krämer ebenso das Wort wie Großgrundbesitzer.

M 11 Die Pnyx
Rednertribüne auf der Pnyx, dem Ort der Volksversammlung, Foto, um 2000

Aufgaben

1. **Demokratie im antiken Athen: Ein Rollenspiel**
   Gestaltet ein Gespräch, in dem die genannten Personen auf die Fragen des Gorgyros Antwort geben.
   → M10

Das Leben in Athen

Athen war eine reiche Polis, in der die Bürger sich beinahe täglich um Politik kümmerten: Sie nahmen an Volksversammlungen teil, waren Geschworene in den Volksgerichten oder übten eines der Ämter aus. Hauptsächlich aber arbeiteten sie in der Landwirtschaft oder waren Handwerker und sorgten so für den Reichtum Athens. Doch wie genau gestaltete sich das alltägliche Leben in Athen und welche Rolle spielten dabei die Sklaven?

M 1 Eine Textquelle

In seinem Buch „Oikonomikos" (= Hauswirtschaftslehre) schreibt der griechische Historiker Xenophon (ca. 430–350 v. Chr.) an seine junge Frau:

Du wirst stets im Hause bleiben müssen. Die Sklaven, die draußen arbeiten sollen, schickst du hinaus. Über die Sklaven, die im Hause arbeiten, hast du Aufsicht zu führen.
Lebensmittel, die die Sklaven vom Markt bringen, musst du in Empfang nehmen. Nimm davon, was sofort verwendet werden soll. Was aber übrigbleiben soll, musst du gut verwahren, damit nicht der für das ganze Jahr gedachte Vorrat in einem Monat verbraucht wird.
Und wenn Wolle ins Haus geschafft wird, musst du dafür Sorge tragen, dass alle Bewohner nach Bedarf die entsprechenden Gewänder erhalten. Auch musst du dich darum kümmern, dass das getrocknete Getreide essbar und schmackhaft bleibt.

Zit. nach: Robert Flaceliére, Griechenland. Leben und Kultur in klassischer Zeit (übers. v. Edgar Pack), Stuttgart: Reclam 1977, S. 97.

M 2 Sklaven bei der Olivenernte
Darstellung auf einer Vase, Attika, um 520 v. Chr.
In der Landwirtschaft wurden am meisten Sklaven eingesetzt.

Info

Sklaven im antiken Griechenland

Sklaven waren Vollmitglieder der Familie, sie wurden vom Familienhaushalt beherbergt und ernährt und trugen durch ihre Arbeit zu dessen Erhaltung bei. Ein Sklave wurde mit einer Zeremonie in die Familie aufgenommen. Das Ritual entsprach dem der Begrüßung der Braut beim erstmaligen Betreten des Hauses des Ehegatten. Die Hausherrin warf einige getrocknete Früchte und Nüsse über den hereinkommenden Ankömmling. Sklaven waren mit dieser Zeremonie berechtigt wie verpflichtet, am Kult (= religiöse Handlung) der Familiengötter teilzunehmen, ebenso an den religiösen Festen der Familie.

Aufgaben

1. Das Leben in Athen

a) Beschreibe das Leben der auf dieser Seite vorgestellten Personen in einem griechischen Haushalt.

b) Beurteile die Rolle der Frauen und der Sklaven in einem Haushalt.

c) Kannst du die Ausgangsfrage („Doch wie genau gestaltete sich das alltägliche Leben in Athen und welche Rolle spielten dabei die Sklaven?") schon beantworten? Stelle eine vorläufige These auf.

→ M1, M2, Infokasten auf dieser Seite

Die griechische Hausgemeinschaft

Die Lehre vom Wirtschaften bezeichnen wir heute als Ökonomie. Darin steckt das griechische Wort Oikos. Es bezeichnete die Hausgemeinschaft, die zugleich eine Wirtschaftsgemeinschaft war. Der Oikos war unserer heutigen Familie ähnlich, aber er umfasste deutlich mehr: Zum Oikos gehörten neben dem Hausherrn, seiner Ehefrau und den unverheirateten Kindern auch die Sklaven, die in der Hausgemeinschaft lebten. Daneben zählten zur Hausgemeinschaft sogenannte Metöken: Fremde, die mit der Gemeinschaft verbunden waren. Auch der Besitz, vor allem das Land und das Vieh, zählte zum Oikos. Schließlich gab es Hausgötter, die neben den Göttern aller Griechen im eigenen Haus verehrt wurden. Für sie gab es eigene religiöse Hausfeste. Das bedeutet, dass der Oikos eine Haus- und Wirtschafts-, aber auch eine kulturelle Gemeinschaft war.

Nur die erwachsenen Männer, also in der Regel die Ehemänner, hatten in Athen die vollen Bürgerrechte. Sie waren die Vorstände ihres Oikos, und sie waren die politischen Bürger der Polis. Vielfach übernahmen die Frauen und die Sklaven die Arbeiten des Alltags. So blieb den Bürgern Athens die Zeit, sich um die politischen Belange der Polis zu kümmern.

Die Rolle der Sklaven

Die Sklaven spielten in der griechischen Antike eine durchaus bedeutsame Rolle. Sie arbeiteten in größeren Betrieben, Steinbrüchen und Bergwerken oder im Oikos in der Landwirtschaft. In den landwirtschaftlichen Betrieben gab es oftmals nur einen oder zwei Sklaven – nur reiche Grundbesitzer konnten sich mehrere Sklaven leisten.

Bei reicheren Bürgern gab es auch Sklaven, die Ammen, Köchinnen oder Lehrer waren. Im Oikos wurden die Sklaven zumeist gut behandelt, denn ohne sie hätte der Betrieb nicht funktionieren können. Einige, vor allem Haussklaven, waren sogar hoch angesehen. Die Sklaven, die in Steinbrüchen oder Bergwerken arbeiten mussten, wurden dagegen nicht so gut behandelt. Ihre Arbeit war sehr schwer und es wurden auch Kinder zur Arbeit eingesetzt. Die Lebenserwartung

M 3 Haus in Athen

Haus und Werkstatt eines Bildhauers in Athen, Rekonstruktionszeichnung von Peter Conolly nach archäologischen Funden aus dem 5. Jahrhundert v. Chr.

M 4 Sklaven im Bergwerk

Tontäfelchen, um 600 v. Chr.

M 5 Das Wasserholen als Frauenarbeit

Vasenmalerei auf einer schwarzfigurigen Vase, Ende des 6. Jahrhunderts v. Chr.

dieser Sklaven war sehr gering. Sklaven wurden zumeist gekauft. Sie galten nicht als Person, sondern als Sache und als Eigentum des Käufers. In der Mehrzahl handelte es sich bei den Sklaven um Kriegsgefangene. Von den ca. 400 000 Einwohnern Attikas waren nach Schätzungen 80 000 Sklaven.

Kindererziehung

Die Ausbildung von Mädchen und Jungen unterschied sich deutlich. Sie wurde von den späteren Rollen in der Gesellschaft bestimmt.

Die Jungen erhielten etwa ab dem sechsten Lebensjahr Unterricht. Da der Unterricht Privatsache war und Geld kostete, konnten nur die Jungen aus den reicheren Familien eine Schule besuchen. Wer sehr reich war, leistete sich einen Privatlehrer, oft einen Sklaven. Zur Ausbildung gehörten neben Lesen und Schreiben auch das Flöten- und Lyraspiel (Lyra = antikes Zupfinstrument). Und auch das körperliche Training spielte eine wichtige Rolle – kein Wunder, denn alle griechischen Poleis befanden sich ständig in kriegerischen Auseinandersetzungen. Wenn die Jungen auf das 18. Lebensjahr zugingen, begleiteten sie ihre Väter zu den öffentlichen Plätzen der Stadt. Mit 18 Jahren durften sie schließlich selbst an der Volksversammlung teilnehmen, mussten aber auch militärischen Dienst leisten.

Die Mädchen blieben hingegen im Haus unter der Aufsicht der Mütter, wo sie Kochen, Spinnen und die Haushaltsführung einübten. Lesen oder Schreiben lernten sie hingegen nur selten.

Training

Hinweise zur Erstellung eines Schaubildes

- Ein Schaubild sollte einfach und übersichtlich sein.
- Es sollte eine Überschrift haben.
- Für Beziehungen von Personen können Pfeile oder andere Symbole verwendet werden.
- In einer Legende können Symbole und Abkürzungen erläutert werden (wie bei einer Karte).
- Zur Darstellung des Oikos könnte sich z. B. ein Haus als Schaubild eignen.

Aufgaben

1. Das Leben in Athen – Mit dem Schulbuchtext arbeiten

a) Fertige mithilfe des Textes ein Schaubild an, in dem du die einzelnen Bewohner eines Oikos entsprechend ihrer gesellschaftlichen Stellung darstellst.

b) Erkläre mithilfe deines Schaubildes die gesellschaftliche Rolle der einzelnen Bewohner des Oikos.

c) Diskutiere: Wer hatte den größten Anteil am Reichtum der Polis? Sammle zuvor Argumente für deine Position.

Text auf den Seiten 113–114

Die Familie im antiken Athen – Mit Textquellen arbeiten

M 6 Der Mann als Hausherr

Der griechische Philosoph Aristoteles erklärt die Rolle des Mannes in der Familie folgendermaßen:

[...] der Hausherr gebietet auch über die Gattin und die Kinder – über beide als Freie, jedoch nicht in der gleichen Weise. Über die Ehefrau herrscht er wie unter Bürgern, über die Kinder dagegen wie ein König. Denn von Natur aus hat das Männliche eher die Führung als das Weibliche [...]. Die Herrschaft über die Kinder entspricht der eines Königs; denn der Vater übt seine Herrschaft mit Liebe und aufgrund der Autorität des Alters aus [...].

[Es gibt von Natur aus] mehrere Arten von Herrschenden und Beherrschten [...]: denn auf andere Weise herrscht der Freie über den Sklaven und der Mann über die Frau und der Vater über das Kind [...]. Der Sklave besitzt die Fähigkeit zur praktischen Vernunft überhaupt nicht, die Frau besitzt sie zwar, aber nicht voll wirksam, auch das Kind besitzt sie, jedoch noch nicht voll entwickelt.

Eckart Schütrumpf (Hg./Übers.), Aristoteles: Politik Hamburg: Meiner 2012, S. 27f.

M 7 Die Aufgabe der Frau im Haus

Xenophon (ca. 430–350 v. Chr.) stammte aus einer wohlhabenden griechischen Familie. Er war Politiker, Feldherr und Schriftsteller. In seinem Werk Oikonomikos (gr.: = „Hauswirtschaftslehre") behandelte er in Form eines Dialogs Fragen der Haus- und Landwirtschaft. Es entstand zwischen 390 und 355 v. Chr.:

Denn mir scheinen [...] die Götter dieses Paar, das Mann und Frau genannt wird, mit größter Umsicht zusammengefügt zu haben, damit es sich selbst möglichst nützlich sei bei seinem gemeinsamen Leben. Erstens nämlich ist dieses Paar dazu bestimmt, miteinander Kinder zu zeugen, damit die Gattungen nicht aussterben; sodann wird aus dieser Verbindung – wenigstens bei den Menschen – erreicht, Pfleger für das eigene Alter zu haben; schließlich leben die Menschen nicht wie das Vieh unter freiem Himmel, sondern brauchen offensichtlich Behausungen. Die Menschen, die etwas haben wollen, was sie unter Dach und Fach bringen können, brauchen natürlich Arbeitskräfte für die Arbeiten auf dem Felde. Denn Bodenbearbeitung, Aussaat, Pflanzen und Viehhüten – all das sind Arbeiten im Freien, und aus ihnen entstehen die Mittel zum Leben. Wenn sie unter Dach und Fach gebracht sind, wird wieder jemand gebraucht, der sie aufbewahrt und der die Arbeiten verrichtet, die im Hause zu erledigen sind. Das Haus ist nötig für die Versorgung der neugeborenen Kinder, aber auch für die Zubereitung der Speisen aus den Feldfrüchten, ebenso auch für die Herstellung von Kleidung aus Wolle. Da aber die Arbeiten drinnen und draußen beide der Ausführung und Aufsicht bedürfen, hat der Gott [...] von vornherein die Natur entsprechend eingerichtet, und zwar, wie mir scheint, die der Frau für die Arbeiten und Beschäftigungen im Inneren des Hauses, die des Mannes für die Arbeiten und Beschäftigungen im Freien. Denn Kälte und Hitze, Märsche und Feldzüge besser aushalten zu können, hat er Leib und Seele des Mannes eingerichtet; deshalb übertrug er ihm die Arbeiten außerhalb des Hauses; der Frau aber hat der Gott anscheinend einen dazu weniger fähigen Körper geschaffen und ihr daher, so habe er gesagt, die Arbeiten im Inneren des Hauses zugewiesen.

Gerd Audring (Hg./Übers.), Xenophon: Ökonomische Schriften (gr./dt.), Berlin: Akademie-Verlag 1992, S. 63.

Aufgaben

1. Die Familie im antiken Athen

a) Erarbeite auf Basis von M6 die Auffassung von Aristoteles zur Rollenverteilung in der Familie.

b) Beurteile die Aussagen von Aristoteles zur Familie und begründe deine Meinung.

c) Zeitreise: Erarbeitet ein Rollenspiel, in dem ein Kind von heute und ein Kind aus Athen über Unterschiede und Gemeinsamkeiten im Familienleben sprechen.

→ M6

2. Die Rollen von Männern und Frauen in Athen

a) Erkläre die Sichtweise Xenophons (M7) auf das Verhältnis von Mann und Frau.

b) Erläutere die Begründung Xenophons für diese Sichtweise.

c) Beurteile die Aktualität dieser Rollenverteilung.

→ M7

Schule in Athen – Mit einer Darstellung arbeiten

M 8 Schule in Athen – Eine Darstellung

Die Historikerin Annika Backe-Dahmen schildert die Schulerziehung in Athen. Nur Jungen durften die Schule besuchen (2008):

Eine allgemeine Schulpflicht für Kinder ab einem Alter von 6–7 Jahren […] war in der gesamten Antike unbekannt. Auch gab es keine vom Staat ins Leben gerufene und flächendeckend finanzierte Institution Schule. Den Besuch einer Lehranstalt konnten sich nur Angehörige der Oberschicht für ihre Kinder leisten, da es Schulgeld abzuführen galt. Je niedriger die gesellschaftliche Schicht, in die ein Kind hineingeboren wurde, desto größer war die Wahrscheinlichkeit, dass es nie einen Klassenraum von innen sah und stattdessen früh zum Unterhalt der Familie durch Arbeit beitragen musste. […].

Im antiken paidagogos vermutet man sogleich das antike Pendant zum modernen Pädagogen (Schullehrer). Freilich war der paidagogos nicht als aktiv Unterrichtender tätig. Vielmehr handelte es sich bei ihm um einen Sklaven zumeist fortgeschrittenen Alters, der die Kinder der Familie seines Herrn sicher zur Schule und wieder nach Hause brachte, Gelerntes am späteren Tage nochmals abfragte und den Eltern über die Fortschritte berichtete […].

Als wesentliche Bestandteile des Bildungskanons der klassischen Zeit, im 5. und 4. Jh. v. Chr., lassen sich folgende Schulfächer fassen: Lesen, Schreiben, Rechnen, Rezitation der Dichter, Musik und Tanz sowie Sport. Bei allen intellektuellen Inhalten sollte der Schüler aber immer auch sittlich geformt werden. Hierzu stand die Prügelstrafe im Unterricht als Disziplinarmaßnahme in der antiken Wahrnehmung keinesfalls im Widerspruch.

Insgesamt war der antike Schulunterricht geprägt von Auswendiglernen, Abschreiben und Rezitieren. Das Zitieren von Versen großer griechischer Autoren wie Homer war dabei kein reiner Selbstzweck, sondern sollte die Knaben an die ehrenvollen Taten der Vorfahren erinnern, sie in ihrem Geist und Wertesystem formen und bilden. Eine höhere Schulbildung, mit einer Unterweisung in Rhetorik und Philosophie, die den hier skizzierten Grundunterricht überstieg, konnten nur noch sehr wohlhabende Familien ihren Söhnen bezahlen, für die sie sich hohe Karrieren erhofften.

Annika Backe-Dahmen, Die Welt der Kinder in der Antike, Mainz: von Zabern 2008, S. 58 ff.

Aufgaben

1. Schule in Athen

a) Stelle anhand von M8 Informationen über den Schulunterricht in Athen zusammen.

b) Vergleiche den Schulunterricht in Athen mit dem heutigen. Achte dabei auf folgende Aspekte: Fächer, Dauer, Verhältnis Lehrer – Schüler, Finanzierung, Ablauf des Unterrichts. Fertige dazu eine Tabelle an. Vergleicht eure Ergebnisse in der Klasse.

→ M8

1200 v. Chr | 1100 | 1000 | 900 | 800 | 700 | 600 | 500 | 400 | 300 | 200

Beginn der griechischen Antike

Dunkle Jahrhunderte

Älteste Siegerlisten in Olympia

Griechische Kolonisation

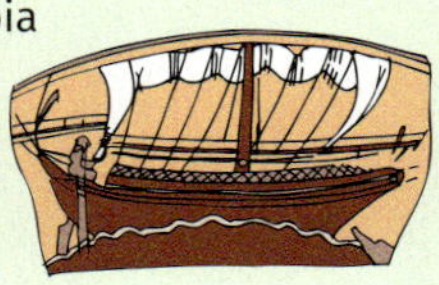

5. Jh.: Blütezeit Athens

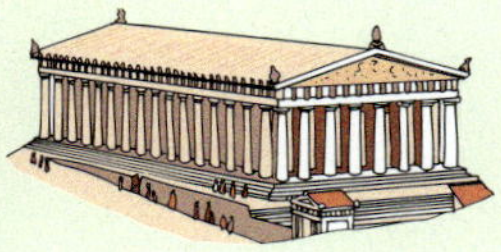

Alexander der Große

Das antike Griechenland und wir

Auf unseren Euro-Geldscheinen erscheint im Wasserzeichen und auf dem Sicherheitsstreifen das Porträt der „Europa“, einer Figur der griechischen Mythologie. Diese Gestaltung weist darauf hin, dass die Grundlagen der europäischen Geschichte, Kunst und Kultur im antiken Griechenland gelegt wurden. Auch viele unserer Wissenschaften und Auffassungen über die Welt gründen wesentlich in antiken griechischen Vorstellungen. Nicht zuletzt fand in der griechischen Antike auch ein erstes systematisches Nachdenken über die Formen des Zusammenlebens der Menschen statt.

Getrennte Poleis und gemeinsame Kultur

Aufgrund der geografischen Gegebenheiten entwickelte sich in Griechenland kein einheitliches Staatswesen, vielmehr prägten einzelne Stadtstaaten, die Poleis, die griechische Geschichte. Das Leben in den Poleis konnte sich sehr stark unterscheiden, wie die Beispiele Athen und Sparta verdeutlichen. Allerdings bildeten Religion, Sprache und Mythen die gemeinsame Kultur aller Griechen. Von besonderer Bedeutung waren die Olympischen Spiele.

Migration und Kolonisation

Früh widmeten sich die Griechen der Seefahrt. Diese brachte sie in Kontakt mit anderen Kulturen. Landknappheit, Überbevölkerung und Spannungen in den Poleis führten neben anderen Gründen zur griechischen Kolonisation (750 bis 550 v. Chr.). Durch sie entstanden im Gebiet des Mittelmeeres und des Schwarzen Meeres zahlreiche griechische Siedlungen. Die Auswanderung der griechischen Kolonisten war eine der großen Migrationen in der Geschichte.

Die Polis Athen und die Demokratie

Eine besondere Rolle im antiken Griechenland spielte Athen, das zur führenden Macht aufstieg. Die Vorherrschaft und der Wohlstand dieses Stadtstaates waren insbesondere durch die Siege gegen die Perser begründet. In der Blütezeit Athens im 5. Jahrhundert v. Chr. entstanden die bis heute berühmten Bauten auf der Akropolis.

In einem längeren Entwicklungsprozess setzte sich in Athen erstmals die politische Herrschaftsform der Demokratie („Volksherrschaft“) durch. Die Anzahl der Bürger mit politischen Mitspracherechten nahm stetig zu, bis schließlich alle männlichen Bürger in der Volksversammlung über die Angelegenheiten der Stadt entschieden. Andere Gruppen wie Frauen, Sklaven und Fremde blieben jedoch ausgeschlossen. Diese Entwicklung bildete – auch für Griechenland – eine Ausnahme. Auch wenn die Demokratie in Athen als Vorläuferin unserer heutigen politischen Ordnung gelten kann, gibt es doch eine Reihe von wichtigen Unterschieden.

DATEN

5. Jh. v. Chr.:
Blütezeit Athens

BEGRIFFE

Antike
Migration
Griechische Kolonisation
Polis
Aristokratie
Monarchie
Demokratie
Olympische Spiele
Perserkriege

Digital+
WES-115948-406
Seiten zur Selbstüberprüfung

05 LEBEN IM RÖMISCHEN WELTREICH

M 1 **Pont du Gard,** römischer Aquädukt in Südfrankreich, Foto, 2014
M 2 **Porta Nigra,** römisches Stadttor in Trier, Foto, 2014
M 3 **Hadrianswall,** römische Befestigungsanlage in England, Foto, 2007
M 4 **Triumphbogen in Leptis Magna (Libyen),** Foto, 2018
M 5 **„Quintus geht nach Rom",** Jugendbuch von 2012 (26. Auflage)
M 6 **Colosseum in Rom,** Foto, 2012

Das Imperium Romanum – das Römische Reich in der Geschichte

Welche Bedeutung hat die Zeit der Römer für uns heute?

Das Römische Reich, lateinisch „Imperium Romanum“, war ein Weltreich. Mehr als 1000 Jahre beherrschte es den Raum rund um das Mittelmeer, und die aus dem Zerfall des Imperiums entstehenden Teilreiche konnten sich noch einmal für eine fast ebenso lange Zeit behaupten.

Obwohl seit dem Ende des Römischen Reiches schon so viel Zeit vergangen ist, erinnert auch heute noch vieles an die Welt der Römer: An materiellen Hinterlassenschaften sind vor allem die baulichen Überreste zu nennen, und zwar sowohl in Rom selbst als auch in den ehemals römischen Gebieten. Zum reichen architektonischen Erbe des Imperium Romanum gehören das Colosseum, das Forum Romanum oder das Pantheon in Rom ebenso wie die Überreste zahlloser antiker Theater, Bäder und Villen auf dem ehemaligen Territorium des Weltreiches. Selbst der Limes als Grenzanlage ist vielerorts noch zu erkennen.

Das Erbe der Römer ist jedoch noch weit vielfältiger. Aus der Sprache der Römer, dem Lateinischen, haben sich viele europäische Sprachen entwickelt, z. B. das Italienische, das Spanische und das Französische. Sprachen dieser Herkunft werden romanische Sprachen genannt. Doch auch in anderen Sprachen, beispielsweise im Deutschen, gibt es viele Wörter, die aus dem Lateinischen entlehnt sind, so wurde beispielsweise aus „murus“ Mauer, aus „pater“ Vater und aus „oleum“ Öl.

Auch Teile des politischen Systems der Römer, besonders aus den Zeiten der Republik, wurden in vielen spätere Gesellschaften wieder aufgegriffen. Schließlich wirkten die römische Dichtung und das römische Rechtssystem über die Jahrhunderte hinweg bis in unsere Gegenwart hinein.

Das Römische Reich – Ein Überblick

Rom entwickelte sich aus einer kleinen Siedlung zu einem großen Weltreich. Wie die Stadt entstand, lässt sich jedoch nicht mit letzter Gewissheit sagen. Das oft erwähnte Gründungsjahr 753 v. Chr. ist sicher nicht wörtlich zu nehmen, auch wenn viele Schülergenerationen den Merkspruch „7-5-3 – Rom schlüpft aus dem Ei“ auswendig lernen mussten. Gewiss ist aber, dass ursprünglich Könige über Rom geherrscht haben. Nach ihnen bestimmten die reichen und mächtigen Familien die Politik, wobei sich die normalen Bürger zunehmend Mitspracherechte

1000 v. Chr. | 850 | 700 | 550 | 400 | 250 | 100 v. Chr. | 50 n. Chr. | 200 | 350 | 500 n. Chr.

753 v. Chr.
mythische Gründung Roms

1. Jahrhundert v. Chr.
Übergang von der Republik zur Monarchie

um 500 n. C
Untergang d
Weströmisch
Reiches

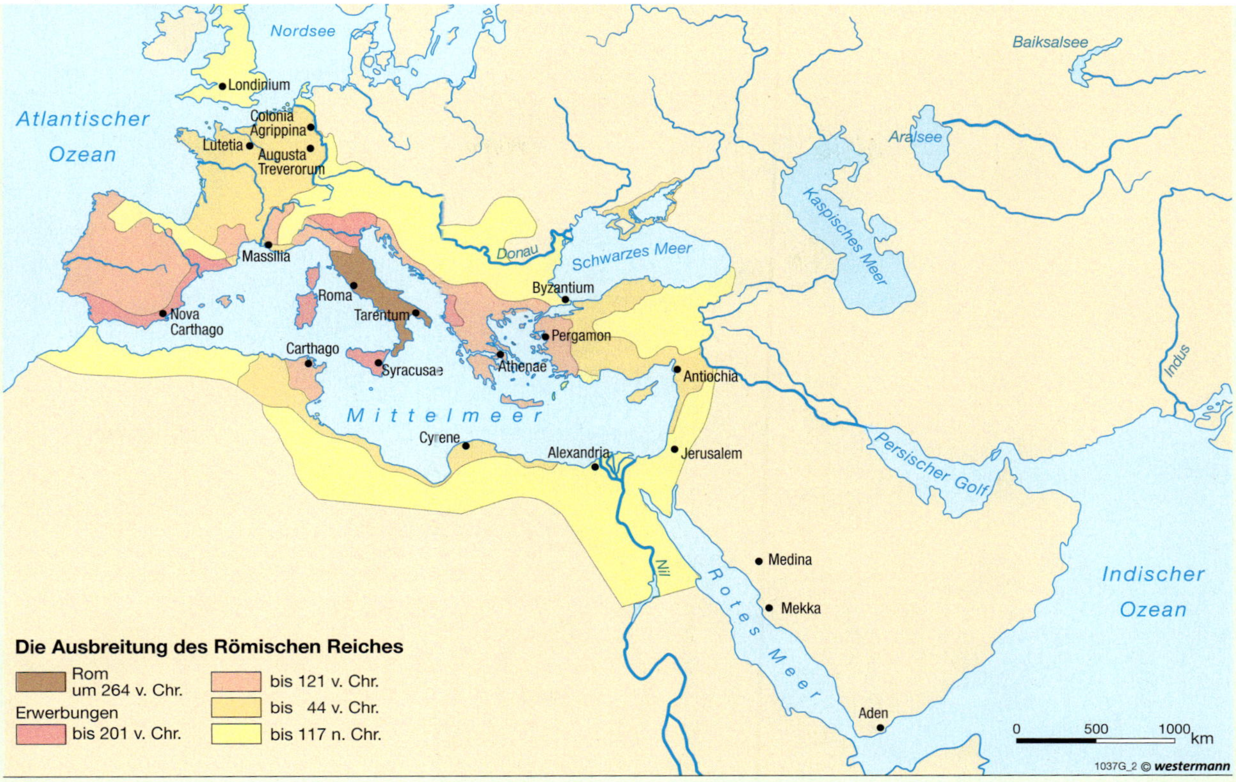

M 1 **Die Ausbreitung des Römischen Reiches**

erkämpften. Gewählte Amtsträger setzten die getroffenen Entscheidungen dann um. Diese Zeit wird auch als Zeit der Republik bezeichnet – Republik leitet sich vom lateinischen „res publica“ her, was „öffentliche Angelegenheit“ bedeutet. Später gelang es Einzelnen, die Macht zu übernehmen und alleine zu herrschen. Diese letzten Jahrhunderte werden als Kaiserzeit bezeichnet.

Nachdem – trotz der offiziellen römischen Götter – in den zahlreichen Provinzen des Römischen Reiches viele Religionen nebeneinander existierten, konnte sich in der Kaiserzeit das Christentum als für alle gültige Staatsreligion durchsetzen. Eine besondere Rolle spielte das Verhältnis zwischen Römern und Juden.

Schließlich häuften sich im römischen Weltreich vielfältige Probleme und es kam zu einer Reichsteilung. Die westliche Hälfte wurde um 500 n. Chr. von Völkern aus dem Norden erobert; der andere, östliche Teil konnte noch knapp 1000 Jahre überdauern, bevor auch er im Jahr 1453 unterging.

Was kannst du in diesem Kapitel lernen?

- Du skizzierst die Entwicklung des Römischen Weltreiches von seinen Anfängen bis zu seiner weitesten Ausdehnung.
- Du setzt dich mit dem Untergang der römischen Republik und dem Aufstieg Augustus auseinander.
- Du kannst wichtige Bereiche des römischen Alltags und der Gesellschaft (Familie und Wohnen) sowie des römischen Wirtschaftslebens erläutern.
- Du beschreibst friedliche und kriegerische Formen der Begegnung zwischen Römern und Germanen (Handel am Limes, Varusschlacht).
- Du erläuterst religiöse Vorstellungen der Römer, die Christenverfolgung und die Anerkennung des Christentums als Staatsreligion.
- Du beschreibst die Auswirkungen und das Fortleben der römischen Kultur in den römischen Provinzen und in unserer Gegenwart.

M 1 Das frühe Rom
Rekonstruktion eines frühgeschichtlichen Dorfes auf dem Palatin nach archäologischen Funden

Digital+
WES-115948-501
Film über die Sage, wie Rom entstanden ist

Die Gründung Roms

„7-5-3 – Rom schlüpft aus dem Ei“ – mit diesem Spruch haben sich viele Generationen von Schülerinnen und Schülern das Gründungsdatum Roms gemerkt. Doch stimmt das Datum überhaupt? Und was weiß man über die Entstehung Roms?

Aufgaben

1. Die Gründung Roms – Die Gründungssage

a) Fasse die Ausführungen von Titus Livius (M2) zur Gründungsgeschichte zusammen und vergleiche sie mit dem Schulbuchtext (Abschnitt zur Gründungssage auf Seite 124).

b) Erkläre den Begriff „Mythos“.

c) Zeige auf, dass die Gründungssage ein Mythos ist.

d) Beurteile die Bedeutung dieser Erzählung für die Römer.

→ M1, M2, Text auf Seite 124

2. Die Gründung Roms – Geschichtsschreibung

a) Fasse mit eigenen Worten die Darstellung der Gründungsgeschichte des Historikers Martin Jehne zusammen (M3).

b) Arbeite aus dem Text die Aussagen heraus, auf die der Historiker seine Aussagen stützt.

c) Erschließe aus der Rekonstruktion M1 die Merkmale der frühen Siedlung.

→ M1, M3

3. Die Gründung Roms – Mythos und Geschichtsschreibung im Vergleich

Vergleiche die Gründungssage mit den heutigen Erkenntnissen in Bezug auf folgende Aspekte: Autor, zentrale Informationen, Herkunft der Informationen, Zweck/Bedeutung. Erstelle dazu eine Tabelle. Verwende dafür deine in den Aufgaben 1 und 2 erzielten Ergebnisse.

→ M1–M3

Die Gründung Roms – Mythos und Geschichtsschreibung im Vergleich

M 2 Ein römischer Bericht

Titus Livius (59 v. Chr. – 17 n. Chr.) verfasste eine römische Geschichte, die von der Gründung der Stadt 753 v. Chr. bis in seine Gegenwart reichte. Sein Werk wurde vom Publikum sehr geschätzt. Er stützte sich bei seiner Arbeit im Wesentlichen auf literarische Vorlagen. Über die Gründung Roms schrieb er:

Da stieg in ihnen [Romulus und Remus] der Wunsch auf, in diesen Gegenden, wo sie ausgesetzt, wo sie erzogen waren, eine Stadt zu bauen.[...]

Sie waren Zwillinge: Achtung für Erstgeburt konnte für keinen den Ausschlag geben. Um also die Gottheiten selbst, in deren Schutze die Gegend stand, durch ihren Vogelflug[1] entscheiden zu lassen, wer die neue Stadt nach sich benennen, und, wenn sie dastände, beherrschen sollte, bezogen sie, zur Beobachtung der Vögel, jeder eine Schauhöhe[2], Romulus auf dem Palatium, Remus auf dem Aventinum. Remus, heißt es, war der erste, dem die glückbringenden Vögel kamen; sechs Geier. Als aber, nach eben angelangter Meldung, dem Romulus doppelt so viele erschienen, so wurde jeder von seinem Haufen zum Könige erklärt. Jene eigneten sich diese Besetzung des Throns nach dem Vorrechte zu, das ihnen die Zeit gab; diese, nach der Anzahl der Vögel. Zankend [= im Streit] wurden sie handgemein [= sie kämpften]; durch den Wetteifer erbittert, schritten sie zu blutigen Taten: Remus, im Gewühle, wurde tödlich getroffen und sank. Die gemeine Sage ist die: Seinem Bruder zum Spotte sei Remus über die angefangene Mauer gesprungen. Der erzürnte Romulus habe ihn erschlagen und diesen Fluch ihm nachgerufen: „So fahre jeder [So geschehe jedem], der nach dir über meine Mauer setzt!"

So ward Romulus alleiniger Herrscher, und die erbaute Stadt nach ihrem Erbauer genannt.

1 Vogelflug: Die Römer glaubten, dass man den Willen der Götter daran erkennen kann, wie die Vögel fliegen.
2 Schauhöhe: Stelle zur Beobachtung des Vogelfluges.

Hans Jürgen Hillen (Hg./Übers.), Titus Livius: Römische Geschichte I–III. (lat./dt.), Darmstadt: Wissenschaftliche Buchgesellschaft (2. Aufl.) 1982, S. 23 (1,6,3–1,7,3).

M 3 Darstellung der Geschichtsschreibung

Der Historiker Martin Jehne fasst den Wissensstand zur Gründung Roms zusammen (2006):

Die ersten menschlichen Spuren auf dem Territorium, das später Rom wurde, lassen sich für das 10. Jh. v. Chr. nachweisen.

[...]

Für das spätere 7. Jh. wurde archäologisch die Bebauung des Forumbereichs – des Zentrums von Rom – festgestellt, was man als Indiz [= Hinweis] dafür werten kann, dass damals die Einzelsiedlungen auf den Hügeln Roms zusammengewachsen waren. Da das Talgelände sumpfig war und der Entwässerung und Anhebung bedurfte, ehe man es nutzen konnte, spricht viel dafür, dass für diesen Schritt schon erhebliche Gemeinschaftsleistungen nötig waren, die auf Kooperation [= Zusammenarbeit] der Gesamtbevölkerung und damit auf die Entstehung einer gemeinsamen gesellschaftlichen Struktur hindeuten.

[...]

Der eigenen Tradition nach wurde Rom 753 v. Chr. von Romulus gegründet, der – in der Legende – naheliegenderweise auch der erste König wurde. Dieses Datum wurde im 1. Jh. v. Chr. errechnet und setzte sich gegen leicht abweichende Alternativdatierungen durch. Selbstverständlich ist auf diese exakte Jahresangabe nicht viel zu geben, und so streitet sich die Forschung auch nur darüber, ob der Datierungsansatz wenigstens ungefähr richtig ist. Die Einschätzung hängt wesentlich davon ab, was man denn als Stadtgründung ansieht. Die Besiedlung der Forumsregion (unter Entfernung der alten Gräber) und die daran erkennbare Zusammenführung verschiedener Hügelsiedlungen liefern ein wichtiges Indiz, das eher ins 7. als ins 8. Jh. zu deuten scheint.

Martin Jehne, Die römische Republik. Von der Gründung bis Caesar, München: C. H. Beck 2006, S. 8 f.

Info

Mythos

(griechisch: „Rede, Erzählung, Sage"): Gegenbegriff zu „Logos" (logisch begründete, auf Tatsachen beruhende Rede). Der Mythos ist die ursprüngliche Form der mündlichen Wissensweitergabe in menschlichen Kulturen, die oft mit religiösen Ritualen und Handlungen verbunden war.

Info

Ein Mythos bietet Welterklärung und Orientierung auf vorwissenschaftlicher Stufe. In inhaltlicher Hinsicht handelt es sich um archaische, also sehr alte Erzählungen von Göttern, der Entstehung der Welt, Gründungen und großen Taten, die sich meist den Anschein historischer Berichte geben.

M 4 **Die kapitolinische Wölfin**

Bronzeplastik von etwa 500 v. Chr., die Zwillinge wurden erst 1471 n. Chr. hinzugefügt.

Info

Etrusker

Die Etrusker siedelten seit dem 9. Jh. v. Chr. in dem Gebiet zwischen dem Arno und dem Tiber in Mittelitalien. Sie besaßen eine reiche, hochstehende Kultur und herrschten bis zum Ende des 6. Jh. v. Chr. auch über Rom. Nach der Eroberung durch die Römer im 4. und 3. Jh. v. Chr. ging die Kultur der Etrusker langsam in der römischen Kultur auf.

M 5 **Römische Silbermünze**

269–266 v. Chr.

Die Anfänge Roms

Viele Jahrhunderte nach der Entstehung Roms meinten die Römer ganz genau zu wissen, wann ihre Stadt gegründet worden war: im Jahr 753 v. Chr., und zwar am 21. April. Allerdings handelt es sich bei diesem Datum um eine Konstruktion; griechische und später auch römische Schriftsteller haben erst begonnen, über die Anfänge und frühe Geschichte der Stadt zu schreiben, als diese schon lange Zeit existierte. Dabei war es den Autoren wichtig, Rom in die großen Heldensagen und Göttergeschichten einzubinden und einen Bezug zur Geschichte vom trojanischen Krieg herzustellen. Die Ursprünge der Stadt sollten als etwas Besonderes erscheinen. Im Laufe der Jahrhunderte wurden die Geschichten rund um die Gründung Roms immer ausführlicher und variantenreicher.

Die Gründungssage

Nach einer sehr beliebten Version der Gründungssage landete Aeneas, ein Flüchtling aus dem zerstörten Troja und Sohn der Göttin Venus, nach einer langen Irrfahrt in Latium. Er hatte sowohl seinen Sohn als auch die Götterbilder aus seiner Heimatstadt gerettet und mit nach Italien gebracht. Generationen später zeugte der Kriegsgott Mars mit einer Königstochter aus der Nachkommenschaft des Aeneas die Zwillinge Romulus und Remus. Da diese Kinder Anspruch auf die Herrschaft hatten, ließ ihr missgünstiger Onkel, der sich den Königsthron angeeignet hatte, sie in einem Weidenkorb im Fluss Tiber aussetzen. Die Kinder überlebten, denn der Korb trieb ans Ufer, wo die Zwillinge von einer Wölfin gesäugt wurden. Schließlich fand sie ein Hirte und zog sie auf. Als junge Männer gründeten Romulus und Remus gemeinsam die Stadt Rom. Dabei kam es jedoch zu einem Streit zwischen den Zwillingen, und Romulus erschlug seinen Bruder.

Wissenschaftliche Erkenntnisse

Zuverlässige Nachrichten über die Gründung Roms kann nur die Archäologie liefern. Vermutlich lag die erste Ansiedlung auf dem Palatin, einem der berühmten sieben Hügel Roms. Hier befand sich der letzte Flussübergang einer wichtigen Handelsstraße vor der Mündung des Tibers ins Meer, und bis hierhin war der Fluss auch schiffbar. Aber auch auf zwei weiteren Hügeln, dem Esquilin und dem Quirinal, konnten Bodenfunde aus der frühen Eisenzeit (10./9. Jh. v. Chr.) geborgen werden. Es wird vermutet, dass die Siedlungen auf den Hügeln keine getrennten Herrschaftsbezirke darstellten, sondern den steilen Kapitolshügel als gemeinsamen religiösen Mittelpunkt nutzten. Zentrum des politischen und gesellschaftlichen Lebens wurde der Markt, das Forum Romanum.

Rom war zunächst nur eine Ansiedlung der Latiner, eines Stammes von Hirten und Bauern, der in dieser Gegend wohnte. Nördlich von den Latinern siedelten die ihnen lange Zeit überlegenen Etrusker, von denen die Römer viele Götter, Sitten und Gebräuche übernahmen. Man vermutet, dass selbst der Name „Rom“ auf den etruskischen Geschlechternamen „ruma“ zurückgeht.

Mythen über die Königszeit

Aus den ersten Jahrhunderten Roms ist kaum etwas Verlässliches überliefert. Die sieben mit Romulus beginnenden Könige, die Dauer ihrer Herrschaft und ihre Taten sind ebenso spätere Erzählungen antiker Autoren wie schon die Gründungssage. Dasselbe gilt auch für die Vertreibung des letzten Königs Tarquinius Superbus im Jahr 509/8 v. Chr. durch Junius Brutus, den die Römer später als Begründer der römischen Republik feierten.

Die Anfänge Roms – Eine Geschichtskarte analysieren

M 6 **Eine Geschichtskarte**

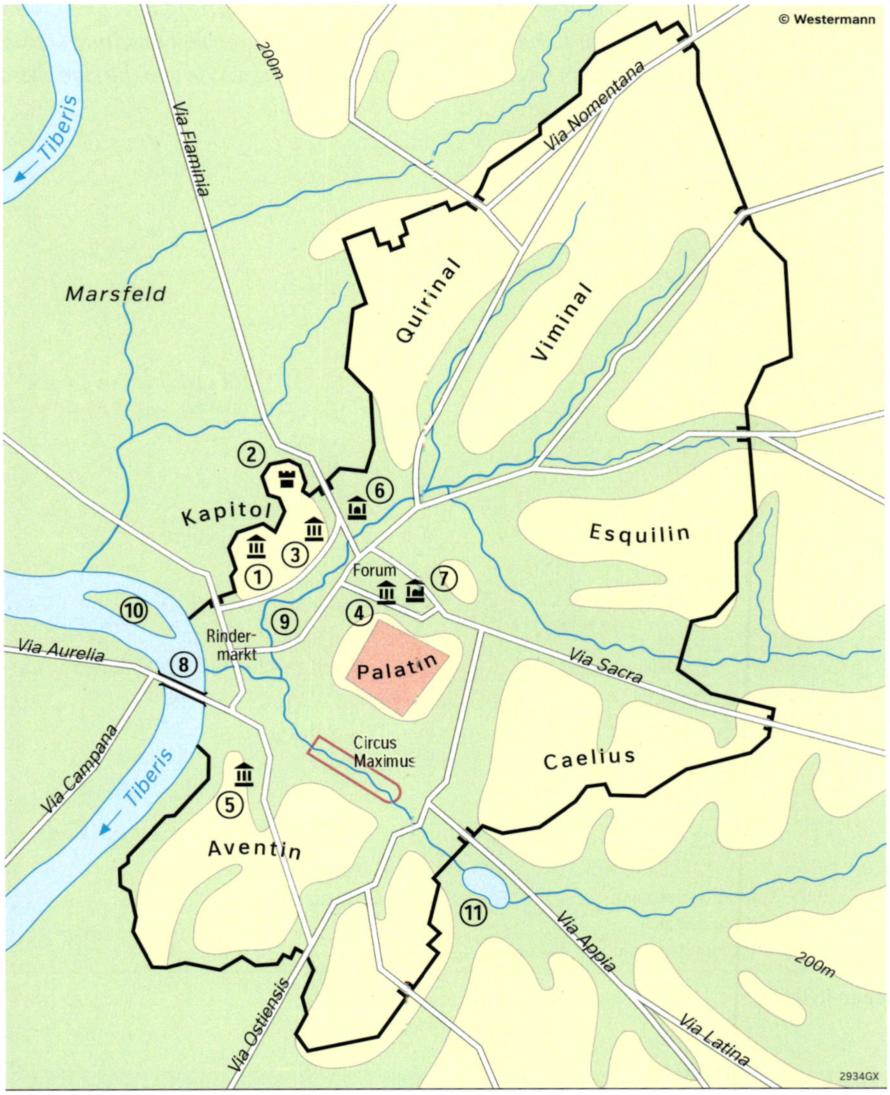

Rom vom 8.–6. Jahrhundert v. Chr.

(1) Jupiter-Tempel
(2) Burg (Arx)
(3) Saturn-Tempel
(4) Vesta-Tempel
(5) Diana-Tempel
(6) Senatsgebäude
(7) Amtsitz des Königs, später des Oberpriesters
(8) Sublicius-Brücke
(9) Ältester Entwässerungskanal (Cloaca Maxima)
(10) Tiberinsel
(11) Teich der Gemeinde
Älteste Siedlung
Stadtmauer des 4. Jh. v. Chr.
0 250 500 m

Aufgaben

1. Die Anfänge Roms – Eine Geschichtskarte analysieren

a) Rom wird auch die „Stadt auf den sieben Hügeln" genannt. Nenne mithilfe der Karte M6 die Namen der Hügel.

b) Nenne anhand der Karte den Ort der frühesten Besiedlung und erkläre die Entstehung der Stadt Rom.

c) Beschreibe die Vorteile der Lage Roms für eine Ansiedlung.

→ M6

Vom Dorf zur Weltmacht

In einem Jahrhunderte andauernden Prozess wuchs das ursprüngliche Dorf Rom zu einer Weltmacht heran, welche die Politik und Kultur ihrer Zeit bestimmte und Spuren hinterlassen hat, die bis in unsere Gegenwart reichen. Wie vollzog sich diese erstaunliche Entwicklung?

M 1 Die Ausbreitung des Römischen Reiches

M 2

	Zeit	Beherrschte Gebiete (Beispiele)	Herrschaftsbereich
	Anfänge Roms	Gebiete in der näheren Umgebung Roms	Stadt Rom
	bis 264 v. Chr.		
	bis 201 v. Chr.		
	bis 121 v. Chr.		
	bis 44 v. Chr.		
	bis 117 n. Chr.		

Aufgaben

1. **Der Aufstieg Roms – Umgang mit einer Geschichtskarte**
   a) Übertrage die Tabelle M2 in dein Heft und vervollständige sie, indem du die Karte M1 auswertest. Berücksichtige dabei auch den Trainingskasten „Eine Geschichtskarte untersuchen“ auf Seite 52.
   b) Erkläre den Begriff „Provinz“.
   M1–M3 und Trainingskasten auf Seite 52

Rom erringt die Vorherrschaft über Italien

Das Anwachsen Roms von einer kleinen Siedlung zur Weltmacht dauerte mehrere Jahrhunderte. Am Anfang beschränkte sich der Machtbereich Roms auf die unmittelbare Umgebung der Stadt. Erst nach langen, schweren Kämpfen mit ihren Nachbarn, in denen sie gelegentlich auch Niederlagen hinnehmen mussten, gelang es den Römern bis 338 v. Chr., Latium zu unterwerfen. Bis zum Jahre 264 v. Chr. eroberten sie dann auch noch die restlichen Gebiete von Mittel- und Süditalien.

Ein Teil der unterworfenen Bevölkerung wurde in den römischen Bürgerverband aufgenommen; mit den meisten besiegten Städten schlossen die Römer aber Bündnisverträge. Auf diese Weise blieben die unterworfenen Städte und Völker zwar formal unabhängig, sie mussten aber auf eine eigene Außenpolitik verzichten und den Römern Truppen stellen. Durch die Eroberungen in Italien und den Ausbau eines militärischen Bündnissystems entwickelte sich Rom im Mittelmeerraum zu einer Großmacht.

M 3 Italien um 480 v. Chr.

Kriege mit Karthago

Seine räumliche Ausdehnung brachte Rom bald in Konflikt mit der Handelsmacht Karthago. In zwei schweren, verlustreichen Kriegen kämpften die Römer mit den Puniern, wie sie die Karthager nannten, um die Vorherrschaft im westlichen Mittelmeer.

Der erste Punische Krieg (264–241 v. Chr.) verlief lange Zeit unentschieden. Die Karthager beherrschten das Meer, die Römer waren zu Land stärker. Erst als die Römer von ihren Feinden die Technik des Schiffbaus übernahmen, wendete sich langsam das Blatt. Nach der Niederlage Karthagos gliederten die Römer die eroberten Gebiete nicht wie in Italien in ihr Bündnissystem ein, sie schufen vielmehr eine neue Herrschaftsform: die Provinz. Die Provinzen mussten hohe Abgaben und Steuern aufbringen. Sie wurden durch Statthalter verwaltet, bei denen es sich um hochrangige Magistrate oder Ex-Magistrate handelte. Die ersten römischen Provinzen waren Sizilien, Sardinien und Korsika.

M 4 **Kriegselefanten**

Hannibal setzte bei seinem Feldzug auch Elefanten ein, Teller aus dem 3. Jahrhundert v. Chr.

Ein Konflikt in Spanien war der Auslöser des zweiten Punischen Krieges (218–201 v. Chr.). Der karthagische Feldherr Hannibal zog mit seinem Heer über die Alpen und griff, für die Römer völlig überraschend, von Norden her in Italien an. Vernichtende Niederlagen, etwa bei Cannae (216 v. Chr.), ließen die Römer das Schlimmste befürchten. Da ihnen die meisten Bundesgenossen jedoch treu blieben, wendete sich langsam das Blatt. Hannibal musste Italien wieder verlassen und wurde 202 v. Chr. bei Zama in Nordafrika besiegt. Rom beherrschte nun unangefochten das westliche Mittelmeer und richtete zwei weitere Provinzen in Spanien ein.

Im dritten Punischen Krieg (149–146 v. Chr.) zerstörten die Römer Karthago schließlich endgültig.

Info

Provinz

Die von Rom erworbenen Gebiete außerhalb Italiens hießen Provinzen. Sie wurden von Statthaltern verwaltet. Die Provinzbewohner galten als Untertanen ohne römisches Bürgerrecht und hatten Steuern und Tribute zu entrichten.

M 5 Ein militärischer Triumph

Der Feldherr Lucius Aemilius Paullus mit drei Gefangenen. In der Mitte erbeutete Waffen und Uniformteile als Symbol für den militärischen Triumph, römische Münze aus dem 2. Jahrhundert v. Chr.

Das römische Weltreich

Noch während des zweiten Punischen Krieges begann der erste Krieg der Römer gegen das mit Hannibal verbündete Makedonien, eines der Nachfolgereiche Alexanders des Großen. Nach mehreren Kriegen (Sieg bei Pydna, 168 v. Chr.) wurde auch Griechenland zur römischen Provinz. In den folgenden Jahrzehnten unterwarfen die Römer dann nach und nach fast alle Gebiete rund ums Mittelmeer, das sie nun als „mare nostrum" („unser Meer") bezeichneten. Das Römische Reich dehnte sich als „Imperium Romanum" immer weiter aus und stieß trotz gelegentlicher Rückschläge bis an die Grenzen der damals bekannten Welt vor.

Unter Caesar wurde ganz Gallien im ersten Jahrhundert v. Chr. zur römischen Provinz. Seine größte Ausdehnung besaß das Römische Reich unter Kaiser Trajan (98–117 n. Chr.), als es sich kurzzeitig von England bis nach Mesopotamien (heute Iran/Irak) erstreckte.

Die Gründe für diesen beispiellosen Aufstieg vom Dorf zur Weltmacht sind vielfältig. So konnte Rom durch seine vielen Bürger und sein Bündnissystem sehr große Heere mobilisieren. Militärische Erfolge waren ein starker Antrieb für die Senatoren, immer wieder neue Kriege zu führen. Auch eine zunehmende Professionalisierung der Kriegsführung (Berufsheer) und die technische Überlegenheit trugen zum Erfolg Roms bei.

M 6 Römisches Kriegsschiff

Relief aus dem 1. Jahrhundert v. Chr.

Römische Legionäre – Archäologen experimentieren

M 7 Das Marschgepäck eines Legionärs

Der Historiker Marcus Junkelmann unternahm in den 1980er-Jahren ein Experiment: Er wanderte mit einer kleinen Gruppe in der Ausstattung römischer Legionäre von Verona nach Augsburg, um die überlieferten Informationen praktisch zu überprüfen. Im Hinblick auf das Marschgepäck kam er dabei zu folgendem Ergebnis:

Die folgenden Zahlen beziehen sich auf das Gewicht der von uns verwendeten Rekonstruktionen:

Leinentunica	0,55 kg
Tuchtunica	1,10 kg
Caligae (Sandale, mit Eisennägeln)	1,30 kg
Kettenhemd	8,30 kg
2 Cingula (metallbeschlagener Gürtel)	1,20 kg
Schwert mit Scheide	2,20 kg
Dolch mit Scheide	1,10 kg
Helm	2,10 kg
Schild ohne Überzug	9,55 kg
Pilum	1,90 kg
	29,40 kg [...]

Zu den cibaria, den Lebensmitteln, kamen noch eine Reihe weiterer Utensilien (vasa) sowie die Reservekleidung, die zusammen mit der Verpflegung die sarcina, das Gepäckbündel, bildeten.

Da war zunächst die metallene Feldflasche, die mit ihrer Wasser/Weinfüllung von 1,3 l 2,55 kg wog, ferner ein kleiner Bronzeeimer (850–1650 g), eine Bronzekasserolle (650 g), eine Ledertasche mit Kleingerät (Löffel, Messer, Hämmerchen, Riemen, Lampe, Persönliches), zusammen etwa 3 kg, und der Mantelsack mit Kapuzenumhang (paenula). Schal, Gamaschen und Reservetunicen (3,9 kg). Dann ist noch die furca, die Tragestange aus Eschenholz von 1,9 kg Gewicht zu nennen, an der die ganze sarcina befestigt wurde. [...]

Damit wäre das Minimum von dem, was ein miles impeditus [Fußsoldat] trug, zu errechnen:

Kleidung, Waffen, Rüstung	29,4 kg
Marschgepäck	18,4 kg
	47,8 kg

Marcus Junkelmann, Die Legionen des Augustus, München: Herbert Utz Verlag 2015, S. 298 ff.

M 8 Ein Legionär
Rekonstruktion

Aufgaben

1. Römische Legionäre

a) Suche die im Text von Marcus Junkelmann (M7) genannten Gegenstände auf der Rekonstruktionszeichnung eines Legionärs.

b) Beschreibe das Experiment des Historikers Marcus Junkelmann.

c) Erläutere die Ziele, die mit derartigen Experimenten verfolgt werden.
⤳ M7, M8

Herrschaft in Rom zur Zeit der Republik

Auch heute noch spricht man in der Politik von „Diktatoren", moderne Staaten unterhalten in anderen Ländern „Konsulate", in den USA und auch in Hamburg, Bremen oder Berlin gibt es einen „Senat" und in den beliebten „Star Wars"-Filmen spielt das „Imperium" eine entscheidende Rolle. Diese Begriffe stammen alle aus dem alten Rom und zeigen auf, dass hier auch im Bereich der Politik wichtige Grundlagen für die heutige Welt geschaffen wurden. Wer lebte und regierte in Rom?

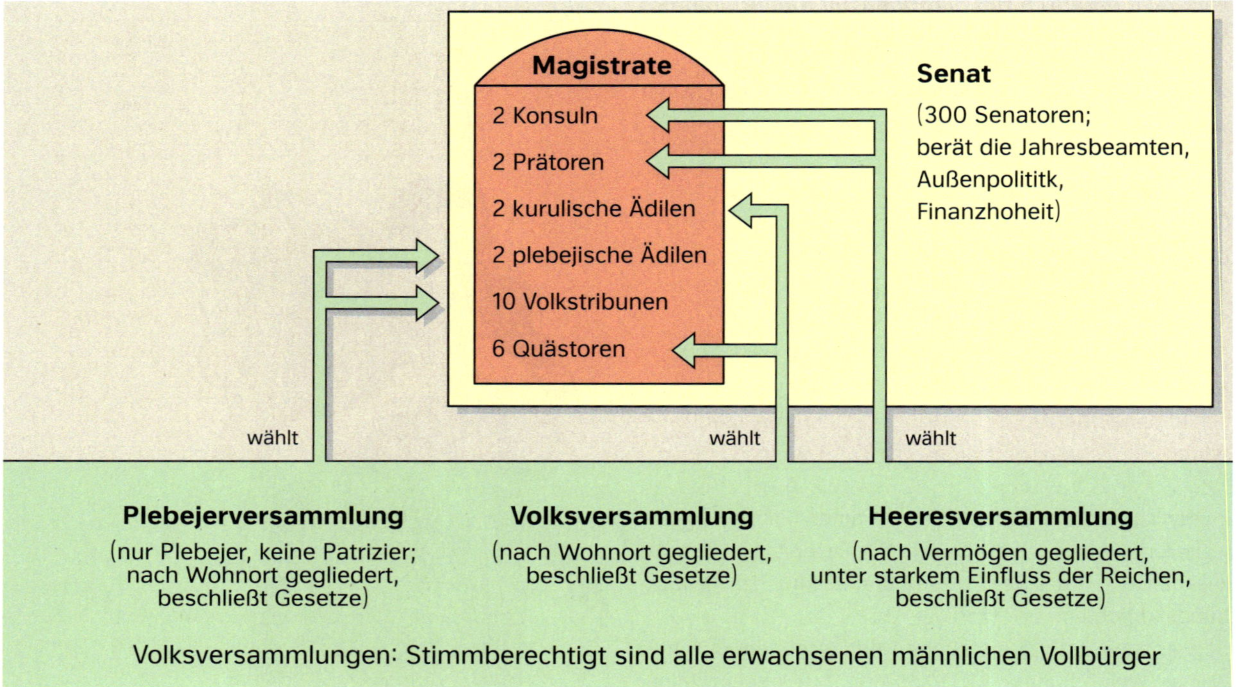

Konsuln:
allgemeine Leitungsfunktion, Heerführung, Einberufung und Leitung der Heeres- und Volksversammlung und des Senats

Prätoren:
Vertretung des Konsuls, Heerführung, Rechtsprechung, Einberufung und Leitung der Heeres- und Volksversammlung und des Senats

kurulische und plebejische Ädilen:
öffentliche Ordnung, Verkehrs- und Marktangelegenheiten, Einberufung und Leitung der Volksversammlung (k. Ä.) bzw. der Plebejerversammlung (p. Ä.)

Volkstribunen:
Vertreter der Plebejer, sollen Plebejer gegen Übergriffe der Patrizier schützen, Verbietungsrecht (Vetorecht) gegenüber allen anderen Magistraten, Einberufung und Leitung der Plebejerversammlung

Quästoren:
Finanzverwaltung

außerdem wurden alle fünf Jahre in der Heeresversammlung **2 Zensoren** für 18 Monate aus dem Kreis der Senatoren gewählt: Festsetzung der Steuern, Kontrolle der Bürger, Ernennung von Senatoren auf Lebenszeit aus dem Kreis der niedrigen Jahresbeamten

und in Notzeiten konnte ein Konsul aus dem Kreis der ehemaligen Konsuln einen **Diktator** für maximal 6 Monate ernennen, der mehr Machtbefugnisse als die Konsuln hatte

M 1 Die Verfassung Roms in der Republik (Stand: um 250 v. Chr.)

Aufgaben

1. Verfassung der römischen Republik – Ein Schaubild

a) Erschließe das Schaubild. Verwende dafür den Trainingskasten „Umgang mit Schaubildern" auf Seite 109.

b) Erkläre die Begriffe „Republik" und „Diktator".

c) Nenne das Organ (Ämter oder Versammlungen) mit der meisten Macht und begründe deine Meinung.

M1–M4, Trainingskasten auf Seite 109, Lexikon

Die Verfassung der römischen Republik

M 2 Konsul mit Amtsdienern

Jeder Konsul wurde von zwölf Liktoren begleitet. Rutenbündel (fasces) und Beile waren Zeichen für die Macht, Strafen zu verhängen, antike Reliefdarstellung aus den Diokletiansthermen in Rom.

M 3 Verfassung der römischen Republik

Der ehemalige Feldherr Polybios (etwa 200 v. Chr. – 130 v. Chr.) gehörte zu den 1000 Geiseln, die 167 nach einem römischen Sieg über Makedonien nach Rom gebracht wurden. Er war beeindruckt von der Entwicklung Roms zu einer Großmacht und schrieb „40 Bücher Geschichte" über die Jahre 264 – 144 v. Chr. Die ersten fünf sind vollständig erhalten. Über die Verfassung der römischen Republik heißt es bei Polybios:

Es gab [...] drei Teile, die im Staat Gewalt hatten. So gerecht und angemessen aber war alles geordnet, waren die Rollen verteilt und wurden in diesem Zusammenhang die staatlichen Aufgaben gelöst, dass auch von den Einheimischen niemand mit Bestimmtheit hätte sagen können, ob die ganze Verfassung aristokratisch, demokratisch oder monarchisch war. Und so musste es jedem Betrachter ergehen. Denn wenn man seinen Blick auf die Machtvollkommenheit der Konsuln richtete, erschien die Staatsform vollkommen monarchisch und königlich, wenn auf die des Senats, wiederum aristokratisch, und wenn man auf die Befugnisse des Volkes sah, schien sie unzweifelhaft demokratisch.

Polybius, Geschichte Bd. 1 (übers. v. Hans Drexler), Zürich/Stuttgart: Artemis 1961, Buch VI Kap. 11ff.

Aufgaben

1. **Verfassung der römischen Republik – Eine Quelle**
   a) Nenne die typischen Kennzeichen der römischen Verfassung, die Polybios aufführt, und beziehe diese auf die entsprechenden Elemente des Schaubildes.
   b) Wähle aus den drei Merkmalen das für dich entscheidende Merkmal aus und begründe deine Meinung.
   → M1, M3

Info

Patrizier und Plebejer

Patrizier (von lat. „patres" = „Väter") hießen die Mitglieder der alten, reichen und mächtigen Adelsfamilien Roms. Als Plebejer (von lat. „plebs" = „(niedriges) Volk") bezeichnete man dagegen in Abgrenzung von den Patriziern die breite Volksmasse, wobei die Bezeichnung oft negativ gemeint war.

Patrizier und Plebejer

Es gab zwei Gruppen römischer Bürger: Patrizier und Plebejer. Nach dem Ende der Königszeit besaßen die Patrizier lange Zeit alleine die politische Macht in der römischen Republik. Bei den Patriziern handelte es sich um Männer aus den reichen alten Adelsfamilien. Die große Mehrheit der Bevölkerung bildeten jedoch die Plebejer, welche den Beschlüssen der Patrizier gehorchen mussten. Zu den Plebejern zählten hauptsächlich Bauern, Handwerker, Tagelöhner und freigelassene Sklaven, aber auch reiche Bürger. In langen Auseinandersetzungen („Ständekämpfe") trotzten die Plebejer den Patriziern nach und nach Teile der politischen Macht ab, vor allem den Zugang zu politischen Ämtern, eine eigene Volksversammlung und eigene politische Vertreter, die sogenannten Volkstribunen.

Magistrate und Senatoren

Da alle politischen Ämter in Rom unbezahlt waren, konnten es sich nur sehr wenige Männer leisten, in die Politik zu gehen. Für die Söhne aus den reichen Familien der Oberschicht war es nahezu selbstverständlich, Politiker zu werden, vor allem, wenn ihre Vorfahren auch schon Politiker gewesen waren. Um Politiker zu werden, musste man zunächst zehn Jahre Wehrdienst leisten. Erst dann konnte man sich für die Wahl in eines der untersten Ämter (Magistraturen) bewerben. Alle Ämter wurden durch Abstimmungen in den Volksversammlungen besetzt. Nach Bekleidung des ersten Amtes wurde man auf Lebenszeit in den Senat aufgenommen. Der Senat bestand aus ca. 300 Senatoren. Er beriet die Magistrate, die normalerweise auch den Empfehlungen des Senats folgten. Die wichtigsten Magistrate waren die beiden Konsuln, welche die höchste Befehlsgewalt in Krieg und Frieden innehatten, das sogenannte „imperium". Diejenigen, die es in den Senat

M 4 Der Senat

Der Senator Cicero beschuldigt Catilina im Senat der Verschwörung (7. November 63 v. Chr.), Fresko von Cesare Maccari, 1888.

geschafft hatten, versuchten, in immer höhere Magistraturen gewählt zu werden, um so noch mehr Einfluss und politische Macht zu erlangen. Die Amtszeit der meisten Magistrate betrug ein Jahr, danach wurden die Amtsträger wieder „normale“ Mitglieder im Senat. Alle, die in Rom ein politisches Amt bekleideten oder bekleidet hatten, gehörten also dem Senat an. Nur Senatoren durften Heere befehligen, zudem bekleideten sie die wichtigsten Priesterämter und waren Anwälte und Geschworene in den Gerichten. Damit besaß der Senat einen überragenden Einfluss in der römischen Republik.

Die Rolle des Volkes

Im alten Rom gab es drei verschiedene Volksversammlungen. Eine davon war die nach Vermögen in 193 Abteilungen untergliederte alte Heeresversammlung. Hier wurden die höchsten Magistrate gewählt und es wurde über Krieg und Frieden entschieden. Die einzelnen Abteilungen der alten Heeresversammlung stimmten dazu getrennt voneinander ab, wobei die Gesamtstimme einer Abteilung jeweils durch Mehrheit entschieden wurde. Innerhalb der 193 Stimmen der alten Heeresversammlung besaß eine kleine Gruppe von Reichen ein Übergewicht, da sie sehr viele Abteilungen stellte, während in der untersten Abteilung viele Tausend besitzlose Bürger waren.

Die beiden anderen Volksversammlungen waren nach dem Wohnort der Bürger in 35 Abteilungen untergliedert, in denen ebenfalls getrennt abgestimmt wurde. In diesen Volksversammlungen wurden die anderen Magistrate gewählt und Gesetze beschlossen.

Allen Volksversammlungen war gemeinsam, dass sie nur von Magistraten einberufen und geleitet werden durften. Diese stellten auch die Anträge, über die die Bürger dann mit „Ja“ oder „Nein“ abstimmen konnten. Rede- oder Antragsrecht besaßen die Bürger nicht.

Schutz vor Machtmissbrauch

Unter den Senatoren herrschte ein heftiger Konkurrenzkampf – jeder bemühte sich, höhere Ämter und mehr Ansehen und Einfluss als die anderen zu erwerben. Ein wichtiges Mittel dazu waren militärische Erfolge, insbesondere dann, wenn diese durch einen Triumphzug gekrönt wurden. Von großer Bedeutung war die Fähigkeit, die Zuhörer im Senat, in den Volksversammlungen oder im Gericht durch Reden zu überzeugen. Schließlich gehörte auch das Ausrichten aufwendiger Spiele zum politischen Geschäft.

Durch verschiedene Maßnahmen sollte verhindert werden, dass ein Einzelner in diesem Konkurrenzkampf zu viel Macht erlangte. So waren alle Magistraturen mindestens doppelt besetzt, wobei jeder Magistrat die Anordnungen seines Amtskollegen widerrufen durfte. Eine besondere Macht besaßen die Volkstribunen, da auch sie mit ihrem Veto (lat. „veto“ = „ich verbiete“) jede Handlung eines Magistraten verbieten konnten.

M 5 Ein Redner in Aktion
Standbild aus dem 1. Jahrhundert v. Chr.

Aufgaben

1. **Die Verfassung der römischen Republik**
Führt eine Diskussion zum Thema: „Wer herrschte tatsächlich in Rom?“ Berücksichtigt dabei folgende Sachverhalte: Umfang der politischen Mitwirkungsmöglichkeiten eines einfachen Bürgers in Rom; Gruppen, die keine Mitwirkungsrechte hatten.
→ Text auf den Seiten 132–133, M1–M5

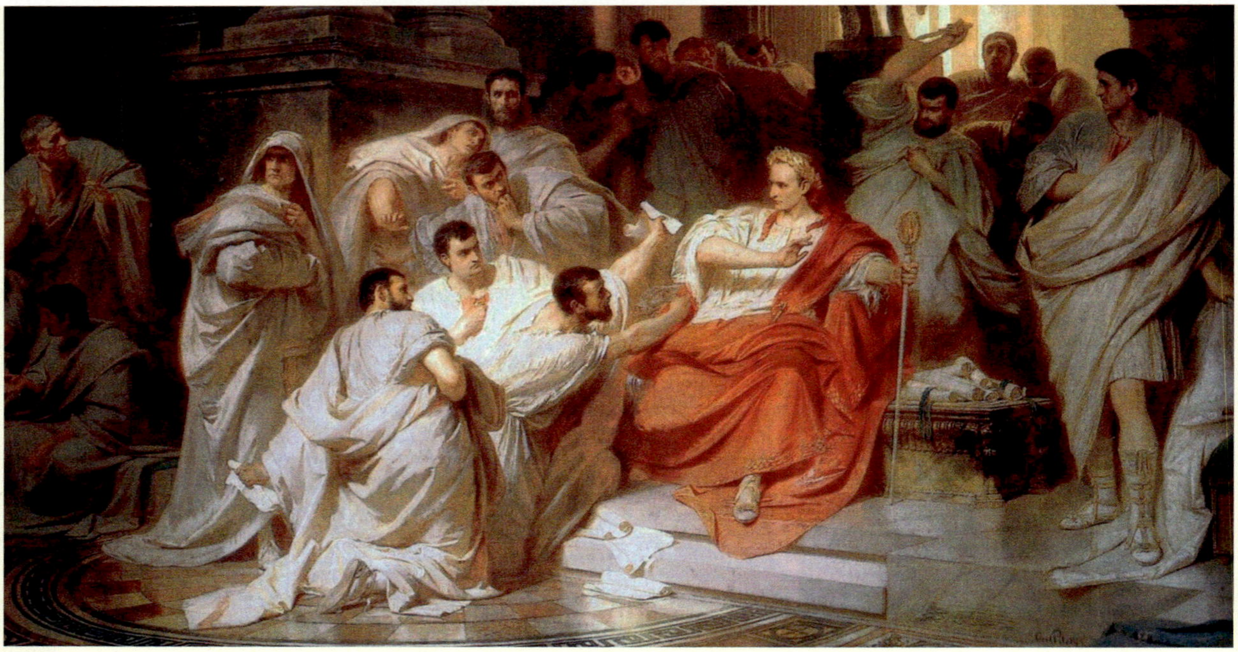

M 1 „Caesars Ermordung“
Gemälde (Ausschnitt) von Karl Theodor von Piloty, 1865. Das Bild spiegelt – wie alle Historiengemälde – nicht die Realität wider, sondern vermittelt die Sichtweise des Künstlers aus dem 19. Jahrhundert. Das Gemälde befindet sich in der Neuen Pinakothek in München.

Die Ermordung Caesars

Am 15. März des Jahres 44 v. Chr. wurde der Politiker und Feldherr Gaius Julius Caesar während einer Sitzung des Senats ermordet. Dieses Ereignis war der Höhepunkt einer Krise, die Rom erschüttert und zu einem Krieg im Inneren, zu einem Bürgerkrieg geführt hatte. Wie war es dazu gekommen?

M 2 Aus einer Biografie

a) Der Grieche Plutarch (45–125 n. Chr.) ist Verfasser zahlreicher biografischer Schriften. In seiner Caesar-Biografie berichtet er über die Ermordung Caesars. Über die Ereignisse vor der Tat schreibt er:

Allein den sichtbarsten Hass, der ihm schließlich auch den Tod brachte, erregte gegen ihn sein Streben nach der Königswürde, welches für das Volk die erste Ursache, für diejenigen aber, die ihm schon lange gram[1] waren, der triftigste [stichhaltigste] Vorwand wurde.

[...] Eines Tages nun, als eben Caesar von Alba in die Stadt zurückkehrte, wagten sie es, ihn laut als König zu begrüßen. Weil aber das Volk darüber in Bestürzung geriet, sagte er unwillig, er heiße nicht König, sondern Caesar, und bei der darauffolgenden tiefen Stille ging er mit finsterem verdrießlichem Gesichte fort.

[...]

Bald darauf wurden ihm im Senat wieder einige übertriebene Ehrenbezeigungen[2] zuerkannt; er saß eben auf der Rednerbühne, als die Consuln und Praetoren in Begleitung des ganzen Senats vor ihm erschienen. [...] Caesar aber stand nicht vor ihnen auf, sondern fertigte sie ab, als wenn er es mit den gemeinsten Bürgern zu tun hätte.

[...]

Caesar saß, um diese Feierlichkeit [gemeint ist das Luperkalienfest, ein römisches Fruchtbarkeitsritual] anzusehen, auf der Rednerbühne auf einem goldenen Stuhle mit dem Triumphkleide geschmückt. Auch nahm Antonius[3] als Consul an dem heiligen Lauf durch die Stadt teil. Als er nun auf den Markt kam und das versammelte Volk vor ihm Platz machte, überreichte er Caesar ein mit einem Lorbeerkranz umwundenes Diadem. Darüber entstand ein schwaches dumpfes Händeklatschen von einigen wenigen dazu bestellten Personen, wie aber Caesar das Diadem ausschlug, klatschte ihm das ganze Volk lauten Beifall zu. Antonius hielt ihm das Diadem noch einmal hin, und da klatschten wieder nur wenige, aber als Caesar es zum zweiten Mal nicht annahm, erfolgte aufs Neue ein allgemeines Händeklatschen. Nach diesem misslungenen Versuche stand Caesar auf und befahl, den Kranz auf das Capitol zu tragen. [...]

1 gram: hier: auf jemanden zornig sein
2 Ehrenbezeigungen: Huldigungen, Auszeichnungen
3 Antonius: Mitkonsul und Gefolgsmann Caesars, Feldherr und Politiker

b) Trotz verschiedener Warnungen begibt sich Caesar im März des Jahres 44 v. Chr. zu einer Sitzung des Senats. Plutarch schreibt über den Tathergang:

Als Caesar hineintrat, stand der Senat ehrerbietig vor ihm auf; die Freunde des Brutus[4] aber stellten sich zum Teil hinter seinen Stuhl, die Übrigen gingen ihm entgegen, als wenn sie das Gesuch des Tullius Cimber, der für seinen verbannten Bruder bat, unterstützen wollten, und folgten ihm immer bittend bis an seinen Stuhl. Caesar setzte sich nun nieder und schlug das Gesuch geradezu ab; da [...] fasste endlich Tullius[5] seine Toga mit beiden Händen und zog sie vom Halse herunter. Dies war das verabredete Zeichen zum Angriff. Casca[5] brachte ihm nur mit dem Dolche die erste Wunde am Halse bei, die aber weder tödlich war, noch tief eindrang, weil er, wie leicht zu denken, im ersten Augenblick einer so kühnen Tat vor Angst zitterte. [...]

Als der Anfang auf solche Weise gemacht war, gerieten diejenigen, welche von dem Vorhaben nichts wussten, so sehr in Schrecken und Bestürzung, dass sie weder zu fliehen noch Caesar beizustehen, ja nicht einmal einen Laut von sich zu geben wagten. Indes zog jeder der Verschworenen einen Dolch hervor, und Caesar, von allen Seiten umringt, begegnete, wohin er sich auch wenden mochte, den nach dem Gesichte und den Augen gerichteten Dolchstößen und wand sich unter den Händen seiner Mörder wie ein gefangenes wildes Tier. Denn es war ausgemacht worden, dass jeder an dem Morde teilnehmen und das Seinige dazu beitragen solle; weswegen ihm auch Brutus noch einen Stich in den Unterleib beibrachte. [...]

4 Brutus: römischer Redner und Politiker, Anhänger der Republik
5 Tullius und Casca: Verschwörer gegen Caesar

c) Über die Ereignisse nach der Tat schreibt Plutarch:

Nach der Ermordung Caesars [...] gingen Brutus und seine Mitverschworenen, so erhitzt wie sie vom Morde noch waren, nicht Fliehenden ähnlich, sondern mit heiterer zuversichtlicher Miene, das bloße Schwert in der Hand, vom Rathause zusammen nach dem Capitol, ermahnten das Volk zur Behauptung der Freiheit. [...] Am nächsten Tag kam Brutus mit seinen Anhängern vom Capitol herab und hielt eine Rede an das Volk. Dieses hörte ihn an, ohne das Geschehene zu missbilligen oder gutzuheißen; es gab vielmehr durch ein tiefes Stillschweigen zu erkennen, dass es Caesar sehr bedauere und vor Brutus großen Respekt hätte.

[...]

Als es sich aber nach Eröffnung von Caesars Testament zeigte, dass jedem Römer ein beträchtliches Geschenk ausgesetzt war, und man den durch Wunden ganz zerfetzten Leichnam über den Markt tragen sah, blieb das Volk nicht länger in seinen Schranken, sondern trug Bänke, Tische und Verschläge vom Markte zusammen, zündete den Haufen an und verbrannte den Leichnam[6] gleich auf der Stelle. Viele ergriffen dann brennende Scheite und liefen damit nach den Häusern der Mörder, um sie anzuzünden; andere zogen durch alle Straßen der Stadt, in der Absicht, sich dieser Männer zu bemächtigen und sie in Stücke zu reißen. Aber sie fanden keinen, denn alle hatten sich in ihren Häusern verbarrikadiert.

6 Verbrennung von Caesars Leichnam: Zur Zeit Caesars war das Verbrennen eines Verstorbenen die übliche Bestattungsform in Rom.

„Caesar", in: Plutarchus, Lebensbeschreibungen Bd. 4 (übers. v. Martin Vosseler), München: Goldmann 1965, S. 399 ff.

M 3

Vor der Tat (M2a)	Tathergang (M2b)	Nach der Tat (M2c)
– ... – ...	– Caesars Eintreffen im Senat – ehrerbietige Haltung der Senatoren – ...	– ... – ...

Aufgaben

1. **Die Ermordung Caesars – Ein Schaubild zu einer Textquelle erstellen**
   a) Lies den Text von Plutarch (M2) aufmerksam. Übertrage dann die Tabelle M3 in dein Heft.
   b) Teilt die Klasse in drei Gruppen. Jede Gruppe füllt eine der drei Spalten der Tabelle aus.
   c) Vervollständigt eure Tabellen mit den Ergebnissen der anderen.
   d) Erläutert anhand eurer Schaubilder mögliche Gründe für die Ermordung Caesars.
   e) Diskutiert die Vorteile und die Nachteile der grafischen Darstellung.

→ M2, M3

M 4 **Gnaeus Pompeius (106–48 v. Chr.)**
Zeitgenössische römische Büste

Die römische Republik gerät in eine Krise

Der Aufstieg Roms zur Weltmacht brachte große Veränderungen mit sich. Vor allem die reichen Römer profitierten von dem wachsenden Handel und von den Gütern, Sklaven und Kunstschätzen, die aus den Provinzen nach Italien und insbesondere nach Rom strömten. Bei der bäuerlichen Bevölkerung nahm dagegen die Verarmung aus unterschiedlichen Gründen stark zu. Viele zogen vom Land nach Rom und bildeten dort eine wachsende Schicht besitzloser römischer Bürger, das sogenannte Proletariat (von lat. „proles“ – „Nachkommen“, weil diese Menschen außer ihren Kindern nichts besaßen).

Angesichts dieser Veränderungen entstanden innerhalb des Senats zwei Gruppierungen, die einen erbitterten Machtkampf führten: Die „Popularen“ (von lat. „populus“ = „Volk“) nutzten vor allem das Volkstribunat, um mit Forderungen nach Landverteilungen und staatlich subventioniertem Getreide für die Proletarier auch gegen die Mehrheit im Senat Politik zu machen. Die „Optimaten“ (von lat. „optimus“ = „zu den Besten gehörig“) wollten dagegen die führende Stellung des Senats erhalten.

Veränderungen in der politischen Kultur

Unter den Senatoren nahm die Konkurrenz um die Magistraturen stark zu. Mit Bestechungen und der Ausrichtung von prächtigen Spielen versuchten sie, ihre Wahl zum Prätor oder Konsul zu sichern. Danach winkte eine Statthalterschaft in einer Provinz, durch deren Ausplünderung man die aufgehäuften Schulden wieder loswerden konnte. Häufig wurde Gewalt gegen die politischen Gegner eingesetzt, die bis zur Ermordung missliebiger Konkurrenten gehen konnte. Sogar die Religion wurde für politische Zwecke missbraucht, indem zum Beispiel negative Vorzeichen der Götter behauptet wurden, um Volksversammlungen der politischen Gegner zu verhindern. Insgesamt nahm der Wille zum Kompromiss und zu einvernehmlichen Lösungen deutlich ab.

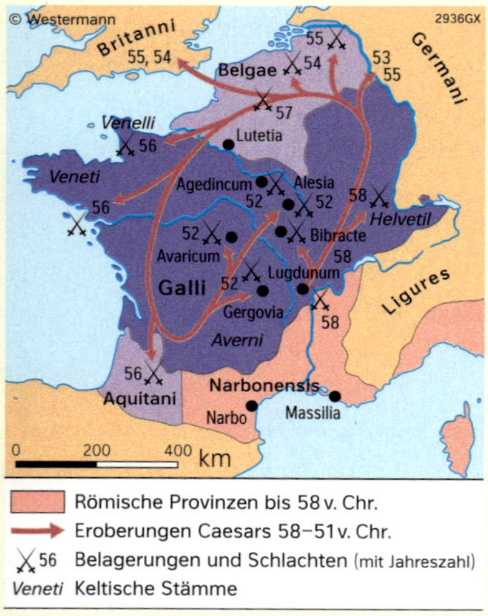

M 5 **Die Eroberung Galliens**

Die neue Rolle des Heeres

Im ersten Jahrhundert v. Chr. sah sich Rom zunehmend mit militärischen Problemen konfrontiert, die ein mehrjähriges Kommando mit größeren Heeren als bisher üblich erforderten. Während dieser langen Feldzüge entstand ein enges Band zwischen den Legionären und ihren senatorischen Feldherren. Nach dem Ende eines Krieges war es dann Aufgabe des Feldherrn, im Senat Landverteilungen zugunsten seiner Soldaten durchzusetzen, um diese als „Veteranen“ zu versorgen. Solche Landverteilungen banden die dafür dankbaren Veteranen aber noch enger an ihren ehemaligen Feldherren, den sie fortan politisch unterstützten, zum Teil auch mit dem Einsatz von Gewalt. Auf diese Weise gewannen einzelne Senatoren eine Macht, die die relative Gleichheit aller Senatoren und das politische System der römischen Republik insgesamt bedrohte.

Digital+
WES-115948-502
Erklärvideo zu Julius Caesar

Der Aufstieg Caesars

Das bekannteste Beispiel für einen solchen Senator ist Gaius Julius Caesar. Caesar hatte zunächst mit dem erfolgreichen Feldherren Pompeius und dem immens reichen Crassus ein privates Bündnis geschlossen (das sogenannte erste Triumvirat). Gestützt auf die Veteranen des Pompeius und das Geld des Crassus wurde Caesar im Jahre 59 v. Chr. Konsul. In dieser Position setzte er seine Interessen und die Interessen seiner Partner gegen den erbitterten Widerstand aller Gegner durch.

Für die Zeit nach seinem Konsulat sicherte Caesar sich die Statthalterschaft über die beiden gallischen Provinzen, um einer gerichtlichen Verfolgung durch seine Gegner zu entgehen und sich eine neue Machtbasis aufzubauen. In den darauf folgenden zehn Jahren unterwarf er ganz Gallien, überschritt als Erster mit einem Heer den Rhein und setzte sogar nach Britannien über.

Caesar wird Alleinherrscher – und wird ermordet

Der Senat fürchtete die starke Position Caesars und forderte ihn auf, sein Heer aufzulösen. Caesar wollte die einmal gewonnene Macht jedoch nicht mehr aus den Händen geben. Daher überschritt er mit seinem ihm treu ergebenen Heer im Jahre 49 v. Chr. den Fluss Rubicon, der die Grenze zwischen seiner Provinz und dem römischen Kernland bildete. Dies kam einer Kriegserklärung gleich. Jetzt standen sich Caesars Legionen und die Truppen des Senats, die von Caesars einstigem Verbündeten Pompeius geführt wurden, als Gegner gegenüber. Es folgten mehrere Schlachten, aus denen Caesar als Sieger hervorging, wodurch er de facto zum Alleinherrscher wurde.

Caesars formale Machtbasis war seit 49 v. Chr. das für Notzeiten vorgesehene Amt des Diktators, das er mehrfach hintereinander bekleidete, bis er sich 44 v. Chr. zum Diktator auf Lebenszeit ernennen ließ. Kurz danach nahm seine Karriere jedoch ein plötzliches Ende: Seine Gegner warfen ihm vor, er habe die politische Ordnung der römischen Republik zerstört und strebe nach der Königsherrschaft. Über 30 Senatoren bildeten eine Verschwörung und ermordeten ihn während einer Senatssitzung am 15. März („Iden des März“) 44 v. Chr.

M 6 Gaius Julius Caesar (100–44 v. Chr.)

Römische Büste

M 7 Münze der Caesarmörder

Im Osten 43/42 v. Chr. geprägte Münze des Caesarmörders D. Junius Brutus. Auf der Vorderseite der bärtige Kopf des Brutus (Brutus hatte sich als Zeichen der Trauer über den Untergang der Republik einen Bart wachsen lassen) sowie die Aufschrift Brut(us) imp(erator) und L. Plaet(orius) Cest(ianus) (Cestianus war mit für die Prägung verantwortlich).

Auf der Rückseite die Filzkappe, die ein Sklave bei seiner Freilassung trug, zwischen zwei Dolchen, darunter Eid(ibus) Mar(tiis) (an den „Iden des März“).

Aufgaben

1. Die Bedeutung des römischen Heeres

a) Die Beziehung zwischen einem römischen Feldherrn wie zum Beispiel Julius Caesar und seinen Legionen war sehr eng. Erkläre die Gründe dafür, dass beide voneinander abhängig waren.

b) Erläutere die Folgen, die sich daraus für die Machtkämpfe in Rom ergaben.

→ Text auf den Seiten 136–137

2. Die Ermordung Caesars in Text und Bild

a) Zeige auf, dass der Text von Plutarch (M2) eine Quelle und das Bild von Karl Theodor von Piloty (M1) eine Darstellung ist.

b) Vergleiche die Beschreibung der Ermordung Caesars bei Plutarch mit der Darstellung auf dem Historiengemälde von Piloty.

→ M1, M2

Digital+
WES-115948-503
Podcast über Augustus

Das Zeitalter des Augustus

Nach Jahrzehnten blutiger Bürgerkriege kehrte im Zeitalter des Augustus in Rom wieder Frieden ein. Die neue Epoche wurde vielfach sogar als „goldenes Zeitalter" bezeichnet, wovon auch die prachtvolle Statue des Augustus Zeugnis zu geben scheint. Wie gelang es Augustus, die inneren Gegensätze zu überwinden?

M 1 Augustus

Marmorkopie nach einem Bronzeoriginal, entstanden nach 20 v. Chr.

Die zwei Meter hohe Statue des Augustus wurde in der Villa seiner Frau Livia bei Prima Porta gefunden. Sie zeigt Augustus in der Pose des Siegers. Ein besonderes Merkmal sind die nackten Füße, da Nacktheit ein Symbol der Göttlichkeit war.

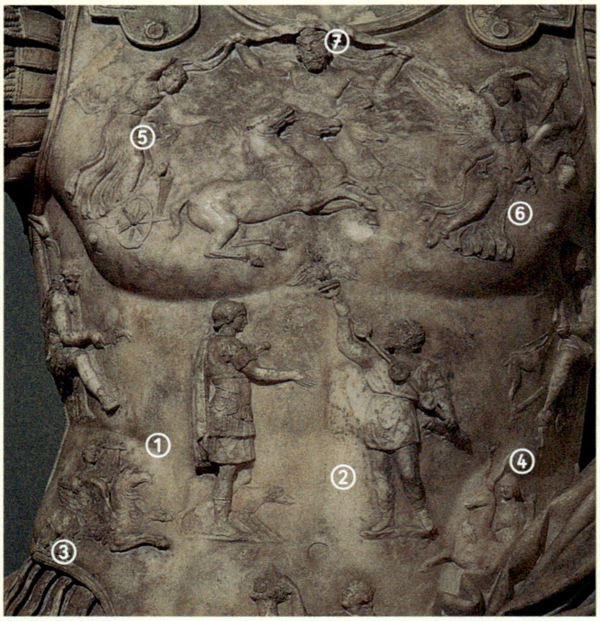

M 2 Brustpanzer des Augustus

Auschnitt aus der Statue von Prima Porta, die nach einem Erfolg über die Parther entstand:

1. Römischer Feldherr
2. König der Parther (König über ein asiatisches Volk). Im Jahre 53 v. Chr. kämpften die Römer gegen die Parther, wobei sie ihre Feldzeichen verloren. Dies wurde als große Schande angesehen. Augustus wertete es als großen Erfolg, dass 20 v. Chr. die Feldzeichen ohne Kampf zurückgegeben wurden.
3. Der Gott Apoll und
4. die Göttin Diana. Augustus bat sie um Hilfe in den Kriegen gegen seine Rivalen.
5. Der Sonnengott Sol mit seinem Viergespann und
6. die Göttin der Morgenröte, Aurora, zeigen an, dass ein neues Zeitalter naht.
7. Der Himmelsgott Saturn

Der Weg zur Macht

Nach der Ermordung Caesars kam es zwischen den Anhängern der Attentäter und den Anhängern Caesars zu heftigen Auseinandersetzungen. Gaius Octavius, auch Octavian genannt, war ein Großneffe Caesars, welcher ihn, einem verbreiteten römischen Brauch folgend, adoptiert hatte. Octavian schloss mit Marcus Antonius sowie dem politisch wenig einflussreichen Lepidus ein Bündnis, das sogenannte zweite Triumvirat. Gemeinsam besiegten sie die Mörder Caesars und verfolgten deren Anhänger mit größter Härte. Allerdings brach bald auch ein Machtkampf zwischen Octavian und Marcus Antonius aus. Als Antonius in der Seeschlacht bei Actium an der Westküste Griechenlands im Jahr 31 v. Chr. besiegt wurde, beging er gemeinsam mit der ägyptischen Königin Kleopatra Selbstmord und Ägypten wurde zur römischen Provinz.

Octavian beendet den Bürgerkrieg

Octavian hatte aus dem Schicksal seines Adoptivvaters Caesar, der einem Attentat zum Opfer gefallen war, gelernt. Im Jahr 27 v. Chr. legte er die außerordentlichen Vollmachten, die ihm erteilt worden waren, wieder ab und stellte so der Form nach die Republik wieder her. Die Zeit der Bürgerkriege war damit zu Ende und Octavian wurde mit dem Ehrentitel „Augustus" ausgezeichnet. Sein voller Titel „Imperator Caesar divi filius Augustus" („Oberbefehlshaber, Caesar, Sohn des Gottes, der Erhabene") zeigt, dass er auch nach Niederlegung der diktatorischen Vollmachten weit über allen Bürgern stand. Octavian selbst bezeichnete sich als „Princeps", was so viel bedeutet wie „erster Bürger". Daraus leitet sich der Begriff „Prinzipat" ab, der die von Augustus eingeführte Form der Herrschaftsausübung bezeichnet.

Die Sicherung der Macht

Augustus versuchte, den Schein der alten Ordnung zu wahren: Die Ämterlaufbahn bestand weiter fort und auch der Senat blieb als beratendes Organ erhalten. Viele der bedeutenden alten Senatoren waren allerdings den Verfolgungen zum Opfer gefallen und Anhänger des Octavian hatten ihre Plätze im Senat eingenommen.

Augustus ließ von Volk und Senat die Befugnisse der wichtigsten Staatsämter – aber nicht die Ämter selbst – auf seine Person übertragen. Diese Machtfülle in den Händen eines Einzelnen führte dazu, dass der Senat, die Magistrate und das Volk an politischer Bedeutung verloren. Obwohl es Augustus gelang, den Anschein der Wiederherstellung der alten Ordnung zu wahren, markiert seine Herrschaft tatsächlich jedoch die Endphase des Überganges von der Republik zur Kaiserzeit.

M 3 Augustus von der Via Labicana

Augustus als Priester mit über den Kopf gezogener Toga, gefunden in Rom, Via Labicana, Marmor, Höhe 217 cm, um 30/20 v. Chr.

Aufgaben

1. **Die Augustus-Statue von Prima Porta**
   a) Erläutere die einzelnen Elemente der Statue.
   b) Erkläre die Wirkung, die Augustus mit der Statue erzielen wollte.
   → M1 – M2

2. **Die Herrschaft des Augustus**
   Erkläre den Begriff „Prinzipat". Ziehe dazu den Text heran (Abschnitte „Octavian beendet den Bürgerkrieg" und „Die Sicherung der Macht").
   → Text auf Seite 139

Das Zeitalter des Augustus – Verfassungsschaubilder vergleichen

M 4 Die Verfassung Roms in der Republik (Stand: um 250 v. Chr.)

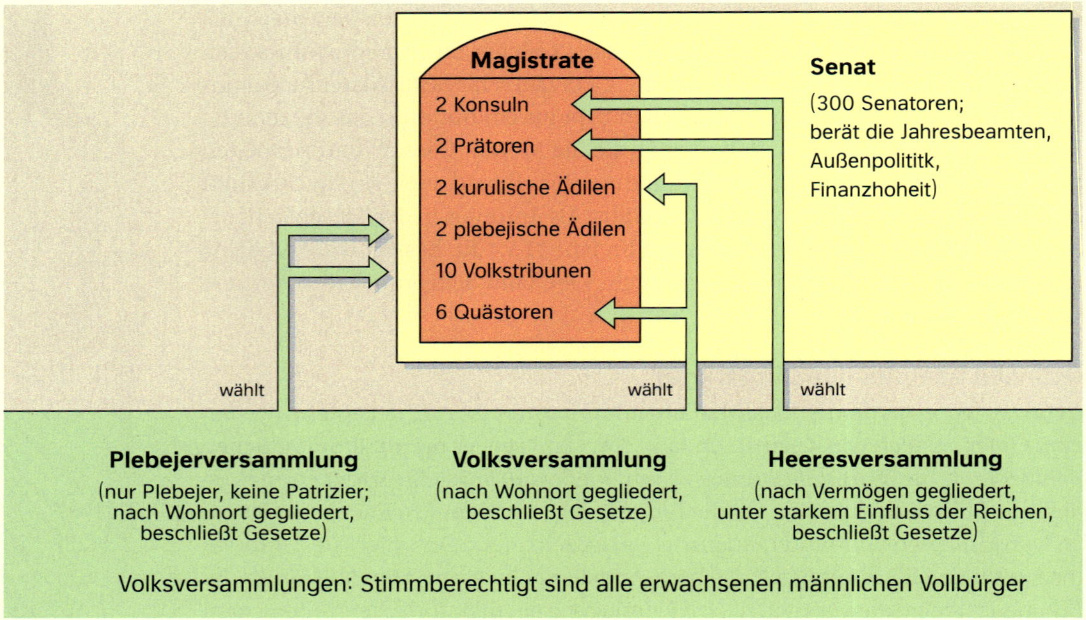

M 5 Verfassung unter Augustus (Stand: um 20 v. Chr.)

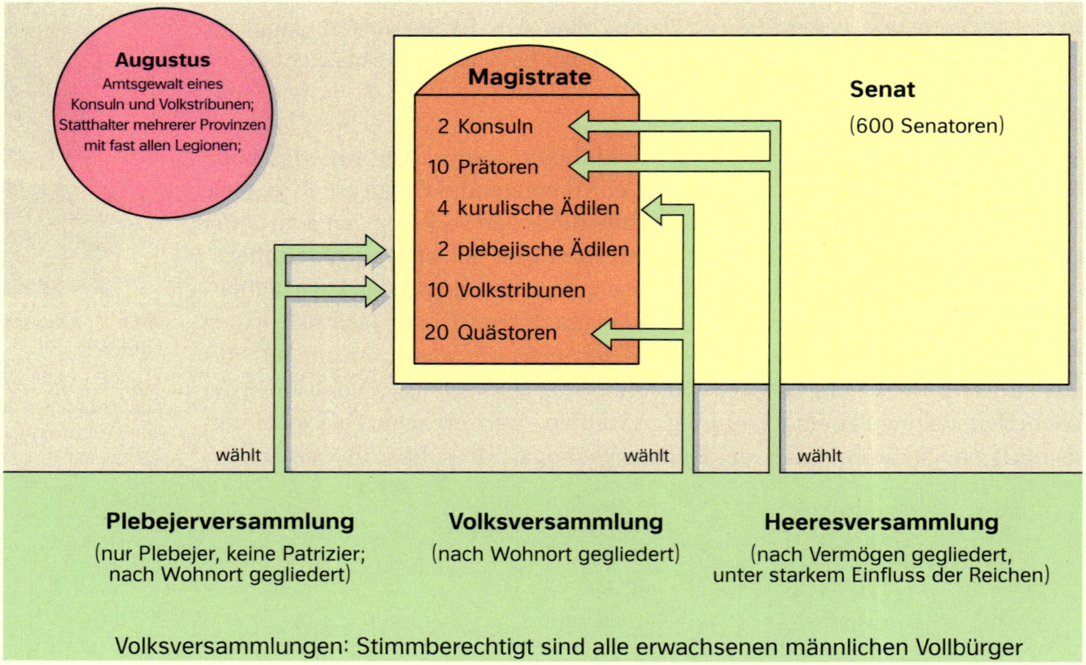

Die Jahresbeamten, der Senat und die Volksversammlungen behalten formal alle Kompetenzen, die sie auch in der Republik besaßen, die Konsuln bekommen allerdings kein Heer mehr übertragen.

Alle Kompetenzen, die Augustus besitzt, werden ihm vom Senat und den Volksversammlungen übertragen.

Die Diktatur wird nach der Ermordung Caesars abgeschafft, unter Augustus werden keine Zensoren mehr gewählt. Ihre Aufgaben übernimmt zum Teil Augustus, der Senat wird automatisch jedes Jahr durch die gewesenen Quästoren ergänzt.

Selbstdarstellung des Augustus

M 6 „Tatenbericht“

Vor seinem Tod verfasste Augustus einen Rechenschaftsbericht, den er vor seinem Mausoleum in Rom anbringen ließ und der in vielen Abschriften über das Reich verteilt wurde. Die am besten erhaltene Abschrift fand man auf der Marmorwand eines Tempels im heutigen Ankara in der Türkei. Nach seinem Fundort wird dieser Tatenbericht als „Monumentum Ancyranum“ bezeichnet:

Von den Taten des Gott gewordenen Augustus, durch die er den Erdkreis der Befehlsgewalt des römischen Volkes unterworfen hat, und von den Aufwendungen, die er für den Staat und das römische Volk gemacht hat, wie sie auf zwei ehernen in Rom aufgestellten Pfeilern eingegraben sind, ist hier eine Abschrift angefügt. [...]

Die meinen Vater ermordet haben, sie habe ich in die Verbannung gejagt und ihr Verbrechen gerächt durch gesetzmäßige Gerichtsurteile; als sie später Krieg gegen den Staat begannen, habe ich sie zweimal in offener Schlacht besiegt. [...]

Das Gebiet aller Provinzen des römischen Volkes, denen Völker benachbart waren, die unserem Befehle nicht gehorchten, habe ich vergrößert. Die Provinzen Gallien und Spanien, ebenso Germanien, [...] habe ich befriedet. [...]

Die Parther habe ich gezwungen, die Beutestücke und Feldzeichen dreier römischer Heere mir zurückzugeben und bittend um die Freundschaft des römischen Volkes nachzusuchen. [...].

[27 v. Chr.] habe ich, nachdem ich die Bürgerkriege ausgelöscht hatte, obwohl ich nach dem übereinstimmenden Wunsche aller in den Besitz der höchsten Gewalt gelangt war, den Staat aus meiner Amtsgewalt dem Ermessen des Senats und dem römischen Volk überantwortet. Und für dieses [...] Verdienst bin ich durch Senatsbeschluss „Augustus“ genannt worden, mit Lorbeer sind die Türpfosten meines Hauses von Staats wegen geschmückt worden, der Bürgerkranz ist über meiner Türe befestigt und ein goldener Schild in der Julischen Kurie [Rathaus] aufgestellt worden, den mir der Senat und das Volk Roms wegen meiner Tapferkeit, Milde, Gerechtigkeit und Frömmigkeit nach dem Zeugnis der Inschrift dieses Schildes gab.

Nach dieser Zeit habe ich an persönlichem Einfluss [auctoritas] alle übertroffen, an Amtsgewalt [potestas] aber habe ich um nichts mehr gehabt als die Übrigen, die in dem jeweiligen Amt mir Kollegen gewesen sind.

Zit. nach: Wolfgang Lautemann/Manfred Schlenke (Hg.), Walter Arend (Bearb.), Geschichte in Quellen Bd. 1.: Altertum. Alter Orient, Hellas, Rom, München: Bayerischer Schulbuch-Verlag 1975 (2. Aufl.), S. 581 ff.

M 7 „Tatenbericht des Augustus“
Moderne Kopie in Rom, aktuelles Foto

Aufgaben

1. **Die Herrschaft des Augustus**
   a) Arbeite aus dem Schaubild M5 die zentralen Merkmale der Prinzipatsverfassung heraus.
   b) Vergleiche die Prinzipatsverfassung mit der Verfassung der Republik (M4).
   c) Zeige auf, dass die Einführung des Prinzipats einen Umbruch in der römischen Geschichte darstellte.
   → M4 – M5
2. **Augustus – Ein guter Herrscher?**
   a) Suche im Text Gründe, mit denen diese Frage bejaht, und Gründe, mit denen sie verneint werden kann. Stelle sie einander gegenüber.
   b) „Augustus – Ein guter Herrscher?“ Nimm dazu Stellung.
   → Text auf Seite 139
3. **Selbstdarstellung des Augustus**
   Arbeite aus der Quelle M6 die Selbstdarstellung des Augustus heraus. Beziehe dich dabei auf die Begriffe „persönlicher Einfluss“ („auctoritas“) und „Amtsgewalt“ („potestas“).
   → M6

Die römische Religion

Als Kaiser Theodosius 391 n. Chr. alle heidnischen Kulte verbot und das Christentum zur Staatsreligion erklärte, hatte die römische Religion schon eine 1000-jährige Geschichte hinter sich. In ihrem Kern konservativ, war sie durch vielerlei Einflüsse aus allen Teilen des gewachsenen Imperiums verändert worden.

M 1 Relief aus Rom
um 48 n. Chr.

Die Verbindung zu den Göttern: Eine Geschäftsbeziehung

Ursprünglich war die römische Religion eine Religion von Bauern und Hirten. Die Römer verehrten Naturerscheinungen, denen sie göttliche Ursprünge zuschrieben, und beteten Fruchtbarkeitsgottheiten an. Im Umgang mit den Göttern war weniger die persönliche Andacht wichtig, vielmehr kam es darauf an, Vorschriften einzuhalten, in denen eine korrekte Anrede der Götter, die Abfolge der Gebetsworte oder die jeweils angemessene Opfergabe geregelt waren.

Das Verhältnis der Römer zu ihren Göttern war nüchtern und ähnelte einer Geschäftsbeziehung mit dem Prinzip „do ut des" („ich gebe, damit auch du gibst"): Wenn man alle Vorschriften einhielt, konnte man eine Gegenleistung von den Göttern erwarten. Als Opfer kamen Gebäck, Obst, Wein und Honig, aber auch Tiere wie Tauben, Hühner, Schafe, Schweine und Rinder in Betracht. Selbstverständlich sollten die Opfertiere einwandfrei sein. Nach ihrer rituellen Schlachtung verbrannte man die Eingeweide und verteilte das Fleisch an die Teilnehmer der Opferzeremonie.

Nachdem die Römer in Kontakt mit Etruskern und Griechen gekommen waren, übernahmen sie sowohl den Bau von Tempeln als auch viele griechische Götter, die sie sich ebenfalls in Menschengestalt vorstellten. So wurden römische Götter den griechischen mit ähnlichen Funktionen gleichgestellt: Jupiter entsprach Zeus, Juno entsprach Hera, Minerva der Athene und Mars dem Kriegsgott Ares.

Aufgaben

1. Ein Relief aus Rom

a) Beschreibe das Relief M1 in Bezug auf Personen, Gerätschaften und weitere Einzelheiten möglichst genau.

b) Stelle Vermutungen über den Zweck dieser dargestellten Szene an.

c) Überprüfe deine Vermutungen mithilfe des Textes.

→ M1, Text auf den Seiten 142–143

Götter als Garanten des Imperiums: Die Staatsreligion

Weil die Götter, allen voran Jupiter, den Bestand des römischen Staates garantierten, gab es außer der privaten Götterverehrung zuhause auch einen öffentlichen Kult. Die drei Götter, die auf dem Kapitol verehrt wurden, waren Jupiter, Minerva und Juno. Ihnen wurden staatliche Opfer dargebracht. Die Kulthandlungen nahmen Priester vor, verantwortlich waren meist aber Amtsträger wie Konsuln, später vor allem die Kaiser. Wichtig war, dass bedeutende Aktionen wie die Eröffnung eines Feldzuges oder der Beginn wichtiger Beratungen im Senat nur dann unternommen wurden, wenn sie dem Willen der Götter entsprachen. Um den Willen der Götter zu erkunden, kannten die Römer mehrere Möglichkeiten:

- Die Vogelschau war eine Beobachtung von Vögeln an bestimmten Himmelsabschnitten durch dafür qualifizierte Priester, die Auguren. Hierbei kam es auf die Art der Vögel, aber auch auf ihre Rufe, ihre Anzahl und ihre Flugrichtung an. Schon vor der Gründung Roms sollen die beiden halbgöttlichen Brüder Romulus und Remus eine solche Vogelschau vorgenommen haben.

- Bei der Eingeweideschau untersuchten speziell geschulte Priester die inneren Organe von Opfertieren, insbesondere die Leber, auf Abweichungen von der Norm.

- Weiterhin meinte man, den Willen der Götter in Naturerscheinungen und besonders in Katastrophen erkennen zu können. Hierzu zählten Vulkanausbrüche und Erdbeben ebenso wie Gewitter.

- Schließlich glaubten manche Römerinnen und Römer auch, dass Träume die von den Göttern bestimmte Zukunft enthüllen könnten.

M 2 Römische Götter
Jupiter, Juno und Minerva, Mamorfiguren, 2. Jh. n. Chr.

Der römische Kalender war voller Festtage für unterschiedliche Götter, an denen außer den religiösen Feiern auch Spiele, Wettkämpfe und Theateraufführungen veranstaltet wurden. An solchen Tagen waren sowohl Geschäfte als auch Politik verboten. Uralte Rituale wurden vollzogen, von denen man zu Zeiten des Augustus schon gar nicht mehr wusste, was sie einst bedeutet hatten. Beliebt war das Fest der Saturnalien zu Ehren des altrömischen Bauerngottes Saturnus, bei dem die Rollen vertauscht wurden: An diesem Tag wurden die Sklaven von ihren Herren bedient. In gewisser Hinsicht ähnelte dieses Fest dem heutigen Karneval.

Römische und fremde Götter

Die römische Religion war grundsätzlich tolerant: Die Römer hatten keine Schwierigkeiten damit, fremde Götter neben ihren eigenen bestehen zu lassen und den Glauben anderer zu respektieren. Hierfür gab es eine doppelte Grundlage: Zum einen war der Glaube der Römer polytheistisch, zum anderen existierte für sie kein „heiliges Buch“ wie die Bibel oder der Koran. Wenn die Römer außerhalb Italiens fremden Gottheiten begegneten, setzten sie diese mit ihren eigenen gleich, sodass beispielsweise der keltische Gott Lenus, der ähnliche Funktionen wie der Kriegsgott Mars erfüllte, im römischen Gebiet um Trier herum unter dem Doppelnamen „Mars-Lenus“ verehrt wurde.

Die Gesellschaft im Römischen Reich

Was verstehst du unter Familie heute? Wer gehört dazu, wer nicht? Einige Kinder haben heutzutage z. B. einen Stiefvater oder eine Stiefmutter, andere wachsen z. B. alleine mit ihrer Mutter oder ihrem Vater auf. Auch wenn das Wort „Familie" auf das lateinische Wort „familia" zurückgeht – sind sich Familien heute und im antiken Rom ähnlich? Wo gibt es vielleicht Unterschiede, wo Gemeinsamkeiten?

M 1 Eine unfertige „Concept Map" zur „familia" im alten Rom

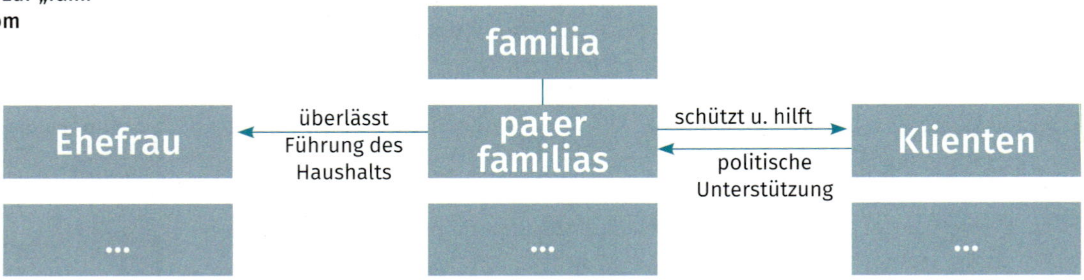

Training

Eine „Concept Map" erstellen

Eine „Concept Map" ist eine Art „Wort-Netz", das dir und der Leserin oder dem Leser dabei hilft, komplexe Zusammenhänge leichter zu erfassen. Sie kann verwendet werden, um sich Notizen zu historischen Informationen und Zusammenhängen aus Texten zu machen. Eine „Concept Map" kann dann z. B. auch gut zur Wiederholung genutzt werden.

Wie wird eine „Concept Map" erstellt? Ganz einfach – befolge diese Schritte:

Schritt 1: Schreibe das Thema oder die Fragestellung auf ein Kärtchen und lege es ganz oben in die Mitte auf ein leeres Blatt.

Schritt 2: Schreibe aus einem Text (hier Seite 137–138) die „Schlüsselbegriffe" auf weitere Kärtchen. Dies sind Begriffe, die unbedingt für das Thema oder für die Frage berücksichtigt werden müssen.

Schritt 3: Schiebe die Kärtchen so zurecht, dass du mit einem Bleistift sinnvolle Verbindungspfeile eintragen kannst.

Schritt 4: Verdeutliche die Beziehung zwischen zwei mit einem Pfeil verbundenen Begriffen oder Personen, indem du Stichwörter an die Pfeile schreibst. Diese Wörter sollen zeigen, wie die Schlüsselbegriffe zusammenhängen.

Schritt 5: Prüfe die vorläufige „Concept Map". Tausche dich ggf. mit deinem Lernpartner/deiner Lernpartnerin dazu aus. Wenn du meinst, dass soweit alles passt, klebe sie in deine Geschichtsmappe ein und ergänze die Pfeile mit den Beschriftungen oder schreibe sie ab.

Tipps für eine gelungene Gestaltung:

- Umrande die Kästchen vollständig.
- Zeichne die Pfeile direkt von Kästchenrand zu Kästchenrand.
- Beschrifte die Pfeile auf einer gedachten waagerechten Linie.

Aufgaben

1. Die „familia" im alten Rom

a) Erstelle eine „Concept Map" zur „familia" im alten Rom. Befolge dazu die Schritte aus dem Trainingskasten auf dieser Seite.

b) Vergleiche das römische Konzept der „familia" mit heutigen Vorstellungen von „Familie".

c) Beurteile die Stellung des „pater familias" hinsichtlich seiner Macht innerhalb der Familie.

d) Beschreibe das Verhältnis der Geschlechter in der römischen „familia".

→ M1, Trainingskasten, Text auf den Seiten 145–146

Der Aufbau der römischen Gesellschaft

Die Gesellschaft des alten Rom kann unter verschiedenen Gesichtspunkten beschrieben werden. Ein grundlegendes Merkmal war die Unterscheidung zwischen rechtlich freien Bürgern und rechtlich Unfreien, also Sklaven, die im antiken Rom nicht als Menschen, sondern als Sache angesehen wurden. An der Spitze des freien Teils der Gesellschaft standen die Patrizier und die Nobilität (Adel). Die breite Volksmasse bildeten die Plebejer, in der Stadt die „plebs urbana".

Frauen hatten in der römischen Gesellschaft zwar mehr Rechte als im alten Athen, jedoch waren sie den männlichen Bürgern keineswegs gleichgestellt und von der direkten politischen Betätigung ausgeschlossen. In wenigen Ausnahmefällen gelang es Ehefrauen oder Müttern bedeutender Politiker und Kaiser aber dennoch, über die Männer ihrer Familie indirekt Macht und Einfluss auszuüben. Fremde, die zwar auf römischem Staatsgebiet wohnten, aber das Bürgerrecht nicht besaßen, hatten nur eingeschränkte Rechte.

Die römische Familie – Grundlage des Zusammenlebens

Die Familie galt auch den Römern schon als Kerneinheit der Gesellschaft. Meist handelte es sich um Großfamilien. Bei reichen Bürgern gehörten auch Sklavinnen und Sklaven mit zur Hausgemeinschaft. Oberhaupt über alle war der „pater familias". Nach römischem Familienrecht konnte der Vater jedes Familienmitglied körperlich strafen, verkaufen und sogar töten. Letzteres dürfte aber im Alltag die absolute Ausnahme gewesen sein.

Die Ehefrau des „pater familias" führte den Haushalt. Töchter wurden üblicherweise zwischen dem 12. und 17. Lebensjahr verheiratet. Zwar blieben die römischen Frauen weitgehend an das Haus gebunden; sie konnten aber meist wesentlich freier leben als etwa Frauen im alten Griechenland. Römische Frauen waren erbberechtigt und sie durften ihren Besitz auch verkaufen. Außerdem war es ihnen erlaubt, sich scheiden zu lassen. Söhne wurden mit 16 Jahren für volljährig erklärt. Im Rahmen einer Feier auf dem Forum erfolgte eine Einkleidung mit der Toga, zu der sie einen Haarschnitt wie die Erwachsenen erhielten. Über die Ehepartner entschied hingegen der Vater.

M 2 Römisches Ehepaar

Die Büste aus dem 1. Jahrhundert v. Chr. zeigt den Römer Marcus Gratidius Libanus und seine Ehefrau Gratidia Chrite.

M 3 Römisches Familienleben
Das Relief aus dem 2. Jahrhundert nach Chr. zeigt Szenen aus dem Leben reicher Römer.

M 4 Römisches Kind
Dieses Kind aus vornehmer Familie erhielt zum Schutz gegen bösen Zauber ein goldenes Amulett um den Hals.

Zum näheren Umfeld der reichen und mächtigen adligen Großfamilien (gens) gehörten zudem noch die Klienten: juristisch freie, aber wirtschaftlich abhängige Bürger, die dauerhafte und persönliche Bindungen zu ihrem Patron unterhielten. Mächtige Patrone – so wird berichtet – konnten bis zu 5000 Klienten haben. Diesen boten sie Schutz und Unterstützung, vor allem vor Gericht. In Notlagen wandte man sich an den Patron um finanzielle Hilfe. Im Gegenzug dafür unterstützten die Klienten die politischen Ziele ihres Patrons und stimmten bei Wahlen in der Regel für ihn.

Schulen

Schulen wurden im alten Rom fast ausschließlich von Jungen besucht. Mädchen wurden von den Frauen zuhause erzogen; nur in seltenen Ausnahmefällen besuchten Mädchen aus wohlhabenden Häusern eine Schule, und dann auch nur für eine kurze Zeit. Ab etwa dem siebten Lebensjahr lernten die Kinder lesen, schreiben und rechnen. Eine wichtige Unterrichtsmethode war das Auswendiglernen. Ungehorsame Schüler wurden mit einem Holzstock oder einem Lederriemen geschlagen. Der Schulbesuch dauerte bis zu einem Alter von etwa 15 Jahren. Reiche und vornehme Jugendliche konnten danach ihre Ausbildung zum Beispiel in den Bereichen Recht, Geschichte, Geografie oder in der für die Politik bedeutsamen Rhetorik (Redekunst) fortsetzen. Kinder aus ärmeren Schichten und Kinder von Sklaven besuchten hingegen überhaupt keine Schulen, da sie schon sehr früh hart arbeiten mussten.

Verehrung der Vorfahren

Im römischen Alltagsleben nahm die Verehrung der Vorfahren einen wichtigen Platz ein. Auf dem Hausaltar standen Büsten der Ahnen, welche die Nachkommen zu erfolgreichem Handeln im Interesse der Familie anspornen sollten. Die alten Sitten und Gebräuche der Vorfahren dienten den nachfolgenden Generationen als Vorbild. Für das Funktionieren der römischen Gesellschaft war es sehr wichtig, dass diese Sitten der Vorfahren, lateinisch „mos maiorum“ genannt, eingehalten wurden. Als solche galten insbesondere die bäuerliche Schlichtheit und Frömmigkeit.

Erziehung im antiken Rom

M 5 Kinder reicher Römer im Unterricht bei einem Privatlehrer

Relief aus dem 2. Jh. n. Chr.

M 6 Ein Beispiel altrömischer Erziehung

Der antike Schriftsteller Plutarch berichtet über die Erziehungsmethoden des Senators Cato:

Er [Cato] war auch ein guter Vater […]. Sobald dieser [sein Sohn] zu begreifen begann, nahm er ihn selbst in die Lehre und brachte ihm Lesen und Schreiben bei, obwohl er einen tüchtigen Elementarlehrer[1] an seinem Sklaven Chilon hatte, der viele Knaben unterrichtete. Aber er hielt es nicht für recht, wie er selbst sagt, dass sein Sohn von einem Sklaven gescholten oder am Ohr gezogen würde, wenn er nicht fleißig lernte, noch auch, dass er einem Sklaven für einen so wichtigen Unterricht Dank schuldete, sondern er war selbst der Lehrer im Lesen und Schreiben, in der Gesetzeskunde und in den Leibesübungen, indem er seinen Sohn nicht nur im Speerwerfen, im Gebrauch der Nahkampfwaffen und im Reiten unterwies, sondern auch im Boxen, im Ertragen von Hitze und Kälte und im kräftigen Durchschwimmen der Wirbel und der reißenden Stellen des Flusses. Auch seine Geschichte, sagt er, habe er selber mit eigener Hand und mit großen Buchstaben niedergeschrieben, damit der Knabe die Möglichkeit habe, sich im eigenen Hause zur Kenntnis der Taten und Sitten der Vorfahren heranzubilden.

1 Er unterrichtete Lesen, Schreiben und Rechnen.

„Cato", in: Plutarch, Fünf Doppelbiographien Teil 1 (übers. v. Konrat Ziegler u. Walter Wuhrmann), Berlin/Boston: De Gruyter 2001 (2. Aufl.), S. 473 f.

M 7 Sklavenkinder

Der Historiker Gérard Coulon schreibt (2006):

Wie bei allen Völkern im Altertum gab es bei den Römern Sklaverei. Die Sklaven besaßen keinerlei Freiheit und gehörten ihr ganzes Leben lang ihrem Herrn. Das Kind von Sklaven war wiederum Sklave und konnte von seinen Eltern getrennt werden. Es besuchte natürlich keine Schule, sondern musste sehr früh anfangen zu arbeiten. So wie ein kleiner Junge, der im Dienst des reichen Dichters Ausonius stand. In einem seiner Bücher berichtet uns Ausonius, wie er dem kleinen Sklaven jeden Morgen seine Anordnungen erteilte: „Aufstehen, Kind! Gib mir meine Schuhe und meine Leinentunika, reiche mir alle Kleider, die du vorbereitet hast, damit ich ausgehen kann. Bringe mir Brunnenwasser, damit ich mir die Hände, den Mund und die Augen waschen kann. Öffne mir die Tür zur Kapelle." Die jungen Sklaven standen ganz im Dienst ihres Herrn.

Gérard Coulon, Das Leben der Kinder im alten Rom (übers. v. Christa Trautner-Suder), München: Knesebeck 2006, S. 38 f.

Hinweis

Das Leben von Sklaven in Rom wird auch auf den Seiten 148–149 behandelt.

Aufgaben

1. **Erziehung im antiken Rom**
   a) Gib den Bericht über Cato in eigenen Worten wieder (M6).
   b) Zeige, dass Cato der Erziehung seines Sohnes einen großen Stellenwert beimaß.
   c) Vergleiche die Kindheit von Catos Sohn mit der des Sklavenkindes in der Darstellung des Historikers (M7).
   d) Vergleiche die Plutarch-Quelle M6 mit der Darstellung des Historikers und erkläre wichtige Unterschiede zwischen einer Quelle und einer Darstellung.
   M6–M7

Sklaverei in Rom

Sklaverei gilt heute als menschenverachtend, da der Mensch damit zu einer Sache erniedrigt wird. Welche Rolle spielte die Sklaverei im alten Rom?

M 1 Sklaven sind Menschen

Der berühmte römische Philosoph Seneca (4 v. Chr. bis 65 n. Chr.) schrieb in einem Brief an seinen Freund Lucilius:

Zu meiner Freude erfuhr ich von Leuten, die dich besucht haben, dass du freundlich mit deinen Sklaven umgehst. Das entspricht deiner Einsicht und deiner Bildung. „Es sind nur Sklaven." Nein, vielmehr Menschen. „Es sind nur Sklaven." Nein, vielmehr Hausgenossen. „Es sind nur Sklaven." Nein, vielmehr Freunde geringeren Ranges. „Es sind nur Sklaven." Nein, vielmehr Mitsklaven, wenn du bedenkst, dass das Schicksal über euch beide die gleiche Macht hat. Daher lache ich nur über die Leute, die es für eine Schande halten, zusammen mit ihrem Sklaven zu speisen [...].
Jener [der Herr] isst mehr, als sein Bauch fassen kann, und belädt mit ungeheurer Gier seinen aufgetriebenen Bauch, der seiner eigentlichen Arbeit schon entwöhnt ist, [...] aber die unglücklichen Sklaven dürfen [währenddessen] nicht einmal zum Sprechen die Lippen bewegen. Mit dem Stock wird auch das leiseste Gemurmel erstickt, und nicht einmal rein zufälliges Husten, Niesen oder Schlucken bleiben ungestraft. [...] Die ganze Nacht müssen sie mit leerem Magen stumm dabeistehen [...].
Aber jene Sklaven, die nicht nur in Gegenwart ihrer Herren, sondern mit ihren Herren persönlich sprechen durften, denen der Mund nicht zugenäht war, waren bereit, für ihren Herren den Nacken hinzuhalten, drohende Gefahr auf sich selbst abzulenken. Bei Gastmählern redeten sie, unter der Folter schwiegen sie.
Ebenso anmaßend ist das Sprichwort, das immer wieder vorgebracht wird: „Soviel Sklaven, soviel Feinde!" Nein, wir haben an ihnen keine Feinde, wir machen sie erst dazu. Ich will gar nicht reden von anderen unmenschlichen Grausamkeiten, dass wir sie nicht wie Menschen, sondern wie Lasttiere behandeln. Haben wir uns zum Speisen hingelegt, so wischt der eine den Auswurf vom Fußboden, der andere kehrt, unter das Speisesofa gebückt, die Speisereste der Trunkenen auf. [...]
Willst du nicht einmal bedenken, dass der Mensch, den du deinen Sklaven nennst, den gleichen Ursprung hat wie du, dass sich über ihm derselbe Himmel wölbt, dass er die gleiche Luft atmet, dass ihm das gleiche Leben, der gleiche Tod beschieden ist?

Zit. nach: Wolfgang Lautemann/Manfred Schlenke (Hg.), Walter Arend (Bearb.), Geschichte in Quellen Bd. 1.: Altertum. Alter Orient, Hellas, Rom, München: Bayerischer Schulbuch-Verlag 1975 (2. Aufl.), S. 629.

M 2 Umgang mit Sklaven

Der folgende Auszug stammt aus Catos Schrift „Vom Landbau" (lat.: De agricultura), welche etwa 150 v. Chr. verfasst wurde. Cato erteilt darin Ratschläge, wie ein Landgut ausgestattet sein soll und worauf es bei der Bewirtschaftung ankomme. Es findet sich darin auch eine Passage über den Umgang mit Sklaven:

[...] Versteigerungen soll er [= der Gutsbesitzer] so durchführen: er verkaufe Öl, wenn es hoch im Preise steht. Den Überschuss an Wein und Getreide verkaufe er; alte Ochsen, entwöhnte Kälber, entwöhnte Lämmer, Wolle, Häute, den alten Wagen, altes Eisengerät, einen alten Sklaven, einen kränklichen Sklaven und was sonst überflüssig ist, verkaufe er. Ein pater familias [das Familienoberhaupt] muss verkaufslustig, nicht kauflustig sein.

Otto Schönberger (Hg./Übers.), Marcus Porcius Cato: Vom Landbau. Fragmente. Alle erhaltenen Schriften (lat./dt.), München: Heimeran 1980, S. 21 (2,7).

Aufgaben

1. **Seneca und Cato über Sklaven in Rom**
   a) Erkläre die wirtschaftliche Bedeutung von Sklaven.
   b) Gib Senecas Meinung zur Sklaverei wieder (M1).
   c) Beschreibe Catos Empfehlung für den Umgang mit Sklaven (M2). Vergleiche anschließend dein Ergebnis mit Senecas Haltung gegenüber Sklaven (M1).
   d) Nimm Stellung zur Sklaverei im antiken Rom. Beziehe dabei das heutige Recht auf Freiheit der Person (Artikel 2 unseres Grundgesetzes) mit ein.
   M1 – M2, Text auf Seite 149

Sklaverei als Bestandteil der antiken römischen Wirtschaft

Heute empören uns noch immer existierende Formen von Sklaverei. In der Antike war Sklaverei allerdings alltäglich und für die meisten Menschen selbstverständlich. Sklaven waren als billige und dem Willen ihrer Herren unterworfene Arbeitskräfte ein wesentlicher Faktor der antiken Wirtschaft. Obwohl die Behandlung von Sklaven im Römischen Reich im Laufe der Zeit besser wurde, stand die Abschaffung der Sklaverei nie zur Debatte.

Wie wurde man Sklave?

Nach damaliger Vorstellung hatte der Sieger eines Krieges das Recht, den Besiegten zu töten oder ihn und seine Angehörigen in Besitz zu nehmen. Die Kriegsgefangenen wurden auf Sklavenmärkten verkauft, wo zugleich auch Seeräuber und Menschenjäger ihre Gefangenen zum Kauf anboten. Kinder von Sklaven waren von Geburt an ebenfalls Sklaven. Erkennen konnte man Sklaven entweder am Haarschnitt, an Tätowierungen oder an Halsbändern und Plaketten, die sie nicht entfernen konnten.

Sowohl in der griechischen als auch in der römischen Antike gerieten in der Frühzeit zudem viele arme Menschen in eine sogenannte Schuldknechtschaft: Wenn sie ihre Schulden bei reichen Gläubigern nicht zurückzahlen konnten, mussten sie sich diesen bis zur Rückzahlung der Schulden persönlich ausliefern.

Große Unterschiede

Der Kaufpreis eines Sklaven bestimmte sich nach Alter, Schönheit, Körperkraft oder fachlichen Qualifikationen. Die Situation von Sklaven konnte sehr unterschiedlich sein: Manche Sklaven hatten ein vertrauensvolles Verhältnis zu ihrem Herrn und wurden sogar mit verantwortungsvollen Aufgaben betreut, etwa mit der Verwaltung der Güter oder – bei gebildeten Sklaven – mit der Erziehung der Kinder. Andere wiederum wurden auf den riesigen Ländereien der Oberschicht rücksichtslos ausgebeutet. Am schlimmsten war die Arbeit in Bergwerken, in denen bisweilen Tausende von Sklaven arbeiteten. Die Menschen, die zu dieser Arbeit gezwungen wurden, lebten unter unmenschlichen Bedingungen und daher meist nur kurz.

In der römischen Gesellschaft kam es jedoch auch vor, dass Sklaven freigelassen wurden, da die Freilassung von „verdienten“ Sklaven als Geste der Menschlichkeit galt. Die Freigelassenen waren anschließend Teil der Klientel ihres ehemaligen Besitzers, und sie schuldeten diesem weiterhin Gehorsam und Ehrerbietung. Nicht selten sah der Freilassungsvertrag vor, dass der Herr von dem Freigelassenen noch bestimmte Dienste fordern konnte.

M 3 Sklavenmarke aus Rom, 4. Jh. n. Chr.

Die Inschrift lautet in deutscher Übersetzung: „Halte mich fest, damit ich nicht entfliehe, und bring mich zurück zu meinem Herrn Viventius in der Area des Callistus (Stadtteil von Rom).“

Digital+ WES-115948-505
Hörszene zu römischen Sklaven

M 4 Römischer Soldat führt Kriegsgefangene in Ketten

Marmorrelief aus Smyrna (heute Izmir/Türkei), etwa 200 n. Chr.

Aufgaben

2. Sklaven in Rom

a) Stelle die Bedingungen zusammen, unter denen Menschen in der Antike versklavt werden konnten.

b) Erläutere die großen Unterschiede der Lage von Sklaven im Römischen Reich.

c) Informiere dich, ob es heute noch Beispiele für Sklaverei gibt.
Text auf Seite 149, Lexikon, Internet

Leben in der Weltstadt Rom

Wer heute Rom besucht, stößt beinahe überall auf antike Spuren – das Colosseum und das Forum Romanum sind wahrscheinlich die bekanntesten Überreste. An ihnen zeigt sich eindrucksvoll, dass das antike Rom auch im heutigen Wortsinn eine „Weltstadt“ war. Wie lebte man in der antiken Weltstadt Rom?

M 1 Ein Modell der Stadt Rom im 4. Jahrhundert nach Chr.
von Italo Gismondi (Museo della Civiltà Romana)

Aufgaben

1. Die Weltstadt Rom

a) Bestimme anhand des Modells M1 und der Karte M2 die wichtigsten Gebäude Roms, indem du sie folgenden Bereichen zuordnest: Wohnen, Freizeit, Handel, Wirtschaft und Religion.

b) Vergleiche die Wohnverhältnisse in einer römischen Villa (M3) mit denen in einer Mietskaserne (M4).

M1–M2, M3–M4 auf Seite 152

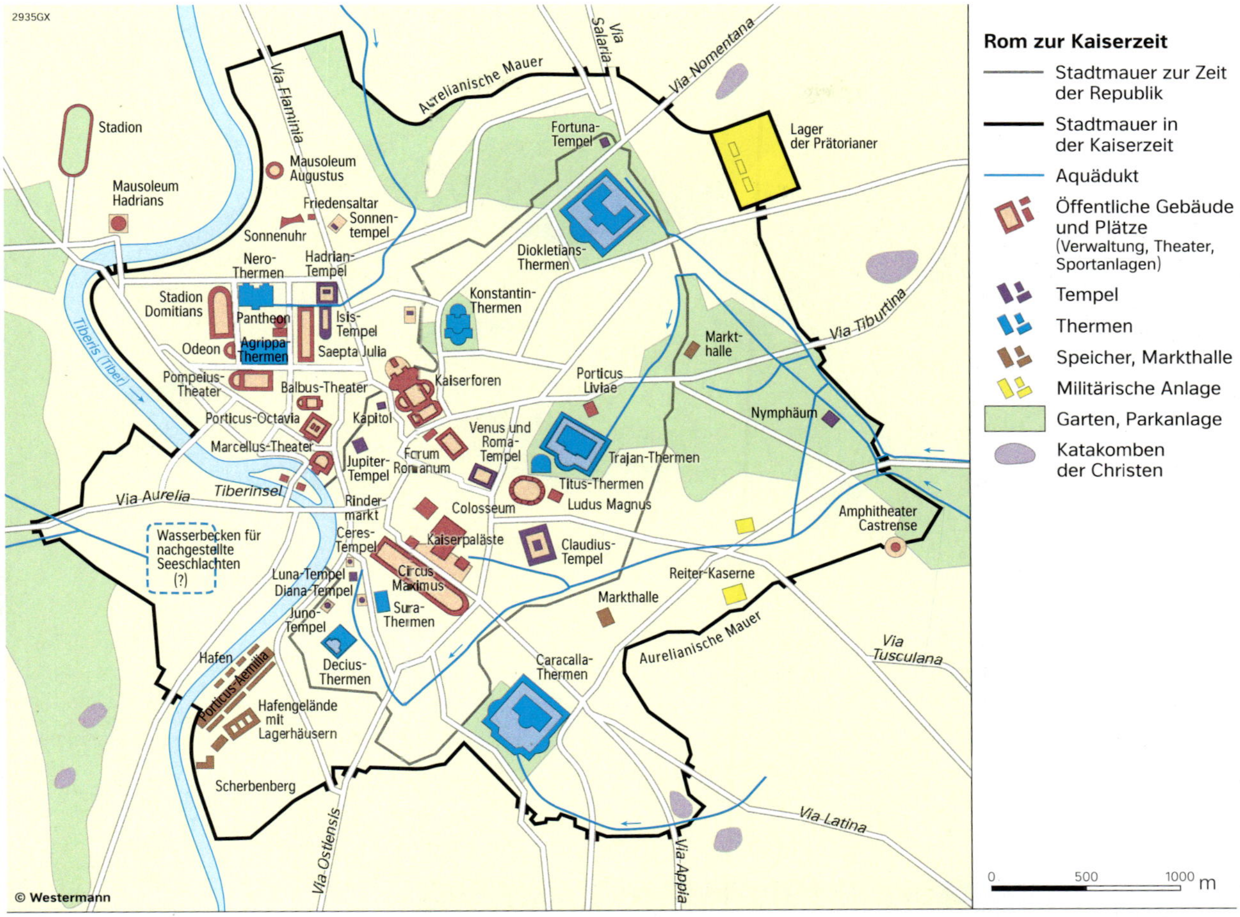

M 2

Wie wohnten die Römer in den Städten?

Die Bewohner des Römischen Reiches lebten entweder in Städten und Siedlungen – auch in den Provinzen wurden neue Bürgerstädte („coloniae") angelegt – oder in Dörfern und auf landwirtschaftlichen Gütern.

Wie auch heutzutage entschied das Vermögen des Einzelnen darüber, ob er in einer luxuriösen Villa oder in einer kleinen Mietwohnung bzw. Hütte lebte. Reiche Römer wohnten in herrschaftlichen Bauten, die über ein hohes Maß an Komfort verfügten. Weit weniger bequem lebte die große Masse der Bevölkerung, die z. B. in Rom und in Ostia in mehrstöckigen Mietskasernen und in Provinzstädten in kleineren Häusern wohnte. Oft lebte eine Familie in nur einem einzigen Raum. Das Wasser holte man in den Städten von Straßenbrunnen und man benutzte öffentliche Gemeinschaftstoiletten. In den Wohnungen dienten Holzkohlebecken als Kochstelle und oft auch als einzige Wärmequelle. Da vor allem die Mietshäuser häufig nachlässig und billig gebaut waren, führte dies nicht selten zu verheerenden Bränden. Verwinkelte Straßenführungen und Reihenhäuser mit gemeinsamen Seitenwänden verstärkten die Brandgefahr.

Wie die Römer wohnten – Villa und Mietshaus im Vergleich

M 3 Ein vornehmes Haus

Die Räume rechts und links des Eingangs waren oft als Läden vermietet, Rekonstruktionszeichnung.

① Eingang
② Läden
③ Atrium
④ Regenbecken
⑤ Hausaltar
⑥ Seitenflügel
⑦ Empfangsraum
⑧ Wohn-, Schlaf- und Wirtschaftsräume
⑨ Speiseraum
⑩ Garten mit Säulenhalle (Peristyl)

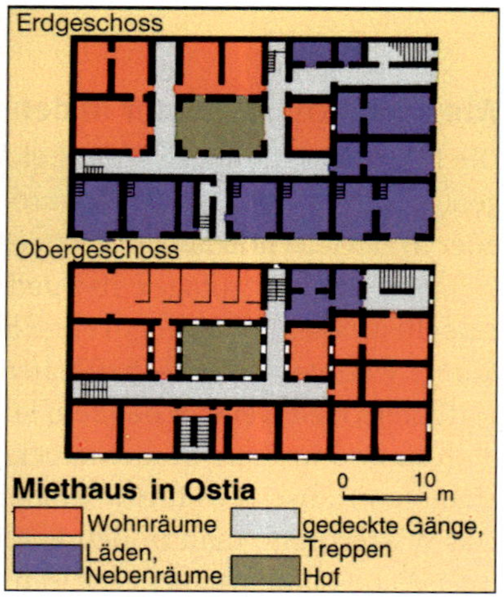

M 4 Ein Mietshaus in der Hafenstadt Ostia

Im Erdgeschoss befinden sich Läden für kleine Handwerker und Kaufleute. Von den beiden schmalen Hauseingängen in der Mitte führt der rechte ins Treppenhaus zu den drei Wohngeschossen. Das Zwischengeschoss über den Läden war von hier aus über eine Treppe zu erreichen. Es diente als Lager- oder auch als Wohnraum, Grundriss und Modell.

Arbeit und Freizeit

Die Wasserversorgung römischer Städte war besonders wichtig. Zum Transport des Wassers über große Entfernungen errichteten die Römer Aquädukte. Von besonderer Bedeutung waren auch die öffentlichen Bäder, die Thermen. Von ihnen können wir viel über das damalige Zusammenleben der Menschen und über den Stand der römischen Technik erfahren.

M 1 Die Stabianer Thermen in Pompeji – Rekonstruktionszeichnung

① Haupteingang Männerbad, ② Umkleideraum, ③ Kaltwasserbecken, ④ Warmluftraum, ⑤ Heißraum, ⑥ Umkleideraum, ⑦ Kaltwasserbecken, ⑧ Warmluftraum, ⑨ Heißraum, ⑩ Öfen mit Wassertanks, ⑪ Schwimmbad, ⑫ Umkleideraum, ⑬ Toiletten, ⑭ Hof, ⑮ Läden

Aufgaben

1. Ein Thermenbesuch

a) Beschreibe die Rekonstruktionszeichnung M1.

b) Nenne die technischen Einrichtungen, die für den Betrieb einer Therme notwendig waren.

c) Auch Kinder und Jugendliche besuchten die Thermen. Stelle dir einen solchen Besuch vor. Schreibe einen Tagebucheintrag über deinen Tag in den Thermen.

M1

2. Die Bedeutung römischer Thermen und römischer Wasserbauten

a) Nenne die Funktionen der Thermen für die Bewohner römischer Städte.

b) Erkläre die Bedeutung von Thermen für die Bewohner römischer Städte.

M1, Text auf den Seiten 153 – 154

Digital+
WES-115948-506
Film über das Colosseum

Digital+
WES-115948-507
Hörszene über einen römischen Gladiatoren

Die Welt der Arbeit

Die wirtschaftliche Grundlage des Römischen Reiches war die Landwirtschaft. Daneben waren Handwerk und Handel von Bedeutung. In den Städten gab es verschiedenste Werkstätten und Geschäfte, die sich im Zentrum konzentrierten, wo auch Theater und Thermen zu finden waren. Neben Wäschereien, Färbereien und Schmiedewerkstätten fanden sich Bäckereien und vor allem Wirtshäuser („caupona"). Die Cauponae waren wegen der oft mangelnden Kochmöglichkeiten im eigenen Haus für die Ernährung vieler einfacher Leute fast unerlässlich. Sie stellten eine Mischung aus Schnellimbiss und Gastwirtschaft dar. Oft waren Werkstätten und Wirtshäuser in kleinen Räumen in den Stadthäusern eingerichtet.

Das Ansehen der verschiedenen Berufe variierte in Rom stark. So galt eine eigenverantwortliche Tätigkeit wie die des Landwirts oder auch des Politikers den Römern als besonders wertvoll und achtenswert. Lohnarbeit hingegen wurde eher gering geschätzt. Aus diesem Grund befanden sich Tagelöhner in Rom auf der untersten Stufe der Berufsskala. Manche Einwohner Roms verdienten so wenig, dass sie ihren Lebensunterhalt nicht allein sichern konnten. Diese Menschen waren dann auf Getreidespenden der Stadt oder auf Geldzuwendungen eines Patrons angewiesen.

M 2 Kämpfende Gladiatoren
Römisches Mosaik (Ausschnitte), 4. Jahrhundert n. Chr.

Freizeit und Vergnügungen

Ein sehr beliebtes Freizeitvergnügen war ein Thermenbesuch. Die Thermen dienten nicht nur hygienischen Zwecken, sie waren auch Orte der Entspannung und der Kommunikation. Die Eintrittspreise waren zumeist niedrig und somit auch für breitere Bevölkerungsschichten erschwinglich.

Die Thermen waren mehr als nur Badehäuser: Man konnte hier auch essen, in der Bibliothek lesen, sich massieren lassen oder sich mit Freunden oder Geschäftspartnern treffen. Ohne eine Vielzahl von Sklaven, die in den Heizräumen und in verschiedenen anderen Funktionen innerhalb der Thermen arbeiteten, hätte das System der Thermen allerdings nicht funktionieren können.

Blutige Schauspiele

Auf uns heute wirken die antiken Gladiatorenkämpfe fremdartig, ja geradezu abstoßend. „Gladiator" ist abgeleitet vom lateinischen Wort „gladius" für Schwert. Gladiatoren waren im antiken Rom Berufskämpfer, die öffentlich gegeneinander auf Leben und Tod kämpften.

Da Gladiatorenkämpfe aufwendig und auch extrem teuer waren, wurden sie eher selten veranstaltet. Es handelte sich um besondere Ereignisse, die Zuschauer aus allen Bevölkerungsschichten anzogen. Im „Amphitheatrum Flavium" (heute als „Colosseum" bekannt), das unter Kaiser Vespasian (69–79 n. Chr.) errichtet wurde, hatten bis zu 50 000 Personen Platz. Die „Spiele" begannen am Vormittag zumeist mit Tierhetzen, auf die öffentliche Hinrichtungen folgten. Den Höhepunkt stellten die abendlichen Gladiatorenkämpfe dar.

Als Gladiatoren wurden vor allem Gefangene, verurteilte Verbrecher und Sklaven eingesetzt; gelegentlich verpflichteten sich aber auch freie Bürger, die damit ihre Bürgerrechte aufgaben. Gladiatoren wurden in besonderen Schulen unter Leitung eines Gladiatorenmeisters ausgebildet und gut versorgt. Der Gladiatorenkampf war hoch entwickelt und folgte genauen Regeln. Er endete oft mit dem Tod eines Kämpfers, jedoch konnte ein unterlegener Gladiator auf Verlangen des Publikums auch begnadigt werden.

Gladiatorenkämpfe in Rom

M 3 Eine Darstellung

Der Historiker und Archäologe Marcus Junkelmann schreibt (2000):

Den Auftakt der Gladiatorenkämpfe bildete die „prolusio" (Vorspiel). Die verschiedenen Paare fochten mit stumpfen Waffen und gaben Kostproben ihres Könnens. Diese Phase diente dazu, die Kämpfer aufzuwärmen und das Publikum auf das Kommende einzustimmen. Die hier verwendeten „arma lusoria" (Spielwaffen) waren wohl die gleichen Holzwaffen („rudes"), die auch beim Training benutzt wurden. Nach Abschluss der „prolusio" wurden die „scharfen Eisen" („ferra acuta") gebracht und überprüft („probatio armorum"). [...] Die Schiedsrichter waren sehr wichtige Personen in der Arena. Meist scheinen sie zu zweit ihres Amtes gewaltet[1] zu haben, indem ein Assistent („secunda rudis") dem obersten Schiedsrichter („summa rudis") zur Seite stand. Bei dem Kampf handelte es sich nicht um einen wilden Schlagabtausch, sondern um ein kunstvolles Duell[2], das genau festgesetzten Regeln („dictata", „leges pugnandi") gehorchte. Leider wissen wir nur sehr wenig von den Einzelheiten. So gab es bei bestimmten Fechtarten mit weißem Kalk auf dem Boden markierte Linien („lineae albae"), an die sich die Kämpfer zu halten hatten. [...]

Die Dauer der Kämpfe war unbegrenzt, d. h., es wurde bis zur Entscheidung gefochten[3]. Punktsiege gab es nicht. Eine relativ seltene Ausnahme stellten die unentschiedenen Kämpfe dar. Hatten zwei Gladiatoren mit ausnehmender Bravour[4] sehr lange durchgehalten, ohne dass eine Überlegenheit des einen oder des anderen erkennbar wurde, konnte das Publikum mit seinen Ovationen[5] zu erkennen geben, dass es auf eine Entscheidung verzichtete. Die Kontrahenten[6] durften dann beide unbesiegt die Arena verlassen [...].

Im Normalfall gab es aber ganz eindeutig Sieger und Besiegte. Die einfachste Form der Entscheidung bestand darin, dass einer der Gladiatoren im Kampf so schwer getroffen wurde, dass er starb oder völlig gefechtsunfähig wurde. [...] Weit häufiger aber war es, dass ein Fechter durch Wunden oder Erschöpfung zur Aufgabe veranlasst wurde [...]. Der Besiegte gab seine Aufgabe dadurch zu erkennen, dass er den Schild bzw. den Dreizack zu Boden warf oder ihn abstellte und eine Hand mit ausgestrecktem Zeigefinger hob. [...] Nun erfolgte der dramatische Einsatz des Schiedsrichters, der sich zwischen die Kämpfer warf und den Sieger daran zu hindern hatte, den wehrlosen Unterlegenen weiter anzugreifen [...].

Was nun die Gladiatorenkämpfe von allen anderen noch so riskanten Formen des Kampfsports unterscheidet, ist der Umstand, dass mit der Kapitulation[7] des Verlierers die Sache noch nicht ausgestanden war [...].

Die Entscheidung, was mit dem Unterlegenen zu geschehen hatte, lag beim „editor"[8], doch richtete sich dieser in aller Regel nach der Stimmung im Publikum. Hatte der Verlierer einen fairen und tapferen Kampf geliefert und erst in aussichtsloser Situation aufgegeben, durfte er auf die Sympathie der Zuschauer hoffen, die dann die Zipfel ihrer Togen oder Tücher schwenkten und „missum!" oder „mitte!" schrien. Der „editor" gab daraufhin dem Schiedsrichter das Zeichen, den unterlegenen Gladiator lebend aus der Arena zu entlassen.

War das Publikum dagegen mit der Vorstellung, die der Verlierer geboten hatte, aus dem einen oder anderen Grund unzufrieden, dann forderte es mit nach unten gedrehtem Daumen („pollice verso") und dem Ruf „iugula!" („Stich ihn ab!") seinen Tod. In diesem Fall wurde von dem Besiegten erwartet, dass er wenigstens im Sterben ein „exemplum virtutis", ein Musterbeispiel der Mannhaftigkeit, bot.

1 „seines Amtes walten": Entscheidungen treffen
2 Zweikampf
3 gekämpft
4 mit besonderem Ehrgeiz
5 Applaus
6 Gegner
7 Wenn jemand „kapituliert", erklärt er, dass er den Kampf verloren hat.
8 Veranstalter der Spiele

Marcus Junkelmann. „Familia Gladiatoria. Die Helden des Amphitheaters"; in: Eckart Köhne/Cornelia Ewigleben (Hg.), Caesaren und Gladiatoren. Die Macht der Unterhaltung in Rom, Mainz: von Zabern 2000, S. 72 ff.

Aufgaben

1. Gladiatorenkämpfe in Rom

a) Fasse den Ablauf eines Gladiatorenkampfes (vgl. M3) mit eigenen Worten zusammen.

b) Nimm Stellung zur Frage: „Gladiatorenkämpfe – unmenschliche Vergnügungen?"

M2, M3, Text auf Seite 154

Handel und Wirtschaft im Römischen Reich

Im Römischen Reich wurde intensiv Handel betrieben – nicht nur bis zum Marktplatz der nächstgelegenen Siedlung, sondern oft über weite Strecken. Dies war u.a. notwendig, um die zur Kaiserzeit in die Millionen gehende römische Stadtbevölkerung mit Nahrung zu versorgen. Aber auch Luxusgüter wurden gehandelt: Die römische Oberschicht in Aachen etwa bezog Austern von der Nordsee.

M 1

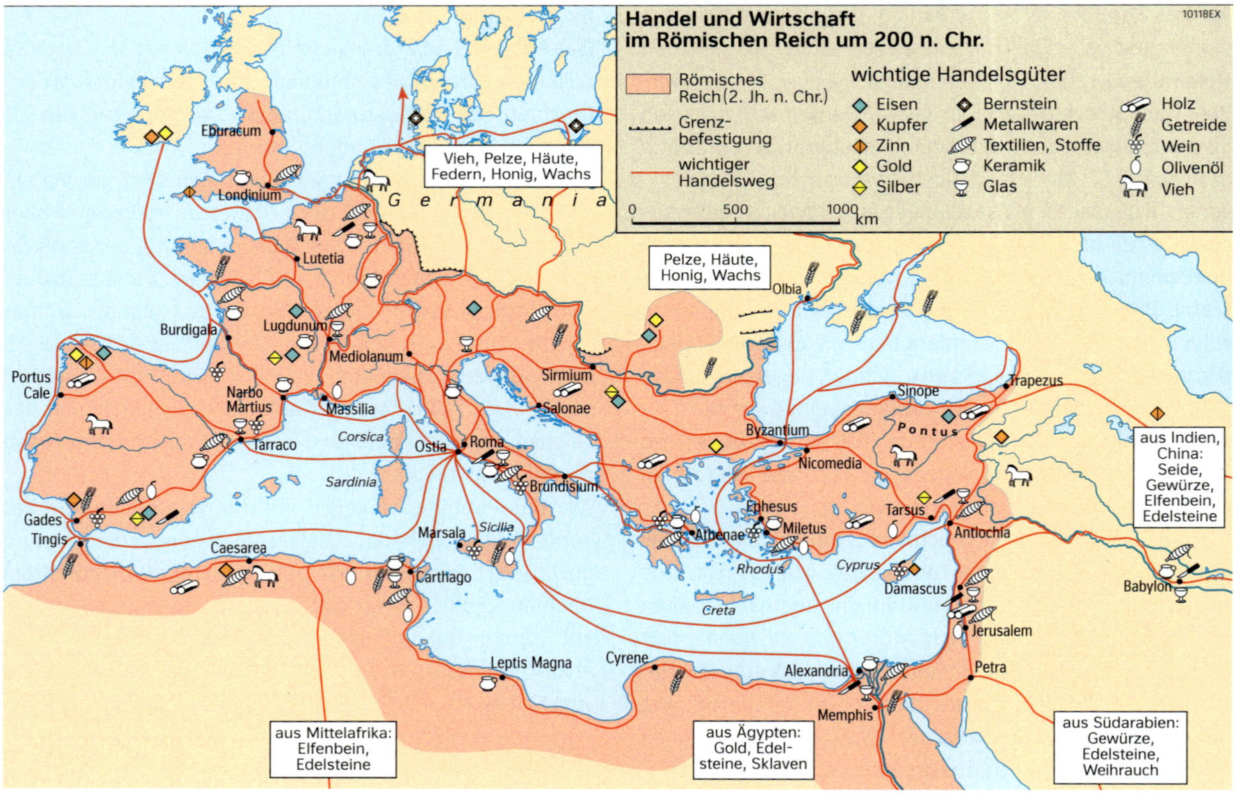

Aufgaben

1. Handel im Römischen Reich
Nenne mithilfe der Karte M1 die Orte oder Regionen, aus denen ...

- die Handwerker Roms ihre Rohstoffe (z.B. Metalle, Stoffe, Luxuswaren) bekamen,
- die Stadtbewohner Roms die wichtigsten Grundnahrungsmittel erhielten und
- die Sklavinnen und Sklaven wohlhabenderer römischer Bürger kamen.

→ M1

M 2 Schiff im Hafen von Ostia

Kapitän Farnaces belädt die „Isis Giminiana“ mit Getreide, Fresko vom Grabmal eines Schiffseigentümers in Ostia, 3. Jh. n. Chr.

Handel und Handwerk

Besonders wichtig für die Bevölkerung Roms war die Getreideversorgung. Ostia, zuvor eine kleine Militärsiedlung zum Schutz der Tibermündung an der Mittelmeerküste im Westen Roms, entwickelte sich zu einer pulsierenden Stadt. Hier liefen das ganze Jahr hindurch Schiffe mit verschiedensten Handelsgütern ein, so kam u. a. aus Sizilien, Ägypten und Nordafrika Getreide und von der Iberischen Halbinsel Wein, Olivenöl und Fischsauce. Auch von der Mosel und vom Rhein wurden Weine bis Rom transportiert. Die Güter wurden zu den Märkten gebracht, in Getreidemühlen verarbeitet, in Speichern gelagert oder von anderen Kaufleuten übernommen. Unter Kaiser Trajan (98 – 117 n. Chr.) gab es in Rom sogar schon eine Art Kaufhaus, die sogenannten Trajansmärkte.

Auch Köln (Colonia Agrippina) und Xanten im heutigen Nordrhein-Westfalen entwickelten sich in der römischen Zeit zu Städten und wichtigen Wirtschaftszentren.

Land- und Viehwirtschaft

Die Landwirtschaft war die Grundlage für die Zunahme der Bevölkerung und die Entwicklung der größeren Städte im Römischen Reich. Vor allem Rom selbst musste mit Getreide versorgt werden. Die reichsten Römer waren zumeist Großgrundbesitzer, das heißt, dass ihr Vermögen auf den Erträgen ihrer großen Landgüter beruhte. Während die Kleinbauern häufig nur für den Eigenbedarf und nahe gelegene Märkte produzierten, ließen die Großgrundbesitzer für weiter entfernte und größere Märkte produzieren.

Auf großen Landgütern pflanzte man nur jedes zweite Jahr Getreide an, um den Acker im Folgejahr brach liegen zu lassen, sodass sich der Boden erholen konnte. Gedüngt wurde mit Tiermist, Kompost oder Asche. Um die Böden zu pflügen und Transporte zu verrichten, setzte man Ochsen, Pferde und Esel ein. Für die Arbeitstiere ebenso wie für Rinder, Schafe, Schweine und Geflügel gab es Ställe. Landgüter verfügten zudem über Küchen- und Nutzgärten. Hier wurden Oliven, Gemüse (Kohl, Salat, Zwiebeln, Kresse, Lauch, Gurken, Karotten, Rettich), Obst (Äpfel, Birnen, Kirschen, Pflaumen, Feigen, Pfirsiche) und Nüsse (Haselnuss und Walnuss) angebaut. Zahlreiche Obstsorten gelangten erst mit der Ausbreitung des Römischen Reiches auch in die römischen Provinzen, z. B. besondere Apfelsorten.

Info

Tuffstein

stammt aus Vulkanausbrüchen. Tuffe wurden oft für Ziegel und Gebäudefassaden verwendet.

Tagebau und Bergbau im Römischen Reich

Die Ausdehnung des Römischen Reiches mitsamt der Ausbreitung von Städten hatte einen hohen Bedarf an Baumaterialien zur Folge. Vielfach wurden Steine aus bereits seit der griechischen Antike bestehenden Steinbrüchen verarbeitet, Granit kam aus Ägypten, Tuffstein aus der Eifel, Marmor für Luxusbauten aus Italien selbst.

Für die Herstellung von Werkzeugen, Waffen, Gebrauchsgegenständen und Münzen wurden Metalle benötigt. Deren Abbau erfolgte vor allem in den Provinzen, so stammte das Blei für Wasserrohre vor allem aus Britannien.

In römischer Zeit existierten bereits Bergwerke mit einer Tiefe von bis zu 250 Metern. Das Grundwasser wurde in Entwässerungsstollen oder durch Schöpfräder und Pumpen abgeführt. Der Bergbau und die Metallverhüttung benötigte große Mengen Holz, was zu umfangreichen Rodungen führte. Das Bauwesen und insbesondere der Flottenbau trugen erheblich zu den Entwaldungen bei.

Die große Bedeutung der Verkehrswege

Angesichts der riesigen Fläche des Römischen Reiches waren zu dessen Verwaltung gute Verkehrsverbindungen nötig. Der Bau von Straßen war dabei von entscheidender Bedeutung. Einige dieser Straßen existieren heute noch, und auch Brücken und Tunnel vermitteln einen Eindruck von der Baukunst der Römer.

Lastentransporte wurden meist auf dem Wasserweg durchgeführt, da diese Form des Transports nicht nur billiger, sondern auch leistungsfähiger und bequemer war. Ein Hauptzweck der Straßen bestand darin, effizient Truppen verlegen zu können. Gleichwohl konnte der Schutz der Verkehrswege und des umliegenden Landes nicht immer gewährleistet werden: Es gab viele Räuberbanden, sodass das Reisen nicht ungefährlich war. Die Verkehrserschließung ermöglichte nicht nur den schnelleren Transport von Personen, Waren und Nachrichten, sondern sie erleichterte auch den Austausch zivilisatorischer Errungenschaften und letztendlich die Verbreitung der lateinischen Sprache und Kultur in den Provinzen.

M 3 Römische Straße bei Mittenwald (Bayern)

Aktuelles Foto

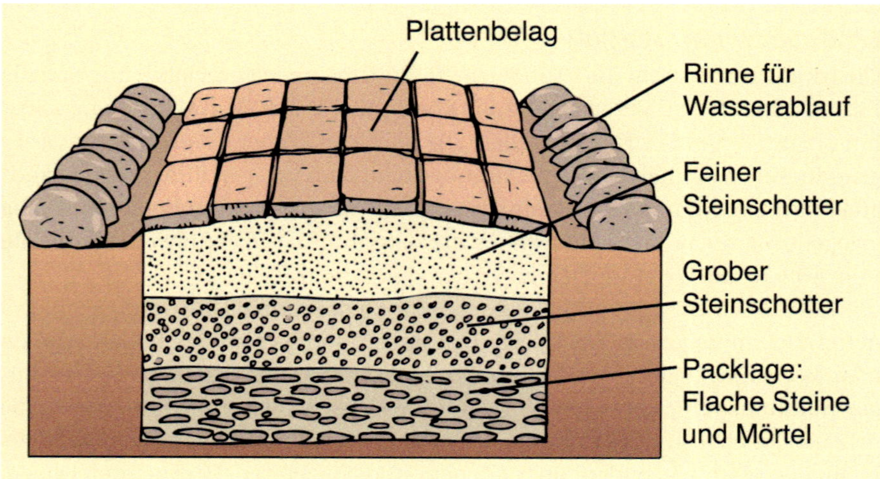

M 4 Schnitt durch eine Römerstraße

Die Römerstraße besteht in der Regel aus vier Schichten: Das „statumen" (Packlager, Unterlage) bestand aus großen Steinen, darüber folgte der „rudus" (Gestein, Schutt, Mörtel), also eine Schicht aus Geröll und Bindemitteln, dann der sogenannte „nucleus" (Kern) mit einer Feinschüttung von Kies und schließlich die „pavimentum" (Deckschicht) genannte Pflasterdecke. Außerhalb von Orten war die Deckschicht nicht immer gepflastert, sondern konnte auch gekiest oder ohne Belag gestaltet sein, Rekonstruktionszeichnung.

Römerstraßen – Analyse verschiedener Materialien

M 5 Luftbild einer römischen Straße in Hessen

Deutlich ist auf diesem Bild die ehemalige Verbindungsstraße zwischen den Kastellen Butzbach und Friedberg zu erkennen.

M 6 Entstehung eines positiven (oben) und negativen (unten) Bewuchsmerkmals

a) In der Wachstumsphase erreichen die über einem ehemaligen Graben tiefer wurzelnden Ähren eine größere Höhe. Durch die bessere Versorgung mit Feuchtigkeit tritt die Fruchtreife später ein und die noch grünen Ähren ragen aus dem gelben Getreidefeld heraus.

b) Über einer Mauer bleiben bereits nach dem Aufgehen der Saat die Keimlinge durch geringere Wasserversorgung im Wachstum zurück. Aus demselben Grund reifen die Ähren über der Mauer frühzeitig und zeichnen sich gelb im noch grünen Feld ab.

Aufgaben

1. Die Bedeutung des Handels im Römischen Reich

a) Erstelle anhand des Textes auf den Seiten 156–158 eine Concept Map zum Handel oder zur Landwirtschaft im Römischen Reich (zur Concept Map vgl. S. 144).

b) Beurteile den Handel im Römischen Reich aus der Sicht (Perspektive) eines ...
- ägyptischen Bauern,
- römischen Bäckers,
- Besitzers einer Silbermine im Süden Spaniens,
- gallischen Händlers,
- Bewohners der Hafenstadt Ostia (bei Rom).

c) Nenne drei weitere Perspektiven, die noch bedeutsam sein könnten.

↝ Text auf den Seiten 156–158

2. Römerstraßen

a) Erläutere die Vorteile der Römerstraße gegenüber den in vorrömischer Zeit genutzten Pfaden.

b) Beschreibe den Aufbau einer Römerstraße (M4).

c) Erkläre die Entstehung eines Bewuchsmerkmals über dem Rest einer römischen Straßenanlage (M6).

d) Vergleiche mithilfe einer Tabelle die Bedeutung von Straßen in der Antike und heute.

e) Beurteile das römische Straßennetz hinsichtlich seiner Funktionen für die Sicherung und Ausdehnung des Römischen Reiches und für Wirtschaft, Handel und Kultur.

↝ M4–M6, Text auf Seite 158

„Quintus geht nach Rom“ – Einen historischen Roman analysieren

M 7 Auszüge aus einem Jugendroman

a) Da die Familie des fast 14 Jahre alten Quintus ihr Landgut in einer kleinen Stadt ca. 30 Kilometer nördlich von Rom verkaufen muss, beschließt der Vater der Familie nach Rom zu ziehen. Mit einem beladenen Maultier-Karren macht sich die Familie mit Quintus auf die Reise:

Die Straße war in hervorragendem Zustand. Die Steinplatten lagen plan und dicht beieinander, es gab keine herausstehenden Buckel wie auf den Landstraßen. Der Wagen und seine Last wurden nicht alle paar Schritte durchgerüttelt. Und auch für das Maultier war es recht angenehm. [... Quintus] war neugierig auf diese riesige Stadt, ihre Menschen, den Fluss, die Tempel, die Läden, den Hafen, die vielen Straßen. Konnte es möglich sein, dass dieses Wirrwarr [...] einmal seine neue Heimat werden würde? [...]

Hans Dieter Stöver. Quintus geht nach Rom, © dtv Verlagsgesellschaft, München 1987, S. 36 ff.

b) Ankunft:

Dann ging es bergab. [...] Aufmerksam schaute sich Quintus nach allen Seiten um. Das also war Rom! Eine Anhäufung hässlicher, zum Teil baufälliger Holzhütten und heruntergekommener Fachwerkhäuser! Dazwischen enge Gassen, die von der Via Aurelia nach Nord und Süd abzweigten. Schäbige Wohnhäuser wechselten mit Neubauten jeder Art, Werkstätten von Töpfern und Tischlern, Läden von Elfenbeinschnitzern, Bäckereien, Schuhmacherwerkstätten. Dann kam ein penetranter Geruch, der, als der Wagen näher herankam, schier unerträglich wurde.
Kirkos [Sklave der Familie] erklärte: „Das sind Gerbereien. Aus den Häuten der Rinder, Schweine, Ziegen und Schafe stellen sie Leder her.“
Quintus war froh, als sie daran vorbei waren. [...] Nun änderte sich das Bild. Je näher sie dem Tiber [...] kamen, umso mehr Krämerläden lagen rechts und links am Wege, auch Herbergen. Doch machten sie alle nicht den saubersten Eindruck. Andere Gerüche zogen in Schwaden vorbei. Es roch nach gebratenem Fisch, nach Essig, Wein und fremdartigen Gewürzen. Nun nahm das Getriebe der Menschen wieder zu. Lastenträger waren mit Ballen, Säcken, Kisten, Hölzern und Stangen unterwegs. Andere kutschierten hoch mit Säcken beladene Ochsenkarren. [...]

Hans Dieter Stöver. Quintus geht nach Rom, © dtv Verlagsgesellschaft, München 1987, S. 41 f.

c) In der Stadt:

Ein unglaubliches Gedränge herrschte hier. Blieb man stehen, wurde man binnen Kurzem geschoben und zur Seite gedrückt. [...]
Obwohl es doch erst eine Stunde nach Sonnenaufgang war, schien schon ganz Rom auf den Beinen zu sein. [...] In den Schankhäusern nahmen die Bewohner der umliegenden Mietshäuser ihr erstes karges oder ein zweites reicheres Frühstück zu sich [...]. Wie Quintus bald lernen sollte, war in vielen Häusern das Kochen und Backen wegen der großen Brandgefahr verboten. [...]
Sie gingen weiter in Richtung Forum Romanum. Hier, gleich neben den Barbieren, hatten die Ärzte ihre Buden, die tabernae medicorum. Einfache, bedürftige Leute kamen hierher, wenn ihre Krankheit das Gehen erlaubte, um sich Rat oder Medikamente zu holen. [...]
Und etwas weiter zum Tiber hin lag das Velabrum mit seinen zahlreichen Lebensmittelläden. Dort konnte man Öl, Fleisch, Brot, Milch und Käse kaufen, den sehr großen Käse von Luna, derb und billig, gab man den Sklaven zu essen; gelobt wurde der Ziegenkäse von Agrigentum in Sizilien, weil er geräuchert war [...]. Für Feinschmecker wurden die raffiniertesten Delikatessen angeboten: phrygische Hühner und spanische Pfauen, der Kranich von der Insel Melos, Fasanen und Krammetsvögel aus Persien; Austern aus Circeii und vom Lucriner See und sogar aus Britannia, Purpurschnecken von Baiae und vieles andere mehr. [...]

Hans Dieter Stöver. Quintus geht nach Rom, © dtv Verlagsgesellschaft, München 1987, S. 64 f. und S. 73 f.

Training

Geschichte in Geschichten? – Zum Umgang mit historischen Romanen

Historische Romane, Spielfilme oder auch Computerspiele vermischen tatsächliche Ereignisse und Tatsachen mit erdachten Geschichten, also Fakten mit Fiktionen. Handelt es sich hier einfach nur um spannende Unterhaltung oder kann man dabei auch etwas Verlässliches über die Vergangenheit erfahren? Die Antwort lautet häufig: Sowohl als auch!

So kannst du mit historischen Romanen umgehen:

Historische Romane zur Unterhaltung

Natürlich lesen wir historische Romane zumeist darum, weil die Geschichte spannend ist, weil sie uns berührt oder unterhält. Dabei liegt es auf der Hand, dass man aus einem Roman nicht einfach folgern kann, dass die Menschen in der Vergangenheit genau so gehandelt haben oder dass etwas genau so gewesen ist, wie es dargestellt wird – für eine anschauliche Romanhandlung wird immer etwas „hinzugedichtet". Die Hauptfigur des Romans „Quintus geht nach Rom" hat es beispielsweise so nicht gegeben. Und selbst wenn ein solcher Quintus gelebt hätte, könnte ein heutiger Autor nicht wissen, was dieser Quintus damals gedacht oder gefühlt hat. Hans Dieter Stöver beschreibt dies hingegen detailliert, weil es uns die Hauptfigur seines Buches nahebringt.

Mit historischen Romanen etwas über die Geschichte lernen

Trotz allem Erfundenen lässt sich in historischen Romanen aber auch manches in anschaulicher Weise über die Vergangenheit erfahren, da Autoren sich für ihre Geschichten fast immer auf ein Grundgerüst von Fakten beziehen: Vieles in historischen Romanen entspricht dem von Historikern erarbeiteten und in Fachbüchern und Aufsätzen dargestellten Wissensstand. Die Schwierigkeit besteht darin, herauszufinden, was „Fakt" und was „Fiktion" ist.

Wenn du am Ende also wissen möchtest, ob ein historischer Roman nicht nur eine spannende, aber ausgedachte Geschichte erzählt, dann musst du dir Fragen wie die folgenden stellen: Welche Ereignisse haben tatsächlich stattgefunden? Welche Personen sind historisch belegt? Für welche Informationen über die Vergangenheit gibt es Quellen oder Darstellungen von Historikern?

Aufgaben

1. **Mit historischen Romanen umgehen**
   a) Stelle aus den Romanauszügen (M7) die Informationen über die Wohnverhältnisse, die Gesellschaft, die Wirtschaft und den Handel in Rom zusammen. Erstelle dazu eine Mind Map oder eine Tabelle.
   b) Erschließe anhand der Karte M1 (Seite 156) die Regionen, aus denen die in M7c (Seite 160) beschriebenen Waren stammen. Verwende dafür auch einen Geografieatlas.
   c) Überprüfe mithilfe dieses Teilkapitels, ob die in den Romanauszügen vermittelten Informationen für das antike Rom zutreffend sind.
   d) Diskutiert, ob es gerechtfertigt ist, für einen historischen Roman eine Hauptfigur zu erfinden, die es nicht wirklich gegeben hat.
   e) Beschreibe die Gemeinsamkeiten und Unterschiede zwischen einem historischen Roman und einer historischen Darstellung.
   → M1, M7, Atlas

2. **Einen historischen Romanauszug schreiben (Projekt)**
   a) Erzähle mithilfe der Informationen dieses Teilkapitels die Geschichte von Quintus in Rom so weiter, dass sie
      - Quintus als fiktive Hauptfigur aufgreift und
      - historisch überprüfbare Informationen enthält.
   b) Prüft Elemente eurer Geschichten in Bezug auf die Frage, ob sie eher realistisch, d. h. historisch überprüfbar, oder eher unrealistisch, d. h. eher unwahrscheinlich für die damalige Zeit sind.
   → Seite 156 – 161

Das Leben in den Provinzen

Das riesige Weltreich wurde von der Stadt Rom aus regiert – wie organisierten die Römer ihre Herrschaft? Und wie lebten die Menschen im Römischen Reich?

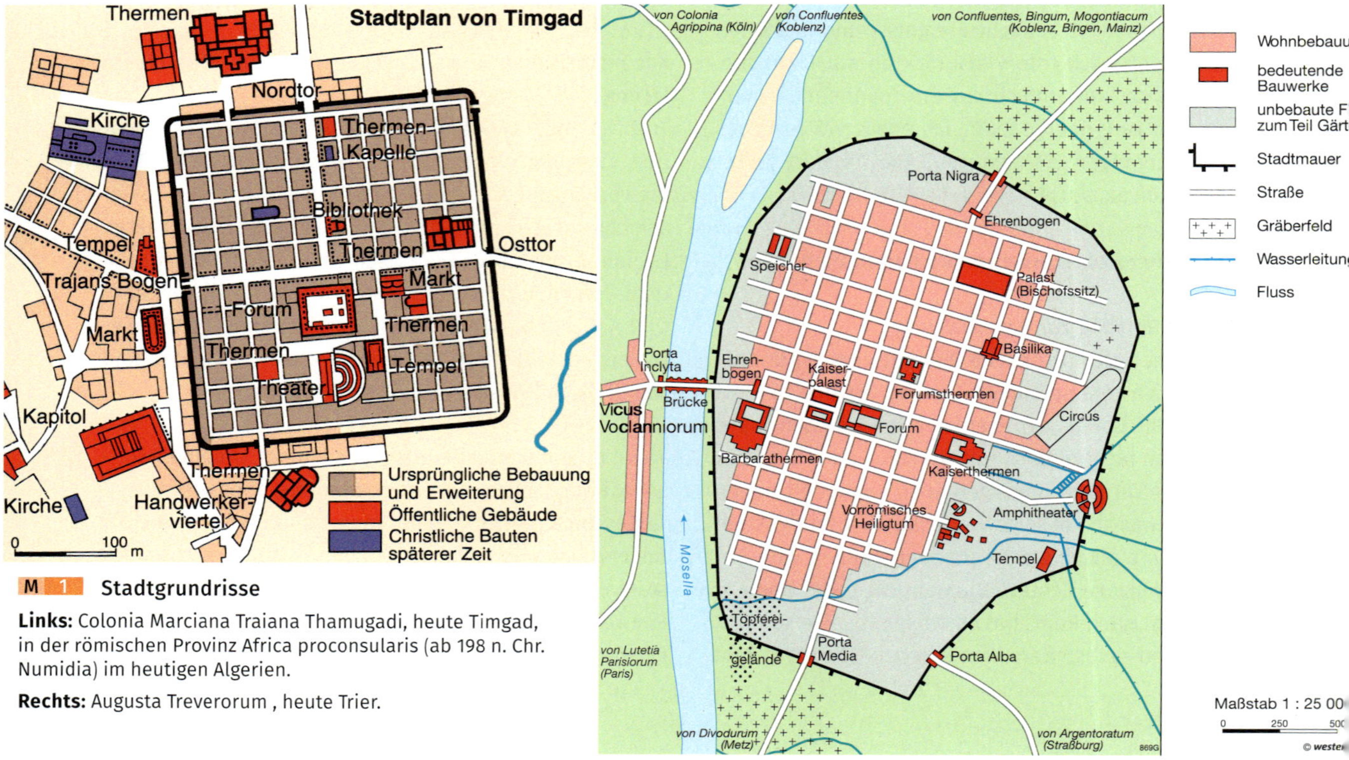

M 1 Stadtgrundrisse

Links: Colonia Marciana Traiana Thamugadi, heute Timgad, in der römischen Provinz Africa proconsularis (ab 198 n. Chr. Numidia) im heutigen Algerien.

Rechts: Augusta Treverorum , heute Trier.

M 2 Die Stadt in der römischen Welt

Der Historiker Frank Kolb schreibt in seinem Standardwerk über Städte im Westen des Reiches (2005):

Das Forum war das politische und religiöse Zentrum und diente in gewissem Umfang auch wirtschaftlichen Zwecken, vor allem Geldgeschäften. Es war ein gepflasterter, rechteckiger, von Säulenhallen und wichtigen öffentlichen Gebäuden umsäumter sowie mit einem Wald von Ehrenstatuen bestückter Platz. Ein Tempel, häufig derjenige der wichtigsten Gottheit der Siedlung, durfte nicht fehlen. [...] Großen Wert legte man auf Gebäude, welche der geistig-seelischen Unterhaltung der Bevölkerung dienten: Bibliotheken trifft man relativ selten an, aber gelegentlich sogar in mittelgroßen Provinzialstädten. Ein Freilichttheater besaß auch im westlichen Mittelmeerraum fast jeder Ort von einiger Bedeutung [...]. Ein Amphitheater für Gladiatorenspiele und Tierjagden besaßen außerhalb Italiens in der Regel nur Provinzhauptstädte. Dies gilt erst recht für den Circus, die Arena für Wagenrennen. [...]
Zum unentbehrlichen Inventar fast einer jeden Ansiedlung im Westen des Reiches [...] gehörten Thermen, die freilich in Größe und Ausstattung beträchtliche Unterschiede aufwiesen. [...] Als letztes wichtiges Gebäude ist die Befestigungsmauer zu erwähnen, die freilich bis zu den Invasionen des 3. Jahrhunderts bei vielen oder gar den meisten Siedlungen fehlte.

Frank Kolb, Die Stadt im Altertum, Düsseldorf: Albatros 2005, S. 192ff.

Aufgaben

1. Städte im Römischen Reich – Römische Spuren

a) Benenne anhand der Pläne (M1) die wichtigsten Orte und Gebäude einer römischen Stadt.

b) Vergleiche deine Ergebnisse mit den Aussagen von Frank Kolb (M2).

c) Nenne Merkmale einer damaligen Stadt, die heute noch wesentlich für eine Stadt sind.

→ M1, M2, Text auf den Seiten 163 – 164

Eine Stadt – Ein Weltreich: Römische Provinzen

Neu eroberte Gebiete außerhalb des italischen Kernlandes wurden dem Römischen Reich als Provinzen angefügt. Die Provinzen verwalteten ehemalige Magistrate als Statthalter, ab der Errichtung der Kaiserherrschaft dann als Beauftragte des Kaisers. Die Statthalter sprachen Recht und befehligten die in ihrer Provinz stationierten Truppen. Die Provinzbewohner mussten Abgaben und Steuern leisten, durften sich in den Städten und Gemeinden aber selbst verwalten.

Das Römische Reich umfasste zur Zeit seiner größten Ausdehnung unter Kaiser Trajan (98–117 n. Chr.) etwa 40 Provinzen, vom heutigen England bis Nordafrika, von der iberischen Halbinsel bis in die heutige Türkei. Für ein so großes Reich war die Zahl der Statthalter und der anderen Amtsträger erstaunlich gering. Dabei waren die Römer fest davon überzeugt, dass ihre Herrschaft über fast die ganze damals bekannte Welt in Übereinstimmung mit dem Willen der Götter stehe.

Römische Einflüsse

Wo die Römer schon auf eine hoch entwickelte Stadtkultur trafen, wie etwa in Griechenland, hatten sie relativ wenig Einfluss auf die Kultur und die Lebensweise, ja sie übernahmen sogar ihrerseits viel von der griechischen Kultur. In anderen, weniger städtisch geprägten Gebieten wie im heutigen Deutschland beeinflussten die Römer die Kultur und Lebensweise der einheimischen Bevölkerung hingegen stärker. Auch in den Provinzen erhielten die Städte ein römisches Aussehen: Es entstanden Tempel, Theater, Thermen, Befestigungsmauern und Verwaltungsgebäude aus Stein, sodass auch Städte in den entferntesten Teilen des Reiches aussahen wie ein „kleines Rom“.

Das riesige Römische Reich wurde durch ein Netz befestigter Straßen erschlossen, auf denen Waren transportiert wurden und Menschen unterwegs waren. Es gab sogar schon Raststätten und auch eine Art Postwesen, den kaiserlichen Nachrichtendienst cursus publicus. Vor allem aber wurden die Straßen dafür gebaut, rasch Truppen verlegen zu können. Die Legionäre sorgten in den Provinzen dafür, dass die Anweisungen des Statthalters befolgt wurden, und sie schützten die Grenzen. Natürlich standen sie auch dafür bereit, Aufstände gegen die römische Herrschaft entschlossen niederzuschlagen.

Digital+
WES-115948-508
Webseite zur Römerstadt Trier

M 3 Amphitheater in Trier

Der älteste noch erhaltene Bau der Römer in Trier wurde um 100 n. Chr. vermutlich anstelle eines Vorgängerbaus aus Holz errichtet.

M 4 Fußboden- und Wandheizung eines römischen Hauses
Rekonstruktionszeichnung

Römische Provinzherrschaft: Zivilisation als Segen oder Mittel der Unterdrückung?

Die römische Herrschaft war von Städten geprägt, und wo es keine oder nur wenige Städte gab, wie im Norden und Westen des Reiches, wurden sie von den Römern neu gegründet. Oft entstanden diese Städte dort, wo sich um Militärlager herum zivile Siedlungen gebildet hatten. Die römischen Städte waren durch öffentliche Bauten, befestigte Straßen und eine gute Wasserversorgung gekennzeichnet. Zwar mussten die Provinzbewohner Abgaben leisten und Steuern zahlen und oft beuteten die Statthalter „ihre“ Provinzen auch aus, aber die Bewohner erhielten dafür im Gegenzug auch öffentliche Einrichtungen, Sicherheit und Schutz. Sie konnten ihre Städte selbst verwalten und unter der römischen Herrschaft auch Karriere machen, z. B. im Stadtrat.

Ein wichtiger Motor der Vermischung zwischen Römern und Nicht-Römern war das Heer: Nicht-Römer konnten in den Hilfstruppen als Soldaten dienen, wofür sie nach Ableistung ihrer Dienstzeit das römische Bürgerrecht erhielten. Römische Soldaten hingegen wurden oft jahrelang weit außerhalb Italiens in den Provinzen stationiert, wo sie die Lebensweise der einheimischen Bevölkerung kennenlernten. Zwar bestanden soziale Unterschiede weiter, allem voran der Unterschied zwischen Freien und Sklaven, jedoch löste sich der Unterschied zwischen Römern und Nicht-Römern schrittweise auf: Im Jahre 212 n. Chr. erhielten alle freien Reichsbewohner das römische Bürgerrecht.

Viele Provinzbewohner passten sich an die neuen Herren an, indem sie die lateinische Sprache lernten und auch Lebensgewohnheiten wie etwa Essens- und Kleidungssitten übernahmen. Diesen Prozess der Übernahme römischer Kultur nennt man in der Geschichtswissenschaft „Romanisierung“. Zur Romanisierung trug sicher auch die grundsätzliche Toleranz der Römer in religiösen Fragen bei, denn die Provinzbewohner durften überall auch weiterhin ihre eigenen Götter verehren. Einheimische Kulturen beeinflussten ihrerseits die römische Kultur. Auf diese Weise entstand eine Vielzahl je eigener, charakteristischer provinzialrömischer Mischkulturen.

Im Osten des Reiches, der schon von einer städtischen Kultur geprägt war, als die Römer ihn eroberten, war die Romanisierung weniger ausgeprägt als im Westen. Schwer zu beantworten ist für uns die Frage nach der Identität: Fühlte sich ein Bewohner der Stadt Alexandria im Nildelta als Grieche, Ägypter oder Römer? Und wie empfand sich ein Bewohner des heutigen Köln, als Ubier oder als Römer?

M 5 Villa rustica in Rheinland-Pfalz
1986 rekonstruierter Eckturm des römischen Gutshofs (3./4. Jh. n. Chr.) in Mehring an der Mosel, Foto von 2009

M 6 Römische Perspektiven auf die eigene Herrschaft – Mit Quellen arbeiten

a) Der römische Dichter Vergil (70–19 v. Chr.) schreibt in seinem langen Gedicht „Aeneis“ über den Stammvater der Römer, Aeneas. Auf seiner Flucht aus dem von den Griechen eroberten Troja musste dieser viele Schicksalsschläge hinnehmen, bis er in Latium, etwa dem Gebiet um das heutige Rom, landete und dort Kämpfe mit den Latinern bestehen musste. Im sechsten Buch der Aeneis wird beschrieben, wie Aeneas in die Unterwelt herabsteigt und der Schatten seines bereits gestorbenen Vaters ihm die Zukunft voraussagt:

Andere werden eleganter lebensechte Bronzestatuen formen, so glaube ich jedenfalls, und Gesichter aus Marmor gestalten, sie werden besser Prozesse führen, die Sternbahnen mit dem Zeigestab nachfahren und den Aufgang der Gestirne voraussagen: du, Römer, denke daran (das werden deine Künste sein) mit deiner Herrschaft (imperium) die Völker zu lenken, dem Frieden (pax) Gesetze aufzuerlegen, Unterworfene zu schonen und Aufständische niederzuringen.

Vergil, Aeneis 6,847–6,853, übers. v. Anna Katharina Frings.

b) Der römische Geschichtsschreiber Tacitus (etwa 55–120 n. Chr.) berichtet in der Biografie des Agricola, der römischer Statthalter von Britannien war, was der gegnerische Feldherr vor einer Schlacht gegen die Römer zu seinen Kriegern sagte:

Räuber des Erdkreises sind die Römer, nachdem ihnen, die alles verwüsten, die Länder ausgegangen sind, durchwühlen sie nun das Meer; wenn ihr Feind reich ist, sind sie habgierig, wenn er arm ist, süchtig nach Ruhm [...].
Sie [die Römer] allein begehren Reichtum und Mangel mit derselben Gier. Stehlen, Niedermetzeln und Rauben nennen sie mit falschen Namen „Herrschaft“ [imperium], und wo sie eine Einöde schaffen, nennen sie es „Frieden“ [pax].

Tacitus, Agricola 30, übers. v. Anna Katharina Frings.

c) Der Geschichtsschreiber Tacitus berichtet in der Biografie des Agricola auch über dessen Verhalten als Statthalter in Britannien:

Um nämlich die verstreuten und ungebildeten Menschen, die darum umso leichter zum Krieg neigten, an Ruhe und Frieden durch Vergnügungen zu gewöhnen, ermunterte er [Agricola] sie privat und half ihnen aus öffentlichen Mitteln, Tempel, Foren und feste Häuser zu errichten. Dabei lobte er sie, wenn sie eifrig waren, und tadelte sie, wenn sie träge waren: So trat Wetteifer um Anerkennung an die Stelle von Zwang. Schon ließ er sogar die Söhne der führenden Männer in dem, was ein Römer wissen muss [artes liberales], unterrichten [...], sodass sie, die eben noch die lateinische Sprache ablehnten, nach geschickter Redekunst verlangten.
Von da an [...] trug man die Toga häufig: und allmählich ging man zu den reizvollen Lastern über: Säulenhallen, Bäder und raffinierte Gastmähler. Dies hieß bei den Ahnungslosen „Zivilisation“ [humanitas], während es doch ein Teil der Sklaverei [servitus] war.

Tacitus, Agricola 21, übers. v. Anna Katharina Frings.

Aufgaben

1. **Römische Perspektiven auf die eigene Herrschaft – Mit Quellen arbeiten**
   a) Nenne die „Künste der anderen“ (M6a) und kläre mithilfe des Lehrbuchtextes den Begriff „die anderen“.
   b) Nenne die Aufgaben der römischen Herrschaft in der Darstellung des Dichters (M6a).
   c) Erkläre die Auffassungen des britannischen Feldherrn (M6b) von „Herrschaft“ und „Frieden“.
   d) Vergleiche seine Darstellung (M6b) mit der des Dichters Vergil (M6a).
   e) Nenne aus der Quelle M6c die Merkmale römischer Kultur, die Agricola den Britanniern vermittelt.
   f) Erkläre die Gründe dafür, dass sich Agricola um die Romanisierung der Britannier bemüht (M6c).
   g) „Toll, wir kriegen ein Forum und ein ganz modernes Schwimmbad – wie in Rom!“ – „Du Römerfreund, das machen die Römer doch nur, um uns besser beherrschen zu können!“ – Schreibe ein Streitgespräch zwischen zwei Britanniern, die von Agricolas Bauplänen (M6c) erfahren haben.
   → M6, Text auf den Seiten 163–164

Handel und Kulturkontakte am Limes

Häufig verbindet man mit dem Begriff „Grenze“ eine Abschottung zweier Gebiete voneinander und denkt kaum daran, dass gerade entlang solcher Trennlinien oft auch ein reger Austausch stattfindet. So verhielt es sich am Limes, der das freie Germanien vom Römischen Reich abgrenzte. Wie gestaltete sich der Handel am Limes?

M 1 Handelswaren am Limes

Aufgaben

1. Handel am Limes

a) Erschließe die Karte M1 mithilfe des Trainingskastens „Eine Geschichtskarte untersuchen“ auf Seite 52.

b) Informiere dich aus dem Schulbuchtext (Seite 167–168) über den Limes.

c) Beurteile des Satz: „Der Limes trennte und verband gleichzeitig beide Gebiete.“

→ M1–M3, Text auf den Seiten 167–168, Trainingskasten auf Seite 52

2. Der Aufbau des Limes

a) Beschreibe den Aufbau des Limes.

b) Erläutere die militärischen Maßnahmen der Römer zum Schutz des Limes.

→ M1–M3, Text auf den Seiten 167–168

3. Der Limes heute

a) Ermittle den Zeitpunkt und die Gründe für die Verleihung des Titels „UNESCO-Weltkulturerbe“ für den Limes.

b) An vielen Stellen wird auch heute noch an den Limes erinnert. Suche auf der folgenden Website ein Beispiel aus und stelle es kurz deiner Klasse vor: www.limesstrasse.de

c) Beurteile die Aufnahme des Limes in die Liste des Weltkulturerbes.

→ Internet

M 2 **Anlage des obergermanischen Limes (Rekonstruktionszeichnung)**

Der obergermanische Limes bestand aus einem Palisadenzaun – einer endlos erscheinenden Reihe spitzer Holzpfosten. Hinter dem Zaun wurde ein fünf bis sechs Meter breiter Graben ausgehoben. Dessen Erde bildete einen zusätzlichen Schutzwall. Dahinter standen in Abständen von 500 bis 1000 Metern hölzerne Wachtürme. Der rätische Limes bestand aus einer zwei bis drei Meter hohen Steinmauer.

Eroberungen und Rückschläge: Eine Grenze entsteht

Nur ein Teil des heutigen Deutschland gehörte zum Römischen Reich. Der auf der Karte M1 abgebildete Zustand zeigt das Ergebnis militärischer Eroberungen und Grenzsicherungen, er ist zugleich aber auch ein Abbild der Zusammenarbeit der römischen Eroberer mit den Einheimischen.

Um die Zeitenwende herum unternahmen römische Feldherren mit ihren Heeren von Stützpunkten am Rhein ausgehende Vorstöße bis an die Elbe. Sie erbauten dabei Militärlager, die auf Dauer angelegt scheinen. Einen Rückschlag erlitt diese offensive Germanienpolitik jedoch, als im Jahr 9 n. Chr. drei römische Legionen unter dem Feldherrn Varus von einem germanischen Kampfbündnis unter Arminius („Hermann der Cherusker") vernichtet wurden. Diese „Schlacht im Teutoburger Wald", die wohl bei Kalkriese in der Nähe des heutigen Osnabrück stattgefunden hat, bedeutete gleichwohl noch nicht das Ende der römischen Eroberungspläne. Als aber auch die Feldzüge des Germanicus, eines Angehörigen des Kaiserhauses, keinen durchschlagenden Erfolg brachten und er 16 n. Chr. von Kaiser Tiberius zurückberufen wurde, wurde der Rhein schließlich als Grenze zwischen dem römischen und dem „freien" Germanien akzeptiert.

Die Römer in Germanien

Dass die Römer offenbar geplant hatten, ganz Germanien zu erobern, ist an den Fundorten mehrerer Militärlager und einiger ziviler Siedlungen jenseits des Rheins erkennbar. Insbesondere die Grabungen in Waldgirmes an der Lahn im heutigen Hessen haben Erstaunliches zutage gefördert: In dieser offenbar auf weiteres Wachstum hin geplanten städtischen Siedlung wurde unter anderem ein Pferdekopf aus vergoldeter Bronze entdeckt, der wohl zu einem lebensgroßen Reiterstandbild des Augustus gehört hatte. Steine für Fundamente wurden aus über 200 km Entfernung herantransportiert, was für Pläne zu einer dauerhaften Nutzung spricht. Auffällig ist die Mischung einheimischer und römischer Funde –

M 3 **Rekonstruierter Wachturm des Limes in Hienheim im niederbayerischen Landkreis Kelheim**

Der obergermanisch-rätische Limes wurde nicht nur zur Verteidigung vor Angriffen, sondern auch zur Überwachung der Germanenstämme erbaut.

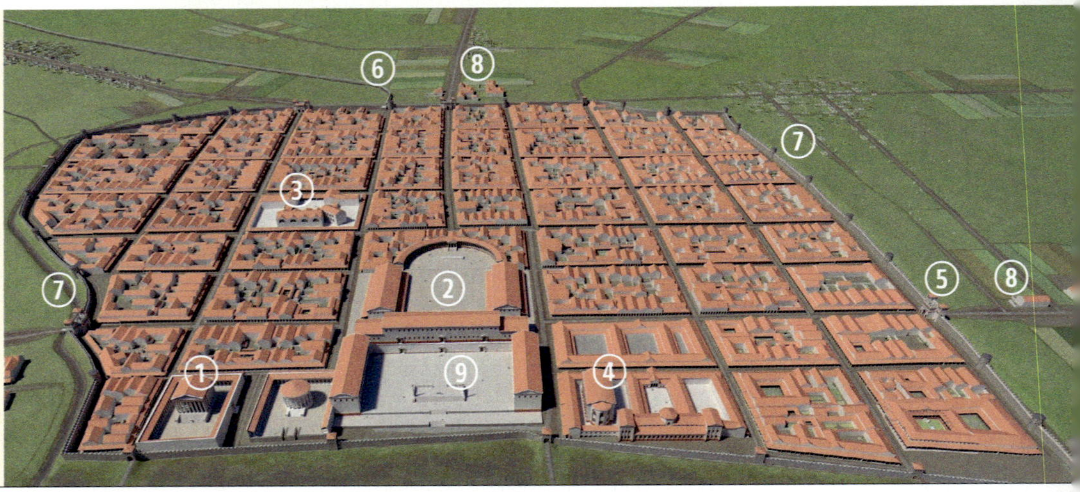

① Kapitol
② Forum (Marktplatz)
③ Thermen (Badehäuser)
④ Statthalterpalast
⑤ Nordtor
⑥ Aquädukt (Wasserleitung aus der Eifel)
⑦ Stadtmauer
⑧ Ausfallstraßen
⑨ Zentralheiligtum

M 4 **Das römische Köln**

Digital+
WES-115948-509
Das römische Köln. Ein Besuch im Römisch-Germanischen Museum in Köln

vermutlich haben hier Germanen und Römer zusammengelebt. Nach der römischen Niederlage in der Varusschlacht ist die noch unvollendete Siedlung in Waldgirmes aber ebenfalls zerstört worden. Den vergoldeten Pferdekopf fand man in einem Brunnen. Ungeklärt ist, ob Germanen die Kaiserstatue zerschlagen oder ob die Römer die Anlage planmäßig abgebaut und verlassen haben.

Die Römer westlich des Rheins

Um 83 n. Chr. unterteilte Kaiser Domitian das römische Rheinland in die Provinzen „Germania inferior“ mit dem Hauptort Köln und „Germania superior“ mit dem Hauptort Mainz. Köln war zunächst als Militärstützpunkt am Rhein gegründet worden, an einem Ort, an dem sich zuvor eine Siedlung der germanischen Ubier befunden hatte. Bereits im Jahre 50 n. Chr. erhielt Köln den Status einer colonia, also eines Ansiedlungsortes für Personen mit römischem Bürgerrecht, bei denen es sich zumeist um ehemalige Soldaten handelte. Das römische Rheinland entwickelte sich zu einer wohlhabenden Region, nicht zuletzt durch die große Anzahl der hier stationierten Soldaten: Wirtschaft und Handel wuchsen stark an, um die Versorgung der keineswegs nur aus Rom oder aus Italien stammenden Truppen zu gewährleisten. Zudem arbeiteten viele Einheimische mit der römischen Verwaltung zusammen, da sie sich davon einen Gewinn an Wohlstand und gesellschaftlichem Einfluss erhofften.

Info

Colonia Claudia Ara Agrippinensium

Vollständiger antiker Name Kölns. Seine Bestandteile weisen auf die Eigenarten der Stadt hin:

Colonia: ein Ansiedlungsort für römische Bürger, vor allem Veteranen

Claudia: nach dem Namen des Kaisers Claudius, in dessen Regierungszeit Köln colonia wurde

Ara: der Altar, weil sich in Köln ein Altar für den Kaiserkult befand

Agrippinensium: nach dem Namen Agrippina, der Frau des Kaisers Claudius, die erreichte, dass in ihrem Geburtsort Köln eine colonia errichtet wurde.

Der Limes als Grenzlinie

Zwischen Rhein und Donau errichteten die römischen Kaiser in mehreren Abschnitten eine Grenzbefestigung, den sogenannten Limes, der in bestimmten Abständen von Kastellen und bemannten Wachtürmen gesichert wurde. Der Limes war zwar eine Grenze, aber er war nicht undurchlässig, sondern eine Zone des Kontaktes und des kontrollierten Austauschs von Gütern.

Der Limes verlief vom Rhein über die Lahnmündung durch den Westerwald zum Taunus-Hauptkamm und von dort über Butzbach in Richtung Gießen. Die römische Grenze umschloss die Wetterau und lief dann nach Süden zum Main. Von dort zog sich der Limes über 80 km in gerader Linie östlich des Odenwalds entlang, um darauf nach Osten abzubiegen. Kurz vor Regensburg erreichte der Limes die Donau. Bis etwa 270 n. Chr. hatte diese Grenze Bestand, dann gaben die Römer den Limes auf und die Grenze wurde von germanischen Stammesverbänden durchbrochen.

Gegenstände aus den römischen Provinzen

Reste des mittleren Torbogens des Nordtores der römischen Stadtmauer um Köln

Diatretglas aus einem Grab in Niederemmel bei Trier (heute im Trierer Landesmuseum). Weitere Gläser befinden sich heute auch im Römisch-Germanischen Museum in Köln

Caeliusstein

Grabstein für den Zenturio Marcus Caelius, der in der Varusschlacht gefallen ist, Fundort: bei Xanten

Maske eines römischen Reiterhelmes aus Kalkriese

Aufgaben

1. Römische Funde analysieren und präsentieren

a) Suche dir einen der auf dieser Seite abgebildeten Gegenstände aus und recherchiere im Internet möglichst viele Einzelheiten über ihn.

b) Stelle deinen Gegenstand in einer Präsentation vor.

c) Bringe die Gegenstände in einen zeitlichen und räumlichen Zusammenhang.

Internet

Die Germanen

Da die germanischen Stämme selbst keine schriftlichen Aufzeichnungen hinterließen, sind es römische Quellen, die das Germanenbild bis auf den heutigen Tag prägen. Eine wichtige Quelle, die Auskunft gibt über Vorstellungen der Römer, ist das Werk „Germania“ von Publius Cornelius Tacitus (um 55 bis etwa 120 n. Chr.).

M 1 Die Lebensweise der Germanen

Der römische Geschichtsschreiber Tacitus (55 bis 120 n. Chr.) schreibt in seinem berühmten Werk über die Germanen:

Dass die Völkerschaften der Germanen keine Städte bewohnen, ist hinreichend bekannt, ja dass sie nicht einmal zusammenhängende Siedlungen dulden. Sie hausen einzeln und gesondert, gerade wie ein Quell, eine Fläche, ein Gehölz ihnen zusagt. Ihre Dörfer legen sie nicht in unserer Weise an, dass die Gebäude verbunden sind und aneinanderstoßen: Jeder umgibt sein Haus mit freiem Raum, sei es zum Schutz gegen Feuer, sei es aus Unkenntnis im Bauen. Nicht einmal Bruchsteine oder Ziegel sind bei Ihnen im Gebrauch; zu allem verwenden sie unbehauenes Holz, ohne auf ein gefälliges oder freundliches Aussehen zu achten. Einige Flächen bestreichen sie recht sorgfältig mit einer so blendendweißen Erde, dass es wie Bemalung und farbiges Linienwerk aussieht.

Manfred Fuhrmann (Hg./Übers.), Publius Cornelius Tacitus: Germania, Stuttgart: Reclam 2013, S. 25 f.

M 2 Germanisches Dorf, Rekonstruktionszeichnung auf Grundlage archäologischer Funde

Aufgaben

1. Die Germanen

a) Fasse die Darstellung von Tacitus über die Lebensweise der Germanen (M1) zusammen.

b) Vergleiche die Darstellung von Tacitus mit der Rekonstruktionszeichnung des germanischen Dorfes (M2). Prüfe, ob die Beschreibung von Tacitus historisch korrekt ist.

→ M1, M2

M 3 Tracht der Germanen

Rekonstruktionszeichnung nach archäologischen Funden

Die Germanen

Unser heutiges Bild von den Germanen ist stark von den römischen Quellen geprägt. Vielfältige archäologische Ausgrabungsarbeiten haben unser Bild aber zum Teil verändert. Die Germanen waren Ackerbauern und Viehzüchter. Sie lebten abgeschieden auf ihren Höfen und in kleinen Dörfern. Die gesamte Familie bewirtschaftete den Hof. Die germanischen Frauen versorgten das Vieh und legten Vorräte für den Winter an. Pilze, Beeren und andere Früchte mussten getrocknet werden. Auf einem Mahlstein wurde das geerntete Getreide zu Mehl zerrieben und dann zu Brot gebacken. Die Frauen kümmerten sich auch um die Kleidung der Familie. Sie sponnen Wolle und webten daraus Stoffe. Aus Leder fertigten sie Schuhe an. Sie formten aus weichem Lehm Töpfe und Schüsseln.

Die Gesellschaft der Germanen gründete auf der Vorherrschaft des Mannes. Der Vater war das Oberhaupt seiner Familie und konnte über alle Familienmitglieder entscheiden. Die Meinung der Frauen wurde aber gehört und war oft wichtig für Entscheidungen, da sie über medizinische und religiöse Kenntnisse verfügten.

Wichtige Informationen über das Aussehen unserer Vorfahren lieferten auch Funde sogenannter Moorleichen. Vermutlich wurden diese Menschen den Göttern geopfert und dann im Moor versenkt. Der Sinn solcher Opfer ist jedoch unklar. Vielleicht ging es um die Beseitigung von Missetätern; vielleicht wollte man auch die Götter versöhnen.

M 4 Mann von Tollund

Moorleiche aus Dänemark

M 5 Opfergaben für die Götter

Funde aus Niedersachsen, um 350 n. Chr.

Hinweis

Der Limes wird in diesem Schulbuch auch auf den Seiten 166–169 behandelt.

Die Varusschlacht wird auch auf den Seiten 177–179 thematisiert.

M 6 Germanisches Schwert

aus einem Fürstengrab

Über die Religion der Germanen wissen wir insgesamt wenig. Sie verehrten ihre Götter unter freiem Himmel an heiligen Plätzen, meist an Seen, Mooren oder Flüssen. Priester und Priesterinnen baten mithilfe von Feuer und Zaubergegenständen um Schutz und Heilung. Sie sagten auch die Zukunft voraus, indem sie den Vogelflug oder das Verhalten der heiligen Pferde deuteten.

Die Römer begegnen den Germanen

Lange Zeit waren die Römer nicht an ihren nördlichen Nachbarn interessiert. Sie unterwarfen zunächst andere Mächte und Regionen im Mittelmeerraum und sicherten dort ihre Herrschaft.

Der Antrieb zu weiteren Eroberungen entstand neben wirtschaftlichen und militärischen Gründen für die römischen Herrscher auch aus der jeweiligen innenpolitischen Situation heraus. Sie brauchten viel Geld, um als öffentliche Wohltäter zu gelten und so ihre Herrschaft zu sichern. Auch Caesar festigte seine Macht durch mehrere Feldzüge in Gallien. In der Zeit zwischen 58 und 51 v. Chr. dehnte er die römische Herrschaft bis an den Rhein aus. Das römische Heer kämpfte dabei auch gegen germanische Krieger unter dem Sueben-Fürsten Ariovist, der kurz zuvor nach Gallien eingedrungen war und den Caesar 58 v. Chr. bei Mühlhausen besiegte.

Der Stamm der Sueben war, wie viele andere germanische Stämme, ursprünglich in Nordeuropa beheimatet. Wahrscheinlich aufgrund von Versorgungsschwierigkeiten drangen sie im 1. Jahrhundert v. Chr. nach Süden vor und kämpften auf der Suche nach Siedlungsgebieten mit den ortsansässigen Slawen und Kelten, aber auch untereinander. Eine Forschungsrichtung sagt, dass die keltischen Gallier den Sueben den Namen „Germanen“ gegeben haben, den die Römer wiederum übernahmen und für alle Völker rechts des Rheins verwendeten. Die Germanen selbst sahen sich nicht als gemeinsame Volksgruppe, obwohl sie eine ähnliche Sprache hatten, sondern als Angehörige ihres jeweiligen Stammes. Erst im Kampf gegen die Römer fanden sie sich zeitweilig in Bündnissen zusammen.

Kämpfe zwischen Römern und Germanen

Unter der Herrschaft des Kaisers Augustus besiegte der Feldherr Drusus mehrere Germanenstämme und überschritt mit seinen Soldaten 9 v. Chr. erstmals die Weser. Weder ihm noch seinem Nachfolger Tiberius gelang es aber, die germanischen Stämme im Nordwesten endgültig zu unterwerfen.

Unter dem Kommando des Tiberius besiegten römische Soldaten in zwei Feldzügen (8–6 v. Chr., 4–6 n. Chr.) die Langobarden. Sie bauten Straßen, sicherten die eroberten Gebiete mit Legionslagern und begannen, eine Provinzverwaltung einzurichten.

Teile des Stammes der Cherusker, unter ihnen auch der Fürstensohn Arminius, kämpften auf der Seite der Römer gegen andere Germanenstämme. Im Jahre 9 n. Chr. wandte er sich aber plötzlich gegen die Römer. In der Nähe des heutigen Kalkriese kam es 9 n. Chr. zur Schlacht gegen etwa 30 000 römischen Legionäre unter dem Feldherrn Varus. Die Römer wurden vernichtend geschlagen. Nach der Niederlage verzichteten die Römer zunächst auf weitere Eroberungszüge. Es kam aber noch zu etlichen Auseinandersetzungen. Letztlich setzte sich aber der Rhein im Norden als Grenze zwischen dem römischen und dem freien Germanien durch. Zur Sicherung dieser Grenze erbauten römische Soldaten den Limes, einen bewaffneten Grenzzaun, und errichteten zahlreiche Militärlager.

Gab es die Germanen überhaupt? – Ein Interview auswerten

M 7 Ein Interview

Wer die Germanen waren und ob es sie überhaupt gab, versucht Mischa Meier, geb. 1971, Professor für Alte Geschichte an der Eberhard Karls Universität Tübingen, in einem Interview mit den Journalisten Norbert F. Pötzl und Johannes Satzwedel zu beantworten:

Professor Meier, gab es die Germanen überhaupt?
Schwierige Frage. Es gibt Menschen, die Germanen genannt wurden und werden, aber entscheidend ist, aus welcher Perspektive das geschieht: Ist ein Sprachverband gemeint, oder sind es Leute, die in einem Gebiet wohnen, das als Germanien bezeichnet wurde? Nennen sie selbst sich so, oder werden sie von anderen so genannt?

Wer hat den Namen denn erfunden?
Auch das ist nicht klar. Niemand hat plausibel erklären können, woher das Wort „Germane" stammt. Man hat es aus keltischen, germanischen oder lateinischen Sprachwurzeln herleiten wollen, aber kein Versuch hat wirklich überzeugt. [...]

Tacitus war selbst nie in Germanien. Woher bezog er die Informationen, wie verlässlich sind sie?
Das ist das nächste Problem. Man kann noch härter fragen: Sind es überhaupt Informationen, was Griechen und Römer für ihre jeweiligen Zwecke festhalten, filtern und formulieren? Immer enden wir bei Konstrukten und Zuschreibungen.

Liefert denn wenigstens Caesar Fakten?
Ja, ein paar. Zum Beispiel erwähnt er, dass Ariovist ganz anders sprach als die Gallier. Ein weiterer klarer Unterschied zu den Kelten: Die Germanen haben keine Druiden.

Das klingt aber reichlich holzschnitthaft.
Ist es auch. Die Pauschalität zeigt das Problem. Caesar schreibt Kriegsberichte als Eigenwerbung; er muss begründen, warum er mit dem Erobern aufgehört hat, und will dazu nur knapp den ethnischen Unterschied benennen.

Sein Feind- und Fremdbild ist also eine primitive Karikatur?
Das wäre zu hart. Aber es geht nicht um Objektivität im heutigen Sinne. Auch die Antike behalf sich mit Konstrukten. Hautfarbe, Körperbau, eine fremde Sprache, die nicht keltisch klang – das genügte meist als Markierung des Andersseins. [...]

Fremdbilder, Kontakte – schön und gut, aber was glaubt man heute über die Germanen selbst noch zu wissen?
Es war eine Gesellschaft aus Freien und Unfreien, in denen hier und da jemand eine Führungsrolle spielte und Gefolgschaft um sich sammelte. Man lebte bäuerlich, in kleinen Siedlungen, von Viehzucht und, auf eher bescheidenem Niveau, Ackerbau. [...]

Wie können arme Viehzüchter so unentwegt kriegerisch sein, wie Tacitus und andere sie schildern?
Caesar, Tacitus und ihre Kollegen folgen dem Repertoire dessen, was in der Antike von barbarischen Völkern behauptet wird: Sie seien wild, primitiv, kräftig und angriffslustig, aber auch feige, schnell erschöpft, disziplinlos und so weiter. Dass es Unruhen und Krieg mit ihnen gab, liegt einfach in der Natur der riesigen Grenze, die ja ein enormes Zivilisationsgefälle bezeichnet. Interne Rivalitäten und Zusammenstöße gab es unter den Kelten, unter den griechischen Stadtstaaten und anderswo auch, das ist nichts speziell Germanisches.

Mischa Meier, Norbert F. Pötzl, Johannes Saltzwedel: „Cäsar hat die Germanen erfunden"; in: Spiegel Geschichte 2/2013: Die Germanen. Europas geheimnisvolles Volk, S. 22 ff.; https://www.spiegel.de/spiegel/spiegelgeschichte/d-91705309.html [letzter Zugriff: 22.08.2024].

Aufgaben

1. Ein Interview auswerten

a) Kläre unbekannte Begriffe im Interview mit dem Althistoriker Mischa Meier (M7).

b) Arbeite die Aussagen des Althistorikers über die Germanen heraus. Unterscheide dabei zwischen den konstruierten Germanenbildern und den historischen Fakten.

→ M7

Die Römer werden Christen

Das Christentum als Glaube an nur einen Gott breitete sich im Römischen Reich rasch aus, vor allem in den Städten. Wurden die Christen zunächst verfolgt, so verfolgte man, nachdem das Christentum Staatsreligion geworden war, nun seinerseits die „Heiden“. Worauf ist der Erfolg der neuen Religion zurückzuführen? Und warum gab es Christenverfolgungen?

M 1 „Alexamenos betet seinen Gott an“

Graffito (Ritzzeichnung in einer Wand) und Umzeichnung (rechts). Die Abbildung wurde in einem Raum des Kaiserpalastes auf dem Palatin in Rom gefunden, vermutlich aus dem 3. Jh. n. Chr. Die griechische Inschrift bedeutet: „Alexamenos betet seinen Gott an.“

Aufgaben

1. **„Alexamenos betet seinen Gott an“ – Ein Graffito**
   a) Beschreibe das Graffito M1.
   b) Stelle Vermutungen darüber an, aus welchen Gründen Alexamenos' Glaube derart verspottet wurde.
   → M1

2. **Die Römer werden Christen**
   Erkläre mit eigenen Worten die Bedeutung des Jahres 391 n. Chr. für das Christentum.
   → Text auf Seite 175

M 2 Fisch als Erkennungszeichen der Christen

Zeichen auf einem Grabstein; die Inschrift „ICHTHYS" ist griechisch und steht für „Iesous Christos Theou Yios Soter" (Jesus Christus Gottes Sohn Erlöser); das Wort „ICHTHYS" bedeutet im Altgriechischen auch „Fisch".

Heilsversprechen: Das Christentum als Erlösungsreligion

Die römische Religion konnte nicht alle gefühlsmäßigen Bedürfnisse der Menschen erfüllen, insbesondere eröffnete sie keine Aussichten auf ein „ewiges Leben" im Jenseits. Neue Religionen wie das Christentum, die eben diese Perspektive anboten, fanden großen Zulauf. Begründet von Jesus Christus in Palästina und propagiert von seinen Anhängern breitete sich der neue Glaube rasch aus.

Allerdings gab es auch Konkurrenz, insbesondere den Kult des persischen Lichtgottes Mithras, der vor allem bei Soldaten beliebt war. Mithras verkörperte den Kampf des Guten gegen das Böse. Dabei wurde auch die Wiederauferstehung gelehrt; es gab eine Taufe und verschiedene Grade der Zugehörigkeit. Weil die Mithras-Anhänger keine Schriften hinterließen und über ihre Zusammenkünfte strenges Stillschweigen halten mussten, weiß man heute nur wenig über ihren Glauben. Sicher ist, dass nur Männer Anhänger des Mithras sein durften. Dies bedeutete einen großen Nachteil gegenüber dem Christentum, das allen Menschen offen stand, Frauen wie Männern, Freien wie Sklaven.

Von Verfolgten zu Verfolgern

Weil die Christen sich weigerten, den Kaiser wie einen Gott zu verehren, wurden sie von Rom zunächst verfolgt, angeklagt und auch hingerichtet. Dabei ging es jedoch nicht um den persönlichen Glauben, sondern vielmehr darum, dass die Christen als politisch unzuverlässig galten. Die Christenverfolgungen erreichten ihren Höhepunkt in der zweiten Hälfte des dritten und am Anfang des vierten Jahrhunderts. Dennoch wuchsen die christlichen Gemeinden im ganzen Römischen Reich, vor allem in den Städten.

Kaiser Konstantin sicherte den Christen 313 schließlich freie Religionsausübung zu. Konstantin gilt als erster christlicher Kaiser. Sein religiöser Richtungswechsel, als „Konstantinische Wende" bekannt, war für die Entwicklung des Christentums von großer Bedeutung. Mit dem Verbot aller heidnischen Religionen und der vom römischen Glauben abweichenden Varianten des Christentums durch Kaiser Theodosius I. im Jahr 391 n. Chr. wurde das Christentum Staatsreligion. So verschwand in der Folgezeit auch der einst konkurrierende Mithras-Kult. Das Christentum hatte sich von der verfolgten zur selbst verfolgenden Religion gewandelt.

Römer werden Christen

M 3 Ein Verhörprotokoll

Im Jahr 180 n. Chr. wurden in Karthago in der Nähe des heutigen Tunis mehrere Christen von dem römischen Prokonsul (Statthalter) Saturninus angeklagt. Die Christen stammten aus dem Ort Scillium (im heutigen Algerien). Das Verhör ist von Christen aufgezeichnet worden und unter dem Titel „Passio Sanctorum Scillitanorum" (Leidensgeschichte der Heiligen von Scillium) überliefert:

1. Als Praesens zum zweiten Male und Claudianus Konsuln waren (= 180 n. Chr.), sprach am 17. Juli in Karthago im nichtöffentlichen Verhörzimmer der Prokonsul Saturninus zu den vorgeführten Speratus, Nartzalus [... und den übrigen]: Ihr könnt euch die Begnadigung unseres Herrn, des Kaisers, gewinnen, falls ihr wieder zur Vernunft kommt.
2. Speratus sagte: Wir haben niemals Böses getan, niemals haben wir eine Ungerechtigkeit unterstützt: wir haben nie geschimpft, sondern haben uns bedankt, wenn man uns übel mitgespielt hatte, und zwar deswegen, weil wir unseren Kaiser verehren.
3. Der Prokonsul Saturninus sagte: Auch wir verehren die Götter, und unsere Verehrung ist schlicht, und wir schwören beim Genius unseres Herrn, des Kaisers, und beten für sein Heil, was auch ihr zu tun verpflichtet seid. [...]
6. Speratus sagte: Eine Befehlsgewalt dieser Welt erkenne ich nicht an; sondern ich diene vielmehr jenem Gott, den keiner der Menschen gesehen hat, noch mit diesen Augen sehen kann. Ich habe nicht gestohlen, sondern, wenn ich etwas kaufe, bezahle ich die Steuer, weil ich meinen Herrn anerkenne, den Herrscher über Könige und Völker.
7. Der Prokonsul Saturninus sagte zu den anderen: Lasst ab davon, dass dies eure Überzeugung sei! Speratus sagte: Die Überzeugung, jemanden umzubringen und ein falsches Zeugnis zu sagen, ist schlecht!
8. Der Prokonsul Saturninus sagte: Beteiligt euch nicht an diesem Wahnsinn! Cittinus sagte: Wir haben niemand anderen, den wir zu fürchten hätten, als den Herrn, unseren Gott, der im Himmel ist.
9. Donata sagte: Ehre dem Kaiser als Kaiser; die Furcht aber Gott. Vestia sagte: Ich bin eine Christin. Secunda sagte: Was ich bin, eben das will ich sein.
10. Der Prokonsul Saturninus sagte zu Speratus: Beharrst du darauf, Christ zu sein? Speratus sagte: Ich bin ein Christ; und alle stimmten mit ihm überein.
11. Der Prokonsul Saturninus sagte: Wollt ihr Zeit zum Nachdenken haben? Speratus sagte: Bei einer derart gerechten Sache gibt es keine Bedenkzeit. [...]
13. Der Prokonsul Saturninus sagte: Ihr sollt einen Aufschub von 30 Tagen haben und euch bedenken. Speratus sagte abermals: Ich bin ein Christ; und alle stimmten mit ihm überein.
14. Der Prokonsul Saturninus verlas von einem Täfelchen die Entscheidung: Ich beschließe, dass Speratus, Nartzalus, Cittinus, Donata, Vestia, Secunda und die übrigen mit dem Schwert hingerichtet werden. Sie haben bekannt, dass sie nach christlichem Ritus leben; obwohl ihnen die Möglichkeit angeboten worden war, zur Lebensweise der Römer zurückzukehren, blieben sie starrköpfig.
15. Speratus sagte: Wir sagen Gott Dank. Nartzalus sagte: Heute sind wir Märtyrer im Himmel. Gott sei Dank.
16. Der Prokonsul Saturninus ließ durch einen Herold verkünden: Ich habe angeordnet, dass Speratus, Nartzalus, Cittinus, Veturius, Felix, Aquilinus, Laetantius, Januaria, Generosa, Vestia, Donata und Secunda (zur Hinrichtung) abzuführen sind.
17. Alle sagten: Gott sei Dank. Und sie sind sogleich enthauptet worden für den Namen Christi. Amen.

„Märtyrer von Scilli – Verhörprotokoll", übers. von Franz Josef Mehr, in: Joachim Schäfer, Ökumenisches Heiligenlexikon; https://www.heiligenlexikon.de/BiographienM/Maertyrer_von_Scili.html [letzter Zugriff: 22.08.2024; bearbeitet].

Aufgaben

1. **Römer werden Christen**
   a) Untersuche das Protokoll (M3) unter folgenden Aspekten: Anklagepunkt, Rolle des Prokonsuls, Bedeutung von „Gott sei Dank" nach der Verkündung des Todesurteils.
   b) Ermittle die Bedeutung des Begriffs „Märtyrer".
   → M3, Text auf Seite 175

Woher wissen wir etwas über die Römer?

Alles, was aus römischer Zeit bis heute erhalten geblieben ist, kann als Quelle genutzt werden, um etwas über die Römer zu erfahren. Je nachdem, was man wissen möchte, also welche Fragestellung man hat, können ganz unterschiedliche Quellensorten hilfreich sein. Dies soll im Folgenden am Beispiel der Varusschlacht und an der Person des Varus erläutert werden.

Die Varusschlacht in der römischen Geschichtsschreibung

Im Jahre 9 n. Chr. erlitten die Römer in Germanien im Kampf gegen mehrere verbündete germanische Stämme eine der schwersten Niederlagen ihrer Geschichte. Unter Führung des Publius Quinctilius Varus verloren dabei auf römischer Seite mehrere Zehntausend Mann ihr Leben. Anführer der Germanen war Arminius (später auch „Hermann der Cherusker“ genannt). Die wichtigste Quellensorte für diese Schlacht ist – wie für die meisten Fragestellungen zu dieser Epoche – die römische Geschichtsschreibung. Sie vermittelt Einzelheiten und Hintergründe, die es uns ermöglichen, eine zusammenhängende Rekonstruktion der Ereignisse zu erstellen. Die Frage lautet: Wie verlief die Schlacht?

Von den zahlreichen antiken römischen Berichten über die Varusschlacht sind im Laufe der Jahrhunderte die meisten verloren gegangen, andere waren lange Zeit verschollen. So hat beispielsweise der römische Historiker Tacitus um 120 n. Chr. in seinen „Annalen“ über die weiteren Kämpfe der Römer gegen Arminius geschrieben und dabei auch berichtet, wie die Römer im Jahre 15 n. Chr. das Schlachtfeld besuchten. Das Geschichtswerk des Tacitus wurde in nur einer einzigen Handschrift bis ins Mittelalter überliefert, wobei der Text mehrere Jahrhunderte lang unbeachtet in einem Kloster lag. Erst Anfang des 16. Jahrhunderts wurde Tacitus' Buch wiederentdeckt und entfachte in Deutschland ein lebhaftes Interesse an Arminius und an der Varusschlacht.

Insbesondere war die Frage von Interesse: Wo fand die Schlacht statt? Tacitus nannte als Ort der Schlacht den „Teutoburger Wald“ („Teutoburgiensis saltus“). Nach der Wiederentdeckung der „Annalen“ versuchte man mithilfe der hier enthaltenen Angaben zu bestimmen, wo dieser Wald gewesen sein könnte, und be-

M 1 Feier zur Einweihung des Hermannsdenkmals 1875

Ab 1838 wurde nach den Plänen Ernst von Bandels bei Detmold das Hermannsdenkmal erbaut und 1875 eingeweiht („Hermann“ = Arminius), Holzstich nach einer Zeichnung von Knut Ekwall.

nannte ein bis dahin „Osning“ genanntes Gebirge in „Teutoburger Wald“ um. Hier wurde 1875 auch das „Hermannsdenkmal“ eingeweiht.

Die ausführlichste Beschreibung der Varusschlacht bieten allerdings die gut 200 Jahre nach den „Annalen“ auf Griechisch verfassten Werke des römischen Historikers Cassius Dio. Für seinen Bericht griff Cassius Dio auf ältere Darstellungen zurück, die heute leider verschollen sind.

Inschriften, Papyri und Münzen liefern Informationen über Varus

Wer aber war dieser Varus? War er an der katastrophalen Niederlage der Römer schuld? Bei dieser Frage helfen uns neben der Geschichtsschreibung auch andere Quellensorten weiter, z. B. eine Inschrift auf der griechischen Insel Tenos, die die Einwohner zu Ehren ihres Patrons Varus errichtet haben. In dieser Inschrift wird Varus als Quästor des Augustus bezeichnet und dadurch wird deutlich, dass Varus bereits als junger Mann in seinem ersten Amt in besonderer Nähe zum Kaiser gestanden haben muss. Als Quästor begleitete Varus den Kaiser auf der Reise durch die Osthälfte des Römischen Reiches.

Die Nähe zum Kaiserhaus, die sich in der Inschrift zeigt, wird auch durch einen weiteren außergewöhnlichen Fund bestätigt: Auf einem 1970 veröffentlichten Papyrus hat sich in griechischer Übersetzung ein Teil der Leichenrede erhalten, die Augustus 12 v. Chr. bei der Beisetzung seines engsten Freundes und wichtigsten politischen Weggefährten Marcus Agrippa in Rom gehalten hat. Erst aus dieser Rede haben wir erfahren, dass Varus Agrippas Schwiegersohn war.

Einige Jahre nach Agrippas Tod verwaltete Varus als Statthalter die römische Provinz Africa proconsularis. Dies ist durch Münzen belegt, die die nordafrikanische Stadt Achulla prägen ließ. Eine zweite Statthalterschaft bekleidete Varus in Syrien. Nach dem Bericht des jüdischen Historikers Flavius Josephus verwaltete er diese schwierige Provinz sehr erfolgreich.

Als Augustus im Jahre 7 n. Chr. Varus als Statthalter nach Germanien schickte, entsandte er also nicht nur jemanden, den er seit Langem gut kannte, sondern auch einen Mann, der sich bereits in verschiedenen Ämtern bewährt hatte.

Archäologische Quellen zur Varusschlacht

Jahrhundertelang hat man immer wieder neu versucht, mithilfe der Angaben von Tacitus und Cassius Dio den Ort der Varusschlacht zu finden. Wo fand also die Schlacht statt? Über 700 verschiedene Orte sind im Laufe der Zeit vorgeschlagen worden, ohne dass es überzeugende Beweise gegeben hätte. Das einzige archäologische Zeugnis zur Varusschlacht bildete lange Zeit der sogenannte Caeliusstein – ein bei Xanten gefundener Grabstein für einen in der Varusschlacht gefallenen Offizier (Zenturio) namens Marcus Caelius (vgl. Seite 159).

Ab 1987 kamen dann jedoch bei Ausgrabungen im nördlich von Osnabrück gelegenen Ort Kalkriese Tausende römischer Fundstücke ans Tageslicht, vor allem Ausrüstungsteile von Legionären und Münzen. Unter den ersten Funden war auch eine sehr seltene Gesichtsmaske, die ursprünglich zu einem römischen Reiterhelm gehört hatte. Die Funde zeigten rasch, dass an diesem Ort eine große Schlacht stattgefunden haben musste. Aber handelte es sich dabei tatsächlich um die Varusschlacht? Ließen sich die Funde genauer datieren?

Zur Lösung dieses Problems waren die zahlreichen in Kalkriese gefundenen Münzen besonders wichtig. Unter den Münzen fanden sich nämlich auch einige,

M 2 Münze aus Kalkriese
Die Vorderseite trägt einen Prägestempel des Feldherrn Varus.

M 3 **Ausgrabungen in Kalkriese**
Archäologen legen die Knochen eines Maultieres frei.

die mit einer als „Gegenstempel" bezeichneten Prägung des Varus versehen waren. Dieser Gegenstempel konnte nur zwischen 7 und 9 n. Chr., als Varus Statthalter in Germanien war, angebracht worden sein. Andererseits wurden keine nach dem Jahr 9 n. Chr. geprägten Münzen gefunden. Da es neben der Varusschlacht keinen anderen großen Kampf zwischen Römern und Germanen in der Statthalterschaft des Varus gegeben hat, sind die meisten Historiker heute der Meinung, dass in Kalkriese ein Schauplatz der mehrtägigen Varusschlacht gefunden worden ist.

Leider können wir die Ereignisse rund um die Varusschlacht nur aus römischer Sicht rekonstruieren, da die Germanen zu dieser Zeit noch keine Schrift benutzt und uns also auch keine schriftlichen Quellen hinterlassen haben. Die Germanen hielten die Erinnerung an Arminius und an den Sieg über Varus lange in Liedern lebendig, welche heute allerdings nicht mehr zu rekonstruieren sind.

Aufgaben

1. Quellen zur Varusschlacht

a) Erkläre den Begriff „Quelle" und nenne Arten von Quellen.

b) Lege eine Tabelle mit drei Spalten an. Stelle in der linken Spalte die Fragen zusammen, die im Text zur Varusschlacht genannt werden. Trage in der mittleren Spalte die Quellen bzw. Quellenarten ein, die helfen, die Fragen zu beantworten. Notiere in der rechten Spalte schließlich die wichtigsten Antworten bzw. Informationen.

c) Erkläre die Gründe dafür, dass es zur Varusschlacht nur römische Quellen gibt.

d) Erläutere die Vor- und Nachteile, die die Werke der römischen Geschichtsschreibung bei der Erschließung der Varusschlacht haben.

e) Beurteile das Ergebnis der Forschungen hinsichtlich geklärter und ungeklärter Aspekte.

→ M1–M3, Text auf den Seiten 177–179

Was bleibt? Das Erbe Roms

Das Römische Reich ist vor mehr als 1500 Jahren untergegangen. Was hat aus dieser längst vergangenen Epoche bis heute überdauert?

M 1 Vorlage für eine Mind Map

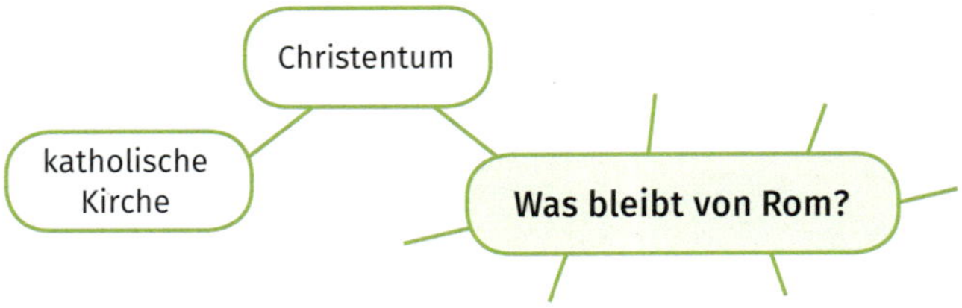

M 2 Römische Bauten
Porta Nigra in Trier, errichtet um 180 n. Chr.

M 3 Weinbau am Rhein
wurde von den Römern eingeführt.

Die lateinische Sprache und das römische Recht

Latein gilt als „tote Sprache", weil sie heute zwar noch in Schulen unterrichtet, aber nicht mehr gesprochen wird. Mehrere moderne europäische Sprachen wie das Spanische, das Italienische oder das Französische, die sogenannten romanischen Sprachen, haben sich aber direkt aus dem Lateinischen entwickelt. Auch nicht-romanische Sprachen wie die deutsche haben viele Ausdrücke aus dem Lateinischen übernommen. Nach dem Untergang des Römischen Reiches war Latein für Jahrhunderte die in ganz Europa verwendete Sprache der Gelehrten, die eine Verständigung über Grenzen hinweg ermöglichte. Zudem wurden schriftliche Aufzeichnungen fast ausschließlich in Latein verfasst.

„In dubio pro reo" – „Im Zweifel für den Angeklagten". Dieser römische Rechtsgrundsatz ist heute noch gültig und soll garantieren, dass niemand zu Unrecht verurteilt wird. Ein Gerichtsprozess hatte bereits im Römischen Reich bestimmten Regeln zu folgen, nach denen die Kläger ihre Anklagen erheben, Angeklagte sich verteidigen, belastende und entlastende Indizien vorgebracht sowie Zeugen gehört werden mussten. Das Gericht hatte seine Entscheidung ohne Ansehen der Person zu treffen. Am Ende des Römischen Reiches ließ Kaiser Justinian die in Rom gültigen rechtlichen Regelungen in einem großen Gesetzbuch sammeln, dem „Corpus Iuris Civilis". Das heute in Deutschland gültige Bürgerliche Gesetzbuch (BGB) ist auf der Grundlage des römischen Rechts entstanden.

Die christliche Religion und Vorläufer der europäischen Staatenwelt

Das Christentum breitete sich erst zum Ende des Römischen Reiches aus, dafür aber umso nachhaltiger, da es zur Staatsreligion und damit für alle verbindlich wurde. Dieser Umstand hat auch die Grundlage dafür gelegt, dass das Christentum in seiner katholischen, protestantischen oder orthodoxen Form bis heute die prägende Religion in Europa ist. Der Papst als Oberhaupt der katholischen Kirche residiert in Rom; wichtige Kirchendokumente werden bis heute in Latein abgefasst. Auch die anderen christlichen Glaubensrichtungen knüpfen in unterschiedlicher Weise an das antike Erbe an.

Über viele Jahrhunderte hinweg prägte Rom das Leben im Mittelmeerraum und darüber hinaus. Von besonderer Bedeutung war dabei, dass das Römische Reich im Mittelmeerraum eine kulturelle Einheit schuf, in der zugleich vielfältige Lebensweisen möglich waren.

Zahlreiche Staaten Europas stehen in der Tradition des Römischen Reiches. Nach dem Untergang des Weströmischen Reiches wurden Versuche zu seiner Wiederbelebung unternommen, nachfolgende Herrscher sahen sich in der Tradition der Antike und regierten als „Kaiser", was sich von „Caesar" ableitet.

Aufgaben

1. **Was bleibt? Das Erbe Roms**
   a) Erstelle nach dem in M1 abgebildeten Muster eine Mind Map zum Thema. Schreibe dazu in die Mitte des Blattes „Was bleibt von Rom?" und ergänze dann die wichtigen Aspekte.
   b) Wie sehr bestimmt das römische Erbe noch unser heutiges Leben? Nimm zu dieser Frage Stellung und begründe deine Meinung.
   → M1, Text auf Seite 180, M2 – M3

Die Bedeutung Roms für uns heute

Die Nachwirkungen des Römischen Reiches sind kaum zu überschätzen. Nicht nur Bauwerke zeugen heute noch von dieser Zeit, auch die Sprache der Römer war von großem Einfluss. Die sogenannten romanischen Sprachen wie Italienisch, Spanisch und Französisch sind aus dem Lateinischen entstanden. Bis heute fortwirkende Spuren des Römischen Reiches lassen sich insbesondere auch in den Bereichen Rechtswesen, Politik, Religion, Kunst und Kultur finden.

Vom Dorf zur Weltmacht

Als mythisches „Gründungsdatum" Roms gilt das Jahr 753 v. Chr.; der Aufstieg vom Dorf zur Stadt zog sich über einen langen Zeitraum hin. Aus dem ursprünglichen Königtum entwickelte sich um 500 v. Chr. eine Republik. Zuerst brachten die Römer die Stämme Italiens teils friedlich, teils durch Gewalt unter ihre Vormacht. In vielen Kriegen unterwarfen sie dann bis etwa 100 n. Chr. Süd- und Westeuropa, Nordafrika und die westlichen Teile Asiens.

Der Übergang von der Republik zur Kaiserzeit

In der Zeit der späten Republik (1. Jh. v. Chr.) führten äußere Bedrohungen und die wachsende soziale Ungleichheit zu großen Problemen. Der Einfluss von Einzelpersonen wie z. B. Caesar, die sich oft auf ein Heer stützen konnten, wuchs. Nach Caesars Ermordung ging die Herrschaft in der Zeit um Christi Geburt auf Augustus über, wobei die politische Ordnung der Republik zunächst weiterexistierte. Die Herrschaftsform des Augustus wird als Prinzipat bezeichnet. Von Augustus an wurde das römische Imperium dann von Kaisern regiert, die Göttern gleichgesetzt wurden. Unter den Nachfolgern des Augustus konnte Rom seine Vormachtstellung noch mehrere Jahrhunderte behaupten.

Romanisierung

Die Römer verbreiteten ihre Kultur über ihr gesamtes Reich, das sich vom Norden Englands bis nach Nordafrika und vom Schwarzen Meer bis nach Portugal erstreckte. Die Übernahme der römischen Zivilisation und der lateinischen Sprache durch andere Völker nennt man Romanisierung.

Christen im Römischen Reich

Mit dem Christentum entstand ein Glaube, der die römischen Götter verdrängte. Ende des 4. Jahrhunderts n. Chr. wurde das Christentum zur Staatsreligion, woraufhin es sich in ganz Europa durchsetzte.

DATEN

753 v. Chr.:
Mythische Gründung Roms

1. Jh. v. Chr.:
Übergang von der Republik zur Kaiserzeit

um Christi Geburt:
Zeitalter des Augustus

BEGRIFFE

Senat
Republik
Diktator
Limes
Christentum
Romanisierung
Provinz

Digital+
WES-115948-510
Seiten zur Selbstüberprüfung

1000 v. Chr | 850 | 700 | 550 | 400 | 250 | 100 v. Chr. | 50 n. Chr. | 200 | 350 | 500 n. Chr.

um 900 v. Chr.:
An der Stelle des späteren Rom steht ein Bauerndorf

753 v. Chr.:
mythische Gründung Roms

Punische Kriege

1. Jh. v. Chr.:
Übergang von der Republik zur Kaiserzeit

um Christi Geburt:
Zeitalter des Augustus

Die Römer errichten eine Grenzmauer zum freien Germanien

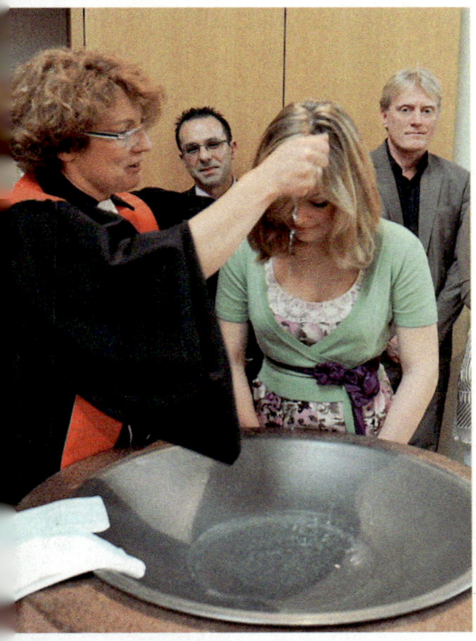

06

DIE DREITEILUNG DER MITTELMEERWELT
nach dem römischen Weltreich

M 1 **Moschee in Kairouan (Tunesien) aus dem 9. Jh.,** aktuelles Foto
M 2 **Bonifatius,** Skulptur in Mainz, 18. Jahrhundert
M 3 **Aachener Dom mit der Pfalzkapelle Karls des Großen,** aktuelle Fotografie
M 4 **Die Kaaba in Mekka,** aktuelles Foto
M 5 **Hagia Sophia in Istanbul,** aktuelles Foto
M 6 **Lesen des Koran,** in einer Schule in Indonesien, 2023
M 7 **Christliche Taufe,** In einer protestantischen Kirche, 2010
M 8 **Thora-Rolle,** Vorlesen aus dem Buch Gottes (Thora) in einer Synagoge
M 9 **Lautenspiel,** Muslim und Christ beim Lautenspiel, spanische Miniatur, 13. Jh.

Digital+
WES-115948-601
ZDF-Doku über die Zeit der Völkerwanderung

Die Dreiteilung der Mittelmeerwelt

Ein Weltreich geht unter – Die Völkerwanderung

Im Jahr 476 n. Chr. wurde der letzte weströmische Kaiser Romulus Augustulus durch den germanischen Heerführer Odoaker abgesetzt. In den vergangenen Jahrhunderten waren immer wieder Stämme ins Römerreich eingedrungen, wurden besiegt oder bewusst geduldet. Diese Wanderungsbewegungen, die vor allem zwischen 380 und 570 nachweisbar sind, bezeichnet man als Völkerwanderung.

Auslöser war das Reitervolk der Hunnen, die 375 n. Chr. aus Innerasien hereinbrachen und viele germanische Stämme aus ihren Sitzen vertrieben. Unter ihrem König Attila drangen die Hunnen quer durch Europa bis nach Gallien vor und erzwangen riesige Tributzahlungen. Erst 451 konnten sie in der Schlacht auf den Katalaunischen Feldern besiegt werden, was zum raschen Zerfall ihres Reiches führte.

Mit der Bezeichnung „Germanen“ werden verschiedene Stämme, wie zum Beispiel Sachsen, Goten oder Wandalen, zusammengefasst. Es handelte sich dabei um unterschiedlich große Volksgruppen, an deren Spitze Könige standen, denen man oft übermenschliche Fähigkeiten zutraute. Germanen siedelten zunächst in Mittel-, Nord- und Osteuropa, ohne dass eindeutige Grenzen feststellbar sind. Die „Völkerwanderung“ bestand aus einer Vielzahl einzelner Wanderungen. Die Heerhaufen – gefolgt von Frauen und Kindern mit Pferd und Wagen – schlossen sich manchmal zusammen oder trennten sich wieder. Man schätzt zum Beispiel, dass etwa 15 000 Wandalen Nordafrika eroberten, wo zur Zeit ihrer Eroberung etwa acht Millionen Menschen lebten.

M 1 **Germanische Wanderungen und Reiche (bis 526 n. Chr.)**

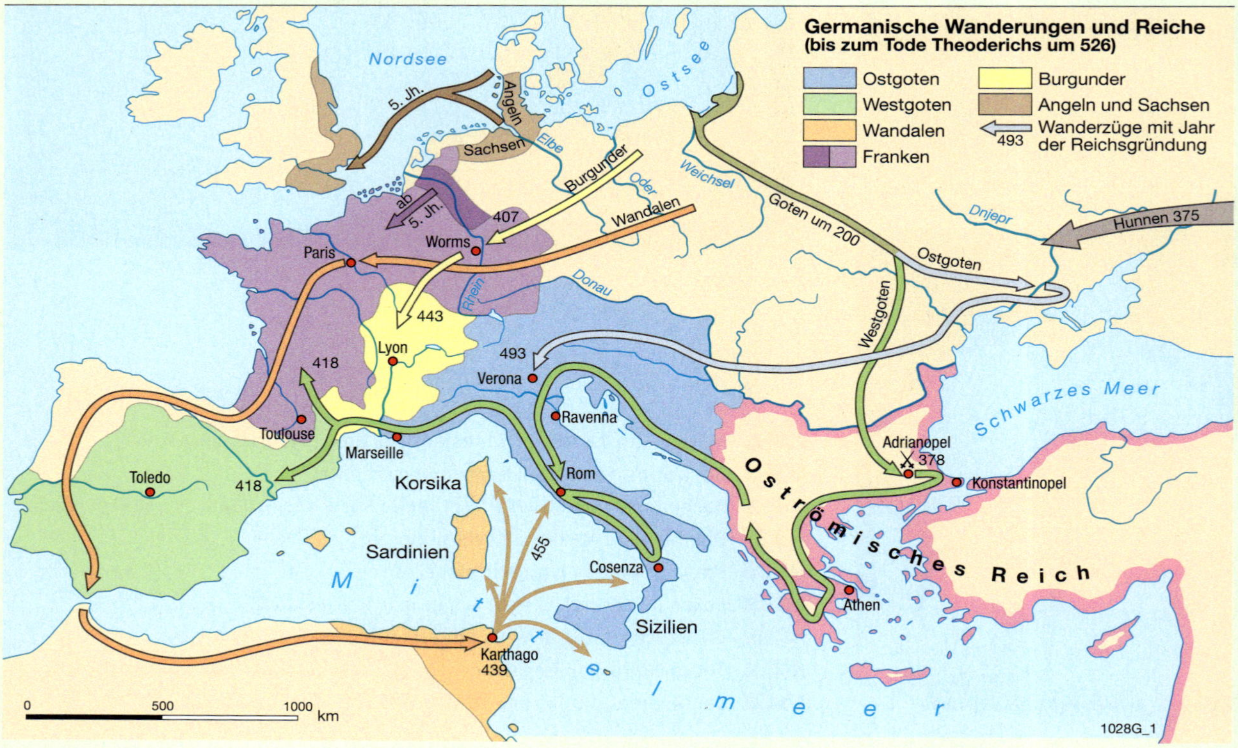

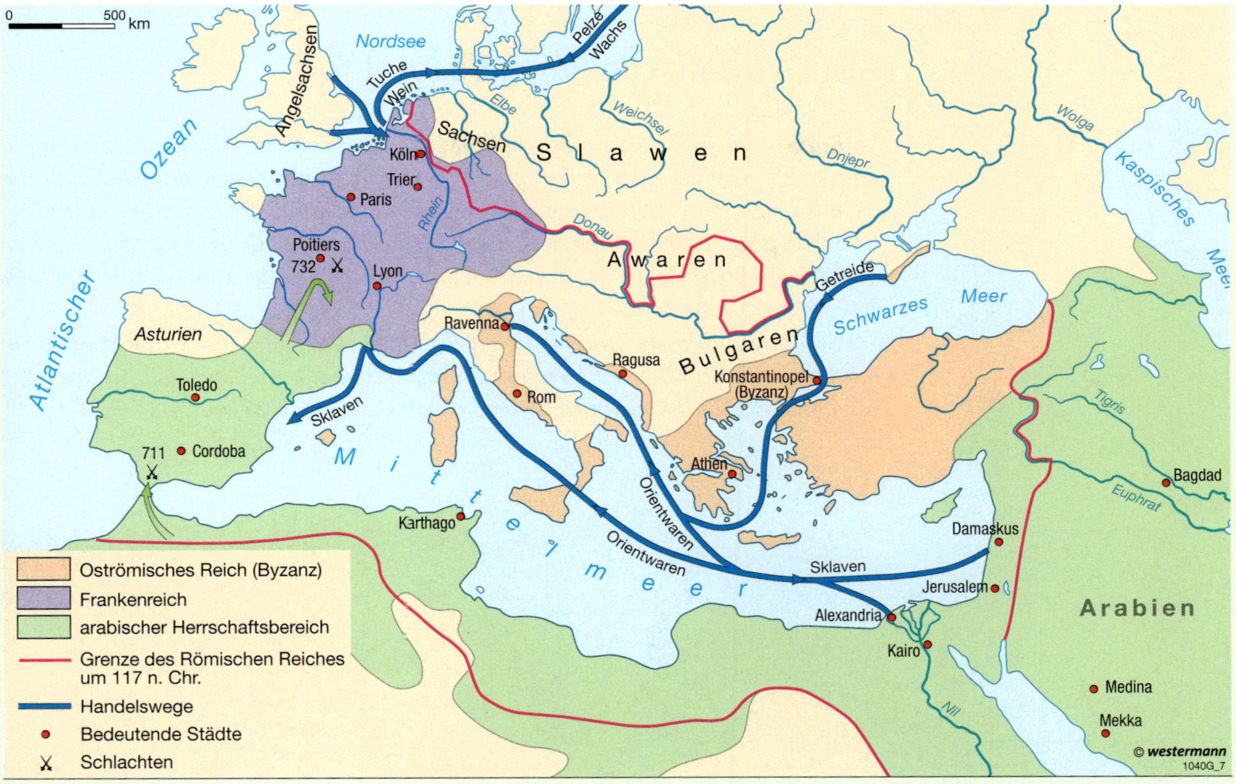

M 2 **Die Mittelmeerwelt um 750**

Dreiteilung der Mittelmeerwelt

Der von den Römern beherrschte Mittelmeerraum zerfiel um 500 n. Chr. und es entstanden in einem sich über Jahrhunderte hinziehenden Prozess drei neue große Herrschaftsbereiche auf dem Gebiet des ehemaligen Imperium Romanum:

1. Der östliche Teil mit der Hauptstadt Konstantinopel blieb als Byzantinisches Reich bestehen. An der Spitze stand der oströmische Kaiser, der sich zum Christentum bekannte.
2. Im südlichen Teil entstanden große Herrschaften, die von muslimischen Kalifen regiert wurden.
3. Im westlichen Teil bildete sich nach und nach das Frankenreich als entscheidende Macht heraus, dessen Herrscher Christen wurden und die beanspruchten, das Erbe des Römischen Reiches fortzuführen.

Im Zuge der Dreiteilung der Mittelmeerwelt entstanden somit verschiedene Kulturkreise, die bis heute wirksam sind und das Leben der Menschen bestimmen.

Was kannst du in diesem Kapitel lernen?

- Du arbeitest heraus, wie es zu einer Dreiteilung des Mittelmeerraumes kam.
- Du kannst exemplarische Kennzeichen und Phänomene von Judentum, Christentum und Islam benennen.
- Du beschreibst die Entstehung des Byzantinischen Reiches.
- Du skizzierst die Entstehung des Frankenreiches unter Chlodwig und Karl dem Großen.
- Du beschreibst die Ausbreitung des Islam im Mittelmeerraum sowie Merkmale der islamischen Kultur.

Das Oströmische Reich besteht fort

Konstantinopel, Byzanz oder das „neue Rom“ – die türkische Millionenstadt Istanbul hatte schon viele Namen in der Vergangenheit. Das liegt daran, dass die Stadt am Bosporus seit über 2000 Jahren ein Zentrum für Kultur, Handel und Finanzen ist. Ihre außergewöhnliche Lage zwischen den Kontinenten Europa und Asien machte die Metropole durch die Jahrhunderte zur Drehscheibe der Geschichte. Und alles begann mit Kaiser Konstantin.
Die Stadt Byzantion bestand schon seit etwa 660 v. Chr., doch erst Kaiser Konstantin machte die Stadt 330 n. Chr. zu seiner Hauptstadt im Römischen Reich. Als Konstantinopolis (gr. „Stadt Konstantins“) brachte er sie damit zu Weltruhm.

M 1

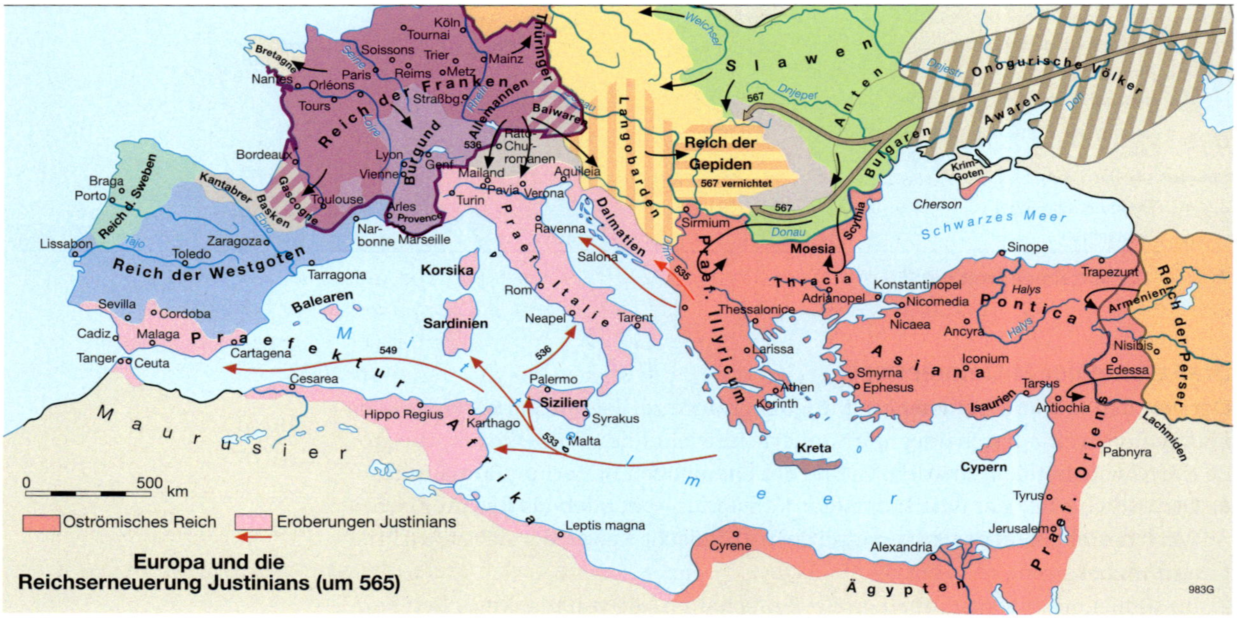

Europa und die Reichserneuerung Justinians (um 565)

Aufgaben

1. Byzanz – das „neue Rom“

a) Fasse die Gründe für die Wahl Byzantions als neue Residenzstadt zusammen.

b) Sowohl Konstantin als auch Justinian behaupteten, bei der Planung der Stadt Konstantinopel Weisungen im Schlaf erhalten zu haben. Überlege Dir Gründe für diese Erzählungen.

c) Für die byzantinischen Herrscher war nicht annehmbar, dass jemand anderes den Kaisertitel beanspruchte. Nenne Gründe dafür.

d) Erschließe die Bedeutung Justinians für die europäische Geschichte.

Text auf Seite 187, M1, M2

Byzanz – das „neue Rom“

Neue Residenzstadt des römischen Kaisers

Konstantin selbst behauptete später, beim Ausbau Byzantions einem nächtlichen Rat der Jungfrau Maria gefolgt zu sein, doch hatte die Wahl des Ortes sicherlich vor allem strategische Gründe, um die neugewonnene Herrschaft im Osten des Reiches zu festigen. Denn von hier konnten ganz zentral alle Teile des Römischen Reiches gesteuert werden.

Konstantinopel wurde fünfmal größer als Byzantion angelegt. Wie im alten Rom gab es ein Kapitol, ein Forum und einen Circus – Hippodrom (gr. „Pferdebahn“) genannt. Kunstwerke aus dem ganzen Reich wurden herbeigeschafft, die der neuen Residenzstadt ihren Glanz verliehen. Um ihre Bedeutung weiter zu festigen, wurde zudem behauptet, dass sie ebenso wie Rom auf sieben Hügeln errichtet sei. Konstantinopel war nicht direkt als „christliches Rom“ geplant, doch es entwickelte sich schnell zum Zentrum des Christentums: Konstantins Annäherung an das Christentum führte schließlich dazu, dass der christliche Glaube Staatsreligion wurde.

Das Byzantinische Reich

Im Jahr 395 n. Chr. wurde das Römische Reich in eine Ost- und eine Westhälfte geteilt. Während das Weströmische Reich im Zuge der „Völkerwanderung“ zerfiel, konnte sich das Oströmische Reich behaupten. Es wird auch als Byzantinisches Reich bezeichnet. Das einfache Volk von Byzanz sah seinen Herrscher fast nie, denn der Kaiser lebte meist in seinem riesigen Palast. Wurde ein Untertan oder Gast durch die zahlreichen Gänge des Palastes zum Kaiser geleitet, so erlebte er den Herrscher nur thronend. Seinen Gehorsam und seine Untertänigkeit musste der Vorgelassene dann im Niederwerfen vor dem Kaiser ausdrücken. Dies wird als Proskynese bezeichnet.

Für die byzantinischen Herrscher war auch nicht vorstellbar, dass jemand anderes den Kaisertitel beanspruchte und behauptete, das Erbe des Römischen Reiches anzutreten. Denn in Byzanz blieb, wenngleich Griechisch gesprochen und geschrieben wurde, das römische Erbe lebendig.

Justinian

Einer der wichtigsten Herrscher des Byzantinischen Reiches war Kaiser Justinian (527–565 n. Chr.). Unter ihm gelang es sogar, Nordafrika, Italien und Südspanien zurückzuerobern und dadurch große Teile des Römischen Reiches wieder zu vereinen. Auch wenn dieser Erfolg nicht von Dauer war, konnten Justinian und seine Nachfolger das Byzantinische Reich im Osten noch bis 1453 erhalten und gegen Angriffe von außen verteidigen.

Justinian war um eine Vereinheitlichung von Staat und Kirche bemüht: Er selbst behauptete, seine Herrschaft unmittelbar von Gott erhalten zu haben. Dies bezeichnet man als Gottesgnadentum. Andersgläubige zwang er gewaltsam, zum Christentum überzutreten. Als Kaiser und religiöses Oberhaupt bemühte er sich, Religion und Politik zu ordnen. Er verfasste daher den Codex Iustinianus (später auch Corpus Iuris Civilis genannt): eine Zusammenstellung aller Rechtsvorschriften der Römer. Durch diese Sammlung blieb das antike Rechtswesen erhalten und für Europa bestimmend.

M 2 Istanbul

Blick auf die Hagia Sophia, aktuelles Foto. Hagia Sophia bedeutet auf Griechisch „Kirche der göttlichen Weisheit“. Sie wurde unter Kaiser Justinian errichtet und war mit einer Höhe von etwa 55 m und einem Kuppeldurchmesser von rund 32 m von unvergleichlicher Größe. Nach der Eroberung von Byzanz im Jahre 1453 wurde sie zur Moschee.

M 1 **Israel und Juda**

M 2 **Klagemauer in Jerusalem**

Auf dem Tempelberg befindet sich die Klagemauer, die Reste des 70 n. Chr. zerstörten Tempels, ein wichtiges Heiligtum der jüdischen Religion. Im Hintergrund die Al-Aqsa-Moschee, eine wichtige religiöse Stätte des Islam, aktuelles Foto.

Drei Weltreligionen im Überblick: Judentum – Christentum – Islam

Das Judentum – Die Religion des „Volkes Israel"

Die Anfänge: Gründervater Abraham und Beginn der Diaspora

Die Bezeichnung „Judentum" geht auf die biblische Bezeichnung für die Bewohner des Reiches Juda bzw. der Provinz Judäa zurück. Als Begründer der Religion gilt Abraham. Von Abrahams Enkel Jakob und seinen Frauen Lea und Rachel leiteten sich nach der Thora die zwölf Stämme Israels ab, aus denen sich das Volk Israel zusammensetzte. Eine genaue Datierung der Gründung ist aus historischer Sicht schwierig. Das politische Zentrum lag in der Stadt Jerusalem. Hier wurde der erste Tempel gebaut. Seine Zerstörung bedeutete den Untergang des Reiches Juda und führte die Juden in das erste babylonische Exil (587–538 v. Chr.).

Nachdem die Babylonier durch den Perserkönig Kyros besiegt worden waren, konnten die Juden aus dem Exil zurückkehren. Es kehrten jedoch nicht alle zurück: Die erste Zeit der Diaspora, in der Juden sowohl in Griechenland als auch in Ägypten siedelten, begann. Die Rückkehrer erbauten um das Jahr 515 v. Chr. einen neuen Tempel in Jerusalem. Judäa war zu dieser Zeit eine Provinz Persiens.

In der Folgezeit geriet das Gebiet unter hellenistischen (griechisch geprägten) Einfluss. 164 v. Chr. kam es unter Judas Makkabi zu einem Aufstand, in dessen Folge die Makkabäer (Hasmonäer) die Eigenständigkeit für das Gebiet erreichten.

Im Zuge der Expansion des Römischen Reiches wurde Judäa 6 n. Chr. römische Provinz und verlor seine Eigenständigkeit wieder. Nach zunehmenden Konflikten mit der römischen Herrschaft wurde im Jahre 70 n. Chr. der zweite Tempel zerstört. Damit verlor das Judentum sein religiöses Zentrum, viele Juden verließen ihre Heimat. Die Zerstörung des zweiten Tempels gilt als Hauptausgangspunkt der jüdischen Diaspora. Die bis heute in Jerusalem erhaltenen Reste des Tempelfundaments (die Klagemauer) gelten Juden aus aller Welt als wichtiger religiöser Ort des Gebets.

Info

Thora

Die heilige Schrift des Judentums, bestehend aus den fünf Büchern Mose.

Diaspora

Der aus dem Griechischen stammende Begriff bedeutet Zerstreuung und wird in der Regel in Bezug auf eine zerstreut lebende religiöse oder ethnische Minderheit verwendet, die fern ihrer Heimat lebt.

Rabbiner

Religiöser Gelehrter und Funktionsträger im Judentum.

Synagoge

Versammlungsort, heute häufig das Gottesdienstgebäude einer jüdischen Gemeinde und ihr gesellschaftliches Zentrum.

Sabbat

Der siebte Tag der Woche, der im Judentum als Ruhetag gilt, an dem keine Arbeit verrichtet werden soll.

Der Glaube der Juden: Grundlagen und heilige Schrift

Der jüdische Glaube ist die älteste monotheistische Religion und Mutterreligion von Christentum und Islam. Die Juden hoffen auf die Ankunft des Messias, der ein Reich des Friedens auf Erden errichten wird. Als Jude gilt nach rabbinischer Tradition, wer von einer jüdischen Mutter abstammt oder nach orthodoxer (strenger, an den Ursprüngen einer Lehre bzw. Religion orientierter) Norm zum Judentum übergetreten ist. Grundlegend für die Religion ist die Vorstellung der Einheit und Einzigkeit Gottes, dessen Schöpfung die Welt ist. Der Mensch steht in unmittelbarer Beziehung zu Gott.

Die Thora ist die heilige Schrift des Judentums. In der schriftlichen Thora, den fünf Büchern Mose, finden sich 613 Gebote und Verbote; in der mündlichen Thora finden sich weitere wichtige Gesetze und Kommentare der Mischna und des Talmuds. Gemeinsam bilden mündliche und schriftliche Thora die Halacha. Aus ihr leiten sich die Grundregeln des Judentums ab, zum Beispiel die Heiligung des Sabbats, die Beschneidung der Jungen oder die Speisegebote. Die Thora-Rollen sind für eine jüdische Gemeinde das wertvollste Gut, das in der Synagoge in einem zentralen Schrank, dem Thoraschrein, aufbewahrt wird. Dieser Thoraschrein ist meist nach Jerusalem ausgerichtet. Im Gottesdienst wird die Thora unter Anwesenheit von mindestens zehn religionsmündigen Männern aus dem Thoraschrein geholt, auf ein Podest (die Bima) gelegt, vorgelesen und erklärt.

Im Judentum gibt es heute wie in allen anderen Religionen unterschiedliche Ausrichtungen, die sich vor allem in der Strenge der Einhaltung der Regeln unterscheiden. So halten sich orthodoxe Juden streng an die Regeln der Thora und des Talmuds, liberale Juden passen diese Regeln eher den modernen Lebensweisen der Gläubigen an.

M 3 Menora

Der siebenarmige Leuchter vor dem Parlamentsgebäude in Jerusalem. Auch im Tempelschatz, der im Jahre 70 n. Chr. nach Rom transportiert wurde, befand sich eine Menora, aktuelles Foto.

Das Christentum – Der Glaube an Vater, Sohn und Heiligen Geist

Die Anfänge: Jesus Christus und die Entwicklung zur Weltreligion

Die zentrale Gestalt des Christentums ist der Wanderprediger Jesus von Nazareth, der von seinen Anhängern Jesus Christus genannt wurde. Er lebte in Palästina und war Jude. Sein im Mittelalter errechnetes Geburtsjahr gilt heute im westlichen Kulturkreis als Beginn der Zeitrechnung, das bedeutet, dass unsere Jahreszahlen nach der Geburt Jesu Christi gezählt werden. Der um das Jahr 30 in Jerusalem gekreuzigte Jesus galt seinen Anhängern, den Jüngern, als der vom Judentum erwartete Messias und Sohn Gottes. Es gilt heute als sicher, dass sich Jesus selbst nicht als Religionsgründer sah, sondern nur eine Reform des Judentums anstrebte. Er veränderte jedoch wesentliche Inhalte der jüdischen Tradition und spitzte sie auf seine Person zu, sodass eine Trennung von Judentum und Christentum wenige Jahre nach seinem Tod unausweichlich erschien.

Die Ausbreitung des Christentums ging von der Jerusalemer Urgemeinde aus. Die Urchristen verbreiteten ihre Religion – trotz anfänglicher intensiver Verfolgungen vonseiten der römischen Kaiser – durch Mission im Römischen Reich. Ein wesentlicher Schritt war der Übertritt des römischen Kaisers Konstantin I. zum Christentum, die sogenannte „konstantinische Wende“ um 311/313 n. Chr. Kaiser Theodosius I. erklärte 391 das Christentum schließlich zur Staatsreligion.

M 4 Kreuzigung

Gemälde von Matthias Grünewald, 1523–1525

Info

Mission

Auftrag, die Menschen in Kontakt mit der Botschaft Jesu Christi zu bringen und sie zum Christentum zu bekehren.

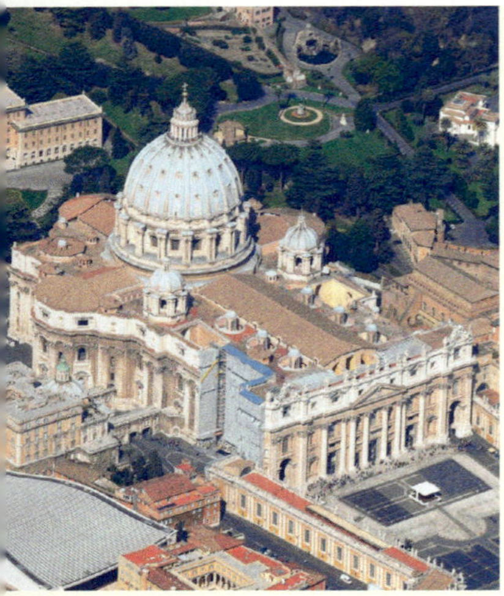

M 5 Blick auf den Petersdom in Rom
Aktuelle Fotografie

Die Herausbildung der christlichen Kirche zu einer geistlichen und weltlichen Macht erfolgte in den folgenden Jahrhunderten in unterschiedlichen Phasen, in kriegerischen Auseinandersetzungen und Kirchenspaltungen. Der Papst gilt für katholische Christen als Stellvertreter Gottes auf Erden. Das zentrale Gotteshaus des katholischen Christentums ist der Petersdom in Rom. In Deutschland ist neben dem Katholizismus der maßgeblich durch Martin Luther und die Reformation beeinflusste Protestantismus als zweite große christliche Konfession vertreten. Die Protestanten erkennen den Papst nicht als Stellvertreter Gottes auf Erden an, sie betonen vielmehr den unmittelbaren Kontakt eines jeden Gläubigen zu Gott auf der Grundlage der Bibel.

Der Glaube der Christen: Grundlagen und heilige Schrift

Das Christentum ist eine der großen monotheistischen Weltreligionen. Jesus Christus verbreitete in seinen Predigten die zentralen Botschaften der Nächstenliebe, der Barmherzigkeit und des Friedens. Seine Kreuzigung sollte die Menschheit zum Heil führen. Die Christen glauben bis heute an diese Grundlagen, an denen die Lebensführung ausgerichtet sein sollte.

Die heilige Schrift des Christentums ist die Bibel. Sie besteht aus dem Alten Testament (die fünf Bücher Mose, Geschichts- und Lehrbücher und die Bücher der Propheten) und dem Neuen Testament mit seinen vier Evangelien, der Apostelgeschichte, den Briefen und der Offenbarung. Die Geburt Jesu an Heiligabend, seine Kreuzigung am Karfreitag, die Auferstehung in der Osternacht sowie seine Himmelfahrt werden bis heute im Christentum als zentrale Feste begangen. Sie bilden im Abendland wichtige Feiertage im Jahresrhythmus. Christen glauben aber nicht nur an Gott und seinen Sohn Jesus Christus, sondern auch an den Heiligen Geist. Diese drei Elemente bilden die Grundlage der sogenannten Trinitätslehre. Da Vater, Sohn und Heiliger Geist eine Einheit bilden, ist das Christentum aber trotzdem eine monotheistische Religion.

Info

Konfession

Aus dem Lateinischen abgeleitetes Wort, das „Bekenntnis“ einer Gruppe zu einer Lehre oder Glaubenspraxis.

Evangelien

Die vier Teile der Bibel, die von der Lebensgeschichte Jesu erzählen. Sie werden als gute (eu) Nachricht (angelos) bezeichnet und werden den vier Evangelisten Lukas, Matthäus, Johannes und Markus zugeschrieben.

Der Islam – Glaube in der Nachfolge des Propheten Mohammed

Die Anfänge der Religion: Der Prophet Mohammed

Der Islam geht auf den Propheten Mohammed zurück, der für die Muslime der Prophet Allahs ist. Mohammed wurde um 570 n. Chr. in der arabischen Handelsstadt Mekka geboren. Als Vollwaise wuchs er bei Verwandten auf, lebte als Hirte und begleitete seinen Onkel auf Handelsreisen, bevor er sich selbst als Kaufmann in Mekka niederließ und heiratete. Hier verehrten die meisten Menschen viele verschiedene Götter in der Kaaba, einem würfelförmigen Haus, das als Heiligtum galt. Vom Glauben an Allah als einzigem Gott überzeugt, begann Mohammed, gegen den in Mekka verbreiteten Polytheismus zu predigen. Als er auf Widerstand stieß, siedelte er im Jahr 622 nach Medina über. Diese sogenannte Hijra (Hidschra) stellt für die Muslime den Beginn ihrer Zeitrechnung dar, denn in Medina bildete sich die erste muslimische Gemeinschaft. Es entstanden die ersten Moscheen als Andachtsorte für Allah. Im Jahr 629 pilgerte Mohammed nach Mekka und beseitigte in der Kaaba alles, was an den früheren Glauben erinnerte. Die Kaaba gilt seitdem als höchstes Heiligtum des Islam, und die Pilgerfahrt nach

M 6 Die Kaaba in Mekka
Zentrum der islamischen Welt, aktuelle Fotografie

Mekka wurde eine der wichtigsten religiösen Pflichten für Muslime. In den Jahren bis zu seinem Tod 632 n. Chr. bemühte sich Mohammed um die Verbreitung des Islam. Unter ganz bestimmten Bedingungen konnte auch ein Jihâd (Dschihad), ein „heiliger Krieg", erlaubt sein. Bis zum Tod Mohammeds waren bereits große Teile der arabischen Halbinsel in muslimischer Hand, danach übernahmen Kalifen als „Stellvertreter" oder „Nachfolger" Mohammeds die Führung. Dabei kam es zur Ausbildung verschiedener Glaubensrichtungen. Die Anhänger des Kalifen Ali (656–661) waren die sogenannten Schiiten. Der Name leitet sich von der Bezeichnung shi'at'Ali, die „Partei Alis", ab. Die Schiiten sind davon überzeugt, dass nur die direkten Nachkommen Mohammeds Kalifen werden können. Demgegenüber glaubt die Mehrheit der Muslime, dass nicht nur der Koran, sondern auch die Sunna, die Lehren der Gefährten und Nachfolger Mohammeds, Gültigkeit besitzen. Daher werden diese Gläubigen als Sunniten bezeichnet. Die Spaltung des Islam dauert bis in die Gegenwart an.

M 7 Eine Seite des Koran

Handschrift mit der ersten Sure aus dem Jahr 1389 (nach christlichem Kalender)

Der Glaube der Muslime: Grundlagen und heilige Schrift

„Islam" bedeutet „Unterwerfung unter Gott". „Muslim" heißt also: „einer, der sich unterwirft". Der Islam ist ebenfalls eine monotheistische Religion. Die heilige Schrift des Islam ist der Koran. Der Koran enthält Allahs Willen, wie er ihn seinem Propheten Mohammed offenbart hat. Im Koran wird zum Beispiel berichtet, wie Mohammed dem Engel Jibrîl (Dschribil) begegnete: In der Nacht wurde Mohammed von dem Engel auf einem Reittier zuerst auf den Tempelberg in Jerusalem gebracht, dann erblickte er auf einer Himmelsreise Allah und die sieben Paradiese.

Im Islam wird nicht nur der Inhalt der Schrift, sondern auch das Buch und der Text selbst als heilig betrachtet. Deshalb sind auch die Gestaltung der Schrift und die richtige Betonung beim Sprechen außerordentlich wichtig. Aufgeteilt ist der Koran in 114 unterschiedlich lange Abschnitte, die sogenannten Suren. Deren Inhalt ist vielfältig: Es finden sich darin Ereignisse, die auch in der Bibel enthalten sind, zum Beispiel die Schöpfungsgeschichte und Berichte über Jesus. Es finden sich weiterhin Aussagen zum Jüngsten Gericht, zur Hölle und zum Paradies sowie Rechtsvorschriften. Das ganze Leben eines Muslims soll sich am Koran orientieren. Da vieles aber nicht eindeutig ist, ist eine Auslegung des Korans notwendig. Diese Aufgabe kann ein Imam (ein Vorbeter in der Moschee), ein Ayatollah (ein Rechtsgelehrter) oder auch ein Kadi (ein Richter) übernehmen. Sie alle bemühen sich, die Aussagen des Koran auf das Verhalten im Alltag und auf Rechtsfälle anzuwenden. Aufgrund der unterschiedlichen Interpretationen des Korans gibt es auch verschiedene Richtungen im Islam. Gleichwohl sind die sogenannten Fünf Säulen des Islam für alle Gläubigen verbindlich.

M 8 Die Säulen des Islam

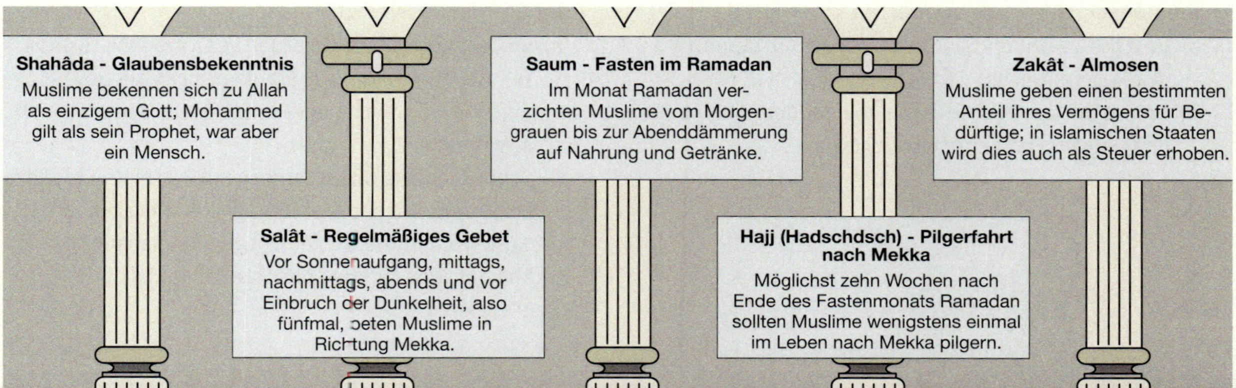

Das Frankenreich entsteht

Wie entsteht ein großes Reich? Auf diese Frage gibt es keine allgemeingültige Antwort, jedoch stellt die Entstehung des Frankenreichs ein lehrreiches Beispiel dar. Wie kam es dazu, dass das Frankenreich die Nachfolge des römischen Imperiums antreten konnte?

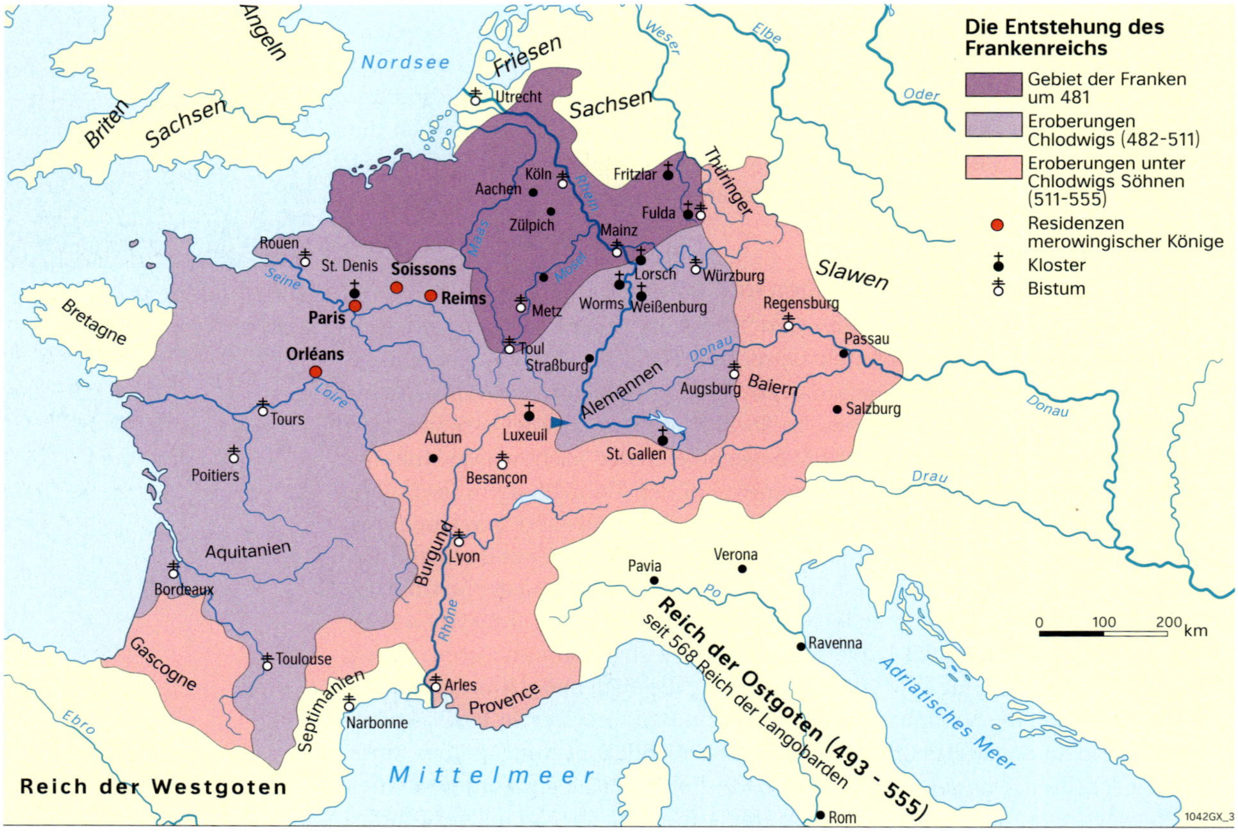

M 1 Das Frankenreich der Merowinger

Aufgaben

1. Die Entstehung des Frankenreichs – Eine Geschichtskarte auswerten

a) Beschreibe anhand der Karte M1 die Ausdehnung des Frankenreichs.

b) Nenne die heutigen Staaten, die auf dem Gebiet des ehemaligen Frankenreichs liegen.

→ M1

2. Die Entstehung des Frankenreichs – Einen Text auswerten

a) Im Text auf Seite 193 werden verschiedene Gründe für die Entstehung des Frankenreichs aufgezählt. Finde für die einzelnen Punkte geeignete Überschriften.

b) Schreibe diese Überschriften auf Zettel und ergänze sie jeweils um einige inhaltliche Stichworte.

c) Gestalte mithilfe deiner Notizen ein Schaubild zum Thema: „Der Aufstieg des Frankenreichs“

→ Text auf Seite 193

Chlodwig und die Merowinger

Nach dem Untergang des Weströmischen Reiches war die Situation im Norden zunächst unübersichtlich. Die Volksgruppen der Völkerwanderungszeit errichteten viele kleine Herrschaften, aus denen sich aber bald ein großes Reich entwickelte: das Frankenreich, in dessen Tradition sich auch das heutige Frankreich sieht.

Ein neues Großreich

Die Grundlagen für das Frankenreich legte um 500 der zu dieser Zeit regierende Chlodwig. Er stammte aus dem Geschlecht der Merowinger, deren Stammvater der König Merowech war. Innerhalb von etwa 50 Jahren konnten Chlodwig und seine Söhne ihr Gebiet um ein Vielfaches vergrößern. Dies hatte mehrere Gründe.

- Die fränkischen Stammesführer bzw. Kleinkönige verbündeten sich zwar häufig gegen die Römer, führten aber auch untereinander Kriege. Chlodwig war ein außerordentlich erfolgreicher Feldherr und ein machtbewusster Stammesführer. Bei der Durchsetzung seiner Herrschaft schreckte er auch vor Intrigen nicht zurück. So gelang es ihm, andere Könige zu entmachten.
- Als Herrscher über ein großes Gebiet musste Chlodwig besondere militärische Fähigkeiten und politisches Geschick besitzen. Die Germanen glaubten daran, dass ihre Anführer ein sogenanntes „Königsheil" verkörperten, das neben Klugheit und Kraft auch übernatürliche Eigenschaften wie Unverwundbarkeit umfasste. Sichtbarer Ausdruck dieser besonderen Stellung waren lange Haare. Die Macht eines Königs beruhte auf seinem Grundbesitz, den er durch Eroberungen erwarb und den Untergebene bewirtschafteten, die seiner Schutzherrschaft unterstanden.
- Da Chlodwig das Frankenreich bald nicht mehr allein regieren konnte, war er auf Berater und Gefolgsleute angewiesen, die ihn unterstützten.
- Aufgrund der Nähe zum Römischen Reich bestanden zwischen Römern und Franken trotz aller Konflikte immer auch friedliche Kontakte – Chlodwigs Vater Childerich stand sogar in römischen Militärdiensten. Die Vermischung der fränkischen Oberschicht mit der Oberschicht der ehemaligen römischen Provinz Gallien ließ eine neue Adelsschicht entstehen.
- Der enge Kontakt mit den Römern führte auch dazu, dass sich die Franken an der römischen Verwaltung orientierten und dass der Einsatz von Schrift beim Regieren eine zunehmende Bedeutung gewann. Chlodwig befahl sogar, das Recht der Franken nach römischem Vorbild auf Latein in einem Rechtsbuch niederzuschreiben.
- Wichtig für die Reichsbildung der Franken war schließlich auch, dass sich Chlodwig unter dem Einfluss seiner Frau taufen ließ. Seinem Beispiel folgten viele seiner Gefolgsleute und Schutzbefohlenen, wodurch sich das Christentum im Frankenreich immer stärker verbreitete. Die gemeinsame Religion führte zu einem Zusammengehörigkeitsgefühl als Volk, wobei sich römische Bewohner der ehemaligen Provinz Gallien und die Mitglieder der fränkischen Stämme immer mehr aneinander anglichen. Der Herrscher an ihrer Spitze wurde nicht „König des Frankenreiches", sondern „König der Franken" („rex francorum") genannt.

Die Ausdehnung des Frankenreiches war die Voraussetzung dafür, dass im Westen wieder ein Kaiserreich entstehen konnte, jedoch wurde dieses nicht unter den Merowingern, sondern erst unter deren Nachfolgern, den Karolingern, errichtet.

M 2 Ein merowingischer König

Das Siegel zeigt einen Herrscher mit langen Haaren – dem Zeichen für das Königsheil. An der Verwendung von Siegeln kann man zugleich erkennen, dass der Einsatz von Schrift bei der Verwaltung des Reiches immer wichtiger wurde.

Ein neues Kaiserreich

An Weihnachten im Jahr 800 wurde Karl der Große in Rom zum Kaiser gekrönt. Damit wurde das Römische Reich erneuert. Wie konnte es dazu kommen?

M 1 Das Reich Karls des Großen (768 – 814)

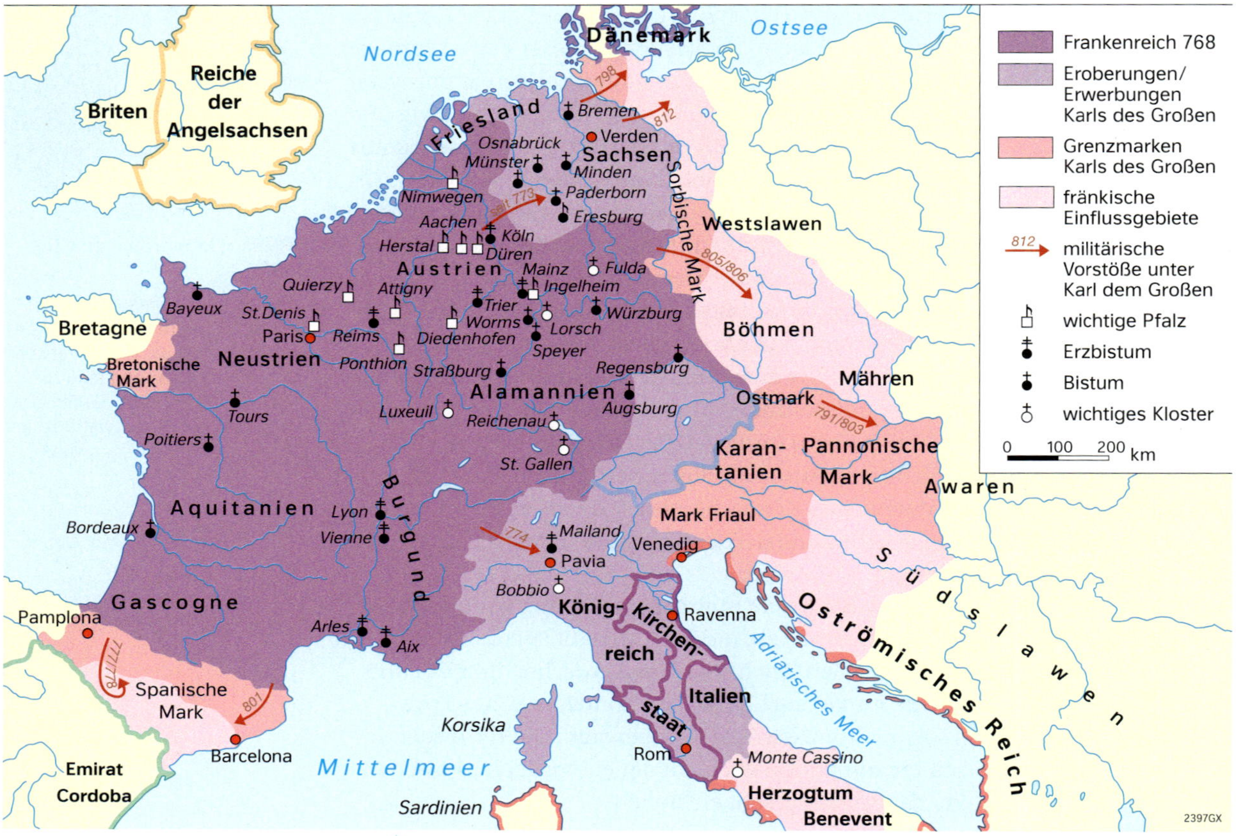

1. **Das Reich Karls des Großen – Mit einer Geschichtskarte arbeiten**
   a) Erschließe die Geschichtskarte M1 im Hinblick auf die Ausdehnung des Frankenreiches. Verwende dafür den Trainingskasten „Eine Geschichtskarte untersuchen“ auf Seite 52.
   b) Nenne die wichtigsten heutigen Länder, deren Regionen das Reich Karls des Großen umfasste.
   M1 und Trainingskasten auf Seite 52

2. **Die karolingische Herrschaft erklären**
   a) Erstelle mithilfe des Schulbuchtextes ein Schaubild zur Regierungsweise Karls des Großen.
   b) Diskutiert in kleinen Gruppen über eure Schaubilder und entwickelt ein gemeinsames Schaubild.
   c) Erklärt euer Schaubild vor der Klasse.
   Text auf den Seiten 195 – 196

Der Aufstieg der Karolinger

Karl gehörte zur Familie der Karolinger. Diese waren zunächst die „Hausmeier“ der Merowinger gewesen, also die Leiter der königlichen Verwaltung und die wichtigsten Berater der fränkischen Könige. Der Begriff „Hausmeier“ leitet sich vom lateinischen „maior domus“ („Vorsteher des Hauses“) ab. Mit der Zeit wurden die Karolinger aber immer einflussreicher, bis schließlich Karls Vater, der Karolinger Pippin, den letzten Merowingerkönig absetzte und sich selbst zum König der Franken machte.

Karls Regierungsweise

Als Karl König wurde, setzte er die Eroberungen fort. Um sein Reich nach außen zu schützen, richtete Karl Grenzmarken ein, die besonders befestigt waren und in denen sogenannte Markgrafen in seinem Namen regierten. Grafen waren aber auch im Inneren eine wichtige Hilfe für Karl: Sie handelten im Auftrag des Königs, sprachen Recht und sorgten für militärischen Schutz. Daneben gab es Königsboten, die im ganzen Reich unterwegs waren. Sie hatten dafür Sorge zu tragen, dass die königlichen Beschlüsse ausgeführt wurden. Auch Karl selbst war viel in seinem Reich unterwegs, da er sein Amt in der Form des sogenannten Reisekönigtums ausübte. Dabei zog er mit seinem Hofstaat von Ort zu Ort, um das Reich zu verwalten, Recht zu sprechen, die lokalen Herrscher zu kontrollieren und persönliche Verbindungen zu pflegen.

Karls bevorzugter Aufenthaltsort war Aachen. Hier ließ er einen prunkvollen Herrschaftssitz errichten. Diese Pfalz, abgeleitet vom lateinischen Wort „palatium“ („Palast“), gilt als Symbol für die Macht des Frankenreiches unter Karls Herrschaft. In Karls Regierungszeit von 768 bis 814 n. Chr. erreichte das Frankenreich seine größte Ausdehnung.

M 2 Medaille des Internationalen Karlspreises der Stadt Aachen

Vorderseite, aktuelles Foto

M 3 Außenansicht der Pfalzkapelle in Aachen

Der achteckige Grundriss der Pfalzkapelle ist trotz der späteren Anbauten noch deutlich erkennbar, aktuelles Foto.

M 4 Statue Karls des Großen

Die Statue hat eine Höhe von 13 cm und entstand um 870 n. Chr.; sie zeigt vermutlich Karl den Großen.

Karl wird Kaiser

Die Kaiserkrönung Karls des Großen wurde zu Weihnachten im Jahr 800 in Rom vollzogen. Dieses Ereignis hatte eine Vorgeschichte: Als die Karolinger das Königtum von den Merowingern übernahmen, hatten sie dafür auch die Unterstützung des Papstes gesucht, was sich auf das Selbstverständnis ihres Königtums auswirkte. Die Herrschaft wurde fortan mit einer „Einsetzung durch Gott“ begründet, die Könige herrschten also „von Gottes Gnaden“. Karl wurde schließlich so mächtig, dass er die Nachfolge der römischen Kaiser antreten konnte.

Sein Kaisertum stand einerseits in der Tradition des Römischen Reiches, wofür der Gedanke der Übertragung des Imperium Romanum auf den neuen Herrscher entwickelt wurde. Dieses Konzept wird lateinisch auch „translatio imperii“ genannt. Andererseits galt der Kaiser als „von Gott eingesetzt“, was durch die päpstliche Salbung und durch die Bezeichnung „Heiliges Römisches Reich“ verdeutlicht wurde.

Neben den Papst, das geistliche Oberhaupt der Christenheit, trat nun der Kaiser als weltliches Oberhaupt. Das Verhältnis dieser beiden „Universalgewalten“ zueinander bestimmte in den folgenden Jahrhunderten in wesentlicher Form die Geschichte des Mittelalters.

Antikes und mittelalterliches Kaisertum im Vergleich

Das Kaisertum Karls knüpfte bewusst an das römische Kaisertum an, aber es gab auch eine Reihe von Unterschieden. Beide Reiche erhoben einen universalen Anspruch, wollten also Weltreiche sein, auch wenn sie „nur“ begrenzte Gebiete beherrschten. Das antike Römische Reich beherrschte den weiteren Mittelmeerraum, das Heilige Römische Reich hingegen Regionen Mittel- und Westeuropas. Während die antiken römischen Kaiser ihr Amt per Verkündigung übernahmen, vollzog im Mittelalter der Papst die Kaiserkrönung und brachte so auch die neue Rechtfertigung der Herrschaft zum Ausdruck: Mittelalterliche Kaiser herrschten „von Gottes Gnaden“, wohingegen die antiken römischen Kaiser für sich selbst einen göttlichen Rang beanspruchten, bevor das Christentum zur Staatsreligion erhoben wurde. Schließlich existierte für die mittelalterlichen Kaiser neben dem Papst in Rom auch im fortbestehenden Oströmischen Reich eine christliche Machtkonkurrenz.

Digital+ WES-115948-602
Erklärvideo zu Karl dem Großen

M 5 Vorderseite einer Münze Karls des Großen

Darstellung Karls des Großen mit Kaisermantel, Lorbeerkranz und dem Titel „Imp[erator] Aug[ustus]“, um 813/14

Biografie

Karl der Große (747–814 n. Chr.)

Als König erweiterte Karl das fränkische Reich. Karl stand in einem engen Schutz- und Vertrauensverhältnis zum Papst in Rom. Hieraus folgte die Erneuerung der Kaiseridee zu Weihnachten 800. Karl galt bereits im Mittelalter als bedeutender König und Kaiser.

Info

Kaiser

Nach Caesars Ermordung führte dessen Adoptivsohn Oktavian, mit dem das römische Kaisertum begann, den Beinamen „Caesar“. Daraus entwickelte sich der Begriff „Kaiser“. Seither führten alle Herrscher des Römischen Reichs die Kaisertitel Caesar, Augustus und Imperator. Im Mittelalter wurde dieser Titel weiterverwendet. Allerdings spielte dann das christliche Selbstverständnis der Herrscher eine Rolle. Die Kaiser beriefen sich darauf, von Gott eingesetzt worden zu sein.

Die Kaiserkrönung – Drei Sichtweisen

M 6 Berichte von der Kaiserkrönung in Rom

a) Die Sicht des Papstes findet sich in der die Verdienste des Papstes lobenden Lebensbeschreibung Papst Leos III. Das entscheidende Kapitel entstand bereits 801:

Am Tag der Geburt unseres Herrn Jesu Christi waren alle in der schon genannten Basilika des heiligen Apostels Petrus wiederum versammelt. Und da krönte ihn der ehrwürdige und segenspendende Vorsteher [Papst] eigenhändig mit der kostbaren Krone. Darauf riefen alle gläubigen und getreuen Römer, die den Schutz und die Liebe sahen, die er der römischen Kirche und ihrem Vertreter gewährte, einmütig mit lauter Stimme auf Gottes Geheiß und des heiligen Petrus, des Himmelreiches Schlüsselträger, Eingebung aus: Dem heiligsten Augustus Karl, dem großen, von Gott gekrönten und Frieden bringenden Kaiser Leben und Sieg! Vor der heiligen Confessio des seligen Petrus ist das, unter Anrufung vieler Heiliger, dreimal ausgerufen worden, und von allen ist er als Kaiser eingesetzt worden. Auf der Stelle salbte der heilige Vorsteher und Oberpriester mit heiligem Öl Karl, seinen hervorragendsten Sohn, an demselben Tage der Geburt unseres Herrn Jesu Christi zum König.

Zit. nach: Wilfried Hartmann (Hg.), Deutsche Geschichte in Quellen und Darstellung. Band 1: Frühes und hohes Mittelalter 750–1250, Stuttgart: Reclam 1995, S. 53f.

b) Die Sicht des Hofes unmittelbar nach der Krönung zeigt sich im Bericht der die Herrschaft der Karolinger stützenden Reichsannalen:

Als der König gerade am heiligen Weihnachtstag sich vom Gebet vor dem Grab des seligen Apostels Petrus zur Messe erhob, setzte ihm Papst Leo eine Krone aufs Haupt und das ganze Römervolk rief dazu: dem erhabenen Karl, dem von Gott gekrönten großen und friedenbringenden Kaiser der Römer Leben und Sieg! Und nach den lobenden Zurufen wurde er vom Papst nach der Sitte der alten Kaiser durch Kniefall geehrt und fortan, unter Weglassung des Titels Patricius, Kaiser und Augustus genannt.

Zit. nach: Reinhold Rau (Hg.), Quellen zur karolingischen Reichsgeschichte. Teil 1 (übers. v. Otto Abel u. Julius von Jasmund), Darmstadt: Wissenschaftliche Buchgesellschaft 1962, S. 75.

c) Einhard, der am Hof lebende Biograf Karls des Großen, schildert die Ereignisse der Kaiserkrönung nach dem Tod Karls des Großen wie folgt:

Seine letzte Reise nach Rom hatte mehrere Gründe. Die Römer hatten Papst Leo schwer misshandelt, ihm die Augen ausgestochen und die Zunge ausgerissen, sodass er sich gezwungen sah, den König um Schutz zu bitten. Daher begab sich Karl nach Rom, um die verworrenen Zustände der Kirche zu ordnen, das dauerte den ganzen Winter. Bei dieser Gelegenheit erhielt er den Kaiser- und Augustustitel, der ihm anfangs so zuwider war, dass er erklärte, er würde die Kirche selbst an jenem hohen Feiertage nicht freiwillig betreten haben, wenn er die Absicht des Papstes geahnt hätte. Die Eifersucht der oströmischen Kaiser, die ihm die Annahme der Titel schwer verübelten, ertrug er dann allerdings mit erstaunlicher Gelassenheit.

Zit. nach: Wilfried Hartmann (Hg.), Deutsche Geschichte in Quellen und Darstellung. Band 1: Frühes und hohes Mittelalter 750–1250, Stuttgart: Reclam 1995, S. 56f.

Aufgaben

1. Die Berichte über die Kaiserkrönung vergleichen

a) Vergleiche die Sichtweisen der drei Quellen auf die Kaiserkrönung (M6). Achte besonders auf die Rollen, die Karl der Große, Papst Leo III. und die Bewohner Roms dabei spielen.

b) Prüfe, ob die Autoren der Quellen Partei ergreifen. Belege dies mit Zitaten aus den Quellen.

c) Nenne mögliche Gründe für die unterschiedlichen Darstellungen der Krönung.

→ M6

2. War Karl der Große wirklich groß?

a) Sammelt Argumente für Karls Beinamen „der Große". Nutzt hierfür den Schulbuchtext und die Quellen.

b) Diskutiert in der Klasse Karls Beinamen „der Große": Ist er angemessen oder nicht?

→ Text auf den Seiten 195–196, M1–M6

Die Ausbreitung des Christentums

Der Bischofshut und das von einem Schwert durchbohrte Buch sind die Kennzeichen vieler Darstellungen von Bonifatius. Er gilt als „Apostel der Deutschen", der um 700 n. Chr. den christlichen Glauben verbreitet hat.
Ein besonders wichtiges Ereignis bei der Verbreitung des Christentums war die Fällung einer Eiche bei Fritzlar in der Nähe von Fulda. Diese galt für die dort lebenden Menschen als Heiligtum des germanischen Gottes Donar. Weil auch Donar die Macht über Blitz und Donner zugesprochen wurde, ist er mit dem römischen Gott Jupiter vergleichbar. Was ist damals passiert?

M 1 Bonifatius als Heiliger
Skulptur auf dem Mainzer Domplatz, 18. Jahrhundert.

M 2 Die Fällung der Donar-Eiche

Der Mönch Willibald verfasste in den Jahren nach dem Tod des Bonifatius (754 n. Chr) dessen Lebensbeschreibung. Über die Fällung der Donar-Eiche berichtet Willibald Folgendes:

Damals aber empfingen viele Hessen, die den katholischen Glauben angenommen [hatten ...] die Handauflegung; andere aber, deren Geist noch nicht erstarkt [war], verweigerten, des reinen Glaubens unverletzbare Wahrheiten zu empfangen; einige auch opferten heimlich Bäumen und Quellen, andere taten dies ganz offen; einige wiederum betrieben teils offen, teils im Geheimen Seherei und Wahrsagerei, Losdeuten und Zauberwahn; andere dagegen befassten sich mit Amuletten und Zeichendeuterei und pflegten die verschiedensten Opferbräuche.
[...] Mit deren Rat und Hilfe unternahm er [Bonifatius] es, eine ungeheure Eiche, die mit ihrem alten heidnischen Namen die Jupitereiche genannt wurde, in einem Orte, der Geismar hieß, im Beisein der ihn umgebenden Knechte Gottes zu fällen. Als er nun in der Zuversicht seines standhaften Geistes den Baum zu fällen begonnen hatte, verwünschte ihn die große Menge der anwesenden Heiden als einen Feind ihrer Götter lebhaft in ihrem Inneren. Als er jedoch nur ein wenig den Baum angehauen hatte, wurde sofort die gewaltige Masse der Eiche von höherem göttlichen Wehen geschüttelt und stürzte mit gebrochener Krone zur Erde, und wie durch höheren Winkes Kraft barst sie sofort in vier Teile, und vier ungeheuer große Strünke [Holzteile] von gleicher Länge stellten sich, ohne dass die umstehenden Brüder etwas durch ihre Mitarbeit getan, dem Auge dar.
Als dies die vorher fluchenden Heiden [Ungläubigen] gesehen, wurden sie umgewandelt, ließen von ihrem früheren Lästern ab, priesen Gott und glaubten an ihn. Darauf aber erbaute der hochheilige Bischof, nachdem er sich mit den Brüdern beraten, aus dem Holzwerk dieses Baumes ein Bethaus und weihte es zu Ehren des heiligen Apostels Petrus.

„Willibalds Leben des Bonifatius: Vorrede"; zit. nach: Lutz E. v. Padberg, Die Christianisierung Europas im Mittelalter, Stuttgart: Reclam 1998, S. 244 f.

Aufgaben

1. Das Fällen der Donar-Eiche

a) Fasse die Erzählung Willibalds über die Fällung der Donar-Eiche (M2) zusammen. Berücksichtige dabei den Ort, die Zeit, die Akteure und die Handlung.
b) Gib den Abschnitt der Quelle wieder, der die Bekehrung der Nichtchristen thematisiert.
c) Belege die Einstellung von Bonifatius mit Zitaten aus der Quelle.
d) Erläutere die Sichtweise/Perspektive, aus der dieser Text verfasst wurde.
e) Schätze die Glaubwürdigkeit dieser Quelle ein und begründe deine Antwort.
↷ M2

M 3 **Bonifatius**

In dieser Buchmalerei von 975 sind eine von Bonifatius durchgeführte Taufe und sein Tod dargestellt.

Christentum und germanischer Götterglaube

Das Christentum löste in weiten Teilen Mittel- und Nordeuropas die Religion der Germanen ab. Um etwas über deren Glaubenswelt zu erfahren, ist man auf gegenständliche Quellen und auf Erzählungen von Christen angewiesen, da bei den Germanen die Schrift keine wichtige Rolle spielte.

Der germanische Götterglaube lässt sich in mancher Hinsicht mit der Religion der Griechen und Römer vergleichen. Die Menschen stellten sich eine Familie von Göttern vor. Diese waren für bestimmte Lebensbereiche von Bedeutung und ihre Hilfe wurde mit Opfern erbeten. Wotan und Donar galten bei den Germanen als große Krieger und zählten zu den wichtigsten Gottheiten.

Dieser Glaube verschwand im Zuge der Christianisierung, hat jedoch Spuren in den Bezeichnungen der Wochentage hinterlassen. Im englischen Wednesday lebt zum Beispiel Wotan fort, Donnerstag leitet sich von Donar ab und Freitag verweist auf die Liebesgöttin Frigg.

Missionare verbreiten das Christentum

Die Verbreitung des Christentums zog sich über Jahrhunderte hin. Es dauerte mindestens bis zum 11. Jahrhundert, bis große Teile auch des nördlichen Europas christlich waren. Seit der Zeit Jesu vergingen also über 1000 Jahre! Eine wichtige Phase in dieser Entwicklung war die Zeit um 700. In dieser Zeit wirkte unter anderem Bonifatius als Missionar. Sein Wirken ist ein Beispiel für die Verbreitung des Christentums in Mitteleuropa.

Der Apostel Bonifatius

Über Bonifatius ist aus Briefen von ihm und an ihn relativ viel überliefert. Aber auch aus Beschreibungen seines Lebens, die Anhänger von ihm nach seinem Tod verfasst haben und in denen er als Heiliger dargestellt wird, erfahren wir etwas über ihn.

Bonifatius hieß ursprünglich Winfried und kam aus England. Er wurde um 675 n. Chr. geboren und schon als Kind in ein Kloster gegeben. Als Erwachsener verließ er es, um das Christentum im heutigen Nord- und Mitteldeutschland zu verbreiten, scheiterte aber zunächst. Die folgenden Versuche waren erfolgreicher: Er missionierte nun im Auftrag des Papstes, und der weltliche Herrscher schützte ihn. Diese Unterstützung war ein wichtiger Grund für seinen Erfolg.

Es ist bekannt, dass Bonifatius eine kleine Bibliothek mit sich führte und dass er, wenn er umherzog, regelmäßig Briefe schrieb, um die verstreut lebenden Menschen vom Christentum zu überzeugen.

Kirchen und Klostergründungen

Nach der Zerstörung der sogenannten Donar-Eiche, die in der Lebensbeschreibung des Bonifatius vom Mönch Willibald geschildert wird, errichtete Bonifatius an dieser Stelle eine Kirche. Die Umwandlung solcher heiliger Stätten in christliche Andachtsorte war ein wichtiges Mittel bei der Verbreitung des Christentums.

Bonifatius gründete aber auch Klöster und sorgte dafür, dass die Kirche eine dauerhafte und wirkungsvolle Bistumsorganisation erhielt.

Der Tod des Bonifatius

Schließlich versuchte Bonifatius noch einmal, in Friesland das Christentum zu verbreiten, wurde aber dabei im Jahre 754 n. Chr. getötet. Bonifatius wurde – so wie er es sich 751 ausdrücklich vom Papst gewünscht hatte – in Fulda begraben.

Christianisierung – Ein langer und schwieriger Prozess

Weshalb dauerte es so lange, bis sich das Christentum durchsetzte? Ein Grund dafür war, dass Missionare die verstreut lebenden Menschen erst nach und nach erreichten. Außerdem gab es nur wenige Kirchen, Klöster und Geistliche, sodass für viele Menschen der Besuch eines Gottesdienstes beschwerlich war. Die Taufe bedeutete im Übrigen noch nicht, dass die Getauften wirklich Christen wurden. Manche Menschen ließen sich taufen, weil ihre Anführer dies ebenfalls taten, oder sie bekannten sich zu Christus, weil sie ihn schlicht für einen stärkeren Gott als Donar hielten. Viele behielten trotzdem heidnische Bräuche bei und übten diese neben Gottesdienstbesuch und Gebeten aus.

Die Unterstützung durch den jeweiligen Herrscher, die schlagkräftige Organisation der Kirche und die Überzeugungskraft der Missionare waren wichtige Gründe für den Erfolg des Christentums. Oft knüpften die Missionare auch ganz bewusst an bestehende heilige Stätten und Feste an, etwa indem aus dem heidnischen Sonnenwendfest das christliche Weihnachten wurde. Konnten die Missionare die örtlichen Fürsten nicht gleich für das Christentum gewinnen, so versuchten sie zunächst erst einmal, deren Duldung für die Errichtung von Kirchen und Klöstern zu erlangen. Für eine Weile bestanden so christliche Kirchen und heidnische Heiligtümer nebeneinander.

Religiöse Symbole – Mit Gegenstandsquellen arbeiten

M 4 Donar-Hammer

Der Hammer war die Waffe und das Kennzeichen des Gottes Donar, Anhänger wikingischer Herkunft aus England.

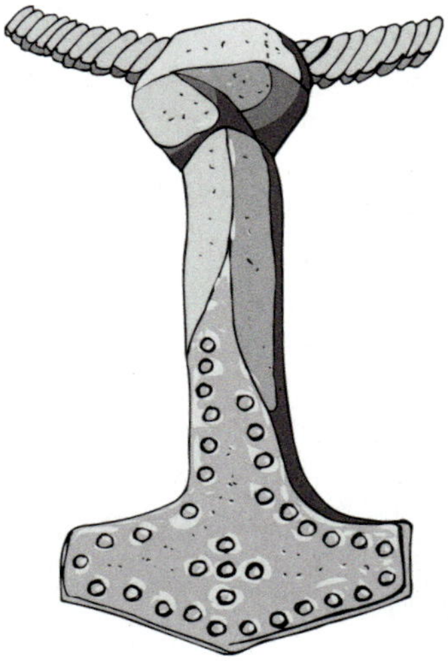

M 5 Donar-Hammer

Auf solchen Anhängern finden sich manchmal Kreuzzeichen, Anhänger aus Schweden, ca. 4 cm, 10./11. Jahrhundert, Nachzeichnung.

M 6 Gussform aus Stein

Damit wurden Kreuze und Donar-Hämmer hergestellt, Speckstein aus Dänemark, 10. Jahrhundert.

Aufgaben

1. **Religiöse Symbole – Mit Gegenstandsquellen arbeiten**
   a) Ordne jeweils einen Begriff aus den Begriffspaaren den drei Gegenstandsquellen M4 – M6 zu:
   mobil (transportierbar) – immobil;
   Artefakt (künstlich hergestellt) – Relikt (übrig geblieben, nicht extra hergestellt);
   sakraler Gegenstand (für religiöse Zwecke) – profaner Gegenstand (für eine alltägliche Verwendung).
   b) Nenne Gemeinsamkeiten und Unterschiede, z. B. beim Material, der Form und der Verzierung.
   c) Lege dar, ob der Träger eines Donar-Hammers mit Kreuzzeichen als Christ bezeichnet werden kann. Begründe deinen Standpunkt.
   d) Mit der abgebildeten Gussform konnten Donar-Hämmer und Kreuze hergestellt werden. Beurteile, ob daraus Rückschlüsse auf die Verbreitung des Christentums gezogen werden können.
   → Text auf den Seiten 199 – 200, M4 – M6

Die Ausbreitung des Islam – Konflikte und Kontakte

Nach dem Tod Mohammeds wurden in weit ausgreifenden Feldzügen riesige Gebiete erobert. 711 n. Chr. drangen muslimische Truppen in Spanien ein. Der Vorstoß ins Frankenreich fand erst in den Schlachten von Tours und Poitiers 732 ein Ende. Hier wurden muslimische Expeditionskorps von christlichen Truppen unter Führung von Karl Martell besiegt. Warum konnten die Muslime in so kurzer Zeit so riesige Gebiete erobern und welche Folgen hatte dies? Zwei thematische Karten geben Auskunft.

M 1 Die Ausbreitung des Islam von 622 bis 750 n. Chr.

M 2 Der Islam als Kulturvermittler

Ausbreitung des Islam

Häufig wird in diesem Zusammenhang auf den „Heiligen Krieg“ verwiesen, der im Koran als Aufgabe formuliert ist. Wer in diesem Kampf um die Ausbreitung des Islam fiel – so der gängige Glaube –, konnte ins Paradies gelangen, das dem Glaubenskämpfer märchenhafte Entschädigungen bot. Allein diese religiöse Motivation kann die rasche Expansion des Islam aber nicht erklären. Nicht weniger entscheidend war, dass die Muslime Andersgläubige nicht gewaltsam bekehren wollten. Wenn die Unterworfenen zur Zahlung einer Steuer bereit waren, durften sie ihrer Religion treu bleiben und konnten sogar mit dem Schutz ihrer neuen Herren rechnen. Allerdings waren die Andersgläubigen den Muslimen rechtlich und sozial nicht gleichgestellt.

Weiterhin gab es unter den christlichen Fürsten nicht selten erhebliche Rivalitäten, die von muslimischen Eroberern geschickt ausgenutzt werden konnten. Und schließlich waren bei den muslimischen Vorstößen auf der Iberischen Halbinsel – dem heutigen Spanien und Portugal – gelegentlich auch christliche Kämpfer beteiligt, die die islamischen Beutezüge unterstützten.

Kulturaustausch: Muslime und Christen in Spanien und Portugal

Auf der Iberischen Halbinsel Halbinsel lebten fast acht Jahrhunderte lang Muslime, Christen und Juden nebeneinander. Durch den Kontakt mit den Arabern bekamen die Christen Zugang zu Erkenntnissen der antiken Philosophen und Wissenschaftler. Die Texte von antiken Mathematikern, Medizinern und Astronomen wurden aus dem Arabischen ins Lateinische übertragen. Die Europäer bekamen auf diese Weise aber auch Zugang zu vielen Errungenschaften der arabischen Kultur.

Die Zeit der muslimischen Herrschaft in Spanien war meist durch ein friedliches Miteinander der unterschiedlichen Bevölkerungsgruppen geprägt. Für den Vorgang der Zurückdrängung der Herrschaft der Emire und Kalifen hat sich der Begriff „Reconquista“ gebildet. So wird der lange Prozess der „Rückeroberung“ des Landes durch die christlichen Reiche genannt, der erst 1492 zum Abschluss kam.

Die Zeit des friedlichen Miteinanders sollte allerdings nicht zu einem „goldenen Zeitalter“ muslimisch-christlich-jüdischen Zusammenlebens verklärt werden. Denn weder Christen noch Muslime kannten die moderne Idee der Toleranz. An eine gleichberechtigte Anerkennung Andersgläubiger war nicht zu denken, allenfalls an Duldung.

M 3 Toledo
Blick auf die San-Martin-Brücke, Stich (Ausschnitt), 1585

Aufgaben

1. Die arabisch-islamische Expansion

a) Analysiere die thematische Karte M1 zur Ausbreitung des Islam. Verwende dafür die auf Seite 52 in diesem Buch aufgelisteten Arbeitsschritte.

b) Benenne anhand der Karte M1 Phasen der Ausbreitung des Islam, die sich unterscheiden lassen.

c) Berechne die Ausdehnung des islamischen Herrschaftsbereichs um 750 in West-Ost-Richtung in km.

d) Suche in der Karte M1 den Ort der Schlacht bei Tours und Poitiers und informiere dich im Internet über diese Schlacht. Fertige ein Kurzreferat an.

e) Erstelle eine Liste mit heutigen Ländern, deren Gebiete die Araber in den unterschiedlichen Phasen ihrer Expansion ganz oder zum Teil erobert haben. Nutze dazu einen Geografieatlas.

→ M1, Text auf den Seiten 202–203, Internet, Atlas

2. Kulturaustausch – Eine thematische Karte

a) Benenne mithilfe der Karte M2 die Herkunftsgebiete der Kulturgüter und beschreibe den Weg, den diese nach Europa nahmen.

b) Benenne die Gebiete, in denen es vor allem zu einem Kulturaustausch kam.

c) Erläutere anhand der Karte die Bedeutung des Wortes „Kulturvermittler“.

→ M2, Text auf Seite 203

Kulturelle Kontakte – Mit Bildquellen arbeiten

M 4 Lautenspiel

Ein Muslim und ein Christ beim Lautenspiel. Die Miniatur aus den Cantigas König Alfons' X., des Weisen (1221–1284), veranschaulicht den orientalischen Einfluss auf die Entwicklung der Musik auf der Iberischen Halbinsel.

Biografie

Alfons X. (1221–1284), König von Kastilien und León (mittelalterliche Reiche der iberischen Halbinsel)

Die Herrschaft Alfons' X. (1252–1284) fällt in eine Zeit politischer und sozialer Umbrüche auf der iberischen Halbinsel. Sein Vater Ferdinand III. (1217–1252) hatte große Erfolge für die Reconquista erzielt mit der Einnahme Córdobas und der Eroberung von Sevilla. Alfons X. war politisch weniger erfolgreich und sah sich während seiner Herrscherjahre unter anderem mit inneren Schwierigkeiten konfrontiert, etwa mit der Kontrolle des durch die Feldzüge im Süden mächtig gewordenen Adels.

Alfons X. war aber ein großer Förderer der Kunst und Wissenschaft. Die Zeitgenossen rühmten ihn wegen seiner Klugheit und die Nachwelt nannte ihn den „Weisen". Er gab große Geschichtswerke in Auftrag und ließ die Rechtsprechung niederschreiben. Aber auch praktisches Spezialwissen zur Sternenkunde, Landwirtschaft und Viehzucht oder auch Poesie und Musik wurden an seinem Hof gefördert. Dabei wurde auf Überlieferungen und Traditionen arabischer und jüdischer Herkunft zurückgegriffen. Die beiden Bilder auf dieser Seite stammen aus bebilderten mittelalterlichen Handschriften, die am Hofe Alfons' entstanden sind.

M 5 Schachspiel

Ein Christ und ein Araber spielen Schach. Die Buchmalerei stammt aus dem „Buch der Schach, Würfel- und Brettspiele" („Libros de Acedrex, Dados e Tablas") das 1283, im letzten Regierungsjahr Königs Alfons X., fertiggestellt wurde. Im Buch werden Schachprobleme dargestellt, für die Lösungswege angegeben werden.

Aufgaben

1. **Kulturelle Kontakte – Mit Bildquellen arbeiten**
   a) Beschreibe die beiden Bildquellen M4 und M5. Verwende dabei die Begriffe „Gegner" oder „Partner".
   b) Formuliere anhand der Bildquellen und des Schulbuchtextes kurze Aussagen zu kulturellen Kontakten zwischen Christen und Muslimen im Mittelalter.
   → Text auf Seite 203, M4–M5

Gründe für die rasche Ausbreitung des Islam – Eine Kontroverse

M 6 Zwei Stellungnahmen

a) Die englische Historikerin Karen Armstrong nennt Gründe für die Erfolge der arabischen Krieger (2001):

Die Beutezüge waren eine Reaktion auf ein Problem, das durch den neuen islamischen Frieden auf der [arabischen] Halbinsel entstanden war. Seit Jahrhunderten hatten die Araber ihre mageren Ressourcen durch die ghazwa [Beutezüge] gestreckt, aber der Islam hatte dem Einhalt geboten, denn Stämmen der umma [Gemeinschaft der Muslime] war nicht erlaubt, sich gegenseitig anzugreifen.
Wie also die ghazwa ersetzen, die den Muslimen ermöglicht hatte, ihr mageres Einkommen zu sichern? [...]
Die offensichtliche Lösung war eine Reihe von ghazwa-Beutezügen gegen nicht-muslimische Gemeinschaften in Nachbarländern. Die Einheit der umma blieb durch die nach außen gerichtete Offensive bewahrt. Die Araber lehnten traditionell das Königtum ab und standen jedem Herrscher, der sich als Monarch aufführte, misstrauisch gegenüber, aber sie akzeptierten die Autorität eines Führers während eines Feldzuges oder beim Aufbruch zu neuen Weidegründen. [...]
Die Feldzüge hatten nichts Religiöses an sich, und Umar [von 634 bis 644 der zweite Kalif und ein großer Eroberer] war absolut nicht der Meinung, ein göttliches Mandat [Auftrag] zur Welteroberung zu besitzen.
Das Ziel von Umar und seinen Kriegern war durchaus pragmatisch: Sie wollten Beute und eine gemeinsame Aktivität, die die Einheit der umma sicherte

Karen Armstrong, Kleine Geschichte des Islam (übers. v. Stephen Tree), Berlin: Berliner Taschenbuch-Verlag 2001, S. 44, 47.

b) Der Orientalist Albrecht Noth schreibt (2001):

In der arabischen Gesellschaft spielte gerade die kriegerische Großtat des einzelnen Stammeskriegers [...] als allgemeine Anerkennung und Ruhm begründendes Faktum eine wichtige Rolle. Dieser individualistischen[1] Sicht des Krieger- und Heldentums kamen nun die entsprechenden Formulierungen des Koran außerordentlich entgegen: Die Bewährung des Einzelnen im Kampf [...] erfährt durch koranische Offenbarungen die zusätzliche Aufwertung zu einem hohen Verdienst um die Religion des Islam, bringt im Todesfall den Kämpfer ohne Umwege in unmittelbare Gottesnähe. [...] Die Teilnahme an den Eroberungszügen war für den einzelnen Kämpfer mehr als die Mitwirkung an einem wichtigen Gemeinschaftsunternehmen; sein kämpferischer Einsatz stellte für ihn vielmehr einen Wert an sich dar, war somit unabhängig von Sieg oder Niederlage, größerem oder kleinerem militärischen Erfolg. Die für die gesamten futuh [Bezeichnung für die Eroberungen nach Mohammeds Tod] so typische Vielzahl von immer erneuten – oft auch sehr begrenzten – Einzelinitiativen [...] scheint wesentlich von der Auffassung des gihad [wörtlich Anstrengung, Einsatz, hier in der Bedeutung heiliger Krieg] als eines unbegrenzten – und damit von der militärisch-politischen Gesamtlage unabhängigen – persönlichen Auftrages hoher Verdienstlichkeit bestimmt gewesen zu sein.

1 individualistisch – eigenständig, selbstständig

Albrecht Noth, Die arabisch-islamische Expansion, in: Ulrich Haarmann/Heinz Halm/Monika Gronke (Hg.), Geschichte der arabischen Welt, München: C. H. Beck 2001 (4. Aufl.), S. 69.

Aufgaben

1. Gründe für die rasche Ausbreitung des Islam

a) Gib die im Schulbuchtext auf Seite 203 angeführten Gründe für die schnelle Ausbreitung des Islam wieder.

b) Arbeite die von Karen Armstrong und Albrecht Noth (M6) angeführten unterschiedlichen Gründe für die rasche Ausbreitung des Islam heraus.

c) Nimm Stellung zu folgender Aussage: „Die rasche Ausbreitung des Islam hatte vor allem religiöse Ursachen."

→ Text auf Seite 203, M6

Die Kreuzzüge: Ein „gerechter" Krieg im Namen der Religion?

M 1 Christus als Anführer des Kreuzfahrerheeres

Die Illustration aus dem 14. Jahrhundert bezieht sich auf eine Bibelstelle. In der Offenbarung des Johannes wird die Erscheinung Jesu beschrieben: „aus seinem Mund kam ein scharfes, zweischneidiges Schwert" (Offenbarung 19,15). Buchmalerei, um 1310

M 2 Kreuzritter und Muslime im Kampf

Miniatur, um 1350

M 3 Die Eroberung Jerusalems

Miniatur aus dem 14. Jahrhundert. Die Kreuzfahrer nahmen die Stadt nach einem fünfwöchigen, verlustreichen Kampf am 15. Juli 1099 ein. Christliche und muslimische Chronisten berichten, dass die Kreuzfahrer nach der Erstürmung der Stadt ein grausames Gemetzel unter den Muslimen und den Juden anrichteten und auch noch in der Stadt verbliebene Christen (koptische wie syrische) niedermachten.

Aufgaben

1. Die Kreuzzüge

a) Beschreibe die Bilder M1–M3 möglichst genau. Gehe dabei besonders auf die Personen, Gegenstände und Symbole ein, die du erkennen kannst.

b) Erkläre die jeweils dargestellte Situation. Ordne die abgebildeten Personen jeweils einer Religion zu.

c) Bewerte die Bildaussagen unter dem Aspekt der von den Bildern vermittelten Stimmungen.

d) Erkläre auf Basis deines bisherigen Wissens die Gründe dafür, dass Jerusalem das Ziel der Krieger war.

→ M1–M3

Der erste Kreuzzug – Geistliche und weltliche Motivationen

Am 27. November 1095 rief Papst Urban II. bei einer Kirchenversammlung im französischen Ort Clermont seine Zuhörer dazu auf, die Christen im Osten und insbesondere das Heilige Grab in Jerusalem durch einen Kriegszug unter dem Zeichen des Kreuzes aus muslimischer Herrschaft zu befreien. Anlass hierfür war ein Hilfegesuch des byzantinischen Kaisers Alexios I. Komnenos (reg. 1081–1118), der sich in Konstantinopel von muslimischen Seldschuken bedrängt sah, die schon 1071 Palästina und damit auch Jerusalem erobert hatten.

Der Papst wollte mit seinem Aufruf die byzantinischen Christen gegen die muslimischen Seldschuken unterstützen, zugleich aber auch seinen eigenen Machtanspruch in der Auseinandersetzung mit weltlichen Herrschern unterstreichen. Urban II. stellte den Teilnehmern an diesem Kriegszug den Erlass der Sündenstrafen in Aussicht, einen sogenannten Ablass. Die kämpferische Reise ins Heilige Land galt somit als religiös verdienstvoll und geheiligt. Da das Ziel das Land Jesu Christi war, verstanden die Teilnehmer den Zug als bewaffnete Pilgerfahrt – der Begriff „Kreuzzug“ entstand erst später.

Der Aufruf des Papstes entfachte eine Massenbewegung. Es ist überliefert, dass sich zahlreiche christliche Ritter unmittelbar nach Urbans Ansprache Stoffkreuze auf ihre Mäntel und Umhänge hefteten, um unter diesem Zeichen den vermeintlichen Willen Gottes zu erfüllen.

M 4 Aufruf zum Kreuzzug

Urban II. ruft im Jahre 1095 auf der Kirchenversammlung zu Clermont zum ersten Kreuzzug auf, Holzschnitt, um 1480, spätere Kolorierung.

Die Eroberung Jerusalems

1096 brachen die ersten Kreuzfahrer auf, 1099 erreichte das Heer nach zahlreichen Strapazen Jerusalem. Bei der Eroberung der Stadt richteten die christlichen Ritter unter den rund 20 000 Einwohnern ein Blutbad an. Wie es dazu kam, ist bis heute ein Gegenstand der Forschung – der Rausch des Sieges, der religiöse Fanatismus (= Besessenheit) der Kreuzfahrer und die aufgestauten Entbehrungen der dreijährigen Reise werden als Erklärung genannt.

Bei den Kreuzzügen handelte es sich um eine kaum kontrollierte und auch nur schwer kontrollierbare Bewegung unter religiösen Vorzeichen. Zwar hatte der Papst selbst zum Kreuzzug aufgerufen, jedoch besaß er anschließend kaum mehr Einfluss auf das Verhalten der Kreuzfahrer selbst. So wurde aus der Kreuzzugsbewegung nach und nach eine Eroberungsbewegung, die im Nahen Osten zur Bildung von sogenannten Kreuzfahrerstaaten führte.

Info

byzantinisch

abgeleitet von der Bezeichnung des oströmischen Kaiserreichs als Byzanz. Auch das heutige Istanbul wurde als Byzanz bezeichnet.

Die Folgen der Kreuzzüge

Trotz ihrer Anfangserfolge scheiterte die Kreuzzugsbewegung. Doch auch wenn die Kreuzfahrerstaaten im Nahen Osten nur bis zum Ende des 13. Jahrhunderts bestanden, wurde das Zusammengehörigkeitsgefühl der Christen in Europa durch die religiös motivierte Kreuzzugsbewegung deutlich gestärkt. Überdies intensivierte sich in der Folge der Kreuzzüge der wirtschaftliche und kulturelle Austausch zwischen dem christlichen Abendland und dem muslimischen Morgenland.

M 5 Kreuzritterburg

„Krak“, Burg des Johanniterordens aus dem 12. Jahrhundert im heutigen Syrien; der „Krak des Chevaliers“ gilt als besterhaltene Burg der Kreuzritterzeit.

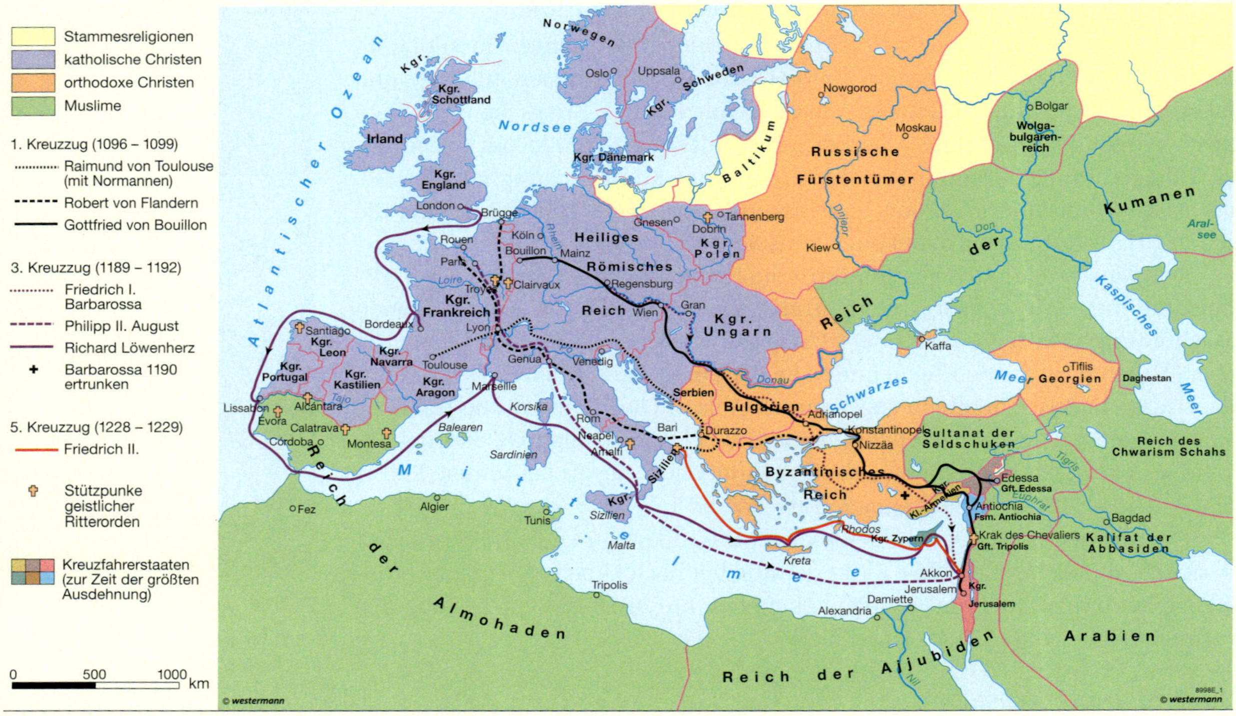

M 6 **Die Kreuzzüge: Geschichtskarte**

Info

Verfolgung der jüdischen Bevölkerung im Jahr 1096

Zur Zeit des Ersten Kreuzzuges im Jahre 1096 kam es zu einem ersten, tief greifenden Bruch im Zusammenleben von Juden und Christen in den Städten. Kreuzfahrer durchzogen und verwüsteten auf ihrem Weg ins Heilige Land auch die mittelalterlichen jüdischen Ansiedlungen im Rheinland. Sie fielen in die Städte ein und zwangen die Juden zur Entscheidung zwischen Taufe oder Tod. Die jüdischen Gemeinden in Mainz, Worms und Köln wurden ausgelöscht, und in vielen anderen Städten gab es zahlreiche Todesopfer.

Religiöse Begründungen

Um den Krieg, die Gewalt und das Töten von Menschen mit den christlichen Grundsätzen des Friedens und der Nächstenliebe in Einklang zu bringen, nutzte die Kirche eine Lehre des spätantiken Bischofs und Kirchenvaters Augustinus (354–430). Nach Augustinus war Gewalt in der Form eines „gerechten Krieges“ (lat. „bellum iustum“) zulässig, wenn man angegriffen wurde oder Unrecht abwehren wollte. Dabei musste allerdings die Verhältnismäßigkeit gewahrt bleiben und es durfte kein zu großer Schaden angerichtet werden. Die innere Absicht der Kämpfenden sollte ethisch gut und nicht von Kampfeslust und Beutegier getrieben sein. Schließlich musste die Leitung dieses „gerechten Krieges“ in der Hand einer von Gott eingesetzten weltlichen Autorität liegen, um willkürliche Gewalt auszuschließen – Eroberungen oder Unterwerfungen erlaubte diese Lehre gleichwohl nicht.

Die gesteigerte religiöse Erregung des 11. und 12. Jahrhunderts ließ das Gedankenkonstrukt des „gerechten Krieges“ jedoch bald hinter die Idee des „Heiligen Krieges“ zurücktreten. Die Gewaltanwendung für die vermeintliche Sache Gottes wurde offen vertreten und auch mit einzelnen Bibelstellen begründet. Die Gebote der Nächsten- und Feindesliebe waren zwar nicht vergessen, aber sie wurden durch die Behauptung überdeckt, es wäre Gott wohlgefällig, die Feinde des Glaubens zu bekämpfen. Die „bewaffneten Pilger“ agierten daher eher als „Heilige Krieger“ gegen innere oder äußere „Feinde“ des Glaubens und der Kirche. Sie richteten sich dabei nicht nur gegen die Muslime im Heiligen Land, sondern auch gegen Andersgläubige in den Heimatgebieten in Europa – gegen hier lebende Muslime, nichtlateinische Christen und gegen Juden.

500 n. Chr. | 600 | 700 | 800 | 900 | 1000 | 1100 | 1200 | 1300 | 1400 | 1500

Das Frankenreich entsteht

Mohammed gründet eine neue Religion

Kaiserkrönung Karls des Großen

Kulturkontakte in Spanien

Kreuzzüge

Zusammenfassung

Noch im Römischen Reich war mit dem Christentum ein neuer Glaube entstanden, der sich nach und nach in Europa durchsetzte. Die Verbreitung des Christentums war jedoch ein langwieriger Prozess.

Zu Beginn des 7. Jahrhunderts stiftete Mohammed in Arabien eine neue Religion: den Islam. Der neue Glaube breitete sich sehr rasch in Vorderasien, Nordafrika und auch auf der Iberischen Halbinsel aus.

Aus den verschiedenen, schnell wechselnden Reichen der Völkerwanderungszeit ging das Frankenreich hervor, das unter Karl dem Großen seine größte Ausdehnung erreichte. Mit seiner Kaiserkrönung im Jahr 800 n. Chr. beanspruchte Karl, Herr über das Römische Reich zu sein und so das Erbe des Imperium Romanum fortzuführen.

Zur Vertiefung

Ein großer Konflikt zwischen Christentum und Islam waren die Kreuzzüge. Ausgelöst durch einen Aufruf des Papstes zogen seit 1095 christliche Ritterheere ins Heilige Land, eroberten Jerusalem und errichteten in Palästina eine Reihe von Kreuzfahrerstaaten. Neben diesen kriegerischen Auseinandersetzungen gab es auch Kulturkontakte zwischen dem christlichen Europa und der islamischen Welt.

DATEN

um 500:
Untergang des Weströmischen Reiches

622:
Beginn der muslimischen Zeitrechnung

800:
Kaiserkrönung Karls des Großen in Rom

BEGRIFFE

Islam
Koran
Christianisierung
Byzanz
Heiliges Römisches Reich
Kreuzzüge

Digital+
WES-115948-604
Seiten zur Selbstüberprüfung

Hall in Sachsen
Gegen Abend.

07

LEBEN IM MITTELALTER

- Machtausübung
- Abhängigkeiten in der Grundherrschaft und im Lehnswesen
- Mittelalterliche Städte

M 1 **Bäuerliches Leben,** Buchmalerei, um 1520
M 2 **Stadtbild,** Halle (Saale), Kupferstich (Ausschnitt), um 1650
M 3 **Die Reichsinsignien,** aktuelle Fotografie
M 4 **Hildegard von Bingen,** Miniatur, 12. Jahrhundert
M 5 **Der Magdeburger Reiter,** Nachbildung des Standbildes von etwa 1240
M 6 **Ritterspiele heute,** Kaltenberg (Bayern), aktuelle Fotografie
M 7 **Romanische Kirche in Sachsen-Anhalt,** Stiftskirche in Gernrode
M 8 **Jugendbuch mit mittelalterlicher Handlung,** 2007
M 9 **Social Media Post aus der „Ottostadt“-Kampagne in Magdeburg,** 2024

M 1 Porträt Kaiser Friedrichs I.

Die vergoldete Bronzebüste ist ein Geschenk des Kaisers an seinen Taufpaten Otto von Cappenberg. Die Mauerzinnen am unteren Rand symbolisieren Rom, um 1160.

Das Mittelalter

Eine fremde Epoche

Das Mittelalter ist eine bedeutende Epoche, ein längerer Zeitabschnitt der europäischen Geschichte. Sie begann um 500 n. Chr., dauerte etwa eintausend Jahre und endete um 1500. Mittelalterliche Burgen und Ruinen zeugen von dieser Zeit, die für uns in zahlreichen Büchern, Filmen und Computerspielen ebenso lebendig wird wie auf den beliebten Mittelaltermärkten und -festen.

In unseren heutigen Vorstellungen erscheint das Mittelalter oft als finstere und primitive Epoche, deren Lebensumstände von Hunger, Not, Aberglauben und Gewalt geprägt waren. Wir verbinden das Mittelalter häufig mit Krankheiten, Seuchen und alltäglichen gewalttätigen Auseinandersetzungen, die die Menschen früh sterben ließen. All dies gab es im Mittelalter, daneben gab es aber auch ein erfülltes Alltagsleben, große künstlerische und architektonische Leistungen und das Streben nach Erkenntnis und Glück. Vieles war nämlich gar nicht so finster im Mittelalter: Die Medizin verfügte schon über beachtliche Kenntnisse und auch viele Konflikte wurden nach festen Regeln friedlich beigelegt.

Erscheint uns diese Epoche also einerseits sehr fremd, so ist sie uns andererseits doch auch überraschend nahe, denn schließlich ist unsere Gegenwart aus der Vergangenheit des Mittelalters hervorgegangen.

Anfang des Mittelalters

Wann begann das Mittelalter? Der Untergang des Weströmischen Reiches gilt als wichtiger Einschnitt in der geschichtlichen Entwicklung Europas. Die jahrhundertealte römische Herrschaft im Mittelmeerraum zerfiel.

M 2 Das Heilige Römische Reich.

500 n. Chr. | 600 | 700 | 800 | 900 | 1000 | 1100 | 1200 | 1300 | 1400 | 1500

Grundherrschaft und Lehnswesen

962 n. Chr.
Kaiserkrönung Ottos I.

Aufschwung des Städtewesens

1356 n. Chr.
„Goldene Bulle"

In einem langen Prozess entstanden auf dem Gebiet des ehemaligen Imperium Romanum drei neue, große Herrschaftsbereiche: Das Byzantinisches Reich, der islamische Herrschafts- und Kulturraum sowie das Frankenreich.

Ende des Mittelalters

Warum aber endete das Mittelalter? In der Zeit um 1500 kam es zu einer Reihe von wichtigen Veränderungen, die auf einen grundlegenden Wandel hindeuteten: Die Entdeckung Amerikas durch Kolumbus, die Erfindung des Buchdrucks und die Durchsetzung eines neuen Weltbildes, mit dem anstelle der Erde die Sonne als Mittelpunkt des Alls erkannt wurde, sind wichtige Beispiele. Allerdings blieb vieles auch gleich: Die Landwirtschaft bildete nach wie vor die Lebensgrundlage der Menschen und die soziale Schichtung blieb erhalten.

Zum Begriff „Mittelalter"

Der Begriff „Mittelalter" kam erst im 16. Jahrhundert, also nach dem Ende des Mittelalters auf. Die damaligen Gelehrten sahen die Antike als vorbildlich an und wollten daran anknüpfen: Sie meinten, in einer neuen Zeit zu leben. Die Zeit zwischen der Antike und ihrer Gegenwart nannten sie daher „das mittlere Zeitalter". So entstand die bis heute gebräuchliche Einteilung Antike – Mittelalter – Neuzeit.

Was kannst du in diesem Kapitel lernen?

- Du kannst die Merkmale der Grundherrschaft und des Lehnswesen erläutern und beschreibst den Aufbau der mittelalterlichen Ständegesellschaft.
- Du analysierst mittelalterliche Bildquellen (zum Beispiel aus dem Sachsenspiegel) mit Blick auf das Alltagsleben.
- Du erläuterst das Selbstverständnis der Ottonen als Nachfolger römischer Kaiser und beurteilst die Zuweisung des Beinamens „der Große" für Otto I.
- Du kannst die Marketingkampagne Magdeburgs als „Ottostadt" beschreiben und deren Berechtigung diskutieren.
- Du beschreibst die Lebenswelt auf dem Land, in der Stadt, in der Burg und im Kloster.
- Du erschließt anhand einer Geschichtskarte den Grundriss einer mittelalterlichen Stadt.
- Du kannst den kommerziellen Aspekt inszenierter Geschichte an Beispielen untersuchen und bewerten.

Die Ständegesellschaft

Im Mittelalter gab es Zeichnungen in Büchern, die zeigen, wie man sich die menschliche Gesellschaft damals vorstellte. Im Vergleich zu unseren heutigen Vorstellungen waren diese ganz anders. Die Analyse solcher Bildquellen verschafft uns Einblicke in diese mittelalterlichen Auffassungen und Überzeugungen. Wie sahen die Menschen des Mittelalters die eigene Gesellschaft?

M 1 Ständebild

Auf dem Holzschnitt aus dem Jahr 1488 ist Jesus Christus zu sehen. Er thront auf einem Regenbogen und breitet seine Arme über drei Menschengruppen aus.

Die Inschriften verraten uns, welche Aufgaben er diesen drei Gruppen zuweist.

Zu den kirchlichen Würdenträgern, den Geistlichen, sagt Christus: „Du sollst demütig beten“ (auf lateinisch: „Tu supplex ora“).

Zu den Adligen sagt er: „Du sollst beschützen“ (auf lateinisch: „Tu protege“).

und zu den Bauern schließlich: „Und du sollst arbeiten“ (auf lateinisch: „Tuque labora“).

Die Kolorierung des Bildes erfolgte später.

Ständemodell des Buches „Pronosticatio“ (= Vorhersage) von Johannes Lichtenberger, Heidelberg, 1488, ca. 20 x 15 cm. Bis 1525 erschienen unterschiedliche Versionen dieses Bildes.

Info

Holzschnitt

Bei einem Holzschnitt wird, wie der Begriff schon sagt, das Bild in eine Holzplatte geschnitzt, dann mit zumeist schwarzer Farbe bestrichen und schließlich auf ein Blatt gepresst. Die Einfärbung des Bildes, die sogenannte Kolorierung, erfolgt später.

Ständegesellschaft

Im Mittelalter entschied die soziale Stellung der Eltern auch über die soziale Stellung der Kinder: Wer als Kind von Bauern geboren wurde, blieb Bauer; wer als Kind von Adligen geboren wurde, blieb Adliger. Eine solche Gesellschaft heißt Ständegesellschaft. Ein Stand ist eine abgeschlossene soziale Gruppe. Die Zugehörigkeit wird durch die Geburt festgelegt. Auch wenn ein Adliger verarmte, blieb er dennoch ein Adliger, und auch ein sehr reicher Bauer blieb immer ein Bauer. Zwischen den Ständen gab es kaum Bewegung, also auch keine Aufstiegschancen. Die Menschen im Mittelalter waren davon überzeugt, dass die Welt von Gott erschaffen und als Ganzes geordnet worden sei. Diese Ordnung konnte und sollte nicht verändert werden.

Drei Stände

Im Mittelalter wurden drei Stände unterschieden:

- Die Bauern bildeten den sogenannten Nährstand, der die Lebensgrundlagen der Gesellschaft sicherte.
- Die Angehörigen der Kirche bildeten den sogenannten Lehrstand, der das Wort Gottes verkündete und sich um das religiöse Leben der Gesellschaft kümmerte.
- Die Adligen bildeten schließlich den sogenannten Wehrstand, der für den Schutz der Gesellschaft zuständig war.

Eine Besonderheit stellte der sogenannte Lehrstand dar. Er bestand aus den Angehörigen der Kirche. Zum einen wurde ihnen im Laufe des Mittelalters verboten zu heiraten, sodass sie keine Nachkommen haben konnten. Der Eintritt in diesen Stand erfolgte nicht durch Geburt, sondern etwa durch den Eintritt in ein Kloster. Zum anderen umfasste der Lehrstand sowohl Bauern als auch Adlige. Bauernkinder konnten ins Kloster gehen und dort unter Umständen eine wichtige Rolle spielen. Söhne von Adligen, die kein Erbe zu erwarten hatten, erhielten oft eine wichtige Position in der Kirche.

Ideal und Wirklichkeit

Als im Laufe des Mittelalters viele Städte entstanden und die Städte an Bedeutung gewannen, entwickelte sich mit den Stadtbewohnern eine weitere wichtige Gruppe. Die Stadtbewohner bildeten mit den Bauern den sogenannten Dritten Stand. Im Laufe des Mittelalters wurde die Gesellschaft also immer differenzierter. Dies änderte jedoch nichts an der grundlegenden sozialen Ordnung und an den Vorstellungen der Menschen. Die Ständegesellschaft existierte bis in die Zeit um 1800, also auch noch lange nach dem Mittelalter.

Aufgaben

1. Eine Bildquelle erschließen

a) Erschließe den Holzschnitt M1. Verwende dafür den Trainingskasten „Umgang mit Bildern“ auf Seite 103.

b) Diskutiert, inwieweit das Bild M1 die tatsächlichen Verhältnisse Ende des 15. Jahrhunderts wiedergibt.

→ M1, Trainingskasten auf Seite 103

2. Die Ständeordnung

a) Erkläre den Begriff „Stand“.

b) Nenne wesentliche Unterschiede zwischen der Ständegesellschaft im Mittelalter und der Gesellschaft heute.

→ Text auf Seite 215

Die Grundherrschaft auf dem Land

Die meisten Bauern im Mittelalter waren nicht frei – sie unterstanden einem sogenannten Grundherrn, dem das Land gehörte, auf dem sie lebten. Wie funktionierte dieses „Grundherrschaft" genannte System?

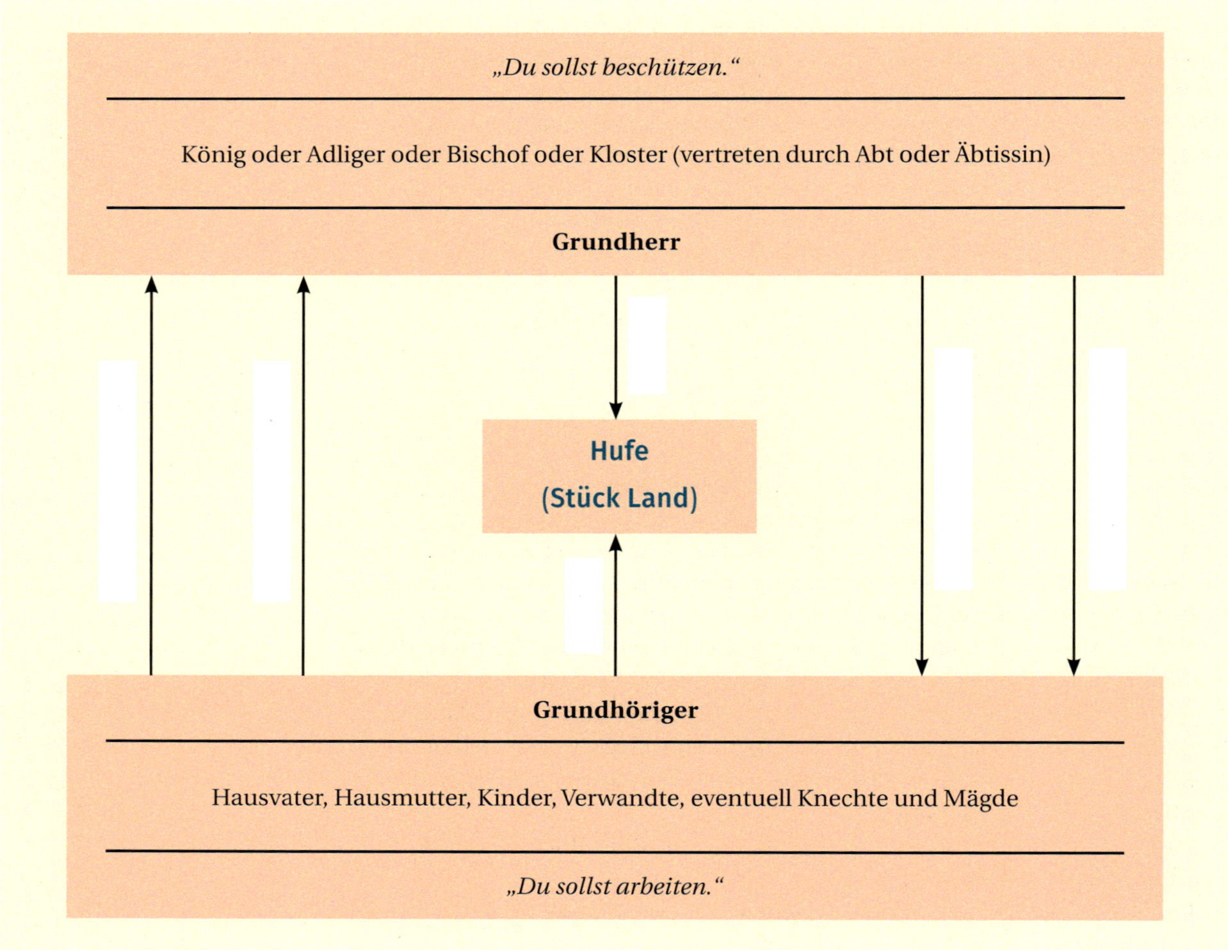

M 1 Schaubild zur Grundherrschaft

Aufgaben

1. Die Funktionsweise der Grundherrschaft erklären – Ein Schaubild vervollständigen

a) Übertrage das Schaubild M1 in dein Heft.

b) Erläutere die einzelnen Elemente: Grundherr, Grundhöriger, Hufe usw.

c) Vervollständige das Schaubild mithilfe des Schulbuchtextes auf den Seiten 217 – 218.

d) Beurteilt die Vollständigkeit und die Verbesserungsmöglichkeiten des Schaubilds. Tauscht euch über eure Ergebnisse aus.

↝ M1, Text auf den Seiten 217 – 218

2. Die Entstehung der Grundherrschaft erklären

a) Erläutere die Gründe, die zur Entstehung der Grundherrschaft führten.

b) Stelle Vor- und Nachteile der Grundherrschaft für die Bauern in einer Tabelle gegenüber.

c) Beurteile auf der Grundlage deiner Tabelle die Situation der Bauern.

↝ Text auf den Seiten 217 – 218

Grundherr und Grundhöriger

Die Grundherrschaft war ein Herrschaftsverhältnis zwischen einem Grundherrn und einem Grundhörigen, der auf seinen Grundherrn „hören" musste. Grundherr konnte der König, ein Adliger, ein Bischof oder auch ein Kloster sein. Die Grundhörigen waren Bauern, die arm und vollständig abhängig oder auch wohlhabender und weniger abhängig vom Grundherrn sein konnten.

Der Grundherr überließ den Grundhörigen ein Stück Land („Hufe") zur Bewirtschaftung, sorgte für Schutz und hielt Gericht. Im Gegenzug dafür waren die Grundhörigen dem Grundherrn gegenüber zu Abgaben und Arbeitsleistungen verpflichtet, sogenannten Frondiensten (Fro = Herr). Wichtige Entscheidungen wie Heirat oder Umzug musste der Grundherr genehmigen.

Die Bauern waren dem Grundherrn rechtlich nicht gleichgestellt und sie waren in unserem heutigen Sinne nicht frei. Es gab aber große Unterschiede zwischen den Grundhörigen: Einige mussten nur bestimmte Abgaben leisten und konnten ansonsten für sich selbst produzieren. Andere mussten Abgaben leisten und zusätzlich an festgelegten Wochentagen für den Grundherrn arbeiten. Wieder andere schließlich leisteten Abgaben und waren jederzeit auf Befehl des Grundherrn zu Diensten verpflichtet.

Der Hof des Grundherrn

Mittelpunkt der Grundherrschaft waren die Herren- oder Fronhöfe. Diese vom Grundherrn selbst oder durch einen bestellten Verwalter („Meier") geleiteten Bauernhöfe wurden durch die Arbeit der Grundhörigen bewirtschaftet, die so rechtlos wie Sklaven sein konnten oder auch selbst eine – vom Grundherrn erhaltene – eigene Hufe bebauten.

Im Laufe der Zeit wandelte sich diese Struktur, bis der Grundherr schließlich keinen eigenen Bauernhof mehr betrieb, sondern ausschließlich von den Abgaben der Bauern lebte. Diese Abgaben konnten in Naturalien, also landwirtschaftlichen Produkten, oder auch in Geld entrichtet werden.

Die Entstehung der Grundherrschaft

Aus heutiger Sicht wirkt die Grundherrschaft auf uns fremd: Wieso haben die Bauern nicht gegen ihre eingeschränkte Freiheit protestiert? Diese Frage ist nicht leicht zu beantworten, da uns aus der damaligen Zeit nur wenige Schriftstücke zum Thema vorliegen. Folgende Überlegungen helfen aber weiter:

- Die Grundherrschaft war nichts grundsätzlich Neues: Bereits im Römischen Reich gab es einerseits Sklaven, die auf den großen Gütern arbeiteten, und andererseits freie Bauern, die ihr eigenes Land bewirtschafteten, aber bestimmte Abgaben leisten mussten. Nach dem Ende des Römischen Reiches änderte sich dies nicht grundsätzlich, aber manche Sklaven erhielten von ihren Herren Land, und manche ursprünglich freie Bauern mussten – zum Beispiel wegen Schulden – ihr Land an einen Großgrundbesitzer abgeben. Aus Sklaven und Bauern wurden in einer langen Entwicklung Grundhörige.

- Die Grundherrschaft beruhte auf Gegenseitigkeit. In frühen Zeiten waren die freien Bauern zum Kriegsdienst für den Herrscher verpflichtet. Die Anschaffung einer Ausrüstung und die lange Abwesenheit während der Sommermonate waren für die Bauern jedoch große Belastungen. Indem sich die Bauern

M 2 Darstellung der Arbeit bei der Weinlese

Buchmalerei (Ausschnitt), Werkstatt von Simon Bening, Brügge, um 1513/15. Arbeitende Frauen wurden immer wieder in Bildquellen dargestellt.

in ein Hörigkeitsverhältnis begaben, konnten sie den Kriegsdienst umgehen, da dieser vom Grundherrn übernommen wurde. Grundherr und Grundhörige waren aufeinander angewiesen. Sie bewirtschafteten das Land gemeinsam und entwickelten so ein Zusammengehörigkeitsgefühl. Gleichwohl konnte es Streit geben, der einvernehmlich gelöst oder vor Gericht verhandelt oder auch gewaltsam ausgetragen wurde.

- Die Grundherrschaft ermöglichte es, das Land gut zu bewirtschaften. Im Laufe des Mittelalters wurde immer mehr Land erschlossen, dessen Bestellung den Grundherrn überfordert hätte. Umgekehrt hatten die Grundhörigen die Möglichkeit, gegen Abgaben und Dienste selbstständig einen Bauernhof zu betreiben.

Die Grundherrschaft prägte das Leben und Arbeiten auf dem Land über Jahrhunderte. Erst im 19. Jahrhundert wurde sie endgültig abgeschafft.

M 3 Hörige entrichten Abgaben an den Grundherrn

Holzschnitt, 1479, spätere Kolorierung
Der Holzschnitt stammt aus dem von Rodericus Zamorensis geschriebenen Buch „Spiegel des menschlichen Lebens", das 1479 in Augsburg gedruckt wurde. Rodericus war ein gelehrter Mann, Bischof und Diplomat. Im „Spiegel des menschlichen Lebens" zeigte er die Sicht des Adels auf die Ständegesellschaft. Ein Exemplar liegt in der Bibliothek der Universität Heidelberg: https://digi.ub.uni-heidelberg.de/diglit/ir00231000/0045/image.

M4 Ein Güterverzeichnis

Im vor 829 entstandenen Güterverzeichnis, einem sogenannten Urbar, des Klosters Saint-Germain-des-Prés werden die Besitzungen des Klosters und Verpflichtungen der Grundhörigen in Nogent aufgeführt. Aripenni, perticae und bunuariae sind Flächenmaße, die regional unterschiedlich verwendet wurden:

Es [das Kloster] besitzt dort 43 aripenni Wiesen, von denen 120 Fuder Heu geerntet werden können.
Es besitzt dort Wald, der insgesamt auf 15 Meilen im Umkreis geschätzt wird, in dem 1000 Schweine gemästet werden können.
Es besitzt dort eine Mühle, aus der ein Zins von 30 Scheffeln Getreide hervorgeht.
Es besitzt dort eine Kirche. [...]
Der Hörige Vulfradus und seine Frau, eine Freie namens Ermoara, haben bei sich drei Kinder mit diesen Namen: Vulfricus, Aldeberga, Vulfildis. Er bewirtschaftet 1 mansus ingenuilis [selbstständiger Hof besserer Qualität] bestehend aus 11 bunuaria Ackerland, 2 aripenni Weinberg, 3 aripenni Wiesen. Er zinst [hier: gibt] für den Kriegsdienst 10 Scheffel Wein, für die Schweinemast 3 Scheffel [...]. Er pflügt für die Wintersaat 6 perticae, zur Frühjahrssaat 3 perticae. Bittfrontage [Arbeitstage für den Herrn], Holzschlag, Hand- und Spanndienste, so viel ihm befohlen wird. 3 Hühner, 15 Eier. Er transportiert Wein, wohin ihm befohlen wird. 100 Schindeln. Er bearbeitet auf der Wiese 1 aripennum. [...]
Der Hörige Probardus des heiligen Germanus bewirtschaftet 1 mansus servilis [Hof minderer Qualität], bestehend aus 2 bunuaria Ackerland, 4 aripenni Wiesen. Er pflügt für die Wintersaat 2 perticae, für die Frühjahrssaat 1 perticae. 3 Hühner, 15 Eier. In jeder Woche 3 Tage.

Zit. nach: Ludolf Kuchenbuch, Grundherrschaft im frühen Mittelalter, Idstein: Wissenschaftlicher Verlag Dr. Ullrich Schulz-Kirchner 1991, S. 121, 125.

M5 Eine Schenkung

Engilram schenkt seinen Besitz dem Kloster St. Gallen. In der Urkunde vom 20. Mai 838 heißt es:

Im Namen Gottes habe ich, Engilram, aus Ehrfurcht vor Gott und für mein Seelenheil beschlossen, dass wir durch die Hand meines Bruders Pato mein gesamtes Allod [Eigentum], das ich in Alamanien zurzeit als meinen Besitz betrachte, dem Kloster St. Gallen, wo jetzt Bernwicus als Abt der Herde Gottes vorzustehen beliebt, übergeben und übertragen wollen. [...] Bei dieser Schenkung stellen wir die Bedingung, dass unsere Schwester Thiotpuruch diese Schenkung auf ihre Bitte für sich erhalten und zu ihren Lebzeiten den Nießbrauch [das Recht der Nutzung] besitzen und daher Zins bezahlen soll.

Zit. nach: Ludolf Kuchenbuch, Grundherrschaft im frühen Mittelalter, Idstein: Wissenschaftlicher Verlag Dr. Ullrich Schulz-Kirchner 1991, S. 145 f.

Info

Urbar

In den Urbaren ließen die Grundherren aufschreiben, welche Besitzungen und Rechte sie hatten oder beanspruchen wollten. Dazu gehörten auch die Abgaben und Dienste der Grundhörigen. Urbare waren bis zur Abschaffung der Grundherrschaft im 19. Jahrhundert in Gebrauch.

Urkunde

Unter „Urkunde" versteht man ein rechtsförmliches Dokument, das nach Abschluss eines Rechtsgeschäfts zu dessen Beweis erstellt wurde. Formular und äußere Gestaltung variieren erheblich, ganz nach den rechtlichen Erfordernissen, den Kanzleigewohnheiten des Ausstellers und der jeweiligen Epoche. Heute gibt es auch noch Urkunden, ein Beispiel sind Geburtsurkunden, die für alle geborenen Kinder ausgestellt werden.

Aufgaben

1. **Mit einer Bildquelle zur Grundherrschaft arbeiten**
   a) Beschreibe den Holzschnitt M3.
   b) Erkläre den Aspekt der Grundherrschaft, der in diesem Holzschnitt dargestellt ist. Ziehe dafür den Text hinzu.
   → M3, Text auf den Seiten 217–218
2. **Textquellen zur Grundherrschaft erschließen**
   a) Erschließe die beiden schriftlichen Quellen (M4 und M5). Verwende dafür den Trainingskasten auf Seite 93.
   b) Vergleiche die Situation der beiden Hörigen Vulfradus und Probardus (M4).
   c) Erkläre die Bedeutung eines Urbars für den Grundherrn.
   d) Erläutere die Motive Engilrams für seine Schenkung und die Regelungen, die für seine Schwester Thiotpuruch getroffen werden (M5).
   e) Beurteile die Motive Engilrams und entscheide begründet, ob du deinen Besitz dem Kloster schenken würdest.
   f) Beurteile die Aussage: „Die Grundherrschaft war eine sinnvolle Ordnung für das Mittelalter."
   → M4, M5

Das Lehnswesen

Jemandem „mit Rat und Tat" zur Seite stehen und jemandem „Schutz und Schirm" gewähren – diese Ausdrücke stammen aus dem Mittelalter. Damals gab es ein besonderes Verhältnis zwischen Adligen: das Lehnswesen. Was hatte es damit auf sich?

M 1 Ein Bilderbuch des Rechts

Anfang des 13. Jahrhunderts verfasste der Adlige Eike von Repgow ein Rechtsbuch, den sogenannten Sachsenspiegel. Es sollte alle wichtigen Rechtsregeln in der sächsischen Heimat des Autors zusammenfassen. Neben dem Text enthält die Handschrift auch Illustrationen für diejenigen, die nicht lesen konnten. Wichtige Elemente des Lehnswesens sind also bildlich dargestellt. Die hier abgedruckten Abbildungen sind einem Exemplar des Sachsenspiegels entnommen, das Anfang des 14. Jahrhunderts hergestellt wurde. Es befindet sich heute in der Bibliothek der Universität Heidelberg.

Info

Das Belehnungsritual

Lehnsherr und Lehnsmann schlossen den Vertrag durch eine Reihe von symbolischen Handlungen in der Öffentlichkeit.

- Der Lehnsmann legte seine zusammengelegten Hände in die Hände des Lehnsherrn und sagte, dass er das Lehen annehmen wolle. Ein Kuss konnte als Bestätigung hinzukommen.
- Der Lehnsmann gab das Treueversprechen und leistete den Treueeid auf die Bibel oder auf die Reliquien eines oder einer Heiligen.
- Der Lehnsherr überreichte als Symbol für das Lehen eine Fahne, ein Zepter, ein Büschel Ähren oder einen Ast.

M 2

Die Bilderhandschrift verwendet eine festgelegte Bildersprache:

- Lilienkrone: Lehnsherr
- grüne Farbe: adlige Herkunft
- Fahne, Ährenbüschel, Ast: Symbole für Lehen
- erhobener Finger: Gelöbnisgebärde

M 3

Aufgaben

1. Der „Sachsenspiegel" – Eine mittelalterliche Bilderhandschrift verstehen

a) Beschreibe die drei Bilder (M1–M3). Verwende dafür den Trainingskasten „Umgang mit bildlichen Quellen" auf Seite 103.

b) Die Figuren auf den Abbildungen sind manchmal mit drei Armen dargestellt. Formuliere Vermutungen über die Gründe dafür.

c) Nenne mithilfe der Abbildungen die drei symbolischen Handlungen, die für die Herstellung eines Lehnsverhältnisses notwendig waren (vgl. auch den Infokasten auf Seite 220).

d) Erläutere mithilfe der Abbildungen die Elemente der Unterordnung und der Gegenseitigkeit im Verhältnis zwischen Lehnsherr und Lehnsmann.

e) Nenne mögliche Ursachen dafür, dass in der Abbildung M1 ein Lehnsmann zwischen zwei Lehnsherrn abgebildet ist.

f) Stellt in einem szenischen Spiel eine Lehensübergabe nach. Verwendet dafür auch den Trainingskasten „Eine szenische Darstellung durchführen" auf Seite 224.

M1–M3, Infokasten auf Seite 220

M 4 Zeichnung der Grabplatte von Konrad von Bickenbach

Erhaltene Grabplatten adliger Männer aus dem Mittelalter zeigen die Verstorbenen immer mit ihren Waffen, die ein Zeichen ihres Standes waren. Häufig tragen sie darauf auch Bestandteile ihrer Rüstung. Die Aufgabe der adligen Männer zu kämpfen und zu beschützen war im Mittelalter wichtig, da Konflikte häufig militärisch ausgetragen wurden. Vor allem mit ihren Waffen konnten sie gegebenenfalls einem Lehnsherrn wirksam Hilfe leisten. Die Grabplatte liegt in Homburg bei Würzburg (Bayern) und ist um 1390 angefertigt worden.

Das Lehnswesen

Wie organisierten Kaiser, Könige, Herzöge, Grafen und Grundherrn die Verteidigung, die Verwaltung und die Rechtsprechung in ihren Reichen, Herzogtümern, Grafschaften und Grundherrschaften?
Sie wendeten drei Strategien an:

- Sie reisten, um möglichst viel selbst vor Ort regeln und durchsetzen zu können.
- Sie trafen sich regelmäßig und handelten gemeinsame Lösungen aus.
- Sie setzten Vertreter ein, die vor Ort präsent blieben.

Solche Vertreter konnten enge Verwandte aus der eigenen Familie oder der Familie der Ehefrau sein – diese galten als besonders zuverlässig. Aber auch andere Personen konnten ausgewählt werden. Die gegenseitigen Rechte und Pflichten wurden in einer Zeremonie vertraglich vereinbart. Als „Bezahlung" für die Aufgaben, die der Vertreter übernahm, erhielt er ein Stück Land „geliehen" und konnte es bewirtschaften und verwalten, es wurde aber nicht sein Eigentum. Das Stück Land wird „Lehen" genannt, der Vertreter „Lehnsmann" oder „Vasall", der Verleihende „Lehnsherr".

Die Beziehung von Lehnsherr und Lehnsmann

Der Lehnsherr verpflichtete sich dazu, seinem Lehnsmann „Schutz und Schirm" zu gewähren, ihn insbesondere bei einem Angriff mit Waffen oder bei einer Anklage vor Gericht zu verteidigen. Der Lehnsmann verpflichtete sich, seinem Lehnsherrn mit „Rat und Tat" zur Seite zu stehen. Mit „Rat" war gemeint, dass er unterstützend an Beratungen und Versammlungen teilnahm und dort auch hinreiste; mit „Tat" war gemeint, dass er im Krieg und bei militärischen Auseinandersetzungen mitzog und mitkämpfte.

Für beide Seiten bot das Lehnsverhältnis Vorteile. Der Lehnsherr konnte die Teile seines Besitzes, deren Verwaltung ihn als Grundherrn möglicherweise überfordert hätte, zur Steigerung seiner eigenen Macht einsetzen und vergrößerte so seine Gefolgschaft. Der Lehnsmann gewann, wenngleich er sich seinem Herrn formell unterordnete, mit dem überlassenen Land Macht hinzu und hatte einen mächtigen Verbündeten. Außerdem konnte er hoffen, dass auch seine Nachkommen belehnt und das Lehen gewissermaßen vererbt werden konnte.

Ideal und Wirklichkeit

Eine der Abbildungen aus dem Sachsenspiegel zeigt, wie sich ein Lehnsmann zwischen zwei Lehnsherren entscheidet und das Fahnenlehen annimmt. Das Bilderbuch des Rechts zeigt hier, wie es sein sollte. Häufig haben Lehnsmänner allerdings mehrere Lehen von verschiedenen Lehnsherren angenommen, um ihr Vermögen und ihre Macht zu vergrößern. Wenn zwei Lehnsherrn eines Lehnsmannes dann in einen Konflikt gerieten, konnte der Lehnsmann nicht beide unterstützen, sondern musste sich für eine Seite entscheiden oder beide im Stich lassen. Er brach damit Treueversprechen und Treueeid und erfüllte auch seine Lehnsverpflichtungen nicht. Gleichzeitig versuchte er meist, das Land zu behalten.

Aufgaben

1. Das Lehnswesen – Einen Fachbegriff erklären

a) Erkläre mithilfe des Textes auf Seite 222 den Begriff „Lehnswesen".

b) Nenne Beispiele für Vereinbarungen, die auch heute symbolisch und nicht schriftlich getroffen werden.
↷ Text auf Seite 222

Das Lehnsritual in Texten mittelalterlicher Geschichtsschreiber

M 5 Mittelalterliche Textquellen

a) Der Geschichtsschreiber Galbert von Brügge, ein Geistlicher, der als Schreiber für die Grafen von Flandern arbeitete, beschrieb, wie Wilhelm, der neue Graf von Flandern, im Jahr 1137 die Lehnsmänner seines Vorgängers empfing. Wilhelm von Flandern und die Lehnsmänner erneuerten auf diese Weise die Lehnsbeziehung:

Zuerst leisteten sie [die Lehnsmänner oder Vasallen] ihm [Graf Wilhelm] auf folgende Weise Mannschaft: Der Graf fragte den zukünftigen Vasallen, ob er ohne Vorbehalt sein [Lehns-]Mann werden wolle, und dieser antwortete: „Ich will es.“ Alsdann umschloss der Graf die zusammengelegten Hände des anderen mit seinen Händen, und sie besiegelten den Bund durch einen Kuss. Zweitens gab derjenige, der Mannschaft geleistet hatte, dem „Vorsprecher“ des Grafen mit folgenden Worten sein Treueversprechen: „Ich verspreche bei meiner Treue, von nun an dem Grafen Wilhelm treu zu sein, und ihm gegen alle anderen meine Mannschaft unwandelbar zu erhalten, aufrichtig und ohne Trug“. Drittens bekräftigte er sein Versprechen durch einen Eid, den er auf die Reliquien[1] der Heiligen leistete.

1 Reliquien sind Überreste von bereits gestorbenen Personen, die als religiöse Vorbilder – Heilige – verehrt werden oder wurden. Es kann sich um Teile des Körpers oder um Gegenstände aus dem Besitz der Person handeln.

Zit. n.: François Louis Ganshof, Was ist das Lehnswesen? (übers. v. Ruth u. Dieter Groh), Darmstadt: Wissenschaftliche Buchgesellschaft 1989 (7. Aufl.), S. 72 f.

b) Der Geschichtsschreiber und Bischof Otto von Freising, berichtete, wie ein Konflikt um das Herzogtum Bayern von Kaiser Friedrich I. in Absprache mit den Fürsten, den hohen Adligen, gelöst werden konnte. Für das Ritual war die öffentlich sichtbare Übergabe der Fahnen bedeutsam. Otto war außerdem mit dem Kaiser verwandt:

Mitte September [1156] kamen dann die Fürsten in Regensburg zusammen und warteten einige Tage auf die Ankunft des Kaisers. Als der Kaiser sich dann im Feldlager mit seinem Oheim [Onkel] getroffen hatte [...] und alle Vornehmen und Großen herbeigeeilt waren, wurde der Beschluss verkündet, der schon lange im geheimen bestanden hatte. Die wichtigsten Punkte dieser Einigung waren, wie ich mich erinnere, folgende: Heinrich der Ältere [ein Onkel des Kaisers] gab die Herzogsgewalt in Bayern durch sieben Fahnen zurück. Sie wurden dem jüngeren Heinrich [einem Cousin des Kaisers] übergeben, und dieser gab durch zwei Fahnen die Ostmark mit den seit alters dazugehörigen Grafschaften zurück. Dann bildete er [der Kaiser] aus dieser Mark und den Grafschaften [...] auf Grund eines Beschlusses der Fürsten ein Herzogtum und übertrug es mit zwei Fahnen nicht nur ihm [dem Onkel des Kaisers] persönlich, sondern auch seiner Gemahlin.

Zit. n.: Franz-Josef Schmale (Hg.), Die Taten Friedrichs oder richtiger Cronica. Otto von Freising und Rahewin (übers. v. Adolf Schmidt), Darmstadt: Wissenschaftliche Buchgesellschaft 1974, S. 389, 391.

Aufgaben

1. Schriftliche Quellen auswerten

a) Erschließe die beiden Quellen (M5). Verwende dafür den Trainingskasten „Eine schriftliche Quelle erschließen“ auf Seite 93.

b) Vergleiche die beiden Quellen mit den Bildern aus dem Sachsenspiegel (M1 – M3).

→ M5, M1 – M3, Trainingskasten auf Seite 93

2. Die Stellung der Adligen im Lehnswesen

a) Formuliert Gründe dafür, dass Adlige im Mittelalter Lehen vergeben und angenommen haben. Nutzt verschiedene Quellen für eure Informationsbeschaffung.

b) Stellt eure Ergebnisse in Form eines Vortrags in der Klasse vor.

→ Text auf Seite 222, M1 – M5

Königsherrschaft im Mittelalter

Im Zentrum von Magdeburg, der Hauptstadt des heutigen Bundeslandes Sachsen-Anhalt, befindet sich der sogenannte Magdeburger Reiter. Man vermutet, dass die Figur Otto I. darstellen soll. Weshalb ist Otto so bedeutsam?

M 1 Der Magdeburger Reiter
Um 1240 entstandenes Standbild, Foto, 2018

Training

Eine szenische Darstellung durchführen

Die szenische Darstellung eines historischen Ereignisses erfordert eine sorgfältige Planung. Vor allem das Verständnis der historischen Situation und der Handlungsabsichten der Akteure ist wichtig, um die szenische Darstellung so exakt wie möglich umsetzen zu können.

Geht in folgenden Arbeitsschritten vor:

1. Die szenische Darstellung planen

- Informiert euch über das darzustellende historische Ereignis.
- Besetzt die für die Szene notwendigen Rollen.
- Verständigt euch über notwendige Requisiten und die Spielstätte der Szene.
- Verfasst euren Rollentext.

2. Die szenische Darstellung durchführen

- Spielt die Szene nach.
- Achtet dabei darauf, dass kein Akteur aus seiner Rolle fällt.

3. Die szenische Darstellung auswerten

- Erläutert die Bedeutung des dargestellten Ereignisses aus dem Blickwinkel eurer Rolle.
- Beurteilt die Methode der szenischen Darstellung für das historische Verständnis des Ereignisses.

Aufgaben

1. Einen Krönungsbericht untersuchen

a) Beschreibe den genauen Ablauf der Königskrönung in Aachen. Schreibe alle Schritte und Handlungen aus dem Krönungsbericht (M3) heraus und stelle sie in einer Tabelle dar.

b) Suche die im Krönungsbericht genannten Herrschaftsinsignien. Erläutere deren jeweilige Bedeutung. Nutze dafür auch die Abbildungen und den Infokasten auf Seite 225.

c) Gestaltet in einem szenischen Spiel die Krönungszeremonie Ottos I. nach. Verwendet dafür den Trainingskasten auf dieser Seite.

→ M2, M3, Trainingskasten auf dieser Seite

Die Königskrönung Ottos I. – Ein Ritual nachvollziehen

M 2 Reichsinsignien

Die Reichsinsignien: Reichsszepter (14. Jh.); Kaiserkrone, vermutlich für die Kaiserkrönung Ottos I. (926) geschaffen; Reichsschwert (11. Jh.); Krönungsgewand der deutschen Kaiser und Könige; Reichskreuz; Reichsapfel (vermutlich aus dem Jahre 1191); „Heilige Lanze", z. Zt. Heinrichs I. erworben.

Info

Herrschaftssymbole als Zeichen der Macht

Damit ein König als König zweifelsfrei von jedem zu identifizieren war, bedurfte es einer ganzen Reihe von Herrschaftszeichen, sogenannten „Insignien". Ein König musste im Besitz dieser Erkennungszeichen sein, um in seiner Position sowohl erkannt als auch anerkannt zu werden. Das wohl berühmteste Herrschaftszeichen ist die Königs- bzw. Kaiserkrone, aber auch das Reichsschwert, der Reichsapfel oder der Krönungsmantel waren wichtige Symbole, die jeweils für bestimmte Aufgaben eines Königs bzw. Kaisers standen.

M 3 Ein „Krönungsbericht"

In seiner „Sachsengeschichte" berichtet der Mönch Widukind aus dem Kloster Corvey an der Weser, der den Ottonen nahestand, über wichtige Ereignisse im 10. Jahrhundert. Da er die Krönung Ottos I. nicht persönlich miterlebte, beruht sein „Bericht" vermutlich auf der Beobachtung einer späteren Königserhebung:

Nachdem also der Vater des Vaterlandes und der größte wie beste König Heinrich gestorben war, wählte sich das gesamte Volk der Franken und Sachsen seinen Sohn Otto, der bereits vorher vom Vater zum König designiert worden war, als Herrscher aus. Als Ort der allgemeinen Wahl nannte und bestimmte man die Pfalz Aachen. [...]
Und als man dorthin gekommen war, versammelten sich die Herzöge und obersten Grafen mit der übrigen Schar vornehmster Ritter in dem Säulenhof, der mit der Basilika Karls des Großen [Pfalzkapelle] verbunden ist, setzten den neuen Herrscher auf einen dort aufgestellten Thron, huldigten ihm, gelobten ihm Treue, versprachen ihm Unterstützung gegen alle seine Feinde und machten ihn nach ihrem Brauch zum König. Während dies die Herzöge und die übrige Beamtenschaft vollführten, erwartete der Erzbischof mit der gesamten Priesterschaft und dem ganzen Volk im Innern der Basilika den Auftritt des neuen Königs. Als dieser erschien, ging ihm der Erzbischof entgegen, berührte mit seiner Linken die Rechte des Königs, während er selbst in der Rechten den Krummstab trug, bekleidet mit der Albe [liturgisches Gewand], geschmückt mit Stola und Messgewand, schritt vor bis in die Mitte des Heiligtums und blieb stehen. Er wandte sich zum Volk um, das ringsumher stand – es waren nämlich in jener Basilika unten und oben

umlaufende Säulengänge –, sodass er vom ganzen Volk gesehen werden konnte, und sagte: „Seht, ich bringe euch den von Gott erwählten und von dem mächtigen Herrn Heinrich einst designierten, jetzt aber von allen Fürsten zum König gemachten Otto; wenn euch diese Wahl gefällt, zeigt dies an, indem ihr die rechte Hand zum Himmel emporhebt."

Da streckte das ganze Volk die Rechte in die Höhe und wünschte unter lautem Rufen dem neuen Herrscher viel Glück. Dann schritt der Erzbischof [Hildebert von Mainz] mit dem König, der nach fränkischer Sitte mit einem eng anliegenden Gewand bekleidet war, hinter den Altar, auf dem die königlichen Insignien lagen: das Schwert mit dem Wehrgehänge, der Mantel mit den Spangen, der Stab mit dem Zepter und das Diadem. [...]

Derselbe [Erzbischof von Mainz] aber ging zum Altar, nahm von dort das Schwert mit dem Wehrgehänge auf, wandte sich an den König und sprach: „Nimm dieses Schwert, auf dass du alle Feinde Christi verjagst, die Heiden und schlechten Christen, da durch Gottes Willen dir alle Macht im Frankenreich übertragen ist, zum unerschütterlichen Frieden für alle Christen."

Dann nahm er die Spangen, legte ihm den Mantel um und sagte: „Durch die bis auf den Boden herabreichenden Zipfel [deines Gewandes] seist du daran erinnert, mit welchem Eifer du im Glauben entbrennen und bis zum Tod für die Sicherung des Friedens eintreten sollst." Darauf nahm er Zepter und Stab und sprach: „Durch diese Abzeichen bist du aufgefordert, mit väterlicher Zucht deine Untertanen zu leiten und in erster Linie den Dienern Gottes, den Witwen und Waisen die Hand des Erbarmens zu reichen; und niemals möge dein Haupt ohne das Öl der Barmherzigkeit sein, auf dass du jetzt und in Zukunft mit ewigem Lohn gekrönt werdest." Auf der Stelle wurde er mit dem heiligen Öl gesalbt und mit dem goldenen Diadem gekrönt von eben den Bischöfen Hildebert und Wigfried [von Köln], und nachdem die rechtmäßige Weihe vollzogen war, wurde er von denselben Bischöfen zum Thron geführt, zu dem man über eine Wendeltreppe hinaufstieg, und er war zwischen zwei Marmorsäulen von wunderbarer Schönheit so aufgestellt, dass er von da aus alle sehen und selbst von allen gesehen werden konnte.

Nachdem man dann das Lob Gottes gesungen und das Messopfer feierlich begangen hatte, ging der König hinunter zur Pfalz, trat an die marmorne, mit königlicher Pracht geschmückte Tafel und nahm mit den Bischöfen und dem ganzen Adel Platz; die Herzöge aber taten Dienst. Der Herzog der Lothringer, Giselbert, zu dessen Machtbereich dieser Ort gehörte, organisierte alles; Eberhard kümmerte sich um den Tisch, der Franke Hermann um die Mundschenken; Arnulf [von Bayern] sorgte für die Ritterschaft sowie für die Wahl und Errichtung des Lagers [...].

Der König aber ehrte danach einen jeden Fürsten freigebig, wie es sich für einen König gehört, mit einem passenden Geschenk und verabschiedete die vielen Leute mit aller Fröhlichkeit.

Zit. nach: Ekkehart Rotter/Bernd Schneidmüller (Hg./Übers.), Widukind von Corvey: Res gestae Saxonicae / Die Sachsengeschichte (lat./dt.), Stuttgart: Reclam 1981, S. 105–109.

M 4

Rekonstruktion der Pfalz in Aachen

① Pfalzkapelle, ② Kaiserpfalz, ③ Kaiserbad, ④ Gärten der Pfalz, ⑤ Wohnbezirk der Kaufleute, ⑥ Grenze des Pfalzbezirkes, ⑦ Säulenvorhalle

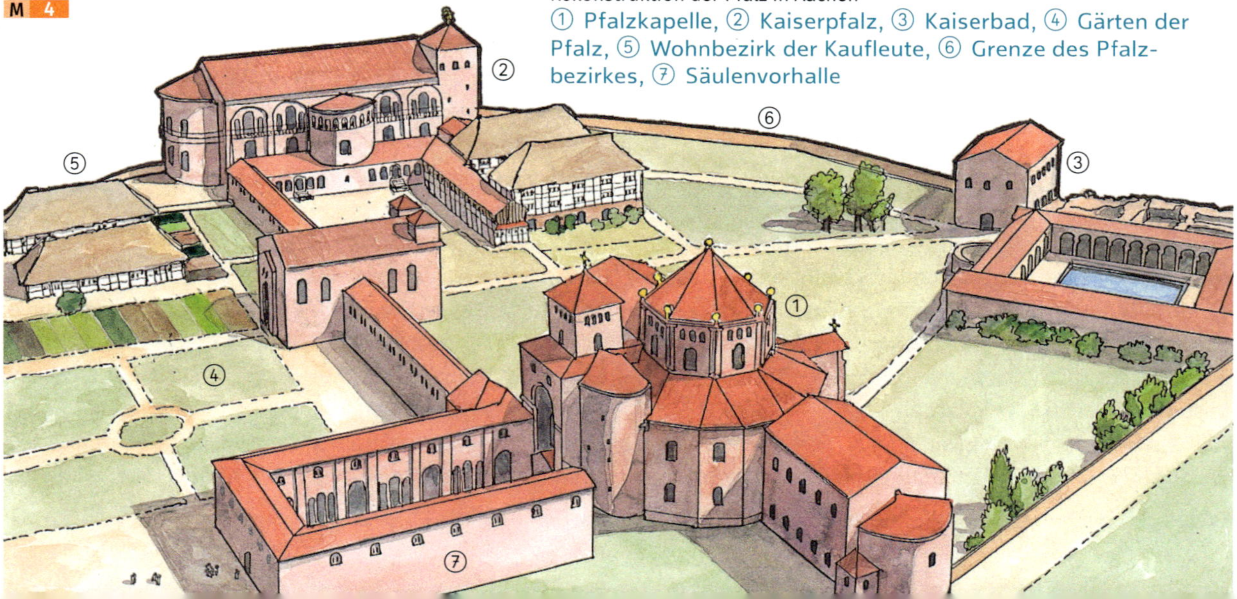

Der Herzog von Sachsen wird König des Ostfränkischen Reiches

Etwa drei Jahrhunderte nach dem Untergang des Weströmischen Reiches war es Karl dem Großen gelungen, erneut ein großes Reich zu errichten, das weite Teile Europas umfasste. Der Höhepunkt seiner Herrschaft war die Krönung zum Kaiser in Rom im Jahr 800. Das Reich Karls des Großen blieb nicht lange bestehen. Unter seinen Nachkommen wurde das Reich im 9. Jahrhundert mehrfach aufgeteilt. Dabei entstanden zunächst drei und in der Folge schließlich zwei Herrschaftsgebiete: das Westfränkische und das Ostfränkische Reich. Aus diesen Reichen entwickelten sich später Frankreich und Deutschland.

Als Begründer des mittelalterlichen deutschen Reiches gilt Heinrich I., Herzog von Sachsen, der im Jahr 919 im Ostfränkischen Reich König wurde. Wie kam es dazu? Als im Jahre 911 im ostfränkischem Teilreich der letzte Karolinger ohne Thronerben gestorben war, bestimmten die Herzöge der dortigen Stämme einen neuen König aus ihren eigenen Reihen. Zunächst verständigten sie sich untereinander auf den Frankenherzog Konrad. Nach dessen Tod wählten sie den mächtigen Sachsenherzog Heinrich zum neuen König. Dieser Heinrich I. einte die Herzöge unter seiner Führung und festigte das Reich. Zudem ließen seine Kriegserfolge über die einfallenden Ungarn das Ansehen seiner Familie stark anwachsen. Es war keineswegs selbstverständlich, dass Heinrichs Sohn Otto als

M 5 Kaiser Otto und Editha

Otto I. (der Große) und seine erste Gemahlin Editha, Sitzstatuen, Magdeburg, Dom, Mitte 13. Jahrhundert.

Die erste Frau Ottos des Großen gilt als eine der wichtigsten mittelalterlichen Mitherrscherinnen. Im Anschluss an Ottos Krönung 936 erhielt Editha in einer gesonderten Zeremonie eine Salbung und wurde die Erste Frau im Reich. In dieser Rolle gestaltete Editha bis zu ihrem frühen Tod – sie verstarb 946 unerwartet mit gerade einmal 36 Jahren in Magdeburg – Ottos Regentschaft aktiv mit.

M 6 Das Reich der Ottonen (919 – 1024)

Herrscher die Nachfolge antrat, da das Reich nicht als Erbmonarchie, sondern als Wahlkönigtum regiert wurde. Allerdings gelang es Heinrich I. noch zu Lebzeiten, seinem Sohn die Thronfolge zu sichern. So wurde Otto I. im Jahr 936 in Aachen von den Herzögen des Reiches zum König gewählt und feierlich gekrönt. Man kann davon ausgehen, dass die Krönungszeremonie, wie sie uns in einem Bericht des sächsischen Geschichtsschreibers Widukind überliefert ist, für die meisten Königskrönungen galt.

M 7 Siegel König Ottos I. (936 n. Chr.)

Umschrift:
OTTO D(E)I GR(ATI)A REX
(Otto von Gottes Gnaden König),
Durchmesser: 5,2 cm

Herrschaftsdurchsetzung nach der Königswahl Ottos I.

Der König war auf die Zusammenarbeit mit dem mächtigen Adel angewiesen, insbesondere auf die Herzöge. Um gemeinsame Entscheidungen zu treffen, fanden regelmäßig große Versammlungen statt, die sogenannten Hoftage. Otto war als König zwar oberster Lehnsherr im Reich, seine Lehnsleute versuchten aber, möglichst selbstständig zu herrschen, weshalb sich Otto nicht immer auf sie verlassen konnte. Gleich zu Beginn seiner Regentschaft musste er gegen mehrere Herzöge kämpfen, die ihm die Herrschaft streitig machten, darunter selbst enge Verwandte.

Rückhalt fand Otto bei der Kirche: Er übertrug Bischöfen und Äbten hohe weltliche Ämter bis hin zur Herzogswürde, vermehrte ihre Besitzungen und machte sie zu engen Beratern. Dies brachte mehrere Vorteile für den König: Da die Geistlichen ohne Nachkommen blieben, konnten sie – im Gegensatz zu den weltlichen Herzögen – weder Land noch Ämter vererben. Nach dem Tod eines Geistlichen fiel dessen Lehen an den König zurück, der es dann erneut an einen Mann seines Vertrauens vergeben konnte. Außerdem konnte der König über die Auswahl und Einsetzung von Bischöfen und Äbten die Angelegenheiten der Kirche mitbestimmen. Er rechtfertigte seine Einmischung in kirchliche Entscheidungen damit, dass er ein Herrscher „von Gottes Gnaden" sei. Viele Nachfolger Ottos übernahmen dieses Vorgehen.

M 8 Siegel Kaiser Ottos I. (um 965 n. Chr.)

Umschrift:
OTTO IMP(ERATOR) AUG(USTUS),
Durchmesser: 6,5 cm

König Otto I. wird Kaiser

Otto war nicht nur mit der Sicherung der Macht im Inneren seines Reiches beschäftigt, seine Herrschaft war auch von außen bedroht. Die Ungarn unternahmen immer wieder Vorstöße nach Mitteleuropa, überfielen Klöster, Burgen und Städte und zogen sich dann wieder zurück. Im Jahr 955 kam es zu einer großen Schlacht auf dem Lechfeld bei Augsburg, die Otto gewann. Nach den Erfolgen gegen seine Widersacher im Inneren und dem Sieg über die Ungarn fühlte sich Otto gefestigt genug, die Kaiserwürde zu beanspruchen.

Im Jahr 962 wurde er in Rom vom Papst zum Kaiser gekrönt. Damit erneuerte Otto das Kaisertum, das Karl der Große im Jahr 800 nach antikem Vorbild wieder errichtet hatte. Als König herrschte Otto I. über die Gebiete nördlich der Alpen. Als Kaiser war er zugleich Herrscher über Italien und Schutzherr der Kirche sowie – zumindest theoretisch – der gesamten christlichen Welt. Das von Otto begründete Kaisertum war von nun an mit dem deutschen Königtum verknüpft. Trotz aller Umbrüche und Veränderungen blieb das Kaisertum über fast 1000 Jahre erhalten. Erst 1806 endete die Kaiserherrschaft des Heiligen Römischen Reiches Deutscher Nation. Die Zeit der Ottonen aus dem Stamm der Sachsen – Otto dem Großen folgten noch Otto II., Otto III. und Heinrich II. nach – endete allerdings bereits 1024. Ihre Nachfolger im Reich wurden die Salier aus dem Stamm der Franken, denen die Dynastien der Staufer, Luxemburger, Wittelsbacher und – vom Ende des Mittelalters bis 1806 – das Herrschergeschlecht der Habsburger nachfolgten.

M 9 **Otto III., deutscher König und Kaiser (980–1002)**

Kaiser Otto III., der Enkel von Otto dem Großen, mit den Reichsinsignien thront zwischen Reichskirche und Reichsadel. Aus dem Reichenauer Evangeliar, das im Auftrag des Kaisers entstand, Ende des 10. Jahrhunderts.

Info

Politische „Spielregeln" und Rituale als Zeichen der Macht

Zu den politischen „Spielregeln" des Mittelalters gehörte es, die eigene Macht und den eigenen Herrschaftsanspruch immer wieder öffentlich zu präsentieren, wobei sich die Herrschenden wie in einem Theaterstück möglichst wirkungsvoll in Szene setzten. Das Überreichen und Empfangen kostbarer Geschenke, die Begrüßung mit Umarmung und Kuss oder das Ausrichten aufwendiger Feste bei Besuchen sind Beispiele für Gesten und Rituale (Bräuche), die dazu dienten, die Öffentlichkeit sowohl über die Macht als auch über die Beziehungen der Herrschenden untereinander zu informieren. Jeder Betrachter verstand damals, was dieses – oft von Beratern des Königs vorher genau geplante – „Schauspiel" ausdrücken sollte.

Aufgaben

1. Königtum und Kaisertum

a) Erläutere die Gründe Ottos I. für sein Ziel, Kaiser zu werden.

b) Diskutiere die Unterschiede bei der Vergabe der Königswürde und der Vergabe der Kaiserwürde.

c) Erkläre die Maßnahmen Ottos I. für seine Herrschaftssicherung.

→ Text auf den Seiten 227–228

2. Rituale und Symbole

a) Erkläre den Einfluss und die Macht der Rituale für die mittelalterliche Königsherrschaft (Infokasten auf dieser Seite).

b) Nenne mithilfe von M9 die Symbole der mittelalterlichen Königsherrschaft und erkläre ihre Bedeutung.

c) Beschreibe und vergleiche die Größe, Haltung und Blickrichtung der in M9 abgebildeten Personen.

d) Erkläre die Bedeutung der dargestellten Szene.

→ M9, Infokasten auf dieser Seite

3. Bedeutung von Königssiegeln

a) Beschreibe die beiden Siegel (M7 und M8) möglichst genau und erläutere deren Unterschiede in Inschrift, Größe und Bildinhalt.

b) Das ottonische Kaisersiegel wurde auf Kaiserurkunden angebracht, die für die adeligen und kirchlichen Großen des Reiches bestimmt waren. Beschreibe und beurteile die Wirkung des kaiserlichen Siegels auf die Urkundenempfänger. Beachte die Blickrichtung der Kaiserfigur.

→ M7, M8

Otto I. „der Große“ – Kaiser und „Werbestar“

Wie du in dem Abschnitt „Die Königsherrschaft im Mittelalter“ bereits erfahren hast, war der mittelalterliche Kaiser Otto I. „der Große“ eine sehr bedeutende Persönlichkeit seiner Zeit. Als erster Kaiser des Heiligen Römischen Reiches Deutscher Nation spielte er auch in der Geschichte unseres Bundeslandes eine wichtige Rolle, insbesondere im Hinblick auf die heutige Landeshauptstadt Magdeburg.

Im Jahr 968 gründete Otto das Erzbistum Magdeburg, wodurch die Stadt eine bedeutende Stellung innerhalb des Reiches erhielt. Otto nutzte das damals noch sehr kleine Magdeburg als Kaiserpfalz, baute die Stadt aus und machte sie schließlich seiner ersten Frau Editha zum Hochzeitsgeschenk.

Vieles in Magdeburg verweist auch heute noch auf das Leben und Wirken des großen Kaisers. Spaziert man durch die Stadt, so begegnet man immer wieder einem Logo, das in unterschiedlichen Varianten existiert: Zur Begrüßung der Gäste der Stadt heißt es „Otto sagt Hallo“, an einem Telefongeschäft steht „Otto verbindet“ und an der Stadtinformation findet sich die Aussage „Otto liebt Fragen“. Dies ist alles Teil einer großen, seit 2010 laufenden Werbekampagne, in der sich die Stadt Magdeburg auf ihre geschichtlichen Wurzeln besinnt und deutschlandweit als „Ottostadt Magdeburg“ präsentiert. ANNO hat die Verantwortlichen dieser Kampagne in Magdeburg getroffen und einige Fragen zu den Zielen und der Umsetzung der Marke „Ottostadt“ gestellt (siehe nächste Doppelseite).

Digital+
WES-115948-701
Die Ottostadt. Ein neues Image für Magdeburg

M 1 Der Magdeburger Reiter

Um 1240 entstandenes Standbild, das vermutlich Kaiser Otto I. darstellt.

„Ottostadt“ Magdeburg? – Beispiele aus der Werbekampagne

M 2 **„otto tanzt gern“**
Social Media Post, 2024

M 3 **„otto fragt kinder“**
Broschüre, 2021

M 4 **„otto baut brücken otto liebt die elbe“**
Broschüre „Ersatzneubau Strombrückenzug“, 2022

„Ottostadt“ Magdeburg? – Interviews auswerten

M 5 Interviews

Das folgende Interview wurde mit der damaligen Geschäftsführerin der „Magdeburg Marketing Kongress und Tourismus GmbH“ Sandra Yvonne Stieger und dem damaligen Wirtschaftsbeigeordneten der Stadt Rainer Nitsche am 09.12.2016 in Magdeburg geführt.

ANNO: Können Sie uns bitte etwas über die Entstehung der Werbekampagne erzählen?

Rainer Nitsche: Die Kampagne ist entstanden, weil wir den Eindruck hatten, dass Magdeburg zu unbekannt ist in Deutschland. Darum haben wir uns mit Experten zusammengesetzt und beschlossen, dass wir eine Marke benötigen, die die Besonderheiten der Stadt darstellt. Dabei haben wir uns überlegt, was Magdeburg gegenüber anderen deutschen Städten einzigartig macht, und wir sind zu dem Schluss gekommen, dass dies die beiden Ottos, Otto der Große und Otto von Guericke [Erfinder und Bürgermeister im 17. Jahrhundert], sind. Somit war also der Titel „Ottostadt Magdeburg“ geboren. Wir wollten ganz bewusst mit einer Marke antreten, die unverwechselbar ist, also nicht „Elbestadt“, „Universitätsstadt“ oder „Domstadt“ – das können ja auch andere Städte von sich behaupten. Die „Ottostadt“ ist unverwechselbar.

ANNO: Wie können wir uns die Umsetzung der Kampagne vorstellen?

Rainer Nitsche: Zuerst mussten die Magdeburger dafür gewonnen werden, sich selbst mit der „Ottostadt“ zu identifizieren. Dabei haben wir von Anfang an mit den Widersprüchen gespielt, dass mit „Ottostadt“ ja auch andere Dinge wie „Otto-Versand“, Otto Waalkes oder der „Otto Normalverbraucher“ gemeint sein könnten. Das hat uns auch viel Kritik eingebracht, aber so wurde über die „Ottostadt“ diskutiert. Wir benutzten bestimmte Veranstaltungen wie Konzerte, Musicals usw., um für unsere Kampagne zu werben. Heute kann man sagen, dass dieses Bewusstsein der „Ottostadt“ hier gelebt wird. Als Nächstes war es das Ziel, dass man eben auch in anderen Städten weiß, was diese „Ottostadt“ bedeutet, und dass man sie fest mit positiven Inhalten verbindet.

Sandra Yvonne Stieger: Der Magdeburger selbst identifiziert sich damit, das funktioniert sehr gut. Unternehmen, Vereine und Geschäfte übernehmen das Logo und setzen ihren Schriftzug darunter. Wir versuchen, das Ganze immer wieder neu zu erfinden und der Zeit anzupassen.

ANNO: Was sind die Ziele der Kampagne?

Rainer Nitsche: Ziele der Kampagne sind, Magdeburg in Deutschland und in Europa bekannter und beliebter zu machen und den Magdeburgern ein neues Selbstbewusstsein zu geben, indem sie sich auf ihre geschichtliche Stärke besinnen. Diese Kraft soll dazu beitragen, junge Menschen anzuziehen und die Stadt weiterzuentwickeln.

ANNO: Warum wurde Otto I. als Werbeträger ausgewählt? Warum eine Person des Mittelalters?

Rainer Nitsche: Otto I. ist eine bedeutsame Persönlichkeit für alle Europäer. Er hat den alten Gedanken des Römischen Reiches aufgegriffen und wollte Nachfolger eines Reiches werden, das ganz Europa umfasste. Er lebte damals bereits den europäischen Gedanken und wollte die Menschen in seinem Reich unter einer Krone einen. Natürlich setzte er dazu auch kriegerische Mittel ein. Er hat Magdeburg zu seiner Lieblingspfalz erkoren und ausgebaut und die Stadt zu einem kulturellen Mittelpunkt seines Reiches gemacht.

Sandra Yvonne Stieger: Otto der Große hat Magdeburg zur Wiege Deutschlands gemacht. Er fasste die vielen deutschen Gebiete zusammen, um eine gemeinsame Verteidigung gegen die einfallenden Ungarn zu ermöglichen. Und mit dem Sieg gegen die Ungarn auf dem Lechfeld machte er Magdeburg zur Wiege des deutschen Kaiserreiches. Das werden sich sicher auch andere auf die Fahne schreiben, aber er machte Magdeburg zu seiner Lieblingspfalz und bewies dies, indem er Editha heiratete und ihr Magdeburg zu seinem Hochzeitsgeschenk machte. Ohne Otto wäre die Stadt nie so groß geworden, wie sie war und ist.

M 6 „Störer“ aus der „Ottostadt“-Kampagne

Als „Störer“ wird in der Werbung ein auffälliges grafisches Element bezeichnet, das die Aufmerksamkeit der Betrachterin oder des Betrachters auf sich ziehen soll.

M 7 **Blick auf den Dom und das Kloster in Magdeburg, rechts: „Störer“ aus der „Ottostadt“-Kampagne**

Aufgaben

1. **Otto I. „der Große“ – Kaiser und „Werbestar“**
   a) Informiere dich in den vorrangegangenen Abschnitten nochmals über Otto I. und diskutiere in deiner Klasse, ob Otto I. die Zuweisung des Beinamens „der Große“ verdient hat.
   b) In diesem Abschnitt hast du viel über die Werbekampagne Magdeburgs als „Ottostadt“ erfahren. Diskutiere darüber, ob Magdeburg diesen Titel zu Recht für sich beanspruchen kann und ob er eindeutig genug ist.
   Text auf Seite 230, M1–M7
2. **Jetzt bist du gefragt ...**
   a) Jede Stadt und jedes Dorf in Sachsen-Anhalt hat eine eigene Geschichte und Personen, die diese Geschichte maßgeblich geprägt haben. Nun ist es an dir, etwas über die Geschichte deines Heimatortes herauszufinden und selbst eine kleine Werbekampagne zu entwickeln, die die Besonderheiten deiner Heimat hervorhebt. Gehe dazu wie folgt vor:
      1. Informiere dich über die Geschichte deines Heimatortes und versuche historische Personen oder Ereignisse zu finden (möglichst aus dem Mittelalter), die deine Heimat unverwechselbar machen. Nutze dazu beispielsweise das Internet, Heimatmuseen oder Touristeninformationen.
      2. Entwirf eine Marke, die die Besonderheiten deines Ortes darstellt und für sie wirbt. Dazu kannst du zum Beispiel ein Logo, einen Spruch oder ein Produkt entwerfen, das deine Heimat unverwechselbar darstellt. Du kannst dich an der „Ottostadt“-Kampagne orientieren.
      3. Präsentiere dein Ergebnis in einem Schülervortrag.

   b) Erkläre die Vor- und Nachteile solcher Werbekampagnen und bewerte den Umstand, dass hierbei Personen genutzt werden, die sich selbst nicht mehr zu dieser Werbung äußern können.

König und Reich im Spätmittelalter

Der Königsstuhl von Rhens stellt einen vergrößerten Thron dar. Der Grund für einen solchen Bau am Rhein bei Koblenz war, dass sich im Mittelalter hier häufiger die Kurfürsten trafen, um über die Wahl des jeweils neuen künftigen römisch-deutschen Königs zu verhandeln. Damit ist dieser zweistöckige Achteckbau ein Zeichen für die Machtposition dieser Kurfürsten: Wer waren sie und wie konnte es dazu kommen? Eine der wichtigsten Urkunden des Mittelalters, die Goldene Bulle, gibt darauf Antwort.

M 1 Der Königsstuhl von Rhens bei Koblenz
Aktuelles Foto

M 2 Die Goldene Bulle

In der Goldenen Bulle von 1356 wurde der Vorgang bei der Königswahl erstmals gesetzlich festgelegt:

Nachdem aber die mehrgenannten Kurfürsten oder ihre Gesandten in die Stadt Frankfurt eingezogen sind, sollen sie sogleich bei Anbruch des folgenden Tages in der Kirche des heiligen Apostels Bartholomäus daselbst in vollzähliger Anwesenheit die Messe de Sancto Spiritu singen lassen, damit der Heilige Geist ihre Herzen erleuchte und ihren Verstand mit dem Licht seiner Kraft erfülle, auf dass es ihnen gelinge, mit seinem Beistand einen gerechten, redlichen und tüchtigen Mann zum römischen König und künftigen Kaiser zu wählen zum Heil der Christenheit.
[...]
Nachdem aber sie oder die Mehrzahl von ihnen an diesem Ort gewählt haben, muss eine solche Wahl gleich gehalten und geachtet werden, wie wenn sie von ihnen allen ohne Gegenstimme einhellig vollzogen wäre. [...]
Sooft und wann aber künftig das heilige Reich ledig ist [= ohne Herrscher], alsdann soll der Erzbischof von Mainz die Befugnis haben, die er bekanntlich von alters her gehabt hat, die übrigen ehgenannten Kurfürsten, seine Genossen bei besagter Wahl, durch Briefe zu berufen, und wenn sie alle oder diejenigen, die teilnehmen können und wollen, sich am Wahltag versammelt haben, soll besagter Erzbischof und kein anderer diese seine Mitkurfürsten einzeln um ihre Stimme befragen in folgender Reihenfolge: Zuerst soll er den Erzbischof von Trier fragen, dem wir die erste Stimme zuerkennen, die ihm, wie wir erfahren, auch bisher zustand, zweitens den Erzbischof von Köln, dem die Würde und Pflicht zukommt, dem römischen König zuerst die Königskrone aufzusetzen, drittens den König von Böhmen, der unter den weltlichen Kurfürsten vermöge der Ho-

heit königlicher Würde mit Recht und nach Gebühr den Vorrang behauptet, viertens den Pfalzgrafen bei Rhein, fünftens den Herzog von Sachsen, sechstens den Markgrafen von Brandenburg [...].
Wenn das geschehen ist, sollen ihn seine Mitkurfürsten ihrerseits befragen, damit auch er seinen Willen ausspreche und ihnen seine Stimme kundgebe.

Die Goldene Bulle. Nach König Wenzels Prachthandschrift (übers. v. Konrad Müller), Dortmund: Harenberg-Kommunikation 1989 (3. Aufl.), S. 97ff.

M 3 Gründe für die Neuregelung

Zu Beginn der Goldenen Bulle werden auch die Gründe für die Neuregelung angeführt:

Da wir [Kaiser Karl IV.] nun kraft des Amtes, das wir vermöge unserer Kaiserwürde innehaben, den künftigen Gefahren der Uneinigkeit und Zwietracht unter den Kurfürsten, zu deren Zahl wir als König von Böhmen bekanntlich gehören, aus zwei Gründen, nämlich sowohl wegen unseres Kaisertums als auch wegen des von uns ausgeübten Kurrechts, entgegenzutreten gehalten sind, haben wir, um die Einigkeit unter den Kurfürsten zu fördern, um Einhelligkeit bei der Wahl herbeizuführen und um der vorerwähnten schmählichen Uneinigkeit und den mannigfachen, aus ihr erwachsenden Gefahren den Zugang zu verschließen, die hiernach geschriebenen Gesetze auf unserem feierlichen Reichstag zu Nürnberg, im Beisein aller geistlichen und weltlichen Kurfürsten und vor einer zahlreichen Menge anderer Fürsten, Grafen, Freiherren, Herren, Edelleute und Städte, auf dem Kaiserthron, mit den kaiserlichen [...] Kleinodien und der Krone geschmückt, nach vorgängiger reiflicher Beratung kraft kaiserlicher Machtvollkommenheit erlassen, aufgestellt und zu bestätigen für gut befunden im Jahre des Herrn 1356 [...].

Die Goldene Bulle. Nach König Wenzels Prachthandschrift (übers. v. Konrad Müller), Dortmund: Harenberg-Kommunikation 1989 (3. Aufl.), S. 97ff.

M 4 Goldene Bulle

Eine Seite der sogenannten Goldenen Bulle von 1356 mit dem anhängenden goldenen Siegel

Aufgaben

1. **Regelung der Königswahl in der Goldenen Bulle**
   a) Erkläre den Begriff „Goldene Bulle".
   b) Beschreibe anhand von M2 den Vorgang der Königswahl nach der Goldenen Bulle mit eigenen Worten. Erstelle dafür eine Liste aller beteiligten Personen und ordne diese in der vorgesehenen Reihenfolge an.
   c) Erläutere die Bedeutung der ersten und letzten Stimme beim Wahlvorgang.
   d) Vor der Königswahl mussten die Kurfüsten die Messe besuchen. Diskutiert mögliche Gründe und beurteilt diese.
   e) Vergleiche den Ablauf der Königswahl nach der Goldenen Bulle mit der Art und Weise, wie die Ottonen Könige wurden (Seite 227–228).
   → M1, M2, M4
2. **Gründe für die Neuregelung**
   a) Arbeite die Gründe heraus, die in der Urkunde M3 für die Neuregelung angegeben werden.
   b) Beurteile folgende Aussage: „Die Goldene Bulle sicherte die Existenz des Heiligen Römischen Reiches Deutscher Nation."
   → M3

Erbe oder Wahl? Zwei Arten des mittelalterlichen Königtums

Die Nachfolge des deutschen Königs war lange Zeit nicht eindeutig geregelt. Im Mittelalter gab es im Prinzip zwei verschiedene Arten, einen neuen König zu bestimmen:

- Die eine Variante beruhte auf dem Erbrecht, wobei der älteste Sohn, manchmal aber auch ein naher männlicher Verwandter, die Nachfolge eines verstorbenen Königs antrat. Oft wurde ein solcher Nachfolger schon zu Lebzeiten des herrschenden Königs bestimmt („Designation").
- Der Erbmonarchie stand die Wahlmonarchie gegenüber. Hier beanspruchten die Großen des Reiches das Recht für sich, den König nach ihren Interessen zu wählen. Wahlberechtigt waren ursprünglich alle Reichsfürsten, ab dem 14. Jahrhundert dann aber ausschließlich sieben „Kurfürsten", bei denen es sich um die ranghöchsten kirchlichen und weltlichen Fürsten des Heiligen Römischen Reiches handelte. Das mittelhochdeutsche Wort „kur" bedeutet „Wahl". Dabei handelte es sich aber nicht um eine freie Wahl im heutigen Sinn – sowohl die Wählerschaft als auch der Kreis der möglichen Kandidaten für den Königstitel beschränkte sich auf die wichtigsten adligen Familien.

Eine Neuregelung der Wahl wird notwendig

Im Jahr 1294 starb der letzte König aus der Herrscherfamilie der Staufer, die mit ihren Plänen, das Reich in eine reine Erbmonarchie zu verwandeln, am Widerstand der mächtigen Fürsten gescheitert waren. Nach den Staufern regierten Könige aus verschiedenen mächtigen Adelsfamilien oder Dynastien, wodurch es immer wieder zu Doppelwahlen kam. Dies hatte nicht selten gewaltsame Konflikte zur Folge. Angesichts dieser Situation wurde nach langen Verhandlungen auf den Reichstagen in Nürnberg und Metz 1356 eine Neuregelung der Königswahl beschlossen, die eine Einigung zwischen Kaiser Karl IV. und den Reichsfürsten bedeutete. Die entsprechende Gesetzessammlung, die teilweise auf älteren Regelungen aufbaute, wird als „Goldene Bulle" bezeichnet. Der Name geht auf das goldene Siegel des Kaisers zurück, das der Urkunde angehängt war. Die Goldene Bulle bildete einen zentralen Bestandteil der Reichsverfassung, die bis zum Ende des Heiligen Römischen Reiches 1806 gültig war.

Die Reglungen der Goldenen Bulle von 1356

Die wichtigste Regelung der Goldenen Bulle war die verbindliche Festlegung der sieben zur Königswahl berechtigten Fürsten, der „Kurfürsten". Diese bestanden zum einen aus drei Vertretern der Kirche, nämlich den Erzbischöfen von Trier,

M 5 Der Kaiser mit den sieben Kurfürsten

Die Weltchronik von 1493 zeigt den Kaiser inmitten der Kurfürsten, die die Zeichen ihrer Ämter tragen. Die drei geistlichen Kurfürsten, die Erzbischöfe von Trier, Köln und Mainz, halten als Erzkanzler Urkunden in der Hand (links vom Kaiser). Die vier weltlichen Kurfürsten üben symbolisch ihre Erzämter aus: Der König von Böhmen war als Erzschenk für die Getränke, der Pfalzgraf bei Rhein als Erztruchsess für die Speisen zuständig. Der Herzog von Sachsen überwachte als Erzmarschall Pferde und Waffen, der Markgraf von Brandenburg als Erzkämmerer die Kasse.

Köln und Mainz; zum anderen gehörten zu diesem Kreis vier weltliche Herrscher, nämlich der König von Böhmen, der Pfalzgraf bei Rhein, der Herzog von Sachsen und der Markgraf von Brandenburg. Dass gerade diese sieben Fürsten sich das alleinige Wahlrecht sichern konnten, hatte verschiedene Gründe. Manche dieser Herrscher gehörten im 14. Jahrhundert zu wichtigen Dynastien, andere versahen schon seit langer Zeit hohe Ämter in der königlichen Verwaltung und wieder andere hatten schon immer bei Königswahlen eine entscheidende Rolle gespielt.

Von nun an bestimmte ausschließlich diese Siebenergruppe in einem genau geregelten Verfahren den deutschen König. Zu einer Wahl trafen sich die Fürsten in Frankfurt am Main. Die ungerade Zahl von sieben Wählern garantierte ein eindeutiges Mehrheitsverhältnis bei der Abstimmung.

Der Papst hatte damit seinen Einfluss auf die Königswahl verloren. Obwohl die Kaiserkrönung noch bis 1425 in Rom stattfand, besaß der Papst kein Mitwirkungsrecht bei der Kandidatenauswahl: Der gewählte deutsche König durfte auch ohne päpstliche Zustimmung und Krönung den Titel eines Kaisers führen.

Die Auswirkungen auf die Stellung des Königs und der Fürsten

Die Neuregelung der Königswahl zeigt, wie sich die Stellung des Königs im Spätmittelalter veränderte. Im Unterschied etwa zu Frankreich entstand in Deutschland keine Erbmonarchie mit einem starken Herrscher an der Spitze. Zwar besaß der deutsche König in seiner Position als Kaiser im Heiligen Römischen Reich Deutscher Nation eine besondere Würde und ein hohes Ansehen, jedoch war seine tatsächliche Position vergleichsweise schwach, da er von seinen Wählern, also den Kurfürsten abhängig war. Stark war der König nur dann, wenn er sich auf einen großen Familienbesitz stützen konnte (eine „Hausmacht" besaß) oder die Mehrheit der Fürsten auf seiner Seite hatte. Bei wichtigen politischen Entscheidungen musste sich der König bzw. Kaiser auf jeden Fall mit den Fürsten abstimmen. Die Kurfürsten waren im Allgemeinen daran interessiert, einen Kandidaten zu wählen, der möglichst wenig Macht besaß, oder denjenigen zu wählen, der für seine Wahl am meisten zahlte bzw. seinen Wählern bestimmte Vorrechte versprach.

Karl IV. hatte mit der Goldenen Bulle beabsichtigt, die Kurfürsten zu Stützen des Reiches zu machen und sie an der Regierung zu beteiligen. Aus diesem Grund waren in der Goldenen Bulle jährliche Beratungen des Kaisers mit den Kurfürsten festgeschrieben worden, welche in dieser Form jedoch nicht stattfanden. Die Fürsten konzentrierten sich lieber auf ihre Territorien und hielten Distanz zu Königtum und Reich. Im Ergebnis gelang es weder Karl IV. noch seinen Nachfolgern, die Fürsten auf das Reich einzuschwören.

M 6 Bildnis Kaiser Karls IV.
von Peter Parler im Veitsdom in Prag, heutiger Zustand

Aufgaben

1. **Die Folgen der Neuregelung der Königswahl**
   a) Beurteile folgende Behauptung: „Die Reichsfürsten profitierten am meisten von der Neuregelung."
   b) Erkläre den letzten Satz im Schulbuchtext auf Seite 237: „Im Ergebnis gelang es weder Karl IV. noch seinen Nachfolgern, die Fürsten auf das Reich einzuschwören." (Z. 74 f.) Diskutiert und beurteilt mögliche Folgen, die sich daraus für die Regierung des Kaisers ergaben.

Text auf den Seiten 236–237

Die Lebenswelt der mittelalterlichen Bauern

Heute gibt es in Mitteleuropa nur noch wenige Bauern und Bäuerinnen, im Mittelalter bildeten sie hingegen die überwiegende Mehrheit der Bevölkerung. Die damalige Gesellschaft war eine Agrargesellschaft. Wie lebten die Menschen auf dem Land im Mittelalter?

M 1 Bilder von Bauern

In einer mittelalterlichen Handschrift, die Fragen der Zeitrechnung behandelt, finden sich die folgenden Abbildungen. Sie zählen zu den frühesten Darstellungen bäuerlicher Tätigkeiten. Das Werk entstand im Jahr 818 n. Chr auf Anregung Karls des Großen.

Aufgaben

1. Bilder von Bauern – Eine Bildquelle erschließen

a) Erkläre den Aufbau der Abbildung M1. Erkläre die Buchstabenkombinationen, wie z. B. IAN, FEBR, und die Anzahl der Figuren.

b) Beschreibe die einzelnen Abbildungen.

c) Erkläre die Gründe für die Darstellung bäuerlicher Tätigkeiten, um den Jahresablauf zu verdeutlichen.

d) Die Szenen auf dem Hof fehlen. Ergänze mögliche Aufgaben auf dem Bauernhof.

e) Beurteile die Aussagekraft der Abbildungen in M1 über das Leben der Bauern.

→ M1

M 2 Hunger

Eine zeitgenössische Quelle berichtet (1343):

Im Jahr 1343 war in Unterbayern eine solche Teuerung ausgebrochen, dass die Einwohner die Rinden von den Bäumen abschälten. Sie zerrieben dieselben, mischten sie mit viel ebenfalls zerriebenem Heu, machten einen Teig wie zu Brot daraus und aßen ihn; oder sie zerstampften jene Sachen in der Mühle, mengten sie unter abgekochten, mit Wasser und Salz bespritzten Wegerich, verzehrten dies und bezwangen die Qual eines grauenhaft herrschenden Hungers.

Zit. nach: Rudolf Hadorn (Hg.), Aus dem mittelalterlichen Leben. Teil 1: Auf dem Land, Gümlingen bei Bern: Zytlogge 1989, S. 83.

M 3 Essen einfacher Schichten im Mittelalter

Aus einem anonymen Lehrgedicht (13. Jh.):

Man befahl Ihnen [den Bauern] als Leibesnahrung
Fleisch und Kraut und Gerstenbrei,
doch ohne Wildbret sollten sie sein,
zum Festtag Hirse, Linsen und Bohnen.
Fisch und Öl ließen sie schön
die Herren essen, das war Sitte. [...]
Er [der Bauer] sprach: „Meine Gemahlin traut,
leg wenig Fleisch in unser Kraut,
damit der Schinken lange reicht."
Sie sprach: „Lieber Rüeger [Name des Bauern],
hätt ich doch eher dran gedacht,
ich behalte sehr gern das Gut."
Also gab sie nach im Streit.
Des Morgens zur Essenszeit
trug sie ihm das Kraut dann auf.

Zit. nach: Siegfried Epperlein, Bäuerliches Leben im Mittelalter, Köln/Weimar/Wien: Böhlau 2003, S. 205f.

M 4 Mittelalterliche Ernährung

Die Historikerin Claudia Märtl berichtet in ihrem Buch „Die 101 wichtigsten Fragen – Mittelater" über die Ernährungsgewohnheiten im Mittelalter (2007):

Im Frühmittelalter glichen sich die Essgewohnheiten in Europa an, da sich der Ackerbau im Norden ausbreitete und die Viehwirtschaft im Süden intensiviert wurde. Gleichzeitig vermehrte sich der Weinanbau [...]. Fisch, Fleisch, Gemüse und Obst standen nun nahezu allen Menschen zur Verfügung. Was und wieviel gegessen wurde, hing nicht nur von der Versorgungslage und dem sozialen Stand ab, sondern auch von religiösen Vorschriften, die den Genuss von Fleisch, Eiern und Milchprodukten an etwa 150 Fastentagen im Jahr untersagten. Bier und Wein, die wichtigsten Getränke, hatten vermutlich einen geringeren Alkoholgehalt als heutzutage.
Mit der Intensivierung der Landwirtschaft im Laufe des Hochmittelalters gingen Weideland und Forste [= genutzte Wälder] zu Gunsten des Ackerlandes zurück, wodurch Fleisch zur Mangelware und damit zu einem Privileg [= Vorrecht] der oberen Gesellschaftsschichten wurde. Grundnahrungsmittel aller Bevölkerungsgruppen war nun Getreide in Form von Brot, Brei oder Mus. Die teureren hellen Getreidearten blieben den Wohlhabenden vorbehalten, während sich weniger Begüterte mit dunkleren Sorten wie Roggen, Gerste oder Dinkel bescheiden mussten. Hungersnöte waren keine Seltenheit [...].
Mit dem starken Bevölkerungsrückgang um die Mitte des 14. Jahrhunderts verbesserte sich die Ernährungslage, da für den einzelnen mehr kultiviertes Ackerland zur Verfügung stand. Auch nahm der Fleischkonsum im Spätmittelalter wieder zu.

Claudia Märtl, Die 101 wichtigsten Fragen. Mittelalter, München: Verlag C. H. Beck 2007, S. 91f.

Aufgaben

1. **Mittelalterliche Ernährungsweisen auswerten**
   a) Beschreibe anhand der Materialien M2–M4 die Ernährungsgewohnheiten der Menschen auf dem Lande im Mittelalter.
   b) Vergleiche die damalige Ernährung mit den heutigen Ernährungsgewohnheiten und stelle deine Ergebnisse in einer Tabelle dar.
   c) Erkläre die Gründe für die Unterschiede zwischen den damaligen und den heutigen Ernährungsgewohnheiten. Berücksichtige dabei die Arbeitsweise und die Produktivität der heutigen Landwirtschaft.
   d) Nimm Stellung zu folgender Aussage: „Da die mittelalterliche Landwirtschaft ökologisch ausgerichtet war, können wir auch heute noch etwas von ihr lernen".
   → M2–M4, Text auf Seite 240
2. **Das Leben der ländlichen Bevölkerung im Mittelalter**
   a) Erstelle eine Übersicht in Form einer Concept Map. Schreibe dazu die Überschrift: „Das Leben der Menschen im Mittelalter" in die Mitte. Die Gliederung des Textes (auf der nächsten Seite) hilft dir bei der Aufteilung.
   b) Markiere diejenigen Informationen farbig, die du aus den Quellen entnommen hast.
   → M1–M4, Text auf Seite 240

Die Bedeutung der Landwirtschaft

Seit die Menschen in der Jungsteinzeit mit Ackerbau und Viehzucht begonnen haben, bildet die Landwirtschaft die Grundlage des menschlichen Lebens. Im Mittelalter lebten über 90 Prozent der Menschen auf dem Lande. Sie waren Selbstversorger und erarbeiteten zugleich die Lebensgrundlage der gesamten Gesellschaft. Zugtiere wie Ochsen halfen bei Aussaat, Ernte und Transport. Der Boden wurde mit Pflügen bearbeitet, geerntet wurde mit Sicheln und Sensen. Wenn ein Unwetter die Ernte vernichtete, drohte schnell eine Hungersnot.

M 5 Hölzerne Schüsseln
Funde aus dem Mittelalter

Essen, Trinken und Kleidung

Grundnahrungsmittel des Mittelalters war Getreide, das zu Brei oder Brot verarbeitet wurde. Da das Getreide zur Brotherstellung gemahlen und in einem Ofen gebacken werden musste, galt Brot zunächst noch als Luxus, setzte sich jedoch immer mehr durch. Weil man nicht täglich backen konnte, wurde auch hartes und trockenes Brot gegessen, welches man z. B. in Suppen aufweichte. Der Speiseplan der meisten Menschen war sehr eintönig; Fleisch gab es selten, andere Lebensmittel dienten lediglich als Nahrungsergänzung. Klerus und vor allem Adel aßen hingegen abwechslungsreicher.

Da sauberes Wasser nicht überall verfügbar war, trank man vergorene Obstsäfte, Wein und Bier. Der Alkohol machte die Getränke haltbarer und tötete Krankheitserreger ab. Allerdings enthielten Wein und Bier damals deutlich weniger Alkohol als heute.

Ihre Kleidung fertigten sich die Bauern und Bäuerinnen vor allem aus Schafwolle und aus Leder. Sie war einfach geschnitten, strapazierfähig und auf Wetter- und Kälteschutz ausgerichtet. Farben und Verzierungen gab es kaum, da es den Bauern als unterstem Stand verboten war, aufwendige Kleidung zu tragen.

M 6 Bäuerliches Leben im Dezember
Im Mittelalter waren die Aufgabenbereiche von Mann und Frau grundsätzlich aufgeteilt. Auf dem Lande waren Frauen insbesondere für die Erziehung der Kinder sowie für die Haushaltsführung zuständig. Sie unterstützen ihren Mann außerdem bei der Feldarbeit, Buchmalerei, Werkstatt von Simon Bening, Brügge, um 1520.

Der Bauernhof und das Leben im Dorf

Die mittelalterlichen Bauernhäuser bestanden aus Holz und hatten ursprünglich nur wenige Räume, in denen auch Tiere lebten. Ein offenes Herdfeuer diente als Kochstelle und Heizung zugleich. Im Verlauf des Mittelalters nahm die Anzahl der Räume in den Häusern zu und es entstanden geschlossene Kochherde und Heizöfen.

Zur Bauernfamilie zählten nicht nur Eltern und Kinder, sondern auch weitere Verwandte sowie – je nach Größe des Hofes – Knechte und Mägde. An der Spitze dieser Lebens- und Wirtschaftsgemeinschaft stand der alle Entscheidungen treffende Hausvater, gefolgt von seiner Frau. Das Haus galt als geschützter Raum; ein Bruch des Hausfriedens war ein Verbrechen.

Es gab viele vereinzelte Bauernhöfe, und auch die Dörfer waren klein und oft weit voneinander entfernt. Die Dorfgemeinschaft regelte viele Angelegenheiten selbst, z. B. die Dreifelderwirtschaft: Im jährlichen Wechsel wurde ein Drittel des Landes mit Wintergetreide (Weizen, Roggen) und das zweite Drittel mit Sommergetreide (Hafer, Gerste) bebaut. Der dritte Teil lag brach – er blieb unbebaut, damit sich der Boden erholen konnte. Die wenigen auf den Höfen gehaltenen Tiere erzeugten nur geringe Mengen an Mist, sodass auch nur wenig gedüngt wurde. Von allen gemeinsam genutzte Wälder, Wiesen und Gewässer wurden als „Allmende" bezeichnet. Die Dorfgemeinschaft musste sich absprechen, um die Dreifelderwirtschaft und die Nutzung der Allmende zu organisieren. Auch Streitigkeiten untereinander regelten die Menschen bis zu einem gewissen Grad selbst.

Die Dreifelderwirtschaft

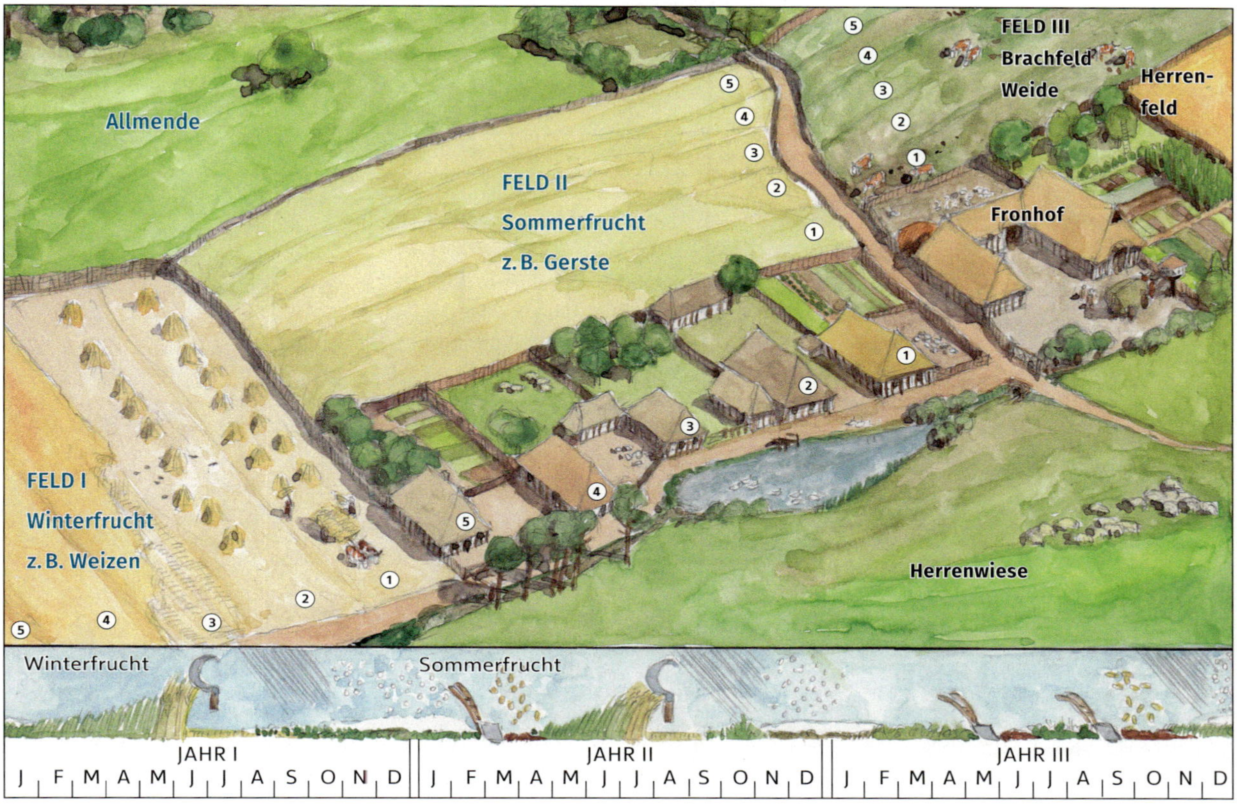

M 7 **Schaubild zur Dreifelderwirtschaft im Mittelalter**

M 8 Eine wissenschaftliche Darstellung

Der Historiker Hans-Werner Goetz beschreibt die Dreifelderwirtschaft (1994):

Machten sich trotz der Vielfalt der Arbeiten gerade im landwirtschaftlichen Betrieb die Saisonarbeiten bemerkbar, so brachte die Einführung der Dreifelderwirtschaft eine etwas kontinuierlichere [gleichmäßigere] Verteilung der Arbeiten über das Jahr. Die anfangs betriebene Feldgraswirtschaft, bei der man den Boden so lange bearbeitete, wie er Früchte trug, und dann brach liegen ließ, wurde vielerorts bald durch eine Fruchtwechselwirtschaft abgelöst: Bei der Zweifelderwirtschaft teilte man den Acker in zwei Teile; die eine Hälfte wurde bebaut, die andere lag brach, damit der Boden sich erholte; im nächsten Jahr war es umgekehrt. Dieses System wurde durch die Dreifelderwirtschaft vervollkommnet. [...] Das Land wurde demnach in drei Teile geteilt: Das erste Drittel trug im ersten Jahr Wintergetreide (Weizen, Roggen, Dinkel, Gerste), das im Herbst ausgesät und im folgenden Frühsommer geerntet wurde, und diente anschließend als Stoppelweide, im folgenden Jahr trug es Sommergetreide (Hafer, Gerste) oder Hülsenfrüchte, d. h. man pflügte im Frühling und erntete im Hochsommer; danach diente das Feld wieder als Stoppelweide und lag dann im Winter und im kommenden (dritten) Frühjahr brach, wurde im Juni gepflügt und lag erneut brach, bis es im Spätherbst noch einmal gepflügt und mit Winterkorn besät wurde, sodass der Rhythmus von Neuem begann.

Hans-Werner Goetz, Leben im Mittelalter, München: C. H. Beck 1994 (5. Aufl.), S. 150 f.

Aufgaben

1. Die Dreifelderwirtschaft

a) Erkläre mithilfe der Darstellung von Hans-Werner Goetz (M8) die Begriffe „Feldgraswirtschaft“, „Fruchtwechselwirtschaft“ und „Zweifelderwirtschaft“.

b) Erläutere an der bildlichen Darstellung (M7) das Prinzip der Dreifelderwirtschaft und nenne Vor- und Nachteile dieser Wirtschaftsweise.

→ M7 – M8

Unsere Städte – Ein Erbe aus dem Mittelalter

Viele Städte in Deutschland wie Koblenz, Mainz, Lübeck oder Nürnberg sind mittelalterlich geprägt. Dies ist mehr oder weniger deutlich erkennbar. Wir gehen auf Spurensuche.

M 1 Ansicht der Stadt Nürnberg von Süden
Holzschnitt von Michael Wolgemut aus der Schedelschen Weltchronik 1493

Aufgaben

1. Spurensuche in Nürnberg

a) Beschreibe die mittelalterliche Ansicht der Stadt Nürnberg (M1). Benenne auffallende Merkmale und erschließe die Besonderheiten einer Stadt.

b) Vergleiche den Altstadtplan M2 mit dem Holzschnitt M1. Nenne historische Gebäude, die noch in der heutigen Altstadt zu finden sind.

c) Erstelle mithilfe des aktuellen Stadtplans M2 eine Liste, in der du die wichtigsten Gebäude einer mittelalterlichen Stadt notierst und daneben die Funktion schreibst.

d) Nenne die Teile des mittelalterlichen Nürnbergs, die heute noch von Bedeutung sind.

→ M1, M2

2. Einen Lehrbuchtext in eine Grafik umwandeln

Erstelle ein Schaubild zum Thema „Die mittelalterliche Stadt – Gründung und Funktionen“. Nutze hierfür die Informationen des Schulbuchtextes auf den Seiten 243 – 245 und die Hinweise im Trainingskasten auf Seite 245.

→ Text auf Seite 243 – 245, Trainingskasten Seite 245

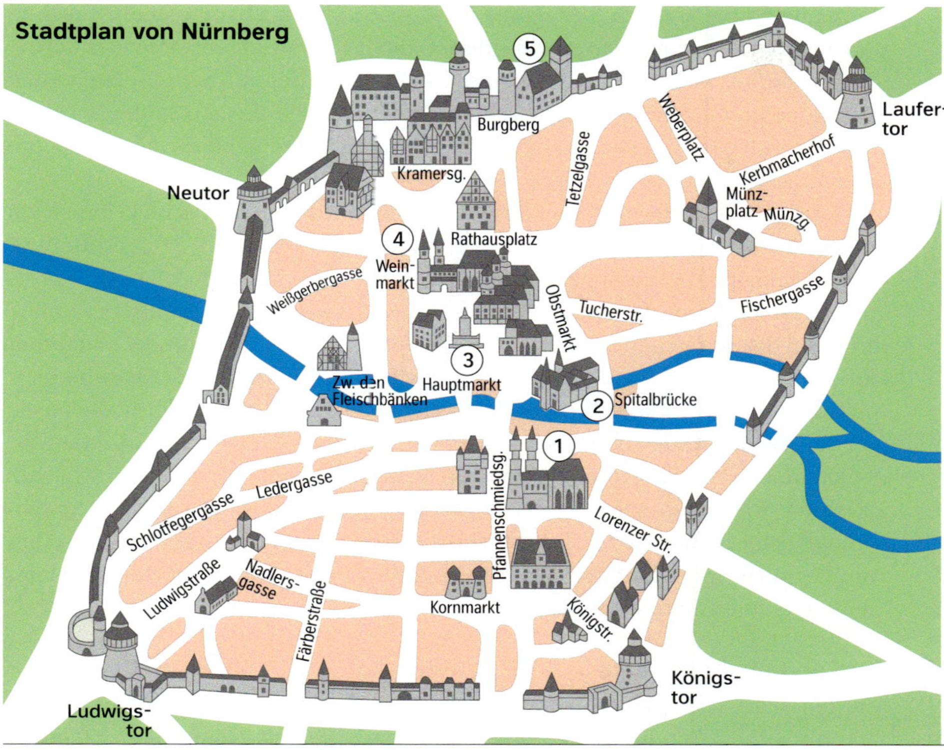

M 2 **Aktueller Plan der Altstadt von Nürnberg**

Die Funktionen mittelalterlicher Städte

Städte waren damals – genauso wie heute – vor allem Wohnorte. Die mittelalterlichen Häuser sind meist deswegen so groß, weil hier nicht nur die engere Familie selbst wohnte, sondern auch viele Familienangehörige und Bedienstete. Im Erdgeschoss dieser Häuser fand sich meist die Werkstatt und oft auch das Ladengeschäft.

Große Kirchen prägen bis heute viele deutsche Innenstädte. Sie weisen darauf hin, dass jede Stadt auch ein religiöses Zentrum war. Oft wurden hier nicht nur die regelmäßigen Gottesdienste gefeiert; wenn ein berühmter Heiliger in dieser Kirche begraben war, zog sein Grab auch Wallfahrer aus anderen Orten an. Diese mussten nun versorgt werden und auch eine Unterkunft finden, erwarben oft auch Waren und trugen somit zum Reichtum der Stadt bei.

Jede mittelalterliche Stadt war zugleich ein Ort des Warenaustausches, daher hat jede von ihnen einen Marktplatz. Dieser war nicht nur räumlich das Zentrum der Stadt – hier fand auch das öffentliche Leben statt. In unmittelbarer Nähe des Marktplatzes findet sich meist das Rathaus. Diesem kam eine wichtige Aufgabe zu, denn im Laufe des Hochmittelalters setzten die Städte ihre eigene Gerichtsbarkeit und Selbstverwaltung durch. Viele Städte bekamen darüber hinaus sogar das Recht, aus Edelmetall ihre eigenen Münzen zu prägen. Die Stadtmauer schließlich sollte die Bewohner und das städtische Leben schützen. Mauer, Wall und Graben machten die Stadt nicht nur zu einer Festung; sie bezeichneten auch den Bereich eines besonderen Stadtrechts.

M 3 Schaubild: Die Entstehung von Städten

Die Entstehung von Städten

Nicht alle Städte sind im Mittelalter entstanden. Zudem haben sie ihr Erscheinungsbild in den folgenden Jahrhunderten mehr oder weniger stark verändert.

Die städtische Kultur und Lebensweise hielt mit den Römern Einzug in den römischen Provinzen. Dementsprechend finden sich die ältesten Städte Deutschlands im Süden und Westen. Neben Köln, Trier oder Mainz gehören dazu in Bayern etwa Augsburg und Regensburg.

Nach dem Abzug der Römer aus Deutschland war die städtische Lebensform zunächst zurückgegangen, aber ab dem Hochmittelalter (11.–13. Jahrhundert) kamen viele neue Städte hinzu.

Die Bevölkerung der alten Römerstädte wuchs wieder, insbesondere wenn in ihnen ein Bischof seinen Sitz hatte (z. B. Köln oder Trier). Neugegründete Bistümer kamen hinzu (z. B. Münster, Paderborn, Magdeburg, Würzburg oder Bamberg).

Aber auch an verkehrstechnisch günstig gelegenen Stellen oder im Schatten von Burgen entstanden neue Städte. In Friedenszeiten benötigten die Burgbewohner zahlreiche Waren. Diese reichten von Nahrungsmitteln über Kleidung bis hin zu Waffen und Rüstungen. In der direkten Umgebung von Burgen entstanden Handwerksbetriebe und Märkte, welche die Versorgung des Burgherrn mit seiner Familie und Gefolgschaft übernahmen. In Kriegszeiten suchten die Bewohner der Siedlung oft den Schutz der Burg.

Eine neue Lebensweise

Mit den Städten entstand im Mittelalter eine neue Lebensweise, die weit in die Zukunft wies. Denn die Bürger einer Stadt waren frei, also nicht mehr an einen Grundherrn gebunden. Auch ein Grundhöriger, der es schaffte, ein Jahr in der Stadt zu leben, erhielt diese persönliche Freiheit. Daran erinnert der Satz: Stadtluft macht frei. Dieser Rechtsgrundsatz galt seit etwa dem 11. Jahrhundert in Gründungsstädten, die von einem mächtigen Herrn planmäßig angelegt wurden und Bürger durch die Zusicherung eines freiheitlichen Rechtsstandes gewinnen mussten. Aber auch das Recht, viele Angelegenheiten selbst zu verwalten, gab es so ausgeprägt nur in der Stadt. Die heutige Verwaltung einer Stadt mit Bürgermeister und Stadträten hat ihren Ursprung im Mittelalter. Auch das wirtschaftliche Leben einer Stadt, insbesondere der Handel und das Handwerk, waren in dieser Form etwas Neues. Schließlich waren Städte kulturelle und religiöse Zentren.

Vom Markt zur Stadt

Was aber machte es interessant, möglichst viele Städte und Märkte im eigenen Gebiet zu haben? Durch Zölle, Steuern und Standgelder hatten die Herren der Stadt an dem steigenden Wohlstand anteil.

Allerdings mussten die Marktherren auch die Voraussetzungen dafür schaffen, dass die Märkte in ihrem Land gediehen. Vor allem mussten sie eine gewisse Rechtssicherheit der Händler gewährleisten, damit diese ihre oft wertvollen Waren auch auf den eigenen Märkten anboten. Sie mussten für eine sichere An- und Weiterreise sorgen und an den Markttagen ein Marktgericht einrichten, bei dem Streitereien geschlichtet wurden, oder auch die Beachtung der festgelegten Maße und Gewichte kontrollieren. Zur Sicherung des Marktes, aber auch der Bewohner und Güter entstanden Befestigungsanlagen, die sich im Lauf der Zeit zu immer größeren und breiteren Stadtmauern entwickelten. Aus der Sicht des Stadtherrn waren Städte also nicht zuletzt auch Festungen: Ein Gebiet mit vielen befestigten

M 4 Bürger auf dem Markt
Altarbild (Ausschnitt) in der Pfarrkirche in Rothenburg ob der Tauber, um 1466

Orten war schwer zu erobern. Eine Stadt mit einer starken Stadtmauer konnte manchmal das gesamte Mittelalter über nicht eingenommen werden.

Oft kamen weitere Rechte durch den Stadtherrn hinzu: Neben das Zollrecht trat etwa die Verpflichtung durchreisender Händler, ihre Waren auf dem Markt der Stadt anzubieten (Stapelrecht, z. B. 1259 in Köln). Stadtherr konnte ein Bischof, ein Adliger oder auch ein Kloster sein. Eine Sonderstellung hatten die Reichsstädte, die den König als Stadtherrn hatten.

Städtische Selbstverwaltung

Die wichtigsten Privilegien der mittelalterlichen Stadt, wie Münz-, Markt-, Zoll- und Befestigungsrecht, wurden von den Bürgern erkämpft und verteidigt. Meist hatte das überwiegend aus Fernhändlern bestehende Patriziat seine Stellung zur alleinigen Besetzung des dafür zuständigen Rats gesichert. Die in Zünften organisierten Handwerker, die zusammen mit städtischen Beamten und Ackerbürgern die Masse der Stadtbevölkerung bildeten, blieben bis zum 14. Jahrhundert in der Mehrheit der Städte von der Regierung ausgeschlossen. Dies führte zu Unruhen, die meist durch Kompromisse, etwa die Beteiligung der Zünfte am Rat, beigelegt wurden.

Training

Einen Schulbuchtext in eine Grafik umwandeln

Schulbuchtexte erklären und erläutern historische Sachverhalte. Sie stellen historische Entwicklungen auf eine zusammenhängende Weise dar. Um mit ihnen möglichst gut arbeiten zu können, zum Beispiel zur Vorbereitung auf einen Test oder zur Wiederholung, empfiehlt es sich, die wichtigsten Informationen des Textes in ein anschauliches Format zu bringen, z. B. in ein Schaubild, eine Tabelle, eine Mind Map oder ein Flussdiagramm.

Gehe in folgenden Arbeitsschritten vor:

1. Einen Schulbuchtext auswählen und sich für eine grafische Darstellung entscheiden

- Wähle ein geeignetes Thema für eine grafische Darstellung aus.
- Entscheide dich für die geeignete Form deiner grafischen Darstellung. Beachte dabei, dass sich nicht jede Form (Mind Map, Concept Map, Tabelle, Flussdiagramm) gleichermaßen für jedes historische Thema eignet.

2. Die grafische Darstellung erstellen

- Schreibe die wichtigsten Informationen aus dem Text heraus und ordne sie den Elementen deiner grafischen Darstellung zu.
- Verbinde zusammenhängende Bereiche in Concept Maps, Mind Maps oder Flussdiagrammen mit entsprechenden Verbindungspfeilen und beschrifte diese.
- Überprüfe deine grafische Darstellung noch einmal anhand des Schulbuchtextes.

Menschen in einer mittelalterlichen Stadt

Das Bild zeigt das Leben auf dem Rathausplatz in Augsburg. Es sind wichtige Gebäude zu erkennen und eine Vielzahl von Menschen. Bei genauerer Betrachtung sieht man die Unterschiede zwischen den Personen. Daran zeigt sich, dass verschiedene soziale Gruppen in einer Stadt zusammenlebten. Welche waren das?

M 1 Augsburg um 1530

Das Bild gehört zu den vier sogenannten „Augsburger Monatsbildern". Jedes der Bilder thematisiert für drei jeweils angegebene Monate Alltagsgeschehnisse, Sitten und Gebräuche in der Stadt und im Umland von Augsburg. Entstanden sind die Bilder nach Vorlagen von Jörg Breu in der ersten Hälfte des 16. Jahrhunderts.

Aufgaben

1. Die Stadtgesellschaft

a) Beschreibe die auf dem Bild M1 dargestellten Tätigkeiten und sortiere diese nach Gruppen.

b) Ordne die dargestellten Personen gesellschaftlichen Gruppen zu und begründe deine Zuordnung.

c) Benenne die Gruppen, die der Künstler deiner Meinung nach nicht berücksichtigt hat. Ziehe dazu den Schulbuchtext heran.

→ M1, Text auf Seite 247 – 248

Städte wachsen durch Zuwanderung

Natürlich wurden auch in mittelalterlichen Städten Kinder geboren und die Bevölkerung wuchs. Viele der Einwohner stammten aber gerade am Anfang aus dem ländlichen Umland. Für viele der hörigen Bauern war die Flucht in die seit dem 11. Jahrhundert vermehrt entstehenden Städte die einzige Möglichkeit, der Leibeigenschaft zu entkommen. Waren sie erst einmal im Gewühl der Städte untergetaucht, waren sie meist für ihren Grundherrn nicht mehr auffindbar. An vielen Orten entstand der Rechtsgrundsatz, dass der ehemals hörige Bauer nach „Jahr und Tag“ (so lautete die gängigste Formel für die Zeitspanne eines Jahres) nicht mehr von seinem Grundherrn zurückgefordert werden konnte. Aber diese rechtliche Verbesserung, der Gewinn der persönlichen Freiheit und das Ende der Frondienste, war nur der Beginn. Der Weg zum vollen Bürgerrecht war noch lang. Zunächst mussten sich die Neuankömmlinge meist als Knechte, Mägde oder Tagelöhner verdingen. Vielleicht gelang der Erwerb von Besitz erst in einer späteren Generation.

Die Bevölkerung mittelalterlicher Städte

Je mehr der Handel einer Stadt aufblühte, desto mehr Menschen aus dem Umland zogen zu. Die Bevölkerung der Städte wuchs so nicht nur, sondern musste auch versorgt werden. Mit dem Wohlstand wuchsen im Verlauf des späteren Mittelalters auch die Ansprüche. Dadurch entstanden neue Berufe, und ganz neue Handelszweige bildeten sich aus. So entstand auch ungeachtet der persönlichen Freiheit des Einzelnen eine vielschichtige Gesellschaft mit großen Unterschieden.

Die Unterschicht hatte in der Regel kein Bürgerrecht. Zwischen 40 und 60 Prozent der Einwohner waren so von den politischen Entscheidungen in der Stadt ausgeschlossen. Diese Bevölkerungsteile verfügten nur über wenig Besitz und hatten ein geringes Einkommen. Zu ihnen gehörten neben Tagelöhnern und Hausierern etwa auch Dienstboten, die zusammen mit der ganzen Familie (dazu gehörten neben der Ehefrau und den Kindern z. B. auch unverheiratete Geschwister) im Haus ihres Arbeitgebers lebten.

Bürgerrecht durch Besitz

Einen großen Teil der Bürger bildeten die selbstständigen Handwerker. Als zahlenmäßig größte Gruppe der Stadt stellten sie gewissermaßen die Mittelschicht der städtischen Gesellschaft dar. So hatten sie auch die meisten Pflichten für die gemeinschaftliche Sicherung und den Ausbau der Stadt zu übernehmen. Vor allem mussten sie bei der Instandhaltung der Mauern, bei der Verteidigung der Stadt oder beim Feuerlöschen helfen.

In den meisten Städten schlossen sich die Handwerker nach Berufszugehörigkeit in Zünften zusammen. Die Zünfte hatten zum einen die Aufgabe, ähnlich wie heutige Handwerkskammern, die Arbeit ihrer Mitglieder zu kontrollieren und die Qualität der Produkte sicher zu stellen. Außerdem stellten sie das Auskommen des einzelnen Handwerkers sicher, indem sie zum Beispiel festlegten, wie viele Meister mit ihren Betrieben in der Stadt tätig sein durften. Ein Überangebot an bestimmten Waren wurde auf diese Weise verhindert. Zusammen mit der Regelung fester Verkaufspreise wurde der einzelne Handwerker so vor Konkurrenzdruck und Niedrigpreisen geschützt. Darüber hinaus war es auch eine zentrale Aufgabe der Zünfte, ihre Mitglieder sowie deren Witwen und Waisen in Notzeiten zu schützen.

M 2 Handwerkerfamilie

Buchmalerei von Jean Bourdichon (1457 – 1521)

M 3 Zunftwappen

M 4 Patrizierfamilie

Buchmalerei von Jean Bourdichon (1457 – 1521)

M 5 Fygen Lutzenkirchen bzw. Lützenkirchen (geb. um 1450, gest. nach 1515)

Skulptur aus dem Jahr 1992 am Turm des Kölner Rathauses, die an Fygen (Sofia) Lützenkirchen erinnert.

Sie war in Köln eine einflussreiche und wohlhabende Seidenweberin und beschäftigte mehrere Lohnweberinnen. Als Meisterin bildete sie über 100 Lehrtöchter aus dem ganzen Reich aus. Sie besaß Anteile am Unternehmen ihres Mannes Peter, der als Rohseidenkaufmann international tätig war. Fygen Lützenkirchen konnte zahlreiche wirtschaftliche Tätigkeiten selbstständig ausüben, war ihrem Mann aber nach außen nicht rechtlich gleichgestellt.

Die Oberschicht der Stadt bildeten meist nur wenige Familien. Diese Patrizier (vom Lateinischen, „Väter der Stadt") überragten alle anderen Bevölkerungsteile nicht nur an Besitz und Ansehen, sondern nahmen für sich auch das Recht in Anspruch, die Geschicke der Stadt zu bestimmen. Oft hatten diese reichen Familien ihren Wohlstand als Fernhandelskaufleute erworben und investierten den Gewinn in Grundbesitz oder Gewerbe. Durch besondere Regeln schotteten sich die Patrizier von anderen städtischen Bevölkerungsgruppen ab: Kleiderordnungen legten fest, welche Kleidungsstücke nur von den Mitgliedern patrizischer Familien getragen werden durften. In Tanzstatuten wurde bestimmt, wer an den offiziellen Bällen der Stadt teilnehmen durfte. Einigen wenigen Familien der städtischen Oberschicht gelang es, so reich zu werden, dass sie sogar den adligen Lebensstil nachahmen und Schlösser im Umland der Stadt erwerben konnten.

Gleiches Recht für alle?

Frauen standen rechtlich in der Regel unter der Vormundschaft ihres Mannes, die alleinstehende Frau unter der eines männlichen Verwandten. Der männliche Vormund übernahm die gerichtliche Vertretung und erteilte die Zustimmung zur Regelung des Vermögens. Je nach konkretem Stadtrecht konnte sich aber der Handlungsspielraum und die Rechtsfähigkeit einer Frau sehr unterscheiden. Die Möglichkeit zur politischen Mitbestimmung, das Wahlrecht und die Amtsfähigkeit im Rahmen der Ratsverfassung hatten Frauen allerdings in keiner Stadt.

Juden bildeten vielerorts einen Teil der städtischen Gesellschaft. Sie lebten in Stadtbezirken, deren Mittelpunkt die Synagoge bildete und die sich oft in den Zentren der Städte befanden. Eine Beschäftigung im Handwerk außerhalb der eigenen Gemeinde wurde ihnen durch christliche Konkurrenten erschwert, häufig sogar durch die christliche Obrigkeit untersagt. Handel, Geldgewerbe und auch der Beruf des Arztes boten aber Möglichkeiten zum Aufstieg. Vom hohen Stand der mittelalterlichen jüdischen Kultur zeugen heute noch erhaltene oder archäologisch rekonstruierte Baumonumente sowie Friedhöfe oder Schriften von Gelehrten.

Leben am unteren Rand der Gesellschaft

Etwa die Hälfte der Bevölkerung lebte am unteren Ende der städtischen Gesellschaft. Zum großen Teil besaßen diese Unterschichten nicht das Bürgerrecht. Viele von diesen Stadtbewohnern wie Dienstboten, Lehrlinge, Tagelöhner oder Kaufmannsgehilfen waren zu arm, um ein gewisses Ansehen zu erlangen. Aber sie galten dennoch als ehrenhaft und grenzten sich von denjenigen ab, die „unehrenhaften" Tätigkeiten nachgingen.

Zu diesen Randgruppen gehörten neben Bettlern und Hausierern auch das sogenannte „fahrende Volk", also Gaukler und Schausteller, die oft von Stadt zu Stadt zogen, um die jeweiligen Einwohner zu unterhalten. Zum anderen standen aber auch Menschen, die bei der Ausübung ihres Berufes mit Tod und Krankheiten zu tun hatten, außerhalb der städtischen Gesellschaft. Dazu gehörten Totengräber oder Henker, die als „Nachrichter" die von Richtern verhängten Leibesstrafen vollstreckten. In vielen Orten wurden aber auch Bader zu dieser Bevölkerungsgruppe gezählt. Diese Betreiber von Badehäusern behandelten als „Ärzte der kleinen Leute" auch kleinere Verletzungen und nahmen einfache chirurgische Eingriffe oder Zahnbehandlungen vor.

In vielen Orten standen dazu neben Sinti und Roma (die oft als „fahrendes Volk" wahrgenommen wurden) auch unehelich Geborene bisweilen ihr ganzes Leben lang außerhalb der städtischen Gemeinschaft.

Soziale Schichtung einer mittelalterlichen Stadt – Ein Schaubild

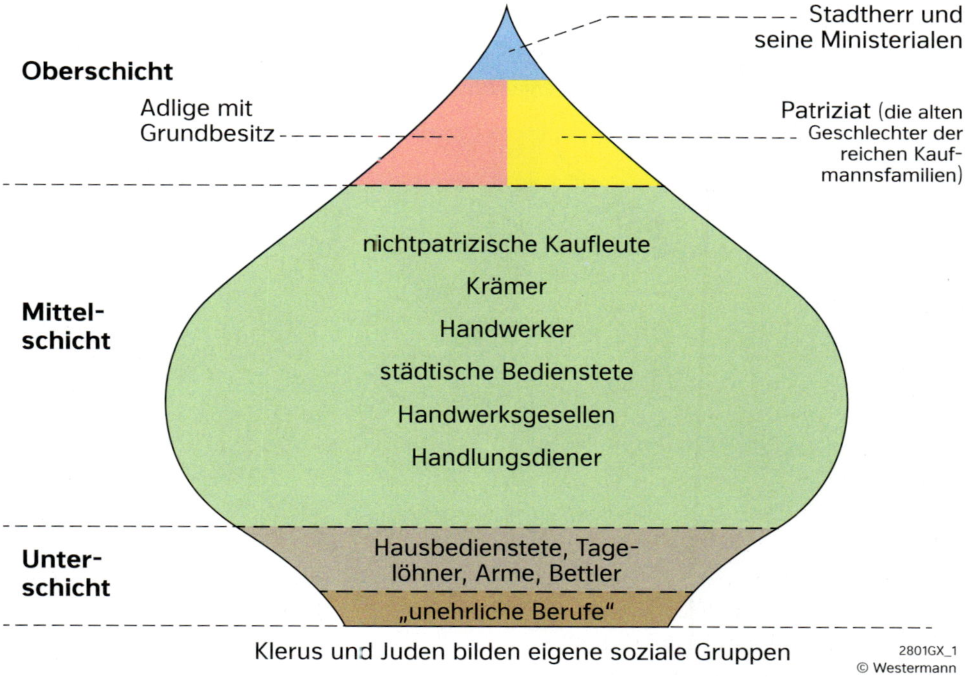

M 6 **Die Gesellschaft einer mittelalterlichen Stadt**

Aufgaben

1. Soziale Schichtung einer mittelalterlichen Stadt

a) Beschreibe und erläutere das Schaubild zur sozialen Schichtung einer mittelalterlichen Stadt (M6).

b) Ordne die auf den Bildern M2 und M4 dargestellten gesellschaftlichen Gruppen in das Schaubild M6 ein.

c) Nenne die wichtigsten Unterschiede zwischen der städtischen und der ländlichen Bevölkerung im Mittelalter.

d) Stelle Berufe, die die Bewohner in mittelalterlichen Städten ausübten, in einem Kurzvortrag vor. Beginne deine Recherche auf folgender Internetseite: www.nuernberger-hausbuecher.de
Hier werden viele im spätmittelalterlichen Nürnberg ausgeübte Berufe mit zeitgenössischen Abbildungen erklärt. Beziehe diese Abbildungen in deinen Vortrag ein.

→ M2 – M6, Internet

Ritter werden und Ritter sein

Ritter und ihre Geschichten sind bis heute beliebt. Ritterspiele wie etwa in Kaltenberg (Bayern) oder in Katzenelnbogen (Rheinland-Pfalz) erfreuen sich großer Beliebtheit. Mit dem Rittertum verbinden viele noch immer Abenteuer und eine vornehme Lebensart. Dadurch ist unsere Vorstellung vom Mittelalter bis heute stark geprägt. Doch wie wurde man eigentlich Ritter und wie lebte man als Ritter?

M 1 Ritterturnier in Kaltenberg (Bayern)
Aufmarsch der Reiter in ihren Rüstungen, Foto, 2017.

Aufgaben

1. Ritterturniere

a) Beschreibe die Ausrüstung der Ritter auf dem Foto M1.

b) Vergleiche die Ausrüstung der Ritter in M1 mit der Ausrüstung, wie sie in der Buchmalerei M4 dargestellt wird.

c) Informiere dich über Ritterspiele in deiner Umgebung und berichte darüber in einem kurzen Vortrag.

d) Erkläre die Ursachen für die Beliebtheit von Ritterspielen in der heutigen Zeit.

→ M1, M4, Internet

M 2 Kampfspiele

Aus einer wissenschaftlichen Darstellung über die mittelalterlichen Ritterturniere:

Die ritterliche Turnierkultur kannte nicht nur ein Kampfspiel: In den mittelalterlichen Quellen wird zwischen Turnei, Buhurt und Tjost unterschieden. Das Turnei war die Simulation des Verbandsgefechts der Panzerreiter und wurde in der Regel zwischen zwei Gruppen ausgetragen. Der Buhurt war dagegen ein Gruppenwettkampf, bei dem es auf reiterisches Geschick ankam. Zur Übung von Paarkämpfen diente der Tjost. Der Begriff Turnier wurde erst seit dem Ausgang des 15. Jahrhunderts allmählich als Oberbegriff üblich. Beim Turnei, dem Turnier im engeren Sinne, simulierte man die Ritterschlacht. Das ging so vor sich: Zwei von Anführern kommandierte Parteien starteten auf ein Signal, meist das Durchschlagen eines Trennseils, fielen vom Trab in den Galopp, gingen in die Carriere (gestreckter Lauf) über, prallten aufeinander, wendeten (tornare!) und wiederholten das Ganze.

Andreas Schlunk/Robert Giersch, Die Ritter. Geschichte – Kultur – Alltagsleben (Begleitbuch zur Ausstellung „Die Ritter“ im Historischen Museum der Pfalz Speyer), Stuttgart: Theiss 2003, S. 68.

M 3 Der Standpunkt der Kirche

Eine zeitgenössische Quelle berichtet (1175):

Graf Konrad, Sohn des Markgrafen Dietrich von der Lausitz, wurde bei einer ritterlichen Übung, gewöhnlich Turnier genannt, am 17. November durch einen Lanzenstoß getötet. Dieses verderbliche Spiel hatte in unseren Gegenden damals eine solche Verbreitung gefunden, dass dabei in einem einzigen Jahr sechzehn Ritter ums Leben gekommen waren. Erzbischof Wichmann sprach deshalb über alle den Kirchenbann aus, die sich an einem Turnier beteiligten. Er hielt sich eben in Österreich auf, als er die Nachricht vom Tode des Grafen Konrad erhielt, und sandte sofort Boten, die dessen kirchliches Begräbnis verhindern sollten. Als dann später der Erzbischof […] in der Kirche zu Halle eine Synode abhielt, erschienen daselbst der Vater des toten Grafen und seine Brüder […]; die warfen sich tränenüberströmt mit lautem Wehklagen dem Erzbischof und allen Geistlichen zu Füßen und flehten, man möge den Toten durch die Verweigerung eines christlichen Begräbnisses nicht von der Gemeinschaft der Gläubigen ausschließen.

Chronicon Montis Sereni, 1175, MG SS XXIII; zit. nach: Wolfgang Lautemann/Manfred Schlenke (Hg.), Geschichte in Quellen Bd. II: Mittelalter, München: Bayerischer Schulbuch-Verlag 1978 (2. Aufl.), S. 453 f.

M 4 Kampf und Sieg im ritterlichen Turnier

Buchmalerei aus der Manesseschen Liederhandschrift, Anfang des 14. Jahrhunderts

Aufgaben

1. Turniere und die Kritik an ihnen

a) Erläutere mithilfe der wissenschaftlichen Darstellung M2 und der Buchmalerei M4 den Ablauf von Turnieren.

b) Erkläre anhand der wissenschaftlichen Darstellung M2 die unterschiedlichen Turnierarten.

c) Erläutere die Haltung der Kirche (M3) gegenüber den Turnieren.

d) Erörtere, ob es heute vergleichbare Ereignisse gibt, die eine ähnliche Kritik hervorrufen.

→ M2 – M4

Ein Aufsteiger

Das Wort „Ritter“ stammt aus dem Germanischen (ridare = reiten) und bezeichnete zunächst einen schwer gerüsteten, berittenen Krieger, also einen bewaffneten Reiter. Der Besitz eines Pferdes und einer teuren Ausrüstung war ein Vorrecht der Adligen. Ritter waren also Adlige.

Die mittelalterliche Ständegesellschaft sah keinen Wechsel zwischen den Ständen vor. Die Geschichte der Ritter zeigt aber, dass es im Mittelalter, vor allem im 12. Jahrhundert, durchaus auch soziale Aufstiege gab. Ein Beispiel hierfür war Markward von Annweiler. Er war ursprünglich unfrei und diente adligen Herren, gehörte aber später zu den einflussreichsten Personen am Hof des Kaisers. Dieser schenkte ihm für die geleisteten Dienste die Freiheit und ernannte ihn zum Herzog von Ravenna und Markgrafen von Ancona in Italien. Schließlich wurde Markward sogar als Stellvertreter des Kaisers zum Regenten des Königreichs Sizilien ernannt.

M 5 Ritter und Knappe
Buchmalerei, Anfang 14. Jahrhundert

Der Aufstieg der Ministerialen

Markward von Annweiler war ein Ministeriale, also ein ursprünglich unfreier Dienstmann. Im Laufe des Hochmittelalters gelang zahlreichen Ministerialen ein bemerkenswerter Aufstieg, der sich in folgender Weise vollzog:

Im 11. Jahrhundert begannen sowohl weltliche als auch geistliche Herren, ihre Gebiete gründlicher zu verwalten und mit Burgen besser zu sichern. Hierfür benötigten sie vertrauenswürdige Personen, die Hofämter übernahmen, Burgen verwalteten und auch Kriegsdienst als gepanzerte Reiter leisteten. Vielen Ministerialen gelang es, sich dabei verdient zu machen, was ihnen Grund und Boden als „Lehen“ einbrachte. Nachdem sie die Erblichkeit ihrer Lehen durchgesetzt hatten, sicherten sie ihren Besitz oft durch eigene Burgen. Zusammen mit den früheren adligen Grundherren bildeten die Ministerialen schließlich den Ritterstand.

Ritter werden

Ritter zu werden war im Mittelalter den Männern vorbehalten. Jungen wurden von klein auf zum Ritter ausgebildet. Vom siebten Lebensjahr an wurden sie meist zu Hause als Pagen (frz. = Edelknabe) erzogen. Dabei lernten sie unter anderem reiten und den Kampf mit hölzernen Übungswaffen, aber auch Anstandsregeln, tanzen und musizieren. Lesen und Schreiben spielten hingegen keine Rolle. Ab dem 14. Lebensjahr schickten die Väter ihre Söhne als Knappen (althochdt.: knappo = Knabe) zu anderen Adligen. Hier erlernten die Jugendlichen den Umgang mit Waffen und erhielten eine verfeinerte Erziehung, zu der auch andere Sprachen gehören konnte. Die Heranwachsenden übten die Jagd mit Hunden und Greifvögeln sowie den Zweikampf. Außerdem mussten sie ihren Herrn im Turnier und in der Schlacht begleiten.

Ritterlich sein

Zur ritterlichen Erziehung zählte auch das gesittete Verhalten gegenüber adligen Damen. Hatte sich ein Knappe bewährt, wurde er mit etwa 21 Jahren in die Ritterschaft aufgenommen. Diesen feierlichen Akt nannte man „Schwertleite“, da den Knappen das Schwert umgürtet wurde. Vielen einfachen Ritterfamilien fehlten die Mittel, auch den zweiten oder dritten Sohn standesgemäß auszustatten und zu bewaffnen. Auf die Schwertleite folgte daher oft eine unsichere Zeit, in der junge Ritter auf Reisen gingen, um einen Dienstherrn zu finden oder bei Turnieren Siegespreise zu gewinnen.

Die Schwertleite

M 6 Schwertleite in einer Quelle

Gottfried von Straßburg schreibt in seinem Werk Tristan:

So waren der vornehme Herr von Parmenien und sein ganzes Gefolge gemeinsam zum Münster gekommen, hatten am Gottesdienst teilgenommen und auch den Segen empfangen, der ihnen zustand.

Marke nahm Tristan, seinen Neffen, bei der Hand und legte ihm Schwert und Sporen an. „Sieh, Tristan, mein Neffe", sagte er, „jetzt, da dein Schwert gesegnet ist und du Ritter geworden bist, denke nach über ritterliche Werte und über dich und wer du bist. Deine Abkunft und Würde halte dir vor Augen. Sei bescheiden und aufrichtig, wahrhaftig und wohlerzogen. Sei gütig zu den Elenden und stolz zu den Mächtigen. Pflege und verbessere deine äußere Erscheinung. Ehre und liebe alle Frauen, sei freigiebig und zuverlässig, und arbeite immer daran […]."

Damit reichte er ihm den Schild. Er küsste ihn und sagte: „Neffe, nun gehe hin, und Gott in seiner Macht gebe dir Glück in deiner Ritterschaft! Sei immer höfisch, sei immer guten Muts!" […]

Und dann wurde auch nicht länger gewartet: Zweikämpfe und Reiterspiele gab es, da bin ich sicher.

Rüdiger Krohn (Hg./Übers.), Gottfried von Straßburg: Tristan Bd. 1 (mhdt./nhdt.), Stuttgart: Reclam 2017 (15. Aufl.), S. 307 ff. (5012–5055).

M 7 Schwertleite in einer Darstellung

Der Mittelalterhistoriker Hans-Werner Goetz schreibt in seinem Buch „Leben im Mittelalter":

Der Ritterschlag, die „dubbatio", ein Schlag mit der Hand oder dem Schwert auf den Nacken oder mit der flachen Klinge auf die linke Schulter, den man heute meist mit „Ritterweihe" verbindet, war Endpunkt einer Entwicklung; er ist in Frankreich schon im 12. Jh. bezeugt, wurde in Deutschland aber erst im 14. Jh. üblich. Zunächst stand die Übergabe der Waffen, die Wehrhaftmachung, im Mittelpunkt, die in Form der Schwertleite, des feierlichen Umgürtens mit dem Schwert vollzogen wurde und in eine Folge zeremonieller Handlungen eingebettet war […].

Im 12. Jh. trat zu diesen Handlungen eine kirchliche Schwertsegnung hinzu […]. Im Spätstadium ging der Weihe ein eintägiges Fasten voraus, der künftige Ritter wurde in weiße Gewänder gekleidet, man feierte eine Messe mit Kommunion; danach wurde das Schwert gesegnet, man legte die Ritterrüstung an und nahm den Ritterschlag entgegen. Eine solche Ritterweihe war eine kostspielige Angelegenheit, denn sie war meist mit einem mehrtägigen Fest mit vielen Gästen, teuren Geschenken und Turnieren verbunden. Deshalb legte man gern mehrere Ritterweihen zusammen.

Hans-Werner Goetz, Leben im Mittelalter, München: C. H. Beck 1994 (5. Aufl.), S. 179 f.

M 8 Schwertleite

Französische Buchmalerei von 1250

Aufgaben

1. Ritter werden und sein

a) Lege eine Tabelle an, in die du die verschiedenen Lebensabschnitte und entsprechenden Aufgaben eines Jungen bis zur Schwertleite einträgst.

b) Erkläre die Ursachen für das Nichtvorhandensein eines solchen Erziehungsplanes für Mädchen.

c) Lege eine zweite Tabelle an, in die du die verschiedenen Lebensabschnitte und deine eigenen Aufgaben bis zum Erwachsenenalter einträgst. Vergleiche beide Tabellen.

Text auf Seite 252

2. Die Schwertleite in Quelle und Darstellung

a) Erkläre die Begriffe „Schwertleite" und „höfisch sein".

b) Erläutere die bildliche Darstellung einer Schwertleite (M8) mithilfe der Texte (M6 und M7).

c) Erörtere, ob es heute noch vergleichbare Feiern für junge Menschen gibt.

M6–M8, Text auf Seite 252

Das Leben auf einer Burg

Unsere Vorstellung vom Leben der Ritter ist vor allem durch Ritterromane, Filme oder Spiele geprägt: Helden in glänzender Rüstung, hilfsbereit oder hinterlistig, aber immer mutig und tapfer, lebten in mächtigen Burgen. Zusammen mit schönen Burgfräulein hielten sie prachtvolle Feste und ließen zu Friedenszeiten die Waffen in Turnieren klirren. Doch war das Leben auf einer Burg wirklich so aufregend?

M 1 Rekonstruktionszeichnung einer mittelalterlichen Burg

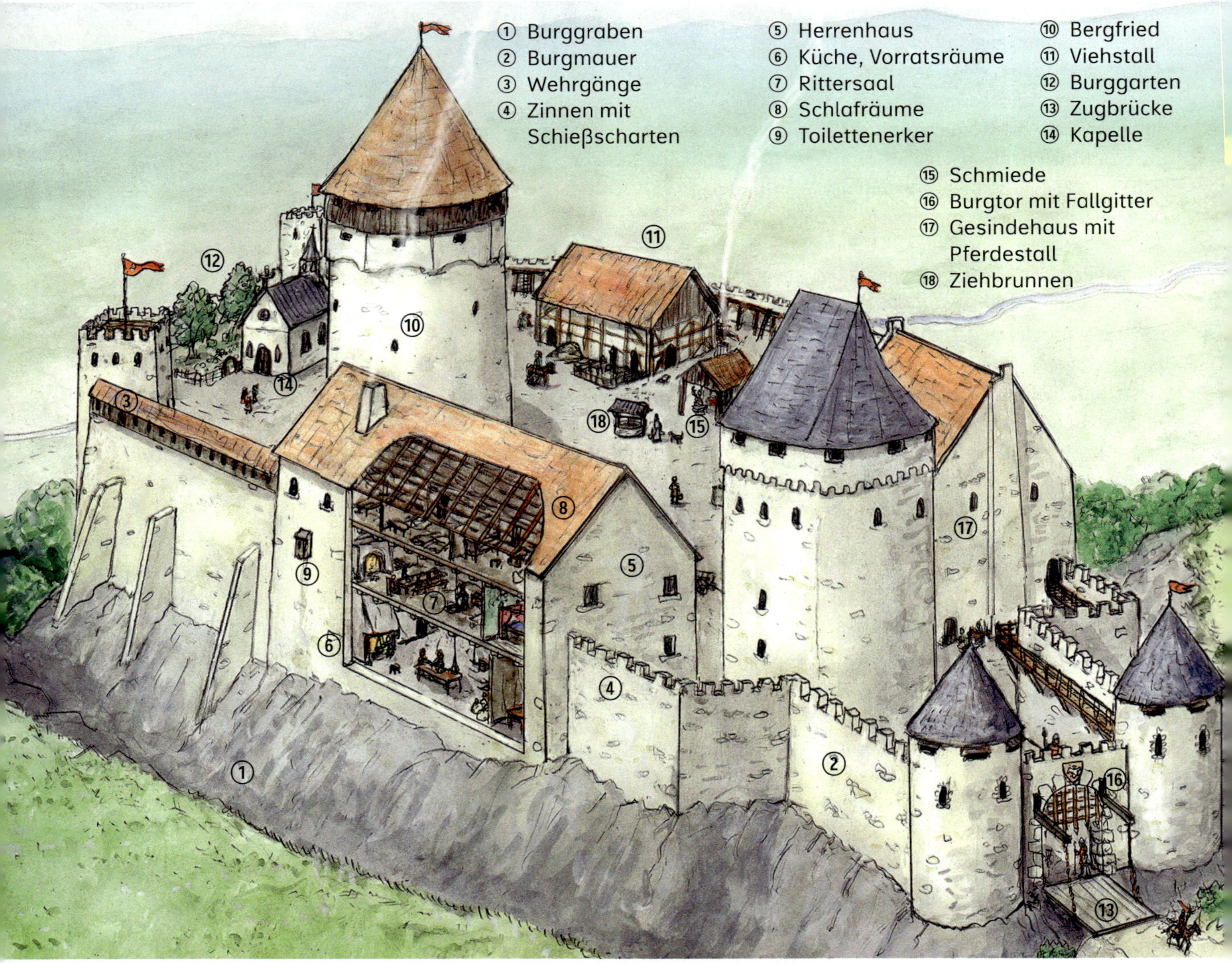

Aufgaben

1. Leben auf der Burg

a) Erkläre die Bedeutung des Wortes „Burg“.

b) Erläutere anhand der Rekonstruktionszeichnung M1 die einzelnen Funktionen einer Burg.

c) Beantworte die Ausgangsfrage dieses Kapitels: War das Leben auf einer Burg aufregend? Ziehe dazu den Schulbuchtext auf Seite 255 heran.

d) Diskutiert die Ursachen für die heutige Beliebtheit von Burgen.

⤳ M1, M2, Text auf Seite 255

Die Burg als Mittelpunkt des ritterlichen Lebens

Hauptaufgabe einer Burg war – wie schon der Name sagt – das „Bergen“ im Sinne von „schützen“. Die Burg bot der in der Nähe lebenden Bevölkerung bei einem Angriff Zuflucht. Zu diesem Schutz war der Burgherr als Grundherr gegenüber seinen hörigen Bauern verpflichtet. Die Burg war aber auch als Wirtschaftszentrum wichtig. Heute wissen wir durch archäologische Funde, dass auf Burgen auch Handwerker lebten, deren Produkte die Dorfbevölkerung kaufen konnte. Zudem boten Burgen fahrenden Händlern die Möglichkeit zum Verkauf ihrer Waren.

Darüber hinaus war eine Burg vor allem Herrschaftsmittelpunkt: Hier lebte der Burgherr mit seiner Familie, hier zog er die Abgaben seiner Bauern ein und hier sprach er über sie Recht. Die Burgen lagen entweder auf Anhöhen, von denen aus man einen guten Überblick über die Umgebung hatte (Höhenburgen), oder innerhalb eines mächtigen Wassergrabens im Flachland (Wasserburgen). Je nach Macht und Reichtum des Burgherrn unterschieden sich Burgen in Größe und Ausstattung. Zudem wandelte sich ihr Aussehen im Verlaufe des Mittelalters ganz erheblich.

Wohnen auf der Burg

Herzstück jeder Burg war der Bergfried. Er diente nicht nur als Wachturm, sondern bildete im Fall eines Angriffs auch die letzte Zuflucht für die Belagerten.

Die Wohnräume einer Burg waren häufig dunkel, weil die Fenster zur besseren Verteidigung oft nur aus Schlitzen bestanden. Im Winter und bei schlechtem Wetter wurden diese Öffnungen mit Holzläden verschlossen. Als Lichtquellen dienten Fackeln, die allerdings stark rußten – erst als im Spätmittelalter die Herstellung von Glasscheiben Fortschritte machte, besserte sich die Beleuchtung der Räume.

Im inneren Hof stand das Hauptgebäude der Burg, der Palas (spätlat.: palatium = kaiserlicher Hof), in dem die Familie des Burgherrn wohnte. Im ersten Stock lag meist ein großer Festsaal, zu dem oft eine breite Freitreppe hinaufführte. In großen Burganlagen war dieser Bau mit Wappen, Säulen und Figuren geschmückt. Beheizt waren nur die Kemenaten (lat.: caminata = beheizter Raum) des Burgherrn und seiner Familie. Als Heizung diente lange Zeit ein offener Kamin, bevor sich ab dem 12. Jahrhundert Kachelöfen verbreiteten. Große Wandteppiche dienten nicht nur als Schmuck, sondern auch als Kälteschutz. Die Zimmerböden wurden oft mit Laub und Moos bestreut, um weicher darauf zu gehen und die Kälte zu dämmen. Himmelbetten sollten vor herabfallendem Ungeziefer schützen und durch Vorhänge zugleich die Wärme halten.

Wasser war ein kostbares Gut: Brauchwasser schöpften die Burgbewohner aus dem Brunnen oder holten es aus einer Zisterne, in der Regenwasser gesammelt wurde. Man wusch sich eher unregelmäßig; ein richtiges Bad war den Adligen vorbehalten. Wurde Wasser aus der Zisterne als Trinkwasser verwendet, so ließ man es zuvor durch eine Kiesschicht als Filter rinnen. Häufig blieb der Geschmack aber schlecht, sodass man Wein und Gewürze beimischte.

Info

Burgen heute

Im Laufe der Jahrhunderte sind viele Burgen verfallen, sodass heute oft nur noch Ruinen übrig sind. Allerdings wurden zahlreiche Burgen im 19. Jahrhundert auch wieder auf- und sogar neu gebaut, weil man zu dieser Zeit vom Mittelalter fasziniert war. Unser alltägliches Bild vom Leben auf einer Burg ist in großem Maße durch diese Rekonstruktionen und durch Vorstellungen geprägt, die mit dem tatsächlichen Leben in mittelalterlichen Wehranlagen wenig zu tun haben. Dennoch können uns die heutigen Burgen wichtige Anhaltspunkte geben, wie das Leben im Mittelalter wirklich war.

M 2 Die Wartburg bei Eisenach

Die Wartburg wurde 1080 erstmals urkundlich erwähnt und in der Folgezeit ausgebaut und erweitert.

Der Palas (Wohn- und Festsaal) entstand um 1170. Die Wartburg diente den Landgrafen von Thüringen zur Sicherung ihres Territoriums im Westen. 1211 kam die ungarische Königstochter Elisabeth auf die Burg, 1521/22 übersetzte Martin Luther hier das Neue Testament.

„Bete und arbeite!“ – Das Leben im Kloster

Das Kloster St. Gallen in der Schweiz war eines der bedeutendsten Klöster in Europa. Es geht zurück auf den vermutlich aus Irland stammenden Missionar Gallus, der im 7. Jahrhundert dort als Einsiedler lebte. Der hier in heutiger Zeit nachgezeichnete Bauplan entstand um 820. Er war für das Kloster St. Gallen gedacht, wurde aber in dieser Form nie ausgeführt. Eine genaue Betrachtung gibt Aufschluss über das Klosterleben im Mittelalter.

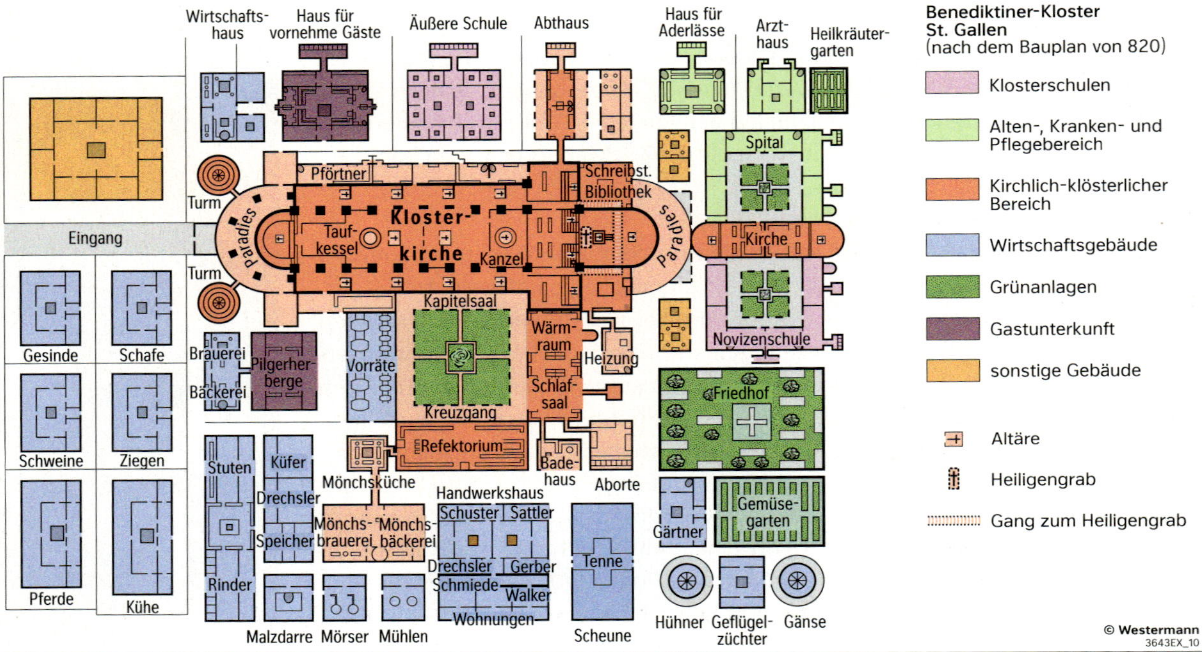

M 1 **Plan des Benediktiner-Klosters St. Gallen – Ein idealer Bauplan**

Aufgaben

1. Klosterplan für St. Gallen

a) Beschreibe mithilfe des Klosterplans M1 den Aufbau eines Klosters. Achte auf die Anordnung und die Größe der Gebäude.

b) Erarbeite aus dem Plan die einzelnen Aufgaben, die ein Kloster erfüllte.

c) Informiere dich über das Kloster St. Gallen und seine Aufgaben heute im Vergleich zum Mittelalter.
→ M1, Internet

2. Bedeutung der Klöster

a) Erkläre anhand des Textes auf den Seiten 257 – 258 die Entstehung der Klöster. Erläutere dabei die Bedeutung Benedikts.

b) Erkläre die Worte „Ora et labora“.

c) Fertige eine Concept Map zur Bedeutung des Klosters im Mittelalter an. Unterscheide dabei verschiedene Wirkungsbereiche des Klosters (Wirtschaft, Kultur, Gesellschaft usw.).

d) Vergleiche die Ergebnisse, die sich bei der Auswertung des Plans ergeben haben, mit denen aus der Auswertung des Textes.

e) Bereite einen Kurzvortrag zu weiteren Mönchsorden vor (Gründer, Gründungszeit, Hauptaufgabe, Tracht).
→ Text auf den Seiten 257 – 258, M1 – M5, Internet

Rückzug von der Welt – Anfänge und Entwicklung des Mönchtums

Christentum und Kirche spielten für alle Menschen im Mittelalter eine sehr große Rolle. Vielen von ihnen war ihr Glaube sogar so wichtig, dass sie ihr ganzes Leben Gott widmen wollten und sich deshalb ganz aus der Welt zurückzogen. Sie lebten entweder als Einsiedler (Eremiten) und zogen sich in die Wildnis zurück – so begann einst das Mönchtum, als im 3. Jh. nach Christus in Ägypten, Palästina und Syrien einzelne Christen in die Wüste zogen. Andere schlossen sich zusammen, um als Mönche oder Nonnen in einem Kloster zusammenzuleben. Hier lebten die Mönche unter der Führung eines Abtes – bzw. die Nonnen unter der Leitung einer Äbtissin – nach einer Klosterregel, in der strenge Vorschriften über die Lebensweise im Kloster aufgestellt wurden.

Benedikt von Nursia, die Benediktiner und andere Klosterverbände

Einer der bedeutendsten Mönche des Mittelalters war Benedikt von Nursia. Er gründete 529 auf dem Monte Cassino in Italien ein Kloster. Für seine Gemeinschaft erstellte Abt Benedikt eine 73 Kapitel umfassende Klosterregel. Der zentrale Gedanke lautete: „Ora et labora – bete und arbeite“. Die Mönche sollten nicht nur Gott dienen, sondern sich auch selbst versorgen. Damit war gewährleistet, dass sie in der abgeschlossenen Welt ihres Klosters bleiben und überleben konnten.

Die Benediktsregel (Regula Benedicti) war zunächst nur eine von vielen Klosterregeln im Mittelalter, sie wurde aber bald populär. Anfang des 9. Jahrhunderts versuchte Karl der Große sie für alle Klöster in seinem riesigen Reich verbindlich zu machen. Jedes Kloster, das der Regula Benedicti folgte, gehörte zu der Klostergemeinschaft der „Benediktiner“.

Neben den „Benediktinern“ entstanden im Laufe des Mittelalters zahlreiche weitere Klosterverbände, die zum Teil noch strenger leben wollten oder aus christlicher Nächstenliebe sich intensiver um die Armen, Schwachen und Kranken kümmern wollten, z. B. die Zisterzienser oder die Bettelorden der Franziskaner und der Dominikaner. Alle diese Ordensgemeinschaften besaßen sowohl Frauen- als auch Männerklöster.

Leben nach der Regula Benedicti

Der Tagesablauf im Kloster war in der Benediktsregel streng geregelt und gliederte sich in vorgeschriebene Gebets-, Arbeits-, Essens- und Ruhezeiten.

Das Zentrum einer Klosteranlage war die Kirche, denn Gebet und das Lob Gottes waren die wichtigsten Aufgaben der Mönche und Nonnen. Ruhe hierfür fanden sie in der Klosterkirche und im anschließenden Kreuzgang, in dem nicht gesprochen werden durfte.

Den etwa drei bis vier Stunden täglichen Gebets standen gut sechs bis acht Stunden Arbeit gegenüber, da der Unterhalt des Klosters gesichert werden musste. So wurden beispielsweise in der Gründungsphase Wälder gerodet und Felder angelegt, auf denen gepflügt, gesät und geerntet wurde. In den Gärten wurde gepflanzt und gejätet und in den Stallungen wurde das Vieh versorgt. Durch Landwirtschaft, Viehzucht und handwerkliche Arbeit erlangten die Klöster in vielen Gegenden schnell wirtschaftliche Bedeutung. Die harte Arbeit auf dem Feld überließen die Mönche und Nonnen allerdings lieber den auch zum Kloster gehörenden „Konversen“, die jedoch keinen Zutritt zum Trakt der Mönche und Nonnen hatten. Die Mönche und Nonnen widmeten sich viel lieber dem Bibelstudium oder hielten sich im Scriptorium, der Schreibstube, auf.

M 2 Nonnen beim Chorgebet
Englische Buchmalerei (Ausschnitt), 15 Jahrhundert

Info

Kloster
lat. claustrum = ein von der Außenwelt abgeschlossener Aufenthaltsort

Eremit
jemand, der allein in der Wüste (= in eremo) oder auch in anderer Wildnis lebt; ein Einsiedler

Abt/Äbtissin
Klostervorsteher(in), dem/der alle Mönche oder Nonnen gehorchen müssen

Konversen
Innerklösterliche Gruppe, die als Laien getrennt von den Mönchen oder Nonnen lebten und für die sie die (körperliche) Arbeit im Kloster übernahmen.

Das gemeinsame Essen nahmen die Mönche und Nonnen schweigend im Speisesaal, dem Refektorium, ein. Während des Mahls wurde aus der Bibel vorgelesen. Wirft man einen Blick auf den Speisezettel, findet man überwiegend Brot und Hülsenfrüchte, manchmal auch Eier, Käse und Fisch. Fleisch war im Allgemeinen verboten, Wein hingegen in Maßen erlaubt. Geschlafen wurde beim Schein einer Kerze im gemeinsamen Schlafsaal, dem Dormitorium.

Digital+
WES-115948-703
Erklärvideo zu Hildegard von Bingen

Motive für Schenkungen an das Kloster

Viele Klöster entstanden erst durch Schenkungen von Adligen. Sie überließen den Klöstern meist Ländereien, einschließlich der darauf lebenden und als Bauern arbeitenden Bevölkerung. Die Klosterstifter erwarben sich durch die Schenkungen einen Anspruch auf Gebete der Nonnen oder Mönche. Die Adligen sorgten damit für das eigene Seelenheil und das ihrer lebenden und verstorbenen Familienmitglieder. Darüber hinaus nutzten sie die Klöster, um ihre unverheirateten Töchter und die nicht erbberechtigten Söhne unterzubringen. Manche Mönche und Nonnen wurden bereits im Kindesalter dem Kloster übergeben. Man nannte sie Oblaten. Nicht alle Menschen kamen also freiwillig oder nur aus religiösen Gründen in ein Kloster.

M 3 Hildegard von Bingen
Miniatur, um 1220

Der Eintritt in das Kloster

Bevor sie feierlich in die Klostergemeinschaft aufgenommen werden konnten, mussten die zukünftigen Nonnen und Mönche eine Probezeit überstehen, das Noviziat. Danach legten die „Neulinge“ (Novizen) die Profess ab, d. h. die versprachen in einem Gelübde (einem Versprechen vor Gott) drei Dinge: (1.) in Zukunft ohne Besitz und damit in Armut zu leben, (2.) sexuell enthaltsam zu sein und nicht zu heiraten sowie (3.) dem Abt bzw. der Äbtissin zu gehorchen und dem Kloster für immer treu zu bleiben. Sie weihten damit ihr Leben dem Dienst an Gott, dem Gebet und der Verehrung der Heiligen. Innerhalb der Klostergemeinschaft gab es keine sozialen Unterschiede. Alle trugen dieselbe Kleidung zum Zeichen ihrer Ordenszugehörigkeit.

Info

Hildegard von Bingen

Um 1098 wird sie in Bermersheim als 10. Kind einer Adelsfamilie geboren.

1106 beginnt ihre Vorbereitung auf das klösterliche Leben. Sie lernt Lesen und Schreiben und ansatzweise Latein.

1113 legt sie ihr ewiges Gelübde als Benediktinerin ab.

1136 tritt sie in Nachfolge ihrer Tante das Amt einer Priorin und später Äbtissin an.

Ab 1141 verfasst sie Schriften ihrer Visionen zu Themen der Theologie und Medizin.

1147/48 gründet Hildegard ihr erstes eigenes Kloster.

17.9.1179 Tod.

Scriptorien und Schulen – Klöster als Orte des Wissens

Klöster waren nicht nur Stätten des Gebets und der Arbeit, sondern auch Orte, an denen Wissen über verschiedene Lebensbereiche aufbewahrt und weitergegeben wurde. In vielen Klöstern gab es Schreibstuben (Scriptorien), in denen Mönche wertvolle Bücher sorgfältig mit der Hand abschrieben und sie kunstvoll verzierten. Das Drucken von Büchern war noch nicht erfunden. Viele Klöster besaßen Büchersammlungen, oft wurden aber auch Bücher aus anderen Klöstern ausgeliehen, um sie abzuschreiben. Das waren nicht nur religiöse Schriften, sondern auch Bücher über Landwirtschaft, Musik, Medizin, Liebe oder den Sinn des Lebens. Viele alte Schriften aus der Antike überlebten so in den Klosterbibliotheken, und nur durch diesen Glücksfall blieben sie bis heute erhalten.

Weil das klösterliche Leben ohne ein Mindestmaß an Bildung nicht möglich war und ja auch kleine Kinder ins Kloster aufgenommen wurden, musste auch an Schulunterricht gedacht werden. Seit Karl dem Großen († 814) gab es zwei Arten von Schulen im Kloster, die räumlich voneinander getrennt waren – wie man auch im Klosterplan von St. Gallen sieht. Die „innere Schule“ war für die Oblaten und Novizen gedacht, die ihr weiteres Leben im Kloster verbrachten; die „äußere Schule“ stand allen Bildungswilligen ohne Klosterzugehörigkeit offen.

Das Leben im Kloster

M 4 **„Ora et Labora"**

Aus der Regel des Benedikt von Nursia (um 540):

Kapitel 2: Der Abt, der würdig ist, einem Kloster vorzustehen, muss immer bedenken, wie man ihn anredet [abbas = Vater], und er verwirkliche durch sein Tun, was diese Anrede für einen Oberen bedeutet. Der Glaube sagt ja: Er vertritt im Kloster die Stelle Christi. [...]

Kapitel 33: [...] Keiner maße sich an, ohne Erlaubnis des Abtes etwas zu geben oder anzunehmen. Keiner habe etwas als Eigentum, überhaupt nichts, kein Buch, keine Schreibtafel, keinen Griffel – gar nichts. Den Brüdern ist es ja nicht einmal erlaubt, nach eigener Entscheidung über ihren Leib und ihren Willen zu verfügen. Alles Notwendige dürfen sie aber vom Vater des Klosters erwarten, doch ist es nicht gestattet, etwas zu haben, was der Abt nicht gegeben oder erlaubt hat. „Alles sei allen gemeinsam", wie es in der Schrift heißt [...].

Kapitel 48: Müßiggang ist der Seele Feind. Deshalb sollen die Brüder zu bestimmten Zeiten mit Handarbeit, zu bestimmten Stunden mit heiliger Lesung beschäftigt sein. [...]

Kapitel 66: [...] Das Kloster soll, wenn möglich, so angelegt werden, dass sich alles Notwendige, nämlich Wasser, Mühle und Garten, innerhalb des Klosters befindet und die verschiedenen Arten des Handwerks dort ausgeübt werden können. So brauchen die Mönche nicht draußen herumzulaufen, denn das ist für sie überhaupt nicht gut.

Zit. nach: Ulrich Faust (Hg.), Die Benediktsregel (Lateinisch/Deutsch). Mit der Übersetzung der Salzburger Äbtekonferenz (übers. v. Gernot Krapinger), Stuttgart: Reclam 2009, S. 23, 93, 117, 159.

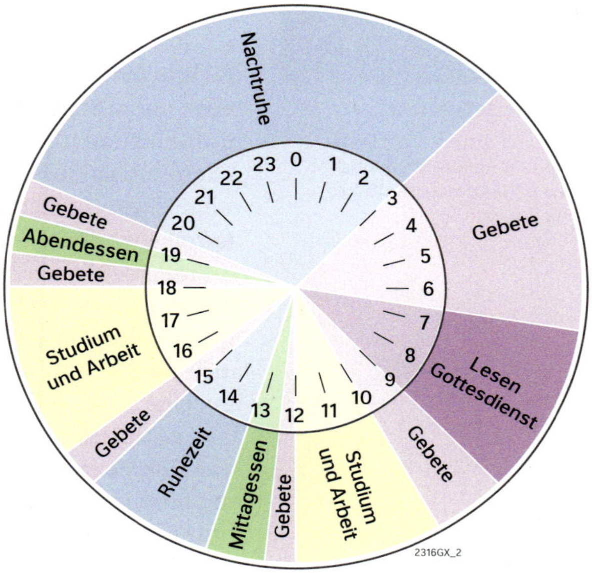

M 5 **Der Tagesablauf in einem Kloster im Mittelalter**
Schaubild

Aufgaben

1. Alltagsleben im Kloster

a) Erkläre den Zusammenhang zwischen dem Tagesablauf im Kloster (M5) und der Benediktinerregel „Bete und arbeite" (M4).

b) Vergleiche einen typischen Schultag von dir mit dem üblichen Alltag eines Mönches. Gehe dabei auch auf die Grundlagen für die Tagesgliederung ein.

c) Klöster werden oft als „Welt im Kleinen" bezeichnet. Prüfe anhand der Informationen, die du dem Klosterplan von St. Gallen (M1) entnehmen kannst, die Berechtigung dieser Bezeichnung.

d) Erarbeitet in Partnerarbeit, wer oder was heute die zahlreichen Funktionen eines Klosters übernimmt. Betrachtet dazu den Klosterplan von St. Gallen (M1).

e) Spielt folgende Szene nach: Du bist der Abt des Klosters von St. Gallen. Eines Tages hat sich ein Gelehrter oder ein Bischof aus einem anderen Teil des Reiches als Besuch angekündigt, dem du das Kloster in einem Rundgang erklärst.

→ Text auf den Seiten 257–258, M1–M5

2. Aufnahme ins Kloster

a) Erkläre die Ursachen für den Eintritt eines Menschen in ein Kloster als Mönch oder Nonne im Mittelalter.

b) Erkläre in einer gespielten Szene als Abt oder Äbtissin einem zukünftigen Novizen oder einer Novizin die Veränderung des Lebens durch den Eintritt in ein Kloster.

→ Text auf den Seiten 257–258

3. Hildegard von Bingen

Werte das Erklärvideo zu Hildegard von Bingen im Webcode auf Seite 258 aus. Verwende dafür auch den Trainingskasten „Ein Erklärvideo auswerten" auf Seite 35.

→ Infokasten auf Seite 258, M3, WES-115948-703

„Überall ist Mittelalter“

M 1 „Sehusafest“
Das große Historienfest findet jedes Jahr Anfang September in Seesen (Niedersachsen) statt, aktuelles Foto.

1996 veröffentlichte der Historiker Horst Fuhrmann ein viel beachtetes Buch mit dem Titel „Überall ist Mittelalter. Von der Gegenwart einer vergangenen Zeit“. In unserer alltäglichen Vorstellung gilt das Mittelalter zumeist als finstere und ferne Epoche, die kaum noch etwas mit unserer heutigen Welt zu tun hat. Geht man allerdings mit offenen Augen durch die Welt, so zeigt sich, dass uns die Vergangenheit überall begegnet: Fachwerkhäuser, Burgen, Kirchen und Klöster verweisen ebenso auf das Mittelalter wie Ritterfilme, -geschichten und -feste.

Mittelalterfeste, Märkte und Turniere

Nicht nur in Städten, auch auf zahlreichen Burgen und Burgruinen werden Mittelaltermärkte und Ritterfeste veranstaltet. Manchmal bildet ein Jubiläum den Anlass, oft handelt es sich aber auch um regelmäßig stattfindende Ereignisse, die zahlreiche Besucher anlocken, vor allem Familien. Allein in Deutschland gibt es derzeit etwa drei- bis viertausend Mittelalterfeste pro Jahr.

Die Anziehungskraft, die Mittelalter und Rittertum auf uns ausüben, ist zum einen durch romantische Vorstellungen zu erklären, die von Filmen, Büchern, Bildern oder Computerspielen vermittelt werden. Zum anderen kommt hier aber auch ein Bedürfnis zum Ausdruck, sich die eigene Herkunft zu vergegenwärtigen und eine „Zeitreise“ in ein inszeniertes Mittelalter zu erleben.

Die Organisatoren von Mittelalterfesten und -märkten stehen immer vor der Frage, ob sie ein authentisches Mittelalterbild vermitteln oder eher Erwartungen und Klischees bedienen wollen. Viele Besucher derartiger Veranstaltungen fügen ihre Eindrücke in ihr Mittelalterbild ein. Dabei ist jedoch zu beachten, dass heutige Mittelalterfeste oder Ritterturniere keineswegs ein authentisches Mittelalter widerspiegeln können oder wollen, was insbesondere an den Fragen der Hygiene und Sicherheit, an der Verwendung des elektrischen Stroms oder auch an der Bezahlung in Euro deutlich wird. „Authentizität“ kann sich hingegen in Kostümen, vorgestellten Handwerkstechniken oder typischen Speisen und Getränken finden. Damit die Mittelalter-Begeisterung nicht nur auf bloße „Fantasy“ trifft, werden insbesondere bei offiziellen Jubiläumsfeiern fachliche und pädagogische Fragen berücksichtigt.

„Bauen, um zu verstehen“ – Projekt in Guédelon

Wie das Mittelalter touristisch attraktiv und zugleich wissenschaftlich abgesichert vergegenwärtigt werden kann, zeigt ein Projekt im französischen Guédelon: Unter dem Motto „Bauen, um zu verstehen“ wird hier seit 1997 mit mittelalterlichen Baustoffen und Handwerkstechniken eine Burg errichtet, die sich zu einer Touristenattraktion entwickelt hat. Die Möglichkeit des Mitbauens lässt den Besucher das Leben und Arbeiten auf einer mittelalterlichen Großbaustelle nachvollziehen. Dabei verbindet sich die Wissensvermittlung mit einem eindrucksvollen Erlebnis, was die Burgbaustelle insbesondere auch für Schulklassen attraktiv macht.

M 2 „Bauen, um zu verstehen“
Die Baustelle in Guédelon, ein gelungenes Beispiel für experimentelle Archäologie, Foto von 2019

M 3 Washington National Cathedral
Die Grundsteinlegung dieser Kathedrale in Washington D.C. erfolgte 1907, aktuelles Foto.

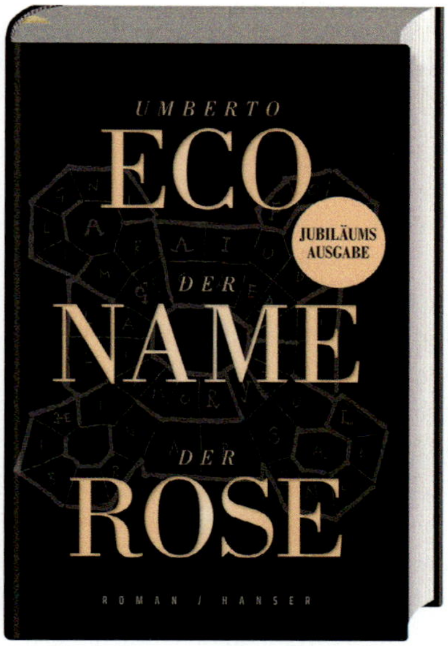

M 4 „Der Name der Rose"
Buchcover und Szene (oben) aus dem deutsch-französisch-italienischen Film von 1986 mit Sean Connery als Mönch William von Baskerville (Regie: Jean-Jacques Annaud)

M 5 Der Bahnhof Oriente in Lissabon
Der zwischen 1995 und 1998 errichtete Bahnhof des Architekten Santiago Calatrava diente 1998 als Eingang zum Gelände der Expo, aktuelles Foto.

Aufgaben

1. „Überall ist Mittelalter"

a) Stelle mithilfe des Textes und der Abbildungen auf dieser Doppelseite zusammen, wo dem heutigen Menschen das Mittelalter begegnet. Finde weitere Beispiele.

b) Arbeite den Unterschied zwischen einem typischen Mittelalterfest und dem Projekt in Guédelon heraus.

c) Mittelalterfeste dienen oftmals nicht nur der Vermittlung von Geschichte, sondern werden durch den Verkauf von Nahrungsmitteln oder anderen Artikeln auch kommerziell genutzt. Nimm dazu Stellung.

↝ Text auf Seite 260, M1–M5

Woher wissen wir etwas über das Mittelalter?

M 1 Fränkischer Grabstein mit Christusfigur, die Rückseite zeigt ein heidnisches Symbol.

Wenn Detektive einen Fall untersuchen, folgen sie verschiedenen Spuren, wie zum Beispiel Fingerabdrücken. Auf diese Weise versuchen sie, sich ein Bild von den Ereignissen zu machen. Ähnlich arbeiten auch Historiker und Historikerinnen, die etwas über das Mittelalter herausfinden möchten. Sie sind auf die Spuren aus dieser Zeit angewiesen. In der Fachsprache heißen sie Quellen. Im Unterschied zu den Detektiven können Mittelalterhistoriker und -historikerinnen aber keine lebenden Personen mehr befragen. Außerdem liegen ihnen für die etwa tausend Jahre der Epoche ganz unterschiedliche Spuren vor. Wichtig ist die Unterscheidung zwischen schriftlichen Quellen, also Texten, und nicht-schriftlichen Quellen wie Bildern oder Gegenständen. Die verschiedenen Quellenarten verlangen jeweils eine eigene Art der Bearbeitung. Archäologen und Archäologinnen führen Ausgrabungen durch und werten Gegenstände oder Skelettreste aus. Dabei benutzen sie auch moderne naturwissenschaftliche Methoden. Historiker und Historikerinnen hingegen beschäftigen sich hauptsächlich mit schriftlichen Quellen.

War das Mittelalter eine „finstere Zeit"? („Dark Ages")

Die Bezeichnung „Dark Ages" für die Jahrhunderte des frühen Mittelalters meint nicht, dass diese Epoche besonders finster oder brutal gewesen wäre. Sie bezieht sich vielmehr auf den Mangel an schriftlichen Quellen. Da in dieser Zeit nur wenig aufgeschrieben wurde, können wir uns heute kein genaues Bild von den Lebensumständen der Menschen machen. Vieles liegt im Dunkeln.

Besonders für die Phase des Übergangs von der Spätantike zum frühen Mittelalter (ca. 300 bis 600 n. Chr.) sind wir auf die Erkenntnisse der Archäologie angewiesen. Durch die Ausgrabung und Dokumentation von Gräbern lassen sich wertvolle Informationen gewinnen. Grabbeigaben wie Perlen, Gewandnadeln oder Gürtelschnallen lassen Rückschlüsse auf die Stellung und den Reichtum der Verstorbenen zu. Bestattungsriten zeigen, wie sich die Menschen das Leben nach dem Tod vorstellten. Zugleich erfährt man so etwas über die Ausbreitung des Christentums.

Manche Entdeckungen stellen uns aber auch vor Rätsel, wie z. B. das geheimnisvolle Doppelgrab unter dem Frankfurter Dom. Hier wurden im frühen 8. Jahrhundert zwei adlige Kleinkinder beerdigt: ein 4- bis 5-jähriges Mädchen nach christlichem Brauch und ein weiteres Kind nach altgermanischer Sitte. Es wurde bei der Bestattung in ein Bärenfell gewickelt und verbrannt. Aus der Zeit Karls des Großen (um 800 n. Chr.) liegen uns mehr schriftliche Quellen vor.

M 2 Die Dichterin Christine de Pizan (1365–1430) in ihrem Studierzimmer

Die in Venedig geborene Christine de Pizan gilt als erfolgreichste Schriftstellerin des Mittelalters. In ihrem „Buch von der Stadt der Frauen" entwirft sie die Utopie von einer Welt, in der Frauen Männern gleichgestellt sind. Ihr Vater Tomaso di Pizzano, Astronom und Mediziner, der 1368 als Hofastronom nach Paris gerufen wurde, förderte die Neigung seiner ältesten Tochter zu Literatur und Wissenschaft und vermittelte ihr eine für Mädchen ungewöhnlich breite Bildung, französische Buchmalerei, um 1411/12.

Wer konnte im Mittelalter lesen und schreiben?

Die meisten Menschen konnten das nicht. Selbst ein König oder Kaiser musste nicht unbedingt über diese Fertigkeiten verfügen. Er durfte ungebildet sein. Die Zeitgenossen nannten ihn einen „gekrönten Esel".

Geschrieben wurde vor allem in den Klöstern. Texte, die aus dieser Zeit erhalten sind, stammen deshalb überwiegend aus der Feder von Mönchen oder Nonnen. Einige von ihnen verfassten Erzählungen über ihre Zeit. Dabei war ihnen besonders die Geschichte und der Ruhm ihres eigenen Klosters wichtig. Auch die Erinnerung an Adlige oder Herrscher, die als Gründer und Förderer von Klöstern auftraten, wurde hier bewahrt. Wir können aber nicht sicher sein, dass die geschil-

M 3 Bibliothek des Klosters Strahov in Prag

In Klosterbibliotheken findet sich so mancher Schatz. Dieses Kloster wurde um 1140 gegründet, die Gestaltung der Bibliothek erfolgte aber erst im 17. Jahrhundert.

derten Ereignisse tatsächlich so stattgefunden haben. Man muss davon ausgehen, dass hier und da ein wenig geschwindelt wurde, um die Geschichte des Klosters in ein gutes Licht zu rücken. Außerdem schrieben manche Autoren und Autorinnen erst in einem großen zeitlichen Abstand zu den Ereignissen. Gut möglich, dass dabei einiges vergessen wurde oder sich die Verfasser falsch erinnerten. Trotzdem können wir aus diesen Quellen einiges lernen. Nicht zuletzt zeigen sie, welche Bedeutung der christliche Glaube für das Denken der Menschen hatte.

Unser Wissen über das Mittelalter stammt zu einem großen Teil aus den klösterlichen Chroniken und Lebensbeschreibungen (Viten genannt, Einzahl: Vita). Daneben hielten die Mönche und Nonnen auch wichtige Ereignisse eines Jahres fest, zuerst in Form von Notizen, später ausführlicher. Diese Aufzeichnungen heißen Annalen (Jahrbücher).

Schon im Frühmittelalter gehörte zu jedem größeren Kloster eine Bibliothek. Dadurch sind religiöse, philosophische und literarische Texte über die Jahrhunderte hinweg erhalten geblieben. Ohne die Sammlertätigkeit der Mönche und Nonnen wüssten wir viel weniger über das Mittelalter. Auch kostbare Schriften aus der Antike wären dann verloren gegangen.

Gebildete Menschen schrieben damals für gewöhnlich in lateinischer Sprache. Heute müssen wir diese Texte erst übersetzen. Mühsam kann es auch sein, die Buchstaben aus dieser Zeit zu entziffern. Die Paläografie (Lehre von den Schriften) hilft dabei.

Woher wissen wir etwas über Könige und Kaiser?

Mittelalterliche Geschichtsschreiber entstammten meist einem klösterlichen Umfeld. In ihren Erzählungen spielten Wunderberichte (Miracula) oder die Lebensbeschreibung von Heiligen (Viten) eine große Rolle. Außerdem hielten die Geistlichen einiges über die Taten von höhergestellten Personen fest. Deshalb sind wir über Adlige, Könige oder Kaiser besser informiert als über die Lebensumstände der einfachen Bevölkerung.

Hinzu kommen die Urkunden. Eine Urkunde fixierte Beschlüsse, die rechtlich wichtig waren. Dabei konnte es z. B. um die Übertragung oder den Entzug von Besitz gehen. Der König belohnte Fürsten für treue Dienste oder schlichtete Streit zwischen den Adligen. So erfahren wir etwas über die Konflikte, Freundschaften

M 4 Mittelalterliche Urkunde (Ausschnitt)

mit den Siegeln von Lübeck, Wismar, Rostock, Stralsund, Greifswald, Stettin, Kolberg und Anklam. Mit dieser Urkunde besiegelten die acht Hansestädte 1361 ihr Bündnis gegen den dänischen König und die Seeräuber.

M 5 Fachwerkhäuser in Quedlinburg

In Quedlinburg ist die mittelalterliche Altstadt zu großen Teilen erhalten. Hier, wie auch in einigen anderen deutschen Städten, ist das Mittelalter noch sehr lebendig.

und Besitzverhältnisse der Zeit: Wer nahm Einfluss auf den Herrscher? Wer vermittelte bei Streitigkeiten? Mit welchen Fürsten gab es Probleme?

Angefertigt wurden Urkunden nicht vom Herrscher selbst, sondern von gebildeten Personen in seinem Umkreis. Bestimmte Zeichen (z. B. Siegel, Monogramme) sollten die Echtheit des Dokuments garantieren. Trotzdem kamen Fälschungen vor. Eine Aufgabe der Diplomatik (Lehre von den Urkunden) ist es heute, echte von gefälschten Urkunden zu unterscheiden. Das fiel schon im Mittelalter nicht leicht.

Könige und Kaiser herrschten für gewöhnlich „aus dem Sattel". Sie hatten keinen festen Stammsitz in einer Burg oder Stadt, sondern waren immer unterwegs. Mithilfe von Datums- und Ortsangaben in Urkunden werden Reisewege und Aufenthaltsorte mittelalterlicher Herrscher ermittelt.

Auf Siegeln sind Bilder von Königen oder Kaisern überliefert. Sie zeigen uns aber nicht, wie die Person in Wirklichkeit aussah, ob sie etwa besonders hübsch oder hässlich war. Seit Otto I. (936 bis 973 n. Chr.) stellen die Siegel den Herrscher zusammen mit Krone, Zepter und Reichsapfel dar. Dadurch betonen sie seine vornehme Stellung.

Warum wissen wir über das späte Mittelalter mehr?

Im späten Mittelalter (ca. 1250 bis 1500 n. Chr.) wurde mehr aufgeschrieben als in den Jahrhunderten zuvor. Das lag vor allem an der wachsenden Bedeutung der Städte. Die Menschen lebten auf engerem Raum, sie trieben Handel, führten ein Gewerbe, stritten und versöhnten sich. Daraus ergab sich bald die Notwendigkeit von Verordnungen, Rechnungsbüchern und weiterem Verwaltungsschriftgut. Auch städtische Chroniken wurden erstellt.

Auf dem Land war dem Grundherren, etwa einem Adeligen oder einem Kloster, verstärkt daran gelegen, sich einen Überblick über seinen Besitz und sein Einkommen zu verschaffen. In diesem Zusammenhang wurden Verzeichnisse (Urbare) angelegt. Wegen dieser zunehmenden Schriftlichkeit können wir uns für die Zeit des Spätmittelalters ein genaueres Bild vom Alltagsleben der Menschen machen.

Ist das Mittelalter überall?

Durch Kriege, Brände oder Überschwemmungen wurden im Lauf der Jahrhunderte viele Spuren aus dem Mittelalter zerstört. Trotzdem schrieb der Historiker Horst Fuhrmann einmal, das Mittelalter sei überall. Tatsächlich gibt es heute noch einiges aus dieser Zeit zu entdecken, z. B. in alten Städten, Kirchen, Klöstern und Burgen.

So wie Detektive nicht alle Fälle klären können, bleiben auch für Historiker und Historikerinnen manche Fragen offen. Die Quellen geben ihnen nicht auf alles eine Antwort. Oft können sie nur versuchen, sich der vergangenen Zeit anzunähern.

Aufgaben

1. Woher wissen wir etwas über das Mittelalter?

a) Erläutere die Schwierigkeiten, vor denen Historiker oder Historikerinnen stehen, die sich mit dem Mittelalter beschäftigen.

b) Nenne einige typische Formen von schriftlichen Quellen aus dem Mittelalter und erläutere ihren Quellenwert.

c) Erörtere den Grad der Verlässlichkeit unseres Wissens über das Mittelalter. Berücksichtige dabei die verschiedenen Phasen des Mittelalters.

d) Recherchiere weitere Informationen über Christine de Pizan (M2) und fertige eine tabellarische Kurzbbiografie an.

⤳ Text auf den Seiten 262–264, Internet

Mönchtum und Klöster

Grundherrschaft und Lehnswesen

Aufschwung des Städtewesens

Ritter und höfische Kultur

Zusammenfassung

Um die Jahrtausendwende hatten sich aus dem Frankenreich verschiedene Herrschaften herausgebildet. So entwickelte sich im Ostteil das Heilige Römische Reich. Dieses erstreckte sich von Mitteleuropa bis nach Italien. Nach den Karolingern gelang es den Ottonen, die deutsche Königsherrschaft zu erlangen und sich vom Papst zu römischen Kaisern krönen zu lassen.

Im Heiligen Römischen Reich konnte sich keine Dynastie dauerhaft durchsetzen. Nach Festlegung einer verbindlichen Wahlordnung 1356 spielten sieben Kurfürsten eine entscheidende Rolle bei der Königswahl. Die Macht des Königs hing letzten Endes von seinem persönlichen Besitz ab.

Die Menschen des Mittelalters lebten in einer fest gefügten ständischen Ordnung. Jeder Mensch gehörte einem Stand an: als Geistlicher, Adliger oder Bauer. Jeder Stand hatte seine Aufgabe in der Gemeinschaft zu erfüllen, sei es durch Gottesdienst, Kampf oder körperliche Arbeit.

Der überwiegende Teil der Bevölkerung bestand aus Bauern. In Abhängigkeit von einem adligen Grundherrn führten sie ein karges Leben, waren unfrei und mussten Abgaben und Frondienste leisten. Das ganze Mittelalter hindurch änderte sich ihre Lage wenig: Der Grundherr herrschte über Land und Leute, entschied als Richter und konnte die Bauern sogar zusammen mit dem Land verkaufen.

In dieser Zeit erlebte die höfische Ritterkultur einen Höhepunkt. Die Ritter, die sich als eigener Stand abschlossen, verfolgten das Ideal eines christlichen Kämpfers. Dazu zählten Treue, Tapferkeit und ein christlicher Lebenswandel. Turniere, Ritterdichtung und der höfische Minnesang kennzeichnen diese Epoche.

Ein neues Element in der Gesellschaft des Mittelalters bildeten die Städte, denn Handel und Handwerk errangen zunehmende Bedeutung. Die Stadt verhieß ihren Bürgern Friede und Freiheit und bot die Möglichkeit des sozialen Aufstiegs. Sie erreichte vom Grundherrn allmählich ihre Selbstverwaltung und beim Stadtregiment traten neben die Patrizier die Zünfte der Handwerker. Dem Städtebund der Hanse gelang es, zu einer wirtschaftlichen und politischen Macht zu werden.

Mönche und Nonnen in den Klöstern lebten nach der Regel „bete und arbeite“, die Benedikt von Nursia als Gründer des ältesten Mönchsordens, der Benediktiner, verfasst hatte. Das Kloster war zugleich Ort der Andacht und Gelehrsamkeit, Wirtschaftsbetrieb, soziale Einrichtung und politischer Machtfaktor. Eine wichtige Rolle spielten Klöster bei der Ausbreitung des Christentums und der Urbarmachung von Land im Osten. Sie waren Zentren von Wissenschaft, Bildung und Kultur in einer oft noch unwegsamen Landschaft.

DATEN

529:
Benedikt von Nursia gründet das Kloster Montecassino

962:
Kaiserkrönung Ottos I.

Seit 11. Jahrhundert:
Aufstieg der Städte

Seit 12. Jahrhundert:
Entfaltung einer höfischen Kultur

1356:
Goldene Bulle

BEGRIFFE

Ständegesellschaft
Grundherrschaft
Lehnswesen
Kurfürst
Hörige
Ritter
Bürger
Patrizier
Kloster, Mönche

Digital+
WES-115948-704
Seiten zur Selbstüberprüfung

Digital+
WES-115948-801
Link zur Burgfest-Seite (Tangermünde)

Burgfest in Tangermünde

Einmal im Jahr findet in Tangermünde das Burgfest statt. Dieses Spektakel lockt viele Touristen und Einheimische zu den Bühnen, Ständen und Fahrgeschäften. Auch ein Mittelaltermarkt auf dem Burgberg ist das Ziel vieler Schaulustiger. Dort kann der Besucher das Leben im Mittelalter ein Stück nachempfinden. Als ein Höhepunkt des Festes gilt der Ein- und Auszug Kaiser Karls IV. Das Schauspiel erinnert an die Zeit, in der Karl IV. die Burg als Nebenresidenz nutzte. Um tiefer in die mittelalterliche Geschichte einzutauchen besteht die Möglichkeit an Führungen teilzunehmen und so Orte und Gebäude aus dem Mittelalter zu bestaunen.

M 1 Einzug Karls IV. durch das Neustädter Tor
Foto, 2024

Aufgaben

1. **Burgfest in Tangermünde und andere Mittelalterfeste**
   a) Informiere dich mithilfe des Webcodes über das aktuelle Burgfest in Tangermünde oder über andere Feste mit mittelalterlichem Bezug. Stelle ein Fest mithilfe eines übersichtlichen Steckbriefes kurz vor. Legt dazu gemeinsam in der Klasse Kriterien fest (z. B. Ort, Veranstaltungsorte, Entstehung des Festes, Programm, historische Bezüge).
   b) Vergleicht die Mittelalterfeste miteinander. Lassen sich Gemeinsamkeiten und Unterschiede feststellen?
   c) Diskutiert die Vor- und Nachteile solcher Feste.
   WES-115948-801, Internet

08

MITTELALTERLICHE GESCHICHTE SACHSEN-ANHALTS DARSTELLEN

Auf den Spuren der mittelalterlichen Stadtbevölkerung Tangermündes – Einen Stadtführer für Kinder erstellen

Orientierung

Wegweiser durch das Fachpraktikum

Um sich in einer Stadt zurechtzufinden und mehr über diese zu erfahren, hilft ein Blick in einen Stadtführer. Es gibt zu jeder Region zahlreiche Hefte und Bücher, die Besuchern helfen, die Geschichte einer Stadt zu erkunden und zu verstehen.

Auf den nächsten Seiten wird gezeigt, wie man einen solchen Stadtführer für Kinder am Beispiel Tangermündes oder für eine andere Stadt erstellt.

- Zuerst wird erklärt, wie ein Stadtführer aufgebaut ist und aus welchen Bestandteilen eine typische Seite besteht.
- Ziel des nächsten Schrittes ist es, sich einen Überblick über die Stadt zu verschaffen. Das kann
  - mithilfe der Materialien auf den nächsten Seiten,
  - durch eine Stadterkundung oder
  - durch Internetrecherche über euren Ort erfolgen.

  Der Ablauf einer Stadterkundung und deren Auswertung werden genau erklärt.
- Am Ende des Fachpraktikums können die selbsterstellten Stadtführer mit einer Checkliste überprüft und eingeschätzt werden.

Einen Stadtführer für Kinder erstellen – Bestandteile eines Stadtführers

Bestandteile eines Stadtführers:

- Titelseite/Deckblatt mit Titel und Herausgeber
- Inhaltsverzeichnis
- Überblick über die Geschichte der Stadt
- Sehenswürdigkeiten mit Erklärungen und Bildern
- Stadtplan mit eingezeichneten Sehenswürdigkeiten
- Schlusswort und Empfehlungen

M 2 Ein Stadtführer für Tangermünde

M 1 Seite eines Stadtführers

TANGERMÜNDE

Sigrid Brückner

Überschrift mit Autor

„Die Elbfahrt nach Hamburg ist langweilig; nur bei Tangermünde, wo Reste einer aus den Tagen Kaiser Karls IV. herstammenden Burg aufragen, belebt sich das Bild ein wenig."

Ob man, wie Theodor Fontane im Jahre 1844, sich Tangermünde auf der Elbe nähert oder den Landweg benutzt, immer wird von Weitem schon der 87,4 Meter hohe Turm der St. Stephanskirche den Weg ins Zentrum der Stadt weisen. Am Fuße des Kirchturms, inmitten einer kleinen Grünanlage, befindet sich ein Brunnen. Seine acht von der Berliner Bildhauerin Karolin Donst gestalteten Seiten zeigen Tangermünder Persönlichkeiten und Begebenheiten. In chronologischer Reihenfolge erschließt sich mit dieser Hilfe die Geschichte der Stadt.

Text (Beschreibung und Erklärung der Sehenswürdigkeit)

Tangermünder Stadtwappen, Teil eines Bleiglasfensters, 15. Jahrhundert

Brunnen vor der St. Stephanskirche

links: Wappenreihe am Neustädter Tor

Passende Bilder mit Bildbeschriftungen

„Die Lage der Stadt auf einem 60 Fuß hohen Felsen über der Elbe gibt ihr etwas Heroisches, das die Mauern, Türme und Tore, die sie schützen, wo die Mauer es nicht tut, vollenden und steigern."
(Ricarda Huch: Im Alten Reich, 1927)

Zitate/Quellen/Jahreszahlen

3

Seitenzahl

Einen Überblick erarbeiten: Die mittelalterliche Geschichte Tangermündes

Die Entstehung der Stadt

Bis zum 12. Jahrhundert wurden entlang der Elbe Festungen zur Sicherung der Grenze zu den Slawen errichtet. In der Chronik des Thietmar von Merseburg wird 1009 erstmalig eine Festung mit dem Namen „Tongeremuthi" erwähnt: Im Schutz einer in 43 Meter Höhe gelegenen Burg entstand hier eine Kaufmannssiedlung. Die strategisch günstige Lage führte rasch zur Entwicklung einer Stadt. Obwohl keine Urkunde zur Stadtgründung Tangermündes überliefert ist, sind verschiedene Merkmale des Stadtrechtes nachweisbar, zum Beispiel wurde um 1200 die Pfarrkirche St. Nikolai als eine der ältesten Kirchen Tangermündes errichtet, ebenso eine erste Stadtmauer aus Feldsteinen.

In einer Urkunde von 1275, die der Stadt Stendal die Zollfreiheit zwischen den Flüssen Uchte und Tanger verlieh, wird Tangermünde erstmals als „Stadt" bezeichnet. Als Selbstverwaltungsorgan bildete sich in Tangemünde ein „Rat der Stadt". Dieser vertrat die Interessen der Stadt und ernannte die städtischen Beamten. Überdies war er für die Finanzen und für die Verwaltung der städtischen Einrichtungen zuständig.

Auch in der Folgezeit war der Handel für die Stadt von maßgeblicher Bedeutung. Im Jahr 1368 wird Tangermünde als Hansestadt erwähnt. Zu den wichtigsten Handelswaren gehörten Salz, Heringe, Wein, Getreide, Öl, Häute, Holz, Pech, Töpferwaren, gebrannte Pflastersteine und „Kuhschwanz"-Bier.

Tangermünde und Kaiser Karl IV.

Die Jahre 1373 bis 1378 waren für die Stadt äußerst bedeutsam, da Karl IV., deutscher Kaiser und König von Böhmen, sich entschied, die Burg Tangermünde zu seiner Nebenresidenz zu machen. Die Burg diente dabei als Wohnung der kaiserlichen Familie.

Am 29. Juni 1374 fand auf der Burg ein feierlicher Hoftag statt, an dem der Kaiser in Anwesenheit zahlreicher geistlicher und weltlicher Herrscher aus Böhmen, Schlesien, dem übrigen Heiligen Römischen Reich und aus Brandenburg in einer Erb-Einigungsurkunde über den Beitritt der Mark Brandenburg zum Königreich Böhmen entschied.

Drei Jahre nach dem glanzvollen Hoffest erfolgte in Anwesenheit zahlreicher hoher Gäste die feierliche Weihe der Burgkapelle Sankt Johannes durch den Erzbischof von Magdeburg. 1377 verbrachten der Kaiser, die Kaiserin Elisabeth und ihre Söhne eine längere Zeit auf der Burg, wobei sie das Pfingstfest im benachbarten Kloster Jerichow begingen. Überdies unternahm Kaiser Karl auch mehrfach Reisen nach Magdeburg.

Unter der Herrschaft Kaiser Karls erfuhr Tangermünde einen Aufschwung in der Wirtschaft und im Handel. 1375 ließ Karl das sogenannte „Landbuch" anlegen, das die Grundlage für die Erhebung von Steuern darstellte. Aufgrund des wirtschaftlichen Erfolges der Stadt entstanden im 15. Jahrhundert auch zahlreiche neue Bauten, das Rathaus wurde 1430 um einen prächtigen Ostflügel erweitert und die Stadttore wurden erneuert. Nach dem Tod Karls IV. bis zur Mitte des 15. Jahrhunderts diente die Burg Tangermünde weiterhin als Residenz der brandenburgischen Markgrafen und Kurfürsten, die von hier aus ihr Reich regierten.

M 1 Thietmar von Merseburg (975 – 1018)

Bedeutender Geschichtsschreiber in der Zeit der Ottonen, Abbildung am Stadtbrunnen, Foto, 2016

M 2 Karl IV. (1316 – 1378)

Böhmischer König und römisch-deutscher Kaiser, Denkmal in Tangermünde, Foto, 2016

Hinweis

Merkmale und Aufbau einer Stadt im Mittelalter werden in diesem Schulbuch auf den Seiten 242 – 249 behandelt.

Einen Überblick erarbeiten – Mittelalterliche Geschichte Tangermündes

M 3 Ansicht der Stadt Tangermünde an der Elbe

Kupferstich von Matthäus Merian, 1652, koloriert. Dieser Stich aus der Frühen Neuzeit zeigt das mittelalterliche Stadtbild.

Einen Überblick erarbeiten – Mittelalterliche Geschichte Tangermündes

Entdecken Sie unsere schöne Stadt

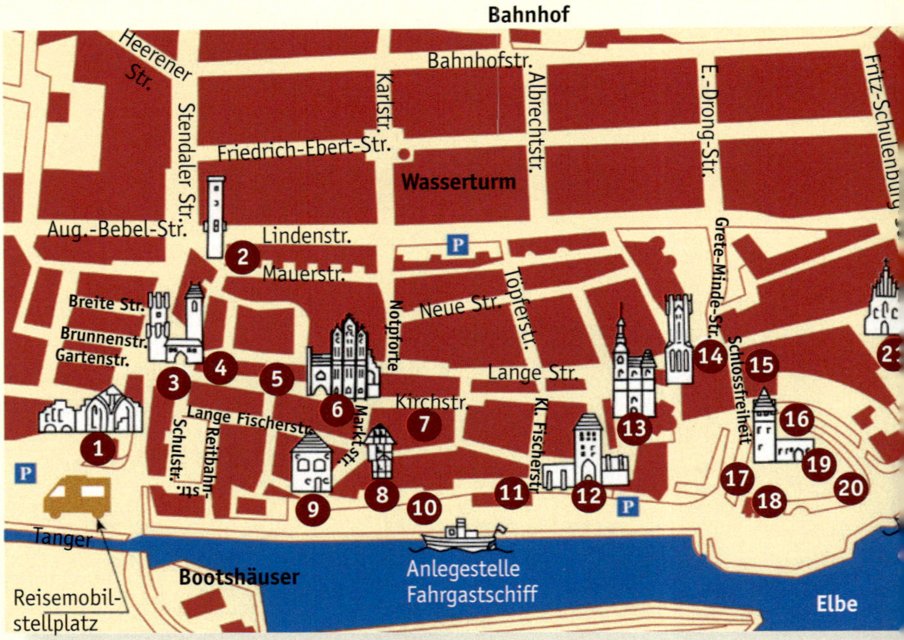

1. **Ruine Dominikanerkloster**
   (15. Jh.) Klostergründung 1438, nach Reformation 1538 Auflösung des Konvents
2. **Schrotturm**
   (13./19. Jh.) nordwestl. Eckturm der Stadtmauer, Höhe 47 m, 1825 Einrichtung einer Schrotgießerei
3. **Neustädter Tor**
   (14./15. Jh.) Backsteintoranlage mit Rechteckturm um 1300, Rundturm und Mittelbau um 1450, Sanierung unter Kaiser Wilhelm II. um 1900
4. **Nikolaikirche**
   (12./13. Jh.) Pfarrkirche um 1200, ab Ende 16. Jh. Nutzung für profane Zwecke
5. **Kirchstr. 62**
   1826 Gründung einer Zuckersiederei
6. **Historisches Rathaus/Stadtgeschichtliches Museum**
   (15. Jh.) spätgotische Schauwand von 1430, im Innern Stadtgeschichtliches Museum (EG, Keller), Festsaal und Standesamt (OG), an der Gerichtslaube Denkmal von Grete Minde (2009)
7. **Fachwerkhäuser Kirchstr.**
   (17. Jh.) Fachwerkhäuser aus dem 17. Jh. mit teilweise reich verzierten Türportalen und Flachschnitzereien
8. **Buhnenkopf**
   (17. Jh.) Fachwerkhaus des 17. Jh.
9. **Putinnen**
   (14./15. Jh.) Teil der Stadtbefestigung mit Zugang zum Fluss, der von zwei Türmen auf der Mauer geschützt wird
10. **Stadtmauer**
    (13./14 Jh.) ursprünglich um 1300 errichtet, umfangreiche Erhaltungsmaßnahmen vom 18. Jh. bis in die heutige Zeit, Länge ca. 2 km
11. **Steigberg**
    durch einen We baute Treppe a alterlicher Zuga
12. **Roßfurt mit El**
    (15. Jh.) 100 m weg, zwischen Stadt, bis 19. Zugang für Pfe zur Elbe, an de Innentorseite Höchstwasserst

» www.schloss-storkau.de

» www.exempel.de

13. St. Stephanskirche
(14.–17. Jh.) gotische Hallenkirche, Großteil der Innenausstattung (Kanzel, Langhausempore , Chorgestühl und Hochaltar) fiel dem Stadtbrand 1617 zum Opfer und wurde im 17. Jh. erneuert, Besonderheit: Frühbarockorgel von H. Scherer d. J. (1624)

14. Hünerdorfer Tor (Eulenturm)
(14./15. Jh.) 24 m hoher Torturm einer ursprünglichen Doppeltoranlage der Stadtbefestigung

15. Schlossfreiheit/ Burgmuseum
(16. Jh.) Straße war die Burgmannensiedlung, Haus Nr. 5 – ältestes Wohnhaus der Stadt, (Untergeschoss von 1543) seit 1998 Burgmuseum

16. Gefängnisturm
(15. Jh.) Rundturm zur zusätzlichen Sicherung der Burganlage (um 1480) mit Gefängniszellen aus dem 18. Jh., Kegeldach wurde 1912 aufgesetzt

17. Kanzlei
(14. Jh.) einziges erhaltenes Gebäude im inneren Burghof aus dem 14. Jh., Nutzung als Tanzhaus und als Schreiberei (Kanzlei), nach umfangreichen Sanierungsmaßnahmen seit 2001 Nutzung für Feierlichkeiten und Empfänge

18. Schloss
(17. Jh.) Standort des unter Kaiser Karl IV. umgebauten Schlosses (Zerstörung 1640 durch schwedische Truppen), das heutige Gebäude entstand um 1700 unter Preußenkönig Friedrich I. als schlichtes Barockschloss, seit 2000 Hotel

19. Denkmal Kaiser Karl IV. und Kurfürst Friedrich I.
Aufstellung Standbild Kaiser Karl IV. 1900 als Geschenk von Kaiser Wilhelm II., Denkmal Kurfürst Friedrich I. aus dem Hause der Hohenzollern 1912 eingeweiht

20. Kapitelturm
(12./20. Jh.) einstiger Wohn-, Verwaltungsturm der askanischen Markgrafen, Wehrturm, heute Aussichtsturm

21. Salzkirche
(14./15 Jh.) Hospitalkapelle St. Elisabeth, vom Ende 17. bis 19. Jh. Salzlagerstätte, seit 1998 Konzert- und Ausstellungshalle

» www.schloss-tangermuende.de

M 4 Aus dem Flyer „Tangermünde"
Tangermünde Tourismus, 2024

Aufgaben

1. **Bildern und Karten Informationen entnehmen**
   a) Beschreibe mithilfe des Stadtbildes von M. Merian (M3) die Bestandteile der Stadt Tangermünde um 1650.
   b) Vergleiche das Bild M3 mit dem Stadtplan auf dieser Doppelseite und nenne die Gebäude, die aus der Zeit noch erhalten sind.
   c) Diskutiere die Eignung der genannten Sehenswürdigkeiten für einen mittelalterlichen Stadtführer für Kinder.
   → M1–M4 (auf den Seiten 269–273)

Stadterkundung: Wenn Häuser und Gegenstände Geschichte(n) erzählen

Wer mit offenen Augen durch eine Stadt geht, wird feststellen, dass zahlreiche Bauwerke und Überreste aus der Zeit des Mittelalters als „gegenständliche Quellen“ Auskunft über die Stadtentwicklung geben können. Tangermünde gehört zu denjenigen deutschen Städten, die sich ihren mittelalterlichen Charakter aufgrund einer noch breit vorhandenen historischen Bausubstanz erhalten konnten. Die Altstadt und die Burg sind auch heute noch fast lückenlos von der Stadtmauer umgeben.

Die eindrucksvollsten Gebäude einer Stadt sind traditionell die Kirchen oder Dome sowie das Rathaus. Die Stephanskirche von Tangermünde wurde bereits im 9. Jahrhundert errichtet. Ihr Kirchturm ist mit 87,5 Metern der höchste Kirchturm der Altmark. Das Rathaus der Stadt befindet sich inmitten des Marktplatzes. Sein Schmuckgiebel aus dem Jahr 1340 ist – wie das gesamte Gebäude – ein Ausdruck des Reichtums der einstigen Hansestadt. Das Rathaus repräsentierte die Selbstverwaltung der Stadt und ihre relative Unabhängigkeit vom damaligen Landesherren, dem Marktgrafen von Brandenburg. Das Stadtwappen von Tangermünde zeigt den brandenburgischen roten Adler, der auf seinen Flügeln weiße Rosen trägt.

Neben den historischen Gebäuden und dem Grundriss der Stadt samt Mauer können auch Gaststätten in historischen Gebäuden wie die „Zecherei Sankt Nikolai“ einen Einblick in das Leben der mittelalterlichen Stadtbevölkerung geben. Hier kann der Gast in einem über 800 Jahre alten Kirchengebäude bei Gesang und Musik auf mittelalterliche Weise speisen.

Außer schriftlichen Quellen gibt es in der Stadt also auch eine Vielzahl an gegenständlichen Informationsgebern zu entdecken, die einen Eindruck vom mittelalterlichen Leben in Tangermünde vermitteln.

Training

Eine Stadterkundung durchführen

Zwischen dem 10. und dem 13. Jahrhundert entstanden in Sachsen-Anhalt viele neue Städte. Sicher gibt es in der Umgebung eures Schulortes eine davon, die ihr erkunden könnt.

Ablauf einer Stadterkundung:

1. Vorbereitung

- Besprecht in der Klasse, welcher Ort erkundet werden soll.
- Stellt dazu die Bauwerke fest, die dort aus dem Mittelalter erhalten sind (z. B. Marktplatz, Rathaus, Burg, Stadtmauer, Kirchen usw.).
- Informiert euch, ob es Museen und Ausstellungen zum Thema vor Ort gibt.
  (Tipp: Öffnungszeiten und Zeitaufwand beachten!)
- Besorgt euch einen Stadtplan und legt fest, welche Bauwerke ihr unbedingt besichtigen wollt.

2. Durchführung

- Geht auf Spurensuche. Achtet dabei besonders auf Jahreszahlen, Inschriften, Wappen, Straßen- und Ortsnamen, Denkmäler und Informationstafeln.
- Befragt Einwohnerinnen und Einwohner oder Mitarbeiterinnen und Mitarbeiter in Museen.
- Haltet eure Entdeckungen als Notizen und in Bildern fest.

3. Auswertung

- Stellt eure Ergebnisse kurz der Klasse vor.
- Beschreibt die beeindruckendsten Eindrücke eurer Stadterkundung.
- Erläutert mögliche Schwierigkeiten der Informationsbeschaffung.

M 1 **Informationstafel an der Stadtmauer,** Foto, 2016

M 2 **Stadtmauer mit Tor,** Foto, 2016

Stadterkundung – Wenn Häuser und Gegenstände Geschichte(n) erzählen

M 3 Rathaus Tangermünde

M 4 Ältestes erhaltenes Wohnhaus in Tangermünde von 1543

M 5 Stadtbrunnen

Training

Einen Stadtführer für Kinder erstellen

Einen Stadtführer zu erstellen, ist eine besonders schwierige Aufgabe. Noch komplizierter ist es aber, eine solche Hilfe für die Besichtigung einer Stadt für Kinder zu erstellen. Dies ergibt sich vor allem aus der Tatsache, dass Kinder anders angesprochen werden müssen als Erwachsene.
Dennoch verlangt auch ein solcher Stadtführer Exaktheit und einen hohen Informationsgehalt. Deshalb gibt es auch besondere Anforderungen an die Erstellung eines Stadtführers.

1. Aufbau

- Bestandteile eines Stadtführers:
  - Titelseite/Deckblatt mit Titel und Herausgeber
  - Inhaltsverzeichnis
  - Überblick über die Geschichte der Stadt
  - Sehenswürdigkeiten mit Erklärungen und Bildern
  - Stadtplan mit eingezeichneten Sehenswürdigkeiten
  - Empfehlungen
- Aufbau einer Seite:
  - Überschrift mit Autorin oder Autor
  - passende Bilder und Bildbeschriftungen
  - Texte mit Beschreibungen und Erklärungen der Sehenswürdigkeiten
  - Ergänzungen durch Zitate/Quellen/Jahreszahlen
  - Seitenzahlen

2. Inhalt

- Wird das Thema eingehalten?
  - Auswahl wissenswerter Informationen über die Geschichte der mittelalterlichen Stadt
  - Beschreibung und Erklärung von Sehenswürdigkeiten
- Sind die Informationen verständlich und nachvollziehbar präsentiert?
- Sind die Informationen korrekt?

3. Gestaltung

- Altersgerechte Gestaltung:
  - Übersichtlichkeit
  - Verwendung von motivierenden Piktogrammen
  - Lesegewohnheiten berücksichtigen
  - Interesse wecken, z. B. mit aussagekräftigen Bildern

Aufgaben

1. Orte für Recherchen

a) Ermittle Möglichkeiten in deiner Nähe, wo du über deine Stadt Informationen einholen kannst.

b) Beurteile die Möglichkeiten und Grenzen der Recherchemöglichkeiten in Bezug auf die Entwicklung eines Stadtführers.

→ Gespräch mit Fachleuten, z. B. in der Stadtverwaltung

2. Stadterkundung

a) Erkundet in Gruppen einen Ort in eurer Nähe in einer Stadterkundung.

b) Benenne die Materialien aus der Stadterkundung, die für die Verwendung in einem Stadtführer für Kinder sinnvoll sind. Begründe deine Auswahl.

c) Sucht weitere Informationen für einen Stadtführer zu eurer Stadt mithilfe des Internets heraus.

→ Internet

3. Stadtführer für Kinder

a) Erstellt in Gruppen einen ansprechend gestalteten Stadtführer für Kinder.

b) Präsentiert eure Stadtführer. Überlegt euch dazu eine geeignete Präsentationsform.

c) Weiterführung: Führt mithilfe eures Stadtführers eine mittelalterliche Stadtführung durch oder entwickelt einen Audioguide für eine Führung.

Ablass. Der reuige Sünder musste für seine Sünden verschiedene Bußen auf sich nehmen, z. B. Gebete, Almosen, Wallfahrten. Erst danach wurde er von seinen Sünden losgesprochen. Nur diese Bußstrafen – und nicht wie oft angenommen die Sünden selbst – konnte man im Spätmittelalter durch einen Ablass verkürzen oder erleichtern. Aus dem Verkauf der päpstlichen Ablassbriefe entwickelte sich für die Kirche eine sprudelnde Einnahmequelle.

Adel. Privilegierter Stand, dessen Macht sich im Mittelalter auf Grundbesitz und kriegerischen Erfolg stützte. Im Frankenreich erhielten Adlige vom König Land (Lehnswesen), wofür sie als bewaffnete Reiter Heeresfolge leisten mussten. Von seinen Bauern verlangte der adlige Grundherr Abgaben und Frondienste, übernahm deren Schutz und sprach Recht. Der Adel entwickelte im Mittelalter besondere Lebensformen und war von Steuern befreit. Zum Adel zählt man durch Geburt (Geburtsadel) oder Dienst im Auftrag des Königs (Dienst- oder Amtsadel). Im 12. Jh. bildete sich der Hochadel heraus, an dessen Spitze die Kurfürsten standen. Zum niederen Adel zählten vor allem Ritter und Ministeriale.

Ädil (Mz. Ädilen). Ursprünglich zwei Beamte der römischen Plebejer, die als Gehilfen der Volkstribunen eingesetzt waren. Seit 366 v. Chr. traten zwei weitere Ädilen hinzu, die Beamte des römischen Gesamtvolks mit einjähriger Amtszeit waren. Sie führten die Aufsicht über die öffentlichen Gebäude, Straßen und Märkte, regelten die Getreideversorgung Roms und organisierten die öffentlichen Spiele.

Agora. Marktplatz und zumeist auch Versammlungsort der griechischen Polis.

Akropolis (gr. = Oberstadt). Burgberg der griechischen Polis, zumeist verbunden mit dem Tempel der Stadtgottheit.

Allmende (mittelhd. = „was allen gemeinsam gehört“). Der Ursprung der Allmende reicht in die Zeit der germanischen Siedlung zurück. Man versteht darunter Ländereien, die den Mitgliedern einer Gemeinde zur gemeinschaftlichen Nutzung zustehen. Dazu zählen Wälder, Weiden und Ödland, aber auch Wege und Brücken, sofern sie gemeinsam genutzt wurden. Das Recht der Nutzung hatten jedoch auch Könige und Fürsten, denen das Jagdrecht, der Holzeinschlag, die Wassernutzung und das Recht der Rodung zustanden.

Amphitheater. Theaterbau der Römer mit kreisförmiger Arena und rundum angeordneten Sitzreihen. Es diente der Veranstaltung von Tierhetzen und Gladiatorenkämpfen. Das größte Amphitheater ist das römische Colosseum mit rund 50 000 Plätzen.

Antike. Die Zeit der griechisch-römischen Kultur im Altertum. Die Antike bildet zusammen mit dem Christentum die Grundlage der abendländischen Kultur.

Apostel (gr. = Sendbote). Bezeichnung der von Jesus zur Verkündigung des Christentums ausgewählten 12 Jünger. Sie genossen nach Jesu Tod bei der christlichen Urgemeinde hohes Ansehen und waren als Missionare tätig.

Aquädukt (lat. = Wasserleitung). Brückenartige Bauwerke der Römer zur Weiterleitung von Wasser, vorwiegend bei der Überwindung von Höhenunterschieden.

Archäologie. Wissenschaft, die aufgrund von Ausgrabungen und Bodenfunden alte Kulturen erforscht.

Archon. Nach Abschaffung des Königtums wurden in Athen jährlich neun Archonten als oberste Beamte gewählt. Die Bestellung durch das Los nahm dem Amt seit 487 v. Chr. seine Bedeutung.

Areopag (gr. = Areshügel). Sitz des gleichnamigen Rates in Athen, der während der Adelszeit die politischen Entscheidungen fällte und oberster Gerichtshof war. Ihm gehörten die ehemaligen Archonten an. Nach Einführung der Demokratie verblieb ihm lediglich die Blutgerichtsbarkeit.

Aristokratie (griech. = Herrschaft der Besten). Staatsform, wo im Unterschied zur Monarchie oder Demokratie ein bevorzugter Teil des Volkes herrscht. In der Regel handelt es sich dabei um eine privilegierte, oftmals grundbesitzende Adelsschicht, wie sie z. B. in der frühen römischen Republik herrschte.

Bischof. Amtsträger der christlichen Kirche, dem die Verwaltung eines bestimmten Gebietes (Bistum, Diözese) übertragen ist. Aufgrund seines Lehr-, Priester- und Hirtenamtes beaufsichtigt der Bischof das Gemeindeleben in seiner Diözese. Er gilt nach katholischer Lehre als Nachfolger der Apostel.

Bronzezeit. Epoche etwa zwischen 2500 – 800 v. Chr., in der sich die Verarbeitung von Bronze für Werkzeuge, Waffen und Schmuck durchsetzte. Die Technik entstand in Vorderasien und breitete sich seit etwa 1800 v. Chr. auch in Europa aus. Auf die Bronzezeit folgte die Eisenzeit.

Bürger. Wer an politischen Entscheidungen des Staates aktiv mitwirkte und das Bürgerrecht besaß, galt in der Antike als Bürger. In Griechenland vererbte sich das Bürgerrecht, konnte jedoch durch die Volksversammlung auch Fremden verliehen werden. Neben solchen Vollbürgern gab es auch Bürger mit eingeschränkten Rechten (z. B. Frauen). Römischer Bürger war man durch Geburt von römischen Eltern. Anfangs beschränkte sich das Bürgerrecht auf die Stadt Rom, wurde später auf die römischen Bundesgenossen übertragen und galt seit 212 n. Chr. für alle freien Reichsuntertanen.

Christentum. Eine der großen monotheistischen Weltreligionen. Gott gilt als Schöpfer der Welt und der Menschen. Die Vertreibung von Adam und Eva aus dem Paradies, die sich über ein Verbot Gottes hinweggesetzt hatten, ist Sinnbild für die Belastung des Menschen mit Sünden. Das Leben und Leiden von Jesus Christus verspricht den Menschen allerdings die Erlösung. Die Zehn Gebote bilden die Leitlinien für das Handeln des Einzelnen.

Christenverfolgung. Die Ausbreitung des Christentums im Römischen Reich stieß bei Teilen der nichtchristlichen und jüdischen Bevölkerung schon früh auf Widerstand. Nach Verfolgungen einzelner Christen und Christengemeinden im 1./2. Jh. kam es im 3. Jh. zu einer systematischen Christenverfolgung mit dem Ziel der Ausrottung. Die Christen galten als Staatsfeinde, da sie den Kaiserkult ablehnten und den offiziellen Göttern nicht opferten. Dahinter stand vor allem die Sorge der Kaiser um die Einheit des Reiches. Die Verfolgungen endeten erst mit dem Mailänder Toleranzedikt Kaiser Konstantins, das den Christen im Jahr 313 Religionsfreiheit gewährte.

Demokratie (gr. = Herrschaft des Volkes). Die Staatsform der Demokratie ist in Athen entstanden. Sie beruht auf der Gleichheit aller Bürger, die über politische Entscheidungen in der Volksversammlung – der höchsten demokratischen Einrichtung – abstimmen (direkte Demokratie). Dennoch herrschte in der athenischen Demokratie nur eine Minderheit, da breite Bevölkerungsschichten keine politischen Rechte besaßen (Frauen, Sklaven).

Diadochen (gr. = Nachfolger). Die Feldherrn Alexanders d. Gr., die sich nach seinem Tod das Weltreich unter sich aufteilten. So entstanden mehrere unabhängige Staaten mit griechischer Herrscherfamilien (z. B. Ägypten unter den Ptolemäern).

Diktator. Während der frühen römischen Republik konnte bei einem Staatsnotstand ein außerordentlicher Beamter als Diktator eingesetzt werden. Seine Ernennung erfolgte auf Vorschlag des Senats durch einen der zwei Konsuln für höchstens 6 Monate. Während dieser Amtszeit hatte er weitreichende Befugnisse, doch blieben die Magistrate als untergeordnete Instanzen bestehen. Unterschiedlich davon ist die Diktatur von Caesar, da er als unumschränkter Alleinherrscher ohne Begrenzung der Amtszeit regierte.

Dreifelderwirtschaft. Art der Bodenbewirtschaftung seit etwa 800 n. Chr. In jährlichem Wechsel wird 1/3 des Ackerlandes mit Wintergetreide bestellt, 1/3 mit Sommergetreide, 1/3 bleibt brach liegen, damit sich der Boden erholen kann.

Dreiteilung der Mittelmeerwelt. Nach dem Ende des Weströmischen Reiches um 500 n. Chr. im Zuge der Völkerwanderung entstanden in den nachfolgenden Jahrhunderten auf dem Gebiet des ehemaligen Imperium Romanum drei große Reiche: Der östliche Teil des Römischen Reiches mit der Hauptstadt Konstantinopel bestand als Byzantinisches Reich fort; der südliche Teil des Römischen Reiches wurde ab dem 7. Jahrhundert von arabischen Herrschern erobert; im westlichen Teil des Römischen Reiches kam es schließlich zur Reichsbildung der Franken.

Eisenzeit. Epoche etwa ab 1000 v. Chr. (in Europa), in der sich Eisen als Rohstoff für Waffen und Werkzeuge durchsetzte. Sie löste die Bronzezeit ab.

Faustkeil. Meist aus Feuerstein gefertigtes Werkzeug der Altsteinzeit. Er wurde mithilfe eines Schlagsteins kegelförmig zugeschlagen und zum Stoß in der Faust geführt.

Forum (lat. = Marktplatz). Das Forum war in allen römischen Städten Mittelpunkt des öffentlichen Lebens und Zentrum für die städtischen Behörden. Magistratsgebäude, Tempel, Wandelgänge und Markthallen umgaben den Platz. Nach dem Vorbild des Forum Romanum wurden auch die Foren in den Städten der Provinzen erbaut.

Frondienst (althochdt. frô = Herr). Der hörige oder leibeigene Bauer musste für seinen Grundherrn unbezahlte Arbeit leisten. Je nach seiner rechtlichen Stellung waren diese Arbeiten nach Anzahl der Tage, Zeit, Ort und Art festgelegt. Zu den Frondiensten zählten besonders Bodenbestellung, Fuhrdienste sowie Burg-, Haus-, und Straßenbau.

Geld/Geldwirtschaft. Nach dem Zerfall des römischen Münzwesens war das Geld bis ins 12. Jh. kaum gebräuchlich. Das Wirtschaftsleben bestand zumeist im Tausch von Ware gegen Ware.
Die Geldwirtschaft blühte seit den Kreuzzügen zuerst in den norditalienischen Städten wieder auf, wo auch das moderne Bankwesen entstand.

Getto. Der Name stammt angeblich von einer Insel in Venedig, die 1516 von der Stadtverwaltung zum einzigen Wohnort der jüdischen Gemeinde bestimmt wurde. Seither bezeichnet man alle behördlich erzwungenen jüdischen Wohnviertel oder von Juden bewohnten Gassen als Getto. Die räumliche Absonderung der jüdischen Bevölkerung wurde bereits im 12. Jh. von der Kirche gefordert und setzte sich später vielfach durch. So gab es in Deutschland z. B. Gettos in Köln, Worms oder Regensburg.

Gladiator (von lat. gladius = Schwert). Berufsmäßige Kämpfer und Fechter, die in Rom zur Unterhaltung des Volkes auftraten. Bei den Gladiatorenspielen wurde auf Leben und Tod gekämpft. Die Gladiatoren waren Sklaven, Kriegsgefangene oder Verbrecher, doch gab es auch Angeworbene. Die Ausbildung erfolgte in Gladiatorenschulen.

Goldene Bulle (lat. Bulla = Kapsel). Eine Bulle ist das in eine Kapsel eingeschlossene Siegel einer Urkunde.
Im Abendland benutzten Herrscher und Päpste bei besonders wichtigen Urkunden Gold- und Silberbullen.
Seit dem 13. Jh. bezeichnet man die gesiegelte Urkunde selbst als Bulle. Die 1356 von Kaiser Karl IV. erlassene Goldene Bulle bestimmte endgültig allein die sieben Kurfürsten zur Königswahl und legte ein Mehrheitswahlrecht fest. Weiterhin bestimmte sie die Unteilbarkeit der Kurländer sowie das Erstgeburtsrecht bei der Erbfolge.

Graf. Stellvertreter des Königs in einem bestimmten Gebiet mit dem Auftrag, den Frieden zu sichern und die Finanzen, d. h. die Zölle, zu verwalten. In der Karolingerzeit wuchs seine Bedeutung, da der Graf das Heeresaufgebot befehligte. Außerdem übte er im Namen des Königs die hohe Gerichtsbarkeit aus. Karl der Große hatte das Amt noch an Unfreie gegeben, doch bald wurde es in den vornehmen Familien erblich. Seit dem 12. Jh. machten einige Grafen ihr Herrschaftsgebiet zu selbstständigen Territorien und wurden zu Landesherren.

Grundherrschaft. Herrschaft über das Land und die darauf lebenden Menschen. Adelige, auch Klöster, gaben an meist unfreie Bauern (Hörige, Leibeigenschaft) Land zur Bewirtschaftung und gewährten den Bauern Schutz. Dafür leisteten diese Abgaben und Frondienste. Der Grundherr verfügte über die niedere Gerichtsbarkeit und verurteilte leichtere Vergehen; damit war er ein Teil der Obrigkeit. Die Grundherrschaft formte die europäische Wirtschaft und Gesellschaft über Jahrhunderte, in Deutschland bis zum Beginn des 19. Jh.

Hanse (althochdt. = bewaffnete Schar). Zusammenschluss deutscher Kaufleute (= Gilde) zur Sicherung ihrer Handelsinteressen im Ausland. Die seit 1358 im lockeren Bund organisierten Handelsstädte bauten den Nord- und Ostseebereich als Wirtschaftsraum aus und verfügten über eine Vormachtstellung in Nordeuropa. Seit Ende des 15. Jh. wurde die Hanse von aufkommenden Nationalstaaten und den deutschen Landesfürsten (Territorialstaaten) entmachtet und wirtschaftlich durch den Atlantikhandel verdrängt.

Hellenismus. Eine von Alexander d. Gr. eingeleitete Epoche, in der sich die griechische Kultur im gesamten Mittelmeerraum und bis in den Orient ausbreitete. Die Aufnahme orientalischer Elemente führte zu einer Mischkultur, in der das Griechische jedoch bestimmend blieb.

Heloten. Die von den Spartanern nach ihrer Einwanderung in Lakonien versklavte Vorbevölkerung. Sie gehörten dem Staat, mussten mit ihren Familien das Land der spartanischen Herren bebauen und die Hälfte des Ertrages abliefern. Mehrere Helotenaufstände erschütterten immer wieder den spartanischen Staat.

Herzog. Bei den Germanen der oberste gewählte Heerführer eines Stammes. Diese Stammesherzöge erlangten eine vom König fast unabhängige erbliche Macht. Sie lenkten ihre Herzogtümer Bayern, Schwaben, Sachsen, Franken und Lothringen als Kriegsherren und Friedenssicherer, als Richter und Gesetzgeber. Die Stammesherzöge wählten 919 den Sachsenherzog Heinrich zum König und gründeten damit das mittelalterliche Deutsche Reich. Seit dem 12. Jh. zerfielen die Stammesherzogtümer in zahlreiche fest umrissene Gebiete (Territorien), deren Einheit nicht mehr durch einen Stamm, sondern durch die Herrschaft des Landesherrn gebildet wurde.

Hieroglyphen (gr. = heilige Zeichen). Die Bilderschrift der alten Ägypter, die neben Zeichen für Begriffe auch Silben- und Konsonantenzeichen enthielt. Die Entzifferung gelang dem französischen Gelehrten Champollion.

Hochkultur. Wenn menschliche Gruppen in einer bestimmten Region typische Lebensformen entwickeln, spricht man von einer Kultur. Erkennbar ist sie anhand ihrer materiellen und geistigen Schöpfungen: Geräte, Waffen, Kleidung, Kunstwerke, Siedlungen, Bestattungsarten, Religion, Formen des Zusammenlebens. – Seit etwa 3000 v. Chr. entstanden mit Ägypten und den sumerischen Stadtstaaten die ersten Hochkulturen. Ihre Kennzeichen sind zentrale Verwaltung, Schrift, städtische Lebensformen sowie ein gegliedertes Gesellschaftssystem mit Arbeitsteilung.

Höriger. Ein Bauer, dem ein Grundherr Land gegen Abgaben und Frondienste leiht. Hörigkeit war eine Form der dinglichen Abhängigkeit. Der Hörige bearbeitete den Boden selbstständig, war aber an ihn gebunden; das galt auch für seine Kinder und für den Fall, dass das Land verkauft wurde. Oft wurden Freie durch Schuldknechtschaft zu Hörigen oder sie unterstellten sich freiwillig dem Schutz eines Grundherrn, da sie den Kriegsdienst nicht mehr leisten konnten.

Hoplit. Schwer bewaffneter griechischer Fußsoldat, der in geschlossener Formation (Phalanx) kämpfte. Hopliten mussten das Bürgerrecht besitzen und für ihre Ausrüstung selbst aufkommen.

Hunnen. Nomadisches Reitervolk aus Innerasien, das im 4. Jh. n. Chr. aus den Steppen Südrusslands nach Westen vordrang und die germanische Völkerwanderung auslöste. Als Attila 434 König der Hunnen wurde, beherrschten sie weite Teile Europas zwischen Donau und Ostsee, Rhein und Ukraine. Von dort unternahmen sie Plünderungszüge und erhielten riesige Tributzahlungen. 451 erlitten die Hunnen auf den Katalaunischen Feldern eine verheerende Niederlage gegen ein Bündnis germanischer Stämme unter Führung des Römers Aetius. Danach zerfiel das Hunnenreich rasch.

Ilias. Neben der Odyssee die älteste überlieferte griechische Dichtung in Versform (Epos). Beide entstanden vermutlich im 8. Jahrhundert v. Chr. an der Westküste Kleinasiens und werden dem Dichter Homer zugeschrieben. In der Ilias wird der Endkampf um Troja geschildert, der vermutlich um 1200 v. Chr. stattfand.

Investiturstreit (lat. investire = bekleiden). Investitur ist die Einsetzung eines Bischofs oder Abts in sein geistliches Amt und zugleich die Übertragung von weltlichen Herrschaftsrechten. Als Zeichen der geistlichen Würde übergab der König Ring und Hirtenstab. Diese Mitwirkung eines Laien, selbst des Königs, wollten die Vertreter der Kirchenreform nicht länger dulden. Es folgte der so genannte Investiturstreit, der die religiösen und politischen Grundlagen des Mittelalters erschütterte. Papst und König setzten sich im Jahre 1076 gegenseitig ab und bannten sich. Ein Kompromiss konnte erst 1122 mit dem Wormser Konkordat erreicht werden.

Islam (arab. = Unterwerfung unter Gott). Eine der großen Weltreligionen, die der Prophet Mohammed im 7. Jh. begründete. Seine Anhänger, die Muslime, bekennen sich zu einem einzigen Gott (Allah) und betrachten den Koran, das heilige Buch, als Glaubens- und Lebensgrundlage. Die Ausdehnung des islamischen Herrschaftsbereichs führte zur Verbreitung der Religion in Asien, Afrika und Europa.

Israel (hebräisch = „für den Gott streitet"). Nach der Überlieferung des Alten Testaments erhielt Jakob – einer der legendären Stammväter seines Volks – den Ehrennamen „Israel". Dieser Name ging auf alle Stämme des Volks über, das sich nach ihm „Kinder Israels" oder „Israeliten" nannte. Als das Reich Israel im 6 Jh. v. Chr. vernichtet wurde, bewahrte allein der Stamm Juda die alte Tradition. Von ihm leitet sich der Name Juden ab, der zur neuen Volksbezeichnung wurde.

Judentum. Juden sind Angehörige des jüdischen Volkes und der jüdischen Religion. In ihrer Frühzeit durchzogen sie als Nomadenstämme Vorderasien und siedelten ab etwa 1250 v. Chr. in Palästina. Dort gründeten sie um 1000 v. Chr. ein Reich mit der Hauptstadt Jerusalem. Es zerfiel später in die Staaten Juda und Israel. Die Eroberung Jerusalems durch die Römer 70 n. Chr. zerstörte den jüdischen Staat. Es kam zur Zerstreuung der Juden in alle Länder.

Kaiser. Die Herrscher des antiken Römischen Reiches führten den Beinamen „Ceasar", aus dem das Lehnwort „Kaiser" hervorging. Die Kaiserkrönung Karls des Großen im Jahre 800 setzte diese Tradition im Abendland fort. Mit ihr verband sich die Idee eines geeinten christlichen Weltreichs, dessen Herrscher als Beauftragte Gottes regierten. Als Otto I. 962 das Kaisertum erneuerte, ging der Kaisertitel auf die deutschen Könige über. Die Kaiserwürde war lange Zeit mit der Krönung durch den Papst in Rom verbunden. Diese Tradition endete 1508, als die deutschen Könige nach ihrer Wahl in Frankfurt und der Krönung in Aachen sogleich den Titel „Erwählter Römischer Kaiser" annahmen. Wahl und Krönungsort wurde seit 1562 allein Frankfurt.

Kaiserzeit. Nach Caesars Ermordung führte dessen Adoptivsohn Octavian, mit dem das römische Kaisertum beginnt, den Beinamen „Caesar". Daraus ging unser Lehnwort „Kaiser" hervor. Zugleich wurde Octavian der Ehrentitel „Augustus" (= der Erhabene) verliehen. Seither führten alle Herrscher des Römischen Reichs die Kaisertitel Caesar, Augustus und Imperator. Nach dem Sieg des Christentums verstanden sich die römischen Kaiser als Weltenherrscher, die im Auftrag Gottes regierten.

Kalender. Um den Zeitpunkt der jährlichen Nilüberschwemmungen exakt zu berechnen, ersannen die Ägypter ein System der Zeitrechnung: den Kalender. Aus astronomischen Berechnungen ermittelten sie ein Kalenderjahr von 365 Tagen, das sie in drei Jahreszeiten einteilten: Überschwemmung, Aussaat, Ernte. Jede Jahreszeit umfasste 4 Monate zu 30 Tagen; hinzu kamen 5 Zusatztage, die sich am Ende des Jahres befanden, sowie Schalttage.

Kalif. Bezeichnung der Nachfolger bzw. Stellvertreter (= arab. chalifa) des

Propheten Mohammed. Der Kalif war geistliches Oberhaupt aller Muslime und weltlicher Herrscher des islamischen Reiches. Nach dem Zerfall der politischen Einheit beanspruchten Herrscher mehrerer islamischer Staaten die Kalifenwürde, erlangten aber keine allgemeine Anerkennung.

Kelten. Volksstamm, der zwischen 800 v. Chr. und Christi Geburt weite Teile Europas beherrschte. Ihr Ursprungsgebiet erstreckte sich über Ostfrankreich, Süddeutschland und Böhmen. Metallverarbeitung und Kunsthandwerk standen bei ihnen in hoher Blüte. Unter ihren Fürsten lebten sie in befestigten Siedlungen, die häufig auf Bergeshöhen lagen. Das Vordringen der Römer und Germanen vernichtete die Macht der Kelten. Reste des keltischen Volkstums finden sich z. B. in Irland, Wales und der Bretagne.

Klient. Die meisten Römer waren in republikanischer Zeit Klienten (Schutzbefohlene) eines einflussreichen adligen Patrons (Schutzherr). Sie unterstützten dessen politische Absichten, traten bei Wahlen für ihn ein und bildeten seine Anhängerschaft. Für diese Treue schuldete der Patron dem Klienten Schutz und Hilfe in allen Nöten und vertrat seine Interessen vor Gericht. Dieses Schutz- und Treueverhältnis (Klientel) stützte den Einfluss adliger Politiker und brachte armen Bürgern manche Vorteile.

Kloster (lat. claustrum = abgeschlossen). Durch eine Mauer von der Welt abgetrennter Lebensraum von Mönchen oder Nonnen. Sie haben das Gelübde abgelegt, in Armut, Gehorsam und Ehelosigkeit ihr Leben im Dienst Gottes zu führen. Die Leitung hat ein Abt oder Prior. Benedikt von Nursia gab um 530 den zahlreichen abendländischen Klöstern einen klaren Aufbau und strenge Regeln, die jahrhundertlang gültig blieben.

Kolonisation. Im Altertum kolonisierten besonders Phöniker, Griechen und Römer durch Neugründung von Städten in fremden Gebieten. Landmangel und Übervölkerung führten im 8.–6. Jh. v. Chr. zur Besiedlung der Mittelmeerküsten durch die Griechen. Die dort gegründeten Kolonien waren von ihren Mutterstädten unabhängig, blieben jedoch durch geistige und oftmals wirtschaftliche Bande mit ihnen verbunden. Die römischen Kolonien dienten der militärischen Sicherung eroberter Gebiete. In ihnen wurden häufig ausgediente Soldaten (Veteranen) angesiedelt.

Konsul. Titel der zwei höchsten Beamten der römischen Republik, die für ein Jahr gewählt wurden. Anfangs stand das Amt nur Patriziern offen, seit 367 v. Chr. auch Plebejern. Die Konsuln führten die Regierungsgeschäfte, beaufsichtigten die Militär- und Zivilverwaltung, beriefen Senat und Volksversammlung ein und hatten im Krieg den Oberbefehl. Das Amt verlor in der Kaiserzeit seine Bedeutung.

Koran. Das heilige Buch des Islam, das die von Mohammed verkündeten Offenbarungen Allahs enthält. Er ist in 114 Kapitel (Suren) gegliedert, die Weissagungen, Belehrungen, Predigten und Prophetenerzählungen enthalten. Der Koran ist für die islamische Welt zugleich Gesetzbuch und religiöses Lehrwerk.

Kreuzzug/Kreuzzüge. Kriegszüge der abendländischen Christenheit zwischen 1096 und 1291 zur Befreiung des Heiligen Landes von der Herrschaft des Islam. Die Kreuzritter haben ihr Ziel nicht erreicht. Der Kontakt mit der islamischen Welt brachte aber neue Kenntnisse und Gedanken nach Europa. Der Begriff umfasst auch die Kriege, zu denen die Kirche im Mittelalter gegen Heiden oder Ketzer aufrief.

Kurfürst (althochdt. kuri = Wahl). Ein Fürst, der das Recht hat, den Herrscher zu wählen. Allmählich erlangte im Deutschen Reich eine Gruppe von sieben Fürsten dieses Privileg und bildete so die Spitze des Hochadels. Es waren die Erzbischöfe von Mainz, Köln und Trier, der Pfalzgraf bei Rhein, der Herzog von Sachsen, der Markgraf von Brandenburg und der König von Böhmen. Die Goldene Bulle von 1356 bestimmte endgültig allein diese Kurfürsten zur Königswahl und legte ein Mehrheitswahlrecht fest. Weiterhin bestimmte sie die Unteilbarkeit der Kurländer sowie das Erstgeburtsrecht bei der Erbfolge.

Landesherr. Inhaber der obersten Gewalt in einem fest umrissenen Gebiet (Territorium). Ursprünglich waren im Mittelalter die Besitzrechte des Adels zersplittert und seine Besitzungen weit zerstreut. Seit dem 12. Jh. versuchte der Adel jedoch, Besitzungen und Herrschaftsrechte zusammenzufassen, andere Herren zu verdrängen oder zu unterwerfen und ein geschlossenes Territorium aufzubauen. In diesem Territorium unterstanden nun alle Einwohner allein der Gewalt des Landesherrn (z. B. Herzog, Graf), der seine Regierung durch eine einheitliche Verwaltungs- und Gerichtsorganisation wirksam verstärkte. Die Bildung der Landesherrschaften führte allerdings zur Schwächung des Königtums.

Legion. Größter Verband des römischen Heeres. Sie hatte zur Zeit Caesars eine Stärke von etwa 6 000 Soldaten, untergliedert in 10 Kohorten.

Lehnswesen. Es entstand im 8. Jh. im Frankenreich und bildete die Grundlage der politisch-gesellschaftlichen Ordnung des Mittelalters. Der König (Lehnsherr) verlieh seinen Gefolgsmännern Land und Leute als Lehen. Dafür schuldete der Lehnsmann (Vasall) seinem Lehnsherrn lebenslange Treue, Gefolgschaft und Waffendienst. Mächtige Lehnsleute verliehen Grundbesitz an Untervasallen weiter. Da Lehen frühzeitig erblich wurden, erlangten die Lehnsleute eine starke Machtposition gegenüber dem König. Das führte in Deutschland zu einer Schwächung der zentralen Staatsgewalt.

Limes. Befestigte Grenzlinie des Römischen Reiches. Umfangreiche Grenzbefestigungen entstanden besonders in Britannien, an Rhein und Donau, in Dakien und Nordafrika.

Magistrat. Bezeichnung der durch Wahl berufenen Beamten im römischen Staat und des Amtes selbst. Die Magistrate übten ihr Amt ehrenhalber und unentgeltlich aus. Für sie galt der Grundsatz der Annuität (einjährige Amtszeit) und Kollegialität (Besetzung eines Amtes mit mehreren Beamten). Die Magistrate konnten nach Ablauf ihrer Amtszeit einen Sitz im Senat einnehmen. In der Kaiserzeit verloren die Magistrate ihre Bedeutung.

Metöken (gr. = Mitbewohner). Name der freien Bewohner Athens, die keine attischen Bürger waren. Gegenüber anderen Fremden genossen sie bestimmte Vorrechte und waren, da ihnen Landbesitz verwehrt war, vorwiegend im Handel und Handwerk tätig.

Monarchie. Im Gegensatz zur Aristokratie und Demokratie die Herrschaft eines Einzelnen im Staat. Entscheidend ist dabei die Rechtmäßigkeit der Herrschaft entweder durch Wahl oder Erbrecht. Die Regierungszeit eines Monarchen ist in der Regel unbeschränkt.

Ministeriale (= Dienstleute) weltliche oder geistliche Herren beauftragen

Ministeriale mit Hof- und Kriegsdiensten oder mit der Verwaltung ihrer Besitzungen. Die Könige nahmen für solche Aufgaben oft Unfreie, da sie ihnen treuer ergeben waren als die selbstbewussten großen Adligen. Die Stauferherrscher versuchten sogar – allerdings erfolglos – mithilfe der Ministerialen eine Reichsverwaltung aufzubauen und die Macht des hohen Adels zu brechen. Die Ministerialen glichen sich allmählich dem Adel an und stiegen in den Ritterstand auf.

Mittelalter. Das Mittelalter bezeichnet den Zeitraum zwischen der Antike und der Neuzeit, umfasst also den Zeitraum von etwa 500 bis 1500 n. Chr. Der Anfang und das Ende werden jeweils von bedeutenden Ereignissen, wie zum Beispiel dem Untergang des Weströmischen Reiches 476 n. Chr. oder der Entdeckung Amerikas durch Christoph Kolumbus 1492 markiert. Allerdings ist mit fließenden Übergängen zwischen den Epochen zu rechnen.

Mönchtum. Das christliche Mönchtum wurzelt in der Absage an die Welt und der Hinwendung zu Gott. Erste Mönche waren Einsiedler, die im 4. Jahrhundert n. Chr. Familie und Beruf verließen, um allein an unwirtlichen Orten zu leben. Der Zusammenschluss mehrerer Mönche oder Nonnen zu einer Gesellschaft, die nach bestimmten Regeln lebte, erfolgte im Kloster. Für das westliche Mönchtum wurde die Regel des Benedikt von Nursia aus dem 6. Jahrhundert n. Chr. wegweisend. Grundregeln sind Armut, Gehorsam und sexuelle Enthaltsamkeit.

Monotheismus (gr. mono = Allein; Theismus = Gottesglaube). Der Glaube an einen einzigen Gott. In der vom Polytheismus geprägten Zeit der Hochkulturen und der Antike waren zuerst das Judentum, dann das Christentum die einzigen monotheistischen Religionen.

Neandertaler. Menschengruppe der Altsteinzeit (Steinzeit), benannt nach Skelettresten, die der Forscher J. C. Fuhlrott 1856 im Neandertal bei Düsseldorf entdeckte. Der Neandertaler zählt zu den Altmenschen und tritt mit ersten Vorläufern vermutlich um 250 000 v. Chr. auf. Den klassischen Neandertaler gibt es seit etwa 100 000 v. Chr. mit Fundresten vor allem in Europa. Besondere Kennzeichen sind ein robuster Körperbau, eine fliehende Stirn, kräftige Überaugenwülste sowie ein weit nach vorn gerücktes Gebiss. Die Gründe für ihr Aussterben um 35 000 v. Chr. sind umstritten, werden aber häufig mit der verstärkten Ausbreitung der eiszeitlichen Jetztmenschen in Verbindung gebracht.

Nilschwelle. Bezeichnung für die jährliche Nilflut, die seit der Pharaonenzeit das landwirtschaftliche Jahr in Ägypten bestimmt.

Nobilität (lat. nobilis = edel). Als nach den Ständekämpfen in Rom auch Plebejern höchste Ämter offenstanden, verschmolzen die führenden Plebejerfamilien mit den alten Patriziergeschlechtern allmählich zu einer neuen Oberschicht: der Nobilität. Die Bekleidung eines Staatsamtes wurde nun zum Merkmal des hohen Adels und die Nobilität bestimmte maßgeblich die römische Politik.

Orthodoxe Kirche. Bereits zur Zeit des Römischen Reiches brachen Gegensätze zwischen den christlichen Kirchen des Westens und Ostens auf. Sie betrafen zunächst unterschiedliche Auffassungen vom Wesen des Christentums, später den vom römischen Papst beanspruchten Vorrang (Primat) in der Gesamtkirche. Die Kaiserkrönung Karls des Großen durch den Papst verschärfte die Situation, da nun ein zweites Kaiserreich neben Byzanz (Ostrom) entstand. 1054 kam es zur endgültigen Spaltung der Kirchen. Nach dem Untergang der byzantinischen Reichskirche entwickelten sich mehrere voneinander unabhängige Landeskirchen, die sich als „orthodox" (gr. = rechtgläubig) bezeichneten (z. B. griechisch-orthodox, russisch-orthodox usw.).

Ostrom. 330 n. Chr. beendete Kaiser Konstantin I. den Ausbau von Byzanz und machte es als Konstantinopel zur zweiten Hauptstadt des Römischen Reichs. Damit verlagerte er das Schwergewicht stärker nach Osten und 395 kam es zur endgültigen Trennung beider Reichshälften. Damit entstand ein griechisch geprägtes Oströmisches Reich und ein lateinisches Westrom. Nach dem Untergang Westroms im Jahr 476 bestand die östliche Reichshälfte fort und erlebte unter Kaiser Justinian I. (527–565) eine Blüte. Erst die Türken versetzten dem Byzantinischen Reich, wie der Staat später hieß, mit der Eroberung Konstantinopels im Jahr 1453 den Todesstoß.

Papst (aus lat. papa = Vater). Die Bischöfe von Rom betrachteten sich als Nachfolger des Apostel Petrus und beanspruchten daher schon früh eine Vorrangstellung in der Gesamtkirche. Dieser Anspruch wurde auf dem Konzil von Nicäa, das Kaiser Konstantin 325 einberufen hatte, von den Bischöfen des lateinischen Westens anerkannt. Die Bischöfe des griechischen Ostens erkannten den Vorrang (Primat) Roms jedoch nicht an, was später zur Abspaltung der Orthodoxen Kirche führte. Den Ehrentitel „papa", der ursprünglich allen Bischöfen zustand, führte seit dem 5. Jh. allein der römische Bischof.

Papyrus (plur. Papyri). Grasartige Pflanze, die in den Sümpfen des Nils wuchs. Sie lieferte im Alten Ägypten das Rohmaterial für die Herstellung des Schriftträgers Papyrus. Das in Streifen zerschnittene Mark der Pflanze wurde nebeneinander gelegt und mit einer zweiten, rechtwinklig darüber gebreiteten Schicht durch Klopfen und Pressen verbunden. Die Pflanze enthält genügend Bindemittel, sodass Klebstoffe nicht erforderlich waren. Die ältesten Papyri stammen aus dem 3. Jahrtausend v. Chr.

Parlament (mittelat. Parlamentum = Besprechung). Das englische Parlament entwickelte sich aus den Beratungen am königlichen Hof. Dort kamen die Angehörigen des Hofes mit hohen geistlichen und weltlichen Adligen sowie den Vertretern der Grafschaften (Gentry, niedriger Adel) zusammen. Unter dem schwachen König Johann „Ohneland" erstarkte das Parlament (Magna Charta Libertatum). Im 14. Jh. teilte es sich in das Oberhaus („House of Lords" – hoher Adel und hohe Geistlichkeit) und das Unterhaus („House of Commons" – gewählte Vertreter von Gentry und Bürgertum). In den Revolutionen des 17. Jh. besiegte das Parlament die Könige und vereitelte ihre Versuche, den Absolutismus in England einzuführen.

Patrizier (lat. patres = Väter). In der Frühzeit der römischen Republik die alten Adelsfamilien, die die politische Führung bildeten und den Senat stellten. Nach den Ständekämpfen wuchsen sie mit der Führungsschicht der Plebejer zur Nobilität zusammen.

Pfalz (lat. palatium = Palast). Das Frankenreich und das Deutsche Reich des Mittelalters kannten keine Hauptstadt. Der Herrscher reiste mit seinem Hofstaat, seiner Familie, seinen Beamten und Priestern durch sein Herrschaftsgebiet. Auf den Pfalzen, die im ganzen Reichsgebiet verstreut lagen, übte er seine Herrschaft an Ort und Stelle persönlich aus.

Phalanx. Dicht geschlossene Schlachtlinie der schwer bewaffneten griechischen Fußsoldaten (Hopliten).

Pharao (ägypt. = Großes Haus). Die Bezeichnung des ägyptischen Herrschers. Der Name wurde ursprünglich nur für den königlichen Palast gebraucht und ging später auf den König selbst über.

Plebejer. In der Frühzeit der römischen Republik die große Masse der Bürger ganz unterschiedlicher Herkunft, die von der Staatsführung ausgeschlossen waren. Im Kampf gegen die regierenden Patrizier erlangten sie schließlich die politische Gleichberechtigung, und führenden Plebejerfamilien gelang der Aufstieg in den Adel (Nobilität). Die Gleichsetzung des Begriffs Plebejer mit der sozialen Unterschicht wurde erst in der Kaiserzeit üblich.

Polis. Im antiken Griechenland eine Stadt einschließlich des umliegenden Landgebietes. Die Polis (Mz. = Poleis) war politischer und religiöser Mittelpunkt ihres Gebietes und Tagungsort des Rates und der Volksversammlung. Man spricht daher auch von einem Stadtstaat, obwohl viele Poleis kaum die Größe eines Dorfes überschritten. Da jede Polis auf politische Selbstständigkeit und wirtschaftliche Unabhängigkeit bedacht war, kam es zu keinem einheitlichen griechischen Staat.

Polytheismus (gr. poly = viel; Theismus = Gottesglaube). Religion, in der eine Vielzahl von Gottheiten verehrt werden, die nach der Vorstellung der Menschen jeweils verschiedene Wirkungsbereiche hatten. Die Glaubensvorstellungen der alten Ägypter, der Griechen und der Römer war polytheistisch (Monotheismus).

Prätor (lat. = der Vorangehende). Ursprünglich war der Prätor wohl Heerführer des römischen Königs, doch wandelte sich sein Aufgabenbereich zur Zeit der Republik. Seit 367 v. Chr. waren Prätoren für die römische Gerichtsbarkeit zuständig und nach den Konsuln die ranghöchsten Magistrate. Die Ausdehnung des römischen Staates führte zur Einsetzung eines zusätzlichen Fremden-Prätors, der für Prozesse mit Nichtbürgern verantwortlich war. Nach Ablauf ihres Amtsjahres erhielten Prätoren eine Position als Provinzstatthalter und nahmen danach einen Sitz im Senat ein.

Prinzipat. Der römische Kaiser Augustus nannte sich Princeps (= der Erste) um seine Stellung im Staat von Königtum und Diktatur abzugrenzen. Tatsächlich besaß er jedoch die alleinige Macht, obwohl die republikanischen Einrichtungen unter ihm fortbestanden. Diese neue monarchische Staatsform, mit der das römische Kaisertum beginnt, wird als Prinzipat bezeichnet.

Proletarier. Bezeichnung für die besitzlose Schicht römischer Bürger, die lediglich über eine Nachkommenschaft (lat. = proles) verfügten. Sie mussten keine Steuern zahlen und bis ins 1. Jh. v. Chr. auch keinen Militärdienst leisten. Die Proletarier entstammten dem verarmten Bauernstand sowie der Unterschicht der römischen Stadtbevölkerung.

Provinz. Die von Rom erworbenen Gebiete außerhalb Italiens hießen Provinzen. Sie erhielten ein auf ihre politischen und kulturellen Verhältnisse abgestimmtes Provinzrecht (lex provincialis) und wurden von Statthaltern verwaltet. Die Provinzbewohner galten als Untertanen ohne römisches Bürgerrecht (Bürger) und hatten Steuern und Tribute zu entrichten. Unter Kaiser Augustus wurde die Provinzialverwaltung reformiert. Es entstanden Provinziallandtage mit Beschwerderecht beim Kaiser und verschiedene Gesetze, die sich gegen die Ausbeutung der Provinzialen richteten.

Quästor (lat. = der Untersucher). Zur Zeit der römischen Republik waren die Quästoren für das Finanzwesen, die Verwaltung der Staatskasse und den Einzug der Steuern verantwortlich. Mit der Ausdehnung des römischen Staates traten weitere Quästoren hinzu, die ihr Amt in den Provinzen als Gehilfen der Statthalter ausübten. Die Quästoren waren Jahresbeamte und nahmen innerhalb der Magistrate die unterste Rangstufe ein.

Quelle. Überlieferung, aus der Informationen über die Vergangenheit ermittelt werden können. Es werden verschiedene Quellenarten unterschieden: Schriftliche Quellen (z. B. Papyrus- und Pergamenthandschriften, Inschriften, Briefe oder Verträge), gegenständliche Quellen (z. B. Gebrauchsgegenstände oder Bauwerke), Bildquellen (z. B. Gemälde, Fotos oder historische Karten) sowie mündliche Quellen (z. B. Augenzeugenberichte).

Rat der Fünfhundert. Wichtiges Staatsorgan der athenischen Demokratie, das von Kleisthenes begründet wurde. Der Rat hatte 500 Mitglieder, die jährlich durch das Los bestellt wurden. Ratsfähig war jeder Bürger Athens. Ein Gremium von 50 Ratsherren führte für jeweils 36 Tage die Regierungsgeschäfte. Der Rat bereitete die Sitzungen der Volksversammlung vor, überwachte die gesamte Verwaltung und leitete die Außenpolitik.

Reichskirchensystem. Die ottonischen und salischen Könige setzten Bischöfe und Äbte in hohe Staatsämter ein und übertrugen ihnen große Besitzungen. Durch diese Maßnahme wollten sie dem Machtanspruch der Stammesherzöge begegnen, die sich gegen die zentrale Reichsgewalt auflehnten. Die Reichskirche wurde auf diese Weise zur wichtigsten Stütze des Königtums, bildete ein Gegengewicht zu den Herzögen und war Verfechterin der Reichseinheit. Erst der Investiturstreit stellte dieses System in Frage, da dem König die Investitur von Bischöfen entzogen wurde.

Reichsstadt. Städte, die auf Königs- oder Reichsgut lagen und dem König bzw. Kaiser unmittelbar unterstanden (reichsunmittelbare Städte). Sie waren nur ihm zu Abgaben und Diensten verpflichtet und hatten keinen anderen Landesherren über sich (Territorialstaat).

Reichsstände. Politische Mächte im Deutschen Reich, die Sitz und Stimme im Reichstag besaßen. Hierzu zählten die geistlichen Reichsstände (z. B. Bischöfe, Äbte), die weltlichen Reichsstände (Herzöge, Grafen) sowie die Reichsstädte. Im Reichstag, den der König einberief, gliederten sich diese Reichsstände seit 1489 in drei Gruppen (Kurien) auf: Kurfürstenrat, Fürstenrat und Reichsstädte. Das Stimmrecht dieser Kurien war unterschiedlich geregelt.

Republik (aus lat. res publica = öffentliche Angelegenheit). Staatsform, in der das Volk oder eine bestimmte Schicht des Volkes (z. B. der Adel) die Macht ausübt. So war z. B. das antike Athen eine demokratische Republik. Die römische Republik hingegen, die von adligen Patriziern beherrscht wurde, war eine aristokratische Republik (Aristokratie).

Ritter (aus mittelhd. riter = Reiter). Um die Beweglichkeit der Fußheere zu erhöhen, setzten die Karolinger im 8. Jh. berittene Krieger ein, die in schwerer Rüstung zu Fuß kämpften. Aufgrund der kostspieligen Ausrüstung war jedoch nur der begünstigte Adel in der Lage, den Ritterdienst zu leisten. Als Besoldung teilte der Lehnsherr ein Ritterlehen aus, das zu vollem Kriegsdienst verpflichtete (Lehnswesen). Die Abgaben und Dienste der hörigen Bauern, die auf diesem Lehen wohnten, sicherten die Existenz des Ritters. Da die Lehen bald erblich wurden, entwickelten sich die Ritter zu einem eigenen Stand (Ständewesen) mit besonderen Lebensformen und einer höfischen Kultur. Sie fand ihren Niederschlag in der Ausbildung ritterlicher Tugenden (Treue, Tapferkeit, christlicher Lebenswandel), im höfischen Minnesang, in der Ritterdichtung und im Turnier- und Fehdewesen.

Romanisierung. Die Beeinflussung und Durchdringung eines Volkes mit der römischen Kultur und der lateinischen Sprache zur Zeit des Römischen Reiches.

Scherbengericht (Ostrakismos; von gr. ostrakon = Tonscherbe). Sobald ein Bürger Athens im Verdacht stand, die Demokratie zu gefährden, konnte er durch ein Scherbengericht aus der Polis verbannt werden. Am Ostrakismos, den zuvor die Volksversammlung zu beschließen hatte, mussten mindestens 6000 Bürger teilnehmen. Zur Abstimmung schrieben sie den Namen der Person, die sie zu verbannen wünschten, auf eine Tonscherbe. Wer die meisten Stimmen erhielt, musste das Land für 10 Jahre verlassen. Der Verbannte behielt alle bürgerlichen Rechte und Ehren sowie sein Eigentum. Das Scherbengericht war somit keine Strafe für eine Verfehlung, sondern diente der Stabilität der Polis bei innenpolitischen Auseinandersetzungen.

Senat. Ursprünglich „Rat der Alten", in den zur Zeit der römischen Republik vor allem ehemalige Magistrate auf Lebenszeit aufgenommen wurden. Aufgrund der Autorität und Erfahrung seiner Senatoren lenkte der Senat praktisch den Staat, obwohl seine Aufgaben gesetzlich nirgends festgelegt waren. Besonders im Gegensatz zu den jährlich wechselnden Beamten garantierte er eine kontinuierliche Staatsführung, bestimmte die Außenpolitik und beanspruchte ein Aufsichtsrecht über die staatliche Ordnung.

Sklaventum. Den Ursprung der Sklaverei bilden menschliche Notlagen wie Krieg, Raub und Verschuldung. Der Sklave war frei verfügbares Eigentum seines Herrn und vererbte diesen Status auf seine Nachkommen. Sklaverei war bei den Völkern des Altertums weit verbreitet, und wir finden Sklaven im Bergbau und Handwerk, im Haushalt und Erziehungswesen, in der Landwirtschaft und Staatsverwaltung. Ihr Los war unterschiedlich und hing vom Herrn und der Tätigkeit ab. Im Römischen Reich kam es auch zur Freilassung von Sklaven, die damit das römische Bürgerrecht erwarben.

Staatsreligion. In einer Gemeinschaft allein zugelassenes Glaubensbekenntnis. Die Abweichung wurde mitunter bestraft. Das Christentum wurde im Jahre 391 n. Chr. unter Kaiser Theodosius I. im Römischen Reich Staatsreligion.

Stadtrecht. Als die Städte des Mittelalters entstanden, entwickelte sich eine Vielzahl von Rechtsvorschriften, die das Leben der Bürger untereinander sowie ihre Beziehungen zum Stadtherrn regelten. Diese Summe von Rechten und Freiheiten bezeichnet man als Stadtrecht. Seine Grundlage bildete das vom Stadtherrn verliehene Marktrecht sowie die von ihm gewährten Privilegien.

Stand, Stände. Die europäische Gesellschaft war bis zur Französischen Revolution (1789) unterteilt in Gruppen mit verschiedenen Rechten. Jeder Mensch wurde in seinen gesellschaftlichen Stand hineingeboren. Diese strenge und verbindliche Rangordnung galt als gottgegeben. Die Geistlichen bildeten den ersten Stand (Lehrstand), die Adligen den zweiten (Wehrstand). Die große Masse der Bauern bildete den dritten Stand (Nährstand), zu dem später auch die Bürger zählten. Außerhalb der Ständegesellschaft blieben sozial Verachtete (z. B. Henker, Spielleute, Dirnen) sowie die Juden.

Steinzeit. Älteste und längste Epoche der Vorgeschichte, benannt nach dem vorwiegend verwendeten Material für Waffen und Werkzeuge. Man unterscheidet „Altsteinzeit" (etwa 2 Mill. Jahre – 15 000 v. Chr.) und „Jungsteinzeit" (etwa 10 000 – 2 000 v. Chr.). Während der Altsteinzeit lebten die Menschen als Jäger und Sammler in umherstreifenden Horden zusammen. In der Jungsteinzeit gingen sie zum Ackerbau und zur Tierzucht über und wohnten in Siedlungen. Auf die Steinzeit folgte die Bronzezeit.

Theater. Der Ursprung des europäischen Theaters liegt in Griechenland, wo es aus Festen zu Ehren des Gottes Dionysos hervorging. Gespielt wurde auf dem runden Tanzplatz des Chores (Orchestra), den ein halbkreisförmig ansteigender Zuschauerraum (Theatron) umschloss, der in einen Hang hineingebaut war. Als die Bedeutung der dramatischen Handlung wuchs, errichtete man am Rand der Orchestra eine bespielbare Bühnenwand, die Skene. Chor und Schauspieler trugen Masken, prunkvolle Gewänder sowie Kothurne, hohe Schaftstiefel mit besonders dicker Sohle.

Thing. Die Volks-, Heeres- und Gerichtsversammlung der Germanen. Auf ihm wurden alle Rechtsangelegenheiten des Stammes behandelt und über Krieg und Frieden entschieden. Das Thing fand unter Vorsitz des Königs bzw. des Stammesoberhauptes statt. Es musste unter freiem Himmel, zu einer bestimmten Zeit und an einem hergebrachten Ort (Thingstätte) abgehalten werden. Für alle Freien bestand die Pflicht, in Waffen zu erscheinen. Die Entscheidungen wurden einstimmig getroffen.

Toleranzedikt. In Mailand beschlossen die Kaiser Konstantin und Licinius im Jahr 313, den Christen die gleichen Rechte wie anderen Kulturen zu gewähren. Diese Zusicherung enthielt vor allem die Freiheit des Gottesdienstes sowie die Rückgabe der vom Staat eingezogenen Güter.

Triere (gr. = Dreiruderer). Griechisches Kriegsschiff von rund 40 m Länge, bemannt mit bis zu 170 Ruderern und 50 Soldaten. Die Ruderer saßen auf jeder Seite in 3 Reihen übereinander und bewegten die Ruderblätter nach Taktanzeige. Auf Grund ihres Rammsporns und ihrer Beweglichkeit waren Trieren eine gefürchtete Seewaffe.

Triumvirat (lat. = Dreimännerbund). In Rom war es nicht unüblich, für verschiedene staatliche Aufgaben Dreimännerkollegien einzusetzen. Rein privater Natur war hingegen das Triumvirat von Caesar, Pompeius und Crassus, das 60 v. Chr. zur Durchsetzung politischer Interessen gegründet wurde. Dieses Bündnis bildete die Grundlage für den späteren Aufstieg Caesars an die Spitze des römischen Staates.

Tyrannis. Herrschaftsform in der griechischen Antike, bei der ein Alleinherrscher (Tyrann) die politische Macht in einer Polis unrechtmäßig übernahm. Häufig hatte er beim Umsturz das Volk auf seiner Seite.

Verfassung. Die politische Grundordnung eines Staates bezeichnet man als Verfassung. Hierzu zählen alle

Regelungen über die Staatsform, die Leitung des Staates und über die Bildung und Aufgaben der Staatsorgane. Obwohl Verfassungen in der Regel schriftlich festgelegt sind, gibt es auch Staaten ohne geschriebene Verfassung. So z. B. die römische Republik im Altertum oder Großbritannien heute.

Veteran. Bezeichnung für alle römischen Soldaten, die ihre Dienstzeit beendet hatten und ehrenvoll entlassen worden waren. Je nach Waffengattung und Verwendungszweck betrug die Dienstzeit in der Kaiserzeit 16–26 Jahre. Nach ihrer Verabschiedung erhielten die Veteranen einen Geldbetrag als Abfindung oder eine Zuteilung von Ackerland. Wer durch Geld abgefunden war, kehrte entweder in die Heimat zurück oder blieb in einer Siedlung nahe dem letzten Dienstort. Zur Sicherung der Provinzen und gefährdeter Grenzabschnitte wurden Veteranen auch in planmäßig angelegten Militärkolonien angesiedelt.

Völkerwanderung. Verschiebungen germanischer Völker, die sich vom 4.–6. Jh. n. Chr. in Europa vollzogen. Auslöser der Völkerwanderung waren die Hunnen, die im Jahr 375 in die Donautiefebene vordrangen. Zahlreiche germanische Völker wurden von ihnen mitgerissen oder verlagerten ihre Siedlungsgebiete. Einige Stämme durchzogen plündernd das Römische Reich und gründeten auf seinem Boden kurzlebige Germanenreiche. So z. B. die Ostgoten in Italien, die Westgoten in Spanien und Südfrankreich, die Wandalen in Nordafrika und die Burgunder am Rhein.

Volksgericht. Die Einführung von Volksgerichten in Athen geht auf Solon zurück. Jeder über 30 Jahre alte Bürger konnte als Richter an der Verhandlung teilnehmen. Seit dem 5. Jh. v. Chr. wurden aus der Bürgerschaft jährlich 6 000 Volksrichter ausgelost. Bei Verhandlungen wurde das Urteil nach Anhörung der Parteien in geheimer Abstimmung gefällt. Für ihre Tätigkeit erhielten die Richter Diäten (Tagegelder).

Volkstribun. Um sich vor Übergriffen durch die Patrizier zu schützen, wählten die Plebejer in Rom seit 490 v. Chr. Volkstribunen. Jeder der 10 Volkstribunen war unverletzlich und hatte ein Vetorecht (Einspruchsrecht) gegen jeden Magistrats- und Senatsbeschluss, sofern er den Interessen der Plebejer zuwiderlief. Seit der Kaiserzeit war das Amt entmachtet.

Volksversammlung. Die Versammlung aller stimmberechtigten Bürger eines Staates zur Wahrnehmung ihrer politischen Rechte wird Volksversammlung genannt. Sie war in den demokratischen griechischen Stadtstaaten die höchste politische Instanz und entschied über wichtige politische Angelegenheiten. Die römische Volksversammlung war mehrfach gegliedert, doch hatten hier – im Gegensatz zur demokratischen griechischen Polis – die wohlhabenden Bürger ein Übergewicht. Zur Kaiserzeit büßte die Volksversammlung ihre Bedeutung ein.

Vorgeschichte. Die Epoche der Menschheitsgeschichte, aus der keine schriftlichen Überlieferungen vorliegen. Sie endet um 3000 v. Chr. mit den ersten Schriftquellen der Sumerer und Ägypter.

Zunft. In den mittelalterlichen Städten schlossen sich die Handwerker des gleichen Berufs zu einer Zunft zusammen, um sich gegenseitig im Alter oder bei Krankheit zu unterstützen. Später musste jeder Handwerksmeister einer Zunft beitreten, die – im Einverständnis mit der städtischen Obrigkeit – das Wirtschaftleben lenkte und kontrollierte, um ein angemessenes und gerechtes Auskommen zu sichern. Sie regelte Qualitätsmerkmale und Preise, Ausbildung und Arbeitszeiten, Höchstzahl von Lehrlingen und Gesellen, Herstellungsmengen und Produktionsmethoden. Jeder Verstoß wurde hart bestraft. Aus Angst vor Konkurrenz durften die Handwerker nicht auf Vorrat arbeiten, sondern nur auf Bestellung. Diese strengen Regeln hemmten technische Neuerungen und die freie Entfaltung tüchtiger Handwerker. Seit dem 13. Jh. kämpften die Zünfte gegen de Stadtherrschaft der Patrizier.

Abt, Äbtissin 216, 219, 228, 256–259
Ackerbauern und Viehzüchter 19, 32 f., 45, 89, 101, 171, 239 f.
Adel 38, 48, 87, 96, 107, 132, 145 f., 193, 204, 214–218, 220–223, 226, 228 f., 236, 240, 245, 248 f., 252, 255, 258, 262 f., 264 f.
Agora 89
Akropolis 117
Alexander der Große 49, 87, 117, 128
Alexandria 52, 121, 126, 156, 164, 185, 202, 208
Altsteinzeit 18 f., 23–31, 45
Annalen 177 f., 197, 263
Antike 67, 76, 86 f., 95 f., 98 f., 117, 180, 187, 196, 203, 208, 213, 228, 258, 262 f.
Apollon 92, 98 ff., 138
Aquädukt 118 f., 151, 153, 168
Araber 15, 185, 190 f., 202–205, 209
Archäologie 18, 20, 23 ff., 30, 34 f., 38–41, 52, 81, 95, 122, 124, 129, 170 f., 178 f., 260, 262
Aristokratie 107, 131
Aristoteles 115
Arminius 167, 172, 177 ff.
Astronomie 83, 203, 262
Attika 100 f., 108, 114
Attila 184
Augustinus 208
Augustus (röm. Ks.) 138–141, 143, 167, 172, 178, 181, 196

Babylon 43, 104, 156, 188
Beamte 48, 58, 62–68, 78, 83, 108 f., 130, 140, 225, 245, 269
Benedikt von Nursia, Benediktiner 256–259, 265
Bergbau 36 f., 100 f., 113, 149, 158, 166
Bewässerung 51, 58
Bibel 15, 143, 190 f., 206, 208, 220, 257 f.
Bibliothek 154, 162, 200, 256, 258, 263
Bischof 198, 208, 216 f., 223, 225 f., 228, 234, 236, 244 f., 251
Bistum 192, 194, 200, 227, 230, 244
Bonifatius 182 f., 198–200
Bronze, Bronzezeit 18 f., 35–39, 42–45, 99, 129, 167, 212
Brutus 135, 137
Buchdruck 213
Burg 6 f., 9 f., 207, 212, 244, 252, 254 f., 260, 264, 266, 269, 273
Bürgerkrieg 134, 138 f., 141
Bürgerrecht 89, 107–111, 113, 117, 120, 127 f., 132 f., 145, 154, 164, 168, 244 f., 247 f.
Byzanz, Byzantinisches Reich 185 ff., 196 f., 207, 213

Caesar, Gaius Iulius 128, 134–137, 139, 172 f., 180 f., 196
Cheops (Pharao) 74 ff.
Cherusker 167, 172, 177
Chlodwig 192 f.
Christentum 48, 67, 96, 121, 142, 174 ff., 180 f., 185, 187–190, 193, 196, 198–201, 203, 207 f., 257, 262, 265
Christianisierung 174, 198 ff.
Chronik 263 f., 269
Chronologie 15, 79
Colosseum 119 f., 150, 154
Corpus Iuris Civilis 180, 187

Dareios I. (pers. Kg.) 105
Demokratie 86, 106–111, 117, 131
Diaspora 188
Diäten 108
Diktator 130, 137, 139 f.
Dionysos 98, 100
Dom, Dombau 6 f., 182 f., 233, 274
Dominikaner 257, 272
Dreifelderwirtschaft 240 f.

Editha 227, 230, 232
Eisen, Eisenzeit 17, 36–39, 45, 124, 156, 166
Eiszeit 22, 26 f., 32
Erbmonarchie 228, 236 f.
Etrusker 124, 127, 142

familia 144 f., 148
Faustkeil 25 f.
Feuernutzung 21, 26 f.
Flotte 105, 108, 158
Flussoase 51, 54 f., 83
Forum Romanum 120, 123 ff., 145, 150, 160
Franken, Frankenreich 185, 192–195, 202, 209, 213, 225 ff., 228, 265
Frau, Frauenrechte 28, 64, 96, 109, 113, 117, 145 f., 171, 175, 248, 262
Friedrich I. (Ks. HRR) 208, 212, 223
Fürsten 38 f., 43, 172, 200, 203, 223, 226, 234–237, 263, 265, 269

Gallier 37, 128, 136 f., 141, 172 f., 184, 193
Germanen, Germanien 141, 166 ff., 170–173, 177 ff., 184, 193, 198 f., 252, 262
Gladiatoren 154 f., 162
Gold 38 f., 42 f., 56 f., 95, 101, 156
Goldene Bulle 234–237
Gottesgnadentum 187, 196, 228
Grundherrschaft 211, 216–219, 222, 244, 247, 252, 255, 264 f.

Hagia Sophia 182 f., 187
Hallstatt-Kultur 37 f.
Handel 38, 45, 89 ff., 101, 127, 136, 154, 156 f., 166, 185 f., 190, 244, 247 f., 264 f., 269
Hannibal 127 f.
Hatschepsut 49, 64, 81
Hausmeier 195, 217
„Heiliger Krieg“ 191, 203, 205, 208
Heiliges Römisches Reich (Deutscher Nation), HRR 196, 212, 228, 230, 236 f., 265, 269
Heinrich I. (ostfränk. Kg.) 225–228
Hellenismus 87, 188
Herodot 51, 53, 92 f., 104
Hieroglyphen 54, 60 f., 78, 83
Hildegard von Bingen 210 f., 258
Himmelsscheibe von Nebra 18, 40, 42 ff.
Hochkultur 47, 51, 67, 78 f., 83
Hochmittelalter 239, 243 f., 252
Hoftag 228, 269
Homo sapiens 18 f., 21 f., 28
Hopliten 107
Hörigkeit 216–219, 244, 247, 255
Hufe 216 f.
Hunnen 184

Imperium (Befehlsgewalt) 132, 165
Imperium Romanum 120, 128, 142 f., 181, 185, 196
Isis 66, 70
Islam 67, 190 f., 202 f., 205, 209, 213

Jäger und Sammler 18 f., 27, 32
Jerusalem 188 f., 191, 206 f., 209
Jesus Christus 175, 189 ff., 200, 206, 214, 262
Judentum 15, 67, 121, 188 f., 203, 208, 248 f.
Jungsteinzeit 16 f., 19, 26, 30–33, 45, 240
Jupiter 125, 142 f., 198
Justinian (oström. Ks.) 180, 187

Kaaba 182 f., 190
Kaisertum 128, 139, 143, 163, 175, 178, 181, 184 f., 187, 193 f., 196 f., 209, 225–230, 234 f., 237, 265
Kaiserzeit (Rom) 121, 139, 151, 156, 163, 181
Kalender 10, 14 f., 51, 53, 78, 83, 143
Kalifat 185, 191, 203, 205
Kapitol 124, 143, 168, 187
Karl der Große 182f., 194–197, 209, 225, 227 f., 238, 257 f., 262
Karl IV. (Ks. HRR) 234–237, 266, 269, 273
Karl Martell 202
Karolinger 193, 195 ff., 227, 265
Karthago 37, 89, 127, 176
Katholizismus 180, 190, 198, 208
Kelten 17, 37 ff., 45, 90, 136, 143, 172 f.
Kleisthenes 108
Kleopatra 49, 139
Klerus 180, 190, 214 f., 240, 249
Klienten 144, 146, 149
Klima 21 f., 26 f., 32, 48, 88 f.
Kloster 177, 192, 194, 200, 215 f., 217, 219, 256–260, 262–265, 272
Knappe 252
Kolonisation 90 ff., 117
Kolumbus, Christoph 213
Königsheil 193
Königswahl 228, 234–237, 265
Konstantin (röm. Ks.), konstantinische Wende 175, 186 f., 189
Konsul 130 ff., 136 f., 140, 143, 176
Koran 143, 183, 191, 203, 205
Kreuzzüge 206–209
Krönung 57, 196 f., 209, 213, 225–228, 237, 265
Kulturaustausch 203
Kupfer 19, 36 f., 45, 156
Kurfürsten 234–237, 265, 269, 273

Lascaux 16 f., 28 f.
Latein 120 f., 144, 158, 164 f., 173, 180 f., 193, 203, 208, 263
Latènezeit 37 f.
Legionär 129, 136 f., 140, 163, 166 f., 172, 178
Lehnswesen 220–223, 228, 252, 265
Limes 120 f., 166 ff., 172
Luther, Martin 190, 255

Maat 58, 66, 70, 73
Magdeburg 6 f., 210 f., 224, 227, 230–233, 244, 269
Magistrat 127, 130, 132 f., 136, 139 f., 163
Marcus Antonius 134, 139
Markgraf 195, 235 ff., 251 f., 269
Markward von Annweiler 252
Mekka 15, 121, 182 f., 190 f.
Merowinger 192 f., 195 f.
Messias (s. auch Jesus Christus) 189
Metallzeit 19, 36, 45
Metöken 109, 111, 113
Migration 117
Ministerialen 249, 252
Minnesang 265
Mission 189, 199 f., 256
Mithras 175
Mittelalter 9, 87, 196, 212 f., 215 f., 220, 224
Mohammed 15, 190 f., 205, 209
Monarchie 58, 83, 107, 131, 228, 236 f.
Mönchtum 198, 200, 256–259, 262 f., 265
Monotheismus 67, 189 ff.
Moschee 68, 182 f., 187 f., 190 f.
Mumifizierung 17 f., 34, 47, 56, 59, 66, 72 f., 76, 80, 82

Neandertaler 7, 17, 20, 22 f., 26, 28
Neolithische Revolution 32
Nilüberschwemmung, Nilschwelle 47, 51, 55, 64, 76, 78, 83, 264
Nonnen 257 f., 262 f., 265

Oberägypten 49, 53–56
Olympia, Olympische Spiele 85 f., 94–97, 99, 117
Opferung 29, 68, 94 ff., 98 f., 142 f., 171 f., 198 f., 226
Optimaten 136
Orakel von Delphi 92, 98 f.
Osiris 66, 70, 73
Ostfränkisches Reich 227
Ostrakismos 108 f.
Ostrom, Oströmisches Reich s. Byzanz, Byzantinisches Reich
Otto I. (röm.-dt. Ks.), Ottonen 210 f. 213, 224–233, 264 f., 269
„Ötzi“ 17 f., 34 ff.

Papsttum 180, 190, 196 f., 200, 207, 209, 228, 237, 265
Papyrus 48, 51, 54 f., 61, 63, 71, 81, 83, 178
Patrizier 130, 132, 140, 145, 245, 247 ff., 265
Perikles 106
Perserkriege 104 f., 117
Pfalz 183 f., 194 f., 225 ff., 230, 232, 235
Phalanx 107
Pharao 47 ff., 56 ff., 64, 72, 74–83
Phöniker 89 ff.
Plebejer, plebs urbana 130, 132, 140, 145
Platon 90
Plutarch 134 f., 147
Pnyx 111
Polis 85, 89, 91, 96, 100 f., 107, 109, 112 f., 117
Polytheismus 67, 83, 99, 143, 190
Pompeius 136 f.
Popularen 136
Priester 38, 48, 58, 64, 68, 80, 82 f., 98 f., 133, 139, 143, 172, 197, 225
Prinzipat 139, 181
Protestantismus 180, 183, 190
Provinz 121, 127 f., 136f., 139, 141, 151, 158, 162 ff., 168 f., 172, 178, 188, 193, 244
Prytanie 108 f., 111
Ptolemäus, Ptolemäer 49, 60
Punische Kriege 127 f.
Pyramide 46 ff., 58, 64, 74–78, 83
Pythia 92, 98 f.

Rat der 500 108 f., 111
Reconquista 203 f.
Reichsinsignien 210 f., 225 f., 229
Reisekönigtum 195
Republik 120 f., 124, 130–133, 136 f., 139 f., 151, 181
Rittertum 9, 206 f., 209, 211, 225 f., 250–255, 260, 265
Romanisierung 164, 181
Römisches Recht 120, 146, 163, 180 f., 187
Romulus und Remus 123 f., 143
Rosette-Stein 60

Sachsenspiegel 213, 220 ff.
Salz 36, 38, 45, 269
Schiiten 191
Schlacht
- bei Actium 126, 139
- von Cannae 126 f.
- von Kadesch 82
- bei Kalkriese 121, 167 ff., 172, 177 ff.
- auf den Katalaunischen Feldern 184
- auf dem Lechfeld 227 f., 232
- bei Marathon 105
- bei Plataiai 105
- von Salamis 105
- an den Thermopylen 105
- von Tours und Poitiers 202
- bei Zama 126 f.

Schrift 9, 20, 38, 48, 60 f., 76, 78–81, 83, 89, 91, 98, 170, 177, 180, 188–191, 193, 199, 258, 262 ff.
Schuldknechtschaft 149
Schule 65, 114, 116, 146 f., 256, 258
Schwertleite 252 f.
Senat 125, 128, 130–137, 139 ff., 143, 147
Seneca 148
Sesshaftigkeit 18 f., 41, 45
Silber 38, 100 f., 124, 156
Sklaverei 64, 75, 107, 109, 112–117, 132, 136 f., 143, 145–149, 154, 156, 164 f., 175, 217
Slawen 172, 192, 194, 269
Solon 107
Sparta 105, 117
Staatsreligion 121, 142 f., 174 f., 180 f., 187, 189, 196
Stadtgründung 91 f., 124, 164, 168, 243–249
Ständegesellschaft 214 f., 218, 252
Ständekämpfe 132
Statthalter 127, 136 f., 140, 163 ff., 178 f.
Staufer 228, 236
Straßenbau 51, 100, 104, 124, 158 f., 163 f., 166, 172
Sunniten 191
Synagoge 68, 183, 188 f., 248

Tacitus 165, 170, 173, 177 f.
Tempel 48, 57 f., 64, 67 ff., 76, 81 f., 94 f., 100, 125, 188, 191
Theater 86, 95, 120, 143, 151, 154, 162 f.
Themistokles 105
Therme 151, 153 f., 162 f.
Theten 105, 108
Thietmar von Merseburg 269
Thora 183, 188 f.
Thukydides 106
Tochterstadt 90 f.
Toleranz 143, 164, 203
Totenbücher, Totengericht 70–73
Trajan (röm. Ks.) 128, 157, 163
Tribut 127, 184
Triere 105
Triumph, Triumphbogen 119, 128, 133 f.
Triumvirat 136, 139
Turnier 250–254, 260, 265
Tutanchamun 7, 47 f., 56 f., 59, 80 ff.
Tyrannis 107

Unterägypten 49, 53, 55 f.
Urban II. (Papst) 207

Vasallen 104 f., 222 f.
Veteranen 136, 168
Villa 120, 138, 151 f., 164
Völkerwanderung 184, 187, 193, 209
Volkstribun 130, 132 f., 136, 140
Volksversammlung 84 f., 108 f., 111 f., 114, 117, 130, 132 f., 136, 140

Warmzeit 30, 32
Wartburg 255
Weltwunder der Antike 76, 95
Werkzeuggebrauch 19, 21 f., 25 f., 30, 33, 35 f., 45
Westfränkisches Reich 227
Westrom, Weströmisches Reich 180, 184, 187, 193, 209, 212, 227

Xenophon 112, 115
Xerxes I. (pers. Kg.) 104 f.

Zeus 94 ff., 99, 142
Zunft 245, 247, 265

akg-images GmbH, Berlin: Titel, 3.2, 14.2, 14.3, 16.1, 16.1, 47.3, 72.1, 98.1, 107.2, 108.1, 132.1, 136.1, 174.1, 191.1, 199.1, 207.1, 210.2, 210.3, 214.1, 218.1, 220.1, 221.1, 221.2, 225.1, 225.3, 225.4, 225.6, 225.7, 229.1, 236.1, 242.1, 262.1, 270.1; Album/Oronos 204.2; Album/Oronoz 5.1, 183.2, 204.1; Bildarchiv Monheim 211.2, 227.1, 234.1; Bildarchiv Steffens 17.1, 20.3, 119.3, 164.1, 169.3; bilwissedition 225.2, 225.5; British Library 253.1, 262.2; Connolly, Peter 153.1; De Agostini Picture Lib. 122.1; De Agostini Picture Library 189.2; E. Lessing 65.1; Electa 124.2; Erich Lessing 28.1; Erik Bohr 7.3; Forman, Werner 54.1, 201.1, 201.2; Haupt, O. 137.1; Hios, John/jh-Lightbox Ltd. 97.2; Lessing, Erich 14.4, 32.1, 32.2, 32.3, 32.4, 62.1, 67.1, 71.1, 81.1, 98.2, 99.1, 101.1, 142.1; North Wind Picture Archives 91.1; Nou, J.-L. 207.2; Vatikanische Museen 138.2, 146.2. |Alamy Stock Photo, Abingdon/Oxfordshire: colaimages 29.1; Corrigan, Keith 217.1, 238.1; Cultural Archive 64.1; Florilegius 222.1; Gilmour, Angela Serena 233.1; GRANGER - Historical Picture Archive 107.1, 196.1; Harno, Shim 134.1; Heritage Image Partnership Ltd 80.2; Logic Images 113.2; Orlov, Dmitry 86.1; Photo Vault 177.1; Pictures Now 206.1; Science History Images 98.3; Signal Photos 247.4; Smith Archive 85.1; Teare, Jeanette 260.2; The History Collection 5.2, 252.1; The Picture Art Collection 247.1, 251.1; The Print Collector 210.1, 240.3. |Alamy Stock Photo (RMB), Abingdon/Oxfordshire: Atsametakis, George 105.1; eastland, adam 92.1; funkyfood London/Williams, Paul 139.1; Granger Historical Picture Archive 145.1; Historic Images Titel; Johnson, Rebecca 141.1; Kawka, Robert 25.2; Otto, Werner 163.1; Pavone, Sean 188.1; PRISMA ARCHIVO Titel; World History Archive 147.1, 149.2, 245.1, 257.1. |Archäopark Vogelherd, Niederstotzingen-Stetten: Janas, Anika 24.2. |Askani, Bernhard Dr., Schwetzingen: 39.1, 113.1, 226.1, 241.1. |Borowski, Francis, Halle: Francis Borowski 40.1. |bpk-Bildagentur, Berlin: 51.1, 106.1, 133.1, 152.1, 263.2; Antikensammlung, SMB / Ingrid Geske 95.1; Antikensammlung, SMB/ Laurentius, Johannes 102.1; Antikensammlung/SMB/Liepe, Jürgen 114.1; British Museum Images 60.1; Deutsches Historisches Museum/Psille, Arne 246.1; Liepe, Jürgen 73.1, 170.1; Münzkabinett, SMB/Lübke, Lutz-Jürgen 196.2; Münzkabinett, SMB/ Saczewski, R. 137.3; Münzkabinett, SMB/ Saczewski, Reinhard 137.2; Museum für Vor- und Frühgeschichte, Berlin/Klein, Claudia 28.2; Rheinisches Landesmuseum Trier 169.1; RMN - Grand Palais/Lewandowski, Hervé 96.1; RMN/Grand Palais/J.-G. Berizzi 172.2; RMN/Les frères Chuzeville 146.1; RMN/Schormans, Jean 30.1; Scala 127.1, 128.2, 206.2, 210.5; Scala - courtesy of the Ministero Beni e Att. Culturali 154.1, 154.2; SMB/Ägyptisches Museum und Papyrussammlung/S. Steiß 59.1; SMB/ Antikensammlung/J. Laurentius 85.2; SMB/ Antikensammlung/Laurentius, Johannes 102.2; The Trustees of the British Museum 112.1, 149.1. |Bridgeman Images, Berlin: 17.4, 38.1, 101.2; Ägyptisches Museum, Kairo 82.1; Ägyptisches Museum, Kairo/Boltin Picture Library 3.3, 56.1; Ancient Art and Architecture Collection/Garvey, Geoff 111.1; Bibliotheque Nationale, Paris, France 206.3; De Agostini Picture Library/Dagli Orti, A. 131.1; De Agostini Picture Library/G. Dagli Orti 58.1; St. Johannes Evangelist, Cappenberg 212.1; Vatikanische Museen/Ancient Art and Architecture Coll. 157.1. |Carl Hanser Verlag GmbH & Co. KG, Berlin: Eco, Umberto: Der Name der Rose. Roman.Jubiläumsausgabe, 2022 261.2. |Carls, Claudia (RV), Hamburg: 171.1. |ddp images GmbH, Hamburg: Hecker, David 179.1. |fotolia.com, New York: ayazad 182.4, 190.2; DOC RABE Media 180.2; fabiomax.com 119.2; fotobeam.de 276.3; Jan Schuler 187.1; Körber, Stefan 180.1; mojolo 118.2; steheap 261.1; stevanzz 118.1; U. Graf 5.3, 275.2. |Getty Images, München: Landmann, Patrick 20.4, 20.5; Wood, Roger/ CORBIS 182.1. |Getty Images (RF), München: nilky 20.1. |Hanke, Lydia, Burg: 6.6, 44.1, 266.1, 269.1, 269.2, 275.1, 276.2. |Hansestadt Lübeck, Lübeck: Bereich Archäologie und Denkmalpflege der Hansestadt Lübeck 240.1, 240.2. |Heim, A., München: 46.2, 46.3, 50.1, 50.3, 57.1, 59.2, 68.1, 74.1, 76.1, 77.1, 78.1. |Hessisches Staatsarchiv Marburg, Marburg: HStAM Best. Urk. 75, Nr. 65 228.1. |Imago Creative, Berlin: imageBROKER/Beli, Stanislav 276.1. |Imago Editorial, Berlin: GRANGER Historical Picture Archive/140_1636477 25.1; Neumeier, A. 100.1; robertharding 171.2; Schellhorn, Steffen 43.1; Schöning 6.5, 210.4, 224.1, 230.1. |Interfoto, München: 261.3. |iStockphoto.com, Calgary: VisualField 14.1. |Keltenmuseum Hochdorf/ Enz, Eberdingen-Hochdorf: 39.2. |Kesper, Ingrid, Salzkotten: 24.1, 31.1, 109.1. |Lagatz, Uwe Dr., Wernigerode: 3.1, 6.1, 6.3, 8.1, 8.2, 8.3, 8.5, 8.6, 11.1, 11.2, 12.1, 12.2, 12.3, 12.4, 12.5, 12.6, 13.1, 13.2, 13.4, 13.5. |laif, Köln: Matthias Jung 195.1. |Landesamt für Archäologie Sachsen, Dresden: © Landesamt für Archäologie Sachsen. Aufnahme: U. Wohmann 25.3. |Landesamt für Denkmalpflege Hessen - hessenARCHÄOLOGIE, Wiesbaden: Luftbild der römischen Verbindungsstraße zwischen den Kastellen Butzbach und Friedberg. Deutlich heben sich die beiden begleitenden Straßengräben im Getreide ab (Otto Braasch, LfDH, hessenARCHÄOLOGIE - Luftbildarchiv) 159.1. |Landesamt für Denkmalpflege und Archäologie Sachsen-Anhalt, Halle (Saale): Juraj Lipták 42.1; Lipták, Juraj 41.1, 41.2. |Landesarchiv Baden-Württemberg, Stuttgart: Abt. Hauptstaatsarchiv Stuttgart H 51 U 589 Schmuckkassette 235.1. |Landeshauptstadt Magdeburg, Magdeburg: 211.3, 231.1, 231.2, 231.3, 232.1, 233.2. |Langner & Partner Werbeagentur GmbH, Hemmingen: 247.2, 247.3. |Lookphotos, München: Werner, Florian 250.1. |mauritius images GmbH, Mittenwald: Beck, J. 46.1; Filser, Wolfgang 167.2; imagebroker.net 6.4; Nägele, Edmund 4.1; Vidler, Steve 182.5. |Müller, Bodo, Bartensleben: 84.1. |Museum im Schloss, Bad Pyrmont: 172.1. |NetzNutz GmbH, Mahlow: Luftbilder.aero 255.1. |Niedersächsisches Landesamt für Denkmalpflege, Hannover: Schöningen 13II-4 Wurfstock Grabung 1994 © P. Pfarr 22.1. |Pfannenschmidt, Dirk, Hannover: 94.1, 259.1. |Picture-Alliance GmbH, Frankfurt a.M.: akg-images 182.2, 198.1; akg-images/Lessing, E. 237.1; akg-images/Museum Kalkriese 4.2, 169.4; allover/K. Thomas 261.4; Arco Images GmbH / Usher, D. 119.1; augenklick/firo Sportphoto 85.4; Bildagentur Huber/Schmid, R. 158.1; dpa 143.1; dpa-Zentralbild/euroluftbild.de 190.1; dpa/Ernszt, Peter 211.1; dpa/HOP 88.1; dpa/Kräuse, Axel 7.2, 47.2, 80.1; dpa/ Neumeier, A. 97.1; dpa/Scholz, Kurt 72.2; dpa/Supreme Council of Antiquities 82.2, 82.3, 82.4; DUMONT Bildarchiv/K. Johaentges 260.1; Godong 183.4; KHM Magdeburg 228.2; MAXPPP/© Costa/Leemage 150.1; Rose, Klaus 183.3; THIERRY DEKETELAERE 85.3; Westend61/W. Dieterich 264.1. |Römisch-Germanisches Museum der Stadt Köln, Köln: COLONIA¦3D 168.1; Rheinisches Bildarchiv Köln 169.2. |Saurer, Johannes & Albers, Ulrike, Moisburg: 8.4. |Schönauer-Kornek, Sabine, Wolfenbüttel: 26.1. |Seipelt, Andrea, Vechelde: 244.1. |Shutterstock.com, New York: Iqbal Vetra 183.1; Ivan Moreno sl 58.2; Moroz, Dima 138.1; sniper44 11.3; SRStudio 47.1, 50.2. |Spangenberg, Frithjof, Konstanz: 61.1, 61.2, 61.3, 61.4, 66.1, 66.2, 66.3, 66.4, 66.5, 66.6, 66.7, 66.8, 66.9, 89.1, 254.1. |Staatliche Münzsammlung, München: 128.1. |Stadt Wernigerode, Harzmuseum, Wernigerode: Künstler: Pramme, Wilhelm/ www.harzmuseum.de/ Fotograf: Lagatz, Uwe 13.3. |Stadtkonservator/Amt für Denkmalschutz und Denkmalpflege, Köln: 248.1. |stock.adobe.com, Dublin: Brad Pict 124.1; MaciejBledowski 263.1; Nikonios 182.3, 195.2; Reuters Photographer/Bundestagsadler/ Gies, Ludwig/ © VG Bild-Kunst, Bonn 2024 84.2, 110.1. |Südtiroler Archäologiemuseum - www.iceman.it, Bozen: Hanny, Paul 17.3, 35.1; Ochsenreiter, A. 17.2. |Tangermünder Tourismus-Büro, Tangermünde: 272.1. |Tonn, Dieter, Bovenden-Lenglern: 16.2, 18.1, 18.2, 18.3, 18.4, 20.2, 21.1, 21.2, 25.4, 25.5, 25.6, 27.1, 33.1, 45.1, 45.2, 45.3, 45.4, 48.1, 48.2, 48.3, 55.1, 55.2, 55.3, 69.1, 83.1, 83.2, 83.3, 83.4, 83.5, 83.6, 86.2, 86.3, 117.1, 117.2, 117.3, 117.4, 120.1, 120.2, 120.3, 129.1, 158.2, 159.2, 159.3, 167.1, 181.1, 181.2, 181.3, 181.4, 201.3, 209.1, 209.2, 209.3, 209.4, 209.5, 213.1, 213.2, 213.3, 213.4, 213.5, 265.1, 265.2, 265.3, 265.4, 265.5. |ullstein bild, Berlin: Archiv Gerstenberg 174.2; Ihlow 189.1. |Varusschlacht im Osnabrücker Land, Bramsche-Kalkriese: Grovermann, Christian 178.1. |Verlag Janos Stekovics, Wettin-Löbejün OT Dößel: Stekovics, Janos 6.2, 268.1, 268.2. |Visum Foto GmbH, Asbach: Gebhardt, D. 7.1, 22.2. |© dtv Verlagsgesellschaft mbH & Co. KG, München: Cover zu Claudia Frieser: Oskar und das Geheimnis der verschwundenen Kinder/Einband von Constanze Spengler unter Verwendung des Gemäldes ‚Abendandacht im Walde' Adrian Ludwig Richter und einer ‚Ansicht der Stadt Nürnberg' aus der Schedelschen Weltchronik 211.4; Stöver, Hans Dieter: Quintus geht nach Rom © 1987 dtv Verlagsgesellschaft mbH & Co. KG, München Umschlagkonzept: dtv, Umschlagbild: Bernhard Förth 119.4, 160.1.

Wichtige Operatoren im Überblick

Training

„Beschreiben"

Du sollst die Einzelheiten eines Materials (Bild, Text, Grafik) genau und ausführlich und in deinen eigenen Worten wiedergeben, sodass ein anderer es verstehen und nachvollziehen kann.

Training

„Wiedergeben"

Du sollst den Inhalt eines Materials (z. B. eines Textes, einer Statistik, einer Karte etc.) in deinen eigenen Worten formulieren, sodass eine andere Person, die das Material nicht kennt, den Inhalt nachvollziehen kann. Das bedeutet nicht, dass du den Inhalt wortwörtlich nacherzählst, sondern, dass du die wichtigsten Informationen erfasst.

Training

„Einordnen"

Dieser Operator fordert dich auf, eine Position (z. B. einer an einem geschichtlichen Ereignis beteiligten Person), ein Material (z. B. eine Quelle) oder einen Sachverhalt (z. B. ein Ereignis) begründet in einen historischen Zusammenhang zu stellen und einer Epoche zuzuordnen, d. h. Bezüge zu Ereignissen, Haltungen, Forderungen usw. herzustellen. Wichtig ist es dabei, die Zuordnung mit überzeugenden Argumenten auch zu begründen.

Training

„Analysieren"

Du sollst ein Material (Text, Bild, Statistik, Karte etc.) gezielt auf einzelne Merkmale (z. B. Inhalt, Sprache) hin untersuchen. Der Arbeitsauftrag gibt dir genauere Hinweise dazu, worauf du genau achten bzw. welche Aspekte du genau erforschen, prüfen und herausarbeiten sollst.
Anschließend musst du die Ergebnisse deiner Analyse zusammenhängend formulieren. Das heißt, du muss sie in eigenen Worten erklären und mit geeigneten Stellen aus dem Material (z. B. Textstelle/Zeile bzw. Zitat) belegen und erläutern können. Wörtliche Zitate werden an- und abgeführt („Zitat") und mit Hinweisen auf die Zeile versehen (siehe Zeilenzähler).

Training

„Erläutern"

Du sollst einen komplizierten, vielschichtigen Inhalt (ein Phänomen, ein Ereignis, ein Problem, ein Modell, ein Schaubild usw.) in wesentliche Einzelheiten/Bestandteile zerlegen und deren Zusammenhänge deutlich machen.

Deine Erklärung muss für jemanden verständlich und nachvollziehbar sein, der dazu keine Kenntnisse hat. Erläutern heißt erklären mit zusätzlichen Informationen, z. B. mit (eigenen) Beispielen, die deine Erklärung veranschaulichen.

Training

„Begründen"

Du sollst Gründe für dir bekannte Sachverhalte (oder eigene Entscheidungen/Positionen/Behauptungen) formulieren: Warum ist es so und nicht anders? Dabei musst du darauf achten, dass deine Begründung zusammenhängend formuliert und für andere nachvollziehbar ist.